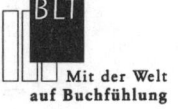

BLT

Mit der Welt
auf Buchfühlung

Christoph Geisselhart wurde 1963 geboren. Er arbeitete als Journalist, Texter und Graphiker und gründete mit dem Maler Rolf Sieber das Kunstprojekt »MAN HOI«. Mit Frau und Tochter lebt er heute bei Tübingen. »Die Erben der Sonne«, Geisselharts erster Roman, beruht auf rätselhaften Vorkommnissen, die dem Autor während eines Süditalien-Aufenthaltes widerfuhren.

Christoph Geisselhart

Die Erben der Sonne

BLT

B L T
Band 92 011

© 1994 by Langen Müller in der
F. A. Herbig Verlagsbuchhandlung GmbH, München
Lizenzausgabe für BLT. BLT ist ein Imprint der
Verlagsgruppe Lübbe.
Printed in Germany, März 1999
Einbandgestaltung: Gisela Kullowatz
Titelbild: Sis Koch
Autorenfoto: Mik Hartmann, Stuttgart
Satz: hanseatenSatz-bremen, Bremen
Druck und Bindung: Elsnerdruck, Berlin
ISBN 3-404-92011-2

Sie finden uns im Internet unter
http://www.luebbe.de

Der Preis dieses Bandes versteht sich einschließlich
der gesetzlichen Mehrwertsteuer.

Für Domenico,
der nie zwischen wahren
und erfundenen Geschichten
unterschieden hat.

Die wichtigsten Personen

Die Spurensucher:
VALENTIN SOLDAN, der Archäologe
GIANNI ORSINI, sein deutsch-italienischer Freund und Begleiter

Die Familie auf dem Grundstück:
DON MICHELE ORSINI, Giannis toter Vater
ERNESTO ORSINI, der halbverrückte Onkel und Bruder Don Micheles
TANTE LISANDRA, Ernestos verschollene Frau
TANTE ANNA, gute Seele und Ernestos jüngere Schwester
ONKEL ANTONIO (»PLATTE«), Annas Ehemann und Hausmeister a. D.
TANTE COSIMA, greisenhafte Jungfer mit seltsamen Anwandlungen
TANTE FRANCESCA, rüstige Kommunistin, Cosimas Schwester
CESARE, der Mäusejäger vor Ort

Giannis Verwandte in Vallemutri:
TANTE LULU, die beste Köchin der Welt
ONKEL RAFFAELE, ihr unerschütterlicher Ehemann
SILVIO, ihr Sohn und Giannis Vetter
ANGELINA, ihre jüngste Tochter und Giannis Kusine
LAURA, Giannis ältere Kusine und Jugendliebe
PIETRO, Lauras verstockter Gatte

INHALT

Ankunft im Tal der verlorenen Seelen   13

Ernestos Visionen   22

Die heiligen Pilze   34

Laura, obwohl sie nicht kam   44

Quasimodos Tochter und die Rituelle Reinigung   56

Der Club of Westminster   66

Der Schatz des Don Michele Orsini   76

Ernestos Fall und die Wiedergeburt des Archäologen   92

Die Fische von Pietrarolla   100

Kleine Siege der Wissenschaft   117

Der Raub der Sieberinnen   132

Der menschliche Torpedo in der Straße der Heiligen   145

Giannis Lähmung und wundersame Erweckung durch einen
Höhlenfisch   159

Die Bienenkönigin   172

Die Sprache der Toten   181

Vom Leben und vom Sterben   192

Der etruskische Name   200

Lulus Visionen und die Nymphen vom Kratersee   210

Aufstieg zur Honighöhle   221

Plattes Visionen   228

Das Grab des Haruspex   242

Lisandras Rückkehr   256

Das zweite Begräbnis einer nicht Gestorbenen   265

Der Fall der Königin   273

Das Wunder von Monte Calvario   288

Die Vision des Zeichendeuters   308

Valentins Lähmung und das Wunder der Wiederkehr   330

Die Urne des Bischofs   341

Aufschub eines Schicksals   362

Der erste Tod der Bienenkönigin   371

Der Name der Wiederkehr   394

Der zweite Tod der Bienenkönigin   418

Die letzte Napoletana   436

Der zweite Tod des Don Michele Orsini   443

Der Gesang der Wasserleitung   466

Abschied vom Tal der verlorenen Seelen   486

La Villa degli Ulivi   492

NACHWORT   515

Ankunft im Tal der verlorenen Seelen

Der Schrei stieg wie ein fetter Traumvogel in die Morgenluft, kreiste einige Sekunden über dem atemlos lauschenden Tal und stürzte erschreckend klar – in mein Bewußtsein.

Ich erwachte. Stille.

Dann krachte ein trockener Schuß. Schlaftrunken hob ich den Kopf und horchte in die Dämmerung. Ein Traum? Doch nein, der Schrei kam zurück, zerriß erneut den bleiernen Morgen, brach sich in den Bergen und erstarb. Und wieder Schüsse.

Schlagartig setzte die Erinnerung ein: die zermürbende Fahrt, Schlußleuchten wie Kettenglieder auf der Autobahn, Schwefeldämpfe vor Rom, die Stadt selbst lichtfern in der Nacht; dann, kurz vor Neapel, Landstraßen im Scheinwerferkegel, Bäume und Berge wie ahnende Schatten, plötzlich ein Schnitt in den Felsen, und wir rumpeln in das von hohen Zacken umschlossene Tal.

»Valentin! Wach auf! Mein Gott, der Onkel!« Über mir stand Gianni, mit schreckgeweiteten Augen, und während er eine unbestimmte Handbewegung ausführte, schrie sich wieder irgendwer oder irgend etwas die Seele aus dem Leib.

Gänsehaut im Morgengrauen. Ich schüttelte mich unwillkürlich: »Was, zum Teufel, geht hier vor?«

»Es ist der Onkel!« beharrte Gianni. »Hör doch, es kommt vom Haus!«

»Ernesto? Aber ...«

Gianni wartete meine Einwände nicht ab, sondern eilte über die gekachelte Veranda zum Haus. Das war ein Empfang!

Ich schälte meinen schmerzenden Körper aus dem Schlafsack und murmelte die passenden Verwünschungen dazu. Allenfalls eine Stunde Schlaf war uns vergönnt gewesen, eine Stunde nach fünfzehn Stunden Autofahrt. Benommen stolperte ich auf das kuriose Häuschen zu – da endlich erreichte mich Giannis angstvoller Blick: *Er stirbt!*

Plötzlich war ich hellwach: Waren wir gekommen, um Ernestos letzter Stunde beizuwohnen? Als willfährige Werkzeuge der Vorsehung?

Durch die Tür drangen Gesprächsfetzen; Giannis Stimme klang hohl und fremd. Ich schob mich durch den Perlenvorhang und betrat eine südländische Gewölbeküche, grob verputzt und geweißelt. Ein dunkler Holztisch stand beherrschend im Raum, in der Ecke ein fahlgrüner Sessel, darin ein Mann, doch er schrie nicht, sondern starrte still in den Kamin, in dem kein Feuer brannte.

Es mochte gegen fünf Uhr morgens sein; die halbe Welt schlief. Träumte ich?

Gianni stellte mich seinem Onkel vor. Seine Hand lag wie ein weiches Tier in meiner Hand; ich fühlte mich unbehaglich unter den stumpfen braunen Augen. Diese eigentümliche, diese plötzliche Stille. Der Schrei kreiste noch immer über uns; lautlos, unhörbar, aber er war da.

»Valentin!« sagte Gianni verstört. »Was ist bloß mit dem Onkel geschehen? Er muß uns doch gesehen haben. Warum hat er uns nicht geweckt?«

Mir war Ernestos Verhalten nicht weniger rätselhaft. Bei unserer Ankunft war die Tür verschlossen gewesen; jetzt stand sie offen. Um das Haus zu erreichen, mußte Giannis Onkel zwangsläufig über uns hinweggestiegen sein. Die Vorstellung des massigen Körpers in der Dunkelheit besaß etwas Unglaubhaftes – hatte er uns überhaupt bemerkt?

Ernestos Blicke ruhten gleichmütig auf dem erloschenen

Kamin. Da wandte er sich unvermittelt an seinen Neffen: »*Quant'anni hai?* Wie alt bist du?«

»*Trenta, zio.* Dreißig, Onkel.«

Ernesto sinnierte einige Sekunden über der Antwort. »*Eh, sì!*« meinte er dann befriedigt und versank erneut in der Betrachtung seiner feuerlosen Feuerstelle.

Mir war auf einmal recht elend zumute. Gianni hatte während der Fahrt schon einiges über den Onkel und von seinem schweren Los erzählt; aber die Wirklichkeit sah doch bedrückender aus. Irgendwie schämte ich mich vor Ernesto. Ich schämte mich meiner Gesundheit und der Tatsache, daß ich so vieles über ihn erfahren hatte, bevor ich ihn überhaupt kennenlernte. Das Schicksal ist eine sehr persönliche Angelegenheit. Unvermutet hatte ich die klare Empfindung, daß kein Mensch den anderen je wird verstehen können, und ich sehnte mich nach Licht und Sonne.

Unter dem Vorwand, die Koffer aus dem Auto zu holen, ließ ich Gianni und seinen Onkel allein und trat in den milden Märzmorgen. Eine seltsame Stimmung lag über dem »Tal der verlorenen Seelen«, wie Gianni seinen abgeschiedenen Geburtsort scherzhaft bezeichnet hatte. Ernestos Schreie hatten etwas in mir aufgerissen. Sie waren gegenwärtig in meiner Erinnerung und unwirklich zugleich beim Anblick der aufklappenden Fensterläden und der gebräunten Hausfrauenarme, die nun Haus für Haus die Sonne grüßten. Die Welt der Alltagsgeräusche erschien mir plötzlich als Farce, eine naive Scheinwelt der willentlich Tauben und Stummen. Wo die Wand zerbröckelte, schrien die wahrhaft Stimm- und Gehörlosen um ihr Leben! An diesem Morgen, meinem ersten in Vallemutri, nahm ich ihre schreiende Lautlosigkeit erstmals wahr. Und ich ahnte, wie schmal der Grat zwischen ihrer und unserer Welt sein mußte.

Nachdenklich setzte ich mich auf den steinernen Brunnen

vor der Veranda und spürte meinen Eindrücken nach. Die Sonne tat mir wohl; sie erhob sich lächelnd über dem friedlichen Tal, obschon sie in wenigen Stunden wieder versinken mußte. Langsam, und fast unmerklich, schob sich eine unsichtbare Wattewand vor die Welt der Schatten, und ich fand den Anschluß an die Wirklichkeit wieder.

Ernesto Orsini war vor sechsundzwanzig Jahren mit dem Motorroller verunglückt. Es mochte ein Tag wie der heutige gewesen sein, sonnig und voller Erwartungen. Es geschah auf dem Weg zur Arbeit: Ein Lastwagen, der die Vorfahrt nicht beachtet hatte, erfaßte den schutzlosen Körper, wirbelte ihn empor, und Ernesto flog am Führerhaus vorbei gegen den Bordstein. Stein gegen Schädel, das Feste gegen den nachgiebigen Geist: Unglücklicher hätte die Bewegung nicht ausgehen können. Monatelang lag er im Krankenhaus, rang um sein Leben. In vielen Operationen hatte man den Schädel wohl wieder zusammengeflickt, aber Ernestos Hoffnungen auf ein glückliches Leben waren jäh beendet. Schmerzen, unsinnige Kopfschmerzen plagten den armen Mann seitdem. Immer! Ernesto lebte in einer erbarmungslosen, in einer entsetzlich qualvollen Welt ohne Aussicht auf Linderung. Selten schlief er, nie war er wach. Sechsundzwanzig Jahre, ein halbes Leben lang, eine Zeitspanne, in der Kinder erwachsen werden und eigene Kinder bekommen, dämmerte dieser Mensch in einem wahr gewordenen Alptraum. Ob Tag oder Nacht, bei Regen und bei Sonnenschein, stets drückte es und bohrte es, brummte und summte es in seinem Schädel. Ein beständiges Pochen, Hämmern und Schlagen an den Schläfen, am Stirnbein und an der Großhirnrinde, in den Augenhöhlen und Kieferscheren – und weder Morphium noch Tabletten, wovon er Berge einnahm, verschafften auch nur für eine Stunde Erleichterung!

War es da verwunderlich, wenn Ernesto sich absonderlich verhielt? Gefangen im Martyrium des eigenen Körpers: Mußte dagegen nicht sogar der überraschende Besuch des fernen Neffen verblassen?

Ernesto lebte in einer sowieso nebelhaften Welt. Wahrscheinlich hatte er uns gar nicht wahrgenommen, als er die Veranda betrat – »*Buon giorno!*«

Eine zwergenhafte Frau äugte neugierig vom Nachbargrundstück herüber. Ich schüttelte die schweren Gedanken ab und grüßte zurück. Offensichtlich hätte sie gerne mehr über den jungen Ausländer erfahren, doch ich war auf der Hut. Die Nachricht, ein Archäologe sei in Vallemutri, hätte binnen fünfzehn Minuten den Ort auf den Kopf gestellt und gewissenhafte Arbeit von vornherein unmöglich gemacht. Ich beließ es also bei einem neuerlichen Gruß und wandte mich der Umgebung zu.

Das Grundstück der Orsinis befand sich auf einer flachen Anhöhe, die den Bergen wie ein natürlicher Balkon vorgeschoben war. Man hatte freie Sicht nach Osten, wohin sich das Tal in zwei Ebenen öffnete. Von Giannis Häuschen zu dem alten Dorf, das wie eine Spinne in den Felsen hing, waren es etwa vier Kilometer. Ein schmales Flüßchen grenzte Vallemutri und seine grüne Anhöhe gegen Nordwesten ab.

Die Landschaft überraschte mich. Ursprünglich hatte ich mir alles viel karger vorgestellt, steinig, eng und staubig. Statt dessen sah ich grüne Wiesen und Berghänge. Sorgsam beschnittene Obstbäume blühten weiß und rosarot, eine erdnahe Fruchtbarkeit ließ die Felsgipfel in himmelweite Ferne rücken. Sie schienen eher Zierde zu sein, eine großartige Kulisse von epischer Erhabenheit, nicht profane Wirklichkeit, in der Schafhirten und Bergbauern dem kümmerlichen Leben trotzten.

Nach allem, was ich über die Siedlungsgewohnheiten der Etrusker wußte: Ja, ich konnte mir durchaus vorstellen, daß ihnen dieser Ort behagt hätte! Die beiden nach Osten fallenden Täler, der schützende Berg im Rücken, das gleichsam sichernde wie wasserspendende Flüßchen ... – lag unter der dampfenden Erde von Vallemutri tatsächlich eine unentdeckte Etruskerstadt?

Giannis Funde, eine Bronzeschale und zwei eiserne Speerspitzen, ließen diese Möglichkeit offen – ohne sie allerdings ausdrücklich zu bestätigen. Zeitlich betrachtet fügten sich die Funde in die Epoche der etruskischen Expansion nach Süden; andererseits lagen gut zweihundert Kilometer zwischen dem Stammland der Etrusker und Vallemutri.

Plötzlich konnte ich es kaum erwarten, mit der Arbeit zu beginnen. Es würde ein schöner warmer Frühlingstag werden, und wir hatten zwei Wochen Zeit: Das Leben war herrlich! Nichts mehr von Schatten und entmenschtem Geschrei – ich selbst war die Welt!

Schwungvoll warf ich meine Jacke über einen Gartenstuhl und marschierte das Grundstück ab. Einige Meter bevor es jäh abfiel, registrierte ich auffällige Vegetationsmarken: ein Schattenmuster aus Bodenwellen, die mir weniger dicht bewachsen vorkamen als die übrige Fläche. Hemmten vergrabene Mauerreste den Pflanzenwuchs? Hatte Giannis Vater die Gegenstände an dieser Stelle gefunden?

Ich schnappte meine Jacke und ging zum Haus, um Gianni zu befragen. Der hatte unterdessen meinen Auftritt vor der Familie vorbereitet. Auf dem Gartentisch stapelten sich archäologische Handbücher und Standardwerke zu einem imposanten Haufen. Dazwischen hatte er kleinere Grabwerkzeuge drapiert, Skalpelle, Pinsel, Maßbänder und meine komplette Fotoausrüstung. Nun musterte er mich kritisch: Würde ich in den Augen seiner Tanten und Onkel als großer Gelehrter durchgehen?

»Ernesto wundert sich, daß du keine Brille trägst«, meinte Gianni und wies auf die ausgelegte Fachliteratur. »Bei all den Büchern, die du geschrieben hast!«

Ernesto saß phlegmatisch am Tisch und verfolgte die Inszenierung seines Neffen mit ausdruckslosem Blick. Als er seinen Namen vernahm, grinste er breit und nickte: »*Sì; sì, nessun' occhiali, ma molti libri!* Keine Brille, aber viele Bücher!«

Ich war baff. Selbst der größte Trottel mußte Giannis Schwindel bemerken, schließlich prangte auf jedem Buch ein anderer Autorenname, und keiner erinnerte im entferntesten an jenen, den ich von Geburt an trug.

»Gianni«, besann ich mich auf den Grund unseres Unternehmens, »weißt du noch, wo dein Vater die Schale und die Speerspitzen gefunden hat?«

»Hmmm!« Sorgsam legte er die letzten Handgriffe an sein archäologisches Stilleben. »Laß mich überlegen, ich war damals noch ein Kind. Ich glaube, es war am Ende des Gartens, dort hinten beim Hühnerhaus, oder nicht?« Er hielt inne und runzelte die Stirn. Dann zeigte er auf den dösenden Onkel: »Am besten, wir fragen ihn. Er war dabei!«

»Ernesto war dabei?«

Ernesto mißverstand meinen Ausruf als Anrede und blickte mich unschuldig an: »*Sì!*«

»*Zio*«, schaltete sich Gianni in die Reihe der Mißverständnisse. »*Dove avete trovato queste cose antiche, papa e tu?* Wo habt ihr die alten Sachen gefunden?«

»*Oohh!*« ächzte Ernesto und wies auf eine undefinierbare Stelle im Garten.

»*Dove esatto?* Wo genau?« Gianni war nun ganz bei der Sache. »Wir müssen es uns zeigen lassen, bevor meine Verwandten auftauchen«, sagte er eifrig zu mir.

Ernesto quälte sich aus dem Gartenstühlchen und tappte voran, von Gianni flankiert, der ihn am Arm stützte. Ich folgte dem ungleichen Paar in gebührendem Abstand.

Gianni redete ununterbrochen auf seinen Onkel ein. Er

wirkte unerklärlich erregt. Ich konnte ihn nicht verstehen, denn er sprach leise und so eindringlich, daß nur Ernesto seinen Worten folgen konnte. Dabei gestikulierte er heftig mit den Händen. Einmal wäre Ernesto, der unsere merkwürdige Prozession wie ein Traumwandler anführte, fast gestrauchelt. Nur Giannis beherzter Einsatz verhinderte seinen Sturz.

Dann blieb Ernesto stehen und wandte sich um: »*Qui sono!*« verkündete er mit verklärten Augen.

Ich wunderte mich über seine Formulierung – er sprach in der Gegenwart: *qui sono*, was »hier bin ich« oder »hier sind sie« heißen kann –, aber Gianni ließ mich nicht zu Wort kommen.

»*Sei certo, zio?* Bist du sicher?« vergewisserte er sich.

Ernesto nickte seufzend und sandte einen unbestimmten Blick an mir vorbei in die Berge. »*Sì!*« bestätigte er nachdrücklich. Dann entspannten sich seine Züge. Die Schultern fielen herab, und seine Arme baumelten ohne Führung um den massigen Körper.

»Er ist sich absolut sicher«, befand Gianni. »Hier müssen wir schaufeln!«

»Hier?« erwiderte ich ungläubig. Es gab keinen Anhaltspunkt, kein auffälliges Merkmal, an dem sich Ernestos Erinnerung hätte festhalten können. Wir standen inmitten des Gemüsegartens. »Warum?«

»Mein Gott, er weiß es eben!« erwiderte Gianni ungeduldig, er wirkte fast beleidigt. »Und ich bin auch sicher!«

»Wie du meinst.« Ich zuckte mit den Schultern und begab mich zum Auto. Für Bodenuntersuchungen hatte ich einige Aquaquant-Testsätze aus dem Institut mitgenommen; die Phosphatanalyse würde wenigstens halbwegs seriöse Anhaltspunkte geben können.

Ernesto staunte nicht wenig, als ich mein Köfferchen auspackte.

»Was hast du vor?« fragte Gianni neugierig.

»Ich nehme eine Bodenprobe«, erklärte ich bereitwillig. »Menschen hinterlassen immer und überall Spuren ihrer Existenz. Vor allem im Boden. Kulturmüll, Küchenabfälle, Kot und nicht zuletzt: Unsere Körper verwesen und setzen dabei Phosphat frei. Auf Friedhöfen beispielsweise ist die Phosphatkonzentration besonders hoch.«

»Phantastisch!« rief Gianni und übersetzte sogleich alles für seinen unverändert reglosen Onkel. Beide beobachteten ehrfürchtig, wie ich an verschiedenen Stellen des Gartens Löcher in die Erde bohrte und die Proben in Salzsäure auflöste.

»Allerdings«, schränkte ich kühl ein, während ich die Glasröhrchen schüttelte, »allerdings ist der wissenschaftliche Wert dieser Methode gering. Dünger zum Beispiel reichert den Boden künstlich mit Phosphat an. Außerdem enthält Erde immer einen gewissen Anteil Phosphat, und da wir hier mitten im Gemüsebeet stehen« – ich wies ärgerlich auf die bereits sprießenden Tomatenpflanzen – »dürfte sich dieses Reagenzglas auch gleich deutlich verfärben.«

»Tatsächlich!« jubelte Gianni, als meine Vorhersage augenblicklich eintraf.

Das Teströhrchen mit der fraglichen Bodenprobe wies schweren gelben Niederschlag aus; die vier anderen hatten sich nicht verfärbt.

»*Lo ha provato!* Er hat es bewiesen!« brüllte Gianni seinen Onkel begeistert an. Es schien ihn nicht im mindesten zu kümmern, daß ich meine eigene Untersuchung soeben offen angezweifelt hatte.

Auch Ernesto erwachte über der wissenschaftlichen Bestätigung seiner Erinnerung aus der Lethargie: »*Ha provato, sì*«, wiederholte er immer wieder, und dabei musterte er mich aufmerksam. Vermutlich war es ein lang entbehrtes Gefühl für ihn, ernst genommen zu werden.

Plötzlich zog eine Wolke über sein Gesicht: »*Vengono!*« sagte er tonlos. »Sie kommen!«

Ich blickte über die Schulter. Ein kleiner weißer Fiat knatterte auf das Grundstück und parkte umständlich neben unserem Wagen: die Familie!

Weder Gianni noch Ernesto schien es nun besonders eilig zu haben. Gemächlich schlenderten wir zum Haus und warteten, bis sie sich aus dem *Cinquecento* gequält hatten: ein Mann und drei Frauen.

Endlich setzte sich Gianni in Bewegung. Schritt für Schritt ging er auf seine Familie zu, wobei sein Kopf im Schlag der zeitgleich einsetzenden Kirchenglocken hin- und herwippte.

Ernestos Visionen

Bisweilen stellt sich der Mensch die Frage nach dem Grund seines Handelns. Warum finden wir keine überzeugende Antwort dafür? Wenn alles Streben seinen Ursprung im Gefühl hat, dient dann der Verstand lediglich zur Verwirklichung unserer Affekte und Sehnsüchte? Und wenn ja, ist das eine schlechte oder gute Eigenschaft des Menschen? Inwieweit darf man auf die innere Stimme hören, inwieweit muß man es? Und wenn die Stimme einem Dinge einflüstert, die der Verstand nicht gutheißen kann?

Während der Tage in Vallemutri, in denen die Ereignisse lawinenartig über mich hereinbrachen, sollte ich nicht selten Gelegenheit haben, an mir und meiner Umgebung zu zweifeln. Oft gelangte ich zu der Frage, was eigentlich mich dazu bewogen hatte, Giannis Einladung zu folgen: War es die Neugier, angeregt durch freundschaftliche Gefühle? Oder sehnte ich mich nach Urlaub, ein verständliches Fernweh nach zwei Jahren eintöniger Arbeit am Institut?

Gewiß, ich wollte ausbrechen. Aber vielleicht beargwöhnte ich schon damals unbewußt, was mir am Ende unseres Abenteuers in Vallemutri unrettbar verloren schien: das Recht der Wissenschaft, Antworten zu erzwingen!

Wir haben uns weit von unserem Erbe entfernt. Zu weit? Nie lagen größere Klüfte zwischen den Toten und Lebenden als heute. Wir errichten Mauern des Vergessens, die erst fallen, wenn *es* einen Bekannten trifft, wenn ein Nahestehender urplötzlich nicht mehr da ist oder wir unserer Liebe beraubt werden. Dann mag der Zurückbleibende spüren, wie eifrig das Leben bestrebt ist, die Risse zu kitten, die der Tod nun mal hinterlassen hat. Als sei Sterben etwas Unanständiges!

Ungeachtet der Tatsache, daß der Tod im Dasein eines Archäologen allgegenwärtig ist, beschäftigten mich Gedanken solcher Art jedoch wenig, als Gianni eines Tages vor mir stand und darum bat, »den Chef« sprechen zu können.

Das war im Frühsommer des Jahres 1983. Zu dieser Zeit weilte Professor Heinkel, der unser Institut leitete, häufig in Konstanz, um die Ausgrabung der Pfahlbauten zu überwachen. Als sein Assistent oblag es mir, dem Besucher Rede und Antwort zu stehen. Gianni sprach akzentfrei deutsch, war überaus höflich und respektvoll und wußte Spannendes zu erzählen.

Sein Vater, so berichtete er, habe vor gut zwanzig Jahren auf seinem Grundstück in Süditalien etwas »ziemlich Altes« gefunden, »zufällig«, wie er mehrfach betonte, was darauf schließen ließ, daß ich nicht sein erster Gesprächspartner in dieser Angelegenheit war. Ausgrabungen sind Sache des Staates, und wer gegen dieses Monopol verstößt, macht sich strafbar!

Gianni wußte das offenbar. Aus seinen Formulierungen

schloß ich, daß sein Vater beim Versuch, die Funde zu Geld zu machen, auf die Nase gefallen war.

Er stellte eine Plastiktüte auf den Tisch und holte drei in Zeitungspapier eingeschlagene Gegenstände hervor. Diese seien beim Verlegen einer Wasserleitung in geringer Tiefe entdeckt worden. Aus Angst, die Mafia könne davon Wind bekommen, habe Giannis Vater in Italien keiner Seele davon erzählt, sondern die Funde klammheimlich nach Deutschland geschmuggelt. Dort lebte Giannis Familie, seit sie der Arbeitslosigkeit in Vallemutri entflohen war, um ihr Glück im reichen Nachbarland zu finden.

Ich besah mir die vorgelegten Gegenstände: Es handelte sich um zwei geplättete Eisenspitzen und eine flache Bronzeschale. Insbesondere letztere wies deutliche Zeichen einer dilettantischen Reinigung auf, was meine Vermutung, der Vater habe die Funde verkaufen wollen, bestätigte. Gianni wollte oder konnte keine näheren Angaben machen, die Sache liege schon zu lange zurück, und er vermöge sich nicht mehr zu entsinnen. Jedoch, so bekräftigte er mit glänzenden Augen, auf seinem Grundstück seien immer wieder Knochen gefunden worden, und in Vallemutri erzähle man sich seit Generationen Geschichten von sagenhaften Schätzen und alten Gräbern.

Gianni ließ uns die Fundstücke schließlich da, mit der Bitte, ihr Alter und ihren Wert zu bestimmen.

Bald lag das Ergebnis vor. Unser Institut hatte die Bronzeschale auf etwa 800 vor Christus datiert; sie war recht gut erhalten, und das machte den Fund so interessant: Zeugnisse des Übergangs von der Bronze- zur Eisenzeit sind selten. Möglicherweise entstammten Giannis Funde einem Kriegergrab des ersten vorchristlichen Jahrtausends, wobei eine etruskische Herkunft vorstellbar war. Der Fundort, kaum vierzig Kilometer östlich der alten Etruskerstädte Capua und Nola, sprach dafür. Dagegen, daß die Gegenstände jeder anderen Kultur dieser Region zugeschrieben werden konnten, sofern sie genug über Metallurgie wußte, um eine unverzierte Bronzeschale und zwei Speerspitzen zu fertigen.

Dafür kamen viele in Frage. Neben den Griechen und Etruskern vor allem italische und indogermanische Bergstämme wie die Samniten und Osker; aber es mochte auch eine Gruppe aufstrebender Latiner den Tiber überschritten haben, um im Tal von Vallemutri eine Niederlassung zu gründen. Im vorchristlichen Kampanien lebten die unterschiedlichsten Kulturen oft nur wenige Kilometer auseinander. Welcher Urheberschaft die Funde waren, konnte vom Schreibtisch deshalb nicht bestimmt werden. Erst eine Grabung würde darüber Aufschluß bringen.

Von ihrer wissenschaftlichen Bedeutung abgesehen, besaßen die Gegenstände jedoch keinen Wert, worüber Gianni einigermaßen enttäuscht war. Wir hatten die Schale bereits restauriert, als er anrief. Heinkel hatte mich angewiesen, Gianni tüchtig ins Gewissen zu reden. Ein geschlossener Grabfund war noch im Bereich des Möglichen, und natürlich war es unsere Pflicht, die Kollegen in Süditalien zu verständigen.

Gianni reagierte reichlich unwirsch auf mein Ansinnen. Zwar schloß er nicht aus, die Funde irgendwann einmal einem Museum zu übergeben; doch machte er deutlich, daß sein Grundstück den alten Verwandten zur Nutzung überlassen war und er kein Recht besitze, deren Lebensabend zu verheeren.

»Wir leben im sicheren Deutschland«, erklärte er mir am Telefon, »aber dort unten regiert die Mafia. Wenn ich das Landesdenkmalamt in Neapel verständige, schicken die womöglich einen Trupp Leute und graben den Boden um. Das bedeutete erstens, daß man keine Tomaten, Kartoffeln und Bohnen ernten kann, und darauf sind die alten Leute angewiesen. Zweitens würde eine Grabung augenblicklich die Camorra auf den Plan rufen. Und drittens würde jeder wissen wollen, warum mein Vater den Fund nicht schon vor zwanzig Jahren gemeldet hat. Also: lauter Probleme! Ich werde noch mal mit meinem Vater reden, aber offen gestanden habe ich wenig Hoffnung.«

Als ich Professor Heinkel von dem Gespräch berichtete, knurrte der nur lapidar: »Wissenschaft hört da auf, wo Magen und Geldbeutel anfangen! Von dem Burschen hören wir nie wieder. Jede Wette!«

Leider kam Heinkels Pessimismus nicht von ungefähr. Er schlug sich seit Jahrzehnten mit Bauherren, Stadtverwaltungen und Landwirten herum, um das, was unsere Vorfahren im Boden hinterlassen haben, vor dem allzu raschen und zerstörerischen Zugriff der Lebenden zu retten. Ein gewöhnlicher Sterblicher hat wenig Interesse am Leben der Toten. Vor allem dann nicht, wenn dadurch ein Neubau, die längst fällige Telefonverkabelung oder die Kartoffelernte in Verzug gerät. Notgrabungen sind der Alltag des Landesarchäologen, und Heinkel hatte gelernt, damit umzugehen.

Tatsächlich schien er auch diesmal recht zu behalten. Gianni holte die Funde weder ab, noch rief er wieder an. Also legten wir eine kurze Aktennotiz an und verwahrten Schale und Speerspitzen im Archiv. Dringendere Fragen beschäftigten unser Institut; insbesondere der sensationelle Grabfund des Keltenfürsten von Hochdorf forderte damals unsere volle Aufmerksamkeit.

Ein Jahr später, ich hatte bereits mit meiner Doktorarbeit begonnen, stand Gianni zu meiner großen Überraschung wieder vor mir. Hagerer und irgendwie männlicher, als ich ihn in Erinnerung hatte.

Ob er die Sachen wiederhaben könne, fragte er vorsichtig.

Sein Vater war kürzlich gestorben, an Krebs, und Gianni,

der noch sichtlich unter dem Eindruck des miterlebten Leidens stand, wollte das Andenken an seinen Vater gerne aufbewahren. »Es gibt so vieles im Leben meines Vaters, wovon ich nichts weiß«, sagte er traurig. »Er hat wenig von sich erzählt, und ich habe wenig gefragt. Jetzt ist er tot, und ich werde sein Leben wohl nie mehr verstehen.«

Ich konnte ihm nachfühlen. Wir waren ungefähr im gleichen Alter, und auch mein Vater war früh gestorben. Väter scheinen schon zu Lebzeiten für ihre Söhne fern und nie wirklich greifbar. Mit dem Tod wird die Distanz bisweilen unerträglich; das Ungesagte schmerzt wie eine offene Wunde, die niemals wieder ganz verheilt, weil jede Möglichkeit zur Aussprache dahin ist.

Wir besprachen uns lange an jenem Tag, und ich lernte Giannis offene, unverbildete Art zu schätzen. Sie stand sehr im Gegensatz zum Habitus meiner vergeistigten Kollegen, deren Trachten dem Leben der Toten galt. Gianni lebte in der Gegenwart. Dort kannte er sich aus. Er schilderte eine bunte, lebensfrohe Welt, die ich schon beinahe vergessen hatte. Ihm gegenüber fühlte ich mich steinalt. Schlichte Dinge waren es, die ich plötzlich vermißte. Geld verdienen und wieder ausgeben, eine durchzechte Nacht mit Katerfrühstück, elektrische Spannungen, wenn eine Angebetete vorübergeht, Lachen, bis der Bauch schmerzt, Melancholie im Herbstwald, Laufen, bis die Beine versagen, blauer Himmel mit dem Rücken im Gras, die leichte Freiheit des Herzens unter der Sonne – Gianni roch förmlich danach. Vor allem roch er nach Italien, das er liebte, obwohl – oder gerade weil? – er in Deutschland aufgewachsen war.

»Seit dem Tod meines Vaters weiß ich nicht mehr, wo mein Zuhause ist«, sagte er etwas schwermütig. »Irgendwie hänge ich in der Luft. Vielleicht sollte ich mir eine ganz neue Heimat suchen!«

»Vielleicht«, stimmte ich ihm zu. »Aber wenn man weiß,

woher man kommt, ahnt man, wohin man gehen wird. Das jedenfalls pflegt Heinkel zu sagen. Ich an deiner Stelle würde nach Italien gehen und dort die Spur meines Vaters aufnehmen. Die Zukunft ergibt sich aus der Vergangenheit. Fang noch mal von vorne an!«

»Ja«, meinte er langsam. »Ich glaube, du hast recht.« Dann sah er mich an und lächelte: »Aber sag, hättest du nicht Lust mitzukommen? Vielleicht schaufeln wir mehr aus als nur persönliche Erinnerungen. Wer weiß, du hast schließlich selbst festgestellt, wie wertvoll der Fund meines Vaters für die Wissenschaft sein könnte.«

Fürwahr, das war ein verlockendes Angebot! Ein paar Tage raus aus dem Institutsmief! Arbeit unter freiem Himmel, die Hände im Dreck, die Sinne auf den Boden gerichtet! Ich sagte zu, ohne lange nachzudenken. Allerdings mit dem Vorbehalt, daß mir das Institut Urlaub bewilligen müsse.

Professor Heinkel zeigte sich wenig erfreut, als er meine Bitte um Freistellung vernahm. »Ich brauche Sie hier, und zwar dringend! Ihre italienischen Räubergeschichten können Sie während der Freizeit verfolgen!« befand er streng, aber gewiß strenger, als er dachte. Gerade Heinkel war als leidenschaftlicher Ausgräber bekannt. Warum sollte er kein Verständnis für meine Sehnsucht aufbringen können?

»Außerdem«, fuhr er dessen ungeachtet fort, »haben Sie von prärömischer Geschichte keinen Dunst. Glauben Sie etwa, ein Grünschnabel wie Sie könnte zur Erhellung der etruskischen Kultur beitragen?«

Das glaubte ich natürlich nicht! Als angehendem Landesarchäologen waren mir die Etrusker ungefähr so fern wie einem Schwarzmeertaucher der Indische Ozean. Und doch bewegte man sich hier wie dort im Wasser. Wer süddeutsche Keuperböden umpflügte, würde auch in einem italienischen Bergdorf den Spaten führen können.

Und dann: Wozu gab es Bücher? Die Techniken und Vorgehensweisen meines Fachgebiets waren auf jede andere historische Disziplin übertragbar. Über die Etrusker wußte ich eingestandenermaßen nicht sehr viel, aber das konnte man ändern!

Vor allem aber lockte mich die Aussicht auf ein paar unbeschwerte Tage in einem sonnigen Land. Unsere fix entwickelte Idee war schließlich nicht auf den Erfolg ausgelegt. Gianni hatte mich eingeladen, seine Heimat kennenzulernen, ein Stück persönliche Vergangenheit, die vielleicht, höchst unwahrscheinlicherweise, den Saum der großen Geschichte berühren mochte. Über das, was wir finden würden oder nicht, machten wir uns deshalb wenig Gedanken. Unser Ziel war zuallererst die Suche, nicht das Finden!

Das machte ich Heinkel ein wenig trotzig klar.

»Schon gut«, grinste er schief. »Wo Sie Ihren Urlaub verbringen, geht mich ja nichts an. Bloß, bitte, junger Freund, nehmen Sie ihn erst im Frühjahr. Bis dahin können Sie sich auch mit den Etruskern vertraut machen. – Sehr interessantes Thema übrigens. Fragen Sie mal Schallmann, der kann Ihnen dazu eine hervorragende Doktorarbeit aus dem Archiv kramen.«

Aus seinem schelmischen Augenzwinkern hatte ich schon eine Theorie entwickelt, und so war ich wenig erstaunt, als mir Schallmann, unser Bibliothekar, feixend die angeforderte Arbeit aushändigte: Als Autor zeichnete, damals noch nicht Professor, ein gewisser Joseph Heinkel verantwortlich!

Gelegentlich rief mich Gianni an. Wir hatten eigentlich geplant, unsere Reise bei einem Glas Rotwein zu besprechen. Aber, wie so oft im Leben, es blieb bei der guten Absicht. Mal war er verhindert, mal konnte ich nicht; und so zog der Winter vorbei, bis plötzlich der Tag unserer Abreise, ein regnerischer Freitag im März, gekommen war, ohne daß wir uns auch nur einmal getroffen hatten. Immerhin hatte ich mich mit Fachbüchern versorgt und schon manches über die Etrusker in Erfahrung gebracht. Vor uns lagen herrlich freie Tage ohne jede Verpflichtung. Da würde sich genug Zeit finden, das Versäumte nachzuholen.

So saß ich also neben Gianni, der mir über die Monate hinweg wieder fremd geworden war. Erst im Auto wurde mir der eigentümliche Charakter unserer Expedition richtig bewußt: eine gleichermaßen persönliche wie wissenschaftlich-archäologische Spurensuche. Wohin würde sie uns führen?

Gianni wirkte abgespannt. Er arbeitete als Automechaniker, was ihn sehr erschöpfte. Er hatte nicht mal Zeit und Muße gefunden, seiner Familie unser Kommen anzukündigen – was dazu führte, daß der Schlüssel nicht lag, wo er hätte liegen sollen, und wir die erste Nacht auf der Veranda verbringen mußten.

Schon auf der Fahrt erzählte Gianni einiges über seine Familie in Vallemutri. Ich erfuhr, daß der eingeheiratete Onkel Antonio ein strenges Regiment über die übrigen Verwandten führte. Dazu fühlte er sich um so mehr befähigt, als er jahrelang als Hausmeister eines neapolitanischen Mietshauses gewirkt hatte – eine Stellung, die Unnachgiebigkeit und feinsinnige Diplomatie in gleich hohem Maße erforderte.

Von Ernestos Schicksal hatte mir Gianni besonders ausführlich berichtet. Doch erst die Diskrepanz zwischen seinen Schilderungen und der erlebten Wirklichkeit im Morgengrauen ließ mich ahnen, daß ich auf die Begegnung mit Menschen, die in einer derart ungeläufigen Welt lebten, nur ungenügend vorbereitet war.

Der erste Tag in Vallemutri war sonnig, was die Geschehnisse nach unserer Ankunft noch unwirklicher erscheinen ließ. Wir frühstückten auf der Veranda. Gianni hatte den Gartentisch von seinem archäologischen Arrangement schon wieder befreit – das übrigens seine Wirkung nicht verfehlt hatte. Onkel Antonio blätterte bereits die gelehrten Bücher durch und wußte den Tanten zum Kaffee allerlei Löbliches von mir zu berichten.

Als Giannis Freund hatte mich die Familie zunächst sehr herzlich begrüßt. Mit der Bekanntgabe meines Berufes und unserer Absichten mischten sich jedoch Skepsis und Besorgnis in die Herzlichkeit; sie wandelte sich infolgedessen zu einer vorsichtigen Liebenswürdigkeit, in der die einander widerstrebenden Gefühle kein rechtes Gleichgewicht finden konnten. Vor allem Antonio rang mit sich. Zwar ließ er es sich nicht anmerken, doch es war unübersehbar, daß er seine Position als Patriarch gefährdet sah.

Ernesto konnte ihm nicht Paroli bieten, genausowenig seine Gattin Anna und die beiden uralten Schwestern Francesca und Cosima. Doch nun war der junge Stammhalter der Orsinis zurückgekehrt. Um sein Erbe anzutreten? Denn das Grundstück, auf dem Antonio regierte, gehörte nach Micheles Tod Gianni, seinem Sohn.

Und was für Pläne hatte der aus Deutschland mitgebracht! Antonio fand zweifellos überreichlich Anlaß zur Sorge, als ihm Gianni unbekümmert von unserem Vorhaben erzählte.

Zwei Welten stießen aufeinander, verkörpert durch leibhaftige Menschen mit unterschiedlichen Zielen, Hoffnungen und Lebensweisen. Ich sah nicht geringe Schwierigkeiten auf uns zukommen. »Gianni«, begann ich vorsichtig, als wir am Abend allein in der Küche saßen. »Ich denke, es wird nicht einfach sein, hier ungestört den Boden umzugraben. Nicht nur, weil uns Antonios Tomaten im Weg stehen. Ich kann mir kaum vorstellen, daß man es hier gerne sähe, wenn Leichen ausgebuddelt würden. Die Neuzeit scheint an deiner Familie spurlos vorübergegangen zu sein. Ich mag sie, aber sie denken ganz anders als wir.«

»Kümmere dich nicht um meine Familie«, erwiderte Gianni und stopfte gelassen riesige Berge Pasta in sich hinein – Tante Anna hatte für uns vorgekocht. »Das ist mein Haus. Mein Vater hat es eigenhändig gebaut. Und als wir nach Deutschland gingen, zogen Onkel Ernesto und seine Frau ein.«

»War das vor seinem Unfall?« fragte ich und griff zur Salatschüssel.

»Nein, nein, danach. Laß mich nachdenken – ich muß drei, vier Jahre alt gewesen sein, als wir Vallemutri verließen. Zwei Jahre später hatte Ernesto seinen Unfall.« Gianni hielt plötzlich inne und schüttelte traurig den Kopf. »Mein Gott, wie ist dieser Mann vom Schicksal geschlagen worden! Ich weiß noch, als Kind, da war Ernesto für mich ein Riese. Warte, ich zeige dir ein Bild.« Er nahm eine bräunliche Fotografie aus der Küchenvitrine.

Ein Mann, Anfang Dreißig, in Uniform, das Barett keck über den Scheitel gezogen, strahlte mich zuversichtlich an.

»Er war bei den Carabinieri«, sagte Gianni.

Das Foto schien aus den fünfziger Jahren zu sein. Ernesto ähnelte Gianni, war allerdings größer und kräftiger.

»Was ist aus seiner Frau geworden?« wollte ich wissen.

»Tante Lisandra? Puuh!« Gianni rollte dramatisch die Lippen unter die Zähne. »Das war eine heikle Geschichte. Sie verließ ihn kurz nach dem Unfall. Soviel ich weiß, lebt sie heute in der Schweiz. Du kannst dir denken, daß hier nicht über sie gesprochen wird.«

Ich nickte. Genausogut konnte ich mir freilich vorstellen, daß ein Leben an der Seite eines menschlichen Wracks viel schlimmer war, als vom Bann der Familie getroffen zu werden. Zuschauen, wie ein geliebter Mann zerfällt, kann sehr schmerzhaft sein. »Und seither kümmern sich die Tanten um ihn?«

»Anfangs kamen sie tagsüber aus dem Dorf, um für ihn zu kochen. Inzwischen ist es aber so schlimm geworden, daß er abends meistens mit ins Dorf geht. Von seiner Rente und der Unfallversicherung hat Antonio ein kleines Haus gekauft, in dem sie zusammen wohnen. Nur dank Ernesto sind sie auf meinem Grundstück. Er ist der Bruder meines Vaters.« Gianni schaute mich fest an: »Diese Schreie! Sie hallen mir immer noch im Ohr. Er muß furchtbare Schmerzen haben!«

»Ich weiß nicht, ob das nur körperlich ist«, sagte ich und lauschte in mich hinein, wo Ernestos Schreie noch immer wie unwirkliche Traumboten durch die Dämmerung ritten. »Nooooo«, ahmte ich den Tonfall nach, freilich in Zimmerlautstärke. »Für mich hört sich das an, als wolle er böse Geister verscheuchen.«

»Geister? Das stimmt vielleicht sogar«, meinte Gianni überrascht. »Vorhin erzählte er mir von seinen *Visionen*.«

»Visionen?«

»Ja, er sagte, er würde dauernd irgendwelche Leute sehen, die gar nicht da wären.«

»Was für Leute?« fragte ich nervös.

Draußen erhob sich ein böiger Wind. Das unheimliche Bild von Ernesto, der durch den nächtlichen Garten wandelte, erschien vor meinem geistigen Auge.

»Seine Eltern zum Beispiel, Freunde und Verwandte, die schon lang tot sind.«

Gianni zögerte.

Ich fragte trotzdem: »Deinen Vater auch?«

Er nickte und sah mir treuherzig ins Gesicht. »Ja, meinen Vater auch.«

Ich hatte kein Recht weiterzufragen. Also schwieg ich.

Plötzlich durchfuhr mich ein ahnungsvoller Schauer. »Gianni«, sagte ich ruhig. »Weißt du, warum Ernesto nicht überrascht war, als er uns vor dem Haus schlafen sah?«

Er schüttelte den Kopf. Aber dann leuchtete etwas in seinen Augen auf: »Meine Güte! Er hielt uns für eine *Vision*!«

Ich nickte. Ernesto hatte uns wohl gesehen, aber nicht zu unterscheiden vermocht, ob wir leibhaftig waren oder nur in seiner Einbildung vorhanden! Ernesto hatte *Visionen*! Erklärte das nicht die Bestimmtheit, mit der er die Fundstelle im Gemüsebeet bezeichnet hatte?

Wir tranken schweigend unseren herben Rotwein. Antonio hatte ihn mit der einladenden Geste des Hausherrn auf den Tisch gestellt, bevor sich die Familie nach Vallemutri aufmachte. Der Wein schmeckte nicht sonderlich, aber das Gefühl von Leben und Wirklichkeit kehrte mit jedem Schluck zurück.

Die heiligen Pilze

Der Schrei überraschte mich nicht. Gianni schnarchte leise im Schlaf. Ich kletterte fröstelnd aus meinem schmiedeeisernen Bett und schlich zum Fenster. Es mochte vier Uhr morgens sein; eine feuchte Kühle lag über dem träumenden Tal.

Da! Ein weiterer Schrei. Gepreßt, ein schmerzvolles Stöhnen, es schien, daß er sich Mühe gab, leise zu schreien.

Angestrengt suchte ich den dunklen Garten ab; die Dämmerung hatte noch nicht eingesetzt. Ich mußte es sehen! Ein so ruhiger, fast apathischer, doch schon gebrochener Mensch – wie konnte er nur schreien, daß einem der Atem stockte? Fuchtelte er dabei mit den Armen? Warf er sich verzweifelt auf die Knie, niedergestreckt von seelischer und körperlicher Pein?

Diese verfluchte Dunkelheit!

Jetzt! Eine kaum wahrnehmbare Bewegung in der Nähe der Fundstelle. Er schrie! Der Schmerz überwältigte ihn, er brüllte lauter denn je. Was ging nur in ihm vor? Und wie sah es aus?

Ich dachte an seine *Visionen* und fror.

»Mein Gott!« sagte Gianni tonlos.

»Er steht im Garten«, sagte ich. »Aber ich kann ihn nicht sehen.«

»Mein Gott!« wiederholte Gianni.

Dann krachte ein trockener Schuß in den Bergen. Aus der Ferne kam mehrfach Antwort.

»Was ist das?« fragte ich. Mir fiel ein, daß es schon gestern morgen geknallt hatte.

»Irgendein bescheuertes Dorffest. Da wird schon tagelang vorher wild in die Luft geballert.«

»Aber warum schießen die nachts? Das erscheint mir reichlich riskant.«

»Keine Ahnung«, meinte Gianni schläfrig. »Onkel Antonio erzählte, das Fest würde heute abend steigen. Wir können hingehen, wenn du magst. Vallemutri ist die Besichtigung auf alle Fälle wert.«

Ich murmelte zustimmend, während ich die Dunkelheit mit meinen Blicken durchbohrte. Einmal vermeinte ich, Ernestos massige Gestalt unter den Bäumen hindurchgehen zu sehen, aber ich war mir nicht sicher. Dann hörte ich Geräusche aus der Küche unter uns.

»Er macht Kaffee«, stellte Gianni fest. »Ich würde gerne wissen, wieviel Tassen er auf den Tisch stellt.«

»Wie meinst du das?« Ich stieg ins quietschende Federbett zurück und wickelte mich in meine körperwarme Decke.

»Nun, gestern morgen, als ich in die Küche stürzte und erwartete, meinen Onkel sterbend auf dem Boden vorzufinden, da saß er ruhig in seinem Sessel und schaute in den kalten Kamin. Zuerst dachte ich, jemand anders hätte geschrien, aber niemand außer uns war im Raum. Ernesto wandte sich nur kurz um, als er mich hörte, und sagte: ›Ciao, Gianni, möchtest du einen Kaffee?‹ Er schien auf mich gewartet zu haben, als sei ich nie fort gewesen!«

»Er wußte einfach nicht, ob wir Wirklichkeit waren oder eine Vision.«

»Ja, ja«, sagte Gianni ungeduldig. »Aber erinnere dich an den Tisch. Da standen mehrere Tassen herum, manche gefüllt, manche leer.«

Er hatte recht. An jedem Platz des großen Holztisches war eine Kaffeetasse aufgestellt gewesen. In Unkenntnis der familiären Situation war mir das nicht sonderlich aufgefallen. Vielleicht ließ man hier seine Kaffeetassen über Nacht stehen.

»Deshalb«, fuhr Gianni fort, »dachte ich zuerst, daß noch jemand im Raum sein müsse. Was glaubst du?«

»Was?«

»Ob noch jemand in der Küche war?«

Mir wurde noch eine Spur kälter. Die Gänsehaut begann sich an meinem Körper festzusetzen. »Keine Ahnung«, log ich. Was ich dachte, ging niemanden etwas an. »Und du? Was denkst du?«

»Vielleicht«, sagte er langsam, »waren wir tatsächlich nicht allein mit Ernesto. Vielleicht haben du und ich die anderen bloß nicht gesehen.«

Unter uns rumorte es. Ernesto tischte ordentlich auf.

»Schluß jetzt mit den Gespenstergeschichten!« sagte ich energisch. »Wir haben einen harten Tag vor uns. Laß uns noch ein bißchen schlafen!«

Wir lauschten schweigend. Ernestos Geschirrklappern und seine tapsenden Schritte lösten beunruhigende Bilder in meiner Phantasie aus. Manchmal glaubte ich, ein gedämpftes Murmeln zu hören; aber es hätte auch der Wind sein können.

Endlich fiel ich in einen unruhigen Schlummer.

Als ich aufwachte, stand die Sonne schon hoch über dem Haus. Giannis Bett war leer, die Decke zurückgeschlagen. Von der Veranda drangen lebhafte Stimmen in unser Zimmer; es war hellblau getüncht.

Giannis Haus war winzig. Es maß vielleicht fünf Meter in der Breite und war neun Meter lang. Ich konnte mir kaum vorstellen, daß Gianni hier die ersten vier Lebensjahre verbracht hatte – mit seinen Eltern und den jüngeren Geschwistern.

Beide Stockwerke, das Erdgeschoß und die darüberliegenden Schlafräume, wurden von außen begangen. Im unteren befand sich die gemütliche Wohnküche, der zentrale Platz im Haus, dahinter ein großer ebenerdiger Vorratsraum, irreführend *cantina*, Keller, genannt. Von der rotbraun gekachelten Veranda, welche die Vorderseite des Hauses befriedete, schwang sich eine gewaltige Außentreppe empor. Insbesondere diese Treppe verlieh Giannis Häuschen einen ausgesprochen originellen Charakter.

Denn nur über sie gelangte man in das Obergeschoß, das Ernestos Ruheraum und unser Zimmer beherbergte. Von da führte sie an ein kleines Kabuff, das aussah wie eine Miniaturausgabe des Hauses. Es klebte in luftiger Höhe neben dem Treppenaufgang an der Wand. Genau besehen ragte dieser Verschlag, in dem ich zuerst den Taubenstall vermutet hatte, hinüber auf das Nebengrundstück; man hielt also seine Sitzungen, während der Herr Nachbar darunter den Gemüseakker bestellte.

Inwiefern die aus dem *gabinetto* führenden Rohre zum Gedeihen der landwirtschaftlichen Erzeugnisse auf dem Nachbargrund beitrugen, blieb ungeklärt, bis Tante Cosima den Schleier lüftete.

Eines Tages nämlich beobachtete ich das gleichermaßen charmante wie durchtriebene Persönchen auf einem ihrer

Wandelgänge durch den Garten. Ich zündete mir eine Zigarette an, und als ich wieder aufsah, war die Tante wie vom Erdboden verschluckt.

Nun machte ich mir natürlich Sorgen, denn die Gute greinte und jammerte doch arg, meist am Mittagstisch, während sie ungeheure Mengen Pasta vertilgte.

Gerade wollte ich mich auf die Suche machen, als die greise Cosima wieder auftauchte, hinter dem Hühnerhaus, wo eine dichte Hecke neugierige Blicke abwehrte. Erleichtert lehnte ich mich zurück – um im selben Moment ungläubig aufzuschrecken: Um die zarten Knöchel der betagten Dame hatte sich ein hautfarbener Schlüpfer gewunden!

Tante Cosima bemerkte ihr Mißgeschick erst, als sie über die eingeschränkte Beinfreiheit am Ausschreiten gehindert wurde. Dann aber raffte sie ihre leuchtenden Über-, Unter- und Überhauptröcke um so entschiedener, und das intime Kleidungsstück verschwand. Nach einem kurzen Rundumblick setzte sie ihren Wandelgang fort, als sei nichts geschehen.

Das gab mir zu denken. Ich befragte Gianni, und der konnte mir alsgleich erschöpfend Auskunft geben: Nicht nur Tante Cosima, nein, alle Tanten und Onkel verrichteten ihre Geschäfte hinter dem Hühnerhaus. Das war schon immer so, und daran würde auch das modernste Wasserklosett nichts ändern. Der einzige, der außer uns gelegentlich das *gabinetto* beehrte, war Kater Cesare. Aber der suchte eher Mäuse denn Erleichterung und konnte schon deshalb nicht als Erklärung für das Wachstum der Nachbarkürbisse herangezogen werden.

An jenem Morgen freilich, meinem zweiten in Vallemutri, hatte ich weder Tante Cosimas Greisinnenbeine gesehen, noch wußte ich ihr Alter. Ich sollte es jedoch jeden Moment erfahren, vernahm ich doch von der Veranda die wohlbekannte Tonfolge des internationalsten Geburtstagsliedes der Welt:

»Happy birthday to you« – mit italienischem Text, versteht sich, was sich auch nicht viel besser anhört.

Ich kleidete mich also rasch an und stieg, nach einem kurzen Kabinettbesuch, die Treppe herab.

»Tante Cosima hat Geburtstag«, erklärte mir Gianni überflüssigerweise. Er verdrehte die Augen. Wir würden unsere Pläne für den Tag wohl oder übel umstellen müssen.

Nun erfuhr ich auch das Alter der Tante: Sie wurde neunzig! Heute hatte sie ihre Festtagskleider an und lachte mich schalkhaft aus ihrem fast zahnlosen Mund an. Zwei gewaltige Eckzähne ragten ebergleich in das altersfleckige Zitronengesicht. Man bedeutete mir, ich möchte das Geburtstagskind küssen.

Da ich bis dato lediglich den ungleich schnelleren französischen Kußgruß kannte, linke Wange – rechte Wange – linke Wange, gerieten die Tante und ich dabei ein wenig aneinander. In Vallemutri nämlich küßte man rechts – links, und zwar gemessen, fast gravitätisch, mit steifem Oberkörper und festem Blick. Die feierliche Körperhaltung der Küssenden war mir schon bei der Begrüßung aufgefallen.

Ich setzte also bereits den dritten Kuß an, als Tante Cosimas welke Lippen sich gerade zum ersten spitzten; unser ungleicher Kußrhythmus sowie der Umstand, daß mir die Tante gerade bis zur ersten Rippe reichte, führten dazu, daß sich unsere Nasen mehrfach schmerzhaft kreuzten und die Tante schließlich von mir abließ.

»*Buon giorno, Valentino!*« rief Onkel Antonio leutselig. »Komm, setz dich zu uns, iß ein Stück Kuchen!«

Es war herrlich, an diesem warmen Morgen in der Sonne zu sitzen. Kater Cesare strich maunzend durch sattgrüne Wiesen, der Gemüsegarten verströmte erdklare Landdüfte, ein weicher Wind schmeichelte durch das Tal. Die Veranda war eigens für Tante Cosimas Geburtstag hergerichtet worden. Man hatte den Küchentisch unter die blühenden Bäume gerückt. Bunte Lampions und Bänder hingen in den Ästen.

Ich überlegte, ob der Umzug des Küchentisches die Ursache für Ernestos nächtliches Lärmen gewesen war, verwarf den Gedanken aber, nachdem ich erfolglos versucht hatte, das schwere Möbel mit den Knien zu verschieben.

Ernesto saß mir gegenüber. Ich beobachtete ihn unauffällig. Wie erlebte er die Szenerie? Waren wir in seinen Augen leibhaftig oder eine *Vision*?

Er schien ganz woanders zu sein, schaute mal durch diesen, mal durch jenen Tischnachbar hindurch und griff sich bisweilen an den Kopf, um seine Stirn zu massieren.

»*I dolori!* Die Schmerzen«, erklärte Antonio leise, als er meine Blicke bemerkte.

»Bekommt er Medikamente?« fragte ich.

»Ohh!« Antonio machte eine theatralische Geste und schnalzte mit der Zunge. »Er bekommt sehr viel gute und sehr teure Medizin. Bald müssen wir wieder zum Arzt. Die Tabletten helfen nur ein paar Monate, dann kommen die Schmerzen wieder, und wir brauchen neue Medizin. Viel neue, teure Medizin!« Er schüttelte betrübt den Kopf: »*Il povero!* Der arme Mann!« Dabei blickte er zu seinem Schwager, aber vielleicht meinte er auch sich selbst, wo doch die Medizin so teuer war.

In diesem Moment knatterte ein Motorroller aufs Grundstück. Ein Mädchen saß darauf, ihre dunklen Haare flatterten im Wind. »Aaah!« rief Gianni in die Familienrunde. »Angelina! Valentin, das ist meine Kusine.«

Tante Francesca, die rechts neben mir saß, winkte mich mit verschwörerischem Blick näher: »*Valentino, sei sposato?* Bist du verheiratet?«

Unglücklicherweise verneinte ich ihre Frage wahrheitsgemäß. In der Folge sah ich mich sechsundachtzigjährigen Adleraugen ausgesetzt, die jeden Blickkontakt zwischen mir und Giannis Kusine, einem fröhlichen Mädchen von vielleicht zwanzig Jahren, unbarmherzig registrierten.

Angelina, »Engelchen«, wie ich belustigt übersetzte, nahm neben ihrem Vetter Platz, und die beiden begannen auch gleich, sich angeregt und vertraulich zu unterhalten.

Nicht nur um Tante Francescas Verdacht zu zerstreuen, erkundigte ich mich beim Onkel nach dem Anlaß der nächtlichen Schüsse. Das müsse doch wohl ein merkwürdiges Fest sein?

»*Oh, sì*« sagte Antonio erfreut, dem gelehrten Gast seinerseits etwas erklären zu können. »Sehr merkwürdig, nicht wahr, Gianni?«

Der zuckte bloß mit den Schultern: »*Non so neppure, zio.* Ich weiß es auch nicht. Bitte erzähle uns die Geschichte, Onkel.«

»*Bene*«, begann Antonio mit einer ausholenden Bewegung. Er legte immer wieder kleine Pausen ein, damit Gianni für mich übersetzen konnte. »Vor langer Zeit, ich weiß nicht, wie viele Jahrhunderte seither vergangen sind, das Meer war jedenfalls noch nicht so weit weg, lebten in den Bergen von Vallemutri« – er wies auf die eindrucksvolle, gen Himmel ragende Felskulisse – »Seeräuber, die reiche Kinder entführten und dort oben versteckt hielten.«

»*Aaah, sì, i briganti, esatto.* Die Räuber, genau«, wiederholte Ernesto, als habe er soeben sein Stichwort bekommen.

»Diese Männer waren hart und grausam«, erzählte Antonio. »Sie schnitten den entführten Kindern oft Ohren oder Finger ab, damit die reichen Eltern im Norden Angst bekamen und viel Lösegeld für ihre Kinder bezahlten. Und weil die Räuber sehr herzlos waren und viele Kinder entführten und viele Ohren und Finger abschnitten, wurden sie bald selber sehr reich, und sie lebten in den Bergen von Vallemutri wie Fürsten.

Eines Tages jedoch kamen die Soldaten des Königs, zweihundert an der Zahl, und sie stiegen in die Berge und töteten alle Räuber, die sie finden konnten.

Einige entkamen jedoch. Die Berge waren damals dicht bewaldet, nicht kahl und baumlos wie heute. Ein schlauer Mann konnte sich dort gut verstecken.

Die überlebenden Räuber hielten sich fortan zurück. Sie entführten bloß noch gelegentlich ein Kind, und ganz selten nur schnitten sie ein Ohrläppchen ab, um die Zahlungswilligkeit der Eltern zu verbessern. Irgendwann hörte man dann gar nichts mehr von den schrecklichen Räubern in den Bergen. Höchstens, daß eine Mutter die Geschichte ihrem ungezogenen Kind erzählte, oder ein Lehrer den Lausbuben, damit sie sich nicht allein in die Berge aufmachten.

Viele Jahre später, es muß zur Zeit meiner Urgroßeltern gewesen sein, verschwand ein Dorfjunge, der ausgesandt war, um Pilze zu sammeln. Sein Verschwinden war ungewöhnlich, denn die Räuber wußten natürlich, daß die Menschen in Vallemutri arm waren und kein Lösegeld bezahlen konnten. Der Vater des Knaben, ein Schafhirte, den meine Urgroßmutter noch persönlich gekannt hat, kletterte also in die Berge, um seinen Sohn zu suchen. Viele Tage irrte er durch die Berge, ohne eine Spur von Menschen zu finden. Seine Vorräte waren längst zu Ende, und wenn es nicht so viele Pilze gegeben hätte, wäre er wohl verhungert.

Schließlich gelangte er an eine Lichtung, auf der massenhaft Pilze wuchsen. Morcheln, Pfifferlinge, Brätlinge, Speiteufel, Schafeuter und wie sie alle heißen. So viele Pilze hatte der Schafhirte noch nie gesehen. Müde bereitete er sein Nachtlager, briet sich ein paar saftige Champignons und legte sich schließlich nieder, nachdem er einen gewaltigen Baumstumpf ins Feuer geworfen hatte, dessen Glut ihn während der Nacht wärmen sollte.

Wie er so dalag und schlief, wurde er von einem Alptraum heimgesucht. Ihm träumte, die vielen tausend Pilze würden plötzlich lebendig. Ihre Umrisse und runden Formen verschwammen in der Dunkelheit, und da sah er, daß die Pilze in Wirklichkeit abgeschnittene Kinderohren waren, die auf Kinderfingern standen. Und sie tanzten und hüpften um ihn herum, daß ihm ganz schwindlig wurde, so daß er aufwachte.

Natürlich machte er sich jetzt noch mehr Sorgen um seinen Sohn. Er schlief schlecht und wäre am liebsten gleich losgegangen, um ihn zu suchen.

Am nächsten Morgen war das Feuer erloschen. Der Schafhirte wollte es neu entfachen, um sich ein paar Pilze aufzubraten. Aber als er in den verkohlten Baumstumpf blasen wollte, blinkte etwas aus der Asche. Er pustete sie vorsichtig beiseite und sah, daß in der Feuerstelle ein riesiger Klumpen geschmolzenes Gold lag. Jawohl, ein Goldklumpen, so groß wie ein Fußball!«

Onkel Antonio lehnte sich zurück und sah in die Runde: »Woher der plötzlich kam, wollt ihr wissen? Vielleicht hatte ein Seeräuber seinen Schatz in den hohlen Baumstumpf gesteckt. Und dann war er von einem Beutezug nicht mehr wiedergekommen, oder die Soldaten des Königs hatten ihn getötet, wer weiß das schon?

Der Schafhirte jedenfalls fand wenig später seinen Sohn wieder, unversehrt! Und er brachte ihn und den Goldklumpen sicher zurück und wurde der reichste Mann des Dorfes. Der Pfarrer sprach einen Segen über die Pilze, weil sie den Vater reich gemacht hatten und dank ihrer der Sohn aufgespürt worden war.

Seither wird in Vallemutri jedes Jahr zur selben Zeit ein Fest zu Ehren der Pilze gefeiert. *Sagra dei funghi*, die Kirchweih der Pilze – so heißt das Fest. Es gibt eine kleine Prozession durch das Dorf zur Kirche, wo der Pfarrer die Pilze segnet, und abends wird auf dem Dorfplatz getanzt. Und getrunken. Ihr müßt es euch unbedingt anschauen, das ganze Dorf wird dasein.«

»Eine schöne Geschichte«, sagte ich.

Und interessant war sie obendrein. Ich hatte gleich mehrere bemerkenswerte historische Anhaltspunkte entdeckt. »Hast du sie nicht gekannt, Gianni?«

»Nein, ich habe noch nie davon gehört. Aber sag, Onkel, warum wird in den Nächten vor dem Fest so viel geschossen?«

»Paah! Das ist eine Spinnerei der Dorfburschen. Sie laufen durch die Berge und suchen Pilzkolonien. Wenn sie eine Stelle gefunden haben, machen sie genau dasselbe wie der Schafhirte: Sie braten ein paar Pilze überm Feuer, dann schmeißen sie einen Baumstumpf hinein und warten, daß Gold herausfließt. Wenn es einmal knallt, wissen die anderen, daß es nichts war. Schießt aber einer dreimal schnell hintereinander, ist er fündig geworden.«

Antonio grinste: »In meinem ganzen Leben habe ich es noch nie dreimal schnell hintereinander knallen hören.«

Laura, obwohl sie nicht kam

Angelina sprach Englisch. Zwar nicht sonderlich gut, aber gerne, und so freute sie sich natürlich, einen Gesprächspartner zu finden, der ihrer Lieblingssprache mächtig war.

Ich freute mich auch. Nicht nur, weil es immer angenehm ist, im Ausland auf Menschen zu treffen, die eine Sprache schlechter beherrschen als man selbst. Nein, Angelina gefiel mir, was ich unter Tante Francescas wachen Augen freilich nicht zu erkennen gab.

»Wie alt ist deine Kusine eigentlich?« fragte ich Gianni beiläufig. Die Familie war inzwischen wieder abgerückt. Tante Anna und Onkel Antonio, das rüstige Hausmeisterehepaar, hatten wie jeden Nachmittag gegen fünf Uhr klar Schiff gemacht und die zierlichen Tanten und den wuchtigen Ernesto auf rätselhafte Weise im Fiat 500 verstaut.

»Angelina? Warte –« Gianni überlegte. »Laura, ihre ältere Schwester, müßte heute Ende Zwanzig sein; dann kommt Silvio, mein Kusin, und dann erst Angelina – ich schätze, sie ist zwei- oder dreiundzwanzig.«

»Und schon verheiratet, nehme ich an?«

»Sagen wir's mal so: Sie hätte es eigentlich sein müssen. Ich weiß aber nichts Genaues. Die Sache ging auseinander, bevor sie richtig begann.«

Tante Francescas Argusaugen wurden mir nun verständlicher: Kaum ist ein neuer Mann in Vallemutri, schon sitzt Angelina mit am Tisch! Wenn das kein Grund für allerhöchste Wachsamkeit war!

»Vielleicht hat allerdings auch Lauras Geschichte dazu beigetragen, daß Angelina nicht heiraten will.« Gianni schaute betrübt auf den Holztisch, der inzwischen wieder in der Küche stand, und zerdrückte einige Brotkrumen. »Laura wurde regelrecht verheiratet. Ihr Großvater und der Großvater ihres Mannes haben die Sache besiegelt, als Laura noch ein Kind war. Ich weiß noch, einmal im Winter, ich war zwölf, dreizehn Jahre alt und über die Ferien in Vallemutri, da saßen unsere Familien im Haus zusammen. Wir Kinder wollten Schlitten fahren. Das Haus meines Onkels liegt an einem Berghang, du wirst es bestimmt noch sehen. Ich fragte also arglos, ob Laura mitkommen wolle. Plötzlich wurde es still, keiner sprach mehr. Mein Vater nahm schließlich das Heft in die Hand und schickte uns Buben nach draußen. Laura aber durfte nicht mit. Ich verstand nicht, warum. Auf der Heimfahrt erklärte Vater, daß in Vallemutri vieles anders sei als in Deutschland. Ich sollte Laura vergessen, was mir schwerfiel, weil sie meine erste Liebe war.«

»Und dann?« fragte ich behutsam. »Ist sie jetzt verheiratet?«

Gianni nickte sorgenvoll. »Sie hat sogar einen kleinen Sohn. Aber Angelina erzählte, daß Laura große Probleme habe mit ihrem Mann und den Schwiegereltern. Vielleicht sehen wir sie heute abend auf dem Pilzfest. Sie ließ mir ausrichten, daß sie kommen wird – wenn sie kann.«

»Wenn sie kann?«

»Na ja«, grinste Gianni. »Sie war immerhin meine erste Liebe, und das wissen nicht nur wir beide.«

Ich knabberte Pistazien und überdachte meine ersten Eindrücke vom Leben in Vallemutri. Daß ich eine andere Welt vorfinden würde, war mir klar gewesen. Mich überraschte jedoch, meine vorgefaßte Meinung bestätigt zu sehen. So stellte man sich die Realität in einem süditalienischen Bergdorf vor, aber war sie es wirklich? Frauen, die gegen ihren Willen verheiratet und weggeschlossen werden, patriarchalische Familienoberhäupter und längst überholte Denkweisen – es entsprach meinen Erwartungen. Aber konnte ich die Menschen deshalb verstehen? Nein. Im Gegenteil. Ich sah bekannte Bilder, doch was dahinter stand, blieb im dunkeln.

»Ich glaube, wir müssen aufpassen, daß wir über den ganzen persönlichen Kram die archäologische Spurensuche nicht vergessen. Morgen fangen wir mit den Grabungen an, einverstanden?«

Gianni nickte und schaute mich entschlossen an. »Du hast

recht. Wir dürfen unser Ziel nicht aus den Augen verlieren. Ab morgen wird in die Hände gespuckt!«

Es wurde früh Abend in Vallemutri. Als wir uns gegen sechs auf den Weg ins Dorf machten, zu Fuß, brannten schon vereinzelt Straßenlaternen. Wir marschierten gut eine halbe Stunde auf der holprigen Straße, die Vallemutri mit Giannis Grundstück verband. Alle paar hundert Meter waren Plakate oder Stofftransparente gespannt.

»*Sagra dei funghi!*« Gianni schlug sich lachend auf die Schenkel und blieb stehen. »Die heiligen Pilze! Unglaublich, was die sich hier einfallen lassen! Abgeschnittene Ohren und Finger. Das kann man sich gut vorstellen, daß da einer Pilze drin sieht. Wie fandest du Antonios Geschichte, Valentin?«

»Sagenhaft, fand ich sie, Sagen-haft, im wahrsten Wortsinn. Denn wie bei jedem Märchen dürfte auch in Antonios Geschichte ein historischer Kern stecken.«

»Seeräuber? Hier, siebzig Kilometer vom Meer entfernt?«

»Warte, Gianni, du darfst ein Märchen natürlich nicht wörtlich nehmen. Denk nur, wie oft die Geschichte schon erzählt worden ist. Und jedesmal wird ein bißchen dazugefügt oder verändert oder vergessen. Nicht aus Böswilligkeit, sondern aus Unkenntnis. Oder mit dem gutgemeinten Vorsatz, langweilige Passagen ein wenig zu würzen.«

»Mir scheint, daran hat Antonio nicht gespart! In seine Geschichte dürfte einiges aus unserem Gewürzgarten geflossen sein.«

»Antonios Pilze-Saga scheint mir eine großartige Mischung aus historischen und fabelhaften Elementen zu sein. Erinnerst du dich noch an den Beginn?«

»Daß vor langer Zeit das Meer noch näher an den Bergen war, oder so ähnlich.«

»Genau. Und das stimmt. Irgendwann war sogar hier in

diesem Tal das Meer. Ich bin kein Geologe, aber ich wette, hier findet man jede Menge Versteinerungen.«

»*Sagra dei funghi!*« rief Gianni. »Richtig, als Kinder haben wir oft Versteinerungen gefunden, mit Krebsen und Muscheln. Fragen wir nachher Angelina, vielleicht hat sie ein paar aufgehoben.«

»Und dann«, fuhr ich fort, »die Sache mit den *briganti:* Fiel dir auf, daß der Onkel gar nicht zwischen Piraten und Räubern unterschied? Ich glaube, er hat da zwei Dinge in einen Topf geworfen, die nicht zusammengehören.«

»Stimmt!« Gianni kickte nachdenklich einen Kiesel von der Straße. »See- und Straßenräuber waren für ihn eins. Aber ist das so wichtig?«

»Vielleicht ein Hinweis!« meinte ich bedeutungsvoll. »Als ich Seeräuber hörte, klickte es in meinem Kopf. Eine Verbindung war hergestellt, ich wußte bloß nicht mehr, wohin sie führte. Vorhin fiel es mir wieder ein: Als ich Professor Heinkel von unserem Vorhaben erzählte, sagte er scherzhaft, ich solle meine italienischen *Räuber*geschichten im Urlaub verfolgen.«

»Er meinte wahrscheinlich, daß mein Vater die Bronzeschalen, genau besehen, geklaut hat«, wandte Gianni ein und nahm sich einen weiteren Kieselstein vor.

»Möglich, aber es war ein Zeichen. Ich schlug in einem der Etruskerbücher nach, wir haben ja nicht umsonst die halbe Institutsbibliothek dabei.«

»Und?« fragte Gianni erwartungsvoll.

»Und siehe da, unter dem Stichwort ›Seeräuber‹ finde ich sinngemäß folgende Informationen: Von ihren Konkurrenten im Tyrrhenischen Meer, den Griechen und Karthagern, wurden die Etrusker abfällig als Seeräuber bezeichnet. Politisch verständlich, man wollte sie diskreditieren, weil man sich durch die aufkommenden *Tyrrhener*; wie die Etrusker in der Antike hießen, bedroht fühlte.«

»Aus den Etruskern wurden also mir nichts, dir nichts See-räuber. Glaubst du, daß sie die *briganti* in Antonios Märchen sind? Aber dann wären die Etrusker ja wirklich in Vallemutri gewesen!«

Ich zuckte die Achseln. »Wie gesagt, es ist ein Hinweis, mehr nicht. Wir dürfen nicht vergessen, daß das alte Etrurien, die Toskana, fern ist, und in Kampanien lebten viele Völker, die für Antonios Mythos in Frage kommen.«

»Und der Rest der Geschichte?«

»Ich nehme an, da hat Antonio eingebracht, was er selbst über Räuber weiß. Auch heute werden Kinder aus dem rei-chen Norden entführt, in den Bergen versteckt und gegen Lösegeld freigelassen. Vermutlich gibt es eine ähnliche Bege-benheit in der Geschichte des Dorfes, vielleicht ist es auch nur eine verklausulierte Kritik an den Machenschaften der Mafia. Keine Ahnung! «

»Das einfachste wäre, wenn Ernesto eine weitere *Vision* hätte«, murmelte Gianni. »Wir würden ein unversehrtes Grab finden und könnten anhand der Beigaben zweifelsfrei die Herkunft bestimmen.«

»Wie meinst du das?« fragte ich, erstaunt über seinen Ge-dankensprung. »Ich dachte, Ernesto hatte bereits eine klare Vision?«

»Ja, ja, schon«, erwiderte Gianni fahrig.

Er gehörte zu jener Sorte Menschen, denen man eine Lüge an der Nasenspitze ansah. Irgend etwas war faul, das spürte ich.

»Schau mal«, lenkte er ab und zeigte auf das nahe Dorf. »Sieht das nicht phantastisch aus?«

In der Tat bot sich unseren Augen ein grandioser Anblick. Das nächtliche Vallemutri, eine schwarz-grau-blautönige Mi-schung aus mexikanischem *Pueblo* und kegelförmigem Ter-mitenbau, lag vor dem düsteren Felsmassiv, das, wie es schien, jeden Augenblick über die steinerne Wohnstatt hereinstürzen konnte.

Als wir näher kamen, wurden die Lichtpünktchen im Termitenbau zu offenen Fenstern. In den Straßen wuselten schattengleiche Gestalten, mit Hüten und Köpfen und Gliedern, die aus der Dunkelheit in einsame Lichtinseln brachen und wieder in die Nacht tauchten – um sogleich und neuerlich als bizarre Licht- und Schattenwesen aus der Dunkelheit zu zukken.

Über allem hing ein gleichmütiger ätherischer Nachthimmel, magisch, mit Myriaden winziger Sterne, die lautlos lachten über den Vorwitz der ungelenken Erdfiguren, mit bunten Lampions und Lämpchen ein Abbild ihrer nadelfeinen Herrlichkeit zu schaffen.

So gelangten wir an eine Gabelung am Fuß des Dorfes, atemlos nicht nur der beeindruckenden Kulisse wegen. Unser Weg war zuletzt recht steil angestiegen. Von der Hauptstraße, die erst im Halbkreis um Vallemutri führte und dann über die Berge in das nächste Dorf, zweigte eine enge Gasse ab. Wir stapften über uralte ausgewaschene Pflastersteine. Bald wurde der Hall unserer Schritte von Menschenlärm überlagert. Lachen und Geschrei drang uns entgegen – zu meiner Verblüffung auch dumpfe, wohlvertraute Rhythmen und Bässe elektronischer Herkunft. Unüberhörbar hatte auch hier das moderne Amerika Einzug gehalten.

Die Gasse endete schließlich an einer Treppe, die sich bogenförmig in das Häuserlabyrinth drängte. Immer mehr Menschen kamen uns nun entgegen, junges Volk vor allem, aufgeregt schnatternde Mädchen und betont männlich dreinblickende Jungen. Die halbwüchsigen Geschlechter würdigten einander zwar verstohlener Blicke, blieben aber streng getrennt.

Viele der alten Häuser waren schon halb verfallen. Gelegentlich säumten sogar Ruinen und Abbruchbaustellen die emporführenden Stufen; das Dorf schien höchstens zu zwei Dritteln bewohnt. »Vor drei, vier Jahren war hier ein starkes Erdbeben«, erklärte Gianni. »Antonio sagt, daß weiter oben fast alle Häuser beschädigt sind.«

Als die Stiegen etwas flacher wurden und sich in engen Pflastergäßchen verloren, fanden wir Onkel Antonios Aussage bestätigt. Quer über die Gassen, von Hauswand zu Hauswand, waren dicke Bohlen und Holzverstrebungen eingesetzt. Manchmal so niedrig, daß ich mich ducken mußte, um nicht mit dem Kopf anzustoßen. Die Wände neigten sich bedrohlich gegeneinander und wollten die Gasse fast verschlingen. Ohne die stützenden Konstruktionen wäre so manches Gemäuer in sich zusammengefallen. Allenorts sah man säuberliche Schutthäufchen. Sie störten keinen, also blieben sie liegen.

Als wir den höchsten Punkt des Dorfes erreicht hatten, öffneten sich die Steinschluchten plötzlich und gaben den Blick auf den Dorfplatz frei. In dessen Mittelpunkt stand eine gewaltige, aus hellen Quadern gefügte Kirche.

Ich staunte nicht schlecht. Von unten hatte das Gotteshaus weit weniger imposant ausgesehen. Gewiß, die gespenstische Umgebung, die ärmlichen Häuser mit ihren dunklen Mauern unterstützten den erhabenen, lichten Eindruck, den die Kirche machte. Trotzdem wurde mir mit einem Mal klar, daß Vallemutri einst bessere Tage gesehen hatte, und schon zu jener Zeit muß die Absicht der Erbauer erkennbar gewesen sein.

Die Kirche nämlich nahm nicht nur den höchsten Punkt des Dorfberges ein, nein, ihr Fundament war zusätzlich erhöht worden. Sie stand auf einem Podest aus hellem Stein; und um den Zutritt zum Seelenheil noch weiter zu erschweren, mußte dieser Vorhof über extra hohe Stiegen erklommen werden.

Ein wahrer Büßergang für die Gläubigen. Die mochten

dadurch spüren, was Gottes Sache sei – respektive die seiner ergebensten Diener und irdischen Stellvertreter – und was die der Normalsterblichen.

»San Lorenzo – die Kirche der heiligen Pilze!« grinste Gianni respektlos.

»*Sagra dei funghi!*« zischte ich anerkennend durch die Zähne – und spürte eine köstliche Genugtuung angesichts der tumultartigen Szene auf dem Kirchplatz.

Da nämlich tat sich ein Schauspiel auf, das, Pfaffen und bigotten Bürgern in früheren Jahrhunderten blasphemische Schauer über den Rücken gejagt hätte.

Direkt vor dem spitzgiebeligen Eingangsportal türmten sich elektrische Verstärker und Lautsprecher. Dazwischen versuchten gelangweilt agierende Musiker zweifelhafte Klangbilder zu entwerfen – durch allmähliche Annäherung an die menschliche Schallgrenze! Obschon bisweilen geläufige Tonfolgen durch den Lärm drangen, blieb die Zuhörerschaft wie gelähmt. Die Pflichterfüllung der neuzeitlichen Troubadoure drohte in einen leidvollen Kreislauf zu münden: Die Gelangweilten paralysierten ihr Publikum, das wiederum den Elan der Agierenden bremste. Der Lärm war gleichwohl ohrenbetäubend.

Wir schritten heldenmütig voran.

»Es scheint, daß wir rechtzeitig zur Segnung der Pilze kommen«, brüllte Gianni und zeigte zum südlichen Seitenschiff, wo ein schwarzgekleideter Kleriker immer wieder die Hände über dem Kopf zusammenschlug. Vermutlich flehte er den Herrn um Oropax an.

»Oder wir sind beim Ehemaligen-Treffen der entführten Kinder«, brüllte ich zurück, »und wem man nicht die Ohren abgeschnitten hat, dem sollen sie jetzt abfallen!«

»He!« rief Gianni. »Ist das nicht Onkel Antonio?« Er wies auf einen ekstatisch zuckenden, glatzköpfigen Mann mit nacktem Oberkörper. Die Situation war so grotesk, daß ich einen hysterischen Lachanfall bekam. Denn natürlich war es nicht Antonio, der bis auf den blanken Schädel keinerlei Ähnlichkeit mit dem Derwisch besaß.

Die Menge hatte einen kleinen Kreis um den Onkeldoppelgänger gebildet. Er hopste und tanzte in wilder Ausgelassenheit durch die Gelähmten, die gutmütig zurückwichen, wenn er in ihre Nähe kam. Manchmal stürzte er, blieb zappelnd liegen, raffte sich aber wieder auf und kreiselte weiter mit ausgestreckten Armen über den Dorfplatz.

Je länger ich die Szene beobachtete, desto grausamer schien sie mir.

»Das ist bestimmt der Dorftrottel!« schrie Gianni.

Wir waren nun bedrohlich nah an die Verstärkerboxen herangekommen. Der Lärm steigerte sich ins Unermeßliche – und brach auf seinem Höhepunkt abrupt ab. Zaghafter Beifall der Paralysierten, die sich vorsichtig rührten. Offensichtlich stand uns eine wohltuende Pause bevor, denn die »Rächer der Pilzköpfe«, wie Gianni sie umgehend tituliert hatte, stiegen nun von der Bühne.

»Da drüben steht mein Kusin«, drang Gianni durch mein Ohrenpfeifen. »Komm, wir gehen hin! «

Silvio war etwas kleiner als Gianni, der sich vorbeugen mußte, als sie sich nach hiesigem Brauch küßten. Ich hatte die familiäre Begrüßung mehrfach beobachtet und bekam allmählich den Eindruck, daß es sich um ein abgeschlossenes Ritual handeln müsse. Man ging kerzengerade aufeinander zu, legte beide Hände auf die Schultern seines Gegenübers, schloß die Augen und berührte sich mit den Wangen, während die gespitzten Lippen ins Leere küßten. Darauf folgten immer die gleichen Fragen: »*Come sta la mamma? Come sta la nonna?* Wie geht es der Mutter, der Oma, den Geschwistern?«

Waren diese Eingangsscharmützel, die mit einem sonoren »*Sta bene, stanno bene*« beantwortet wurden, abgeschlossen, erkundigte sich der Fragesteller sehr behutsam, gleichwohl neugierig nach den Umständen von Micheles Tod. Tiefste Bestürzung schloß sich daran an.

In diesem Ritual lag eine schützende Anteilnahme, die mir gefiel. Silvio war mit ein paar Freunden unterwegs. Wir stellten uns gegenseitig vor. Gianni und sein Vetter unterhielten sich bald angeregt, während ich eher mühsame Gespräche mit den Freunden führte. Über Mädchen und Bier vor allem. Da ich mich jedoch nicht als Fachmann in deutscher Weiblichkeit und Braukunst einführen konnte, wandte sich das Interesse schnell wieder den heimischen Erzeugnissen zu. Auch ich linste ein wenig in die vorbeiflanierenden Mädchengruppen und nuckelte an einem Fläschchen des süffigen italienischen Bieres. Nicht ohne Hoffnung, Angelinas Gesicht in der Menge zu entdecken.

Plötzlich machte sich eine gewisse Unruhe unter der männlichen Zuhörerschaft bemerkbar. Einige rieben sich erwartungsfroh die Hände, andere blickten verzückt zur Bühne.

Vetter Silvio stieß mich augenzwinkernd an: »*Valentino, guarda la bionda!* Schau mal, die Blonde!«

Tatsächlich erklomm nun eine platinierte Sängerin spärlich bekleidet die Lattenbühne, und die unerbittlichen »Rächer« griffen wieder nach den Musikwerkzeugen, um ihren Feldzug gegen das menschliche Gehör fortzusetzen.

Auch der Derwisch ließ sich nicht lange bitten und erwachte. Aus seiner rückwärtigen Käferlage aufzuckend, begann er, die Blondine mit wilden Veitstänzen nachzuahmen.

Silvio erzählte, das ekstatische Männlein sei ein Bauer, der etwas außerhalb des Dorfes allein in einer ärmlichen Kate hause. »Seit ich denken kann«, brüllte Silvio in das Gedröhn der Rächer, »war er auf jedem Dorffest so betrunken, daß er erst zwei Tage später wieder aufwachte.« Er prophezeite, daß der Zappler bald erlahmen würde.

Und wirklich, immer häufiger brachen die ruckartigen Bewegungen ansatzlos ab. Der tanzende Bauer strauchelte öfter und öfter, und wenn er stürzte, riß ihn der unsichtbare Marionettenspieler, in dessen Händen seine Glieder hingen, immer seltener auf die Beine zurück. Schließlich blieb er schweratmend liegen. Zwei, drei beherzte Männer, darunter der Dorfpolizist, räumten den bebenden Körper beiseite. Eine graue Wolldecke lag schon bereit; man hatte in Erwartung des Unvermeidlichen routiniert Vorsorge getroffen.

»Was ist mit Laura?« schrie ich in Giannis Ohr.

»Keine Ahnung!« kreischte er achselzuckend zurück.

»Ja, hast du Silvio nicht gefragt?«

»Gott bewahre! «

Gianni verdrehte dramatisch die Augen. »Ich kann mit Silvio über jede Frau sprechen, bloß nicht über seine Schwester!«

»Glaubt er, daß du noch immer mit ihr Schlitten fahren willst?«

»Ich weiß beim besten Willen nicht, was Silvio glaubt. Aber ich weiß, daß die Männer hier nicht über Eheprobleme reden, vor allem nicht über die in der Familie.«

Ich sah mir Silvio an: ein liebenswürdiger, etwas zurückhaltender junger Mann von dreißig Jahren, der sich mit Gianni über die blonde Rächerin austauschte. War die Zeit im »Tal der verlorenen Seelen« wirklich stehengeblieben, wie Gianni behauptete? Von den Dächern starrten Fernsehantennen, amerikanische Rockmusik hielt auf dem Pilzfest Einzug, viele Dorfbewohner hatten als Gastarbeiter in der Schweiz oder in Deutschland gelebt – und da durfte ein Kusin den anderen nicht nach seiner verheirateten Schwester fragen?

Ich hätte zu gern gewußt, wie sie aussah, die fast schon legendäre Laura. Und ich hätte gerne gewußt, warum Angelina nicht gekommen war.

Gianni wendete sich um und schrie in mein linkes Ohr:

»Silvio fragt, ob wir morgen nicht zum Essen kommen wollen. Meine Tante würde sich sehr freuen.«

»Was meinst du?« fragte ich zurück.

»Irgendwann müssen wir auf jeden Fall hin. Tante Lulu wäre sonst tödlich beleidigt.«

»Dann also morgen!« sagte ich, und ich befürchtete, daß die Grabungsarbeiten mit dieser Zusage stark in Verzug geraten würden.

Quasimodos Tochter und die Rituelle Reinigung

Aber Gianni strafte meine Befürchtungen Lügen. Er weckte mich früh, es war Montag morgen. Ernesto hatte sein Klagelied, das fortan ohne das Tremolo schießwütiger Pilzsucher gesungen wurde, bis zum Sonnenaufgang hinausgezögert, so daß ich mich frisch und ausgeruht fühlte.

Als wir zum Frühstück erschienen, herrschte auf der Veranda bereits rege Betriebsamkeit. Alles schien sich um Ernesto zu drehen. Er saß auf seinem Gartenstuhl, den Kopf in die Hand gestützt, und war die Ruhe selbst. Onkel Antonio kniete zu seinen Füßen und rieb Ernestos Lackschuhe blitzblank.

Antonio hatte ebenfalls gewichste Sonntagsschuhe an. Die beiden Männer, die sonst in verbeulten Blue jeans und Rippunterhemden umherliefen, trugen überdies dunkle Anzüge und frisch gestärkte Hemden.

»*Ma, cosa c'è?* Was ist denn hier los?« fragte Gianni übertrieben erstaunt und zupfte anerkennend an Antonios Bügelfalte.

»*Vado al medico, Gianni, sì!* Ich gehe zum Arzt!« sagte Ernesto mit heiserem Stolz in der Stimme.

Mir gefiel er in seinem verwaschenen Gartenhemd besser. Welcher Farbe es wohl einst gewesen war? Gelb, braun oder rostrot?

»*Ah, sì! Al medico*«, wiederholte Antonio in einem kindischen Tonfall und breitete gönnerhaft die Arme. »*Anche le zie!* Auch die Tanten müssen zum Arzt, o ja, zum Doktor in die Stadt, und dann brauchen wir neue Medizin, jawohl, gute teure Medizin!«

Tante Cosima trug ein leuchtend rotes Folklorekleid, darüber eine nicht minder leuchtende, aber grüne Schürze, ein blaues Tuch, das sie um Hals und Schultern gelegt hatte, und schwarze Schnürstiefelchen. Sie wirkte etwas nervös und wimmerte leise vor sich hin, während sie über die Veranda trippelte und Kleid und Schürze immer wieder glattstrich.

»Das ist unsere Chance!« sagte Gianni leise zu mir. »Damit haben wir den ganzen Tag Ruhe.«

Bevor sich die aufgeputzte Familie in Antonios Fiat zwängte, ließ sich Gianni zeigen, wo die Gartenwerkzeuge aufbewahrt wurden. »*Eh, che cercate?* Was sucht ihr eigentlich?« fragte Antonio mit einem öligen Lächeln, während er uns zum Ort der *Vision* folgte. Ich wußte plötzlich, an wen er mich erinnerte: Wäre Yul Brynner in der Nähe gewesen, hätte Onkel Antonio ihn problemlos doubeln können. Nur seine unterwürfige Freundlichkeit wollte nicht recht zu den Stahlaugen und der markigen Körperhaltung passen. Ein Kontrast, der ihm etwas Unglaubwürdiges verlieh.

»*Oh*«, antwortete Gianni mit einer vagen Handbewegung, die wohl Antonios unausgesprochene Bedenken beiseite schieben sollte. »*Ancora no sappiamo.* Wir wissen noch nicht, irgendwas Altes vielleicht, Onkel.«

»*Ma qui?* Hier, im Gemüsebeet?« fragte Antonio zweifelnd.

Ich schloß mich innerlich seiner Skepsis an. Auch mir schien diese Stelle reichlich fragwürdig.

»*Sì, sì*«, nickte Gianni bestätigend und wies auf mich. »*Valentino lo ha provato!* Valentin hat es nachgewiesen.«

Ich versank vor Scham fast im phosphatgetränkten Boden, während Gianni seinen Onkel beredt über die Phosphatanalyse aufklärte. Er zeigte ihm sogar das Köfferchen mit den Reagenzgläsern und beschrieb ausführlich, wie sie sich verfärbt hatten.

Onkel Antonio war sichtlich beeindruckt und kommentierte Giannis Ausführungen mit zahlreichen Ahs und Ohs.

»*Tu ti ricordi, zio?* Erinnerst du dich an die Bronzeschale und die Eisenspitzen?« schloß Gianni seine Überzeugungsarbeit. »Nun, Valentino glaubt, daß sie etruskischer Herkunft sind. Und er ist sicher, daß wir genau an dieser Stelle noch mehr finden werden.« Ich war sprachlos, mit welcher Dreistigkeit Gianni seinem Onkel einen Bären aufband! Er wurde mir fast unheimlich. Und ich ärgerte mich, daß er mir eine Rolle in seinem Schelmenstück zuwies, ohne mich gefragt zu haben.

Antonio allerdings schien bedient. Er unternahm nicht mal den Versuch, seine Tomaten zu verteidigen, sondern nickte mir respektvoll zu und zog verdattert ab. Auf der Veranda sammelte er Ernesto und die Tanten ein. Kurz darauf knatterte der weiße Fiat schwer beladen vondannen.

Ich traf schweigend meine Vorbereitungen. Eine Ausgrabung ist körperlich sehr anstrengend und erfordert Konzentration. Jeder Grabungsschritt muß sorgfältig dokumentiert werden, damit die Fachleute später am Schreibtisch ihre Schlüsse ziehen können. Während der Ausgrabung weiß der Archäologe meist noch nicht, auf was er stoßen wird. Lage, Bodenbeschaffenheit, auffällige Steine oder Mauerreste können wichtige Zeichen sein.

Vor allem aber setzt der Archäologe grobes Werkzeug wie Spaten, Schaufel oder Hacke äußerst vorsichtig ein. Mit einem Spatenstich kann alles zerstört werden, was im Erdreich die Jahrhunderte schadlos überdauert hat. Gerade die Urväter der Archäologie haben bei ihren hastigen Schatzgräbereien mehr verdunkelt als erhellt. Der Schaden, den beispielsweise Schliemann in Troja hinterließ, gilt modernen Archäologen als Warnung.

Natürlich war mir klar, daß wir bei unserer Privatausgrabung improvisieren mußten. Wir hatten weder Zeit noch Mittel, noch ausreichend Fachwissen, um nach allen Regeln der archäologischen Zunft vorzugehen. Es widerstrebte mir jedoch, blindlings ins Blaue zu graben. Allen Widrigkeiten und den geringen Erfolgsaussichten zum Trotz hatte ich vor, wissenschaftliche Planmäßigkeit und Professionalität nicht zu kurz kommen zu lassen.

Ich zügelte also Giannis Ungeduld und bat ihn, Holzpflökke und Schnur zu besorgen. In der Zwischenzeit vermaß ich ein Geviert von drei auf einen Meter um die angebliche Fundstelle. Mit Hilfe der Pflöcke und einer Wäscheleine aus dem Hühnerhaus unterteilte ich den künftigen Suchgraben in zwölf quadratische Abschnitte von je fünfzig Zentimeter Seitenlänge. Dieses Grabungsgitter würde mir die Zuordnung möglicher Funde erleichtern. Daraufhin fertigte ich eine Skizze der numerierten Planquadrate.

In den beiden äußeren Abschnitten 1 und 12 setzte ich eine stratigraphische Testgrabung an. Die Stratigraphie, zu deutsch: Schichtenkunde, erlaubt Einblicke in die zeitliche Abfolge von Kulturen – freilich nur im großen Umfang durchgeführt. Ich wollte lediglich feststellen, wie der Boden unter dem Gemüsebeet beschaffen war, bevor wir uns in die Tiefe tasteten.

Gianni machte sich mit Eifer ans Werk. Ich hatte ein rundes Metallsieb mitgenommen, und unter Antonios Gartenwerkzeugen entdeckten wir ein Rüttelsieb. Jede Schaufel Erde, die Gianni aus dem Boden hob, wurde nun sorgsam durch die Maschen geschüttelt. So arbeiteten wir uns Schaufel um Schaufel, Stunde um Stunde durch den Graben.

In der ersten Schicht, etwa dreißig Zentimeter tief, trafen wir auf feuchten Oberflächenhumus, der vereinzelt Ziegel und Keramikbruchstücke enthielt. Die Scherben waren zweifelsfrei neueren Datums; mancher Teller aus Tante Annas Küchenschrank mochte darunter sein.

»Mann, Valentin!« stöhnte Gianni, als wir im Schatten eines Feigenbaumes Pause machten. Es war ziemlich warm für diese Jahreszeit. »Bei dem Schneckentempo werden wir nie fertig.«

Ich zuckte die Achseln. »Überleg doch, wie lange die Dinge, die wir finden wollen, schon unter der Erde liegen. Jahrhunderte, Jahrtausende: Wie kurz ist dagegen die Zeitspanne unserer Arbeit! Ein paar Tage, zwei Wochen – viel länger werden wir nicht brauchen, bis Antonios Gemüsebeet sein Geheimnis preisgegeben hat. Falls es denn eines gibt. Archäologen sind es gewohnt, in längeren Zeiträumen zu denken. Und das, obwohl sie meist keine Zeit haben.«

»Wie meinst du das?« fragte Gianni gelangweilt und schälte eine Banane.

»Die meisten Menschen haben völlig falsche Vorstellungen von unserer Arbeit. Ein Landesarchäologe sitzt hauptsächlich in seinem muffigen Büro und spielt Beamter. Auf seinem Schreibtisch stapeln sich Baugesuche und Gutachten. Er registriert die Funde im Land, sortiert und archiviert und klebt Scherben zu Gefäßen und Knochen zu Skeletten. Wenn wir mal zur Schaufel greifen, dann meist, weil an einer archäologisch interessanten Stelle gebaut werden soll. Zuvor müssen wir eilig alles Geschichtliche bergen. Mein Chef, Professor

Heinkel, behauptet, er allein habe in dreißig Jahren so viele frühgeschichtliche Skelette ausgegraben, daß drei Generationen nachfolgender Spezialisten mit der Auswertung nicht fertig würden.«

»Warum grabt ihr dann weiter? Laßt das Zeug doch, wo es ist.«

»Können wir nicht. So zahlreich sind die Spuren der Vergangenheit nicht. Für spätere Zeiten wollen wir möglichst viel Material sichern. Denn irgendwann, Heinkel meint schon in wenigen Jahrzehnten, wird man nichts mehr ausgraben können, weil alle Fläche bebaut ist oder unter Denkmalschutz steht.«

»Glücklich, wer bis dahin den Häschern der Wissenschaft entkommen ist«, grinste Gianni. »Oder möchtest du in einem archäologischen Archiv endgelagert werden?«

»Warum nicht?«

»Grauenhaft! Hinz und Kunz schrauben an deinen Knochen herum wie mein Meister an seinem 1938er Mercedes-Benz!«

»Dein Meister versteht doch sein Fach, oder?«

»Aber du bist kein Oldtimer, oder?«

»Eines Tages werde ich wohl einer sein.«

»Hmmh.« Gianni grübelte. »Nun gut, wenn du nichts dagegen hast, wie Lenin in einer Glasvitrine auszuliegen – mir soll's recht sein. Bloß, mich laßt bitte in Frieden!«

»Ich werde es an höchster Stelle weitergeben.«

»Nein, Valentin, im Ernst! Kannst du nicht verstehen, daß andere Leute anders darüber denken?«

»Aber das ist es ja!« rief ich verärgert. »Deshalb graben wir doch! Jeder glaubt, er habe die Wahrheit auf seiner Seite. Aber die Wahrheit gehört niemandem, nur sich selbst! Das weiß ein Wissenschaftler, und deshalb sucht er sich freizumachen von den kurzsichtigen Denkweisen seiner Zeit.«

»Das tut die Wissenschaft?« fragte Gianni erstaunt.

»Ich will dir ein Beispiel aus der Medizin geben: die Autopsie. Unseren Vorfahren wäre es gotteslästerlich erschienen, den Leichnam eines Toten zu öffnen. Heute ist das gang und gäbe. Niemand stört sich daran, weil man dadurch in Erfahrung bringen kann, woran der Mensch gestorben ist.«

»Entschuldige, aber ich würde mich sehr wohl daran stören.«

»Aber du wärst doch tot!«

»Das ist der Punkt!« Gianni hob den Zeigefinger. »Niemand würde einen Lebenden sezieren. Aber kaum ist man hinüber, schon glaubt jeder, er dürfe an mir herumsäbeln. Zum Teufel, Valentin, ich bin doch keine Salami!«

»Du bist ein Mensch, Gianni, und wenn du gestorben bist, bleibt von dir ein Leichnam, der nichts mehr fühlt und dem es egal ist, ob er seziert wird oder nicht.«

»Wenn ich gestorben bin, bin ich ein toter Mensch; und es wird mir nie egal sein, was passiert. Die Toten können sich nicht wehren, das ist es! Ich finde, wenn einer wehrlos ist, muß man ihn schützen. Aber das tut ihr Wissenschaftler nicht. Warum soll man zum Beispiel in Erfahrung bringen wollen, woran einer gestorben ist? Dem Toten nützt es nichts mehr!«

»Jetzt widersprichst du dir aber!«

»Überhaupt nicht«, beharrte Gianni. »Das ist doch wahr, daß nur die Lebenden von einer Autopsie profitieren.«

»Natürlich. Aber begreif doch, daß man Lebende und Tote nicht voneinander trennen kann! Was also soll schlecht daran sein, wenn ein Toter denen nützt, die ihm bald nachfolgen werden?«

»Ich finde, jetzt widersprichst du dir! Vorhin hast du auf die Unterschiede zwischen Toten und Lebenden hingewiesen, jetzt sind sie auf einmal gleich. Was denn nun?«

Bevor ich antworten konnte, gellte eine durchdringende

Frauenstimme vom Nachbargarten: »*Gianni! Ciao, Gianni!*«
Auf der Mauer stand die winzige Frau vom Vortag.

»*Sagra dei funghi!*« fluchte Gianni und winkte freundlich
zurück.

»Pepes Tochter! Die neugierigste Hexe in ganz Vallemutri!«
Die Hexe, ein vielleicht sechzigjähriges Hutzelweiblein,
machte Anstalten, Giannis Gruß als Einladung mißzuverste-
hen.

»Sie darf keinesfalls sehen, was wir machen!« sagte Gianni
hektisch und eilte ihr entgegen.

Auf der Veranda kreuzten sich ihre Wege. Während Gianni
vornübergebeugt mit ihr sprach, schielte sie an ihm vorbei in
meine Richtung. Offensichtlich konnte Gianni ihre Neugier
nicht befriedigen. Er winkte mich heran und stellte mich der
zwergenhaften Nachbarin vor. Das Verhältnis schien nicht
sonderlich herzlich zu sein. Gianni blieb distanziert.

»Sie hat sich nach dir erkundigt – mit dem Hinweis, daß in
Vallemutri zuletzt häufig eingebrochen worden ist!« berichtete Gianni, als sie endlich gegangen war. »Wir müssen vorsichtig sein, sie ist eine furchtbar gehässige Tratschtante.«

»Was hast du ihr erzählt?«

»Daß du Geologe bist und in deiner Freizeit nach Versteinerungen suchst.«

»Das hat sie geglaubt? Sie sieht irgendwie mißgebildet aus.
Was ist mit ihr?«

»Ihr Vater, Pepe, war noch viel kleiner, er war zwergwüch-
sig. Sie hat es wohl geerbt.«

»Lebt er noch?« fragte ich, nicht minder neugierig als die
Nachbarin.

»O nein, Pepe ist schon lange tot. Doch ich erinnere mich
gut an ihn. Wie hieß dieser Glöckner?«

»Quasimodo?«

»Richtig! Quasimodo! Genauso sah Pepe aus. Das Haus,

in dem seine Tochter lebt, ist höchstens zehn, zwölf Jahre alt. Früher standen dort die Ruinen einer alten Kirche, und darin hauste Pepe. Frag mich nicht, wie er zu seiner Tochter kam. Nachdem er gestorben war, wurde die Ruine abgerissen, und darauf wurde das Haus gebaut.«

»Eine Kirche! « murmelte ich nachdenklich.

»Ja, warum?«

Gianni sah mich forschend an.

»Wo eine Kirche ist, kann der Friedhof nicht weit sein ... – Gianni! Das ist ein echter Anhaltspunkt! Irgendwann fängt einer an, seine Angehörigen an einem bestimmten Ort zu begraben, und über die Jahre wird ein Friedhof daraus. Wer weiß, vielleicht birgt die Erde, in der Onkel Antonio ahnungslos Tomaten pflanzt und Tante Cosima ihre Geschäfte verrichtet, die Überreste einer frühgeschichtlichen Kolonie!«

»Glaubst du wirklich?« fragte Gianni aufgeregt.

»Der Platz ist ideal. Dieser traumhafte Blick nach Osten – schöner kann man seine Ahnen nicht bestatten, oder?«

»Ein antiker Friedhof!« ächzte Gianni. »Mein Gott, ich bin über einem Leichenfeld aufgewachsen. Komm, wir graben weiter!«

Die neuen Aussichten entfachten auch meine Leidenschaft. Also ließ ich mich von Gianni zu einem Blick vorab in die zweite Schicht überreden.

Sie bestand aus Lehmbändern und rötlichem Sand, der mit Kies versetzt war. Die Siebung dieses Aushubs bereitete uns einige Schwierigkeiten. Eine Schaufel Kies wiegt ordentlich, und oft vermeinten wir in den verwitterten Steinchen Tonscherben zu erkennen. Wir förderten reichlich Terrakottabruchstücke zutage; ferner Nägel und rostige Metallteile, deren Herkunft und Alter ohne Fundzusammenhang nicht bestimmt werden konnte.

Wir beschlossen, die obere, gewiß weniger wichtige Erdschicht zunächst vollständig abzutragen, um aus der Flächenansicht mögliche Strukturen wie Mauern oder Gruben ablesen zu können.

Wir wechselten uns ab. Einer siebte, der andere schaufelte. Es war eine Schinderei, aber wir wollten tüchtig vorankommen, bevor Antonios mißtrauische Blicke wieder auf uns lasteten.

Bis es dunkel wurde, hatten wir gut ein Drittel der zweiten Ebene freigelegt. Dann deckte Gianni den Graben mit zwei alten Holztüren ab und legte Wellblech darüber. Pepes Tochter würde keine Nahrung für ihre Neugier finden.

»Mein Gott, bin ich erledigt!« stöhnte Gianni und betrachtete seine erdverschmierten Hände.

Natürlich besaß Giannis Haus keine Dusche, geschweige denn warmes Wasser. Die einzige Waschgelegenheit war ein großes Porzellanbecken neben der Veranda. In diesem Becken spülte Tante Anna das Geschirr und wusch Ernestos Unterhosen. Das Fehlen einer zivilisierten Waschgelegenheit forderte Giannis Erfindungsgeist heraus.

Die Märznächte in Vallemutri waren empfindlich kühl. Sich hier, unter freiem Nachthimmel, mit kaltem Wasser zu übergießen, kostete einige Überwindung. Gianni hatte aus diesem Grund die sogenannte Rituelle Reinigung eingeführt, einen Vorgang, den man gründlich vorbereiten mußte, um ihn ertragen zu können.

Die »Rituelle« setzte üblicherweise in der Dämmerung ein und gliederte sich in drei Phasen. Zunächst riß man alle verfügbaren Töpfe aus den Küchenschränken, füllte sie mit Wasser und brachte es über dem Gasherd zum Sieden. Während der zweiten Phase wurde das erhitzte Wasser in einen grünen Plastikbottich geschüttet; dazu gab man kaltes Wasser, bis eine angenehme Badetemperatur erreicht war.

In der dritten Phase, dem eigentlichen Reinigungsprozeß,

entkleidete sich der Initiant, stieg in das Porzellanbecken und übergoß sich prustend und fluchend mit Warmwasser aus dem Bottich. Oder man ließ sich von einem barmherzigen Mitmenschen überschütten, der schon durch den Anblick erschauerte.

Eine Funzel tauchte die Szene in gelbes Licht. Ich fragte mich, wie Pepes Tochter den allnächtlichen Ritus auf der Veranda auffaßte.

»Gebt mir die Rituelle!« brüllte Gianni in das dunkelnde Tal und zerrte sich die Kleider vom Leib.

Ich beeilte mich, die lautstark angeforderte Warmwasserdusche zu verabreichen und schaute zu, wie er seinen Körper einseifte. Eiligst.

»*Sagra dei funghi!*« stöhnte Gianni und schamponierte zur Feier des Tages den Haarschopf. »Wir haben das Mittagessen bei der Tante vergessen! Möchtest du heute abend hingehen? Ich habe, offen gesagt, keine Lust auf Familie. Du?«

»Muß nicht sein«, stimmte ich erleichtert zu. Für eine mühselige Unterhaltung in italienischer Sprache fehlte mir nach der Arbeit die Kraft.

»Komm, wir erforschen Vallemutri!« schlug Gianni vor. »Es gibt eine fabelhafte Pizzeria. Vallemutri by night – hol's der Teufel! Den Spaß haben wir uns heute verdient!«

Der Club of Westminster

Die Pizzeria von Vallemutri gehört zu den besten, die ich in meinem Leben besucht habe. Ich will mich nicht rühmen, aber um den Wert meiner Behauptung einschätzen zu können, muß gesagt werden, daß ich schon als Student einem Pizza-Fachmann gleichkam. Wie jede Leidenschaft, zeitigt allerdings auch diese bedauerliche Nebenwirkungen. So kann nicht verschwiegen werden, daß die magischen Kräfte der Pasta meinem Körper keineswegs wohlgesonnen sind: wenig nur, das mich mehr verführen könnte als die italienische Küche – und nichts, das deutlichere Spuren an meinem Leib hinterläßt!

Die wahre und einzige Pizza, und davon rücke ich keine Messerspitze ab, ist die *Napoletana*, die oberhalb der Poebene, so auch in deutschen Landen, als bastardisierte *Pizza* Margherita ein Aschenputteldasein fristet.

Bastardisiert?

Jawohl! Man befrage einen Süditaliener, einen x-beliebigen Passanten in jeder x-beliebigen Ortschaft südlich des Tiber. Hier wurde die Pizza geboren, in den Gassen von Neapel genaugenommen, und zwar aus täglicher Not. Und weil die Not geblieben ist, gibt es auch die echte neapolitanische Pizza noch. Sie blieb in der Nähe des Elends. Vielleicht als versöhnliche Geste der Götter, deren Bannstrahl uns Nordmenschen mit Härte trifft, da wir auf ignorante Pizzabäcker angewiesen sind, die die wahre Pizza nicht *Napoletana* nennen wollen.

Man frage einen x-beliebigen Süditaliener nach dem Grund; und sofern er nicht lügt und mit der Geschichte vertraut ist, wird er wissen: Die degenerierten Reichen im Norden haben seine Pizza nach einer selbstgefälligen Königin benannt, damit sie nicht an etwas gänzlich Unfeines erinnert werden: an die Armut nämlich, und an jahrhundertealte Gassengerüche.

Gegen diesen Duft der Bedürftigkeit, der seit Generationen die schmutzigen Schluchten von Napoli durchweht, ist die *Margherita* jung. Ihre Geschichte begann mit König Umberto 1., einem Savoyer auf dem italienischen Thron.

Im Jahre 1889, kurz bevor er den Krieg um Abessinien verlor, verbrachte König Umberto den Sommer wie gewöhnlich auf seinem Landsitz bei Neapel. Irgend jemand hatte ihm von der Pizza erzählt, dem neapolitanischen Hefekuchen, und Durchlaucht, der gallischen und piemontesischen Köstlichkeiten offenbar ein wenig überdrüssig, gedachte dieses einfache Mahl der armen Leute zu kosten.

Also wurde der berühmteste Pizzabäcker von Neapel, Don Raffaele Esposito, in die königliche Residenz gerufen. Am 9. Juni 1889 bereitete er, von seiner Frau Donna Rosa in der Palastküche assistiert, drei verschiedene Pizzen: eine mit Schweineschmalz, Käse und Basilikum; die zweite mit Öl, Knoblauch und Tomaten; und eine dritte, die zu Ehren des Herrscherpaares in den Farben der italienischen Trikolore angerichtet war – mit roten Tomaten, weißem Mozzarella und grünen Basilikumblättern.

Die Königin durfte wählen. Sie entschied sich, natürlich, für die schmeichelhafteste Variante und verzehrte sie unter großem Lob. Dieses gab der devote Küchenmeister umgehend zurück: Jene Pizza sollte fortan *Margherita* heißen, wie die Königin höchstselbst!

Die so hofierten Herrscher dankten es ihren Süditalienern übrigens wenig. Umberto schlug kurz darauf die Hungerrevolten der sizilianischen Arbeiter blutig nieder. Dann löste er die Sozialistenbünde auf, womit der soziale Nährboden für das Erstarken der Mafia geschaffen war. Ein traditionsbewußter Süditaliener tut sich deshalb mit der *Margherita* schwer. Vermutlich würde er sogar einen großen Bogen um jede Pizzeria schlagen, die nicht den wahren Namen seines Nationalgerichts auf der Speisekarte führt. Und das nicht nur aus Stolz, schließlich ist er es gewohnt, gegen den reichen Norden zu verlieren. Nein, ein Süditaliener würde vermuten: Wer die echte Napoletana zugunsten der *Margherita* von der Speisekarte verbannt, wäre imstande, die Pizza nicht im Holzofen zu backen. Und das ist die größte Entweihung, die man einer Pizza antun kann!

Gastronomen sind natürlich meist kluge und diplomatische Leute. Die italienischen zumal. Deshalb werden gemeinhin beide Pizzen angeboten. Die *Margherita* grün-weiß-rot wie die ursprüngliche *Napoletana* – wobei fehlendes Basilikum und ein gelblicher Mozzarellaersatz dem Pizzakenner oft Schauer über den Rücken jagen. Und auch die Ersatz-*Napoletana* hat es hart getroffen. Meist hoffnungslos versalzen, *con alice fresche*, mit Sardellen also, leidet sie schwer unter dem kulinarischen Kompromiß, den Politik und Gaumen miteinander ausgehandelt haben.

Die *Napoletana* in Vallemutri jedoch, die ich soeben auf einem großen Holzteller serviert bekam, war kein laues höfisches Zwittergebäck. Ihre krustigen Ränder brachen vorschriftsmäßig auf; man sah gleich, daß der Hefe vor dem Feuer ausgiebig Zeit zum Quellen bewilligt worden war. Über den feinen Kräterchen in der Teigwulst breitete sich eine leicht angekokelte Pastaschicht; sie verflüssigte sich zur Mitte hin – ohne ölig zu zerfließen! – und umfing paradiesische Mozzarellainseln, deren zähweiche Gestade von Basilikumblättern gesäumt wurden.

Ich erbrach fast vor Begier. Und dieser Duft! Himmlisch! Ein wenig mehr der trockenen Glut des Holzofens wäre zuviel gewesen. Es hätte keine Fünftel Knoblauchzehe fehlen dürfen; und dem Küchenweib, das die vollreifen Tomaten nach stundenlangem Einkochen exakt zum Zeitpunkt ihrer höchsten aromatischen Vollendung aus dem Topf genommen hatte, wäre ich am liebsten um den Hals gefallen.

Ich aß zweieinhalb *Pizze Napoletane* und ließ auch Giannis halbe *Funghi* nicht verkommen. Danach wollte ich nach Hause.

»Schau mal, da drüben!« zischte Gianni.

Ich befürchtete, Onkel Antonio oder den begeisterten Küchenchef mit einer dritten *Napoletana* um die Ecke biegen zu sehen. Statt dessen sah ich ein paar Tische weiter vier junge Mädchen, die unsere glotzenden Blicke neugierig erwiderten. »*Die ragazze?*« fragte ich betont gleichgültig. »Na und?«

»*Sagra dei funghi!*« grinste Gianni anerkennend und hob sein Weinglas. »Da ist ja ordentlich was nachgewachsen.« Er zwinkerte heldenhaft zum Mädchentisch. Leises Gekicher in meinem Rücken signalisierte, daß der Augengruß angekommen war.

Obwohl ich nur schemenhaft glatte Gesichter mit dunkellockigen Haarkränzen in Erinnerung hatte, schloß ich mich Gianni-Casanovas Fachurteil kritiklos an: »Nicht übel!« meinte ich, ohne hinzuschauen.

»Hohoho!« Gianni rieb sich die Hände. »Ein schmackhaftes Pilzchen zum Nachtisch, warum nicht?« Er beugte sich vor, ohne den Mädchentrupp aus den Augen zu lassen, und rutschte unruhig auf dem Stuhl herum. »Valentin, ich sage dir: Vallemutri hat ein Herz für die Wissenschaft! Mich würde nicht wundern, wenn wir heute abend ein paar charmante Sieberinnen rekrutieren könnten!«

»Sieberinnen?«

»O ja!« Er verdrehte verzückt den Kopf. »Sieberinnen! Ich sehe sie schon vor mir, mit nacktem Oberkörper, ihre Brüste kreisen über dem Metallsieb, dazu das gleichmäßige Rauschen der rotierenden Kieselsteine! Und Palmwedlerinnen brauchen wir, dringend, besonders während der Mittagsglut!«

»Schaufeln wir noch selbst?« fragte ich und versuchte nicht zu rülpsen.

Der Kellner zeigte Verständnis für die Vorgänge in meinen Innereien und stellte – augenzwinkernd auch er! – einen weiteren Grappa vor mir ab.

»I wo!« wedelte Gianni empört mit der Rechten. »Für die

Grabarbeiten werden sich gewiß ein paar kurzgewachsene Exemplare finden lassen. Unsere Aufgabe ist die Musterung der Funde und der Arbeitskräfte! «

In diesem Moment erhoben sich unsere künftigen Angestellten und schritten auf uns zu. Giannis feixendes Gesicht gefror in Sekundenschnelle zu einer männlich-melancholischen Maske; mir rutschte das Herz in den pizzagefüllten Magen. Was tun?

Wir schwiegen und wären wohl unter die Tische geschrumpft, hätten wir uns nicht an unseren Weingläsern festhalten können.

Die Sieberinnen rauschten an uns vorbei, zur Tür. Zwei, drei neugierige Blicke noch, dann war der Spuk vorüber. Ich atmete hörbar aus; Gianni wuchs langsam wieder auf Normalgröße.

»*Sagra dei funghi!*« Er stand noch sichtbar unter dem Eindruck der Erlebnisse. »Hast du das gesehen? Unglaublich! Ich möchte bloß wissen, wo die jetzt hingehen«, sagte Gianni und rief den Ober.

»Wahrscheinlich nach Hause!« höhnte ich und wünschte nichts sehnlicher, als es ihnen nachzutun.

»Das schauen wir uns an!« sagte Gianni bestimmt. Aus seinen Augen blitzte pure Unternehmungslust.

Also marschierten wir wenig später durch die menschenleeren Gassen. Unsere Schritte hallten gegen die Nacht, sie blieben ohne Antwort. Vallemutri war wie ausgestorben. Dort ein erleuchtetes Fensterchen im Steinwall, hier eine graue Gestalt, die in den nächsten Hauseingang huschte – mehr nicht.

Doch halt! Kater und Katzen, die einander über die Treppen jagten und jaulend und fauchend das so grausig anzuschauende Ritual ihrer Leidenschaft spielten, die gab es noch, in Massen.

»Dann lieber nicht!« sagte Gianni mit einem Seitenblick auf ein verbissen ringendes Pärchen.

Der obere Teil des Dorfes wirkte ohne Menschen und Beleuchtung besonders trostlos. Gelegentlich leuchtete der helle Kirchturm von San Lorenzo zwischen Giebeln und Mauerklüften hindurch. Aber das verstärkte nur das Gefühl der Verlorenheit in den Gassen.

»Verflucht!« brüllte ich schmerzerfüllt.

Ich hatte mir den Kopf an einer Holzverstrebung angeschlagen und sah nun auf den Pflastersteinen Sterne.

Gianni duckte sich gekonnt und folgte dem Verlauf des Stützbalkens. »Valentin!« rief er plötzlich aufgeregt. »Schau dir das an!« Der Balken endete an einem verwinkelten Hauseingang. Gianni ging aus dem Mondlicht und berührte mit dem Zeigefinger ein verwittertes, etwa handtellergroßes Ornament neben der Pforte. Es sah aus wie ein Wappen oder ein Siegel.

Ich beleuchtete es mit meinem Feuerzeug. Die Umfassung hatte die Form eines breitwinkligen Ritterschildes, das in ausgewaschene rote und blaue Farbflächen geviertelt war. Diagonal, von links oben nach rechts unten, war ein klobiger Zapfenschlüssel eingraviert. Im Halbkreis über dem Wappen standen antiquierte Reliefbuchstaben:

CLUB OF WESTMINSTER

Sagra dei funghi!« Gianni schlug sich auf die Schenkel. »Der Club der Sieberinnen! Da müssen wir rein!«

Ich trat ein paar Schritte zurück: Die schmalen Fenster waren sorgsam vernagelt, und am Eingang hatten die Anwohner Erdbebentrümmer aufgeschüttet. Das düstere Gemäuer schien seit Jahren unbewohnt.

Gianni stiefelte über den Bauschutt zur Türe und klopfte

und rüttelte daran. Ich sah mich ängstlich in den Gassen um. Niemand störte sich an dem Lärm; Vallemutri schlief den Schlaf der Jahrhunderte.

»Mist!« schimpfte Gianni. »Alles verriegelt.«

»Na dann!«

Ich fühlte mich unendlich schwer und müde und hoffte, Gianni würde es dabei belassen. Sein Gesichtsausdruck verhieß freilich das Gegenteil. Er ging suchend die Hauswand ab und wirkte zu allem entschlossen.

Neben der Pforte befand sich ein schmaler Durchlaß; er zwängte sich hinein. »Gib mir mal dein Feuerzeug!«

Ich sah die flackernde Flamme im Spalt verschwinden. Dann schepperte es so laut, daß ich Gianni von zweihundert Mülleimern begraben glaubte. Immer noch kein Mensch, kein empörter Nachbar. Entweder wohnte niemand in der Gasse, oder die grausamen Rächer der Pilze hatten für barmherzige Taubheit gesorgt.

»Mann, ich hab's! Komm her!« Giannis Stimme tönte hohl und blechern aus dem Nichts.

Ich folgte dem schwachen Lichtschein.

Gianni stand auf einer Blechtonne und lugte in eine scheibenlose Maueröffnung. »Los, hilf mir hoch!«

Ich stützte ihn ab, so daß er sich durch das Fensterchen ziehen konnte. Halb drinnen, halb draußen stak er nun in der Wand; seine Beine baumelten hin und her, als er den Innenraum ableuchtete.

»Hohoho!« rief er hallend in den CLUB OF WESTMINSTER. »Schieb ein wenig nach, ich quetsche mich rein.«

Mit gemischten Gefühlen sah ich Giannis Beine in der Öffnung verschwinden. Dann stieg ich meinerseits auf die Tonne und spähte hinein.

Das Flämmchen in Giannis vorgereckter Hand warf tanzende Schatten an die Wände. Er tastete sich vorsichtig durch den Raum, eine Art Gewölbekeller, der die ganze Fläche des Hauses zu bemessen schien. Hin und wieder stieß er leise fluchend an runde Tische; ich sah staubige Stuhlbeine in die Höhe ragen und Tapetenfetzen von den Wänden hängen. Einmal erschrak Gianni hörbar über den Wiederschein der Flamme in einem trüben Spiegel.

»Ah, da ist er ja!« tönte Gianni.

Das Feuerzeug erlosch, und er betätigte mehrfach klickend den Lichtschalter.

»Nichts zu machen! « rief er aus der Dunkelheit. »Kein Strom. Die Sieberinnen haben heute Ausgang!«

»Und sonst?« fragte ich, während Gianni seinen spärlich erleuchteten Rundgang wieder aufnahm. »Wie sieht's aus?«

»Es ist unglaublich! Der CLUB OF WESTMINSTER scheint eine Art Tanzbar gewesen zu sein. Und das hier in Vallemutri! Aber vor ewigen Zeiten. Alles verfallen, Staub und Dreck, die Polster sind total verrottet. Warte, da drüben ist die Bar.«

Er schritt einer matt glänzenden Theke entlang.

»Da hängt sogar noch ein altes Foto. Valentin, ich glaube, das ist noch vom Krieg. Die Jungs tragen Uniformen und ganz kurze Haare. Aber die Sieberinnen – Teufel, Teufel, nicht übel für damals!«

»Soll ich reinkommen?« Meine Müdigkeit war wie weggeblasen. Gianni stellte ein Tischchen unter das Fensterloch. Ich schob mich kopfüber durch, bis ich den Tisch an meinen Händen spürte. Gianni stützte mich.

»Welcome to the CLUB OF WESTMINSTER, Sir!« sagte Gianni mit einer komischen Verbeugung.

Wir stöberten durch die Nachtclub-Ruine und entdeckten dabei so aufregende Dinge wie eine leere Whiskyflasche, einen von Ratten angenagten Damenschuh, zerbrochene Gläser, die Hälfte eines pompösen Kanapees, rostige Nägel, ein winziges Mäuseskelett, ein Küchenmesser ohne Griff, einen

Sack Zement und schließlich – die zerfetzten Reste einer englischsprachigen Illustrierten.

»Englisch oder amerikanisch?« fragte Gianni.

Ich suchte vergeblich nach einem Hinweis, nach dem Titel oder dem Impressum zum Beispiel.

»Auf jeden Fall schon uralt. Schau, die Fotos, lauter Panzer und Soldaten. Die Zeitschrift ist bestimmt aus dem Zweiten Weltkrieg! Aber ob englisch oder amerikanisch, das können wir erst bei genauerem Studium herausfinden. Für englisch spricht der Name unseres Clubs: Westminster. Aber ich glaube, es waren die Amerikaner, die auf dieser Seite der Apenninen einmarschierten.«

»Du kennst doch die Geschichte von der Schlacht um Monte Cassino, oder?« erkundigte sich Gianni, bevor er mit dem Erlöschen des Feuerzeugs für einige Sekunden von der Dunkelheit verschluckt wurde.

»Das alte Kloster auf dem Berg? Es wurde durch die Alliierten völlig zerstört, weil sich die Deutschen dort verschanzt hatten und nicht aufgeben wollten.«

»Ich habe den Film gesehen. Monte Cassino ist kaum eine Stunde von hier; die Autobahn von Roma nach Napoli führt daran vorbei. Standen sich da nicht Amerikaner und Deutsche gegenüber?«

»Du hast recht, ja! War nicht ein Foto an der Bar? Vielleicht können wir an den Uniformen die Nationalität ablesen!«

Wir stolperten im Schein des Flämmchens durch den verödeten Nachtclub. Das Bild einer plündernden Horde Vandalen, die alles Brauchbare mitgenommen hatte, drängte sich auf. Am Ende der Theke war ein verstaubtes Foto an die Wand gepinnt. Ich löste es vorsichtig und hielt es über die zuckende Flamme.

Es war ein Gruppenbild. Sechs leichtgeschürzte Damen

versanken im Kanapee, das auf dem Foto ungeteilt in plüschiger Monstrosität zu sehen war. Die Damen, einheitlich in eine Art samtigen Badeanzug gekleidet, wurden von grinsenden GIs umrahmt. Das Sternenbanner prangte unübersehbar im Hintergrund. Links neben dem Sofa stand ein kleiner Tannenbaum. Die meisten der uniformierten Jünglinge hatten grauenhaft abstehende Ohren. Ein besonders kecker Bursche stellte seine Springerstiefel auf die Lehne des Kanapees; zwei andere spreizten feixend Zeige- und Mittelfinger über die Igelköpfe ihrer Vorderleute.

»Amis!« stellte Gianni fest.

Dann versenkte er das Foto behutsam in seiner Lederjacke und warf einen letzten Blick in den schimmelnden Nachtclub:

»Scheint so, als müßten wir morgen noch mal in eigener Regie sieben!« Er grinste und schnalzte deftig mit der Zunge, was im Flackerlicht meines Feuerzeuges reichlich verwegen aussah.

Der Schatz des Don Michele Orsini

Was bedeutete mir Ernestos Schmerz? Was das Leid anderer überhaupt?

Die Sonne tauchte mein Bett in goldfarbenes Licht, und ich fragte mich, ob er schon geschrien hatte. Konnte ich ihn überhört haben?

Eine Wolke dunkler Erinnerungen glitt vorüber. Vage Bilder der Nacht, Schatten zwischen Traum und Wachzustand. Waren es Ernestos Schreie, deren Fetzen mir nachhingen?

Ich schämte mich meines Vergessens. Ein Mensch, den ich mochte, litt furchtbare Qualen, und ich schlief selig in engem

Glück kaum fünfzig Meter weiter. Wie konnte sich mein Herz nur dergestalt vor seinem nahen Leid verschließen? Wie war es möglich, daß diese unmenschlichen Schreie in meinem Bewußtsein untergingen?

Vielleicht war das schon immer so. Vielleicht gab es im Menschen einen geheimnisvollen Schalter, der umklappte, sobald man dazu aufgerufen wurde, einem anderen zu helfen. Wie viele Menschen hatten gelitten, ohne daß ihnen die Umstehenden halfen!

Seltsam, daß mir zu Ernestos Schicksal der bekannteste Tote der Welt, Jesus aus Nazareth, einfiel: Wie viele Menschen hatten seinen Leidensweg mitverfolgt, und wie wenige hatten sich eigene Anteilnahme erlaubt? Wenn man den Augenzeugen glauben darf, gab es kein Mitleid oder eine Hilfeleistung – abgesehen vom Klagen einiger Weiber und dem zum Kreuztragen verdammten Simon.

Bei Johannes heißt es sogar, die Zeitgenossen Jesu hätten Pilatus ersucht, dem Gekreuzigten die Beine zu brechen, damit er den Sabbat nicht mit seinem Tod verunziere. Lukas berichtet von den Spottreden der Zuschauer: Der am Kreuz Hängende möchte sich doch selbst befreien, wenn er der Sohn des Allmächtigen sei. Und als der spätere Messias gegen drei Uhr nachmittags seinen Gottvater rief, da wartete man gespannt, ob ER zu Hilfe eilen würde. Er tat es nicht, wie heute jeder weiß.

Aber damals?

Daß ausgerechnet ein halbnackter Sträfling aus Nazareth die Menschheit erlösen würde – wer sollte das ahnen! Die römischen Soldaten etwa, die den Gesalbten ans Kreuz nagelten und seinen Durst mit Essigwasser verhöhnten? Unmöglich! Die Kreuzigung war Teil ihrer Arbeit, nicht weniger unschuldig grausam als die Tätigkeit in einer modernen Munitionsfabrik. Wird da nicht ebenfalls gescherzt, in der Kantine beim Mittagstisch zum Beispiel, ohne das kommende Leid, den Tod in der Patrone, die Verstümmelung in der Granate zu verargen?

Freilich, heute ist es leichter, Distanz zum eigenen Tun zu empfinden – eine Errungenschaft der industriellen Revolution.

Dieser Fortschritt blieb bei der Technik keineswegs stehen. Er sprang, und springt noch immer, ausgelassen auf alle Bereiche des Wissens über. Heute streiten sich beispielsweise gelehrte Menschen darüber, wie die Kreuzigung Christi und seiner Leidensgefährten überhaupt möglich war. Nicht moralisch-ethisch, nein, wie sie aus medizinischer und physikalischer Sicht den gewünschten Erfolg brachte. Soll heißen: den möglichst qualvollen Tod. Ob, sagen wir, der Nagel von links nach rechts oder von oben nach unten durch den Knöchel getrieben wurde? Ob der Blutverlust oder ein Kreislaufkollaps den gepeinigten Organismus erlöste? Oder verreckte der Heiland doch eher am Wassermangel? Und welche Rolle spielte der mediterrane Temperaturwechsel von Mittagsglut zu Nachtkühle dabei?

Ein Wissenschaftler lernt Jahr um Jahr. Ihm stehen schier unerschöpfliche Quellen des menschlichen Geistes zur Verfügung. Wie, um alles in der Welt, kann ein sich selbst ernst nehmender Mensch dergleichen Gedankenspiele vollziehen, ohne das entscheidend Menschliche, das Leid, überhaupt wahrzunehmen – wenn es nicht ebendieses wunderbare psychologische Korrektiv gäbe, das mich selbstzufrieden schlafen ließ.

War ich ein Ignorant?

Ernesto schrie, doch ich hörte ihn nicht mehr. Samstag, Sonntag, Montag: Gerade drei Tage erlaubte ich meinem Gehör, schaudernd und fröstelnd, die morgendliche Anteilnahme am Schrecken des Schmerzes. Dann verschlossen sich meine Ohren. Die verzweifelten Traumboten ritten weiterhin durch die Dämmerung, doch sie erreichten nur meine Träume.

Sie wurden in die Geräuschkulisse des Tales eingebunden wie anderenorts der Ruf des Hahnes oder das vertraute Rauschen der Autobahn. Der Schalter war umgelegt. Ernestos Schreie störten mich nicht mehr; doch wären sie ausgeblieben, hätte ich ihr Fehlen gewiß bemerkt.

»Vielleicht sind es die neuen Medikamente?« mutmaßte Gianni, als ich ihm beim Frühstück von meinen Eindrücken berichtete. »Vielleicht schreit er wirklich nicht mehr?«

Infolge des nächtlichen Ausflugs waren wir spät aufgestanden, mit schwerem Kopf und Sodbrennen. Die Sonne stand schon recht hoch über dem blühenden Feigenbaum. Ernesto lehnte neben uns in seinem rostigen Gartenstuhl, direkt unter dem Baum, den Kopf an den Stamm gestützt, und dämmerte friedlich räuspernd vor sich hin.

»*Zio, come sta oggi? Hai dormito un po'?* Wie geht's dir heute? Hast du ein wenig geschlafen?« wandte sich Gianni an seinen Onkel.

»*Sì, un po'!* Ja, ein bißchen«, ächzte Ernesto, ohne die Augen zu öffnen. »*Ma i dolon!* Aber die Schmerzen!« Er stöhnte und rieb sich kreisend die Stirn.

»Du hast recht. Die neuen Medikamente sind es nicht!« entschied Gianni und schmierte sich, zur Freude von Tante Anna, die über die Veranda fuhrwerkte, ein weiteres Brot mit selbstgemachter Brombeermarmelade.

Ich registrierte mit Interesse, wie begierig Gianni die zuckrige Masse in sich hineinstopfte. Seine Sucht nach Süßigkeiten schien mir beinahe krankhaft. Wir hatten einen großen Karton mit Lebensmitteln mitgebracht. Kekse, Coca-Cola, Nutella, Schokolade, Fruchtsäfte. Kurzum, alles irgend Kalorienreiche und Zuckerhaltige. Der Karton leerte sich zusehends – ohne mein Zutun! Es berührte mich peinlich, daß Gianni offenbar heimlich die Vorräte plünderte. In meiner Gegenwart trank er ausschließlich Wasser oder Wein, und mit einem Keks oder Schokoladenriegel hatte ich ihn noch nie gesehen.

Als ich nun meinerseits zur Marmelade griff, sie war wirklich ausgezeichnet, musterte er mich aufmerksam. Ich glaubte gar einen Anflug von Futterneid in seinen Augen zu erkennen.

»Schmeckt's?« fragte er scheinheilig. »O ja! Wunderbar!«

»Immerhin bist du ehrlich, wenn man dich fragt!« sagte Gianni ironisch.

Mir verschlug es fast die Sprache. Mühsam bekämpfte ich den aufsteigenden Ärger. *Er* spielte mir doch seit unserer Ankunft ständig etwas vor: Erst das Archäologentheater auf meine Kosten, um der Familie zu imponieren. Dann die Heimlichtuerei mit Onkel Ernestos *Vision* – weshalb mußten wir ausgerechnet im Gemüsegarten graben? –, und jetzt futterte er auch noch hinter meinem Rücken die gemeinsamen Vorräte weg! Ich hatte gute Lust, meinem Gastgeber tüchtig die Meinung zu sagen.

Glücklicherweise rauschte Tante Anna in diesem Moment an unseren Tisch: »*Volete alcuni biscotti?* Wollt ihr ein paar Plätzchen?« Sie stellte eine Tüte mit Gebäckkringeln vor uns hin.

Der aromatische Duft der *biscotti*, knusprige Anisplätzchen, beruhigte unsere Gemüter. Wir futterten einträchtig aus der Tüte.

»Machen wir uns wieder an die Arbeit«, sagte Gianni versöhnlich.

Als wir die Wellbleche anhoben, gesellte sich Antonio zu uns. Sofort verwandelte sich Gianni in einen waschechten Süditaliener. Er stützte sich bedächtig auf die Schaufel und schwatzte und plauderte gestenreich mit seinem Onkel, der lüstern in unsere Grube schielte.

Ich wußte aus vorangegangenen Gelegenheiten, daß nun ein fintenreiches Wortversteckspiel begann. Jeder Kontrahent wollte möglichst viel vom anderen erfahren und möglichst wenig von sich selbst preisgeben.

Während ich in den Graben stieg, verfolgte ich mit einem Ohr, wie Gianni sich ausführlich nach dem gestrigen Arztbesuch erkundigte: welche Medikamente Ernesto nunmehr einnahm, warum Tante Anna immer vergeßlicher wurde, der Doktor schloß gar ein Frühstadium der Alzheimerschen Krankheit nicht aus, wie machtlos die Medizin doch gegenüber dem menschlichen Schicksal ist ...

Antonios Gegenfragen wurden allesamt zu dem Zweck gestellt, uns an seinen Bedenken teilhaben zu lassen: wie gefährlich doch unser Vorhaben sei, für das Seelenheil der Tanten wie den Zustand des Gemüsebeetes! Eine Nachbarin habe sich gar schon erkundigt. Nach unserem Tun, das ihn, Antonio, den Wahrhaftigen, zu Lüge und Unaufrichtigkeit zwinge; denn für einen wertvollen Fund würden sich gewiß noch andere Leute als Pepes Tochter interessieren. Und was denn eigentlich mit den Funden geschehen solle? Sei womöglich schon etwas entdeckt worden, gestern, während er, Antonio, der Hilfreiche, Giannis gebrechliche Verwandschaft zum teuren Arztbesuch chauffiert habe?

Ich wandte mich entschlossen der Arbeit zu. Diese Art und Weise, seinen Gesprächspartner zu manipulieren, ohne klar zu sagen, was man eigentlich will, ging mir unsäglich auf die Nerven.

Bedächtig trug ich die oberste Schicht ab, schaufelte die Erde in den bereitstehenden Schubkarren, neben dem Gianni, schwatzend und die vielen Ahs und Ohs seines Onkels genießend, das Sieb schwang, größere Kiesel achtlos beiseite warf,

Steinchen und Scherben aber einer sorgfältigen Prüfung unterzog und so Antonios Neugier stetig am Kochen hielt.

Kein Zweifel, Gianni hatte sich verändert. Das italienische Blut seiner Väter schien in den deutsch domestizierten Adern zu neuem Leben erwacht. Seine Gestik, seine Mimik, dieses undurchschaubare Spiel seiner Launen und Absichten – ich spürte deutlich, daß er mir mehr verheimlichte als seine Sucht nach Süßigkeiten.

Endlich wurde es Onkel Antonio zu langweilig. Er trollte sich, eine Hacke über die Schulter geschwungen, ans andere Ende des Gartens, wo die Tomatenstauden noch unberührt von unserem Wissensdurst wachsen durften.

»Endlich!« stöhnte Gianni und stieg zu mir in den Graben. »*Platte* stirbt fast vor Angst, daß wir was finden könnten.«

»Platte?« fragte ich verblüfft.

»Antonio«, sagte er und grinste. »Die Platte!« Er neigte den Kopf und kreiste mit dem Zeigefinger weiträumig über der Stelle, an der Antonios Haupthaar einer polierten Schädelfläche gewichen war.

Der Tag verstrich ohne besondere Vorkommnisse. Wir schaufelten und siebten uns allmählich zur zweiten Schicht. Ernesto kam häufig vorbei und sah uns zu. Sein Schicksal dauerte mich. Ich mochte ihn gerne, er war wie ein riesiges, trauriges Kind. Meist sprach er nicht, sondern starrte ungläubig in eine ihm schleierhafte Welt. Oft blickte er mich an, als sei er sich meiner Leibhaftigkeit noch immer nicht sicher.

Einmal fragte ich ihn nach seinen *Visionen*. Vielleicht sieht er ja weit in die Vergangenheit zurück, dachte ich hoffnungsvoll. Als ich ihm allerdings das Aussehen der Etrusker beschrieb, die vollbärtigen Männergesichter, ihre knielangen Hemdkleider, die *tunicae,* und den leichten Mantel, aus dem die römische Toga hervorging, wandte er sich verständnislos ab.

82

Schade, denn ich hätte ihm gerne erzählt, daß die Etrusker eine lange Tradition begründet hatten, die das heutige Italien ahnungslos fortführt: Die Etrusker waren nicht nur für ihre schwarzen Buccherokrüge berühmt, sie prägten auch die damalige Schuhmode. Ihre spitzen Schnabelschuhe, die an hethitische Vorbilder erinnerten, waren in der Antike en vogue.

Gianni schuftete wie ein Besessener. Ich mußte ihn beinahe zwingen, über die heißen Mittagsstunden langsamer zu machen. Die Ergebnislosigkeit unserer bisherigen Suche schien ihn nur anzustacheln. Gelegentlich blieben Keramiksplitter in den Maschen des Siebes hängen, und einmal fand ich ein etwa daumennagelgroßes, flach gewölbtes Knochenstückchen, dessen Herkunft nicht zu bestimmen war. Gianni vermutete einen ungeklärten Mord an der Pfarrerskatze anno 1849. Ich schloß mich dieser Deutung an, da es nichts gab, was dagegen sprach.

»Mann! Valentin!« stöhnte er in einer kurzen Pause. Seine Hände hinterließen eine erdbraune Schleifspur im verschwitzten Gesicht. »Was hat dich nur dazu getrieben, Archäologe zu werden?«

»Hm«, sagte ich nachdenklich und reichte Gianni die Wasserflasche. »Ich glaube, ich wollte schon immer Archäologe werden.« Ich suchte nach den richtigen Worten. »Vielleicht weil ein Archäologe eine Art Zeitreisender ist? Als Kind hatte ich mir immer eine Zeitmaschine gewünscht. Ich konnte mir nicht vorstellen, daß die Welt vor mir, vor meiner Geburt, existiert hatte. Daß Menschen hundert, zweihundert, tausend, zehntausend Jahre vor mir gelebt haben sollten, ohne daß ich sie sehen konnte. Unglaublich! Wo waren sie alle hin? Ganze Indianerstämme, die tapferen Sioux des ruhmreichen Häuptlings Sitting Bull, Winnetous Apachen, die Hunnenhorden Attilas, die sinnenfrohen Babylonier; Griechen, Römer, Leonardo da Vinci, die Pesttoten des Dreißigjährigen Krieges, Napoleon, Soldaten, Hausfrauen, Kinder, Hunde, Katzen ... – es machte mich fast verrückt, nicht zu wissen, wo sie sind.«

Gianni nickte und gab mir die Wasserflasche zurück. »Schrecklich. Wenn man sich überlegt, wie viele Milliarden Leute vor einem selbst schon gestorben sind!«

»Ja, das ist wirklich merkwürdig. Irgendwie ahnt man, daß es mit einem selbst zu tun hat, aber man begreift es nicht. Milliarden Menschen sind verschwunden, spurlos, aber man selbst ist noch da. Wo ist da der Zusammenhang? Es muß doch einen Schlüssel zum Verständnis geben!«

»Vielleicht findest du ihn hier«, tröstete Gianni und griff zur Schaufel. »Sonst finden wir halt was anderes.«

Ich nickte leicht resigniert. Es war unmöglich, einem anderen diesen geheimnisvollen Schauer zu vermitteln, der mich überfiel, wenn ich mit der Vergangenheit allein war.

»Aber, du, Valentin, die Sache mit der Zeitmaschine verstehe ich gut«, sagte Gianni, während er das Sieb schüttelte. »Bloß wollte ich immer in die Zukunft reisen. Stell dir vor, was es dort alles geben wird, wovon wir heute noch keine Ahnung haben.«

»Was, zum Beispiel?« Ich fand es plötzlich seltsam, daß mich die Zukunft nie interessiert hatte.

»Die schönsten und nützlichsten Dinge. Vollautomatische Sieberinnen zum Beispiel, die aussehen wie Claudia Cardinale und Röntgenaugen haben wie Superman«, prophezeite er todernst.

»Damit künftige Archäologen nicht selbst suchen und sieben müssen?« versetzte ich nicht weniger trocken.

»Genau!« grinste Gianni. »Und ich mache jede Wette, daß Platte dann seine Gemüsebeete mit größter Begeisterung durchwühlen lassen würde. Ich sehe sie förmlich vor mir:

Claudia Cardinale an den Tomaten, Sophia Loren siebt hinterm Hühnerstall, Marilyn Monroe legt Onkel Antonio Kiesel und Kürbisse zu Füßen, und Brigitte Bardots Blicke durchdringen sanft und verführerisch den phosphatreichen Boden!«

»Und abends treffen sich alle im CLUB OF WESTMINSTER!« fiel ich lachend ein.

»Komm, wir machen Schluß für heute. Antonio verbreitet schon Aufbruchstimmung, und mich dürstet nach einer Rituellen Reinigung.«

Ich stapfte aus dem flachen Graben. Wir hatten die Humusschicht mittlerweile abgetragen. Im schräg einfallenden Sonnenlicht wurde die unterschiedliche Beschaffenheit der zweiten Schicht sichtbar.

Ich versuchte, aus der scheinbar zufällig im Lehm liegenden Ansammlung von Steinen und Kieseln eine architektonische Absicht zu erkennen, als Gianni in Abschnitt sechs einen heiseren Schrei ausstieß. Er schleuderte die Schaufel von sich, fiel auf die Knie und grub mit den Händen weiter. Mit einem Satz war ich bei ihm. »Was ist? Hast du was gefunden?«

Gianni schien mich gar nicht wahrzunehmen. Er schaufelte fieberhaft Erde beiseite und murmelte fahrig: »Ich hab's gewußt, ich hab's gewußt!«

»Gianni!«

Wie im Wahn glitten seine Finger an einer festen weißen Plastikfolie entlang; er bemühte sich vergeblich, den Inhalt zu ertasten, und wühlte hastig weiter.

»Gianni! Was, zum Teufel, ist das?«

»Mann!« brüllte er aggressiv und ohne aufzublicken. »Der Schatz meines Vaters! Das ist der Schatz meines Vaters, begreifst du nicht, Valentin?«

»Nein!« sagte ich trotzig. »Kein Wort! Ich denke, dein Vater ist tot?«

»Leider«, tönte Gianni dumpf aus dem Graben. »Sonst hätte er sagen können, was da drin ist. Nicht zu fassen, unglaublich, ich ahnte, daß die Geschichte stimmt.«

»Welche Geschichte?« bohrte ich weiter. Endlich hatte ich ihn am Wickel. Auch meine Ahnungen schienen sich zu bestätigen.

»Um Gottes willen, Valentin, frag jetzt nicht dämlich! Hilf mir lieber!«

Ich rührte mich nicht.

Endlich richtete er sich auf und sah mich an: »Also gut. Es heißt, mein Vater sei alles andere als ein Chorknabe gewesen. Als es der Familie kurz nach dem Krieg sehr schlechtging, soll er irgendwo eingebrochen sein. Und was er an Diebesgut nicht verkaufen konnte, hat er hier im Garten vergraben – so munkelt man jedenfalls in der Familie.«

Ich wußte, daß er mir noch nicht alles erzählt hatte. »Was hat Ernestos Vision mit dieser Geschichte zu tun, Gianni?« fragte ich streng. »Da stimmt doch irgendwas nicht.«

Gianni wurde rot, er schaute zerknirscht zu Boden. »Ich weiß«, sagte er leise. »Ich hätte dir alles erzählen sollen.« Er hob den Kopf, und ich sah seine Scham. »Aber welcher Sohn erzählt schon gerne, daß sein Vater ein Dieb ist? Als ich Ernesto am ersten Tag nach den ›alten Sachen‹ fragte, war ich selbst überrascht, daß er sich erinnerte. Also fragte ich weiter, was er über Vaters Schatz wisse. Er reagierte sehr merkwürdig. Ich konnte keine klare Antwort von ihm bekommen. Versteh doch, Valentin, was hätte ich dir sagen können!«

Ich stieg langsam in Abschnitt sechs. »Und du weißt wirklich nicht, was in der Plastikfolie ist?«

»Ehrenwort!« gelobte Gianni. »Ich wußte nicht mal, ob es den ›Schatz‹ wirklich gab. Vater hat nie darüber gesprochen. Erst als er starb, fiel mir die Geschichte wieder ein. Seither läßt sie mir keine Ruhe. Komm, wir schauen, was dahintersteckt!«

Ernesto hatte sich bei seiner Vision um gut eineinhalb Meter vertan. Der ›Schatz des Michele Orsini‹ lag am südöstlichen Ende unseres Grabungsgevierts. Ein paar Zentimeter weiter, und wir hätten ihn verfehlt.

Nach wenigen Minuten hatten wir ein längliches Paket freigelegt. Gianni zerrte es aus dem Boden. Vorsichtig klopfte er die Erde vom Plastik und wickelte die Folie auf.

»Was ist das?« Gianni glotzte erstaunt auf ein Bündel ellenlanger Metallstäbe.

»*Ay! I candelabri!*«

Wir zuckten zusammen: Hinter uns stand Onkel Ernesto. Der Himmel wußte, wie lange er schon gewartet hatte.

»Die Kandelaber? Kerzenleuchter?« stieß Gianni hervor. »*Zio!* Onkel, woher weißt du das?«

Ernesto hob schwerfällig seinen rechten Arm und wies prophetisch in die Berge: »*I candelabri da Monte Calvario!*« Ich folgte seinem Zeigefinger: Etwas oberhalb des Dorfes, auf einem felsigen Kegelberg, stand eine kleine Kapelle. »Gianni«, stellte ich nüchtern fest. »Dein Vater hat die Kirche von Monte Calvario ausgeräumt.«

»*Sì!*« bestätigte Ernesto, und dabei räusperte er sich so laut, daß wir die Köpfe einzogen.

Später, am Abend, nach der Rituellen Reinigung, saßen wir ungestört in der Küche und verdrückten Tante Annas Risotto. »*Sagra dei funghi!*« zischte Gianni grübelnd durch die Zähne. »Eine Kirche hat er geknackt. Deshalb erzählte er nie von seinem ›Schatz‹. Mein Großvater hätte ihm vermutlich höchstpersönlich den Teufel ausgetrieben: einbrechen, okay, aber in eine Kirche? Welche Schande!«

»Und Ernesto wußte davon?«

»Klar, er war doch dabei!«

»Ernesto?« Dieses menschliche Wrack ein Kirchenräuber?
»Du vergißt, daß er vor seinem Unfall ein forscher junger
Mann war. Denk nur an das Foto in Uniform. Ich vermute,
Vater und er sind kurz nach dem Krieg in die Kapelle einge-
brochen, also sogar noch bevor Ernesto zu den Carabinieri
ging.«

»Und seine *Vision*?«

»Na ja. Wir standen im Gemüsebeet, und er sagte: Da sind
sie!‹ Mir war ziemlich klar, daß er damit nicht die Speerspitzen meinen konnte.«

»Mir auch«, ergänzte ich mit ironischem Unterton. »Aber
sagtest du nicht, die Speerspitzen und der Bronzeteller seien
beim Hühnerstall gefunden worden?«

»Meine Güte, ich war damals ein kleiner Junge. Laß mich
rechnen, zehn Jahre war ich, als mein Vater die Wasserleitung
legte. Sie verläuft nun mal am Hühnerhaus vorbei, von der
Straße durchs Gemüsebeet zum Haus. Du hast das Rohr selbst
gesehen. Als mein Vater die Leitung verlegte, stieß er auf den
Bronzeteller und die Speerspitzen.« Er grinste plötzlich und
schüttelte langsam den Kopf. »Aber, was auch ich nicht wußte: Die Wasserleitung ist illegal!«

»Illegal? Wie meinst du das?«

»Antonio erzählte es mir beiläufig, als wir uns an der Grube unterhielten. Früher war das Tal viel fruchtbarer und was-
serreicher. Heute ist der Fluß fast ausgetrocknet, und im Sommer fehlt Wasser. Antonio sieht die Ursache in den riesigen
Wasserleitungen, die von den Bergen nach Neapel führen.
Angeblich beruht die gesamte Wasserversorgung Neapels und
der anliegenden Küstenstädte auf den Quellen in unseren
Bergen.

1964, als die Wasserpipeline gelegt wurde, baute die Orts-
verwaltung eine Straße vom Dorf in die Berge – ebenjene Straße, die an unserem Grundstück vorbeiführt. Mein Vater är-

gerte sich maßlos darüber, ich kann mich gut an seine Wutanfälle erinnern. Bei den Bauarbeiten sah er, daß die Verwaltung auch Leitungen für Vallemutri legen ließ. Die zapfte er unerschrocken an, als eine Art Ausgleich für die Wertminderung seines Grundstücks. Daran hat sich seither nichts geändert.«

»Du willst sagen, daß ihr seit zwanzig Jahren keinen Pfennig für euer Wasser bezahlt?«

»Exakt!« Gianni freute sich diebisch über mein ungläubiges Gesicht.

»Und das hat keiner gemerkt?«

»Anscheinend waren Jahre später zwei Carabinieri da, um unsere Wasserzufuhr zu überprüfen. Irgendwas muß der Verwaltung also aufgefallen sein. Aber mein Vater hatte die alten Rohre vom Brunnen nicht abgebaut, sondern zusätzlich einige Blindrohre angebracht. Die Konstruktion muß die Carabinieri ausreichend verwirrt haben. Außerdem war Ernesto bis zu seinem Unfall bekanntlich bei demselben Verein, und die Polizisten dürften im Haus ihres unglücklichen Ex-Kollegen nicht sehr streng kontrolliert haben.«

»Sagenhaft! Ich bin gespannt, welche Überraschungen dein Vater für uns noch parat hat.«

»Ich auch! « seufzte Gianni. »Ich auch. Hast du dir die Leuchter angesehen? Glaubst du, daß sie wertvoll sind?«

»Wahrscheinlich nicht. Don Michele hätte sie sonst bestimmt verkauft.«

Gianni musterte das Diebesgut seines Vaters eingehend. »Aus welchem Material sie wohl sind? Messing?«

Ich nahm einen der verwitterten Leuchter aus der Plastikfolie und kratzte mit dem Daumennagel daran. Das Metall lag schwer in meiner Hand. »Ich würde sagen, ja, Messing. Sie waren bestimmt sehr schön und glitzerten wie Gold, als sie dein Vater in der Kirche erblickte.«

»Messing«, sagte Gianni gedankenverloren.

Plötzlich sprang er auf und riß mir den Leuchter aus der Hand:

»Verdammt! Messing! Wenn das rostet, bildet sich Grünspan. Wir müssen uns sofort gründlich die Hände waschen, bevor wir uns vergiften!«

Wir flitzten zum Waschbecken und schrubbten uns hastig die Hände.

»Unser Werkstattmeister hat kürzlich eine Horrorgeschichte erzählt«, sagte Gianni. »Einer seiner Lehrlinge ist an Grünspanvergiftung gestorben, weil ein Autohersteller Messingschrauben statt Stahlschrauben eingesetzt hatte, an einer völlig blödsinnigen Stelle.«

Ich sandte ein Dankgebet an Giannis Meister und säuberte mit Akribie meine Fingernägel.

Gianni zog Antonios Gartenhandschuhe über und wickelte die Kandelaber behutsam in Zeitungspapier. »Ich werde sie morgen einweichen. Und dann besorgen wir uns eine Reinigungslösung und restaurieren die Dinger.«

»Hol's der Teufel«, sagte ich, noch immer erschrocken. »Da hätte uns dein Vater beinahe eine böse Überraschung bereitet.« Ich ging zum Küchenschränkchen und wollte mir zur Stärkung der Nerven ein Stück Schokolade genehmigen. Gianni beobachtete mich aufmerksam. Wie angewurzelt hielt ich inne: Im Karton befanden sich keine Süßigkeiten mehr, sondern nur noch jede Menge *biscotti*.

Ich räusperte mich. »Gianni, hast du eine Ahnung, wo die ganzen Süßigkeiten geblieben sind? Ich meine, gestern waren noch Kekse und Schokolade da, und heute gibt's gerade noch eine halbe Flasche Cola, aber dafür zwei Tüten *biscotti*.«

»*Biscotti?*« Gianni glotzte mich verständnislos an. »Ich dachte, daß du ...« Er schlug sich mit der flachen Hand vor die Stirn und brach in schallendes Gelächter aus. »Valentin!«

keuchte er. »Die Tanten sind's! Und ich wollte mich schon über deine unverschämte Freßgier beschweren! Kein Wunder, daß Tante Cosima über Verdauungsprobleme klagt, seit wir da sind!«

»Deine Tanten klauen unsere Süßigkeiten?«

Gianni bog sich vor Lachen. »Na ja, klauen ist vielleicht ein etwas hartes Wort. Eigentlich tauschen sie: Markenschokolade gegen hausgemachte *biscotti*.«

»Das gibt's doch gar nicht. Ich hatte dich in Verdacht!«

»Und ich dich!«

»Gianni, du hast vielleicht eine Familie!«

»Phantastisch, was?« Er schnappte sich die Weinflasche und füllte unsere Gläser. »Der Vater Kirchenräuber, die Tanten begaunern arglose Touristen, der Onkel trinkt mit Gespenstern Kaffee ...«

»Und der Stammhalter übt sich als Totengräber und Einbrecher in zweifelhafte Etablissements! « fiel ich ins Wort.

»*Sagra dei funghi!* Den CLUB OF WESTMINSTER hätte ich fast vergessen. Das Foto! Wo habe ich das Foto?«

Gianni sprang auf und kramte in seiner Lederjacke. Das Bild war glücklicherweise unversehrt.

»Auf die Sieberinnen!« Er stellte das Foto an die Weinflasche und prostete mir zu.

»Mögen sie die Zeiten schadlos überdauert haben! « fügte ich hinzu und stieß frohgemut mit dem Sohn des größten Kirchenräubers von Vallemutri an.

Ernestos Fall und die
Wiedergeburt des Archäologen

War ich schon einmal hier gewesen?

Ich trat in die Mitte der sonnenüberfluteten Lichtung und sah mich um: Die Pinien hatten sich verändert; sie leuchteten in satten Blau- und Grüntönen und wuchsen steil und einsam wie dorische Säulen in den Himmel. Von weiter Ferne scholl der Klageruf eines Vogels über die in sich selbst ruhenden Bäume. Gierig sog ich den harzigen Duft der Pinienzapfen ein.

Plötzlich wußte ich wieder, warum ich hier war. Ich entkleidete mich rasch und verbarg mich hinter dem Gatter, das die Lichtung begrenzte. Gleich würde sie kommen, arglos wie immer. Sie würde ihr Körbchen vom Lenker des Motorrollers nehmen und über die Lichtung gehen. Am Saum des Pinienwaldes würde sie sich niederbeugen, die Haare aus dem Gesicht streichen und mit feingliedrigen Fingern die herrlich weißen Champignons kurz über dem Waldboden abbrechen.

Heute würde sie dafür bestraft werden!

Entschlossen nahm ich die Handschellen aus meiner Jacke. Das Metall fühlte sich kühl an und glitzerte in der Sonne. Ferner hatte ich eine Rolle Klebeband dabei, breit genug, um ihr den Mund zu verschließen. Zwar war es höchst unwahrscheinlich, daß jemand ihre Schreie hörte, denn die Lichtung lag weit abseits der üblichen Wanderwege. Doch ich wußte, daß ich ihn hassen würde, diesen schrillen Weiberlaut. Ihre puppenhafte Panik, kaum daß der nackte Mann über ihr ist und sie gegen den Boden preßt. Manche wehren sich. Aber nur so lange, bis man ihnen den Mund verschließt. Wer nicht schreien kann, widersetzt sich auch nicht.

Eine starke Erregung bemächtigte sich meiner. Ich spürte,

wie die Körpersäfte in die Mitte meines Leibes strömten; meine Eingeweide zogen sich schmerzhaft zusammen. Die Piniennadeln und kantigen Schuppen der Zapfen pieksten in meine Fußsohlen. Ich überlegte, ob ich mir Schuhe anziehen sollte, verwarf den Gedanken aber, weil das doch zu lächerlich ausgesehen hätte – ein nackter Mann mit schwarzen Halbschuhen.

Endlich hörte ich schwaches Motorengeräusch; sie kam. Ich streifte die Rolle Klebeband über mein Handgelenk, damit ich beide Hände frei hatte, wenn es galt, sie blitzschnell niederzuwerfen, ihr die Arme hinter den Rücken zu reißen und die Handschellen über ihren zarten Gelenken einschnappen zu lassen. Vielleicht würde ich sie später an das Gatter fesseln; sie war sehr schön und wild. Es mußte ein Genuß sein, ihren Körper aus einer gewissen Entfernung zu betrachten.

Der Vogel sang sein einsames Lied. Es galt mir, denn ich wußte, daß niemand außer mir seine Klage hören konnte. Noch schrie er, aber eines Tages würde ich ihn ebenfalls zum Verstummen bringen.

Das Motorengeräusch wurde lauter. Ich blickte angestrengt über die Lichtung. Dort, in der gegenüberliegenden Schneise, mußte jeden Augenblick ihre weiße Vespa auftauchen. Ihr Haar würde sacht im Wind wehen, und dann würde sie den Roller an einen Pinienstamm lehnen und sich vornüberbeugen und die Strähnen aus dem hellen Gesicht streichen.

Ich machte mich bereit und ging in die Hocke. Mein Geschlecht berührte den Waldboden. Sie kam. Ein blaues Wölkchen puffte aus dem blubbernden Gefährt, als sie den Motor abstellte. Was ich vergessen hatte: Sie sah so verletzlich aus, wenn sie ging. Ihr zierlicher Gang tat mir weh. Warum war ich geboren, zu zerstören, warum?

Endlich bückte sie sich. Ihre Hinterbacken ragten prall und

lockend in die Höhe. Ich schob das hohe Gras beiseite und zwängte mich eilig durch den Lattenzaun.

Nun hieß es, die Lichtung mit einem lautlosen Sprint zu überwinden. Ich wartete, bis sie sich einer neuen Pilzkolonie zugewandt hatte. Dann lief ich los – und im selben Moment stieß der Vogel kreischend vom Himmel.

Zu spät erkannte ich, daß sein Angriff mir galt. Sein Schatten wuchs über meinen Kopf, mit einem gewaltigen Flügelschlag warf er mich nieder. Ich strauchelte, stolperte rücklings über die Lichtung. Die Sonne blendete mich, und ich fiel und fiel und fiel ... – und erwachte scheppernd und krachend in einem Blechmüllhaufen.

»Valentin! «

In einem Blechmüllhaufen?

Ich sah mich um. Im fahlen Schein der Dämmerung erkannte ich Gianni. Er saß aufrecht in seinem Bett und starrte zum Fenster. Ich glaubte, das metallische Scheppern noch immer zu hören.

»Was ist los?« fragte ich verstört.

Plötzlich schrie der Vogel wieder: »Aayyyiiiooohh!« Ernesto!

»Da stimmt was nicht!« rief Gianni.

Er warf die Decke beiseite und sprang in seine Kleider. Ein neuerlicher Schrei trieb mir den Schlaf aus den Gliedern. Ich eilte hinter Gianni her, der schon die Treppe heruntertrampelte. Wo war er?

»Zio!« rief Gianni in den halbdunklen Garten. »Dove sei?«

»Aayyooiiiiii!« scholl es zurück, aus Richtung Gemüsebeet. Ein metallisches Knirschen schloß sich an.

»Er liegt in der Grube!« erkannte Gianni und rannte in den dämmernden Morgen.

Atemlos erreichten wir die abgedeckte Grabstelle. Ernesto lag wie ein gigantischer Käfer rücklings über den Abschnitten drei bis sechs auf dem Wellblech und strampelte zeitlupenartig mit den Gliedern.

»*Zio!* Mein Gott, was ist passiert?«

Gianni beugte sich vor und versuchte seinen Onkel aus dem Graben zu hieven.

Der stöhnte. Ich sah Ernestos angstvolles Gesicht im bläulichen Morgenschimmer. »*La mia gamba!* Mein Bein!« röchelte er schmerzerfüllt.

Das Wellblech war durch Ernestos Gewicht bis auf die abgetragene Erdschicht durchgesackt. Die gezackten Umrißlinien und Bruchstellen umliefen seinen Körper wie kleine Palisaden aus Haifischzähnen. Sie hatten Ernestos rechtes Bein unterhalb des Knies verschlungen; der Unterschenkel verschwand in einem kantigen Loch in Richtung Abschnitt acht.

Wir überlegten fieberhaft, wie Ernesto aus seiner mißlichen Lage zu befreien war. Möglicherweise war das Bein gebrochen. Gianni schlug vor, das Wellblech entlang der Rillen aufzubiegen und Ernestos Wadenbein in eine solche Position zu bringen, daß wir ihn gefahrlos aus dem Graben ziehen konnten.

»Wir haben Glück!« rief Gianni, der unter das Wellblech lugte. »Das Bein liegt gerade; es ist nicht verdreht!«

Er bugsierte den Unterschenkel des stöhnenden Onkels vorsichtig durch die scharfkantige Öffnung. Ich faßte Ernesto unter die Arme und zerrte und schleifte seinen massigen, zusammengesackten Leib über den Boden. Der Mann wog gut und gerne anderthalb Zentner.

»*Grazie*«, stammelte Ernesto, als wir ihn schiebend und ziehend in eine gesicherte Sitzposition gebracht hatten.

Das Bein schien in Ordnung zu sein. Unterhalb des Knies befanden sich ein paar kleinere Abschürfungen, sonst konnten wir nichts erkennen. Behutsam stellten wir Ernesto in die Senkrechte. Links und rechts auf uns gestützt, tippte er prüfend den rechten Fuß auf die Erde.

»*Va bene!*« sagte er tapfer und humpelte ächzend mit unserer Hilfe zum Haus.

Er roch nach kaltem Schweiß und auch ein wenig nach Urin. Ich war überrascht, daß mich seine schweren Körperdüfte nicht anwiderten.

Er ist wie ein Kind, dachte ich. Ich hatte nie von einer Mutter gehört, die sich vor den Ausscheidungen ihres Kindes geekelt hätte. Freilich blieb der Wunsch, Ernesto einer Rituellen Reingung zu unterziehen.

Gianni versuchte vergeblich, eine Erklärung für Ernestos Unfall zu bekommen. Als wir ihn endlich auf seinen verblichenen Sessel am Kamin verfrachtet hatten, war er wieder der stille, abwesende Ernesto, den wir kannten.

»*La testa!* Der Kopf, der Kopf!« räusperte er sich höchstens einmal und massierte dazu seine Schläfen.

Mein Blick streifte gedankenverloren über den Küchentisch. Ich zählte die gefüllten, halbleeren und ausgetrunkenen Espressotäßchen und kam zu dem Schluß, daß Ernestos Besucher heute nacht besonders zahlreich erschienen waren.

»Er hatte bestimmt eine *Vision*«, sagte ich zu Gianni, der seinem Onkel ein Glas Wasser brachte.

Unsere Gläser vom Vorabend standen ordentlich gespült im Küchenschränkchen. Die Weinflasche war nicht mehr zu sehen, Ernesto hatte offensichtlich vor seinem Kaffeekränzchen Ordnung geschaffen.

»Hast du das Foto aus dem Club eigentlich wieder eingesteckt?« fragte ich Gianni.

»Nein«, sagte er geschäftig und zog dem Onkel die lehmverdreckten Schuhe aus. »Das muß noch auf dem Tisch liegen.«

»Da liegt es nicht, ich habe schon geschaut.«

»Nun, vielleicht hat es jemand weggeräumt«, meinte Gianni. Ernesto grunzte behaglich und schloß die Augen. Hatte er das Foto seinen Gästen gezeigt, als die Unterhaltung einmal ins Stocken geraten war? Mein Blick wanderte zur Küchenvitrine, aus der Gianni am ersten Tag das Foto von Ernesto geholt hatte. Ich hätte ein Jahresgehalt darauf verwettet, daß in der Vitrine ein Familienalbum lag – und darin das Foto aus dem CLUB OF WESTMINSTER. Irgend etwas hielt mich jedoch davon ab, sofort nachzuschauen. Eine innere Stimme riet mir, mit der Überprüfung zu warten, bis ich mit Gianni allein war. Befürchtete ich eine neuerliche Panikreaktion von Ernesto? Warum?

Schließlich kamen Onkel Antonio und die Tanten. Ernestos Unfall gab den Anlaß für ein gewaltiges Familienspektakel. Man fragte und redete aufgeregt durcheinander, und alle wollten Ernestos Wadenbein betasten. Gianni wurde lautstark um Auskunft gebeten und mußte ein ums andere Mal dasselbe berichten, weil nur der Frager zuhörte, während sich die übrigen Familienmitglieder um Ernestos Schürfwunden scharten.

Ich hatte nicht den Eindruck, gebraucht zu werden, und schlenderte in den Garten. Herrlich, diese Ruhe! Ich atmete tief durch. Zwischen zwei Büschen spannte sich ein großes Spinnennetz. Es glitzerte in der Morgensonne und vibrierte sachte, obwohl es völlig windstill war.

Das wunderte mich: Wie konnte sich das Netz bewegen, wo es doch offensichtlich nicht angestoßen wurde?

Ich ging näher heran. Weder Insekten noch die Erbauerin des kleinen Kunstwerks hingen in den Maschen; die Büsche lagen still und regungslos im Morgen. Kein Wind – doch das Spinnennetz wogte leicht hin und her, ohne erkennbaren Grund. Mir schien gar, die Intensität der Bewegungen hätte merklich zugenommen, als wolle die Natur meiner Unwissenheit hohnsprechen. Plötzlich stieg eine Welle aus Wut und Frustration in mir auf. Ich setzte mich auf einen Mauerstein und beschloß, nicht eher aufzustehen, bis ich das Rätsel gelöst hatte. Mir hing meine Unwissenheit zum Halse heraus! Um mich geschahen die absonderlichsten Dinge, seit Tagen, seit ich meinen Fuß in dieses Tal gesetzt hatte. Die Ereignisse verdichteten sich stündlich, und es verblieb keine Minute zum Nachdenken. Ich hatte das Gefühl zu platzen, wenn ich nicht bald Gelegenheit erhielt, das Erlebte zu verdauen und in einen logischen Zusammenhang zu bringen.

Das Gefühl, ein Spielball des Schicksals zu sein, eine dumpfe, unbewußte, willenlose Masse Mensch, war mir zuwider. Ich mußte Klarheit haben. Ich brauchte das Wissen, die Macht, »Nein!« zu sagen, bevor ich in Ereignisse verstrickt würde, die mich wertvolle, unwiederbringliche Lebenszeit kosteten.

Ich würde hier nicht eher aufstehen, bevor nicht wenigstens dieses eine Rätsel gelöst war. Und dann würde ich mir das nächste Rätsel vornehmen, und niemand konnte mich davon abhalten, auch dieses aufzuklären. Es gab massenhaft Unerklärliches in diesem Tal. Ich würde allen Mysterien auf die Schliche kommen, zunächst hier, und dann überall und immer, wenn sie mein Leben kreuzten. Niemand konnte mich daran hindern, die Geheimnisse der Welt zu lüften. Ich war im Begriff, ein Wissenschaftler zu werden!

Nie zuvor war mir so klar gewesen, welche Macht mir mein Beruf über das eigene Leben verlieh. Unendliche Macht, mein Schicksal selbst in die Hand zu nehmen. Millionen und Milliarden von Menschen stellten sich dieselben lebenswichtigen Fragen, ohne die Zeit zu haben, nach Antworten zu suchen. Ich war ein Auserwählter! Meine Aufgabe war die Suche. Ich mußte beharrlich sein und zäh, und wenn sich mir ein Geheimnis in den Weg stellte, durfte ich es nicht beiseite schieben: Nein, ich hatte niederzuhocken und das Rätsel zu erklären! Und wenn es ein Menschenalter dauern würde!

Ich starrte das Spinnennetz an: Es bewegte sich ohne erkennbaren Anlaß. Nun gut. Das hieß aber längst nicht, daß es keinen Anlaß *gab!* Ich hatte zwei Möglichkeiten: Entweder spiegelten meine Sinne ein Trugbild vor, oder die Ursache der Schwingungen war mit dem menschlichen Auge nicht zu erkennen.

Ich nahm einige vertraute Phänomene in Augenschein: die Farbe des Himmels, die Kacheln der Veranda, die bewegungslosen Bäume und Büsche – meine Wahrnehmung deckte sich mit meinen bisherigen Erfahrungen. Ergo lag es nahe, die erste Möglichkeit vorerst auszuschließen. Das Netz bewegte sich wirklich. Ich sah es. Warum konnte ich den Grund dafür nicht ebenso deutlich sehen?

In Millisekunden erfuhr ich die Wahrheit, es ging zu schnell, als daß ich sie in Gedanken hätte fassen können. Von der Angst besessen, die unausgesprochene Erkenntnis würde entwischen, ehe sie mein Bewußtsein einfangen konnte, packte ich den erstbesten Ideensplitter und hielt ihn fest.

Was zwischen mir und der Wahrheit stand, war eine Banalität:

Ich benutzte nur einen meiner Sinne, obwohl mir mindestens fünf zur Verfügung standen. Mein Vorgehen war ähnlich dilettantisch, als hätte ich mit geschlossenen Augen einen Stein in die Hand genommen und versucht, seine Farbe zu ertasten.

»Valentin! Was machst du da?«

Gianni blickte mich verwundert an. Ich mußte ein denkwürdiges Bild abgegeben haben, versunken in die Büsche starrend.

»Gianni«, sagte ich mit leisem Stolz in der Stimme. »Weißt du, warum sich dieses Spinnennetz bewegt?«

Er beugte sich vor und betrachtete das glitzernde, sanft wogende Wunderwerk.

»Klar!« sagte er. »Es windet. Warum fragst du?« Ich schaute ihn verdutzt an: »Es windet?«

»Ja.«

Er schien beunruhigt. »Valentin, was ist denn los mit dir?«

Er hatte recht. Eine sanfte Brise strich über meine Wangen. Die Blütenblätter rauschten in den Feigenbäumen, Äste und Grashalme schüttelten sich leise. Es windete. Ich konnte es fühlen, hören, sehen.

»Nichts«, sagte ich. »Nichts! Alles ist gut!«

Ich wußte, ich hatte dieses Rätsel gelöst. Aber ich wußte ebensogut, daß meine Erklärung Gianni niemals überzeugt hätte. Die Wahrheit war da; doch ich konnte sie niemandem zeigen. Sie hielt sich hinter dem Wind versteckt. Trotzdem, ich war zufrieden. Man konnte die Wahrheit für sich behalten, ohne daran zu zerbrechen. Ich würde Beweise sammeln. Eines Tages würde ich ein beeindruckendes Gedankengebäude geschaffen haben, und die Welt würde vor Ehrfurcht erstarren. – Ich stand im Begriff, Wissenschaftler zu werden!

Einen kurzen Moment war ich so etwas wie glücklich.

»Komm!« spornte ich meinen Mitstreiter an und erhob mich. »Laß uns weitergraben.«

Ich fühlte mich wie neu geboren.

Die Fische von Pietrarolla

Die zweite Erdschicht mußte wesentlich tiefer als die erste sein. Auf Abschnitt sechs, wo wir durch den Fund der Kandelaber bereits in die zweite Ebene vorgedrungen waren, hoben wir zum Test etwa fünfzig Zentimeter aus, ohne daß sich das Bodenbild merklich änderte. Scheinbar endlos senkten sich ockertönige Lehmbänder in die Tiefe. Darin eingebettet lagen gelegentliche Inseln aus feinkörnigem roten Sand, Tuffsteine und geschliffene Kieseltrauben.

Das Schaufeln und Sieben wurde für uns dadurch noch anstrengender. Dauernd rutschte die behutsam angesetzte Schaufelkante knirschend in eine ungewollte Richtung. Die Arme am Sieb wurden nach wenigen Kreisbewegungen bleischwer; das Metallgeflecht bog sich jedesmal durch, wenn eine neue Schaufelladung durch die Maschen gerüttelt wurde.

»Wie die Goldwäscher am Klondyke River!« befand Gianni unsere mühevolle Arbeit.

Zu den körperlichen Anstrengungen kam, daß die Aufmerksamkeit nie nachlassen durfte. Jedes unscheinbare Steinchen konnte das Fingerknöchelchen eines Kriegers sein oder Teil einer verwitterten Statuette, sobald man es gesäubert hatte. Der rostige Metallzinken mochte Antonios Rechen oder dem Schaft eines Holzpfeiles entstammen, die Tonscherbe aus Tante Annas Küchenschrank oder dem Haushalt einer Etruskerin – wer sollte das auf den ersten Blick erkennen? Selbst wenn unsere Hoffnungen jedesmal betrogen wurden: Die Aussicht, beim nächsten erwartungsvollen Griff ins Metallsieb den großen Fang zu machen, hielt unsere Zuversicht in Atem.

Überdies stellten sich mit der Zeit tatsächlich kleinere Funde ein. In einen größeren Zusammenhang gestellt, konnten sie durchaus interessant sein. Eine schwarze Steinmurmel etwa, die ihre Ebenmäßigkeit natürlich durch die Jahrhunderttausende erhalten haben konnte. Fände man aber in der Nähe ein Amulett, hätte man die zugehörige Schmuckperle womöglich schon parat.

Oder jenes längliche, sanft geschwungene Terrakottabruchstück: Hätte ich es neben einer augustinischen Geldmünze ge-

101

funden – die Scherbe wäre zweifelsfrei in die römische Kaiserzeit datiert worden.

So sammelten wir Mosaiksteinchen um Mosaiksteinchen, wuschen und pinselten, registrierten unbedeutende Funde in einer bedeutsam wirkenden Skizze und wühlten uns Schaufel für Schaufel durch den Vormittag.

Glücklicherweise blieben wir weitgehend ungestört. Antonio und die Tanten waren vollauf damit beschäftigt, den Fund der Kandelaber sowie seine möglichen, gewiß unheilvollen Folgen zu verdauen, wozu Ernestos Mißgeschick den Auftakt gegeben hatte.

Ausgehend von Abschnitt sechs, dem südlichen Ende unseres Grabens, arbeiteten wir uns langsam nordwärts nach Abschnitt eins. Wir legten eine vorläufige Tiefe fest, die wir in zwei Schritten erreichen wollten.

Am frühen Nachmittag – wir hatten nur kurze Verschnaufpausen eingelegt – beobachteten wir zwischen den Abschnitten drei und vier eine auffällige Ansammlung gelblicher Knochensplitter. Ich ordnete die rilligen, porösen Bruchstücke einem Säugetierschädel zu.

Ob sie freilich von der »ermordeten Pfarrerskatze« stammten, deren leidvolles Ende Gianni sogleich aufleben ließ, oder gar menschlichen Ursprungs waren, vermochte ich nicht zu sagen. Aber immerhin hatten wir nun eine heiße Spur, und Giannis Enthusiasmus wuchs mit jedem flachen Knochenstückchen, das zwischen den Kieselsteinen im Sieb lag.

Mitten in unser Grabungsfieber platzte ein knatterndes Geräusch, das mir eigentümlich bekannt vorkam.

Ich erschrak: der Motorroller!

Augenblicklich strömten verwirrende Traumbilder auf mich ein. Hatte ich von Angelina geträumt? War es ihr Gesicht? Ihr Hintern?

Giannis Kusine tuckerte die Auffahrt hoch und stellte ihr

Gefährt ab. Ein bläuliches Wölkchen stieg aus dem Auspuff. Ich bekam fürchterliches Herzklopfen. Ich erinnerte mich an meine Erregung, an ihr festes, hochragendes Gesäß und befürchtete, meine triebhaften Vorstellungen würden für jedermann sichtbar werden. »Zum Teufel!« fluchte Gianni taktlos in meine aufregende Bilderwelt. »Was will die denn hier?« Er wandte sich besorgt an mich: »Es wäre besser, wenn sie nicht sieht, was wir treiben. Die Familie läßt uns sonst nicht in Ruhe, und wenn wir etwas finden, wird es schwer, die Sache geheimzuhalten!«

Ich nickte und beobachtete lauernd Angelina. Ich war mir sicher, daß ich sie am Gang erkennen würde.

Sie stieg ab und schüttelte ihr langes Haar. Dann stapfte sie entschlossen auf uns zu.

Mir fiel ein Stein vom Herzen. Angelina war es nicht. Ihr Gang hatte nichts Verletzliches, wenig mädchenhaft Zierliches. Sie *marschierte* durch den Garten. Ihr Kopf wippte fröhlich im Rhythmus ihrer flotten Schritte von einer Seite auf die andere – sie hatte Ähnlichkeit mit dem Mädchen aus meinem Traum, aber sie war es nicht!

Gianni kletterte rasch aus dem Graben und ging ihr entgegen. Auch sein Kopf wippte im Schrittrhythmus. Ich schmunzelte bei dem Gedanken, daß diese Eigenart womöglich Generationen von Orsinis kenntlich gemacht hatte. Dann wischte ich die lehmverschmierten Hände ab, zog ein T-Shirt über und folgte Gianni.

Angelina begrüßte mich freundschaftlich – mit Handschlag, was gewiß ungewöhnlich für diese Gegend war. Wo wir denn gewesen seien, am Montag? Sie hätten auf uns gewartet, erst mit dem Mittagessen, dann zu Abend. Angelinas Mutter habe eigens Pizza bereitet, für mich, weil Silvio, ihr Bruder, von meiner Vorliebe berichtet hatte. Oder hatte Silvio gar etwas mißverstanden?

O Gott!

Gianni hob den Kopf klagend gen Himmel! Wie hatte das nur geschehen können! Nein, es war kein Mißverständnis, Silvio hatte die Nachricht korrekt und zuverlässig weitergeleitet, die Schuld lag ganz allein bei uns. Gianni war untröstlich. Die Einladung sei schlichtweg vergessen worden. Die *Sagra dei funghi*, das viele Bier, Ernesto, die Tanten und Antonio – da habe er nicht mehr an die Vereinbarung mit Silvio gedacht. Ob die Tante ihm wohl jemals verzeihen würde?

Selbst Angelina grinste angesichts Giannis gebärden- und wortreicher Gefühlsäußerungen. Sein schauspielerisches Talent überraschte mich stets aufs neue, wußte ich doch allzu gut, daß wir sehr wohl an Silvios Einladung gedacht hatten. Aus purer Bequemlichkeit hatten wir uns für die Pizzeria von Vallemutri entschieden.

Kurzum, Angelina gab zu verstehen, daß sie Sendbotin ihrer Mutter sei und Gianni sein Versäumnis nur wiedergutmachen könne, indem wir sogleich der Tante Abbitte leisten würden. Der Büßergang könne durch eine anschließende Mahlzeit versüßt werden.

Ich erklärte mich auf Giannis fragenden Blick hin einverstanden. Die Aussicht auf eine hausgemachte *Napoletana* verdrängte sogar meine archäologische Neugier. Jedoch erbat ich zehn Minuten Aufschub, um mein Äußeres in einen halbwegs salonfähigen Zustand zu bringen. Gianni riet, die Duschsachen mitzunehmen. Bei Tante Lulu würde uns ein luxuriöses Waschhäuschen erwarten.

O ja! *Zia Lulu!*

Wenn ich an diese wunderbare Frau denke, zieht eine warme Empfindung durch meine Magengegend. Tante Lulu! Der Klang ihres Namens genügt, um meine Verdauungssäfte und den Speichelfluß anzuregen. Welche Frau!

Natürlich war Lulu ihr Spitzname. In Wirklichkeit hieß sie

Ludvina Maria, ein Name, der ihr gut gestanden hätte, wie ich fand, gleichwohl er ein wenig umständlich für den alltäglichen Gebrauch war.

Tante Lulus Kochkünste übertrafen alle meine Erwartungen, von denen ich schon bei ihrem Anblick nicht wenige gehegt hatte. Sie war eine rundliche, rotbackige Frau mit unglaublichem Temperament. Ihre Lebensglut hätte der feurigsten andalusischen Carmen zur Ehre gereicht; sie mochte vom Feuer des Holzofens auf sie übergesprungen sein. Sie hatte widerspenstiges strohiges Haar, das mühsam durch ein Kopftuch gebändigt wurde. Ein paar krause Strähnen schlängelten sich die Schläfen hinab und umspielten ihren ständig in Bewegung stehenden Mund.

Dieser Mund – er war sicher das meistgebrauchte Körperteil der ganzen Familie Orsini. Ich hätte nichts aussagen können über dessen Form oder Farbe. Niemand konnte das! Unablässig öffneten und schlossen sich ihre Lippen. Ein Auge, das derart wechselvollen Bewegungen folgen konnte, gab es nicht auf dieser Erde. Einem Chamäleon gleich, änderten sich die Gegebenheiten von Tante Lulus Mundpartie stets passend zu Thema, Wortklang und Metrik.

Ihre Zähne waren womöglich noch schlechter, als Tante Cosimas jemals gewesen waren. Das hinderte sie jedoch nicht daran, häufig, herzlich, laut und ausnehmend meckernd zu lachen.

Doch im Moment lachte sie nicht! Noch nicht!

Sie fegte Giannis zaghaften Entschuldigungsversuch mit stürmischer Theatralik beiseite, ehe der auch nur einen Satz vorbringen konnte. Angelina und Silvio beobachteten das Schauspiel belustigt. Gianni sackte unter der Wucht der schmähenden Anwürfe und händeraufenden Vorhaltungen tiefer und tiefer in seinen Stuhl. Innerhalb kürzester Zeit hatte er jede Gegenwehr eingestellt und klammerte sich apathisch an seinen Teller, den Tante Lulu während ihrer Kanzelrede mit dampfenden *gnocchi* füllte.

Silvio nickte mir aufmunternd zu. Anscheinend war es nicht unziemlich, während der Strafpredigt tüchtig zuzulangen.

Tante Lulu hatte eine köstliche *salsa* aus zerstoßenem Basilikum über die *gnocchi* gegeben. Ich stöhnte wonnig auf, als ich die weichen Teigröllchen auf der Zunge spürte und bedeutete Angelina meine Genugtuung.

Dies wiederum entging Tante Lulu nicht. Ihre lebhaften Äuglein glitzerten. »*E? Come sono?* Und? Wie sind sie?« bellte sie mich unversehens an.

»*Formidabile!*« komplimentierte ich genießerisch und mit vollendeter Langsamkeit.

Und dann lachte Tante Lulu endlich, und ich wußte, daß ich ihr Herz ebenso im Sturm erobert hatte wie sie meinen Magen.

»Sagt mal«, fragte Gianni später, als es für jeden noch ein Stück kalte Pizza gab, *con funghi* allerdings, weil Tante Lulu nicht sicher sein konnte, ob wir kommen würden. Dazu aßen wir einen frischen Tomaten- und Gurkensalat, der mit Zitrone, Olivenöl und wilden Petersilieblättern aufs vorzüglichste angemacht war. »Angelina, Silvio, erinnert ihr euch an die Versteinerungen, die wir als Kinder beim Spielen gefunden haben?«

Natürlich erinnerte man sich. Die schönsten Versteinerungen waren sogar im Mäuerchen vor dem Garten eingesetzt worden.

Gianni erzählte daraufhin die »Geologen-Story«, und dies, nun wieder ganz der alte, sehr detailliert und in bunten Farben:

Schon am ersten Morgen, kaum daß die Sonne über den Bergen aufgegangen war, habe ich ihn beiseite genommen, habe auf die Gipfel gewiesen und zu sprechen angehoben, daß dieses Tal einstmals ein Meer gewesen sei und daher zahlreiche Fossilienreste aufweisen müsse. Und augenblicklich habe er, Gianni, sich der Versteinerungen aus Kindertagen erinnert, und meine wissenschaftlich unterlegte Prophezeiung erwies sich als die Wahrheit, die reinste unglaubliche Wahrheit.

Alle schauten mich an.

Ich tat, als hätte ich kein Wort verstanden, und lächelte dümmlich in die Runde.

Im selben Moment läutete das Telefon. Angelina scherte aus, und das Gespräch wandte sich Laura zu, ihrer Schwester, die nämlich ihren Anruf angekündigt hatte, um zu hören, ob Gianni heute gekommen war. Er war, also mußte er gleich an den Apparat.

»*Ha parlato del nostro parco archeologico?* Hat er von unserem Archäologischen Park erzählt?« fragte Silvio und nickte in Giannis Richtung, der sich, über den Hörer gebeugt, ein Ohr zuhielt. Ich verneinte.

Da war die Entrüstung natürlich groß. Dieser Gianni!

Mein Einwand, daß er von dem Park wahrscheinlich noch nie gehört habe, weil er lange nicht mehr in Vallemutri gewesen war, konnte keine Unterstützung finden.

Schon als Kind sei er eine so lahme Ente gewesen, *una tartaruga*, wußte Tante Lulu zu berichten, daß er bestenfalls als Hutständer habe durchgehen können. *Un bonaccione*, polterte sie verspielt in Giannis Richtung, der soeben sein Telefonat beendete, ein schlafmütziger Pflaumenaugust, der seine Lieblingstante vergaß! Unerhört!

Der so Gescholtene gab indes bekannt, daß Kusine Laura ihr Kommen angekündigt habe.

Erwartungsvolle Stille senkte sich nun über unsere gesellige Runde; die Spannung war fast greifbar. Angelina erlöste uns, indem sie vorschlug, anschließend gemeinsam den *parco archeologico* zu besuchen, den ja nicht mal Gianni kenne. Für mich, den Geologen, wäre dieser Ausflug vielleicht interessant; für die anderen aber, in Begleitung eines leibhaftigen Geologen, bestimmt höchst lehrreich!

Ich blickte hilfesuchend zu Gianni, der mich aber nur schadenfroh angrinste und Silvio spornstreichs in ein angeregtes Gespräch verwickelte.

Während ich an meiner Pizza nagte, versuchte ich die Suppe auszulöffeln, die mir Gianni eingebrockt hatte.

Eigentlich sei ich Archäologe, und die Geologie betriebe ich nur als Steckenpferd, erklärte ich verlegen.

Angelina und Lulu hörten mir höflich zu, aber ich sah, daß sie bestenfalls gewillt waren, meine Bescheidenheit anzuerkennen. Gianni hatte mich als Geologen vorgestellt, also hatte ich Geologe zu sein. *Basta!* Schon deshalb, weil das ausgezeichnet ins Nachmittagsprogramm paßte.

Ich seufzte und fragte mich resigniert, ob wohl schon jemand erforscht habe, was den Menschen grundsätzlich daran hindere, sein Gegenüber als das zu erkennen, was es ist.

Während ich sinnierte, fuhr ein kleines Auto in den Hof. Neugierig linste ich durch Tante Lulus nicht ganz spiegelblanke Fensterscheiben – und wurde unvermittelt vom Blitz getroffen: Sie war es! Laura! Mein Traumbild lebte! Wie konnte ich von ihr träumen, ohne sie vorher gesehen zu haben?

Ich verfolgte gebannt, wie sie sich durch den Perlenvorhang schob und die Küche eroberte.

Sie hatte nur Augen für Gianni, schmale, besitzergreifende Augen. Ich wußte augenblicklich, daß ich sie nicht mochte, aber die Begierde nach ihrem Körper erfaßte mich fast schmerzhaft. Nachlässig gab sie mir die Hand und verdrängte wie selbstverständlich Angelina von ihrem Platz neben Gianni.

Ich bemerkte die plötzliche Stille. Alle beobachteten Laura. Sie zog die Blicke auf sich, ohne sie zu registrieren. Dennoch genoß sie ihren Auftritt. Ich konnte sehen, wie sie ihre Rolle sekündlich perfekter spielte: Der Prinz war heimgekehrt und würde die gefangene Königin aus den Ketten der Zwangsheirat befreien.

Alle sahen es, und es war allen peinlich. Vor allem Gianni litt Höllenqualen unter Lulus bohrenden Blicken.

Laura war nicht eigentlich schön, aber jeder Mann hätte sie als eine ungewöhnlich attraktive Frau in Erinnerung behalten. Ihr längliches Gesicht war seltsam eigenschaftslos. Sie wirkte raffiniert. Man sah sie an und spürte eine vergessene Sehnsucht. Sie hatte die feenhafte und zugleich teuflische Gabe, jeden Mann das in ihr sehen zu lassen, was er sich wünschte.

Ihre feine Haut verlieh ihr etwas Durchscheinendes und Weiches. Ihr Mund aber war schmal und hart und zeigte die bitteren Züge langjähriger Unzufriedenheit. Ich sah ihre Verletzlichkeit ebenso wie ihre Härte. Beides zusammen würde sie dazu befähigen, jeden anderen Menschen bedenkenlos so tief zu verletzen, wie sie selbst durch das Leben verwundet worden war.

In wenigen Jahren würde sie eine verbitterte Frau sein. Ihr fehlte die Herzlichkeit Angelinas oder das überschäumende helle Temperament ihrer Mutter. Laura würde rasch verblühen, und das wußte sie. Der Schleier ihrer künftigen Freudlosigkeit umwehte sie schon jetzt. Laura hatte nichts mehr zu verlieren, ein Mensch, der sich um die Vergangenheit betrogen fühlte und der Zukunft nichts abgewinnen konnte.

Vielleicht war es ebendiese morbide Sinnlichkeit, die mich anzog. Laura war zweifellos eine Königin, aber eine sterbende – und damit besaß ich gewissermaßen ein archäologisch begründetes Anrecht auf ihr Schicksal.

Zu fünft zuckelten wir wenig später in Silvios altem Kastenwagen über den Bergrücken, der Vallemutri vom näch-

sten Ort trennte. Die enge Straße wand sich fast übers Gipfelkreuz; ein paar verstreute Häuser und ein kleiner Bergfried-
hof lagen darunter.

»Pietrarolla!« sagte Vetter Silvio und wies mit der Hand auf
den Weiler.

»Rolling Stones!« übersetzte Gianni mit treuherzigem Augenaufschlag und äffte unter dem Gelächter der Mädchen Silvios feierliche Geste nach.

Wir parkten den Wagen und stiegen aus.

Neben der Friedhofsmauer ragte eine unförmige, knallbunt
lackierte Metallkonstruktion in den Himmel. Das spitzwink-
lige Gebilde aus Eisenträgern und Lochblech, eine Komposi-
tion zwischen Raumschiff Enterprise und Atom-U-Boot,
schien hier so fehl am Platz wie Michelangelos Marmor-Da-
vid auf dem Mond. Dieser kühnen Fiktion hätte man immerhin noch dramatische Aspekte abgewinnen können, in unserer Realität siegte jedoch eindeutig die Komik. Unbegreiflich,
daß ein Monstrum dieser Art einen so stillen, erhabenen Ort
verschandeln durfte!

Ich blickte durch das vergitterte Friedhofstor. Ein schwarzes Weiblein wanderte die Urnengräber entlang. Dort also
lagen die stolzen Väter und Söhne des Tales. Eingeäschert und
in längliche Mauernischen sortiert wie flüchtige Ideen in
Streichholzschachteln. Dutzende angesteckter Kerzen um-
säumten die bleichen Fotografien der Hingeschiedenen; darunter klemmten Bronzetäfelchen mit ihren eingravierten Namen.

Der *parco* lag auf ziemlich abschüssigem Gelände und war
von seinen Gründern als eine Art Freiluftmuseum konzipiert
worden. Das Projekt war jedoch in den Kinderschuhen stek-
kengeblieben; und so machte der Archäologische Park einen
ähnlich verlassenen Eindruck wie der CLUB OF WESTMINSTER.

Silvio erzählte, daß das Gelände bis vor fünf Jahren als Steinbruch gedient hatte. Dann wurden die Fossilien entdeckt, zufällig. Sofort erschienen wichtig aussehende Fachleute aus der Landeshauptstadt Neapel. Sie legten die Versteinerungen frei, zogen einen Drahtzaun um das Gelände, errichteten in Windeseile das farbenprächtige Metallungetüm und verschwanden, wie sie gekommen waren. Der ganze Spuk mochte ein halbes Jahr gedauert haben, schätzte Silvio.

Die Vallemutriner und die Seelen von Pietrarolla hatten sich nach anfänglichen Irritationen an den befremdlichen Anblick gewöhnt. Jedenfalls behauptete Silvio, daß sich niemand daran störe.

Wir betraten den verwaisten Tempel der Wissenschaft durch den Raumschiffeingang. Die Farbe blätterte bereits von den Eisenträgern ab; in einigen Jahren mochten gnädige Rostspuren die grellen Farben verdrängt haben.

Das Areal maß gut hundert Meter auf siebzig. Eine unwirkliche, massive helle Felsplatte lag wie ausgegossener Estrich über dem Hang. An ihren geborstenen Rändern und zwischen klaffenden Spalten lugten dürre Grasbüschel und Sträucher hervor; und am Ende des Abhangs, wo der felsige Brotaufstrich vor dem Metallmonstrum abrupt endete, lagen haufenweise Gesteinsbrocken und Findlinge.

Wir standen vor einem naturwissenschaftlichen Phänomen!

»Gianni!« sagte ich, während wir staunend auf dem gewaltigen Steinteller herumtrampelten. »Ich habe keine Ahnung, wie dieses Wunder zustande gekommen ist! Das sieht aus, als habe da oben einer den Betonmischer angestellt und die komplette Jahresproduktion einfach den Hang runterfließen lassen. Bitte erwarte keine Erklärungen von mir!«

»Pah!« erwiderte Gianni geringschätzig. »Stell dich nicht so an! Du wirst dir doch irgendwas aus den Fingern saugen können? Wofür hast du jahrelang studiert! Schau mal, die Bullaugen! *Cosa c'è?*«

Mit »Bullaugen« hatte Gianni eine recht zutreffende Beschreibung für die merkwürdigen Kunststoffeinfassungen gefunden, die den Abhang wie gelbe, rote und blaue Warzen überzogen.

»*Per i fossih!*« erklärte Laura und führte Gianni an der Hand zu einer Plastikblase.

»*Sagra dei funghi!*« rief Gianni. »Valentin! Unglaublich! Ein Fisch mit Beinen und Flügeln!«

Ich eilte hin und glotzte in die flache Schüssel: Ein phantastisch anmutendes Fischgerippe lag darunter, tatsächlich mit vogelartigen Füßchen und Flügeln. Insgesamt war das fossile Fabeltier vielleicht vierzig Zentimeter lang und trat plastisch aus dem Fels. Ich strich mit den Fingern über die verwitterten Knöchelchen und Gräten. Dieses Lebewesen mußte vor Jahrmillionen gestorben sein! Und dann hatte eine geheimnisvolle Macht seine Hand über den Tod des Vogelfisches gehalten, bis zum heutigen Tag, damit ich es sehen konnte!

Ein Schauer rann mir über den Rücken.

Ich stand auf und flitzte zum nächsten Bullauge. Dort ringelte sich ein daumendicker Flossenwurm über den Stein, nicht ganz so gut erhalten, aber doch deutlich genug. Weitere Fische entdeckte ich, fliegende, krabbelnde und gewöhnlich schwimmende; dazu die eigenartigsten Amphibien, Würmer, Schnecken, Muscheln, Schwämme und Farne. Erst kletterte ich von einer Blase zur anderen, aber dann sah ich auch an den freien Stellen der Felsplatte verwaschene Fossilien.

»*Quant'anni hanno i fossih?* Wie alt sind die Fossilien?« fragte Angelinas Stimme in meinem Rücken.

Ich kniete gerade vor einem maritimen Kopffüßler, der einen gepanzerten Flossenschwanz besaß. Diese Frage hatte ich befürchtet. »Schwer zu sagen! « gab ich zurück, ohne mich umzudrehen. Ich hatte nicht den Schimmer einer Ahnung.

Hier konnte man sich leicht um ein paar Millionen Jahre verschätzen.

»*È difficile!*« übersetzte Gianni meine inkonkrete Antwort und wartete auf weitere Informationen.

Ich schwieg beharrlich und unterzog den Kopffüßler einer peinlich genauen Untersuchung.

»Valentin! Verflucht! Gib mir wenigstens ein paar Anhaltspunkte!«

»Was weiß ich! Jura, Kreidezeit, Mesozoikum, Tertiär, Millionen und Abermillionen – keine Ahnung!« brüllte ich in die Plastikblase. Mochte er sehen, wie er zurechtkam. Ich war Archäologe, kein Märchenonkel.

»*È difficile explicare, tutte le parole speciali ...*«, leierte Gianni mit beschwichtigender Stimme.

Silvio und die Kusinen lauschten ergriffen.

Schwer zu erklären, die vielen Fachausdrücke! Haha! Da saß er schön in der Patsche!

Plötzlich hatte ich eine Idee: Was, wenn alles eine Frage von Giannis Übersetzungskünsten wäre? Wenn sein Wortschatz nicht ausreichte, die komplizierten wissenschaftlichen Zusammenhänge darzulegen – bitte sehr! Mein Problem war es nicht.

Ich erhob mich also und stolzierte von einem Fossil zum anderen, unablässig wirre Erklärungen und Ausführungen von mir gebend. In deutscher Sprache, wohlgemerkt.

»Hier sehen wir ein typisches Exemplar aus der Epoche intramuskulärer Parodontose«, dozierte ich beispielsweise über der Versteinerung eines vorsintflutlichen Nachtschattengewächses.

Silvio, Angelina und Laura folgten meinen Erläuterungen gebannt und blickten erwartungsfroh ihren Vetter an.

»*Eh, qui, i denti, eh, queste piante hanno man giato piccoli animali ...*«

Zähne, fleischfressende Pflanzen – Gianni zog sich nicht übel aus der Affäre.

Die Gruppe schloß sich meiner Wanderung durch den *parco* an. »Und was haben wir hier? Oho! Dieser unscheinbare Klumpen, meine Damen und Herren« – ich wies auf eine undefinierbare Ansammlung von Knöchelchen und versteinerten Fasern – »ist in Wahrheit die höchst seltene Ausscheidung eines *Humus erectus pipipopensis*, erstmals nachgewiesen durch eine Vision finnischer Goldsucher anno 1876.«

Gianni erklärte seiner Zuhörerschaft daraufhin beredt den ungewöhnlich langen Verdauungstrakt des vorliegenden archaischen Lebewesens. Selbiges habe ein finnischer Wissenschaftler, Doktor Humus Pipipopensis, im 19. Jahrhundert entdeckt, wofür er von seinem König mit Gold überschüttet worden war.

Laura schaute abwechselnd Gianni und mich an. Wie denn die armen Tierchen in ihre mißliche Lage zwischen die Felsschichten geraten seien, begehrte sie zu wissen.

Und vor allem wann, fügte Angelina energisch hinzu.

Kein Problem für den gelehrten Geologen. Ich nahm einen faustgroßen Stein vom Boden und holte zu einer großartigen Geste aus. Dann wandte ich mich direkt an Gianni, dem die Anspannung ins Gesicht geschrieben stand, und legte los. Aber diesmal richtig.

»Der Mond und die Sterne, zwei Liter Milch und vier grauenhafte Benzolelemente treffen sich im Bahnhof. Fragt das Reh Frau Dörrlitzer: Hatten Sie heute schon Stuhl? Doch diese Turtelquaste« – ich deutete auf den Stein in meiner Hand – »wurde durch eine molekulare Transposition über zwei X-Achsen geschleudert und« – ich wies auf die vor uns liegende Gesteinsplatte, klatschte in die Hände – »von Einstein persönlich abgeholt. Er, und das wissen wir heute genau, kumulierte nie unter zwei Milliarden Grad auf der Rodelbahn!«

»*Rodlbaan?*« wiederholte Silvio.

»Rodelbahn«, ächzte Gianni fassungslos. »Rodelbahn!« nickte ich entschieden.

»*Che?*« fragte Laura und preßte sich an Gianni. »*Cosa a detto?* Was hat er gesagt?«

»Äh!« Gianni rang nach den passenden Worten. »*È troppo difficile, non posso explicare, tutto era un mare, molti anni fa ...*«

Armer Gianni! Mit einem allumfassenden Meer, vor vielen Jahren – damit würde er nie durchkommen! »*È difficile!*« bestätigte ich trotzdem. Ich hatte ihm genug zugesetzt. Außerdem zog es mich wieder an unseren Graben. Die Schädelsplitter zwischen Abschnitt drei und Abschnitt vier ließen mir keine Ruhe.

»*Quando?* Wann?« Laura blieb hartnäckig. Ihr konnte man so leicht nichts vormachen.

Gianni sah mich hilflos an. Ich zwinkerte ihm aufmunternd zu. »*È molto difficile!*« dolmetschte ich für Laura selbst.

»*Pah!*« zischte sie verächtlich. Sie musterte mich von oben bis unten und wandte sich brüsk ab. In der Folgezeit richtete sie kein Wort mehr an mich.

Hatte sie unser Theater durchschaut? Fühlte sie sich auf den Arm genommen? Oder zeigte sie nur ihre Verachtung für eine Wissenschaft, die ihr keine taugliche Antwort geben konnte?

Später, als wir den *parco* verlassen hatten und in der Nachmittagssonne zum Gipfelkreuz kletterten, ahnte ich den Grund für ihr schroffes Verhalten. Sie hielt sich eng an Gianni geschmiegt, und als er ihr einmal galant über einen Felsspalt half, ließ sie seine Hand nicht mehr los. Sie sprach unablässig und gestikulierte dabei heftig. Gianni hielt seinen Kopf gesenkt, er schien aufmerksam zuzuhören, verhielt sich aber weitgehend passiv. Gelegentlich, wenn Laura ihm eine erregte Frage stellte, nickte er verständnisvoll oder gab eine kurze beschwichtigende Antwort.

Ich konnte mir denken, was das Thema ihrer Rede war: Laura klagte über ihre unglücklichen Lebensumstände.

»*She is not lucky*«, bestätigte Angelina.

Die Ehe ihrer Schwester sei schrecklich, berichtete sie. Ohne Liebe und Zärtlichkeit. Warum auch? Beide seien durch den Willen ihrer Väter aneinander gebunden, nicht aus freiem Antrieb.

Doch während Pietro, ihr Mann, an den Traditionen festhielt und die Ehe mit einer Frau, die er nicht liebte, als unumstößliche Tatsache akzeptierte, lehnte sich Laura mehr und mehr auf. Für Laura war die Tradition ein überholter Zwang. Sie wollte lieben und geliebt werden und nicht im Tal der verlorenen Seelen versauern.

Wenn das Kind nicht gewesen wäre, auf das Pietro niemals verzichten würde, hätte Laura ihren Mann vielleicht schon längst verlassen, meinte Angelina. Was freilich Lauras endgültigen Abschied aus dem Tal der verlorenen Seelen bedeutet hätte: Eine Frau, die ihren Mann verläßt, hatte in Vallemutri keine Chance mehr!

Ich beobachtete, wie sie sich spielerisch über den Rand der schroffen Felsen lehnte und Gianni zwang, sie aufzufangen, damit sie nicht in den Abgrund stürzte. Ich verstand: Sie wollte sich von ihm retten lassen! Er war ihre einzige Hoffnung auf eine bessere Zukunft – fern des Tales.

Denn wovon hätte sie im Tal der verlorenen Seelen leben sollen? Hier gab es selbst für ausgebildete Männer keine Arbeit. Wie sollte da eine geschiedene Frau ohne Beruf Geld zum Leben verdienen können?

Pietro hielt alle Trümpfe in der Hand. In eine Scheidung brauchte er nicht einzuwilligen, weil er das Kind hatte; und ginge sie ohne Scheidung, könnte sie weder sich noch das Kind ernähren – es sei denn, sie flöhe zu ihren Eltern. Aber diese Schande! In Vallemutri verläßt eine Frau ihren Mann nicht.

Selbst wenn er sie schlägt oder betrügt oder betrunken nach Hause kommt. Eine Trennung kommt allenfalls in Frage, wenn der Mann kein Geld nach Hause bringt oder impotent ist. Pietro fiel in keine dieser Kategorien. Er war ein *guter* Mann, und jede Frau, die ihn verließ, war folglich schlecht. Lauras Eltern würden die gefallene Tochter niemals in Ehren wiederaufnehmen!

Gianni war Lauras letzte Chance. Nach Deutschland. Weit weg. Er hatte Arbeit und verdiente genug für sie und das Kind. Laura würde nicht zulassen, daß ihr jemand diesen Fluchtweg verbaute.

Instinktiv spürte sie, daß ich zwischen ihr und Gianni stand. Daß er Geheimnisse vor ihr hatte; Geheimnisse, die ich mit ihm teilen durfte. Ich war ein natürlicher Feind ihrer Pläne – weil ich ihr Gianni wegnahm. Die Zeit, die er mit mir verbrachte, hätte sie dazu nützen können, ihn zu bezirzen.

Ich war mir sicher, daß Laura und ich uns in einem Machtkampf befanden, in dessen Zentrum die Beute Gianni stand.

Denn auch ich brauchte Gianni. Ohne ihn würde ich die vielen ungelösten Rätsel in Vallemutri nicht klären können.

Doch eben deshalb war ich hier!

Kleine Siege der Wissenschaft

»Und?« fragte Gianni, als wir uns verabschiedet hatten und im Auto saßen.

»Wie findest du Laura?«

»Sie sieht teuflisch gut aus«, gestand ich unumwunden, ohne alles gesagt zu haben.

»Sie *sah* teuflisch gut aus!« verbesserte Gianni melancholisch. »Du hättest sie sehen sollen, damals, vor neun Jahren, in ihrem Hochzeitskleid. *Sagra dei funghi!*«

»Du warst bei ihrer Hochzeit dabei?«

»Leider.« Er verzog das Gesicht. »Sie heiratete im Sommer, während der Ferien. Das war mein letzter Sommer in Vallemutri, ab da wollte ich Deutscher sein.«

Ich nickte verständnisvoll.

»Aber«, fuhr er mit verklärtem Blick fort, »die Sommer, die ich zuvor in Vallemutri erlebt habe, werde ich nie vergessen.«

»Und Pietro, ihr Mann«, fragte ich. »Wie ist er?« Giannis Züge strafften sich wieder. »Pietro? Pietro ist in Ordnung. Nicht sehr helle vielleicht, aber ein netter Kerl.« Er grinste. »Früher, beim Versteckspielen, war er der einzige, der die Augen geschlossen hielt und bis hundert zählte, bevor er suchen ging. Ich hätte mir damals beim besten Willen nicht vorstellen können, daß ausgerechnet Pietro einmal bekommen würde, was mir versagt blieb. Na ja, vielleicht war es gut so. Sonst wäre ich an seiner Stelle, und heute möchte ich nicht mit ihm tauschen.«

»Nein?« fragte ich überrascht. »Liebst du Laura nicht mehr?«

»O nein!« erwiderte Gianni. »Das ist vorbei! Laura tut mir leid, die Ärmste, sie wird aus diesem Tal nie mehr rauskommen. Aber ich kann ihr nicht helfen.«

»Das wird ein harter Schlag für sie werden«, meinte ich vorsichtig. »Was?«

»Daß du ihr nicht helfen willst. Ich glaube, sie setzt große Hoffnungen in dich.«

»Was sollte ich denn tun? Denkst du, ich will an einem Familiendrama schuld sein? Nein, Valentin, da müssen wir uns raushalten. Es gibt für Laura kein anderes Leben als das in Vallemutri. Wir dürfen keine falschen Hoffnungen wecken!

Eine kaputte Ehe ist hier viel tragischer als in Deutschland; wir dürfen die Situation nicht noch komplizierter machen!«

»Du hast gewiß recht«, gab ich zu. »Nur machte Laura auf mich nicht den Eindruck, daß man sie leicht davon überzeugen könne.«

»Wir werden sehen«, verschob Gianni das Problem in die Zukunft. Er lachte verschmitzt. »Aber hast du gemerkt, welche Spannung plötzlich in der Luft hing, als sie hereinkam? Mein lieber Herr Gesangverein!«

»He!« rief er unvermittelt. »Was soll das bedeuten?«

In der Auffahrt zum Haus stand Antonios Fiat. Das war ungewöhnlich. Immerhin ging es auf sieben Uhr zu. Üblicherweise verließen Onkel und Tanten das Grundstück bereits am späten Nachmittag, ein, zwei Stunden bevor es dunkelte.

Antonio erwartete uns in der Küche. Er war allein. Vor ihm auf dem Tisch lagen die in Plastik eingeschlagenen Kandelaber von Monte Calvario. Seine sorgenvolle Miene verhieß nichts Gutes. Er müsse dringend mit uns reden, begann Antonio mit kaum gezügelter Erregung.

Ob wir eigentlich wüßten, in welche Gefahr wir die Familie mit unserem verantwortungslosen Treiben brachten? Nicht nur, daß halb Vallemutri fragen würde, wonach die jungen Leute im Gemüsebeet suchten, so daß er gezwungen sei, tagtäglich für uns zu lügen. Ohne Rücksicht auf sein Seelenheil, auf sein in sechsundsechzig Lebensjahren unerbittlich rein gehaltenes Hausmeister-Gewissen! Nein, wir bedrohten leichtsinnigerweise und tatsächlich ihr aller Leib und Gut!

Gerade eben, kurz bevor wir gekommen waren, habe er nur durch einen glücklichen Zufall Ernesto vor dem Tode bewahren können. Einem qualvollen Ende, das wir in unverzeihlich nachlässiger Weise herbeigeführt hätten, wenn er nicht gewesen wäre. Er zeigte heftig auf die Kandelaber. Ja, wolle Gianni etwa, daß Ernesto, sein armer schwerbehinderter Onkel, der leibliche Bruder seines Vaters, an einer Grünspanvergiftung zugrunde gehe?

Gott bewahre! Nie und nimmer wollte Gianni das. Er war untröstlich. Im Gegenteil war er Antonio zu größtem Dank verpflichtet für seine entschlossene Rettungstat.

Ich sah Antonios Genugtuung. Er hatte den ersten Punkt gewonnen. Gianni stand in der Defensive.

Und weiterhin, so lamentierte Antonio, sei unser Vorgehen im Gemüsebeet doch gewiß strafbar. Schon die gestohlenen Kandelaber könnten die Familie in Teufels Küche bringen. Aber angenommen, wir würden hier und heute oder morgen unter seinen unschuldigen Augen etwas Wertvolles aus dem Boden holen – glaubten wir ernsthaft, das könne in Vallemutri verborgen bleiben? Und würde sich dann plötzlich nicht eine Menge unbequemer Zeitgenossen für unser Grundstück interessieren?

Hätte es Gianni beispielsweise gerne, daß hier die Carabinieri oder irgendwelche Beamten herumschnüffelten – und sich vielleicht fragten, wo eigentlich das Wasser herkomme? Oder hege Gianni gar besondere Vorlieben für kleine drahtige Männer mit dunklen Sonnenbrillen und merkwürdigen Ausbuchtungen unter der Achsel?

Er schlug dazu nachdrücklich seine Jacke mehrmals auf und zu, damit wir uns bildlich vorstellen konnten, wie sich die kleinen drahtigen Männer in die Schulterhalfter griffen.

Nein, o nein, schüttelte Antonio leidgeprüft den polierten Schädel. So gehe das nicht weiter. Er müsse dringend mit *uns* reden, am besten bei einem vertraulichen Abendessen im *engsten* Familienkreis. *Wir* seien hiermit eingeladen, es gebe *gnocchi*, hausgemacht von Tante Anna.

Gianni verstand den Hinweis. »Sag, Valentin, wolltest du heute abend nicht unbedingt eine *Napoletana* verspeisen? Wir hatten ja heute mittag schon *gnocchi*.«

O ja, natürlich, es war geradezu lebenswichtig für mich. Ich bedauerte außerordentlich. Dazu fühle ich mich heute abend recht abgespannt, und ob es wohl allzu unziemlich sei, wenn ich lieber ein andermal ...?

Antonio zeigte sich erwartungsgemäß unsäglich betrübt und bekniete mich in einer schauspielerischen Glanzleistung, man könne ja noch etwas anderes kochen, und ausgezeichneten Wein habe er besorgt, einen wunderbaren *Falerno Rosso Riserva Speciale,* der nach Weichselkirschen dufte und nach dem Eichenholzfaß, in dem er vier Jahre habe reifen können – den müsse ich einfach verkosten!

Schließlich war die Anstandsfrist verstrichen, und er lenkte unter Aufbietung aller Mittel, die geeignet waren, seine Zerknirschung zum Ausdruck zu bringen, schließlich ein.

Als sie gegangen waren, atmete ich auf. Ruhe, endlich Ruhe! Ich merkte auf einmal, wie sehr ich mich nach ein paar Stunden für mich allein sehnte. Nie in meinem Leben hatte ich so vieles in so kurzer Zeit erlebt. Es blieb kein Durchschnaufen, um die dicht gedrängten Eindrücke zu verarbeiten. Immer wieder stellten sich unvorhergesehene Ereignisse vor den eigentlichen Grund unseres Hierseins:

Ich wollte herausfinden, ob es Zeugnisse der geheimnisvollen Etrusker auf dem Boden der Orsinis gab! War die Bronzeschale nun etruskischer Abkunft oder ein belangloses Überbleibsel irgendeines namenlosen Bergstammes? Diese Frage durfte ich nicht aus den Augen lassen! Und sollte der Himmel über mir einstürzen!

Ich rechnete nach: Wir waren am Samstag in Vallemutri angekommen. Heute war Mittwoch – in nachgerade fünf Tagen hatten sich die verrücktesten Dinge begeben. Ich hatte Menschen, Schicksale, Orte und Situationen kennengelernt, die man sonst allenfalls in einem spannenden Film sieht.

Ja, Kino! Einem skurrilen Leinwandepos gleich schien mir

das, was ich seit unserer Ankunft in Vallemutri erlebt hatte! Und je länger ich darüber nachdachte, desto mehr fühlte ich mich selbst in einem feingesponnenen Netz dramaturgisch wohldurchdachter Geschehnisse gefangen – ohne das Drehbuch zu kennen. Welche Rolle war mir darin zugedacht? Wohin würde mich die Handlung führen?

Ich war Wissenschaftler. Ich mußte versuchen, alle Fakten zusammenzustellen und in eine logische Beziehung zu bringen. Und dies, ohne dabei die Frage zu vergessen, die über allem meinem Tun stand: Etrusker ja oder nein?

Es war ein anstrengender Tag gewesen. Eine Stärkung tat not. Was hätte meine Gedanken besser beflügeln können als eine *Napoletana*?

Ich packte also Schreibzeug und ein paar unentbehrliche Bücher zusammen und ging zur Tür.

Halt!

Auf der Schwelle blieb ich wie angewurzelt stehen.

Da war noch etwas, was ich vorher klären mußte: das Foto!

Intuition ist die stärkste Waffe der Wissenschaft. Alle großen Entdeckungen sind per Geistesblitz gemacht worden. Einstein etwa soll gesagt haben, daß er nie würde erklären können, wie und warum die Idee der Allgemeinen Relativitätstheorie in sein Gehirn geschossen sei. Er sei eines Morgens in die Straßenbahn eingestiegen und habe an Blutwurst gedacht – als er schlagartig, auf dem Trittbrett, die alles erklärende Einsicht von der gekrümmten Raum-Zeit erfuhr. In einer Millisekunden dauernden Eingebung. Ich blickte mich in der Küche um: Es mußte einfach in der Vitrine sein. Ich hätte mein Fotoalbum dort ebenfalls untergebracht. Nahe genug, um es für Freunde bei der Hand zu haben, aber doch ordentlich aufgeräumt. Wenn Ernesto das Foto aus dem Club of Westminster nicht verstekken wollte, sondern nur an einem natürlichen Ort verwahren, dann würde es in der Vitrine liegen.

Warum war ich mir nur so sicher, daß Ernesto das Foto genommen hatte? Mir fiel beim besten Willen keine logische Erklärung dafür ein, und trotzdem hätte ich darauf geschworen.

Die Vitrine, ein wuchtiges Allzweckmöbel aus dunklem, geflammtem Holz, bestand genau besehen aus drei Teilen: Zuunterst gab es zwei schwere Schubfächer. Ich öffnete sie und fand meine Vermutung bestätigt, daß sie Tischdecken, Küchenhandtücher und Servietten beherbergten. Ferner tauchte ein altertümliches Dampfbügeleisen zwischen den Stoffbahnen auf.

Der obere Aufsatz teilte sich in die Glasvitrine, in der Tante Anna gut sichtbar das Sonntagsgeschirr verwahrte, und in einen geschlossenen Regalschrank. Dieser Aufsatz wurde durch zwei ausziehbare Anrichtebretter vom Unterteil getrennt.

Ich dachte an Ernestos nächtliche Gäste und fühlte mich etwas bange, als ich das Buffet mit einem leisen Knarren öffnete. Ein schwacher Kampfer- und Holzwachsgeruch kam mir entgegen.

In den beiden oberen Fächern befanden sich allerlei Suppentöpfe, Salatschüsseln, Kaffeekannen, Siebe, Backformen, Schöpfkellen, Gewürzmühlen und dergleichen. Aber das untere schmale Fach sah sehr hoffnungsvoll aus: Einige Büchlein, Hefte und Papierbündel stapelten sich in ermutigender Unordnung bis an den oberen Regalboden.

Um so enttäuschter war ich, als sich kein einziges Foto aus dem Durcheinander schälte. Nur Kochbücher, Haushaltshefte und ausgeschnittene Rezepte. Ich stopfte den Papierkram, so gut es ging, in das Regal zurück und wandte mich der Vitrine zu.

Rechts unten, in der Einfassung zwischen Quer- und Längsrahmen, klemmte das verblichene Foto von Ernesto in seiner

Carabinieri-Uniform. Obschon ich durch die Scheiben sehen konnte, daß meine Suche ergebnislos sein würde, schloß ich die Vitrine auf und steckte meinen Kopf zwischen Tante Annas Sonntagsgeschirr.

Nichts! Kein Foto verbarg sich unter den Suppentellern. Außer Ernestos Arznei und zwei aufgestellten Patronenhülsen befand sich ausschließlich kitschiges Porzellan im Glasschrank.

Konnte ich mich so getäuscht haben? Was war nun mit der Intuition der Wissenschaft? Wo blieb meine Eingebung?

Ich setzte mich grübelnd an den Küchentisch. Ernestos Abbild strahlte mich schadenfroh an; ohne Uniform wäre er mir sympathischer gewesen.

Wo, zum Teufel, hatte er das Foto versteckt?

Ich war mir sicher, daß er es genommen hatte! Wer sonst? Ein Foto kann sich nun mal nicht in Luft auflösen. Und wenn doch Gianni ... Nein, unmöglich, wir hatten das Foto gestern abend an die Weinflasche gestellt, und heute morgen war es weg. Entweder Ernesto oder seine Geisterfreunde – wo steckte das Foto?

Ernesto grinste mich keck unter seinem Barett an. Fast glaubte ich, er würde mir zublinzeln ...

Plötzlich sah ich es: eine kaum sichtbare, helle Kante am oberen Rand von Ernestos bräunlicher Fotografie.

Ich sprang auf und schob vorsichtig meinen Zeigefinger zwischen Foto und Rahmen.

Tatsächlich: Das Bild aus dem CLUB OF WESTMINSTER steckte dazwischen. Ernesto hatte es einfach seitenverkehrt hinter sein eigenes Porträt geklemmt!

Ich stieß einen Freudenschrei aus und löste die feixenden GIs samt Sieberinnen aus dem Vitrinenrahmen. Selten war es schöner gewesen, recht zu haben!

Erleichtert nahm ich *Hartmanns Historischen Weltatlas* aus

meinem Bücherstapel, die Jubiläumsausgabe von 1968, ein Kartenwerk, das sich schon auf vielen Reisen bewährt hatte und auch heute wieder zum Einsatz kommen sollte. Das Foto steckte ich zwischen die ehrwürdigen Seiten. Ich blickte mich noch mal um und löschte zufrieden das Küchenlicht.

Kurz darauf saß ich in der Pizzeria von Vallemutri, den Blick auf die halboffene Restaurantküche, und süffelte trockenen Hauswein. Bis meine *Napoletana* aus dem Holzofen kommen würde, hatte ich genug Zeit, um über die Folgen meines Fundes nachzudenken.

Die Intuition hatte ihre Schuldigkeit getan. Nun galt es, die Entdeckung in eine logische Beweiskette einzubinden.

Ich nahm also Papier und Stift zur Hand und versuchte, meine nebelhaften Ahnungen in klare Fragestellungen zu fassen:

1. Warum nahm Ernesto das Foto aus dem CLUB OF WESTMINSTER und steckte es hinter sein eigenes an die Vitrine? *Wollte er es verstecken oder nur aufräumen? Erinnerte es ihn an etwas? War er vielleicht selber Gast im COW gewesen? Kannte er jemand auf dem Bild?*

2. *Warum stürzte er in unseren Graben? Suchte er dort etwas, oder verirrte er sich nur in der Dunkelheit? Er wirkte verstört – was wühlte ihn so auf? Hing sein Sturz mit der Entdeckung des Fotos zusammen? Oder mit dem Fund der Kandelaber?*

Ich nippte nachdenklich an meinem Rotwein. Die Ernesto betreffenden Ungereimtheiten schienen damit zunächst erfaßt. Rätselhaft blieben jetzt noch Giannis Vater und die Kandelaber von Monte Calvario. Da reimte sich einiges nicht zusammen:

3. Stimmt der Fundort der Kandelaber mit dem Fundort der Bronzeschale überein?

Klärung auch der zeitlichen Abfolge: Fand Don Michele die Schale, während er die Kandelaber vergraben wollte?

Warum hatte Michele die Kandelaber an derselben Stelle vergraben, an der er eine illegale Wasserleitung gelegt hatte?

Warum ging er das Risiko einer doppelten Entdeckung ein?

Für die Beantwortung dieser Fragen würde ich natürlich auf Giannis Hilfe angewiesen sein. Doch konnte ich schon einmal vorarbeiten und die Fakten zusammentragen. Bezüglich des mysteriösen CLUB OF WESTMINSTER zum Beispiel!

Ich warf einen prüfenden Blick in die Restaurantküche, in der noch nichts darauf hindeutete, daß meine *Napoletana* in den nächsten Minuten serviert würde.

Also packte ich *Hartmanns Historischen Weltatlas* aus und beugte mich über seine speckigen Seiten. Auf Seite 129 fand ich das Gesuchte: *Der alliierte Vormarsch in Italien 1943 – 1945.*

Karte II zeichnete folgendes Bild: Am 9. September 1943 landeten amerikanische Truppen bei Salerno. Eine britische Division griff gleichzeitig Tarent an und bildete dort, am inneren Stiefelabsatz, einen starken Brückenkopf. Die deutsche Verteidigung setzte im Süden wenig Widerstand entgegen, so daß die Briten unter General Montgomery von Sizilien rasch nach Kalabrien durchstießen und den bedrängten Amerikanern zu Hilfe eilen konnten. Am 18. September waren die Brückenköpfe bei Salerno fest in alliierter Hand, die Landung in Italien war geglückt.

Daraufhin zogen sich die deutschen Truppen schrittweise zurück. Eine erste Verteidigungslinie verlief in einem weiten Bogen quer über die gesamte italienische Halbinsel, vom Vesuv bis südlich von Termoh. Die Alliierten setzten nach, die Briten relativ leicht im Osten über Bari bis nach Foggia, die Amerikaner im Westen.

Noch war Vallemutri in deutscher Hand.

Am 1. Oktober fiel Neapel. Obwohl die Panzerdivision *Hermann Göring* ihrem Namen mehr Ehre machte, als ihm gebührte, überquerten die Amerikaner bereits wenige Tage später, am 13. Oktober, den Volturno. Bis zum Jahresende standen sich deutsche und alliierte Truppen an der sogenannten *Gustav-Linie* gegenüber. Im Zentrum der deutschen Hauptverteidigungslinien: Monte Cassino!

Ich lehnte mich zurück. Vallemutri war an die Amerikaner gefallen; Gianni hatte sich richtig erinnert. Anhand der Karte konnte ich den Zeitpunkt sogar ziemlich genau bestimmen, es dürfte um den 10. Oktober 1943 gewesen sein, und vermutlich waren es Soldaten aus dem VI. Korps der 5. US-Armee unter General Clark.

Der Kellner schaute besorgt in meine Richtung. Wahrscheinlich befürchtete er, ich könne über das Ausbleiben meiner *Napoletana* verärgert sein. Meine Pizza-Schlacht vom letzten Besuch schien einen günstigen Eindruck hinterlassen zu haben.

Ich nickte ihm freundlich zu. Was mochte dieser Mensch gedacht und gefühlt haben, als Acht-, Neun- oder Zehnjähriger, als Vallemutri am 10. Oktober 1943 von fremden, großen Männern in gescheckten Kampfanzügen und rußigen Gesichtern überflutet wurde?

Gewiß hatte es keinen Widerstand gegeben. Vallemutri fiel an die Alliierten, wie es zuvor an die Faschisten gefallen war: ohne Gegenwehr.

Und dann?

Nach einer gründlichen Reinigung mochten die Soldaten schon weniger furchteinflößend ausgesehen haben. Die meisten waren so hellhäutig, daß sie wie auf Zeitungsfotos aussahen. Schneeweiße Gesichter, mit harten Schatten um die Augen und starken Wangenknochen. Andere aber schienen einem Märchen zu entstammen. Mohren, mit olivschwarzer Haut und kullerrunden Augen, die wie Murmeln unter den Lidern rollten. Und wenn sie lachten, blitzten weiße Zähne und rosarote Münder aus ihren glänzenden Gesichtern.

Zweifellos war der Einmarsch der fremden Legionen, zweitausend Jahre nach der römischen Invasion, ein gewaltiger Kulturschock für die Menschen im Tal der verlorenen Seelen – dem die Eroberer mit typisch amerikanischer Unbekümmertheit beigekommen waren.

Ich schüttelte das Foto aus dem CLUB OF WESTMINSTER aus dem Atlas: Die abgelichteten Soldaten waren allesamt Weiße. Auch im Krieg blieb man anscheinend lieber unter sich. Einige schwenkten Bierflaschen und prosteten in die Kamera. Das Tannenbäumchen am linken Rand paßte verblüffend gut zu den leichtgeschürzten samtigen Damen auf dem Plüschsofa. Alles zusammen deutete auf ein eher sinnliches denn besinnliches Weihnachtsfest, das den Krieg für ein paar Stunden vergessen ließ.

Viel Zeit war den GIs nicht geblieben, sich im CLUB OF WESTMINSTER zu amüsieren: Laut *Karte III* umgingen Teile der 5. US-Armee, darunter sicherlich die meisten Besatzer Vallemutris, die deutsche Front auf dem Seeweg. Sie landeten am 22. Januar 1944 im Rücken der Verteidiger bei Nettuno, kaum fünfzig Kilometer unterhalb von Rom. Die Nachschublinien wurden unterbrochen, die *Gustav-Linie* wankte unter dem Ansturm der alliierten Armeen. Wie viele der fröhlichen Weihnachtsgäste im CLUB OF WESTMINSTER mochten davon nicht mehr zurückgekommen sein?

Monte Cassino hielt weiter stand. Von Süden bedrängte die herbeigeeilte 8. Britische Armee die deutschen Linien, die

Amerikaner kamen von Norden. *Hartmanns Historischer Weltatlas* lieferte meiner Phantasie noch zwei weitere Daten. 15. Februar: Bombardierung des Klosters von Monte Cassino; 18. Mai: Ende des deutschen Widerstandes bei Monte Cassino.

Ich stellte mir vor, wie die eingeschlossenen Verteidiger drei Monate lang die Stellung in der zerbombten Klosterruine hielten. Hunger, Durst und Fliegerlärm, Granaten und Maschinengewehrfeuer, Blut und das Stöhnen der Verwundeten, Staub und Dreck und der Leichengeruch einstiger Kameraden – so sinnlos und vergebens! Denn für den Juni 1944 zeichnete *Hartmanns Historischer Weltatlas* bereits einen neuen Frontverlauf: von Pescara bis weit hinter Rom.

Der würzige Duft von Basilikum und eingekochten Tomaten riß mich in die Gegenwart zurück. Vor mir stand der Kellner, wieder vierzigjährig, und servierte mit einer schwungvollen Bewegung die heißersehnte Pizza. Ich wollte sie nicht kalt werden lassen und schlug den Atlas zu.

Das Rätsel um den CLUB OF WESTMINSTER war geklärt, soweit es die großen geschichtlichen Zusammenhänge betraf. Gab es noch andere, die kleine Welt von Vallemutri betreffende Zusammenhänge? Wie etwa mußte eine dergestalt lebensfrohe Einrichtung auf die sittenstrenge Dorfgemeinschaft gewirkt haben? Ja, wie konnte es überhaupt dazu kommen?

Davon abgesehen gab es noch andere Fragezeichen. Giannis Vater zum Beispiel: Welche Rolle spielte er, ein Toter, der für so viel Leben sorgte, in unserem Drehbuch?

Seine Person war mir zunächst sehr vertraut vorgekommen. Ich konnte Don Michele mit meinem eigenen Vater gleichsetzen und eine Ahnung von ihm spüren, indem ich Giannis Empfindungen verstand.

Dann aber, in Vallemutri angekommen, wo ich sein Dasein wirklich greifen konnte, das Haus, den Garten, die Verwandten, entwickelte die Gestalt des Don Michele unvermutet ein verwirrendes Eigenleben. Einmal durch die Legenden, die sich in unserem Forschen manifestierten. Aber auch durch die Veränderungen in Giannis Wesen. Don Michele wurde mir stündlich fremder. Nachdem wir seinen »Schatz« gefunden hatten und erste Einblicke in ein Stück verschüttete Vergangenheit freilegten, wurde Don Michele für mich so unwirklich wie Antonios Schafhirte, dem die Suche nach dem Sohn vergoldet worden war. Eine mythische Gestalt, ein Sinnbild archaischer Zeiten, die uns im gottverlassenen Vallemutri wieder einzuholen schien.

Was Wunder, daß ich mich wie in einem Film fühlte! Don Micheles wahres Vermächtnis war sein Mythos, an dem wir nunmehr Anteil hatten.

Ob wir selber Einfluß nehmen konnten? Oder wurden wir im Fluß der Ereignisse von einem Kapitel zum anderen getrieben? Ich konnte es nicht wissen. Aber ich konnte fragen, rechnen und kombinieren!

Die Kandelaber von Monte Calvario – was hatte es damit auf sich? Ich rief mir das Bild der kleinen Kapelle ins Gedächtnis. Gianni hatte berichtet, daß sie schon seit seinen Kindertagen nicht mehr genutzt wurde. Vielleicht hatte sie in früheren Zeiten mehr Bedeutung gehabt? *Monte Calvario* – das hörte sich gar nicht belanglos an, im Gegenteil, es klang sehr bekannt ...

Monte Calvario, der Berg von Calvario – der Kalvarienberg! Natürlich! Der Kalvarienberg! Jene Anhöhe bei Jerusalem, auf der Christus hingerichtet worden war!

Ich erinnerte mich vage an eine Vorlesung über Kirchengeschichte. Kalvarienberg: aus dem lateinischen *calvaria*, Schädel, abgeleitet. In der Bibel hieß der Originalhügel *Golgatha*, aramäisch für Schädelstätte. Der Legende nach soll unser aller Menschenvater Adam höchstpersönlich seinen

Kopf für die merkwürdige Form des Berges hingehalten haben.

Aber warum hieß die steile Felsklippe über Vallemutri ebenfalls Kalvarienberg?

Wenn Adams Schädel wie der flache Hügel Golgatha ausgesehen hatte, die Anhöhe von Monte Calvario erinnerte bestenfalls an einen schrumpeligen Giraffenhals.

Nun bedauerte ich, daß ich die Kirchengeschichte links liegengelassen hatte. Allein kam ich hier nicht weiter. Vielleicht würde Gianni mir helfen können?

Ich überlegte, ob ich noch eine *Napoletana* bestellen sollte, entschied mich dann aber für den Heimweg. Ein ereignisreicher Tag lag hinter mir, nicht weniger prall gefüllt mit bewegten Eindrücken als die Tage zuvor. Und doch hatte ich heute erstmals das Gefühl, dem vorbeirauschenden Geschehen nicht willenlos ausgesetzt zu sein, sondern gestaltend und handelnd ein Teil der Geschichte dieses Tales zu werden.

Ich trat in die sternenlose Nacht von Vallemutri und sog kühle Nebelluft durch die Nase. Eine merkwürdige Unvermeidlichkeit lag über dem Tal. Verwirrende Ahnungen fremder Absichten und Schicksale. Ich sah, roch, hörte, fühlte, ahnte: Am Rande meines Weges waren heimliche Zeichen ausgelegt. Ein Eingeweihter würde sie wahrnehmen können wie ich den Mond, sobald die Nebelschwaden aufrissen.

Plötzlich erkannte ich: Wissen war nicht nur eine Frage des eigenen Wollens und Könnens. Da gab es noch etwas anderes. Etwas, was den Nebel beiseite schob und bestimmte, welche Ausschnitte der Wirklichkeit wann und wo zugänglich waren. Die einen nannten es Zeit, die anderen Gott. Mal hieß es Schicksal, dann wieder Natur – man konnte es bezeichnen, wie man wollte, es war da und stemmte sich dem Suchenden mit derselben Macht entgegen, mit der es den Findenden mit sich riß.

Diese Macht war es, die ich in der Geschichte spürte. Ihr wollte ich dienen, mich an die Fersen heften, zum Segen der anderen und meiner eigenen Verherrlichung wegen. Das Kommende aus dem Vergangenen lesen! Welche Macht war einem Menschen verliehen, der dazu in der Lage war!

Auch wenn ich heute erstmals das Gefühl erlebt hatte, ein Handelnder zu sein: Ich war weit davon entfernt, in die Zukunft zu sehen. Ich hatte mich mit einem winzigen Stück Vergangenheit befaßt und hoffte, die Spur würde so weit in die Tiefe führen, daß ich am Ende des Stollens das Licht von Morgen und Übermorgen sehen konnte.

Es war nicht auszuschließen, daß mir dies niemals gelingen würde. Aber immerhin wußte ich nun, was ich wissen wollte, und das war mehr, als mancher andere in seinem ganzen Leben erreicht!

Der Raub der Sieberinnen

Der Himmel sang. In weichen Glockentönen, glucksend und lachend und herrlich leicht und heiter. Ich summte mit, bis ich von meinem eigenen Singsang erwachte.

Ahnungsvoll richtete ich mich im quietschenden Bett auf und schielte zum Fenster. Ein grauer Morgen empfing meine Blicke, nebelverhangen und feucht; es regnete in feinen Fäden.

Gianni rührte sich nicht. Antonio mußte ihn schwer unter Beschuß genommen haben; ich hatte ihn gestern nacht nicht kommen hören.

Unten war es ungewöhnlich ruhig. Hatte Ernesto sein morgendliches Rendezvous mit den Ahnen verpaßt? Oder

hatte ihn der Regen vom allmorgendlichen Gang aus Vallemutri abgehalten? Bei seinem zeitlupenartigen Schrittempo
brauchte er sicher eine Stunde vom Dorf zu Giannis Haus.

Ich kleidete mich leise an und schlich aus dem Zimmer.

Ernestos Bett im Nebenraum, ein schweres schmiedeeiser-
nes Lager, das er bisweilen für brütende Schlummerstündchen
aufsuchte, um sich von den durchwachten Nächten zu erho-
len, war unberührt.

Als ich auf die Treppe trat, blies mir eine feuchte Windbö
ins verschlafene Gesicht. Ich wurde mir schmerzlich der frühen Jahreszeit bewußt. Wie mußte es sich erst in den feuchtkalten Wintermonaten leben! Ohne Heizung in den Schlaf-
räumen, und jeden Morgen eine unfreiwillige Dusche auf dem
Weg zur Küche – brrrrrr!

Natürlich war es auch unmöglich, trockenen Hauptes ins
gabinetto zu gelangen. Und saß man endlich auf der kalten
Plastikbrille, pfiff einem der Wind so ungemütlich um den
Hintern, daß selbst notorische Langsitzer zu allerhöchster Eile
angehalten wurden.

Von einer dergestalt hastigen Sitzung durchgefroren, flitzte
ich, mit Jacke und festem Schuhwerk angetan, die Freiluft-
treppe hinunter.

Die Küche war noch verriegelt. Giannis Familie hatte es
offenbar vorgezogen, den unwirtlichen Tag in ihrer komfor-
tableren Dorfwohnung zu verbringen.

Während ich mit klammen Fingern ein Feuer im Kamin
entfachte, fragte ich mich unwillkürlich, wo Ernesto heute
geschrien hatte? Vielleicht gab es einen kleinen Balkon? Oder
er ging zum Schreien vor die Tür, wie manche Leute es tun,
um eine Zigarette zu rauchen? Bestimmt war es ihm unange-
nehm, seine Mitbewohner zu stören.

Als Gianni die Küche betrat, prasselte bereits ein munteres
Feuerchen im Kamin. Er wirkte etwas angegriffen. »*Sagra dei*

funghi!« stöhnte er und ließ sich in Ernestos Sessel fallen wie ein nasser Sack. »Das ist ein Tag heute, und das auf diese Nacht!«

Er hielt wohlig grunzend die Hände über die Flammen. Das Thermometer über dem Spülstein zeigte nach wie vor deprimierende 14 Grad Raumtemperatur.

»Und?« fragte ich neugierig. »Wie war's? Hast du was herausgefunden?«

»Nicht allzuviel. Das Wichtigste zuerst: Tante Annas *gnocchi* sind ausgezeichnet!« Gianni deutete mit leidvollem Gesicht auf seine prall gefüllten Eingeweide.

»Das war zu erwarten. Sonst nichts?«

»Onkel Antonio ist eine Schlange«, sagte Gianni verbittert. »Er weiß alles, steckt seine Nase in jede Angelegenheit, die ihn nichts angeht. Nur, wehe, etwas davon könnte auf ihn zurückfallen! Dann kriegst du keine brauchbare Information, aber sämtliche Ängste und Befürchtungen und Vorbehalte und Bedenken!«

»Das heißt, du bist seinem Ansturm erlegen?« fragte ich und packte im Geiste unsere Ausgrabungswerkzeuge wieder ein.

»Natürlich nicht!« Gianni grinste über beide Ohren. »Er redete so lange um den heißen Brei herum, bis ich die ganze Flasche Rotwein geleert hatte. Daß ich danach nichts mehr kapierte, versteht sich von selbst. Er mußte mich sogar noch heimfahren.«

»Phantastisch!«

»Aber heute muß ich dafür büßen!« sagte Gianni schwer.

Dunkle Augenränder und das bleiche, zerknitterte Gesicht gaben offenherzig Auskunft über sein desolates Innenleben. Eine Flasche *Falerno Rosso* kann gar nicht *riserva speciale* genug sein, als daß ihr Genuß ohne Folgen bleibt.

Ich braute dem gezeichneten Helden einen starken Kaffee und berichtete von meinen ungleich leichter errungenen Siegen.

»Das Foto ist wieder da!« sagte ich mit leisem Triumph in der Stimme. »Es klemmte in der Vitrine, hinter Ernestos Carabinieri-Bild.«

»Zeig her!« ächzte Gianni.

Ich entnahm *Hartmanns* speckigen Blättern die Aufnahme aus dem CLUB OF WESTMINSTER und reichte sie über den Tisch.

»Also hat er das Foto tatsächlich versteckt«, grübelte Gianni. »Aber warum?«

»Das würde ich auch gerne wissen«, entgegnete ich und schenkte ihm Kaffee in eine henkellose Tasse. An der Bruchstelle blätterte die pastellgelbe Farbe ab. Wer hatte die Tasse fallen lassen? Einer von Ernestos nächtlichen Gästen?

»Paß auf, Gianni!« sagte ich eindringlich. »Ich habe gestern lange nachgedacht: Hier stimmt einiges nicht! Ernesto, dein Vater, sein Fund der Bronzeschale, die Kandelaber, der CLUB OF WESTMINSTER – es gibt so viele Zufälligkeiten und Unklarheiten, die miteinander in Beziehung stehen. Doch die Absicht verschwimmt. Ich begreife sie nicht.«

Gianni stützte den Kopf in die Hände und dachte ebenfalls lange nach. »Ich auch nicht«, sagte er endlich und verzog beim Sprechen sein Gesicht zu einer Grimasse. »Mir dreht sich der Kopf! Was wissen wir, und was nicht?«

Ich gab ihm meinen Zettel mit den Fragen, die ich in der Pizzeria formuliert hatte. »Vor allem das hier! Einiges habe ich aber schon herausgefunden.«

Gianni warf einen nachlässigen Blick auf meine Notizen. Er schien weit weg zu sein. »Was hast du herausgefunden?« fragte er geistesabwesend.

Seine mangelnde Aufmerksamkeit ärgerte mich. »Zum Beispiel, daß das Foto aus dem Club zwischen dem 10. Oktober 1943 und dem 22. Januar 1944 aufgenommen wurde«, sagte ich spitz.

Gianni schaute verblüfft auf. »Woher weißt du das?«

Ich zeigte ihm die Karten vom alliierten Vormarsch in Italien aus *Hartmanns Historischem Weltatlas* und schilderte meine Schlußfolgerungen.

Gianni war beeindruckt. »Die Amerikaner in Vallemutri – das muß ein Bild gewesen sein!«

Er wiegte stirnrunzelnd den Kopf und spielte abwesend mit dem Foto in seinen Händen. Plötzlich sprang er auf: »Ja, bin ich denn völlig bescheuert?« bezichtigte er sich wutschnaubend selbst. »Die Uniformen! Wie konnte ich nur die Uniformen vergessen!«

Er schlug so heftig die Faust auf den Tisch, daß der Kaffee überschwappte. Dann griff er sich das Foto und lief zur Tür. Ich konnte ihm kaum folgen.

Draußen wurde ein Ozean über dem Tal der verlorenen Seelen ausgeschüttet. Des Meer kam nach Jahrmillionen zurück. In weiteren Jahrmillionen würde es uns für künftige Geschlechter als Versteinerung wieder ausspucken.

Wir hasteten die Treppe hinauf und waren klatschnaß, bis wir in unserem Zimmer standen. Gianni ging entschlossen zu dem hohen Wandschrank in der Ecke. Ungeduldig riß er die Türen auf.

»Irgendwo müssen sie sein!« rief er mir zu, in muffigen Wolldecken und Antonios Gartenklamotten wühlend. Unter seinem Körper sammelte sich eine kleine Lache.

»Was für Uniformen?« fragte ich, noch etwas atemlos vom Treppensteigen.

»Als Kinder haben wir sie einmal in diesem Schrank entdeckt. Richtige Soldatenuniformen. Zwei Stück. Komplette Ausgehgarnituren. Mein Vater schenkte sie uns dann zum Spielen. Eine nähte mir Mutter sogar noch enger, damit ich mich als Polizist verkleiden konnte. Wo sind sie nur, zum Teufel? Aha! *Eccole!*«

Gianni tauchte freudestrahlend aus den Abgründen des

Wandschranks auf und präsentierte mehrere verwaschene Uniformteile. Bedächtig legte er die Einzelstücke auf dem Boden aus. »Wenn die nicht aussehen wie auf dem Foto, hat Onkel Antonio keine Glatze!«

Eine Garnitur wirkte ziemlich verstümmelt. Beine und Arme waren umgenäht; zudem fehlten eine Brusttasche und beide Achselklappen. Die andere aber schien originalgetreu nach der Vorlage des Fotos aus dem CLUB OF WESTMINSTER angefertigt.

»Angefertigt?« Gianni schüttelte heftig den Kopf über meine Vermutung. »Valentin, ich mache jede Wette, das sind dieselben amerikanischen Uniformen, die wir hier auf dem Foto sehen. Verstehst du? Das sind Originale aus dem Club!«

»Aber wie kommen sie in den Schrank?« stotterte ich lahm.

»Keine Ahnung!« rief Gianni erregt. »Mein Vater? Ernesto? Keine Ahnung, Mann! Aber es sind dieselben!«

Ich ließ mich rücklings auf mein Bett fallen und dachte angestrengt nach. Konnte das sein? »Wann wurde dein Vater geboren?«

»Im selben Jahr wie Antonio: 1919. Platte erzählte mir gestern, sie wären heute beide sechsundsechzig Jahre!«

»Dann war dein Vater vierundzwanzig, als die Amerikaner in Vallemutri einmarschierten. Aber was sollte er im CLUB OF WESTMINSTER verloren haben? Oder überhaupt in Vallemutri: War dein Vater etwa nicht im Krieg?«

»Ich weiß es nicht!« stöhnte Gianni.

Er war mir heute wahrlich keine Stütze. Ich brauchte dringend Fakten. Auf *Hartmanns Weltatlas* konnte ich mich immer verlassen!

Als Gianni regennaß in die Küche stolperte, wußte ich bereits, daß Don Michele kein Deserteur hätte sein müssen, um am 10. Oktober 1943 den Einmarsch der Amerikaner in Vallemutri zu erleben. Höchstens ein entflohener Kriegsgefangener. Denn gut vier Wochen zuvor, nach der Entmachtung Mussolinis, hatte die neue italienische Regierung einen Waffenstillstand mit den Alliierten ausgehandelt. Durch den Abfall des ehemaligen Verbündeten empört, besetzten deutsche Truppen Rom, entwaffneten die italienischen Verbände und nahmen viele Soldaten gefangen. Andere wurden nach Hause geschickt oder nutzten die Wirren, um sich abzusetzen.

Es sprach also nichts dagegen, daß Giannis Vater sich an seinem Heimatort aufhielt. *Hartmanns* konnte Gianni nicht widerlegen.

»Du glaubst also, daß Ernesto und dein Vater etwas mit dem Club zu tun hatten?« fragte ich Gianni, der sich inzwischen wieder gefaßt hatte.

»Ja!«

»Wieso?«

»Aus welchem anderen Grund hätte Ernesto das Foto verstecken sollen?«

»Vielleicht kannte er jemand auf dem Bild?«

»Valentin, ich denke, wer in eine alte Kirche einsteigt, macht auch vor einem florierenden Nachtclub nicht halt!«

»Du meinst, sie haben die Uniformen geklaut?«

»Logisch! Die Uniformen aus dem CLUB OF WESTMINSTER sind übriggeblieben wie die Kandelaber von Monte Calvario.«

»Aber warum sollte Ernesto das Foto versteckt haben? Beim Aufspüren der Kandelaber hat er uns schließlich bereitwillig geholfen. Warum sollte er hier Spuren verwischen wollen?«

»Du vergißt schon wieder«, wandte Gianni ein, »daß er nicht immer der arme Trottel war, der er heute ist. Ich kannte ihn vor seinem Unfall, und da war er ein schneidiger Bursche! Und Ernesto war Polizist! Er weiß, daß ein Unterschied zwischen Indizien und Vermutungen besteht. Wenn das Foto nicht wäre, wüßte niemand, woher die Uniformen kommen.«

Giannis Argumente ließen mich schwanken. Konnte Ernesto tatsächlich das Foto aus dem Club versteckt haben, um ein Beweismittel zu vernichten? Und warum hatte er es dann nicht vernichtet? Verbrannt oder zerrissen? – Ernesto ein ausgebuffter Profi? Dieser vom Schicksal so mitgenommene Mensch mit den einfältigen, gütigen Hundeaugen?

Ich traute ihm einfach nicht zu, so verschlungene Pfade anzulegen, um uns in die Irre zu führen.

Sicher war für mich nur, daß Ernesto irgend etwas mit dem CLUB OF WESTMINSTER zu tun hatte. Ob die Verbindung über die Uniformen verlief, blieb offen. Und wenn, war zweifelsohne Giannis Vater der Hauptakteur. Er hatte die Uniformen aufbewahrt und seinen Kindern geschenkt – was nicht recht ins Bild vom vertuschten Verbrechen passen wollte.

Gianni erkannte meine Zweifel und sah mich fragend an.

»Ich bin mir nicht sicher«, sagte ich kopfschüttelnd. »Es könnten x-beliebige amerikanische Uniformen sein, und Ernestos Motive vermag kein Mensch mit Gewißheit zu ergründen.«

Gianni blähte die Backen und blies leichthin in die Luft. »Du wirst schon sehen!« meinte er vergnügt. »Die Stimme des Blutes hat zu mir gesprochen!«

Ich wandte mich wieder meinem Fragebogen zu:

1. Warum nahm Ernesto das Foto aus dem CLUB OF WESTMINSTER und steckte es hinter sein eigenes an die Vitrine? Wollte er es verstecken oder nur aufräumen? Erinnerte es ihn an etwas? War er vielleicht selber Gast im COW gewesen?

Oder kannte er jemanden auf dem Bild?

Ja, er wollte es verstecken, dessen durften wir uns sicher sein. Alles andere konnte weder ausgeschlossen noch bestätigt werden.

Ich fügte meinen Notizen Giannis Vermutung hinzu:

Oder wollte er den Diebstahl der Uniformen vertuschen?

»Junge, Junge, du hast ja die halbe Bücherei dabei«, platzte
Gianni unbedacht in meine Überlegungen. Er schlug wahllos
eine der vielen wissenschaftlichen Schwarten auf, die ich vom
Institut mitgenommen hatte.

Ich lächelte zerstreut und versuchte, mich auf die nächste
Frage zu konzentrieren.

*2. Warum stürzte er in unseren Graben? Suchte er dort et-
was, oder verirrte er sich nur in der Dunkelheit?*
*Er wirkte verstört – was wühlte ihn so auf? Hing sein Sturz
mit der Entdeckung des Fotos zusammen? Oder mit dem
Fund der Kandelaber?*

Meine Güte, die Leuchter! Welche Bedeutung kam ihnen zu
im Reigen der Ungereimtheiten?

Immerhin hatte Ernesto schon seine Finger an den Leuchtern gehabt und sich fast vergiftet. Die Kandelaber und das
Foto schienen unterschiedliche Katalysatoren für ein und
denselben Vorgang zu sein: Ernestos Sturz.

»Was soll eigentlich mit den Kandelabern passieren?« fragte ich Gianni, der sich gelangweilt durch meine Wälzer blätterte. Nebenher aß er ein paar *biscotti*. Mißmutig sah ich einige goldbraune Krümel zwischen den Seiten der Leihbücher
verschwinden.

»Platte hat mich angefleht, die Dinger wieder zu verbud-
deln.«

»Und? Vergraben wir sie wieder?«

»Natürlich nicht! Sie sind ein Andenken an meinen Vater!
Ich habe sie im Hühnerhaus versteckt und Antonio erzählt,

daß wir sie in der Erde versenkt hätten. Er wollte nicht mal wissen, wo!«

Typisch Gianni, dachte ich, nicht ohne Bewunderung für seinen sorglosen Umgang mit der Wahrheit. Bei der nächsten Frage konnte mir diese seine Eigenschaft allerdings leicht hinderlich sein:

3. Stimmt der Fundort der Kandelaber mit dem Fundort der Bronzeschale überein?
Klärung auch der zeitlichen Abfolge: Fand Don Michele die Schale, während er die Kandelaber vergraben wollte?
Warum hatte Michele die Kandelaber an derselben Stelle vergraben, an der er eine illegale Wasserleitung gelegt hatte?
Warum ging er das Risiko einer doppelten Entdeckung ein?

Ich zögerte, diese Fragen Gianni zu stellen. Immerhin hatte er mich, was den Fundort der Bronzeschale betraf, am ersten Tag ziemlich angeschwindelt. Und den »Schatz des Don Michele« hatte er vorsorglich ganz verschwiegen. Die Sache war abgehakt, ich wollte die dummen Gefühle nicht wieder aufwärmen. Und doch mußte ich ihn fragen, wenn ich eine Antwort wollte.

»*Sagra dei funghi!* Valentin! Schau dir das an! Das gibt's nicht!« brüllte Gianni in meine Grübelei. Er hielt mir mit ausgestrecktem Arm einen zerfledderten Bücherschinken entgegen und fuchtelte damit triumphierend vor meiner Nase herum wie ein Jäger, der einen Hasen erlegt hat.

Ich besah verdrossen die formatfüllende Abbildung vor meinen Augen: eine dieser schwülstig-blutrünstigen Darstellungen von römischen Heldensagen in düsteren Farben, wie man sie in jedem drittklassigen Museum unter »Spätmittelalter« findet. Berittene federbauschige Legionäre in glänzenden

Rüstungen. Sie stöberten gerade einen Trupp halbnackter Rubensdamen auf, die offensichtlich im Begriff waren, ein Bad im grünlichen See zu nehmen. »Na und?« gab ich naserümpfend zurück. Wegen dieser antiken Schmiererei riß mich Gianni aus meinen Überlegungen!

»Valentin! Der Name! Schau, wie das Bild heißt!« Gianni tippte nachdrücklich mit dem Zeigefinger auf die Titelleiste.

»*Der Raub der Sabinerinnen* – was soll das, Gianni?«

»Falsch!« Der Schalk blitzte aus seinen runden Augen. »Was falsch?«

»Der Name ist falsch. Das Bild heißt richtig: Der Raub der *Sieber*innen. 1567 gemalt, wie es hier steht. Irgendwann hat sich dann mal einer versprochen, oder ein Druckfehler, was weiß ich. Auf jeden Fall haben sie den Namen verwechselt!«

»Quatsch!« Ich hatte keine Lust auf Giannis Phantastereien. »*Der Raub der Sabinerinnen* ist eine römische Legende. Die Sabiner waren ein Nachbarvolk der Römer, bevor Rom groß wurde.«

»Ach?« meinte Gianni. »Und dann?«

»Eines Tages schickte Romulus, der sagenumwobene Gründer von Rom, Boten zu den Sabinern, weil er Frauen brauchte, mit denen sich seine Soldaten verheiraten konnten. Anscheinend gab es in Rom zuwenig verfügbare Frauen.«

»Genau wie bei uns im Tal der verlorenen Seelen«, warf Gianni düster ein.

»Die Sabiner lehnten aber ab und verspotteten überdies die noch wenig gefürchteten Römer. Das hätten sie besser nicht getan. Denn Romulus ersann eine hinterhältige List, lud die Nachbarvölker zu Festspielen ein und fiel dann über seine arglosen Gäste her. Das heißt, er entriß den Sabinern ihre Jungfrauen und schmiß die anderen aus der Stadt. Das Gemälde ist also kompletter Unfug, weil es den Raub der Sabinerinnen falsch darstellt.«

»Aha!« triumphierte Gianni. »Wie ich gesagt habe: Der Titel ist falsch!«

»Gütiger Himmel! Das Bild ist falsch gemalt!« erwiderte ich entnervt.

»Und was soll das?« grölte Gianni und zeigte mit einer weitausholenden Geste auf den linken Bildrand.

Mir stockte der Atem. Unter ein paar lichten Laubbäumen, und dadurch den Blicken der geharnischten Häscher verborgen, waren tatsächlich drei *Sieberinnen* zu sehen! Eine stand knietief im See, das schulterfreie Kleid hochgebunden, und beugte sich über eine große runde Schüssel, die sie augenscheinlich soeben ins Wasser getaucht hatte. Die beiden anderen wandten sich erschrocken der Entführung ihrer Geschlechtsgenossinnen zu. In ihren Händen hielten sie ebenfalls runde Schalen, die unserem Grabungssieb glichen wie ein Haar dem anderen. Und überall am Seeufer lagen weitere *Siebe,* von den fliehenden Mädchen achtlos fallen gelassen.

Gianni grinste über beide Backen.

Ich wußte, daß es sinnlos war, ihm die durchaus ebenbürtige Interpretation anzubieten, es handele sich um Waschschüsseln.

Warum das Bild dann nicht »Der Raub der Wäscherinnen« heißen würde? – Seine Frage klang mir bereits in den Ohren.

Zudem hatte ich ja selbst eingestanden, daß das Gemälde unmöglich die wirkliche Szene darstellen konnte, weil die im antiken Rom spielte.

Ich hatte plötzlich das erschreckende Gefühl, den Bezug zur Realität zu verlieren. Was war die Wirklichkeit? Gab es sie überhaupt?

Gianni hatte mit einer völlig absurden Behauptung einen Sachverhalt auf den Kopf gestellt, der Jahrhunderte Geltung besessen hatte. Sogar daß er diesen seinerseits ad absurdum geführt hatte. Woran konnte ich die Realität festmachen, wenn nicht am Wissen derer, die vor mir waren?

Alles, was wir wissen, ist Vergangenheit! Kaum haben wir etwas erfahren, erlebt, gesehen, da ist es auch schon vorbei. Ich hatte immer an die Wahrheit des Vergangenen geglaubt. Die Vergangenheit *war* Wissen; und weil ich wissen wollte, war ich Archäologe geworden!

Gianni schaute mich neugierig an. »Und?« fragte er. »Was meinst du?«

»Ich denke, daß du recht hast«, sagte ich tapfer.

Gianni nickte und verlor sich wieder in dem barocken Gemälde. »Kein Wunder, daß wir keine Sieberinnen auftreiben können. Sind ja alle 1567 geklaut worden«, murmelte er vor sich hin und fuhr genießerisch den üppigen Körperlinien der Rubensdamen nach. »Damals hätten wir hier sein sollen, Valentin! So dralle Weibsbilder gibt's heute nicht mehr!«

Ich schwieg und starrte auf meinen Fragebogen. Mir fiel nichts mehr ein.

Nach einer Weile sah Gianni wieder auf. »Wie ist die Geschichte eigentlich ausgegangen?« fragte er sanft.

»Welche Geschichte?« entgegnete ich.

»Mit den Römern und Sabinern?«

»Ach so.«

Ich rappelte mich wieder auf.

»Die Sabiner schworen natürlich Rache. Sie bereiteten ihren Feldzug gründlich vor, und das dauerte. Zu lange. Denn in der Zwischenzeit hatten sich die Sabinerinnen ihrem Schicksal ergeben. Vielleicht auch dem Charme der römischen Männer, wer weiß? Jedenfalls waren die geraubten Töchter längst liebende Ehefrauen und Mütter geworden, als die Sabiner, durch einen Verrat begünstigt, endlich vor Rom standen. Die Schlacht tobte hin und her. Bis sich die romanisierten Sabinerinnen dazwischenwarfen, weil sie weder den Tod ihrer Männer und Söhne noch den ihrer Väter und Brüder wollten. Also schloß man Frieden. Die Völker wurden in einem Staat vereinigt, und Rom wurde die Hauptstadt.«

»Und was passierte mit den Sabinern?« wollte Gianni wissen.

»Eine Zeitlang regierten zwei Könige: Romulus und der Sabinerkönig. Als der ermordet wurde, hörte man nicht mehr viel von den Sabinern. Sie wurden von Rom geschluckt, wie nach und nach alle italischen Völker.«

Gianni nickte. »Das habe ich mir gedacht«, sagte er und wandte sich wieder dem Bild zu, das seit Jahrhunderten einen falschen Namen trug.

Der menschliche Torpedo in der Straße der Heiligen

Onkel Antonios Gesicht sah aus wie der diesige Regenhimmel über Vallemutri. Mutmaßlich war die eine Trübsal sogar mit der anderen verknüpft: Das Leben im Tal der verlorenen Seelen war alles andere als erfreulich, wenn es regnete. Alles geriet in Bewegung. Die staubigen Straßen und unbefestigten Wege zerflossen mit den vom Himmel stürzenden Wassermassen zu bräunlichen Bächlein, um an den Türen und Füßen, Bäumen und Gräbern der Menschen zu nagen.

Und Antonio konnte nicht im Garten werkeln.

Wir allerdings auch nicht. Ich versenkte mich in die Lektüre meiner Bücher, aber Gianni langweilte sich erbärmlich. Den gestrigen Regentag hatten wir durch die Entdeckung der Uniformen überbrücken können, und die sich daran anschließenden Spekulationen hielten uns einigermaßen in Atem. Doch was sollten wir heute tun?

Unter der Wellblechabdeckung im Garten wartete geschichtsträchtiger Boden auf unsere Bearbeitung. Dort hätte unser Platz sein sollen, nicht hier in der trostlosen Gewölbeküche, die durch Antonios verdrießliche Miene nicht eben freundlicher wurde.

Platte war gekommen, um unser Mittagessen zu bringen. So jedenfalls lautete die offizielle Begründung für seinen Besuch. Ich hielt es freilich für wahrscheinlicher, daß er uns, ungeachtet der widrigen Umstände, im Auge behalten wollte.

Als ich indes die gewaltige Kasserolle öffnete, die er mitgebracht hatte, und Tante Annas pikanten Kartoffelauflauf mit eingelegten Paprikaschoten erblickte und roch, war ich geneigt, Antonios Scheinheiligkeit in milderem Licht zu sehen: Nichts, das nicht auch etwas Gutes mit sich brachte!

Während wir über das dampfende Mahl herfielen, überlegte ich, wie ich meinem Vorsatz, Licht ins Dunkel der Vergangenheit zu bringen, trotz des Regenwetters gerecht werden könnte. War dies nicht eine gute Gelegenheit, Antonio auszuquetschen, den Mann, der alles zu wissen schien, aber so wenig preisgab?

»Was meinst du?« fragte ich kauend. »Sollten wir Platte nicht etwas auf den Zahn fühlen?«

Gianni gab sich alle Mühe, so zu tun, als ob wir über das Essen sprächen. Antonio verstand zwar kein Wort Deutsch, hörte aber immer aufmerksam zu, wenn wir uns unterhielten.

»Doch, sehr gute Idee!« sagte Gianni und deutete dabei zusammenhanglos auf seinen Teller. »Aber wie sollen wir das anstellen?« Dazu hielt er mir fragend die Weinflasche vor die Nase.

»Nun, wir könnten ihn beispielsweise bitten, vom Krieg zu erzählen«, antwortete ich und hielt kopfschüttelnd die Hand über mein Glas.

»Warum?« fragte Gianni und bot mir die Wasserflasche an. Jetzt schob ich ihm bereitwillig mein Glas hin. »Mich würde interessieren, was dein Vater im Krieg machte.« Um selbst eine Frage stellen zu können, offerierte ich Gianni etwas Kartoffelauflauf. »Könnten wir nicht etwas über den Club und die Uniformen herauskriegen?« sagte ich, mit der Schöpfkelle in der Hand.

»O ja!« erwiderte Gianni hocherfreut und reichte mir seinen Teller. »Dazu brauchen wir bloß einen passenden Einstieg.«

Antonio beobachtete verwundert die ausgesuchte Höflichkeit, mit der sich deutsche Menschen das Essen erschwerten.

»Frag ihn einfach, ob Tante Annas Kochkünste schon immer so gut waren«, empfahl ich mit derartigen Gesten, daß Antonio den Gedankenschluß zwischen dem Gehörten, »Tante Anna«, und dem Gesehenen, meinen anerkennenden Kreisbewegungen über dem Bauch, selbst vollziehen konnte.

Gianni gab die Frage an den Onkel weiter.

Antonio nickte freudestrahlend: O ja! Anna sei schon immer eine grandiose Köchin gewesen, und, so fügte er schelmisch hinzu, womöglich habe er sie eben deshalb geheiratet.

Wann das wohl gewesen sei, fragte ich über meinen Dolmetscher.

Durch die Pause zwischen den Übersetzungen gewann ich Zeit zum Nachdenken. Ich wußte, was ich herausfinden wollte: *Stimmt der Fundort der Kandelaber tatsächlich mit dem Fundort der Bronzeschale überein?*

Es ging mir nicht in den Kopf, warum Giannis Vater die Kandelaber an einer Stelle vergraben hatte, an der seine illegale Wasserleitung vorbeiführte. Kein vernünftig denkender Mensch würde diese doppelte Entdeckung riskieren!

Oh, das sei schon lange her, gab Antonio mit einer weltmännischen Geste kund. Und wie ich es mir gedacht hatte, mußten wir ihn nur sachte anstupfen, damit er zu erzählen anfing. Und zwar eine haarsträubende Geschichte.

Antonio heiratete Giannis Tante am 9. Februar 1941. Er war damals zweiundzwanzig Jahre alt. Anna, sieben Jahre jünger als Giannis Vater, feierte mit ihrer Hochzeit gleichzeitig den sechzehnten Geburtstag. Schon ein paar Tage nach der Hochzeit mußte Antonio zurück in den Krieg. Und seine junge Frau sah er erst wieder, als der Krieg zu Ende war, denn Antonio war ein lebender Torpedo gewesen.

»Ein lebender Torpedo?« fragte ich in Erwartung einer von Antonio so geliebten bildhaften Übertreibung.

O ja, bekräftigte Antonio und rollte dramatisch die Augen – um zu unterstreichen, daß er im reinen Wortsinn sprach!

Als Italien an der Seite Deutschlands im Juni 1940 in den Krieg eintrat, so erzählte er gestenreich, bildete die Marine spezielle Kampfeinheiten. Deren Aufgabe waren gezielte Sabotageakte auf feindliche Schiffe, die im scheinbar sicheren Hafen ankerten.

Die italienische Marine hatte diesen maritimen Guerillakampf sorgfältig vorbereitet. Als der Krieg ausbrach, wurden an strategisch günstigen Mittelmeerhäfen bei Gibraltar unverdächtige Tanker auf Grund gesetzt. Die Besatzungen ließen sich für die Dauer der Kampfhandlungen internieren.

Die Überwachung der damit offiziell neutralisierten Schiffe war natürlich sehr lückenhaft, zumal Spanien mehr oder weniger offen mit den faschistischen Kriegsparteien sympathisierte. So konnten die Tanker heimlich zu Versorgungsschiffen und Stützpunkten für den U-Boot-Krieg ausgebaut werden.

Während seiner Ausbildung zum Obermaat traf Antonio zufällig einen Bekannten, Licio Visintini, der nur ein paar Straßen weiter in Vallemutri aufgewachsen und mit Antonios Bruder befreundet gewesen war. Licio, bereits Marineoffizier, hatte am Aufbau der geheimen Kampfgruppe mitgearbeitet. Er muß Antonio für einen tüchtigen Burschen gehalten haben, denn er fragte ihn, ob er als sein Maat an einem der waghalsigsten Unternehmen der modernen Kriegsgeschichte teilhaben wolle.

Im September 1941 griffen Antonio und Licio ins Kriegsgeschehen ein. Von dem internierten Tanker *Fulgor* aus, der im Golf von Cádiz lag, starteten Antonio und Licio sowie vier weitere Männer einen Angriff auf den britischen Kriegshafen Gibraltar. Dies war die erste Aktion der berüchtigten italienischen Zweimann-Torpedos, und Antonio, unser Platte und Giannis Onkel, nahm daran teil.

Ein U-Boot holte die sechs Männer in einer mondlosen Nacht von der *Fulgor* ab. Ein paar Seemeilen vor Gibraltar kletterten sie in Taucheranzügen durch den Notausstieg des U-Bootes und bestiegen, unter Wasser, ihre Torpedos. Die waren fast sieben Meter lang und sehr schwer zu manövrieren für den Offizier und seinen Maat, die auf dem Torpedo ritten wie Dompteure auf einem Delphin. Nur daß sich der Metallzigarillo nicht spielerisch und elegant bewegte, sondern unbeholfen und steif, denn jeder Torpedo war mit viereinhalb Zentnern Sprengstoff beladen.

»Schwerfällig wie ein schwimmendes Schwein«, sagte Antonio, und so nannten sie die Torpedos auch *majah*, Schweine.

Er stand auf und demonstrierte die verkrampfte Haltung der Torpedobesatzung, indem er sich umgekehrt auf einen Küchenstuhl setzte. Hinter der Lehne ging er in Deckung, damit ihn die vorbeirauschenden Wassermassen nicht herunterspülten.

Sie ritten mit immerhin drei Seemeilen pro Stunde durch das nächtliche Meer, erklärte Antonio. Nur der Kopf ragte aus den Wellen. Licio saß vorne, hinter einem turmartigen

Cockpit, und steuerte ihren Torpedo, der wie ein Mini-U-Boot mit allerlei Armaturen und Bedienungshebeln ausgestattet war.

Der Hafen von Gibraltar war natürlich mit Stahlnetzen gegen U-Boot-Angriffe gesichert, aber Licio hatte eine Stahlschere dabei. Und Glück hatten sie obendrein: Als ein Zerstörer in den Hafen fuhr, schlüpften die Männer auf ihren Torpedos mit hinein, in Tauchfahrt natürlich, und Licio brauchte die Netze nicht zu zerschneiden.

Antonio rutschte mit geducktem Kopf, rittlings auf dem Küchenstuhl sitzend, über den Küchenboden. Die See schloß sich über seinem Kopf, Licio steuerte das seltsame Gefährt geradewegs in die Höhle des Seelöwen. Als Antonios Stuhl in den Hafen von Gibraltar eindrang, quietschten die Küchenfliesen wie Kreide an der Schultafel.

Gianni und ich hielten den Atem an. Das Feuer knisterte im Kamin. Stürmische Windböen rauschten durch das Tal.

Antonio starrte mit aufgerissenen Augen zur Küchendecke: Wir befanden uns nun direkt unter dem feindlichen Schiff. Licio stellte den Motor ab und öffnete die Ventile, um das Wasser aus den Tanks zu lassen.

Langsam schwebte der Torpedo dem feindlichen Schiffsbauch entgegen. Licio und Antonio hielten die Hände über den Kopf und hofften, daß der stählerne Rumpf nicht mit messerscharfen Entenmuscheln bewachsen war, an denen man sich die Hände zerschnitt, oder, noch schlimmer, den Taucheranzug.

Antonio glitt vom Küchenstuhl unter den schweren Holztisch:

Nun galt es, den Kiel zu finden.

Vorsichtig schob er sich am Schiffsboden entlang und tastete mit blinden Fingern die Unterseite des Tisches ab: Wo war der Kiel? Dort, wo eine rissige Holzlatte die Tischplatte fixierte, fand er ihn. Leider zog er sich dabei einen Spreißel ein, der sich aber glücklicherweise rasch mit den Zähnen herausziehen ließ.

Jetzt Licio leicht auf die Schulter getippt – damit der wußte, daß Antonio den Kiel gefunden hatte und dort eine Schraubzwinge anbrachte. Antonio führte ein kräftiges Tau hindurch und hangelte sich verbissen den Tisch-Kiel entlang, um eine zweite Schraubzwinge festzumachen. Dabei stieß er mit dem Kopf an die Tischplatte und fluchte leise.

Wir schauten gebannt zu, wie Giannis Onkel nun den schweren Sprengkopf mit dem Tau verband und abmontierte. Um unter den Tisch schauen zu können, mußten wir unsere Oberkörper fast auf die Knie beugen; Giannis Arme hingen wie Krakenschlingen auf den Küchenboden.

Endlich gelang es Antonio, den Sprengkopf freizumachen. Die Spitze des Torpedos hob sich ein wenig, als die explosive Ladung ins Seil zwischen die Schraubzwingen fiel. Der Zeitzünder tickte bedrohlich.

Eilig krabbelte Antonio unter dem Tisch hervor und schwang sich wieder auf seinen Küchenstuhltorpedo. Licio startete den Elektromotor. Leise summend rutschte Antonios Stuhl aus der Gefahrenzone. Nur einmal mußte er noch absteigen, weil die Hafennetze inzwischen heruntergelassen waren – dank Licios Stahlschere aber kein Problem.

Und so ritten Licio und Antonio in das nächtliche Meer hinaus, bis sie in einem kühnen Bogen die spanische Küste erreichten. Dort versenkten sie ihren Torpedo – Antonio legte den Stuhl quer auf den Küchenboden – und schwammen an Land, wo sie schon erwartet wurden: von ihren vier Kollegen, die ebenfalls erfolgreich gewesen waren, und einem hohen Geheimdienstoffizier, der die Helden allesamt in Sicherheit brachte.

Antonio stellte den Küchenstuhl wieder ordentlich auf seine vier Beine. Er strich sich mit verlegenem Stolz über die nicht mehr vorhandenen Haare und setzte sich.

»*E poi?* Und dann?« fragte Gianni atemlos.

»Bumm!« machte Antonio und grinste breit.

Zweieinhalb Stunden nachdem sie den Sprengkopf angebracht hatten, ging die Ladung hoch. Erst explodierte die *Denbydale*, ein Flottentanker, dann der Frachter *Durham* und schließlich ein Depot-Tankschiff mit Namen *Fiona Shell*.

»*Sagra dei funghi!*« sagte Gianni.

Auch ich war von Antonios Darbietung sehr beeindruckt. Allerdings hatte sie mich meinem Ziel, etwas über Giannis Vater und die Kandelaber zu erfahren, nicht näher gebracht.

Ob ich ihm nicht glaube, fragte Antonio, wohl aufgrund meiner nachdenklichen Miene. Ich könne alles nachlesen: Ein Mann namens Frank Goldsworthy habe diese Geschichte aufgeschrieben. Er könne mir den Zeitungsausschnitt zeigen, in italienischer Sprache freilich. Aber schwarz auf weiß.

Gianni beschwichtigte seinen aufgeregt mit den Armen rudernden Onkel. Natürlich würden wir ihm glauben, ich hätte bloß nicht alles verstanden!

»Und dann?« fragte ich. »Was passierte danach?«

Antonios Gesicht verdüsterte sich. Seine Geschichte führte offenbar zu keinem guten Ende.

Nach ihrem großen Erfolg, so erzählte er, bauten Licio und Antonio einen zweiten Tanker, die *Olterra,* im Hafen von Algeciras als geheimen Stützpunkt aus. Alles lief wunderbar, die spanischen Wachsoldaten wurden mit Zigaretten und Alkohol mundtot gemacht, und so starteten sie bald den nächsten Angriff. Unglücklicherweise wollten die Engländer sich aber keine weiteren Schiffe in die Luft sprengen lassen und warfen deshalb vorsorglich ein paar Wasserbomben ins Meer.

Ausgerechnet in einer solchen Nacht hatte Licio einen anderen Maat dabei, weil Antonio krank war. Sein Glück, denn

Licio und der Ersatzmaat kamen nie zurück. Ihre Leichen tauchten zwei Wochen später im Innenhafen von Gibraltar auf. Die Engländer überstellten Licios aufgedunsene Reste, ohne jemals zu erfahren, daß dieser Mann drei ihrer Schiffe auf dem Gewissen hatte.

Antonio schüttelte traurig den Kopf. Was für ein Ende für einen Mann wie Licio!

Sein eigenes Ende war rasch erzählt und verlief glücklicher. Er wurde einem neuen Offizier zugeteilt, dem Korvettenkapitän Ernesto Notari. Gemeinsam fuhren sie zwei erfolgreiche Angriffe, doch ihr dritter, so geschehen Anfang August 1943, war ihr letzter.

Durch einen Bedienungsfehler sackte der Torpedo plötzlich ab, während Antonio eine Sprengladung am Kiel eines amerikanischen Schiffes festmachte. Als er wieder auftauchte, war von Notari keine Spur mehr. Also zog er seinen Taucheranzug aus und versenkte ihn mitsamt den Luftflaschen. Dann schwamm er in der Badehose an Land. Eine Hafenpatrouille schnappte ihn, kaum daß er aus dem Wasser gestiegen war.

Onkel Antonio bewegte nachdenklich den Kopf. Ja, ja, so sei das damals gewesen im Krieg. Und als er endlich aus der Gefangenschaft nach Hause kam, da waren die Amerikaner schon wieder weg.

Gianni schaute mich vielsagend an: Platte fiel also aus, oder? War noch etwas Brauchbares aus ihm herauszuquetschen?

Ob das Leben in Italien auch so hart gewesen sei, nach dem Krieg, fragte ich Onkel Antonio.

O ja, beteuerte Antonio. Sehr arm seien sie gewesen. Nicht zuletzt, weil – ich möge entschuldigen – die Deutschen eine Politik der verbrannten Erde betrieben hatten. Wenn Ernesto damals nicht diese Anstellung bei den Carabinieri bekommen hätte ...

Ich horchte auf: Wann denn das gewesen sei?

Antonio überlegte. Ein paar Jahre nach dem Krieg. Und wenig später habe Ernesto geheiratet. Und dann seien sie alle in die *via dei Santi* gezogen.

Alle, fragte Gianni nach.

Nun ja, meinte Antonio zurückhaltend. Ernesto und seine Frau, dann Michele, Giannis Vater, die Eltern Orsini, also Giannis Großeltern, ferner Anna und er. Insgesamt sieben Personen.

Ich bemerkte, wie er den Namen von Ernestos Frau möglichst umging. Man sprach nicht über Lisandra. Eine Frau, die ihren Mann verließ, besaß in Vallemutri keinen Namen.

Das sei aber gewiß sehr eng gewesen, sieben Erwachsene in einem so kleinen Häuschen, sagte Gianni, der die *via dei Santi* noch kannte, weil seine Großeltern bis zu ihrem Lebensende dort gewohnt hatten.

Antonio schien dem Verlauf des Gesprächs wenig Freude abzugewinnen. Er machte ein verschlossenes Gesicht und brummte ungeduldig.

Ich hatte das Gefühl, daß wir endlich auf der richtigen Fährte waren. »Jetzt haben wir ihn!« sagte ich ausdruckslos zu Gianni. »Nicht lockerlassen!«

Wenn man so aufeinandersitze, zu siebt in einem kleinen Häuschen, bohrte Gianni weiter, könne man sich ziemlich auf den Wecker fallen, oder?

Antonio wand sich. Deshalb habe man ja auch den kleinen Anbau hochgezogen, entlang der alten Stadtmauer. Bis zur Heirat von Michele und Renata, Giannis Mutter, sei es dann schon gegangen. Trotz der beiden Kinder von Anna und Antonio, die sich mittlerweile eingestellt hatten.

Gianni dachte nach. Seine Stirn umwölkte sich. Irgend etwas schien ihm plötzlich einzufallen. Antonio beobachtete ihn mürrisch. Das Bild von zwei sich umschleichenden Katern kam mir in den Sinn.

Gianni stellte eine kurze, schnelle Frage, die ich nicht verstand. Antonio antwortete ebenso schnell.

Da war er wieder, der lauernde Kampf, in dem es darauf ankam, möglichst gleichgültig dreinzublicken, dem Gegner die eigene Absicht zu verbergen und möglichst viel von der Absicht des anderen herauszufinden.

Es war ein kurzes, heftiges Gefecht, dem ich infolge der zwischen den Zähnen hervorgestoßenen Fragen und Antworten nicht folgen konnte. Gianni hatte offenbar die Oberhand behalten. Er brütete über den neugewonnenen Erkenntnissen und starrte betroffen zum Fenster hinaus. Antonio schwieg beleidigt.

»Was ist passiert?« wollte ich einigermaßen ratlos wissen.

»Mir ist vorhin eingefallen, was mir meine Mutter über die *Via dei Santi* erzählt hat: Sie habe dort in Vaters Anbau die ersten Ehewochen über einem Mönchsgrab geschlafen! Platte, diese Schlange, wollte mir diese Geschichte verheimlichen!«

»Na und?« sagte ich mit einem Seitenblick auf Antonio, der so tat, als ob nichts gewesen sei und unbeteiligt die Kasserolle ausspülte. »Vielleicht hat er es vergessen?«

»Blödsinn! Er muß die ganze Zeit daran gedacht haben. Seit wir zu graben anfingen.«

Ich glotzte Gianni verständnislos an.

Der seufzte. »Paß auf, Valentin: Als mein Vater in der *via dei Santi* das Fundament für seinen Anbau legte, da stieß er auf steinerne Särge.«

»Steinsärge? Mein Gott, was hat der Mensch noch alles ausgehoben!«

Gianni lächelte mit leisem Stolz. »Natürlich machte er sie auf. Es waren reich ausgestattete Gräber von Pfaffen und Mönchen. Neben ihren Gebeinen lagen jede Menge Kreuze, Heiligenbilder und Rosenkränze, aber auch Gold und Kirchenschmuck. Mein Vater kümmerte sich nicht um das Geze-

ter der Familie – Platte wird aus Angst vor der Polizei fast
gestorben sein –, sondern räumte die Gräber aus und verhö-
kerte das Zeug an ein paar windige Gestalten in Neapel.«

»*Sagra dei funghi!*« entfuhr es mir, worauf Antonio verblüfft zu uns herüberschaute.

Er grinste unsicher. Die Kasserolle war sauber, Anna wartete zu Hause: »*A domani!*«

Gianni entließ den Geschlagenen mit einem betont freundlichen Lächeln und erzählte weiter. »Die Familie beruhigte sich
bald wieder. Ich nehme an, jeder wird sein Scherflein abbe-
kommen haben. Jedenfalls zogen Antonio und Anna kurz
darauf in eine Mietwohnung. Mein Vater mußte versprechen,
sich künftig nichts mehr zuschulden kommen zu lassen. Natürlich hielt er sich nicht daran.«

»Die Kandelaber!« rief ich aus.

»Genau!« bestätigte Gianni. »Die leichte Beute machte ihn
erst richtig hungrig. Er stieg in die Kirche von Monte Calvario
ein. Zusammen mit Ernesto. Was sie dort fanden, wußte Antonio nicht. Viel kann es aber nicht gewesen sein, denn die Kirche
stand schon ziemlich lange leer. Die Familie vermutete natürlich, daß Michele hinter dem Einbruch steckte, als man im Dorf
davon sprach. Aber Ernesto und mein Vater hielten dicht und
schwiegen. Die Sache geriet in Vergessenheit – bis, nun, bis wir
kamen und die Leuchter wieder ausgruben! Platte muß den
Zusammenhang sofort erkannt haben. Wahrscheinlich befürchtete er, daß ich in die Fußstapfen meines Vaters treten würde!«

»Moment!« rief ich dazwischen. »Als er die Kandelaber
klaute, wohnte dein Vater doch noch gar nicht hier, oder?«

»Nein. Mein Vater baute erst kurz vor meiner Geburt dieses Haus. Sonst hätte meine Mutter nicht über den Gräbern
in der *via dei Santi* schlafen können.«

»Gut«, sagte ich. »Das heißt aber, daß dein Vater die Kandelaber erst ein paar Jahre nach dem Diebstahl vergrub!«

»Stimmt!« sagte Gianni gedehnt. »Das habe ich nicht bedacht. Laß mich rechnen: Die Familie ist 1948 in die *via dei Santi* gezogen –«

»Die Straße der Heiligen!« platzte ich lachend dazwischen. Dieser Straßenname sprach seinen Bewohnern hohn.

»Und meine Eltern heirateten 1953«, fuhr Gianni fort. »Kurz darauf zogen sie hierher. Valentin, da fehlen fünf Jahre! Es ist unglaublich: Mein Vater vergrub die Kandelaber mindestens fünf Jahre, nachdem er sie geklaut hatte! Warum?«

»Vielleicht mußte er plötzlich ihre Entdeckung befürchten?« meinte ich wenig überzeugend.

»Aber es wußte doch niemand außer ihm und Ernesto ...« Er hielt inne und schlug sich die Hand vor die Stirn: »Ernesto! Das ist die Lösung! Nach seinem Unfall war er nicht mehr zurechnungsfähig. Mein Vater mußte befürchten, daß Ernesto alles ausplauderte. Also vergrub er das einzig verbliebene Beweisstück: die Kandelaber von Monte Calvario!«

»Hm! Wann hatte Ernesto seinen Unfall?« fragte ich kritisch.

»Vor sechsundzwanzig Jahren, das heißt 1959!«

»Nehmen wir an, du hast recht. Dann bleiben immer noch zwei Fragen: Erstens, wo die Leuchter nicht nur fünf, sondern elf Jahre gestanden haben, ohne daß sie jemanden störten oder auffielen? Zum zweiten – und das ist der entscheidende Einwand: Ernestos *Vision!* Er wußte, wo die Kandelaber vergraben waren – nur deshalb konnten wir sie finden. Hat er deinen Vater etwa heimlich beobachtet, als er sie vergrub? Unwahrscheinlich. Ich glaube eher, daß er eingeweiht war. Es sei denn, du willst immer noch behaupten, daß Ernesto eine *Vision* hatte!«

»Vielleicht hatte er wirklich eine«, erwiderte Gianni und biß sich auf die Unterlippe. »Auf jeden Fall wußte er Bescheid, das ist klar. Doch was war der Grund für das seltsame Verhalten meines Vaters, wenn nicht Ernesto? Warum mußten die Leucher von Monte Calvario nach Jahren plötzlich vergraben werden?«

»Das werden wir auch noch herausfinden«, sagte ich mit mehr Gewißheit in der Stimme, als ich in meinem Herzen fühlte.

»Wenn ich überlege, was wir schon alles herausgefunden haben, wird mir schwindlig«, fügte Gianni hinzu. Er kicherte. »Wer hätte beispielsweise gedacht, daß unser Oberangsthase Antonio ein lebender Torpedo war?«

»Glaubst du ihm etwa?«

»Ich kann mir nicht vorstellen, daß er das alles erfunden hat. Immerhin nannte er eine Menge Namen und Daten, die sich nachprüfen lassen. Außerdem sagte er, daß darüber sogar die Zeitungen geschrieben haben.«

»Genau das ist es ja«, sagte ich und mußte über Antonios Bauernschläue lachen – die er freilich nur besaß, wenn meine Vermutung stimmte: »Du sagst selbst, daß er eine Schlange ist. Ich schätze, er hat die Geschichte gelesen!«

Gianni schlug sich mit ungläubigem Gesicht an die Stirn. *»Sagra dei funghi!* Natürlich! Er hat die Geschichte gelesen und sie uns nachträglich als seine eigene verkauft! Das ist genial!«

Ich nickte zustimmend. »Raffinierter kann man eine schon erzählte Geschichte jedenfalls nicht erzählen!«

Giannis Lähmung
und wunderbare Erweckung durch
einen Höhlenfisch

Nachmittags hörte der Regen auf. Das Tal dampfte. Die feucht-kalte Stille hinterließ ein Gefühl von Schwerelosigkeit und Stillstand, dem nicht zu trauen war: War etwas geschehen?

In Vallemutri schwebten dauernd solche Ahnungen durch die Lüfte. Zumeist waren sie unwahr und trogen. Nicht aus Böswilligkeit, sondern weil es nun mal ihre Wesensart war, oder besser ihre Aufgabe, die Menschen zu täuschen. Nur wer bereit ist, sich täuschen zu lassen, gelangt in den Besitz der Hoffnung. Und nur der Hoffnungsvolle hat ein Anrecht auf Erfüllung seiner Sehnsüchte.

Es ist ein schmaler Grat zwischen Erfüllung und Enttäu-schung. Angesichts meiner heimlichen und offenen Erwartun-gen konnte beides jeden Augenblick über mich hereinbrechen. Ich war auf der Hut, als ich zusah, wie der diesige Himmel im Westen aufriß.

Wir beschlossen, Tante Lulu einen Besuch abzustatten. Sie hatte dringlichst darum gebeten, in regelmäßigen Abständen unser leibliches Wohl überprüfen zu dürfen. Gianni sei viel zu mager, und ein großer Mann wie ich müsse auf ausreichen-de Nahrungszufuhr achten.

Als ob bei mir in dieser Hinsicht eine Gefahr bestünde!

O wie liebte ich diese Frau und ihre Küche! Nie hat ein Mensch zügellose Freßlust unschuldiger bewertet. Wenn sie mir die Pasta auf den Teller schaufelte, funkelte reinste Freu-de aus ihren Augen. Kein hämisches »Na, der kann es sich leisten«. Sie verzieh. Weil sie gar nicht daran dachte, daß es etwas zu verzeihen gab! Essen war keine Sünde, sondern ab-solut unerläßlich. Demzufolge galt es als pure Unterlassung, wenn man sich von Lulus Tisch erheben konnte, ohne das Gefühl zu haben, jeden Moment zu zerplatzen. Was aus ihren Kochtöpfen kam, waren Mildtätigkeiten der Natur. Dem durfte man sich nicht entgegenstellen.

Die bedauerlichen Folgen meiner Schwäche sah Tante Lulu nicht – gleichwohl sie mittlerweile unverkennbar waren. Wenn sie mit kräftigen, entschlossenen Bewegungen den Schöpflöffel zum noch halbvollen Teller führte, fühlte man sich frei von hemmenden Gedanken an schöne schlanke Glieder.

Kusine Laura war heute natürlich nicht da, aber Angelina und Silvio. Und Lulus Mann, den ich nun kennenlernte. Onkel Raffaele war ein großer, knochiger (o leibliches Wunder im Schlaraffenland!) und stiller Mann mit Schaufelhänden und warmen Augen.

Onkel Raffaele war der erste Mann, der mir zur Begrüßung an die Schultern faßte und mich väterlich küßte. Als würde ich zur Familie gehören. Seine herzliche und vertraute Aufnahme rührte mich; ich fühlte mich diesem gelassenen Menschen vom ersten Moment an zugetan.

Er grinste verschwörerisch, als ich mich interessiert über die dampfende Pastaschüssel beugte. Offensichtlich hatte man ihn eingeweiht. Es gab butterzarte *penne* in einer würzigen Pilz-Tomaten-Sauce.

Die Unterhaltung drehte sich bald um Laura und ihre gefährdete Ehe. Ich hatte Mühe, der teilweise erregten Auseinandersetzung zu folgen – was nicht zuletzt auf dem Umstand fußte, daß im Fernsehen gleichzeitig die neue Miß Italia gewählt wurde.

So pendelte meine Aufmerksamkeit hin und her. Von Lulus heftig glitzernden Äuglein zu der Frage, ob die süßlichen Paprikaschoten zuvor in Majoran eingelegt worden waren; von da zu den spärlich bekleideten Damen auf dem Bildschirm und schließlich zu der Fragestellung, wie letzteres mit der katholischen Tradition vereinbar war.

Onkel Raffaele wirkte ebenfalls gespalten und schwieg in stiller, aber geteilter Aufmerksamkeit. Wobei ich den Eindruck hatte, daß ihn die Tomatensauce am wenigsten beschäftigte. Gianni, der unaufgeregt zwischen Lulu und Lola hin- und herblinzelte, hatte sein Hauptaugenmerk eindeutig auf die eingeblendeten Maßtabellen gelegt. Blondinen wurden bei der Bewertung offensichtlich bevorteilt.

Als Raffaele auf Lolas Abgang und Lulus unverminderte Erregung seine beschwichtigenden Einwände vorbrachte, erkannte ich plötzlich, wie ähnlich sich Gianni und sein Onkel waren: die weitausholenden Bewegungen, die bedächtige Ruhe, der schalkhafte Witz, der sich unvermutet in einer komischen Bemerkung entladen konnte. – Kein Wunder, daß Gianni Lulus Lieblingsneffe war. Er war ihrem Mann viel ähnlicher als Silvio, ihr Sohn. Lulu vertrat die Ansicht, ihre Tochter müsse sich den Ehemann einfach ein wenig zurechtstutzen. Schließlich sei Pietro kein schlechter Mann, bloß zu sehr unter der Fuchtel seiner Mutter.

Es wurde deutlich, daß Lulu für die Schwiegermama keine freundlichen Gefühle hegte.

Man stelle sich vor, feuerte sie aus erhitztem Gesicht, Pietros Mama habe mit Laura die ersten drei Monate ihrer Ehe kein Wort geredet! Weil Laura die Tochter einfacher Leute sei!

Auf Lulus Bäckchen erschienen helle Flecken der Empörung.

Zu fein wäre sie sich, die alte Schachtel mit ihren blöden Blümchenkleidern aus dem Katalog. Den lasse sie extra aus Rom kommen. Und Mann und Sohn tyrannisiere sie wie diese englische Lady mit der spitzen Nase das Parlament in London. So eine sei das, die Schwiegermama! Kein Wunder, daß Laura nicht glücklich werden könne in diesem Haus.

Dem breiten Grinsen der übrigen Familienmitglieder entnahm ich, daß sich Lulus Empörung einer allabendlichen Wiederholung erfreute. Anderslautende Meinungen wurden indes auch in Lulus Haus nicht geduldet: Als Gianni, mit den häuslichen Ritualen nicht vertraut, die Eheprobleme mit fehlender Liebe zu erklären versuchte, wurde er binnen dreißig Sekunden vernichtend abgeschmettert.

Lächerlich! Was habe Liebe mit Heiraten zu tun!

Onkel Raffaele betonte seine Zustimmung so auffällig, daß Lulus Küchenhandtuch haarscharf an seinem feixenden Gesicht vorbeipfiff.

Erst heirate man und führe eine anständige Ehe. Dann komme die Liebe von alleine, verkündete Lulu und schaute ihren Mann herausfordernd an.

Raffaele beeilte sich, eifrig zu nicken, und kniff seiner Frau mit verzücktem Augenaufschlag in den fülligen Hintern.

Lulus Weißglut schien einem Spiel anzugehören, das für die beiden auch ohne Zuschauer recht vergnüglich sein mußte. Jedenfalls lachten und zeterten sie in raschem Wechsel, wobei Silvio und Angelina dem Bildschirm mehr Aufmerksamkeit schenkten als dem häuslichen Schauspiel.

Onkel Raffaele wandte sich nun ernsthaft seinem Neffen zu.

Er wolle ganz offen mit ihm sprechen: Gianni habe die Situation in der Tat nicht wenig erschwert. Ohne es natürlich zu wollen. Durch seine bloße Anwesenheit. Er müsse sehen, daß Pietro und die Schwiegereltern in eine peinliche Zwickmühle geraten seien. Pietro und Laura hätten große Schwierigkeiten miteinander. Wegen ihrer unterschiedlichen Auffassungen. Nicht wegen der Schwiegermama. Und da komme Gianni. Einerseits Mitglied der Familie und Pietros Jugendfreund, andererseits aber auch leider dessen unfreiwilliger Rivale von Kindesbeinen an.

Denn daß Laura und Gianni einander mehr als nur zugetan waren, damals, könne niemand leugnen. Nur habe die Familie damals anders entschieden. Alles habe man damals anders gesehen, denn es waren andere Zeiten, und der Großvater duldete keinen Widerspruch. Auch das wisse Gianni, denn er habe den gestrengen Herrn selbst gekannt.

Gianni bekundete während der eindringlichen Rede seines Onkel unverweilt Zustimmung. Selbstverständlich wolle er sich da heraushalten. Es sei ja auch alles so lange her. Längst vergessen. Laura und Pietro müßten ihre Probleme allein in den Griff kriegen, da habe der Onkel völlig recht. Deshalb werde er sich äußerste Zurückhaltung auferlegen. Laura und er würden einander nur sehen, wenn Onkel oder Tante dabei war, oder besser: gar nicht mehr! Bis die Ehekrise bereinigt sei.

Raffaele kniff die Lippen zusammen. O nein! Keinesfalls dürfe der Kontakt jetzt abrupt unterbrochen werden. Das würde mißverstanden. Es gebe keinen Grund für einen Mann, seine Kusine nicht gelegentlich in familiärer Runde zu sehen, außer dem Grund, den es nicht geben dürfe. Verstanden?

Natürlich! Wieder hatte Onkel Raffaele recht. Was würden die Leute denken, wenn Gianni plötzlich der Umgang mit seiner Kusine verboten würde!

Der Onkel nickte bedächtig. Statt dessen solle sich Gianni bei Laura und Pietro blicken lassen und alle Bedenken umgehend zerstreuen. Am besten sofort. Angelina habe den Besuch bereits telefonisch angekündigt.

»*Subito?* Sofort?« Gianni glotzte hilfesuchend in die Runde.

Alle strahlten. Man habe gleich gewußt, daß Gianni die Sache schnell und mannhaft aus der Welt schaffen würde. Raffaeles Pranken gingen aufmunternd auf Giannis Schultern nieder. Ein echter Orsini sei das! Wie der Vater.

Als wir im Auto saßen und den Weg von Lulus Haus hinunter zur Hauptstraße holperten, fluchte Gianni leise vor sich hin. Ein Büßergang war ihm da auferlegt worden. Wenn wenigstens ein Grund zur Buße bestanden hätte!

Er komme sich vor wie einer, der die Zeche für die Lokalrunde bezahle, ohne selbst auch nur am Glas genippt zu haben, befand er verbittert. Ein echter Orsini? Hahaha! Wie der Vater? Schön wär's! Der würde sich im Grab umdrehen, wenn er sähe, wie sich sein Sohn vorführen ließ.

Angelina und Silvio kicherten schadenfroh auf den Rücksitzen. Ich mußte Gianni allerdings beipflichten: Don Michele hätte vermutlich alles versucht, die Zeche selbst dann nicht zu bezahlen, wenn er das Lokal leergetrunken hätte!

Um von Tante Lulu zum Haus ihrer Tochter zu gelangen, mußte man um den steilen Bergausläufer, auf dem das alte Vallemutri klebte, herumfahren. Laura und Pietro wohnten am entgegengesetzten Ende des Ortes. In der Nacht unserer Ankunft im Tal der verlorenen Seelen hatte Gianni auf eines der ersten Häuser am Dorfeingang gezeigt. Aus einem Fenster drang Licht. Dort wohne Laura, hatte Gianni gesagt und sich gefragt, ob sie sein Eintreffen irgendwie gespürt haben mochte.

Lauras Haus war das vierte, das ich in Vallemutri betrat. Und auch dort hing am Eingang ein bunt glitzernder Perlenvorhang, den man mit beiden Händen wie ein Brustschwimmer zerteilen mußte, um ins Hausinnere zu gelangen. Eine Einrichtung, die insbesondere dann höchst unpraktisch war, wenn man die Hände nicht frei hatte und die klickernden Perlenschnüre mit Kopf und Körper beiseite stoßen mußte. Ich nahm mir vor, diese Eigenart hiesiger Wohnkultur endlich zu hinterfragen.

Nachdem ich mich durch die Perlen gezwängt hatte, erkannte ich indes, daß in Lauras Haus andere Fragen akut waren.

Und jede falsch gestellte oder falsch verstandene Frage konnte eine Katastrophe auslösen. Im selben Moment, in dem sich hinter mir der Vorhang schloß, war ich in einer eisigen Atmosphäre gefangen, die mir sozusagen das Wort im Mund gefrieren ließ.

Ich war wie vor den Kopf gestoßen. In einem Wohnzimmer mit klobigen Möbeln saßen vier Menschen um einen dunklen runden Holztisch und starrten uns an. Der Fernseher, ein hochmodernes Gerät von enormen Ausmaßen, überzog ihre Gesichter mit gespenstischem Flimmern. Unendliche Sekunden lang waren Bild und Ton des schwärzlichen Kastens die einzigen Lebenszeichen im Raum. Lärmendes, unwirkliches Schweigen. Es war die Hölle. Endlich löste sich etwas. Laura stand benommen auf und begrüßte uns mit gequältem Gesichtsausdruck. Ein jüngerer Mann erhob sich betont lässig und quetschte ein paar Grunzlaute durch die Zähne. Ich verstand kein Wort.

Der Wortquetscher, offenkundig Lauras Mann Pietro, stellte sich mit verschränkten Armen schweigend neben Gianni. Der schien von der unverhohlenen Feindseligkeit nicht weniger überrascht als ich. Die Verwirrung stand ihm so deutlich ins Gesicht geschrieben, daß er mir leid tat.

Das düstere Paar im Hintergrund kam nun ebenfalls näher. Der Alte schob sich mit ein paar Unfreundlichkeiten, die ihn wohl entschuldigen sollten, an uns vorbei und flüchtete klikkernd durch den Perlenvorhang. Ich beneidete ihn zutiefst.

Die Schwiegermama trug, wie von Tante Lulu angekündigt, ein hellgraues Kleid mit Rosenmuster. Ihre Haare thronten als silbriger Drahthelm auf dem breitmundigen Gesicht, das, während der Drache auf uns zueilte, zu einem Lächeln gefror.

Na, das sei eine Freude! Der liebe Gianni! Nach langen Jahren und so unverhofft!

Gianni gab sich alle Mühe, im Gebaren der Schwiegermama Warmherzigkeit zu entdecken, und äußerte ebenfalls inbrünstige Wiedersehensfreude.

Dann schwiegen wieder alle.

Silvio verkroch sich aufs Sofa und starrte so angestrengt in den Fernseher, als hinge sein Leben davon ab. Ich folgte, bevor mir jemand den verbliebenen Platz neben Silvio wegschnappte. Angelina räusperte sich, Gianni glotzte ebenfalls in den Flimmerkasten. Stehend. Pietro versteinerte zusehends. Laura trippelte von einem Fuß auf den anderen und versuchte sich schließlich als aufgeräumte Gastgeberin.

Wer wolle einen Kaffee? Niemand? Es sei schon ein wenig spät, gewiß. Aber eine Grappa vielleicht? Auch nicht. Was dann? Vielleicht doch lieber einen Kaffee?

Man einigte sich auf Cappuccino, dem ausländischen Gast zuliebe.

Eine peinliche Konversation um meine Person war nun unumgänglich. Als neutrales Objekt bot ich mich als Gesprächsgegenstand geradezu an. Bevor dieses Vorhaben an meiner Verweigerungshaltung scheitern konnte, ging die Kaffeemaschine kaputt.

Silvio reagierte am schnellsten und sicherte sich mit knappem Vorsprung vor Pietro einen respektvollen Abgang. Triumphierend schleppte er die Kaffeemaschine zur Reparatur aus dem Zimmer. Wir Unglücklichen blieben mit einem Gefühl von Hoffnungslosigkeit zurück. Jetzt nicht mal mehr Kaffee. Was dann?

Laura, der die Verzweiflung mittlerweile offen aus dem Gesicht schrie, schüttete hektisch Pistazien in bunte Schüsselchen. Keiner griff zu. Bis ich mich schließlich erbarmte. Es wurde deutlich, daß Pietro und die Schwiegermama in Laura die Schuldige ausgemacht hatten. Für das Versagen der Kaffeemaschine genauso wie für die Abstinenz ihrer Gäste, die immer noch keinen Grappa wollten.

Statt dessen lobten wir nun ausgiebig die Nüsse, die sich durch nichts von gewöhnlichen Pistazien unterschieden. Laura schaute mich dankbar an, als ich mich in die überschwengliche Behauptung verstieg, diese Pistazien seien die bislang besten meines an Pistazien reichen Lebens. So frisch und würzig. Wundervoll!

Dann wieder Schweigen. Und Fernsehen.

Gianni sackte minütlich tiefer in sich zusammen. Er schien nicht zu spüren, daß es eigentlich an ihm war, das Heft in die Hand zu nehmen. Kapierte er nicht? Er war die Hauptfigur! Das ganze Theater erfüllte einzig den Zweck, Pietro das Gesicht wahren zu lassen. Gianni hatte Lauras unbeschwerten Vetter zu spielen. Einen lustigen Spaßvogel am besten, der unmöglich eine Gefahr für Pietro sein konnte. Statt dessen glotzte er teilnahmslos in die Röhre und futterte Nüßchen.

Gianni wartete, was geschehen würde. Und sie warteten auf ihn! Die Summe der mißverstandenen Erwartungen ergab Null.

Laura blickte mehrmals flehentlich in Giannis Richtung. Erfolglos.

Endlich rappelte ich mich auf. »Gianni!« sagte ich auf deutsch und so ungezwungen, wie es mir unter den bohrenden Blicken der drahtbehelmten Rosenschwiegermutter möglich war. »Ich gebe dir noch zwei Minuten Zeit, uns zu verabschieden. Dann stehe ich auf und gehe!«

Meine Ankündigung traf ihn wie ein Peitschenhieb. »Bitte nicht!« winselte er mit Panik in den Augen. »Valentin! Ich flehe dich an: Sag was! Sprich du mit ihnen! Ich kann nicht. Ich bin gelähmt!«

Mein Freund bot einen mitleiderregenden Anblick. Was sollte ich tun?

In diesem Moment kam Silvio wieder hereingeschneit. Offensichtlich hatte er in Pietros Werkstatt frischen Mut geschöpft. Da sei sie wieder, die Maschine, so gut wie neu. Ein Kontakt am Stecker war lose. Dem Cappuccino stehe nichts mehr im Weg!

In die allgemeine Erleichterung schaltete sich die Schwiegermutter ein. Die jungen Leute wollten bestimmt unter sich sein, man habe sich gewiß viel zu erzählen. Ob man sie wohl entschuldigen würde?

Ihrer Miene entnahm ich, daß Giannis Auftritt den bohrenden Zweifel an Lauras Unschuld eher genährt als zerstreut hatte. Sie hatte gesehen, was sie hatte sehen wollen. Immerhin entspannte sich die Situation ein wenig, als der Drache aus dem Zimmer rauschte. Leider gelang es mir nicht, die Vorstellung zu unterdrücken, wie sich der Drahthelmkopf hinter der Türe zum Schlüsselloch senkte.

Den anderen mochte es ebenso ergehen. Jedenfalls beobachtete ich insbesondere Pietro dabei, wie er mehrfach zur Wohnzimmertür schielte. Trotzdem wirkte er nun etwas weniger feindselig, er stellte sogar den Fernseher leiser.

Giani stand noch immer unter dem Eindruck der Lähmung. Er pulte mit leerem Blick Nüßchen aus der Schale und zermalmte sie so gründlich, daß es zwischen seinen Backenzähnen knirschte.

Seine Lethargie machte mich wütend. Ich hatte Urlaub. Meine Zeit war zu kostbar, als daß ich sie mit derartigem Affentheater vergeuden wollte. »Was ist?« sagte ich zu Gianni. »Die zwei Minuten sind um!«

Er hob apathisch den Kopf. Er war weit weg. Ich vermutete ihn an einem grünen See im Kreis der hochgeschürzten Sieberinnen. Die römischen Reiter waren in weiter Ferne. Rosige Jungfrauen planschten ausgelassen um ihn herum. Eine besonders vorwitzige ließ es sich nicht nehmen, Gianni immer wieder verschämt naßzuspritzen ...

»Gianni!«

Leises Erkennen in seinen Augen.

»Ich gehe!«

»Wann?« Seine Stimme kam aus dem Nichts.

»Jetzt!«

Er stöhnte und schüttelte im Zeitlupentempo den Kopf: »Die Lähmung!«

Laura, die den Inhalt unseres Gesprächs wohl ahnte, entfaltete nun eine hektische Betriebsamkeit. Laßt mich nicht allein, flehten ihre Augen. Cappuccino? Noch ein paar Nüßchen? Jetzt vielleicht doch eine Grappa?

Wieder war er da, unser Kampf um Gianni. Er durfte nicht gehen, bevor er sie nicht freigesprochen hatte. Ich aber wußte, daß Gianni gelähmt war. Der Beweis ihrer Unschuld konnte heute nicht erbracht werden. Jede Minute, die wir hier in schweigender Erwartung herumsaßen, war verplemperte Zeit und machte alles noch schlimmer. Niemandem war geholfen, wenn wir blieben. Ich wollte nicht mehr. Es war sinnlos. Unerträglich peinlich. Ihre Ehe ging mich nichts an. Ich hatte Urlaub!

Laura schien zu erkennen, daß ich zum Aufbruch entschlossen war. Ich stützte die Arme auf und beugte mich vor.

Ihr Blick raste in wilder Panik durch das Zimmer. Dann ein vager Hoffnungsschimmer: Auf dem Kaminsims lag ein länglicher durchscheinender Gegenstand.

Laura flitzte hinüber und brachte das gut vierzig Zentimeter lange und scheinbar recht schwere Ding zum Tisch. Es sah aus wie ein unbehauener, spitz zulaufender Obelisk aus milchigem Quarz. Rötliche, grünliche und wasserblaue Schlieren zeichneten ein geheimnisvolles Muster.

Gianni glotzte ausdruckslos auf den Stein.

Plötzlich sah ich es: In dem Kristall lag ein Fisch! Ein Fisch aus weißem Stein. Seine Schuppen und Flossen, Gräten und Kiemen schimmerten aus dem Kristall. Eingeschlossen für die

Ewigkeit. Eingeschlossen seit Ewigkeiten. Einen solchen Fisch hatte ich noch nie gesehen.

Gianni schrie auf.

Aus den lichtlosen Marmoraugen des versteinerten Fisches lachte die unbezwingbare Heiterkeit von Jahrmillionen. Auch ich lachte.

Und dann stand Gianni auf. Er duckte sich, als er langsam auf Pietro zuging und dabei wie ein Berserker auf ihn einbrüllte: »Der Fisch! Mein Fisch! *Il mio pesce!* Ist das mein Fisch?«

Pietro klappte die Kinnlade herunter. Giannis Erwachen aus der Apathie traf ihn völlig unvorbereitet. Er war mit Giannis deutschitalienischem Kauderwelsch sichtlich überfordert.

Gianni kreiselte mit zum Himmel gereckten Armen durch das Wohnzimmer. »Dieser Idiot! *Stronzo!*« brüllte er weiter ungläubig. »Das ist mein Fisch, nicht wahr? *Eccolo! Il mio pesce, sì o no?*«

Pietro fing sich allmählich wieder und nickte.

»Volltrottel! *Stupido! Cornuto!* Hornochse! Dich haben sie wohl mit dem Holzhammer frisiert! *Ti hanno cacato nel cervello!* Was hast du getan?«

So hatte ich Gianni noch nie gesehen. Er tobte und wütete im flackernden Widerschein des Fernsehers, als hätten ihm die Römer seine Lieblingssieberin gerade vor der Nase weggeschnappt.

»Gianni! Was ist denn los?« versuchte ich zu beschwichtigen.

»Oouuumann, Valentin! « heulte er wie ein Wolf. »Dieser aufgeblasene Truthahn hat meinen Fisch geklaut. Den ich mit meinem Vater entdeckt habe. Er hing Jahrhunderte, Jahrtausende, was weiß ich, wie lange, in der Honighöhle, und dann hämmert ihn ein Bauerntölpel aus der Wand!«

»Honighöhle?« wollte ich wissen.

Doch Gianni ging nicht auf mich ein. Er baute sich vor Pietro auf, der etwas kleiner war, aber in seiner düsteruntersetzten Feindseligkeit weit gefährlicher wirkte als Gianni. »*Chi ha cavatofrori il mio pesce? Tu?* Wer hat meinen Fisch herausgeholt? Du?«

Pietro nickte mit zusammengekniffenen Augen. Ihm war anzusehen, daß er dies nicht bedauerte. »*Anche è il mio pesce!* Es ist auch mein Fisch!« quetschte er heiser durch die Zähne.

Ich zog Gianni von Pietro weg, der nicht so aussah, als würde er sich weitere Beleidigungen gefallen lassen. Pietro hatte etwas von einer Dampfmaschine, die zwar langsam in Fahrt kam, aber dann nicht mehr so leicht zu bremsen war. Und mit einem Ehemann, der sich Hörner aufgesetzt glaubt, ist nie gut Kirschen essen.

»Komm, wir gehen«, redete ich auf Gianni ein.

Auch Silvio und Angelina schoben sich zwischen die beiden Streithähne. Die Lähmung schien nun Laura befallen zu haben. Sie setzte sich mit nach innen gekehrtem Blick langsam auf das Sofa. Mit dieser Szene waren ihre Aussichten auf Rehabilitierung schlagartig dahin.

Ich konnte mich dennoch des Gefühls nicht erwehren, daß Laura die Zuspitzung der Lage so unrecht nicht sein konnte. Mit Giannis Ausbruch entfiel der letzte Grund zu taktieren. Jetzt konnte sie »Alles oder Nichts« spielen, und wer Laura ansah, mußte vermuten, daß dieses Spiel ihr mehr entsprach.

Mein Blick glitt zur Wohnzimmertür. Der Drache war zurückgekehrt. Unter dem strengen Drahthelmgeflecht zeichnete sich ein feines Lächeln ab: Der einzige Sieg des Abends ging an die Inquisition. Sie trug einen altrosafarbenen Morgenmantel mit an die hunderttausend gelbflügeligen Gänseblümchen.

Es hätte auch Löwenzahn sein können.

Die Bienenkönigin

Con la suocera è sempre difficile essere d'accordo!« sagte Ernesto heiser und schloß die Augen.

Er war wieder da. Unüberhörbar in der Nacht. Nicht zu übersehen bei Tage.

Ich brauchte ein paar Augenblicke, um seine Worte einzuordnen. Gianni hatte ihm vor einer Viertelstunde die gestrigen Erlebnisse bei Laura und Pietro geschildert. Jetzt kam Ernestos Kommentar, wie meist mit erheblicher Verspätung, aber dafür von erfreulicher Allgemeingültigkeit – wobei man nie wußte, ob die darin enthaltene Ironie ungewollt oder absichtsvoll zustande gekommen war.

»Es ist immer schwer, mit der Schwiegermutter einer Meinung zu sein«, lautete also der Lehrsatz des heutigen Morgens.

Ernesto wippte zufrieden über die gelungene Feststellung mit seinem grazilen Gartenstuhl vor und zurück.

Es war wie immer. Wir frühstückten auf der Veranda. Antonio werkelte bereits in der Morgensonne an seinen Tomaten. Tante Anna huschte eilfertig umher und fragte jedesmal, wenn sie vorbeitippelte, ob wir etwas Marmelade wollten, oder einen Kaffee. Tante Cosima wimmerte und greinte in der Küche, vermutlich weil ihr das letzte heimliche Glas Coca-Cola oder eine frühmorgendliche Tafel Markenschokolade Bauchgrimmen bereitete. Tante Francesca streichelte mit nachlässiger Ausgiebigkeit il *gatto*, den getigerten Kater Cesare, der sich hingebungsvoll auf ihrem Schoß räkelte.

Ein Bild des Friedens. Eine fast klösterliche Eintracht. Ich genoß die wohligen Schauer in der Bauchgegend und verzögerte das Ende des besinnlichen Frühstücks mit einem letzten *panino,* einem frischen Brötchen aus Tante Annas nervigen Händen.

»Sì!« ächzte Ernesto versonnen. Er hatte die verwirrende Angewohnheit, sich unmotiviert zu räuspern, wenn niemand sprach. Kommentierte er auf diese Weise das belebte Schweigen seiner *Visionen?* Denn meist folgte keine Fortsetzung, und die Erwartungen seiner Zuhörer stürzten ins Nichts.

Um so verblüffter waren wir, als er diesmal nachsetzte: »La *grotta di miele, sì!* Die Honighöhle!« Er nickte feierlich. Damit schien die Rückblende zunächst abgeschlossen zu sein. Doch zwei, drei Minuten später, als Gianni und ich bereits Pläne für den Tag machten, räusperte er sich wieder und erzählte, stuhlwippend und mit geschlossenen Augen die Sonne suchend, eine wundervolle Geschichte. Es war die Geschichte, wie die Honighöhle zu ihrem Namen kam; und vielleicht erzählte er sie, um Gianni dafür zu trösten, daß Pietro seinen Steinfisch aus der Honighöhle gemeißelt hatte.

Vor langer, langer Zeit, begann Ernesto, lebte im Tal ein schönes Hirtenmädchen. Ihr Haar war so rot wie das Innere einer Orchidee, und sie duftete nach Veilchen und Thymian. Ernesto hob dabei schnuppernd die Nase, als stünde das Hirtenmädchen klar und deutlich vor seinen geschlossenen Augen.

Und weil sie so herrlich duftete, liebten die Bienen das Mädchen. Wann immer sie auf die Weide geschickt wurde, um die Schafe ihres Vaters zu hüten, summten die Bienen heran, setzten sich vorsichtig auf ihre hellen, runden Schultern, krabbelten über ihre Ohrläppchen und saugten sanft an ihrer wohlriechenden Haut. Manchmal schien es, als würden die Bienen dem Mädchen lustige Anekdoten und Märchen erzählen, denn sie lachte glockenhell und schüttelte ihre roten Haare in der Sonne, wenn die Bienen mit ihren weichen, von Blütenstaub schweren Beinchen in das Innere des Ohres krochen.

Dem Vater war diese Gabe des Mädchens unheimlich. Einmal, als seine Tochter auf der Weide wieder mit den Bienen sprach und lachte, holte er den Pfarrer aus dem Dorf. Der wußte natürlich ebensowenig, wie er die Liebe der Bienen zu dem Mädchen erklären sollte. Als treuer Gottesdiener benachrichtigte er jedoch umgehend den Bischof.

Wenig später kam ein Sekretär des hohen Kirchenmannes aus Neapel. Er wurde vom Vater zur Weide geführt und beobachtete das Schauspiel hinter einem Busch versteckt. Die Sonne schien dem Mädchen ins herrliche rote Haar. Die Bienen tanzten um sie herum, und das Mädchen sang in einer Sprache, welche die Männer hinter den Sträuchern noch nie gehört hatten.

Der Sekretär reiste wieder nach Neapel. Lange hörte man nichts vom Bischof. Aber die Menschen im Tal erzählten sich Geschichten über das seltsame Hirtenmädchen, und die jungen Burschen aus der Umgebung versteckten sich neugierig im Gebüsch, um dem Mädchen zuzuschauen, wie es tanzte und mit den Bienen sang.

Jeder, der das Mädchen gesehen hatte, war danach wie verzaubert und hoffnungslos verliebt. Viele junge Männer hielten bei dem Vater um die Hand des Mädchens an. Aber sie lachte nur immer glockenrein, wenn ein neuer Bewerber vor ihr niederkniete und sie anflehte, ihn zu heiraten.

Deshalb nannten die Menschen im Tal das Mädchen bald »die Bienenkönigin«. Weil sie so unerreichbar war und in der Tat etwas Königliches an sich hatte. Aber beliebt war sie nicht, weil die unglücklichen jungen Männer nicht mehr arbeiten wollten und keine anderen Frauen heirateten. Einer stürzte sich aus Verzweiflung gar in eine tiefe Schlucht.

Eines Tages kam der Bischof. Acht Lakaien trugen seine pompöse Sänfte, und er wurde von zwölf Soldaten begleitet. Die Prozession hielt vor dem Haus des Hirtenmädchens. Der

Vater kam aufgeregt heraus und küßte dem Bischof die Hand. Der Sekretär verkündete, Seine Eminenz wünsche die Bienenkönigin zu sehen.

Also führte man den Bischof auf die Weide. Er stand hinter demselben Strauch, hinter dem sich unzählige Dorfburschen vor Liebe verzehrt hatten. Das Hirtenmädchen beachtete den Bischof und seinen Troß genausowenig. Sie tanzte und sang selbstvergessen mit den Bienen, ein liebliches Summen und Brummen lag in der Luft, und die umherwirbelnden Haare des Mädchens leuchteten tiefrot in der Sonne.

Der Bischof konnte sich am Anblick der Bienenkönigin kaum satt sehen. Wie die Dorfburschen nahm auch ihn der Zauber des Mädchens gefangen.

Endlich riß er sich los. Noch halb von Sinnen trat er aus dem Gebüsch. Die Bienenkönigin bemerkte ihn erst, als er bis auf wenige Schritte herangekommen war. Erschrocken hielt sie in ihrem Tanz inne. Die Bienen summten beunruhigt in der Luft. Der Bischof warf sich in vollem Ornat vor der Bienenkönigin auf den Boden, griff leidenschaftlich nach ihrer feinen Hand und flehte sie an, seine Frau zu werden.

Da lachte das Hirtenmädchen. So laut und hell, wie sie noch nie gelacht hatte. Über den feisten, prächtig gekleideten alten Mann, der bettelnd vor ihren nackten Füßen lag.

Der Bischof, blind vor Begierde und erregt durch die leichtfertige Absage, wollte sich mit Gewalt nehmen, was er eines Mannes seiner Stellung für rechtmäßig hielt. Doch als er das Mädchen an sich preßte, schwirrten die Bienen heran und verteidigten mit wütenden Bissen ihre Königin.

Der Bischof floh mit fliegenden Gewändern. Die Bienenstiche in seinem Gesicht schmerzten nicht weniger als der schmachvolle Stachel im Herzen. Wund vor gekränktem Mannesstolz schwor er zum Himmel: Wenn er das Mädchen nicht besitzen konnte, würde niemand sie besitzen dürfen.

Und so geschah es auch. Bevor er in seine Sänfte stieg, rief er den Pfarrer und den Landvogt zur Dorfkirche. Die Bienenkönigin sei eine Hexe! Am eigenen Leib habe er dies erfahren, und mit eigenen Augen hatten es alle gesehen. Und so verfüge er unabänderlich und im Namen des Allmächtigen, daß das Hirtenmädchen noch vor Sonnenuntergang geköpft werden solle. Der Leichnam sei zu verbrennen, der Kopf aber auf einen Spieß zu stecken und weithin sichtbar über dem Tal aufzustellen.

So sprach der Bischof sein Urteil und schlug den Vorhang der Sänfte schnell hinter sich zu, damit die Menschen vor der Kirche sein zerstochenes Gesicht nicht sehen konnten. Dann reiste er ab und kam nie wieder.

Das Mädchen aber wurde noch am selben Tag durch das Schwert eines bischöflichen Soldaten hingerichtet, trotz der flehentlichen Bitten des Vaters, sein unschuldiges Kind am Leben zu lassen.

Als ihr der Kopf vom Leib geschlagen wurde, stieg ein honigsüßer Duft empor. Millionen Bienen, vom betörenden Geruch angezogen, schwärmten herbei und nahmen vom Körper ihrer toten Königin Besitz. Erst in der Nacht konnte der Leichnam verbrannt werden. Ein Soldat des Bischofs spießte das Haupt der Bienenkönigin auf, ritt hoch in die Berge und steckte die Lanze wie befohlen in die Erde.

Ernesto räusperte sich und öffnete die Augen. Es glitzerte ein wenig zwischen seinen Lidern. Wegen der Sonne oder weil die Geschichte so traurig endete?

Dort oben sei das gewesen, erklärte Ernesto heiser und zeigte auf einen westlichen Gipfel in den Bergen. Wenn man genau hinsehe, könne man einen dunklen Fleck sehen. Direkt darunter sei das Haupt der Bienenkönigin in der Nacht aufgestellt worden. Das Feuer in ihren Haaren war erloschen, als die Sonne am nächsten Morgen aufging. Aber der honigsüße

Duft blieb. Und so surrten die Bienen vom Tal in die Berge, ganze Schwärme stiegen auf, um der toten Königin ihre Reverenz zu erweisen. Und dort blieben sie auch, bei ihrer Königin, als die Lanze mit dem Totenkopf schon längst zu Staub zerfallen war.

Er selbst, Ernesto, sei von seinem Vater als Kind noch dorthin geschickt worden. An den steilen Felswänden und in der hohen Grotte, deren Eingang man von hier sehen könne, hingen Hunderte Bienenstöcke. Man mußte vor Sonnenaufgang dort sein, um den schlafenden Bienen ihren Honig zu rauben.

Tante Anna, die vorbeihuschte, um unser Frühstücksgeschirr abzutragen, nickte bestätigend. Bis vor zwanzig Jahren habe es in der *grotta del miele* Honig gegeben. Sie sei als Kind auch dort oben gewesen. Und die Geschichte von der Bienenkönigin habe die Mutter ihnen oft vor dem Einschlafen erzählt. Besonders Ernesto habe die Geschichte geliebt.

»*Perchè sono andati?* Warum sind sie gegangen?« fragte ich und meinte die Bienen.

Ernesto seufzte: »*L'acqua. Si!*«

»*L'acqua?*«

Ich verstand nicht, was das Wasser mit dem Verschwinden der Bienen zu tun hatte.

»*Eh, si!*« schaltete sich plötzlich Antonio ein. Er mußte hinter den Büschen gestanden haben wie seinerzeit der verliebte Bischof.

Die Bienen seien fortgeflogen, weil das Tal immer trockener würde, verkündete er. Und daran seien die verfluchten Kommunisten schuld, denn die hätten das Wasser von Vallemutri an die korrupten Neapolitaner verkauft.

»*Non è vero, Antonio!*« zischte es da aus der Ecke, in der Tante Francesca den Kater streichelte. »Das ist nicht wahr!« Die Augen der alten Dame glitzerten kampfeslustig.

Wer hatte damals, 1964, die Leitung durch die Berge nach Neapel legen lassen? Die Kommunisten etwa? Mitnichten! Die bürgerlichen Wasserrohrfaschisten im Rathaus seien das gewesen. Aber seither wüßten die einfachen Leute von Vallemutri, wer sie skrupellos um den eigenen Vorteil verschachere und wer ihre Interessen uneigennützig vertrete! Denn seit 1967 hatten die Kommunisten in Vallemutri das Sagen, die einzige kommunistische Regierung überhaupt in der ganzen *Campagna!* Ha! Tante Francesca reckte triumphierend die Faust gen Himmel.

Ich war sprachlos. Ich hatte nicht erwartet, auf Giannis Veranda einer fanatischen KPI-Anhängerin zu begegnen. Tante Francesca, die sechsundachtzigjährige Naschkatze, war Kommunistin!

Antonio kochte. Er lief rot an wie seine Tomaten im Spätherbst. Aber er explodierte nicht. Überraschenderweise. Anscheinend war in dieser Auseinandersetzung bereits alles gesagt worden. Die Fronten verliefen quer über die gekachelte Veranda, und jeder kannte die Position des anderen so in- und auswendig, daß sich die Fortführung des Wortgefechts erübrigte.

»Sì!« räusperte sich Ernesto vernehmlich. Aber diesmal glitzerten seine Augen vor Vergnügen.

Tante Anna lugte durch die Küchentür. In der Hand hielt sie eine angebrochene Trauben-Nuß-Schokolade, die sie vermutlich gerade Tante Cosima entwunden hatte. Ob Ernesto dem Valentino nicht die alte Brosche zeigen wolle, die er in der Honighöhle gefunden habe, regte sie als Themenwechsel an.

Eine alte Brosche? O ja, das interessierte den Archäologen natürlich. Also wurde Gianni angewiesen, das Schmuckstück zu holen, aus Ernestos Kommode, unteres Schubfach, in einer blauen Kaffeedose.

Ernesto selbst schien nicht sonderlich an der Brosche interessiert. Er erhob sich mit entrücktem Blick und wandelte zum Hühnerhaus. Vermutlich seinen natürlichen Bedürfnissen folgend.

Kurz darauf kam Gianni zurück und legte einen sternförmigen Metallgegenstand auf den Gartentisch. Die »Brosche« bestand eigentlich aus zwei ineinandergelegten, fast handtellergroßen Kupferringen und einer eingearbeiteten massiven Scheibe von etwa fünf Zentimeter Durchmesser. Ringe und Scheibe waren kunstvoll durch bleistiftdicke Verstrebungen zusammengeschmiedet worden, so daß eine Art Stern entstand.

Ich dachte sofort an ein Sonnenbildnis: Die Verstrebungen bildeten einen Strahlenkranz, der nach innen, zum Kreismittelpunkt, noch mal gespiegelt wurde. So kam der Eindruck einer »Sonnenscheibe« zustande, die in zwölf gleich große Felder unterteilt war. Für eine Brosche erschien mir das Schmuckstück zu groß. Ich hielt es für eine Fibel; aber es hätte auch als Beschlag für ein kleines Holzkästchen dienen können. Irgend jemand mußte die »Kupfersonne« etwas zu sorgfältig gereinigt haben, mit einer groben Drahtbürste vermutlich, denn auf der polierten Oberfläche waren längliche Risse zu sehen.

Wie Ernesto auf das Schmuckstück gestoßen sei, wollte ich wissen.

Antonio übernahm es, für den mutmaßlich eine längere Sitzung abhaltenden Ernesto zu erzählen. Eines Tages, kurz nachdem »die Frau« ihn verlassen habe, sei Ernesto voller Verzweiflung in die Berge gestiegen. Gestiegen sei wohl das falsche Wort, korrigierte sich Antonio. Mühsam hinaufgeschleppt habe er sich, denn sein tragischer Unfall lag erst ein paar Monate zurück, und Ernesto war vom Krankenhaus noch sehr schwach. Natürlich begann man ihn bald zu vermissen. Die

Familie suchte überall, aber niemand konnte ihn finden. Also verständigte Antonio die Polizei. Ein Suchtrupp wurde losgeschickt, und am folgenden Morgen fanden sie den armen Mann, halb erfroren, vor der Honighöhle. Er saß da und starrte über das Tal. In seinen Händen hielt er die Brosche. Seine Beine hingen in ein Erdloch, das er selber geschaufelt hatte. So saß er wie auf einem Thron.

»Er hat die Brosche ausgegraben?« fragte ich verblüfft.

Antonio nickte. So jedenfalls erzähle man es sich. Und immer, wenn man Ernesto fragte, was er dort oben gesucht habe, erklärte er, daß er die Bienenkönigin suchen wollte.

Ich war hellwach. Ernesto grub! Hatte er gar Gebeine oder Schädelknochen an der Honighöhle gefunden?

Antonio verneinte. Weder von ihrem Kopf noch vom Speer, auf den der Soldat das rothaarige Haupt der Königin gespießt hatte, habe Ernesto eine Spur entdecken können. Aber die Brosche habe sie ihm gegeben, und dann sei sie für immer fortgegangen.

Ich sah zum Hühnerhaus. Ernesto hatte seine Sitzung beendet. Ich beobachtete, wie er schwerfällig einen Fuß vor den anderen setzte, ohne auf den welligen Boden zu achten. Sein Blick schweifte traumwandlerisch in die Berge, wo ein dunkler Fleck den Eingang zur Honighöhle kennzeichnete.

Ich wußte, daß er davon träumte, die Bienenkönigin werde eines Tages zurückkehren. Und ich hoffte, daß ihm irgend jemand diesen Wunsch erfüllen würde.

Die Sprache der Toten

War dein Vater eigentlich Kommunist?« fragte ich Gianni.

Wir gruben wieder. Endlich. Die beiden Regentage in Vallemutri waren mir wie eine halbe Ewigkeit vorgekommen.

»Nicht daß ich wüßte«, sagte Gianni und stützte sich auf seine Schaufel. »Wieso?«

»Ich dachte gerade an Tante Francescas gereckte Faust. Es würde vieles zusammenpassen, wenn dein Vater Kommunist gewesen wäre.«

»Zum Beispiel?« wollte Gianni wissen, während er sich mit einem großkarierten Taschentuch den Schweiß von der Stirn wischte. Kaum schaute die Sonne aus den Wolken, fing das Tal an zu brüten.

»Zum Beispiel die Wasserleitung!« meinte ich, mit Blick auf das quer durch unseren Graben verlaufende Metallrohr. »Es heißt doch, die Bronzeschale sei 1964 gefunden worden, als dein Vater die Leitung legte. Gestern haben wir durch Tante Francescas kämpferische Rede erfahren, daß im selben Jahr die Wasserpipeline von Vallemutri nach Neapel gebaut wurde. Zufall?«

»Sicher nicht!« stimmte Gianni zu. »Mein Vater hat sich wie alle anderen im Tal wahnsinnig darüber geärgert, daß ein paar Dorfbonzen das lebenswichtige Wasser verhökerten. Aus Rache schloß er unsere Wasserversorgung ans öffentliche Netz, ohne daß es jemand merkte. Doch warum sollte er deshalb Kommunist gewesen sein?«

»Erinnere dich, was Tante Francesca sagte: Kurz nach dem Bau der Wassertrasse wurden die Kommunisten ins Rathaus gewählt – weil sie dagegen waren! Don Michele mag ein schlauer Fuchs gewesen sein, aber seinen privaten Wasseranschluß konnte er den Nachbarn unmöglich verbergen. Und glaubst du wirklich, die Carabinieri wären auf seinen Schwindel hereingefallen? War dein Vater nicht eher durch das richtige Parteibuch geschützt?«

»Unfug!« erklärte Gianni mit Bestimmtheit. »Mein Vater war kein Kommunist. Nie im Leben! Die Carabinieri haben wegen Onkel Ernesto ein Auge zugedrückt, und die Nachbarn hielten dicht, weil alle gegen die Wassertrasse waren. Du kennst die Leute hier nicht, Valentin! Gewiß, jeder lästert und tratscht über jeden. Aber gegen die Großen Drei halten sie alle zusammen: *Camorra, Chiesa e Governo* – Mafia, Kirche und Regierung. Höchstens, daß es einige meinem Vater nachgemacht haben und die Leitung ebenfalls anzapften! «

Nachdenklich nahm ich meine Arbeit wieder auf. Durch den Regen hatte sich der rötliche Sand lehmig verklumpt. An Sieben war nicht zu denken; wir mußten die ausgehobene Erde mit einem Messerchen und von Hand zerteilen. Zudem waren die aufgehäuften Ränder unseres Grabens wie kleine Lawinen in die Grube gerutscht. Wir würden den ganzen Nachmittag benötigen, um die Ausgangslage wiederherzustellen.

Nein, Gianni hatte recht. Sein Vater war viel zu sehr Individualist gewesen, als daß er Kommunist hätte sein können. Wahrscheinlich gab es in ganz Vallemutri außer Tante Francesca keinen echten Kommunisten. Man wählte sie, weil sie gegen die Wasserpipeline Opposition bezogen hatten, das war alles.

Mir gefiel die Vorstellung, daß man hier den Kommunismus wählte, damit er einer guten Sache diente. Anderenorts diente der Mensch dem Kommunismus.

Gianni schaufelte keuchend festgepappte Erdbrocken vor meine Füße. In mühevoller Kleinarbeit löste ich die Klumpen in ihre Bestandteile auf. Steine flogen klimpernd nach rechts, wo sich schon ein beachtlicher Haufen türmte. Tonscherben und nicht identifizierbare Gegenstände sammelte ich in einem

Holzkistchen, das ich mit Kreidestrichen analog zum Grabungsgitter unterteilt und numeriert hatte. Die rostigen Nägel, Haken, Keramik- und Terrakottabruchstücke schienen auf den ersten Blick zwar wenig bedeutungsvoll, im Zusammenhang mit einem größeren Fund konnte sich dies jedoch schlagartig ändern.

In einem zweiten Holzkistchen verwahrte ich die Knochensplitter. Wann immer mein Blick auf die beiden Schädelbruchstücke in den Kreidequadraten drei und vier fiel, mußte ich der Versuchung widerstehen, unser planmäßiges Vorgehen aufzugeben. Zu gerne hätte ich unsere Systematik über den Haufen geworfen, um dieser Spur sofort nachzugehen. Wäre mir Professor Heinkels schnarrende Mahnung: »Gründlichkeit ist die Mutter des Archäologen!« nicht ständig in den Ohren gewesen, ich wäre Giannis Drängen gewiß gefolgt.

Er grub und schaufelte mit freiem Oberkörper. Seine Haut hatte schon nach wenigen Stunden in der Sonne einen kräftigen Olivton angenommen. Ich beneidete ihn um seine muskulöse Drahtigkeit. Selbst wenn ich fünfzehn Kilo weniger um die Hüften gehabt hätte, würde mein Körper nie so sehnig sein wie Giannis. Warum? Wer legte fest, daß einer weich und wabbelig ist und der andere straff und fest?

»Vielleicht können wir ihren Kopf finden«, sagte Gianni unvermittelt und bog den Rücken durch.

»Welchen Kopf?« Ich hatte Mühe, seinen Gedanken zu folgen.

»Den der Bienenkönigin!« erwiderte Gianni. Er nickte nachlässig nach Westen in die Berge, wo sich unterhalb eines zakkigen grauen Gipfels die Honighöhle als dunkler Fleck abzeichnete. »Ich würde gerne wieder mal raufklettern. Die Höhle anschauen.« Er schüttelte traurig den Kopf: »Pietro ist ein Idiot! Wie konnte er nur den Fisch aus der Höhle schlagen! Er gehört mir! Ich weiß noch genau, wie ich ihn entdeckte, zusammen mit meinem Vater, vor fast zwanzig Jahren. Wir stiegen frühmorgens zur Höhle. Es geht ziemlich steil aufwärts, und über dem Abhang liegen lose Steine und Geröll; wir waren fix und fertig, als wir endlich oben standen. Vater hatte eine Strickleiter besorgt, damit wir in die Höhle klettern konnten. Ihr Einstieg liegt auf einem Felsvorsprung, der ein paar Meter in der Luft hängt. Die Höhle ist nicht sehr tief, sie heißt ja auch *grotta,* also Grotte. Aber innen ist sie sehr schön. Mit Tropfsteinen und so.

Jedenfalls kraxelten wir in der Höhle herum, mein Vater und ich. Und plötzlich sah ich den Fisch. Er befand sich an einer Wand, am Ende der Höhle. Ich sah ihn nicht wirklich, nicht so, wie du ihn bei Pietro gesehen hast. Über die Höhlenwände flossen kleine Wasserbäche, und über dem Gestein lag eine grünliche Schicht, eine Art schmieriger Algenfilm. Man konnte den Fisch eigentlich nur erahnen. Wahrscheinlich muß man ein Kind sein, um so was sehen zu können. Bestimmt war ich das erste Kind in der Höhle.

Ich war sehr aufgeregt, als mein Vater den Fisch mit seinem Taschenmesser freigekratzt hatte. Bevor wir gingen, schmierten wir Erde darüber, damit niemand unseren Fisch finden konnte. Leider machte ich den Fehler, Silvio und Pietro davon zu erzählen. Einmal kletterten wir zu dritt in die Honighöhle, und ich zeigte ihnen den Fisch. Aber daß dieser hinterlistige Hundesohn auf den Gedanken kommen könnte, meinen Fisch herauszumeißeln, das hätte ich nicht für möglich gehalten!«

Gianni ließ betrübt die Schippe zu Boden fallen und setzte sich. Der Verrat des Jugendfreundes ging ihm sichtlich zu Herzen.

»Die Menschen können nichts in Ruhe lassen! « sagte ich tröstend. »Alles wollen sie für sich selber haben, besitzen, bevor ein anderer Besitz davon nimmt.«

Unerwarteterweise beschlichen mich während meiner Worte leise Selbstzweifel. War ich besser? Worin unterschied ich mich von jenen, die ich hier anprangerte? Wozu grub ich in einer Vergangenheit, die mich nichts anging und die bisher auch sehr gut ohne mich ausgekommen war? Warum konnte *ich* dieses Stück Erde nicht einfach in Ruhe lassen?

Seltsam berührt durch die Fragen in meinem Herzen, hockte ich mich neben Gianni auf den Boden. War das die Wissenschaft schlechthin? War Wissen Macht und Wissenwollen romantisch verbrämte Besitznahme unter dem Deckmantel des Fortschritts? Inwiefern war ein Wissenschaftler besser als Pietro? Was unterschied einen wichtigen archäologischen Fund so grundsätzlich vom Raub eines Höhlenfischs?

Der hehre Ethos der Wissenschaft, der Menschheit zu dienen, kam mir plötzlich unglaubwürdig und verloren vor. Was nützte es wem, wenn wir auf Giannis Grundstück eine etruskische Niederlassung fanden?

»Wie wär's, wenn wir morgen früh zur Höhle kletterten?« platzte Gianni in meine Zweifel.

Ich nickte, dankbar über die Ablenkung von den lästigen Gedanken, und erhob mich wieder.

»Schichtwechsel!« grinste Gianni und drückte mir die Schaufel in die Hand. Er selber griff sich die kleine Spitzhakke.

Wir arbeiteten bis in die späten Nachmittagsstunden, wobei wir uns mit der Schaufel abwechselten. Das nämlich, das Abheben der Erde, war der anstrengendste Teil unserer Arbeit. Um zu vermeiden, daß etwaige Funde zerstört wurden, nahmen wir die Erde möglichst horizontal ab, Schicht für Schicht. Dazu mußte man tief in die Knie gehen. Die Schaufel wurde fast waagrecht in den Boden geschoben, mit vorsichtigen Bewegungen, und nach wenigen Schaufelladungen waren die Arme bleischwer.

Der Archäologe strebt mit diesem Vorgehen ein sogenanntes *Planum* an, eine möglichst ebene Bodenfläche, damit er in der Aufsicht Erdverfärbungen oder Spuren von Mauerwerk feststellen kann.

Der amateurhafte Charakter unserer Ausgrabung wurde mir wieder schmerzlich bewußt. Wir waren angetreten, um wissenschaftliche Beweise für das Vorhandensein einer dreitausend Jahre alten Kultur zu erbringen. Aber mit welchen Mitteln! Antonios Geräteschuppen versorgte uns mit Werkzeug, mein angelesenes Halbwissen gab der Schatzgräberei einen wissenschaftlichen Anstrich, und Giannis Legenden ersetzten den historischen Kontext. In diesem Gebräu war alles möglich. Die große Pleite wie der grandiose Erfolg – und alle mehr oder weniger erfreulichen Abstufungen dazwischen.

Dieses Schweben in den vielfältigsten Erwartungen hielt uns freilich mehr in Atem, als jede Gewißheit es vermocht hätte. Wir konnten unbehelligt träumen, und die wildesten Spekulationen wurden wahr.

Wurden sie es wirklich? War Don Micheles Bronzeschale nur ein Zufallsfund? Erzeugnis irgendeiner unbedeutenden Sippe italischer Bergstämme – oder der Auftakt zur sensationellen Entdeckung einer Etruskersiedlung?

Für beide Möglichkeiten gab es geografische Anhaltspunkte. Auf der einen Seite stand das nahe Benevento, das zur fraglichen Zeit von den wilden Samniten beherrscht worden war. Andererseits lagen Nola und Capua, hochmögende Stadtstaaten im Zwölferbund des etruskischen Kampaniens, nicht ferner als Benevento. – Würde Don Micheles Bronzeschale den Weg zu einer unentdeckten Etruskerstadt weisen? Verbarg sich unter Plattes Tomaten und Kürbissen eine tyrrhenische Nekropolis?

Denn was ich in den Regentagen herausgefunden hatte, ließ

mich nicht los. Acht etruskische Städte in der *Campagna* kannte man, doch zwölf muß es gegeben haben. Überall legten die Etrusker Stadtstaaten in Zwölferbünden an. Warum sollte es ausgerechnet in Kampanien, der Hauptstoßrichtung ihrer Expansion, nur acht gegeben haben?

Marcina bei Salerno, Sorrento, Nocera, Pompei, Ercolano oder Herculaneum, Nola, Acerra Suenola, Santa Maria Capua Vetere – acht Städte, deren etruskischer Ursprung nachgewiesen war.

Von Münzfunden wußte man außerdem die Namen vier weiterer etruskischer Niederlassungen: Irnthi, Thezle, Velcha und Velsu. Doch wo lagen sie einst? In Amalfi und Positano hatte man zivilisatorische Anzeichen gefunden, aber keine wirkliche Zeugenschaft für eine etruskische Stadt. Und selbst wenn die beiden zum Kreis der Zwölf gehört hatten, blieben noch immer zwei etruskische Gründungen, die man wohl namentlich, nicht aber geografisch kannte. Wie das sagenhafte Atlantis!

Eine fixe Idee, gewiß, aber nun hatte ich ein Ziel vor Augen: eine fehlende Stadt im Kreis der Zwölf aufzuspüren. Fänden wir hier, auf Giannis Grundstück, Spuren jener großartigen und nach wie vor rätselhaften Kultur – es käme nicht nur im beschaulichen Vallemutri einer Sensation gleich!

Ich hatte die wissenschaftliche Pflicht, mit dieser Möglichkeit zu rechnen. Und sei sie noch so unwahrscheinlich!

Die Kehrseite meiner heimlichen Hoffnungen war freilich, daß mich unser dilettantisches Vorgehen plagte. Man stelle sich vor: In den Geschichtsbüchern würde einst zu lesen sein, daß ein gewisser Valentin Soldan dank archäologischer Spürnase die letzte unbekannte Etruskerstadt entdeckt hatte – aber dabei massenhaft Zeichen übersah, oder noch schlimmer: wichtige Spuren vernichtete!

Eine gräßliche Vorstellung, die zu umgehen aber nicht in

meiner Macht stand. Unter unseren Arbeitsbedingungen konnten wir unmöglich jeden Hinweis verfolgen. Auch die Auswertung so hauchzarter Hinweise wie Holzstaub zwischen Steinbrocken oder bröselige Faserreste in Erdklumpen mußte an unseren begrenzten Möglichkeiten scheitern. Unsere Registrierung beschränkte sich auf die beiden Holzkistchen, eine handgezeichnete Skizze und den bereitstehenden Fotoapparat. Sorgfalt und Behutsamkeit mußten das Fehlende ausgleichen, so schwer das mit meinem perfektionistischen Anspruch vereinbar war.

Immerhin verbesserte ich im Laufe des Nachmittags das Grabungsgitter. Die Holzpflöckchen hatten sich durch den Regen teilweise gelockert. Ich fixierte sie neu und ersetzte die wenig stabile Seilkonstruktion durch eine selbsterdachte Vorrichtung mit Markierungsdrähten, die bei Bedarf, im Falle eines Fundes, innerhalb des Rahmengevierts über die Planquadrate geschoben werden konnten. Damit konnte ich fast ebenso exakt registrieren wie mit einem professionellen Scherentischchen.

Selbstverständlich nahm die Familie weiterhin regen Anteil am Fortgang der Ausgrabung. Onkel Antonio verließ nicht selten seinen sicheren Platz hinter den Tomatenstauden, um uns an seinem sorgenvollen Gesicht teilhaben zu lassen. Tante Cosima spazierte in halbstündigen Abständen von der Veranda zum Hühnerhaus, wo sie für einige Minuten abtauchte, um sich der stibitzten Süßigkeiten auf natürlichem Wege zu entledigen. Selbst Tante Francesca, sonst die am wenigsten Neugierige – oder sollte es Bequemlichkeit sein? – schaute zweimal vorbei, womöglich in der Hoffnung, weitere Bestätigung für die Notwendigkeit einer kommunistischen Regierung in Vallemutri vorzufinden.

Am eindringlichsten aber erschienen mir die Besuche Ernestos. Vielleicht, weil bei ihm kein Motiv auszumachen war.

Er stellte sich meist regungslos in die Sonne und glotzte stumm vom Rand der Grube auf uns herab. Sprach man ihn an, schaute er verwirrt am Fragesteller vorbei, oder er lächelte unsicher, als verstünde er kein Wort. Nachdem er einige Minuten verharrt hatte, wandte er sich abrupt ab und stapfte zum nahen Feigenbaum. Dort ließ er sich rücklings gegen den Stamm fallen und sank, mit aus der Hose hängendem Hemd gegen die Rinde scheuernd, zu Boden.

Aus den Augenwinkeln sah ich häufig zu ihm hinüber. Beobachtete er uns, oder blickte er durch uns hindurch? Was mochte sich vor seinen Augen abspielen? War der Garten von Geistern und verstorbenen Verwandten bevölkert? Stand Don Michele gar direkt neben uns und lachte sich schief, wie wir seinen Garten umgruben?

Ernesto war und blieb mir ein Rätsel. Hinter seinen tiefgründigen dunklen Augen das Nichts zu vermuten, wie Antonio und die Tanten es offenbar vorzogen, wollte mir nicht gelingen. Ich spürte, daß etwas in ihm verborgen war, etwas, was mehr wußte als wir alle zusammen. Wobei offensichtlich war, daß Ernesto sein Wissen tief vergraben hatte. So tief, daß er selbst es auch nicht wiederfand.

Einmal mußte ich in unser Zimmer, um Papier und Stift zu holen. Als ich die Außentreppe erklomm, sah ich, daß seine Tür offen stand. Instinktiv verlangsamte ich das Tempo und schlich mich leise ins Zimmer.

Ernesto lag angekleidet auf seinem Ruhelager. Er atmete schwer und mit geschlossenen Augen. Die Augäpfel rollten heftig unter den Lidern. Er schien zu träumen. Als ich an ihm vorbeiging, stöhnte er leise. Sein Mund öffnete sich wie der eines Goldfisches. Zwischen seinen Lippen bildeten sich zähe Speichelfäden und Blasen. Er murmelte und brabbelte wie ein Kind, aber in seiner brummigen Stimmlage. Redete er im Schlaf?

Ich näherte mich vorsichtig seinem Bett. Es quietschte und knarrte unter Ernestos massigem Körper, der sich leicht bewegte. Er sprach! Wie magisch angezogen beugte ich meinen Kopf über den seinen, führte mein rechtes Ohr vorsichtig an seinen Mund.

Er sprach!

Es waren nicht einfach nur wirre Stimmlaute, wie ich zuerst angenommen hatte. Ernesto sprach. Worte wie Wasserperlen. In einer Sprache, die ich noch nie gehört hatte. Ein sehr rauhes, stark akzentuiertes Idiom, mit langen Silbenfolgen, die manchmal auffällig von einer Klangfarbe dominiert wurden, als gebe es nur eine begrenzte Anzahl von Vokalen pro Wort. Deshalb erschien Ernestos Sprache zunächst nur als zusammenhangloses Gebrabbel. Und doch bildete er Sätze und Worte. In einer Sprache, deren grammatikalische Schemata, deren syntaktische Struktur keiner mir bekannten Sprache ähnlich war.

Ernesto wurde mir unheimlich. Ich bekam eine Gänsehaut und wich langsam zurück. Als ich in sein Gesicht blickte, hätte ich beinahe aufgeschrien: Er sah mich an! Seine Augen lagen wie uralte polierte schwarze Murmeln im zerfurchten Gesicht und beobachteten mich. Es war kein harter Blick. Ein liebevoller eher, ein gleichmütig-gütiger, der aus der Ewigkeit zu kommen schien. Leblos. Es war, als würde mich ein Toter anschauen. Hätte Ernesto nicht unablässig die Lippen bewegt, wäre ich von seinem Tod überzeugt gewesen.

Ich versuchte meinen Schreck zu verbergen und lächelte in seine glänzenden Augen. Er reagierte nicht. Die Murmeln blieben unverwandt auf mich gerichtet; aber ich fühlte, daß Ernestos Blick nach innen gekehrt war.

Schließlich wandte ich mich verlegen ab. Ich wußte nicht, was tun, und ging wie geplant und so geschäftig wie möglich in unser Zimmer, um Papier und Stift zu holen. Dort setzte ich mich auf mein Bett und rang um Fassung. Im Nebenzimmer brummte und murmelte Ernesto in seiner gutturalen Sprache. Ich hatte Angst. Wovor?

Erst abends, als Onkel und Tanten gegangen waren, erzählte ich Gianni von meinem seltsamen Erlebnis.

»Du meinst, er redet in einer richtigen Sprache?« fragte Gianni. Ich nickte und schaute betreten auf den Küchenboden. Natürlich war mir klar, daß meine Beobachtung mit wissenschaftlichem Denken nicht in Einklang gebracht werden konnte.

»Vielleicht hat er mit *ihr* gesprochen!« mutmaßte Gianni leise.

»Mit wem?« wollte ich wissen.

Gianni hob den Kopf: »Mit der Bienenkönigin!« Seine Hände spielten mit der Kupfersonne, die noch immer auf dem Küchentisch lag. Versonnen strich er über ihre zerkratzte Oberfläche. Seine Finger erkundeten die feinen Unebenheiten auf der mattglänzenden Scheibe und fuhren vorsichtig an den Kraterchen und Kerben entlang, die Ernestos Drahtbürste verursacht haben mochten.

Fasziniert beobachtete ich das nervöse Tasten und Fühlen seiner Finger. Gianni schien sich dessen nicht bewußt zu sein. Er schaute mich immer noch fragend an. Seine Finger fuhren wie willenlose Sensoren über die Kupfersonne. Nahmen sie Informationen auf? Gaben sie etwas weiter?

Ein seltsames Ekelgefühl durchpulste mich.

In einer heftigen, unerklärlichen Aufwallung riß ich Gianni die Kupfersonne aus der Hand. Meine Aggressivität tat mir augenblicklich leid. Doch dann war es Gianni selbst, der die Sprache der Toten entdeckte.

Ich sah die Erkenntnis zuerst in seinen Augen. Ich folgte seinem Blick, der ungläubig auf der Kupfersonne lag. Hohe fremde Buchstaben, als feine Linien in die rötlich schimmernde

Metalloberfläche geritzt, fast unsichtbar durch die grobe Behandlung mit der Drahtbürste.

Ein geheimes Einverständnis lag zwischen uns, als ich die Kupfersonne auf den Küchentisch bettete.

Gianni schaute mich feierlich an und fragte: »Glaubst du, daß wir es lesen können?«

Ich nickte zögernd und stand auf.

In meinem Koffer lag alles, was ich brauchte: weiches Pauspapier, Bleistifte und Professor Heinkels Doktorarbeit *Vom Leben und Sterben der Etrusker.*

Vom Leben und vom Sterben

Leben bedeutet Sterben. Kaum hat etwas die Welt erblickt, da ist es auch schon zum Tode verurteilt. Sei es Mensch, sei es Tier; sei es Ding, sei es Gedanke; sei es Staat oder Nation oder Erde oder Stern. Geboren werden heißt: mit großen oder kleinen Schritten dem Ende entgegengehen.

Niemand wußte das besser als die Etrusker Und kein Volk richtete sich im Leben wie im Sterben konsequenter darauf ein. Keine uns bekannte Kultur zog den logischen Gedankenschluß entschiedener: Seinem Ende muß man auch entgegensehen!

Zehn Zeitalter waren dem nomen Etruscum, *dem etruskischen Namen, vom Schicksal beschieden. Ein Name, der Jahrhunderte mit Ehrfurcht und Bewunderung an den Küsten des Mittelmeeres vernommen wurde und dann, wie geweissagt, fast vollständig aus der Geschichtsschreibung verschwand. Wie wir sehen werden: zu Unrecht! Weit mehr, als heute gemeinhin bekannt ist, geht auf etruskisches Erbe zurück. Jenes Erbe,* das die Römer so vollständig übernommen haben, daß es uns heute als das ihre scheint.

Doch ohne Etrurien wäre nicht nur Rom nie gewesen. Nein, die gesamte westliche Welt trüge ein völlig anderes Gesicht. Vor den Etruskern war Europa eine kulturelle Einöde, Italien unwirtliches, dünnbesiedeltes Barbarenland. Während im Alten Orient, an Euphrat, Tigris und Nil, Großreiche und Monumente und Städte erbaut wurden, während dort Religionen, die Schrift und die bildenden Künste erblühten, dämmerte der europäische Mensch in glanzloser Unbewußtheit dahin. Man hauste in Lehmhütten und lebte von der Hand in den Mund. Namenlose, nur dem Dasein und ihrem Blut verbundene Sippen und Stämme besiedelten Europa. Ziellos und ungeschichtlich und ohne großen schöpferischen Drang.

Und plötzlich änderte sich alles. Scheinbar über Nacht, in wenigen Jahrzehnten. Tote werden mit kunstvoll geschmiedeten Waffen und Schmuck bestattet. Städte mit ausgeklügelter Kanalisation entstehen. Ein Netz grandioser Bewässerungsanlagen sorgt für reiche Ernten, und die Vorratswirtschaft macht den Menschen von der Natur unabhängiger. Erze werden abgebaut, das begehrte Eisen, damals seltener und wertvoller als Gold, wird in gewaltigen Schmelzöfen verhüttet. Bemalte Vasen, Krüge, Töpfe, Wände und Schrifttafeln künden vom Willen und der Fähigkeit festzuhalten, über den Tod des einzelnen hinweg.

Das Eigentumsrecht, heute Grundbestand aller europäischen Verfassungen, geht auf die Etrusker zurück. Nicht auf die Römer. Deren hochbewunderte militärische und politische Organisation hat ihren Ursprung ebenfalls im etruskischen Vorbild. Selbst die Gründung Roms wurde nach etruskischem Ritus vollzogen. Überall auf italischem Boden entstanden Städte nach diesem uralten Zeremoniell. Schiffe mit Rammsporn durchkreuzten das Meer; das nach dem sagenhaften Namen

der Etrusker heute noch Tyrrhenisches Meer *heißt. Ein Name,*
der Karthager und Griechen kraftvoll aus dem Felde schlug –
und dann fast widerstandslos vom jüngeren Nachbarn Rom
getilgt wurde.

Plötzlich ist alles zu Ende. Römischer Pragmatismus hatte
sich dem überkommenen etruskischen Schicksalsdenken über-
legen erwiesen. Eine stärkere Macht besiegte eine schwächere.

Oder war es umgekehrt? Verschwand der etruskische Name
in den tiefsten Schubladen der Weltgeschichte, weil seine Trä-
ger an ihren sicheren Untergang glaubten?

Jedes etruskische Zeitalter dauere eine bestimmte, jedoch
vorher unbestimmbare Zeitspanne, heißt es in den Aufzeich-
nungen römischer Historie: Anfang und Ende eines solchen
Säkulums wurden durch göttliche Zeichen kundgegeben, de-
ren Deutung den etruskischen Sehern oblag. Die ersten vier
Säkula währten je hundert Jahre. Das fünfte hundertdreiund-
zwanzig. Das sechste und siebte je hundertneunzehn. Das achte
endete im Jahre 88 vor Christus mit einem scharfen Trompe-
tenstoß vom Firmament. Vierundvierzig Jahre später wird
Julius Caesar ermordet, der Halleysche Komet erscheint am
Nachthimmel, der etruskische Seher Vulcatius verkündet das
Ende des neunten Säkulums. Das letzte Zeitalter des etruski-
schen Namens hatte begonnen.

Und wann fand er schließlich statt, der finis nominis Etrusci? *Vielleicht hundert Jahre später; 54 nach Christi Geburt,*
mit dem Tod des Kaisers Claudius, der Etruriens Geschichte
in zwanzig Bänden niederschrieb und als einer der letzten
Römer ihre Sprache beherrschte?

Das Ende ist nicht überliefert, das Resultat jedoch bekannt.
Die Etrusker; die sich selbst Rasne *nannten, verschwanden*
ebenso überraschend, wie sie gekommen waren. Bislang konnte
kein archäologisches Zeugnis für den Fortbestand der etruski-
schen Kultur nach dem Tod des Claudius erbracht werden.

Dies macht die Etrusker für uns so faszinierend. Ihr Verschwinden. Nicht die so oft zitierte rätselhafte Herkunft. Denn bis auf jenes geschichtlich gewiß überaus reizvolle Phänomen – das machtvolle Erscheinen der Etrusker im ersten vorchristlichen Jahrtausend – kann alles, ihr Schicksal als Einzelwesen ebenso wie ihr Schicksal als Nation, durch eben ihre Schicksalsgläubigkeit erklärt werden.

Wenn Geschichte für den Menschen taugen soll, dann muß er Lehren daraus ziehen können. Doch welche Lehre sollten wir aus ihrer Herkunft ableiten können?

Nein, ihr Ende ist für uns das Wichtige. Auch wir sind mit der Geburt dem Untergang geweiht, du und ich für uns allein, und wir gemeinsam als Nation und Menschheit. Ziehen wir den rechten Schluß aus der Geschichte anderer; dann mag es uns gelingen, das Ende noch ein wenig aufzuschieben – oder unser Schicksal in Würde anzunehmen.

Die eigentlich relevante Frage lautet also nicht: Woher kamen die Etrusker?, sondern vielmehr: Wohin führte sie ihr Fatalismus?

Und sehen werden wir, daß jene Frage ins tiefste Innere des Menschseins führt: zu Glauben und zu Religion! Denn nichts berührt uns Menschen umfassender und endgültiger als diese beiden Worte – Namen für eine Gewißheit, die in unserer Zeit verlorengegangen scheint.

Vergessen wir nicht: Das Ende des etruskischen Namens fällt zeitgleich in den Aufstieg eines neuen. In Palästina vernehmen wir erstmals seinen Ruf, der sich wie ein Lauffeuer ausbreitet, von Mund zu Mund weitergetragen wird und nach wenigen Jahrzehnten an die Türen Roms pocht: jener Name, der den etruskischen beerben sollte!

Die disciplina Etrusca war nicht minder eine Offenbarungsreligion als das Christentum. Auch sie, zusammengefaßt in mehreren Heiligen Büchern, enthielt eine Schöpfungsgeschich-

te, eine kosmische und irdische Mythologie, Gesetze für die eingeweihte Priesterschaft, Vorschriften und Verhaltensregeln für den Umgang mit Gott und den Menschen; aber auch sehr praktische Anweisungen, wie man Städte zu gründen oder das Staatswesen zu organisieren hatte. Religion und Politik wurden einheitlich gesehen, wie im Alten Orient.

Europa hatte bis dahin nichts Vergleichbares zustande gebracht. Die Etruskische Disziplin muß alle nachfolgenden und benachbarten Völker schon deshalb tief durchdrungen haben, weil sie in ein Vakuum stieß.

Noch im Rom der Kaiserzeit, als die etruskische Nation ihre Eigenständigkeit längst verloren hatte, war der etruskische Name sehr lebendig. Er besaß einen ehrbaren Klang. Etruskische Seher, Opferbeschauer und Priester galten als Autoritäten in religiösen und kultischen Angelegenheiten.

Wie sehr ihr Einfluß nachwirkte, sehen wir an den Insignien weltlicher und geistlicher Macht: Krone, Thron und Zepter; der Reichsadler; der lituus, der Krummstab der Auguren, an den heute der Bischofsstab erinnert, das Liktorenbündel mit Doppelaxt und Eisenruten, die sogenannten fasces, zweitausend Jahre später von den Faschisten mißbraucht – all diese religiösen und politischen Symbole unserer Welt haben wir von den Etruskern übernommen. Es gab sogar so etwas wie Universitäten, an denen die disciplina Etrusca unterrichtet wurde. Und wer im antiken Rom etwas auf sich hielt, schickte seinen Sprößling zum Studium der alten Weisheiten nach Etrurien.

Und plötzlich war alles zu Ende. War der neue Name stärker?

Vergessen wir nicht: Für das Christentum muß die uralte, von Magie und archaischer Mystik durchdrungene disciplina Etrusca ein gefährlicher Konkurrent gewesen sein. Dementsprechend hart bekämpfte man das heidnische Erbe. Uns Heu-

tigen sind demzufolge auch nur Bruchstücke der etruskischen Religion erhalten geblieben. Und das wiegt doppelt schwer in einer Zeit, da der finis nominis Christi *durchaus denkbar erscheint: Die Lehre kann nicht mehr gezogen werden!*

Als Schelmenstreich der Geschichte mag es uns darob erscheinen, daß sich das Christentum selbst der Möglichkeit beraubte, sein Ende aufzuschieben. Denn woraus soll es die erforderliche Erkenntnis ziehen, nachdem das Wissen der »heidnischen« Kulte und Religionen so gründlich zerstört wurde? Aus sich selbst etwa? Unmöglich! Ein abgesägter Ast kann keine Wurzeln schlagen. Was bleibt, ist nur die Hoffnung, daß jener Name, der das Christentum ersetzen wird, großmütiger mit seinem Erbe umgehen möge, als wir mit dem unseren umgesprungen sind.

Und wenn es denn sein muß, laßt uns, um Gottes willen, in Würde untergehen!

Ich war beeindruckt. Mein Doktorvater Professor Heinkel schrieb wie ein Philosoph! Er, der sich so abgeklärt gab und seine Studenten mit bissigem Spott als weltfremde Ideologen bezeichnete, sobald man sich von Gefühlen und Wünschen leiten ließ – dieser Mann warf sich in die Pose des Weltverbesserers! Unglaublich!

Ein Blick auf das Entstehungsdatum half weiter: Heinkel schrieb das obige Vorwort zu seiner Doktorarbeit im März 1951 in Berlin – gewiß noch merklich unter dem Eindruck der ideellen und materiellen Trümmerwüste des Zweiten Weltkrieges.

Und doch besaßen seine düsteren Prophezeiungen erstaunliche Aktualität. Wer würde bestreiten, daß die jahrtausendealte spirituelle Basis der westlichen Gesellschaften, das Christentum, bröckelt? Finden nicht Sekten, Orden, östliche Lehren, esoterische Gemeinden, religiöse Geheimbünde und magische Zirkel massenweise Zulauf, während sich die Kirchen entvölkern? Haben wir nicht Denkern wie Freud oder Jung die Rettung unserer Seelen überlassen, während der Mystiker Jesus in Glaubwürdiges und Unglaubwürdiges wissenschaftlich zerlegt wurde?

Welcher Name wird das Vakuum, das das Christentum hinterläßt, ausfüllen? Noch ist er nicht erkennbar, doch er wird kommen! Das hatte Heinkel im Berlin der Nachkriegsjahre vielleicht unmittelbarer erfahren können als wir in unserer materiellen Sicherheit, die uns satt macht. So satt wie die römischen Herren zum Ende des etruskischen Namens vor zweitausend Jahren.

Auch damals führte die innere Leere zu Überdruß und Vergnügungssucht, die fehlende moralische Basis zu Korruption und Dekadenz. Und redet man heute nicht ebenso mahnend von Staatsverdrossenheit und dem bedrohlichen weltweiten Wohlstandsgefälle wie damals im *Imperium Romanum*?

Es nützte alles nichts. Auch uns wird alles nichts nützen. Die Geschichte macht Platz für einen neuen Namen, wenn die Zeit dafür reif ist. Und das ist gut so. Der neue Name wird uns weiterbringen. Ich wurde plötzlich von unermeßlicher Neugier befallen, wie die Welt in hundert oder zweihundert Jahren aussehen würde. Hätte ich jetzt eine Zeitmaschine besessen, ich wäre wohl lieber wie Gianni in die Zukunft gereist als in die Vergangenheit.

Doch halt! Was sollte ich, ein Archäologe, in der Zukunft? War es dort nicht zu spät für mich? Zu spät, um noch irgend etwas ändern zu können? Hatte ich es nicht als meine Aufgabe erkannt, aus dem Vergangenen für die Gegenwart lesen zu können? Für eine bessere Zukunft?

Ich wollte eingreifen. Ja, ich *mußte* eingreifen! Ich konnte nicht einfach zuschauen, wie Geschichte gemacht wird. Dafür wußte ich zuviel. Dafür hatte mir das Schicksal zu viele

Möglichkeiten in die Hand gegeben. Ich durfte mich der Geschichte nicht verweigern! Meine Aufgabe war es, im Boden der Vergangenheit den Namen für die Zukunft zu finden. Vielleicht auch dafür zu sorgen, daß der Übergang friedlich verlaufe, daß unser Untergang in Würde geschehe und die Kommenden barmherzig mit uns Zurückbleibenden verfuhren.

Plötzlich war der Schauer wieder da. Jener »Schauer der Geschichte«, der mich zu dem Entschluß geführt hatte, Archäologe zu werden: die ehrfurchtgebietende Ahnung vor der Erkenntnis eigener Machtlosigkeit, Winzigkeit, Bedeutungslosigkeit. Wenn die Geschichte will, wenn es für den Gang des unbegreiflichen Räderwerks, das unser Schicksal Tag für Tag vorantreibt, notwendig sein sollte, uns zu zermalmen, werden wir zermalmt.

Ein Zeugnis jener Kraft? Beweise? Man begebe sich nach Pompei, zum Beispiel, an einem ruhigen Tag. Man schlendere durch die Ruinen einer Stadt, die von einem Moment auf den anderen aus der Gegenwart in die Vergangenheit geschleudert wurde. Häuser, Straßen, Brunnen, Möbel, Werkzeuge für das Heute und Morgen gemacht – ein Vulkan bricht aus, und schon sind sie Vergangenheit. Pflanzen, Tiere, ein angeketteter Hund, Menschen, in schützender Umarmung, in ungläubiger Überraschung oder panischer Flucht zu grotesken Lavaskulpturen erstarrt – wenn die Geschichte will, werden wir zermalmt! Wir haben nur eine Chance: die Notwendigkeit dazu vorwegzunehmen.

Denn der Geschichte ist es gleich, ob wir leben oder sterben. Sie fühlt nicht, bewertet nicht, wirkt weder gut noch böse. Sie tut nur das Erforderliche, um das Räderwerk am Laufen zu halten.

Dem Menschen mag in der Geschichte alles gestattet sein – nur eines nicht: ihrem Lauf im Weg zu stehen.

Der etruskische Name

Fertig!« sagte Gianni. Er hielt das Pauspapier mit ausgestrecktem Arm hoch und besah kritisch sein Werk.

Ich blickte ihn erwartungsvoll an.

Mit schiefem Kopf reichte er mir den Papierbogen über den Tisch. »Die Sprache der Toten!« verkündete er feierlich und lehnte sich selbstgefällig zurück.

Während ich in Heinkels Doktorarbeit versunken war, hatte Gianni einen Negativabdruck der Inschrift angefertigt, indem er einen Bogen Papier auf die Kupfersonne legte und mit einem weichen Bleistift darüberfuhr.

»Als Kinder haben wir so Geldstücke durchgepaust«, erzählte er nebenher.

Nun lag das schraffierte Abbild der Kupfersonne vor mir. Gianni hatte gute Arbeit geleistet. Trotz der vielen feinen Risse und Kräterchen zeichneten sich die steilen Kerben der Inschrift deutlich ab:

＜Ｉ７＜ＴƎＹ:ＡＹＢＴＹ＜

Meine Hände zitterten vor Erregung, als ich den Bogen ins trübe Küchenlicht hielt: Es war wahr! Ich träumte nicht! Trotzdem ich die Inschrift klar vor mir sah, konnte ich das Ausmaß unserer Entdeckung nicht begreifen. Die Toten sprachen zu mir! Hier, in diesem gottverlassenen Nest, wie war das möglich? Der etruskische Name lag unter der Küchenfunzel so offen vor mir wie *Hartmanns Historischer Weltatlas* oder Professor Heinkels Doktorarbeit! Wohin führte mich die geheime Macht, die über dem Tal ihre Fäden spann? Was hatte sie mit mir vor? Blitzartig erkannte ich: Mit dieser Inschrift wurde ich Teil einer gewaltigen Geschichte, einer weit über mein kleines Menschenleben hinausreichenden Kraft und Absicht. Eine Tür ging auf, und ich trat ein!

Unbändige Wißbegier riß mich urplötzlich aus der Entrückung. Was bedeuteten die ins Kupfer geschlagenen Zeichen? Wo hatte Heinkel über die etruskische Sprache geschrieben?

Fieberhaft durchwühlte ich Heinkels Werk und die über den Tisch verstreuten Fachbücher. Irgendwo hatte ich eine vergleichende Darstellung des etruskischen Alphabets gesehen, und im Anhang zum *Leben und Sterben der Etrusker* gab es sogar ein aktualisiertes Lexikon der bereits entzifferten Ausdrücke.

Denn lesen können wir Lebenden die Sprache der Toten schon seit gut zweihundert Jahren. Die Etrusker verwendeten das westgriechische Alphabet, das, wie alle heute gebräuchlichen Alphabete, auf das phönizische zurückgeht. Die Entzifferung der Worte bereitet also nur geringe Schwierigkeiten. Das Problem ist: Wir verstehen ihre Bedeutung nicht! Die Buchstaben, die sich von Wissenschaftlern zu Worten fügen lassen, ergeben, bis auf rund dreihundert relativ sicher gedeutete Ausdrücke, keinen Sinn. Die Toten sprechen, doch wir verstehen ihre Sprache nicht!

Endlich fand ich das Modellalphabet. Zuerst mußte ich die Inschrift horizontal spiegeln, denn die Etrusker lasen von rechts nach links wie heute die Araber und Juden.

Ich begann also mit dem letzten Buchstaben, der laut Modellalphabet ein S war. Der zweite entsprach unserem U. Der dritte, leicht erkennbar, ein T; das geteilte Trapez war ein H; dann kam ein N, und schließlich, ebenfalls einfach, ein A.

Das erste Wort war enträtselt: SUTHNA. Aber ergab es einen Sinn?

Gianni hampelte aufgeregt hinter meinem Rücken herum

und lugte mal über meine rechte, mal über die linke Schulter: »Was ist? Hast du schon was raus?«

Ich zeigte ihm das erste Wort, das ich in Großbuchstaben säuberlich auf einen frischen Papierbogen gemalt hatte. »Mit dem Doppelpunkt trennten die Etrusker die Worte voneinander«, erklärte ich und versuchte mühsam, meine Ungeduld zu bezwingen. »Mein Gott, Gianni, wir können die Inschrift tatsächlich lesen!«

»Mach weiter, schnell! Ich will wissen, was sie gesagt hat!« spornte mich Gianni an.

Ich hob überrascht den Kopf. »Wie meinst du das? Wer hat was gesagt?«

»Na, die Bienenkönigin! Ernesto hat die Kupfersonne von der Bienenkönigin bekommen, weiß du das nicht mehr?«

Die Bienenkönigin hatte ich tatsächlich vergessen! Wie, um alles in der Welt, war Ernesto nur an diese archäologische Kostbarkeit geraten? Wir mußten unbedingt zur Honighöhle und dort graben. Vielleicht würden wir noch weitere Beweise für etruskisches Wirken im Tal der verlorenen Seelen finden.

Eins nach dem anderen, fing ich meine vorauseilenden Pläne wieder ein. Erst kam die Entzifferung des zweiten Wortes, dann alles Weitere.

Daß der erste Buchstabe ein N war, wußte ich schon. Den zweiten mußte ich nachschlagen, es war ein E. Der dritte und vierte war auch bekannt, T und S, der fünfte ein V und der letzte wieder ein S:

SUTHNA:NETSVIS prangte es nun erhaben von meinem Papier. »Suthna netsvis!« wiederholte Gianni ehrfürchtig. *Sagra dei funghi!* Wenn du mir jetzt noch verrätst, was das heißt, sei dir der große Pilzorden am Spaghettiband verliehen!« Gianni bewahrte in jeder Situation den ihm eigenen Sinn für Humor.

»Die Deutung der Inschrift wird wahrscheinlich die schwe-

202

rere Übung sein«, gestand ich zweifelnd. »Aber mal sehen, was Heinkel dazu sagt!«

Ich schlug im lexikalischen Teil der Arbeit zunächst unter dem Buchstaben S nach. Eine kribbelige Ameisenstraße nahm ihren Ausgang von der Magengegend und verbreitete sich blitzartig über meinen Körper: Würden wir unter SUTHNA einen Eintrag finden?

Etwa zwanzig Ausdrücke standen unter S aufgelistet. Mein Finger flog über die Zeilen: *sa, sá, sár; sealkh* ... Nach *suplu* = Flötenspieler kam *suth* = Milch. Darauf folgte als letzter Eintrag *suthi* für Grab.

Verflixt! Hatte ich mir zu viele Hoffnungen gemacht? Im glücklicheren Fall besaß die Inschrift einen Bezug zu »Milch« oder zu »Grab«, wobei offenstand, ob ich das Suffix *-na* erklären konnte. Als nachgestellten Genitiv oder Dativ vielleicht? Im schlechtesten Fall war *suthna* einfach ein unbekanntes oder unvollständiges oder, noch schlimmer, überhaupt kein etruskisches Wort. Hatte ich nicht allzu selbstverständlich angenommen, die Inschrift müsse etruskischer Abkunft sein? *Hartmanns Historischer Weltatlas* zeigte eine deprimierende Vielzahl griechischer Gründungen in der Umgebung: Benevento, Caserta, Campobasso ... Hatte ich mich in eine fixe Idee verrannt?

Etwas abgekühlt wandte ich mich dem zweiten Teil der Inschrift zu. Vielleicht würde sich die Bedeutung des ersten Wortes in Verbindung mit dem zweiten automatisch erschließen.

Unter N gab es im Lexikon noch weniger Einträge. Aber: Auf *neri* = Wasser folgte zu meiner Erleichterung – mir stockte fast der Atem, als ich erkannte: *Netsvis* = Haruspex!

»Haaaahhh!« brüllte ich und klatschte in die Hände. »Wir haben's geschafft, Gianni! Es ist etruskisch! Suthna netsvis! Ich hab's gewußt!«

»Aber was bedeutet es?« fragte Gianni, noch nicht vollständig überzeugt.

»Das erste Wort ist noch nicht klar«, räumte ich ein. »Aber unser *netsvis* ist ein Haruspex!«

»Zum Teufel, sprich endlich deutsch mit mir! Was ist ein Haruspex?«

»Ein etruskischer Seher und Opferbeschauer.«

»Opferbeschauer?« raunte Gianni ehrfürchtig.

»Haruspices waren etruskische Priester, die den Willen der Götter aus unterschiedlichen Zeichen lesen konnten. Beispielsweise waren sie Fachleute für die Blitzdeutung und die Leberschau.«

»Leberschau? Von Menschen?« Gianni schaute mich in grausig-freudiger Erwartung eines antiken Blutbades im Tal der verlorenen Seelen fragend an.

»I wo!« Innerlich mußte ich über sein hoffnungsvolles Schaudern lachen. »Der Haruspex las aus den Eingeweiden von Opfertieren. Wie das im einzelnen vor sich ging, weiß ich noch nicht. Aber gestern habe ich gelesen, daß die Deutung regelrecht gelehrt wurde, anhand von Lebermodellen aus Kupfer. Dort waren bestimmte Normen festgelegt, wie eine gesunde Leber auszusehen hatte. Aus den Abweichungen von der Norm konnte der Haruspex seine Schlüsse ziehen. – Gianni, es sieht so aus, als müßten wir uns intensiv mit den Haruspices und der etruskischen Religion auseinandersetzen, wenn wir die Bedeutung der Inschrift erfahren wollen.«

»Haruspex!« stöhnte Gianni. »Ich möchte wissen, was die Bienenkönigin mit einem Opferbeschauer zu tun hat!« Er grinste von einem Ohr zum anderen: »Vielleicht sollten wir in dieser Angelegenheit Ernestos Eingeweide zu Rate ziehen?«

»Keine Späße mehr, Gianni! Es wird ernst!« Und damit schob ich ihm ein paar Wälzer über den Tisch. »Du nimmst dir die Haruspices vor, ich die Grammatik. Das wäre doch gelacht, wenn wir das fehlende Wort nicht auch noch rauskriegen könnten!«

Leider wurde mir bald klar, daß ich die weit unangenehmere Aufgabe zu lösen hatte. Während Gianni eifrig Informationen sammelte und sein Blatt mit Zitaten bekritzelte, quälte ich mich durch das linguistische Problem.

Bislang war es nicht gelungen, Ähnlichkeiten des Etruskischen mit einer anderen lebenden oder toten Sprache nachzuweisen. Der heute bekannte Wortschatz wurde zum einen durch Überlieferungen aus anderen Sprachen ermittelt, zum anderen durch Vergleichen und Analysieren von Texten, Weiheformeln und Grabinschriften.

Griechische oder römische Quellen zitierten und erklärten manchmal etruskische Lehnwörter: *persona, atrium, mundus* (ein heiliger Verbindungsschacht mit der Unterwelt in etruskischen Städten), *antenna* (Segelstange) – Worte wie Person oder Antenne entstammten also dem Etruskischen.

Schriftliche Zeugnisse der etruskischen Sprache, elftausend hat man bis heute gezählt, gab es ab 700 vor Christus bis in die römische Kaiserzeit. Da die Etrusker sich aber um 430 vor Christus aus Kampanien zurückziehen mußten, sollte unsere Kupfersonne mindestens zweitausendvierhundert Jahre alt sein! Anderenfalls müßte sie eine Imitation darstellen oder im Reisegepäck eines altertümlichen Wanderers nach Vallemutri gekommen sein.

Die Übersetzung der schriftlichen Hinterlassenschaft bereitete auch deshalb so große Schwierigkeiten, weil etruskische Inschriften fast ausschließlich religiösen Inhalts waren. Die »Schicksals- und Religionsbücher«, von denen Heinkel in seiner Doktorarbeit gesprochen hatte, und auch die Geschichtswerke und Theaterstücke, von denen antike Historiker berichteten, sind allerdings leider verlorengegangen.

Trotz der Schwierigkeiten hatte die Sprachforschung einige grammatikalische Strukturen ausmachen können. So existierten tatsächlich unterschiedliche Beugungsfälle, die an ihren Endungen erkannt wurden. Die Suffixe *-l* und *-al* etwa drückten den Genitiv der Zugehörigkeit aus. Die Etrusker verwendeten sogar einen doppelten Genitiv: Durch die Hintereinanderschaltung zweier Endungen konnte man in einem Wort Verwandtschaftsbeziehungen vom Enkel zum Großvater herstellen.

Leider fand ich in Heinkels Arbeit keine Erklärung für die gesuchte Endung *-na,* und in anderen Werken wurde ich stets auf einen gewissen Ambrosius J. Pfiffig verwiesen, dessen Gesamtdarstellung der etruskischen Sprache mir indes nicht zur Verfügung stand. Gianni und ich waren bei der Interpretation des zweiten Wortes auf uns allein gestellt.

Gianni bemerkte meinen nachdenklichen Blick. »Kommst du nicht weiter?« fragte er.

Ich schüttelte den Kopf: »Wie es scheint, müssen wir die Bedeutung des ersten Wortes selber herausfinden.«

»Fein! Was wissen wir darüber?« Gianni klappte seine Bücher zu. Man sah ihm an, daß er sich durchaus zutraute, ein unbekanntes Wort ohne die Unterstützung der Fachwelt zu erklären.

»SUTHNA:NETSVIS«, wiederholte ich. »Irgend etwas und Haruspex! Wobei das Irgendwas mit Milch oder Grab zu tun haben könnte.«

»Wir wissen aber nicht, in welcher Beziehung SUTHNA zum Haruspex steht, oder?«

»Leider nein. Die Beziehung steckt in SUTHNA, denn der Haruspex steht ja im Nominativ.«

»Im was?«

»Im Wer-Fall«, übersetzte ich etwas gereizt.

»Nun ja, vielleicht sagt das erste Wort ganz einfach, wer im Wer-Fall steht?« mutmaßte Gianni leichthin.

Ich schaute ihn verblüfft an.

Den nächstliegenden Gedanken hatte ich noch gar nicht in Betracht gezogen: SUTHNA konnte der Name des Haruspex gewesen sein! Der Name des Mannes, dem die Kupfersonne einst gehört hatte. Warum war ich nicht selbst darauf gekommen?

»Keine schlechte Idee!« gestand ich zähneknirschend. »Und was hast du über die Haruspices herausgefunden?«

»Jede Menge!« verkündete Gianni und legte seine Notizen akkurat wie ein Nachrichtensprecher vor sich auf den Tisch:

»Erst mal ihre Kleidung: ›Aus Quellenberichten sowie gemalten und figürlichen Darstellungen wissen wir, wie der etruskische Haruspex seiner Arbeit nachging‹«, dozierte Gianni oberlehrerhaft. »›Er trug einen konisch zulaufenden, hohen Filzhut, den *apex,* der mit Kinnbändern am Kopf befestigt wurde. Am Leib trug er eine fast knöchellange, kurzärmelige Tunika, darüber einen gesäumten Mantel, der von einer schweren Fibel zusammengehalten wurde. Ferner besaß der priesterliche Leberbeschauer ein Opfermesser sowie ein Opferbeil, die sogenannte *sacena.* Überdies finden sich Hinweise, daß die Haruspices den *lituus,* den Krummstab der späteren römischen Auguren, mit sich führten.‹«

Gianni legte mir die Abbildung einer Bronzestatuette vor: Der gegossene Haruspex hielt den Kopf leicht geneigt und schien etwas vor ihm Liegendes oder Sitzendes sorgfältig zu untersuchen.

Sein gesamter Auftritt, insbesondere Haltung und Spitzkappe, erinnerte mich augenblicklich an ein Bild von Hieronymus Bosch, das mich wegen seiner rätselhaften Symbolik seit jeher fasziniert hatte: *Der Steinschneider* hieß es, und es zeigte einen mittelalterlichen Chirurg auf freiem Felde, der einen Metalltrichter auf dem Kopf hatte und gerade den Schädel eines angstvoll zum Betrachter blickenden, dicken alten Mannes öffnete. Ein schwarzkuttiger Mönch stand dabei und eine nonnenartige Frau; auf ihrem Kopf ruhte ein dickes rotes Buch, das wie ein Tagebuch verschlossen war.

»Wie schon gesagt«, dozierte Gianni weiter, »bestand die Aufgabe der Haruspices vorrangig in der Blitzdeutung und in der Eingeweideschau: ›Man kannte elf Arten von Blitzen. Der Ort seines Einschlags war ebenso maßgeblich wie Jahreszeit, Tag oder die Himmelsregion, aus der der Blitz kam. Auch bei der Leberschau gab es verbindliche Richtlinien für das Vorgehen und die Deutung der Zeichen: Verletzte oder mißgebildete Organe besagten Übles, normale oder besonders stattliche Gutes. Die Leber war zudem sinnbildlich in sechzehn Felder oder Häuser unterteilt, welche dem Göttersitz am Himmel entsprachen.

Entscheidend für unser Verständnis von der Arbeit der Haruspices: Der Leberbeschauer hatte einzig festzustellen, *wo*, in welchem Gotteshaus, eine Anomalie vorlag, nicht *was* sie zu bedeuten hatte! Dazu waren exakte anatomische Kenntnisse notwendig. Ebenso die Handhabung der Deutungsbücher. Beides wurde an einem *Collegium haruspicum* gelehrt. In der Toskana entdeckte man 1877 ein Bronzelebermodell, auf dem der Sitz der Götter namentlich vermerkt ist.‹ – Heiße Sache, was?« meinte Gianni etwas respektlos, als er mir eine Fotografie der Bronzeleber unter die Nase schob.

»In der Tat«, erwiderte ich trocken. »Sonst noch was?«

»Ich glaube nicht, nein«, murmelte Gianni und durchforstete seine Unterlagen. »Doch, halt, dieser Satz hier. Paß auf: ›Böse Vorzeichen, die göttlichen Zorn vermuten ließen, waren allein Sache der Haruspices. Ein Ort, der beispielsweise vom Blitz getroffen wurde, oder‹ – jetzt kommt es! – ›oder an dem sich ein Bienenschwarm niedergelassen hatte, wurde vom Haruspex gereinigt oder auch eingezäunt.‹ – Was sagst du dazu, Valentin? Bienen galten bei den Etruskern als Unglückstiere!«

Mir summte der Kopf, als habe sich darin ein Bienenschwarm niedergelassen. Die Jahrhunderte hüpften wie bunte Luftballons durch unsere Gewölbeküche. Märchen, Erzählungen, Geschichte, Wissenschaft – ich hatte plötzlich Angst, den Boden unter den Füßen zu verlieren! Ich zwang mich, die Fakten in eine logische Reihe zu bringen, und begann, ganz langsam und überlegt, noch einmal von vorne:

Gianni und sein Vater finden vor zwanzig Jahren einen versteinerten Fisch in der Honighöhle. Giannis Jugendfreund Pietro meißelt ihn aus der Wand. Gianni ärgert sich darüber maßlos, so daß wir am nächsten Morgen darüber sprechen. Das hört Onkel Ernesto und erzählt das Märchen, wie die Höhle zu ihrem Namen kam. Weil nämlich ein feenhaftes Mädchen Bienen und Männer gleichermaßen verzauberte und ein eifersüchtiger Bischof sie köpfen läßt. Der Kopf wird in den Bergen auf eine Lanze gesteckt. Die Bienen verlassen ihre tote Königin nicht und siedeln sich in den Felsen an. Jahrhunderte später wird eine Wasserleitung nach Neapel gelegt, und die Bienen verschwinden. Dann hat Ernesto einen Unfall, und seine Frau verschwindet. Darüber ist er so verzweifelt, daß er sich nachts in die Berge aufmacht, um die Überreste der Bienenkönigin zu suchen. Am nächsten Morgen sitzt er vor der Honighöhle und hat die Kupfersonne in der Hand. Und ein Vierteljahrhundert später halten wir sie in der Hand und entdecken, daß sie einem etruskischen Priester gehörte.

Oder fing alles ganz anders an? Damit, daß Giannis Vater in Monte Calvario einstieg und den Schatz raubte, weswegen Gianni ins Institut kam? Oder noch früher, als womöglich ein Haruspex namens Suthna den unglückseligen Wohnort der Bienen sühnen wollte und seine Kupfersonne verlor? War er gar der Bischof im Märchen? Was war an der Honighöhle passiert?

Und wieder tat sich in mir eine gewaltige Lücke auf. Mein Schädel summte und brummte über dem Versuch, die richtigen Zusammenhänge herzustellen. Alles stand irgendwie miteinander in Beziehung, das spürte ich – aber wie?

Meine Überlegungen schweiften in immer phantastischere Gefilde ab. Ich bekam das Gefühl, daß mir die wahren Zusammenhänge um so mehr verschleiert wurden, je tiefer ich in sie eindringen wollte. Der Geist rebellierte gegen die verwirrende Unzahl einander scheinbar zurechenbarer Fakten, die nicht denselben Ebenen angehörten, aber dennoch eine gemeinsame Bewandtnis besaßen. Ich mußte graben. Die Erde zwischen den Händen spüren, den Moder der Jahrtausende in der Nase. Weiterschaufeln! An der Honighöhle. Morgen. Unbedingt.

Ich blickte zu Gianni und sah ihn halb über seinen Notizen liegen. »Wieviel Uhr ist es?«

»Nacht!« antwortete Gianni und klappte mit einer müden Bewegung meine Bücher zu.

Lulus Visionen und die Nymphen vom Kratersee

Es bereitete uns keine Mühe, am Morgen nach der Entzifferung beizeiten aufzustehen. Als wir die Treppe hinabstiegen, wurden wir von feurigen Strahlen eingefangen; das reale Vorbild unserer Kupfersonne erhob sich hell glühend über dem Tal der verlorenen Seelen.

Ernesto saß dösend vorm feuerlosen Kamin, Kater Cesare

auf seinem Schoß. Eigentlich durfte Cesare nicht in die Küche. Eigentlich hieß: wenn Onkel Antonio da war. Ernesto hatte dagegen wenig Sinn für Vorschriften – was Cesare, ein zäher, grauer Kämpe, an dem das Leben reichlich Narben hinterlassen hatte, mit untrüglichem Katzengespür auszunutzen wußte. So ringelte er sich morgens zumeist über Ernestos Knie, die Zärtlichkeit des Geistesabwesenden genießend und den Umstand, daß er sich in einem eigentlich verbotenen Raum aufhielt.

Ernesto hatte offensichtlich noch nicht mit uns gerechnet, um diese frühe Stunde. Überall standen die Tassen seiner nächtlichen Besucher herum, und der Tisch war nicht abgewischt. Verwirrt schaute er zu, wie wir das Frühstück bereiteten.

Wir hatten uns für den Tag viel vorgenommen. Ungeachtet der Tatsache, daß Palmsonntag war, wollten wir tüchtig vorankommen. Über Ostern sollte laut Fernsehansage schlechtes Wetter aufziehen, und was schlechtes Wetter in Vallemutri bedeutete, hatten wir noch zu gut in Erinnerung. Giannis Haus war beim besten Willen kein Ort, an dem man Regen und Kälte länger als ein paar Tage ertragen konnte. Wir mußten uns also beeilen, wenn wir vor Ostern mit der Arbeit fertig werden wollten.

Um uns nicht zu verzetteln, hatten wir heute einen Tag der Entscheidungen angesetzt. Für den Vormittag war geplant, die zweite Schicht vollends abzutragen. Sollten dabei keine ermutigenden Hinweise zutage treten, würden wir uns augenblicklich der Fundstelle der Kupfersonne, der Honighöhle, zuwenden. Mittags waren wir ohnedies bei Tante Lulu eingeladen, und ihr Haus lag auf dem Weg.

Wo ein Tagträumer wie Ernesto die etruskische Kupfersonne gefunden hatte, vermeinte ich, ein Archäologe, gewaltige Schätze aus dem Boden holen zu können! Dessen war ich mir sicher.

»*Zio!*« sagte Gianni kauend.

Wir wollten Ernesto genauere Angaben zum Fundort entlocken. »*Sì!*« räusperte sich Ernesto. Er öffnete die Augen und schaute seinen Neffen erwartungsvoll an.

»*Zio, dove hai trovato il spillone?* Wo hast du die Brosche gefunden, Onkel?« Gianni hielt ihm fragend die Kupfersonne vor die Nase.

»*Nel monte.* In den Bergen«, antwortete Ernesto und lehnte sich wieder zurück.

Gianni biß nachdenklich in eine Banane. »*Sì, sì, lo sappiamo. Ma dove esatto?* Wo genau?« wollte er mit vollem Mund wissen.

»*Grotta del miele.* Honighöhle«, sagte Ernesto und schloß die Augen.

»*Non ti ricordi di più?* An mehr erinnerst du dich nicht?« Gianni hoffte augenscheinlich auf eine Vision.

»*No!*« beschied Ernesto. Er begann sich nachhaltig die Stirn zu massieren.

Gianni schwieg und wartete.

Ernesto legte die Hände in den Schoß und starrte mit leerem Blick in den Kamin.

Cesare schnurrte wohlig vor sich hin. Die Küchenuhr tickte.

Gianni griff sich ein Anisplätzchen und zermalmte es krachend zwischen den Backenzähnen.

Mein Bauch gurgelte leise.

»*Non ti ricordi dove l'hai trovato?* Du weißt nicht mehr, wo du sie gefunden hast?« hakte Gianni schließlich nach.

Ernesto blickte abwesend durch seinen Neffen hindurch. »*Nel monte*«, seufzte er, ohne aufzuschauen. »*Sì!*« – Er räusperte sich abschließend, bevor er endgültig dem Diesseits entschwebte.

Die Sitzung war beendet. Heute gab es keine Vision. Ernesto versank im Lehnstuhl und ließ uns mit unseren irdischen Problemen allein.

Später, als wir draußen im Graben standen und schaufelten, wandelte er selbstvergessen durch den Garten, die Hände hinter dem Rücken verschränkt. Alle paar Schritte blieb er ansatzlos stehen und griff sich an die Stirn. Einmal sah ich ihn auf der Veranda; er stützte seinen massigen Körper mit ausgestrecktem Arm gegen den Feigenbaum ab und blickte zur Honighöhle. Bewegten sich seine Lippen? Sprach er?

Wir kamen ordentlich voran. Was natürlich auch damit zusammenhing, daß wir nichts fanden. Keine aufsehenerregende Entdeckung unterbrach unseren Arbeitsfluß. Gianni grub und schaufelte, ich siebte und sortierte. Das meiste flog auf den tüchtig anwachsenden Steinhaufen. Nur selten nahm ich ein Metall- oder Terrakottastückchen auf, um es zu säubern. Und von diesen seltenen, unbedeutenden Funden blieb noch weniger übrig, das es lohnte, registriert und im Holzkistchen verwahrt zu werden.

Gegen Mittag knatterte der weiße Fiat aufs Grundstück, und kurz darauf tauchte Platte an der Grabungsstelle auf.

Wie es denn so stünde und überhaupt?

Gianni berichtete in sehr groben Zügen von unserem Plan, die Ausgrabung wegen anhaltender Ergebnislosigkeit in die Berge zu verlegen.

Onkel Antonio hatte Mühe, seine Erleichterung zu verbergen. Eine hervorragende Idee sei das, ermutigte er uns. Die Honighöhle hätte noch kein Mensch vor uns richtig erforscht. Und er hatte ja gleich gesagt, daß wir hier, in seinem Tomatenbeet, nichts finden würden. Eigentlich sei er nur gekommen, um Ernesto zum Mittagessen abzuholen, aber wenn wir Wert darauf legten, würde er uns gerne dabei behilflich sein, die Grube wieder zuzuschütten.

Er krempelte unternehmungslustig seine Ärmel auf und wollte schon zur Schaufel greifen. Mit vereinten Kräften konnten wir ihn aber überzeugen, daß eine dergestalt schwere Arbeit seinem Rückenleiden gar nicht zuträglich sei. Außerdem hatte Ernesto Hunger; er trat ungeduldig von einem Bein auf das andere.

Antonio ließ es sich jedoch nicht nehmen, uns mehrmals seiner vollsten Unterstützung zu versichern, bevor er sich mit Ernesto im Schlepptau trollte. Beim Abschied hupte er sogar leutselig im Stackato.

»*Mangia fegato!*« knurrte Gianni hinterher.

»Friß Leber?« übersetzte ich verblüfft.

Gianni lachte. »*Mangia fegato* heißt soviel wie Schwätzer oder Laberheini. Hab ich von Tante Lulu gelernt.«

»Man wünscht seinem Gegenüber also, daß er an der Leber erstickt?«

»So weit wollen wir nicht gehen: Platte ist immerhin mein Onkel! Aber manchmal geht er einem furchtbar auf die Nerven! Dieser alte Besserwisser! – Heißt übrigens *cacasenno*, wenn du jemand beleidigen willst! «

»Klugscheißer?«

»Das sagt man nicht!« tadelte Gianni streng. »Aber es könnte sein, daß du es mal denken möchtest!«

Wir standen am Rand unserer Grube und blickten auf die fast ebene Erdfläche. Ein paar Steine noch, zwei, drei Schaufelladungen in diesem oder jenem Abschnitt, und wir hatten unser *planum* geschafft.

»Soll die ganze Arbeit wirklich umsonst gewesen sein?« fragte Gianni ratlos.

»Noch sind wir nicht fertig!« betonte ich. »›Gründlichkeit ist die Mutter des Archäologen‹, wie Professor Heinkel zu sagen pflegt.«

»*Va fan culo, Ainkell!*« schickte Gianni meinen Vorgesetzten in seiner Muttersprache zum Teufel. Er schien entschlossen, mir heute einen Grundwortschatz der gebräuchlichsten italienischen Schmähungen beizubringen. »Was wir brauchen, ist eine Idee! Und zwar schnell! Schau mal, wer da kommt!«

Ich sah zur Auffahrt und erschrak. Ein Mittelklasse-Fiat rollte aufs Grundstück. Eine Frau stieg aus: Laura! Am Steuer, hinter grüngetönten Scheiben, saß Pietro, der Steinfischdieb!

»Ich halte sie auf!« sagte Gianni hastig. Er wischte sich mit einem Lumpen die lehmverschmierten Hände ab und eilte den ungebetenen Besuchern entgegen.

Ich sprang in die Grube. Bevor Laura auf die Idee kam, den Ort unseres geheimnisvollen Tuns zu besichtigen, mußten alle Spuren verwischt werden. Am einfachsten, ich warf die Wellbleche darüber und beschwerte sie mit schweren Steinen. Die handballgroßen Brocken in den Abschnitten 3 und 4 schienen wie geschaffen dafür.

Als ich den ersten mit beiden Händen aus dem Boden löste, traf mich der Anblick des Todes so unerwartet, daß ich aufschrie.

Ich hatte schon einige Zufälle und verrückte Situationen erlebt, und gerade die Tage in Vallemutri bewiesen, daß im Leben alles möglich ist. Aber in diesem Moment, als ich den kürbisförmigen Steinbrocken in Abschnitt 3 beiseite rollte und die gelbe Schädeldecke eines Menschen aus der Erde leuchten sah, glaubte ich mich dem Wahnsinn nahe.

Das Grab, nach dem wir gesucht hatten, lag vor mir. Wie wenig hätte gefehlt, und wir hätten es nie entdeckt! Wie viele Faktoren hatten dazu beigetragen, daß wir so handelten und nicht anders! Wie viele winzige Begebenheiten waren notwendig gewesen, damit wir das Gesuchte finden konnten! Das Schicksal offenbarte sich in einem banalen Erdloch.

Ich setzte mich auf den Rand der Grube und starrte fassungslos auf das fahle Schädeldach eines unbekannten Menschen. Was sollte ich jetzt tun?

»Valentin!« schrie Gianni vom Haus. »Bist du soweit?«

Ich fühlte mich unfähig, ihm zu antworten, und schüttelte den Kopf.

Gianni schaute angestrengt in meine Richtung. Er ahnte, daß etwas passiert sein mußte und bedeutete Laura mit beiden Händen, einen Augenblick zu warten.

»Was ist?« fragte er atemlos von seinem Dreißigmeterspurt. »Zum Teufel, die wollen uns abholen, bitte beeile dich, Valentin!«

Ich zeigte nur mit dem Kopf in die Grube. »Wir haben es gefunden!« sagte ich regungslos.

Er blieb wie angewurzelt stehen, als er die Schädeldecke sah. Dann sprang er in die Grube und stapelte hastig Steine zu kleinen Säulen. »Das darf niemand sehen, Valentin!« sagte er bestimmt. »Los, hilf mir! Schnell die Wellbleche darüber, bevor Laura kommt. Und kein Wort zu niemandem. Vor allem nicht zu Platte, verstanden?«

Sein energisches Eingreifen tat mir gut. Er hatte recht. Wir mußten unseren Fund sichern. Ich löste mich aus der Erstarrung und half ihm, die Grube sorgfältig abzudecken.

»Nichts anmerken lassen! « zischte er mir auf dem Weg zum Haus zu.

»*Buon giorno, Valentino!*« strahlte Laura wohlgelaunt, als hätte es die peinliche Szene in ihrem Haus nie gegeben. Pietro saß zwar brütend im Auto, ließ sich aber ebenfalls zu einem lässigen Handgruß herab und beobachtete seine aufgeregt um Gianni tänzelnde Gattin.

Laß uns doch die Jungs abholen, habe sie zu Pietro gesagt. Giannis Haus lag auf der Strecke zu Lulu, und man wußte ja nie, ob wir über unserer Ferienstimmung das Mittagessen bei der Tante vergessen würden. Laura drohte schelmisch mit dem Zeigefinger.

Ich bemühte mich, nicht allzu verwirrt dreinzublicken. Mir war völlig neu, daß Laura das Mittagessen mit uns teilen würde.

»Hast du gewußt, daß die beiden heute dabei sind?« fragte ich Gianni, als wir ins Auto stiegen.

»Keine Spur!« erwiderte er so unbeteiligt, wie unter Lauras forschenden Blicken möglich war. »Ich habe keine Ahnung, was sie vorhat. Schauen wir zu, daß wir schnellstens wieder bei unserem ›Schläfer‹ sind! «

Unser »Schläfer«! Gianni hatte einmal mehr ein Wort geprägt, daß uns die nächste Zeit verfolgen sollte.

Vom Grab des Schläfers an den Mittagstisch – niemand anderer als Tante Lulu hätte diesen Kontrast auffangen können. Von all den Köstlichkeiten, die sie zum Palmsonntag aus dem Ofen zauberte, verdient es eine, besonders hervorgehoben zu werden: ein herrlich knuspriges Zopfbrot aus Pizzateig, *pane di origano,* Oreganobrot, genannt, das mir, holzofenfrisch serviert, Tränen der Verzückung in die Augen trieb. Hauchzarte Knoblauchdüfte stiegen auf, als ich hineinbiß, und unter der krossen Kruste warteten teigweiche Innereien auf die Erkundung meiner Zunge. Wie wunderbar konnte Nachgiebigkeit sein, wenn Widerstand nicht ferne war! Dem milden Hefeduft folgte das würzige Aufbegehren von wildem Majoran, der sich alsgleich verlor, im geriebenen Ziegenkäse, welcher nun seinerseits den Raum zwischen den gerollten Teigbahnen einnahm. – Wenn Onkel Raffaele nicht gewesen wäre, ich hätte Tante Lulu vermutlich einen Heiratsantrag gemacht.

Die Gespräche verliefen im übrigen eher schleppend. Pietro schaufelte mürrisch Lulus Lustbarkeiten in sich hinein, Silvio erzählte Belangloses von der Arbeit, Gianni und Onkel

Raffaele schwiegen. Laura turtelte und gurrte um die Schweigenden, während Angelina und Lulu selbstlos die Esser versorgten. Ich wurde nicht müde, ihren unentwegten Einsatz zu loben.

Beiläufig gab Laura bekannt, daß Angelina heute abend in der Kirche Orgel spielte. In San Lorenzo, der ältesten Kirche von Vallemutri. Wir seien hiermit herzlich eingeladen.

Wiewohl mich durchaus interessiert hätte, wie sich Angelina, das »Engelchen«, an der Kirchenorgel machte, hielten wir uns bedeckt. Der Schläfer lockte, und man wußte nicht, was Laura bezweckte. Irgend etwas führte sie im Schilde, ihre unverbindliche Heiterkeit stank zum Himmel!

Giannis Vorstoß in Richtung Honighöhle schien das geeignete Gegenmittel zu sein. Vielleicht wollte uns jemand dorthin begleiten, fragte Gianni arglos in die Runde, wohl wissend, daß Laura sein Angebot nicht wahrnehmen konnte. Wir sollten dann auch bald aufbrechen, ergänzte ich besorgt, damit wir vor der Dunkelheit wieder zu Hause waren.

Silvio und Angelina, erfreut über die Möglichkeit, dem Familiensonntag zu entfliehen, boten sich als Fahrdienst an, und so zwängten wir uns wenig später in Silvios klapprigen Kastenwagen, Lauras wütende Blicke mißachtend. Tante Lulu stopfte jedem noch ein Vesperbündel in die Rucksäcke und ermahnte Angelina, unbedingt am *buco,* am »Loch«, vorbeizufahren. Man brauche frisches Wasser.

Während der Fahrt fragte ich, was es mit diesem »Loch« auf sich habe.

Alle grinsten verschwörerisch.

Der *buco* sei eigentlich eine ganz normale Quelle, daneben aber auch öffentliches Wunder und Familiengeschichte, erklärte Gianni lachend – und gab sie alsgleich zum besten:

Eines Tages vor über zwanzig Jahren, Angelina war gerade ein Jahr alt, spazierte Tante Lulu in die nahen Berge, um Brennholz zu sammeln. Plötzlich vernahm sie ein leises Grollen, die Erde bebte, und es krachte laut und trocken wie von gewaltigen Kanonen.

Innerhalb von Sekunden war der Spuk vorbei. Tante Lulu, damals unerschrocken wie heute, beschloß, der Sache auf den Grund zu gehen. Sie schlug sich durch das unwegsame Gelände auf die Stelle zu, von der die seltsamen Geräusche gekommen waren. Und siehe da: Unter einem steilen Felsen hatte sich die Erde aufgetan, ein Krater war aufgerissen worden, und aus seinen Tiefen sprudelte frisches, klares Wasser.

Natürlich vermutete Lulu eine offizielle Sprengung. Die Wasserbauingenieure aus Neapel hatten eben erst angefangen, ihre gewaltigen Rohre über die Berge zu verlegen. Womöglich sollte die Trasse an Lulus Haus vorbeiführen?

Bald stellte sich jedoch heraus, daß am fraglichen Tag keinerlei Sprengungen durchgeführt worden waren. Ein Fachmann aus der Stadt untersuchte die Quelle und machte ein unterirdisches Wasserbecken dafür verantwortlich. Der Pfarrer hingegen erklärte die Quelle als örtliches Wunder.

»Unglaublich!« sagte ich. »Tante Lulu hatte eine Vision!«

Nein, nein, beteuerte Gianni, die Geschichte sei wahr und Wirklichkeit, ich werde schon sehen, wir wären gleich da.

Von der Straße bog nun ein Feldweg ab. Als wir durch weite Olivenhaine rumpelten, kamen uns andere Fahrzeuge entgegen. Der *buco* schien gut besucht. Am Ende des Weges, im Schatten eines hohen Felsens, gab es sogar eine Wendefläche. Zwei parkende Autos und mehrere Vesparoller bestätigten die Notwendigkeit dieser Einrichtung.

Silvio steuerte seine Klapperkiste ebenfalls auf die Wendeplatte. Wir stiegen aus und marschierten auf einem schmalen Fußweg um den Felsen. Und da lag er nun, der *buco,* der sich im Laufe der Jahre zu einem kleinen Kratersee angefüllt hatte.

Wir hangelten uns einem rostigen Gitter entlang, das den Kratersee einzäunte, damit man nicht ausrutschte und hineinfiel. In einer gepflasterten Senke standen Steinbänke; zwei armdicke Messingrohre transportierten das Wasser quellfrisch aus den Tiefen des Kratersees in steinerne Brunnenbecken.

»Bei Gott!« sagte Gianni dramatisch. »Nymphen!«

Er wies auf eine Gruppe schwatzender Mädchen auf den Bänken. Die Sonne funkelte märchenhaft im See. Wir befanden uns an einem wildromantischen Ort.

»Der Raub der Sieberinnen! Hier muß er stattgefunden haben!« Gianni war sich seiner Sache absolut sicher.

Am Brunnen angekommen, tauchte ich meine Arme in die verwitterten Wasserbecken. Neben mir füllte ein braver Familienvater riesige Plastikkanister ab. Unter dem anderen Messingrohr stand ein weiterer Kanister, und überall um die Quelle warteten die unterschiedlichsten Behältnisse darauf, von ihren Besitzern gefüllt zu werden. Anscheinend versorgte sich ganz Vallemutri mit Trinkwasser aus Tante Lulus *buco*.

Die Nymphen sandten neugierige Blicke in unsere Richtung. Die jungen Fremden waren in Vallemutri nicht unbemerkt geblieben. Jetzt wußte man endlich, wohin sie gehörten.

Angelina wurde auch gleich herbeigerufen und gesellte sich für ein paar Minuten zu den Nymphen. Silvio, Gianni und ich standen verlegen am Wasserbecken herum. Die Geschlechtertrennung wurde in Vallemutri strikt eingehalten, da konnten noch so viele Mißwahlen im Fernsehen veranstaltet werden. Gianni hielt das natürlich nicht davon ab, mit seinem Kusin die Vorzüge dieser oder jener Sieberin zu erörtern.

»Schau mal, hier!« sagte er in meine Gedanken.

Ich erwartete zunächst, in die Nymphenschau einbezogen

zu werden, doch Gianni wies auf ein kleines Messingschild am Steinbecken:

ORSINI LUDVINA MARIA, 1964.

Es stimmte tatsächlich! Tante Lulu hatte eine Quelle entdeckt! Sogar ein kleines Gedenktäfelchen war ihr dafür gestiftet worden. Wer nicht glauben will, daß in unserer Welt die verrücktesten Dinge möglich sind, mag augenblicklich nach Vallemutri fahren und sich vom Gegenteil überzeugen lassen. Das Messingtäfelchen hängt nach wie vor am Steinbecken des Kratersees und kündet vom unvergessenen Tun einer unvergeßlichen Frau.

Eine Frau, die kochen kann, als führten ihr die Götter persönlich den Kochlöffel, hatte nach meiner Ansicht allerdings ein wesentlich größeres Denkmal verdient!

Aufstieg zur Honighöhle

Eigentlich wäre ich lieber am Grab des Schläfers gesessen. Statt dessen trottete ich hinter Gianni über blühende Wiesen und versuchte, den geheimnisvollen Mechanismus zu ergründen, der unser staubiges Sieb im exakt gegenläufigen Schrittrhythmus auf Giannis Rucksack hin und her baumeln ließ.

Silvio führte unseren Gänsemarsch an, die Strickleiter über die Schulter gehängt. Die Rolle des Bergführers stand ihm ausgezeichnet. Er blieb gelegentlich stehen und wies erklärend auf diese seltene Blume oder jene besonders schöne Aussicht. An einem knospenden Strauch hielt er unvermittelt an: Ob wir sie sähen?

Wir sahen nichts.

Angelina warf vorsichtig ein Kieselsteinchen durch das sperrige Geäst. Blitzschnell zuckte ein hellgrünes Echsentier von der Größe einer jungen Katze hervor und starrte uns herausfordernd an.

Es sei giftig, mahnte Silvio zur Vorsicht. Wir umkreisten die erstarrte Echse mit gehörigem Respekt und folgten dem nun merklich ansteigenden Pfad zur Honighöhle.

Der Fundort der Kupfersonne lag unterhalb eines grauen Felsgipfels im nordwestlichen Bogen des Tales. Ein blaugrün schimmerndes Wäldchen mit seltsam verwachsenen, kurzstämmigen Bäumen erstreckte sich über den Anstieg. Als wir unter den knorrigen Ästen durchschritten, fühlte ich mich in einen Märchenwald versetzt. Versteinerten Trollen und Berggeistern gleich, standen die Bäume wie Pfeiler unter einem engverzahnten Kuppeldach aus borkigen Zwergenarmen. Vereinzelt drangen messerscharfe Sonnenstrahlen in die weite Säulenhalle. Wo sie die Erde berührten, stiegen feine Nebel auf. Hellblaue bis violette Waldblumen, Gänseblümchen und gelbe Margeriten bewuchsen mit allerlei Moosen den Waldboden. In den Baumkronen sah ich Mistelzweige. Eine verzauberte Welt bot sich dar.

Bald hatten wir die Baumgrenze erreicht. Der Märchenwald verwandelte sich nun in ein Labyrinth aus Sträuchern, Schlingpflanzen und Dornenbüschen. Überdimensionale purpurne Löwenmäulchen reckten sich über flaches Gestrüpp; harte kleine Beeren, rot und schwarz, blitzten in der Sonne. Ein paarmal gingen wir an verkohlten Baumstümpfen und aschgrauer Erde vorbei; vor Monaten schien es hier gebrannt zu haben. Die frühlingshafte Natur mühte sich jedoch redlich, die letzten Feuerspuren zu beseitigen.

Je weiter wir anstiegen, desto karger und spröder wurde die Welt längs unseres Weges. Spitze Gesteinsbrocken wuchsen aus dem Grün. Die Büsche blieben Schritt um Schritt zurück, kein hoher Ast mehr, der die Mittagssonne von uns hielt. Es war heiß. Insekten schwirrten um unsere Köpfe; und selbst Silvio, der durchtrainiert wirkte und wie eine Bergziege voranstieg, schwitzte und keuchte ohne Unterlaß.

Bald hatten wir den steilen Geröllhang erreicht, der Don Michele und seinen Sohn vor zwanzig Jahren ebensoviel Schweiß gekostet hatte wie uns heute. Über loses Gestein und stattliche Findlinge arbeiteten wir uns polternd und rutschend empor. Obschon wir pflichtschuldigst Abstand hielten, mußte ich, als letzter in der Gruppe, stets auf der Hut vor losgetretenen Steinen sein.

Endlich standen wir auf dem kleinen Plateau unter der Honighöhle. Die Sonne neigte sich schon ein paar Grad gen Westen. Ich fühlte ihre Strahlen im Rücken, als ich mich setzte und auf das Tal hinabsah.

Vallemutri lag vor mir wie eine ätherische Spielzeugwelt. Alles dominierend: die helle Kirche von San Lorenzo. Wie eine Glucke thronte das imposante Bauwerk aus Marmorquadern über dem Dorf. Der erhabene Turm stach als weithin sichtbarer Fingerzeig Gottes in die klare Luft. Man wartete nur darauf, daß die Glocken zu läuten begannen.

Mein Blick schweifte weiter westwärts, wo der schroffe Bergkegel von Monte Calvario aus dem Tal aufragte. Wie eine einsame Insel, als stiller Beobachter von Mensch und Tier, ruhte der graue, flimmernde Höcker in sich selbst. Obenauf wurde alle verfügbare Fläche von einer niederen Kapelle eingenommen. Ausgehend von deren Pforten wand sich ein helles Band um den Kegel, ein von Zypressen und Kiefern gesäumter Kiesweg. Seine engen Serpentinen führten an eine schmale Klamm, die den Kalvarienberg und das gegen den Fels getürmte Vallemutri miteinander verbanden. – Es war ein erhabenes Gefühl, über dieser dramatischen Kulisse zu sitzen.

Angelina nahm neben mir auf dem ausgewaschenen Felsen Platz und zeigte auf die Kirche von San Lorenzo: Dort würde sie heute abend die Orgel spielen. Dann beschrieb ihr Finger eine elegante Kurve, folgte der Klamm, kringelte über den Kalvarienberg und hielt an der ummauerten Kapelle an: Und am Freitag, dem *venerdì santo,* würde sie dasselbe dort oben tun.

Orgel spielen? Dort oben, fragte ich überrascht. Gianni hatte mir doch erzählt, daß die Kirche seit Jahr und Tag verlassen sei.

Schon, schon, erklärte Angelina. Doch einmal im Jahr, eben am Karfreitag, würde die Kapelle von Monte Calvario im Mittelpunkt des Dorfes stehen. Wenn nämlich die Gläubigen von Kampanien und Pilger aus der ganzen Welt nach Vallemutri strömten, um der großen Osterprozession beizuwohnen.

Osterprozession? Am Kalvarienberg?

Plötzlich wurde mir alles klar. Die scheinbar so unpassende Namensgebung des Monte Calvario: Nicht seine Form, die mit dem biblischen Hügel Golgatha nichts gemeinsam hatte, sondern seine *Funktion* hatte für den Namen Pate gestanden! Am Kalvarienberg von Vallemutri wurde der Leiden Jesu Christi gedacht, seinem Weg ans Kreuz. Wallfahrtsstätten dieser Prägung gab es einige in Europa, in der Bretagne zum Beispiel. Man brauchte dazu eigentlich nur einen Berg in Ortsnähe, eine imposante Kirche und eine enthusiastische Bevölkerung. Meist nämlich wurde an solchen Orten die Kreuzigung *nachgespielt!*

Angelina bestätigte meine Vermutung: Jedes Jahr am Karfreitag gebe es eine Prozession, die von San Lorenzo nach Monte Calvario führe. Das halbe Dorf sei daran beteiligt. Als Schauspieler, Requisiteure, Schneider, Bühnenbauer, Meßdiener, Musiker, Ordner, Planer und Organisatoren. Es gab viel vorzubereiten, denn man erwartete wie letztes Jahr mehrere tausend Pilger und Zuschauer. Die Schauspieler trügen historische Gewänder. Jesus, dessen Part heuer ein Schulkamerad von Silvio übernommen hatte, erhielt ein schmales Büßertuch, die römischen Soldaten Lederwämse, Schilde und Brustpanzer; Pontius Pilatus, die Klageweiber, allen voran die Heilige Mutter Maria – alles würde originalgetreu dem biblischen Vorbild nachgestellt. Von der Anklage bis zur Hinrichtung am Kreuz. Vierzehn Leidensstationen entlang des schmalen Kieswegs von San Lorenzo zur Kalvarienkapelle.

Es war unfaßbar. Das verschlafene Vallemutri ein Wallfahrtsort! Angelina machte mich auf die Silhouetten dreier Kreuze vor der Kapelle aufmerksam. An das größere mittlere würde Bruno, der diesjährige Jesus, geschlagen. Man hoffte, daß das Wetter hielt, denn Bruno würde nur mit seinem Lendentuch bekleidet sein, wenn sie sein Kreuz über dem windigen Tal aufstellten.

Auch Gianni, der von einer ersten Erkundung aus der Honighöhle zurückkam, konnte es kaum glauben. Das Tal der verlorenen Seelen würde am Karfreitag mit massenhaft Fremden und Pilgern bevölkert, würde für einen Tag das Zentrum religiöser Inbrunst sein!

Ich mußte unwillkürlich lachen, weil ich plötzlich Giannis Vater vor meinem geistigen Auge sah, wie er, mit einem großen Sack gewappnet, in dunkler Nacht den Kreuzweg emporschlich und die Kirche von Monte Calvario knackte. Der Mann hatte wirklich vor nichts Angst gehabt! Wußte Angelina eigentlich von dem Einbruch? Vorsichtig fragte ich nach: In der kleinen Wallfahrtskirche würden doch bestimmt kostbare Reliquien und Heiligtümer aufbewahrt, oder?

Nicht daß sie wüßte, antwortete Angelina. Die Kapelle sei ein recht schmuckloses Gebäude und innen sehr spartanisch eingerichtet. Allerdings gebe es stabile Eisengitter vor den

Fenstern. Denn hier, so nahe bei Neapel, werde erfahrungs-
gemäß alles geklaut, was nicht niet- und nagelfest sei.

Gianni schaute mich vielsagend an, sagte aber nichts. Auch
ich fragte nicht weiter, sondern wandte mich dem eigentlichen
Grund unserer Expedition zu.

Die Honighöhle war eine Enttäuschung. Ihr Name und die
Legenden um sie hatten in mir die Vorstellung einer farbenprächtigen Tropfsteingrotte geweckt. Umso trister erschien
das grünlich-graue Felsloch, als ich über Silvios Strickleiter
hineinkletterte. Eine Gruft, in der man Träume eher begraben
denn in Erfüllung gehen sah.

Giannis trauriges Gesicht, als er mir die kaum vernarbte
Wunde an der Wand zeigte, paßte in diese Stimmung. Einstmals schwamm ein Marmorfisch durch die Honighöhle; heute war sie öd und leer.

Wir stocherten unlustig in modrigen Spalten und Vertie-
fungen. Denn obwohl unser Gefühl dagegensprach, für den
Verstand gab es durchaus Gründe, die Honighöhle zu durch-
suchen. Wer an ihrem Eingang eine Kupfersonne vergrub,
mochte herinnen anderes verloren oder gar versteckt haben.

Also nestelte Gianni tapfer das Sieb vom Rucksack und
schippte schweigend feuchte Erde in die Maschen. Ich siebte.
Wir hatten drei kleine Campingschaufeln mitgenommen, was
sich nun bewährte. Denn Silvio schaute zwar zunächst etwas
verwirrt zu, half seinem Kusin dann aber ebenso selbstverständlich wie Angelina.

Wir förderten Mäuseskelette, Holzkohle, Zigarettenkippen
und Schafskötel zutage. Letzteres und die Rußspuren an der
Decke legten die Vermutung nahe, daß bisweilen Hirten in
der Grotte rasteten oder vor einem Gewitter Schutz suchten.
In einer Nische fand ich eine Handvoll flachköpfiger Nägel,
wie sie früher zum Beschlagen derber Schuhe benutzt wurden.

Ich setzte mich bald wieder hinaus in die Sonne und schloß die Augen. Der Wind umschmeichelte mein Gesicht. Vom Tal klangen helle Schmiedegeräusche herauf, das Kling-Klong gegeneinander geschlagener Eisenteile, manchmal ein verwischter Motorenlaut, ein frecher Vogelruf, blökendes Hornvieh ... – tiefer Friede lag über diesem Ort.

Ich konnte mir gut vorstellen, wie Ernesto hier stundenlang gesessen hatte, ohne zu merken, daß die Zeit verrann. Diese Ruhe. Hier mochte man sein inneres Gleichgewicht wiederfinden – aber sonst nichts! Es war zu still, zu friedlich, als daß etwas Bedeutendes geschehen konnte. Dereinst mochte hier der aufgespießte Kopf der Bienenkönigin über das Tal geblickt haben. Nun gut, aber das eigentlich Wichtige, die Verzauberung des Bischofs, die Verurteilung und Enthauptung waren anderswo geschehen! Wer aktiv in die Geschichte eingreifen wollte, hatte an der Honighöhle nichts verloren, das fühlte ich instinktiv.

Unerklärlich blieb jedoch, wer oder was die etruskische Kupfersonne an diesem Ort verloren oder vergraben hatte. Und wie Ernesto sie finden konnte!

Meine Gefährten kamen nun ebenfalls nach und nach aus der muffigen Grotte und setzten sich neben mich. Einträchtig genossen wir die herrliche Aussicht. Kurz bevor sich die Sonne hinter dem felsigen Höcker von Monte Calvario blutrot verfärbte, machten wir uns auf den Rückweg. Zu Hause wartete ein Schläfer auf seine Erweckung. Er würde eine weitere, eine letzte Nacht auf uns warten müssen.

Plattes Visionen

»*Sono furiosa!* Ich bin stinksauer!« zischte Laura durch die Zähne. Man sah ihr an, daß sie die Wahrheit sagte.

Irgendwie war es unumgänglich gewesen, nach dem Besuch der Honighöhle noch mal bei Tante Lulu vorbeizufahren. Aber warum?

Gianni zuckte die Achseln. Man konnte nicht einfach ablehnen, wenn man eingeladen wurde.

Auf der anderen Seite konnte man auch nicht dauernd Einladungen annehmen, wenn man seine Ruhe haben wollte. Wie dringend notwendig Distanz für unsere Pläne war, bewies Lauras Gezischel: Sie war wütend, weil wir nicht nach ihrer Pfeife tanzten, sondern unsere eigene Musik spielten. Zum Glück saß Pietro bereits ungeduldig im polierten Wagen und hupte.

Gleichwohl sich bei mir leise Erleichterung einstellte, kam ich nicht umhin, Lauras rauschenden Abgang zu bewundern. Temperamentvoll schwang sie ihren wohlgeformten Hintern ins Auto, ein letzter glutäugiger Blick, eine weitere ungestüme Handbewegung durch die prächtige Mähne, dann war sie fort.

Wir aßen bei Lulu noch einen Happen, oder zwei, und schauten in den unvermeidlichen Flimmerkasten. Wieder überraschte mich das ungeheure Gefälle zwischen den Klischees, die das italienische Fernsehen verbreitete, und dem in Vallemutri als Familienalltag erlebten Gegensatz. Tief dekolletierte Superweiber, meist blondiert und kurz berockt, lieferten sich mit braungebrannten Karrieremännern, die ihre Väter hätten sein können, explosive Liebesschlachten.

Silvio, der ohne Freundin war, und die gewiß jungfräuliche Angelina, die von ihren Eltern bereits im Dorf feilgeboten wurde wie ein reifer Kürbis, verfolgten die Blut-und-Tränen-Geschehnisse auf dem Bildschirm mit stoischer Hingabe.

Besonders beliebt beim italienischen Fernsehzuschauer waren offenbar Talkshows. Hier schien jede Frau eine Nymphomanin zu sein, während männliche Talkshow-Gäste bevorzugt den Part des buntgekleideten Spaßvogels übernahmen. Beiden gemeinsam war der möglichst schrille Erstauftritt, der eine seelische oder körperliche Selbstentblößung nach sich zog. Es gab auch Herren fortgeschrittenen Alters. Dieser Typus präsentierte sich als weltläufiger Grandseigneur mit sonorer Stimme. Damen derselben Altersstufe fielen unter die Zensur.

Mir blieb nichts anderes, als den Gleichmut meiner Mitbeschauer zu bewundern. Silvio, der als Zeichen männlicher Erbfolge über Sehen und Nichtsehen verfügte, schaltete per Fernbedienung gelassen zwischen den Kanälen hin und her, sobald die *pubblicita,* die Werbung, ihre womöglich noch schwachsinnigere Botschaft verbreitete. Auch hier schmollmündige Weibsbilder, allerdings durch souveräne Hausherren domestiziert, denen garantiert streichfreudige Butter aufs Brot geschmiert oder neckisch der Nacken zum Parfümtest dargereicht wurde.

Ich blickte zu Tante Lulu, die zufrieden im Sessel döste. Diese Frau würde nie im Negligé vor dem Schminktisch sitzen, während der Mikrowellenherd quasi selbsttätig das Abendessen bereitete. Onkel Raffaele, der auf dem Sofa für den morgigen Arbeitstag vorschlief, hätte in diesem Fall entweder die Scheidung eingereicht oder seine Gattin ins Irrenhaus eingeliefert.

Ich war froh, als ich an diesem Abend endlich im Bett lag.

»Gianni«, wollte ich meinem Freund eine letzte Ermahnung mit auf die Traumreise geben. »Morgen bitte keine Einladung! Wir müssen uns auf den Schläfer konzentrieren!«

»O ja!« seufzte Gianni selig. »Unser Schläfer! Jetzt brauchen wir unbedingt richtige Sieberinnen. Wie im Fernsehen!« Und mit dergestalt frommen Wünschen entschlummerte er, mutmaßlich in eine mit üppigen Talkmasterinnen bevölkerte Welt.

Unerwarteterweise hatte ich Schwierigkeiten einzuschlafen. Zu Hause konnte man an solchen Abenden ein Bier trinken gehen oder in eine Diskothek. Nicht daß man sich dort weniger allein gefühlt hätte; aber man teilte die Einsamkeit wenigstens, und es gab Nahrung für die Hoffnung, in der nächsten Sekunde der Frau seines Lebens zu begegnen.

Kein Zweifel, die langbeinigen Weibsbilder im Fernsehen hatten auch bei mir Sehnsüchte geweckt. Ich verfluchte jede Talkshow des heutigen Abends einzeln und das italienische Fernsehen insgesamt. Mir hier, im ödesten Nest der Erde, vorzugaukeln, die Menschheit bestünde je zur Hälfte aus tollwütig-anschmiegsamen Blondinen und diesen Umstand unbarmherzig ausnutzenden Ladykillern, war schlechterdings eine Unverschämtheit! Was mußte ich für eine Flasche sein, daß ich allein im Bett lag!

Also stand ich wieder auf. Gianni grunzte selbstzufrieden im Schlaf und scherte sich einen feuchten Kehricht um meinen Weltschmerz. Ich setzte mich in die Küche und nahm mir Heinkels Doktorarbeit wieder vor. Das sollte mich auf andere Gedanken bringen. Dachte ich. Bis ich auf eine hinterhältig untertitelte Abbildung stieß: *Tänzerin mit durchsichtiger Tunika – die Etrusker pflegten einen unbekümmerten Umgang mit Sexualität und Eros.*

Da half es wenig, daß Heinkel im folgenden nachweisen konnte, warum *die Etrusker bis in die Neuzeit fälschlicherweise einer ausufernden Sinnlichkeit geziehen wurden. Schon Römer und Griechen malten das Bild eines in Perversion und Luxus versinkenden Volkes, das jeder sexuellen Ausschweifung* nachging. Dies schloß man aus freizügiger Kleidung (siehe obige Abbildung), der fehlenden Geschlechtertrennung im gesellschaftlichen Leben (beispielsweise lagen Männer und Frauen gemeinsam zu Tisch, und bei Sportveranstaltungen waren Etruskerinnen gern gesehene Zuschauer – für Griechen und Römer undenkbar!) sowie aus den unzweideutigen künstlerischen Darstellungen der Sexualität, die bis ins religiöse Leben reichte.

Das nachfolgende Christentum tat ein übriges, die Etrusker in Verruf zu bringen. Eine Kultur, die Sex und Religion so selbstverständlich zusammenbrachte, daß männliche Gräber mit einem steinernen Phallus gekennzeichnet wurden, daß Götter und Menschen auf Wandmalereien äußerst realistisch und auf bisweilen reichlich »unkeusche« Weise miteinander verkehrten, dürfte spätestens im Mittelalter als staatsgefährdend angesehen worden sein.

Ich betrachtete einige der unziemlichen Szenen – sie waren dankenswerterweise in Form detaillierter Strichzeichnungen beigefügt – und mußte Heinkel zustimmen. Auch in unserer angeblich »aufgeklärten« Gesellschaft hätte ein Zensor genügend Anhaltspunkte für ein Jugendverbot gefunden.

Merkwürdig, dachte ich, wie vorgegebene Wertvorstellungen selbst ureigene Empfindungen beeinflussen. Oder gar steuern? Wie unfrei machte die Moral? Zwang sie mich etwa nicht, die Dinge auf eine bestimmte Weise zu sehen? So, wie die Dinge vielleicht gar nicht waren? Inwiefern war ich, und der Mensch überhaupt, zu vorurteilsfreiem Denken fähig? Mußte man als Angehöriger einer Gesellschaft nicht alles durch die mit vorgefaßten Werten eingefärbte Brille sehen? Wo blieb da wissenschaftliche Objektivität, wenn nicht auf der Strecke?

Genau besehen hätte ein Wissenschaftler außerhalb von Normen und Moralvorstellungen stehen müssen, um objektiv urteilen zu können. Damit würde er freilich über kurz oder lang gegen die geltenden Werte verstoßen. Und wer gegen Sitte und Gesetze verstößt, ist ein Verbrecher. Mußte man also ein Verbrecher sein, um seiner Aufgabe als Wissenschaftler im Sinne der Objektivität gerecht werden zu können?

Mit solcherart trübsinnigen und selbstquälerischen Gedanken schlug ich mir die halbe Nacht um die Ohren. Schließlich befiel mich eine gewisse Heiterkeit: Indem ich unseren Schläfer den Behörden verheimlichte, war ich scheinbar auf dem besten Wege, ein objektiv urteilender Wissenschaftler zu werden!

Endlich wurde ich müde und ging wieder zu Bett. Kurz darauf hörte ich Ernesto kommen. Seltsamerweise tat mir sein Geklapper wohl. Auch er bewegte sich außerhalb der bestehenden Normen; jedenfalls kannte ich sonst niemanden, der mit Toten sprach und Visionen hatte. Ich hätte nie gedacht, mich eines Tages mit Geistern und ihren gespenstischen Geräuschen trösten zu können, doch die nächtliche Kaffeerunde unter mir vertrieb tatsächlich die Einsamkeit in meinem Herzen.

Und als Ernesto schließlich austrat, um zu schreien, wußte ich, warum ich diesen armen Mann so gerne hatte: Auch meine Verzweiflung floh vor seinen unmenschlichen Klagelauten. Ernesto war ein Erlöser! Er schrie nicht nur, um sich selbst vom Schmerz zu befreien, er schrie auch für mich. Vielleicht sogar für alle Einsamen dieser Welt, als Stellvertreter für alle, die nicht schreien konnten, weil Anstand und Sitte es verboten.

Am Morgen war alles vorbei. Ernesto dämmerte im Gartenstühlchen, Tante Anna trippelte um unseren Frühstückstisch, Platte winkte aus dem Tomatenbeet, Tante Cosima greinte, Tante Francesca streichelte Cesare. Und die Sonne schien.

»Wir müssen es ihnen sagen«, beschwor ich Gianni. »Wie sollen wir sonst arbeiten?«

»Platte wird uns die Hölle heiß machen«, hielt Gianni dagegen. »Eine Leiche zwischen seinen Tomaten!«

»Das müssen wir in Kauf nehmen, wenn wir den Schläfer ausgraben wollen. Wie stellst du dir das vor? Arbeiten von Sonnenaufgang bis zum Eintreffen der Familie, dann Pause, und dann wieder an die Schaufel, von fünf Uhr bis Sonnenuntergang? So schaffen wir das nie! Und außerdem kriegt Antonio sowieso alles raus, was er nicht rauskriegen soll!«

»Mannomann!« stöhnte Gianni. »Aber du hast recht. Wir müssen es ihm sagen. Nur laß uns die Sache so geschickt einfädeln, daß er irgendwie auf unserer Seite ist.«

»Am besten wäre es, *er* würde den Schläfer entdecken!« warf ich nachdenklich ein.

»*Sagra dei funghi!* Genau!« jubelte Gianni. »Platte wird uns selber auf die Spur führen. Das wird ein Spaß!«

Wenig später nahm Gianni seinen Onkel vertraulich beiseite: Ob er ihn kurz um seinen Rat fragen dürfe?

Generös breitete Antonio seine Arme aus. Aber selbstverständlich. Als ein Mann, der sich in zwanzigjährigem Hausmeisterdienst um die Menschheit verdient gemacht habe, sei ihm kein Problem zu schwer. Insbesondere wenn es den Ruhm der Familie mehre.

Gianni sah beschämt zu Boden. Ebendies war das Problem! Er, Gianni, habe den Namen der Familie beschmutzt, und nur Antonio könne ihn wieder reinwaschen.

Platte stutzte. Das ließ sich nicht gut an. Mißtrauisch und bereit, sich gegebenenfalls mit einer aalglatten Formulierung ins Unverbindliche zu flüchten, hakte er nach: Gianni brauche doch nicht etwa Geld?

Nein, nein, versicherte der Neffe treuherzig. Die Sache sei die: Wie Antonio wisse, sei Gianni als Sohn des Don Michele

Orsini zur Welt gekommen, eines Mannes, dem neben vielen persönlichen Stärken leider auch eine gewisse Leichtfertigkeit zu eigen war.

Antonio nickte seufzend: Leider, ja!

Und bedauerlicherweise, fuhr Gianni fort, sei auch er, sein Sohn, von dieser Eigenschaft nicht gänzlich frei. Die Stimme des Blutes sozusagen.

Platte horchte auf: Eine langgehegte Befürchtung drohte sich zu bewahrheiten. Gar selten fiel der Apfel weit vom Stamm! Was, um Gottes willen, war geschehen?

Geknickt berichtete Gianni von einer angeblichen Wette, geschlossen in der gestrigen Nacht zwischen Gianni und Valentino. Nach zwei Flaschen Rotwein.

Und, fragte Antonio atemlos.

Alles habe recht harmlos angefangen. Er, Gianni, habe Valentino abermals von den zahlreichen Knochenfunden auf dem Grundstück berichtet. Funde, die Onkel Antonio persönlich bezeugen könne!

Platte bezeugte mit eifrigem Kopfnicken in meine Richtung. Ich hatte mich Giannis Anweisungen gemäß skeptisch und hochmütig zu verhalten. Also zog ich verächtlich die Mundwinkel herunter. Unfug, erklärte ich entschieden.

Da sehe es der Onkel, wies Gianni auf mich. Ein Studierter lasse sich von einfachen Leuten eben nichts sagen. Verständlich, daß man sich darüber nach zwei Flaschen Rotwein ärgere, oder?

Onkel Antonio bekundete nervös seine Anteilnahme und bat darum, endlich schonungslos aufgeklärt zu werden.

Nun, die Worte seien hin und her gefallen, berichtete Gianni, ein jeder habe auf seiner Position beharrt – bis, nun, bis ihm schließlich der Kragen geplatzt sei: Jede Wette würde er eingehen, habe er dem besserwisserischen Archäologen entgegengeschleudert, daß sein Onkel Antonio wahr gesprochen habe und man binnen vierundzwanzig Stunden auf dem Grundstück Menschenknochen finden würde!

Jede Wette, fragte Antonio erschrocken.

Jede Wette, bestätigte Gianni mit Sündermiene. Und Valentino habe angenommen.

Welche Wette, wollte Antonio ahnungsvoll wissen.

Gianni zeigte wortlos mit dem Kopf auf das Haus.

»*Porca miseria!*« röchelte Antonio und schlug die Hände über dem Kopf zusammen. Aber gewiß würde Valentino als ehrenhafter Mann eine solche im Rausch geschlossene Wette weit von sich weisen?

Ich blickte finster drein.

»*Tedesco! Testa dura!*« kommentierte Gianni lapidar. »Ein Deutscher, ein Dickkopf!«

Antonio wurde womöglich noch eine Spur bleicher. Er persönlich, Antonio der Hausmeister und U-Boot-Veteran, gebe mir sein Ehrenwort, daß er hier höchstselbst Knochen, ellenlange ausgebleichte Röhren, gefunden habe. Beim Umgraben. Ich möge ihm doch bitte glauben!

Nun war meine Schauspielstunde dran. Ich hoffte, die mir zugeteilte Rolle ebenso perfekt zu spielen, wie Gianni die seine gespielt hatte. Natürlich glaubte ich Antonio, ließ ich über meinen Dolmetscher verkünden. Nur, zwischen Glauben und Wissen liege nun mal ein himmelweiter Unterschied, insbesondere für einen Wissenschaftler. Die Knochen müßten von einem Tier stammen, denn warum sollte hier, in Antonios Gemüsebeet, ein Mensch begraben liegen?

Ja, warum eigentlich? Antonio war sichtlich im Zwiespalt. Er wollte ja keine Leiche im Garten, und jetzt brauchte er eine. Hilfesuchend wandte er sich an seinen Neffen

»*La chiesa*!?!« gab Gianni das Stichwort.

Ja, genau, nickte Platte eifrig. Die Kirche. Früher habe sie dort gestanden, wo heute Pepes Tochter wohne. Direkt nebenan, auf dem Nachbargrundstück. Womöglich stammten die Knochen aus einem alten Grab? Wo eine Kirche war, könne ein Friedhof nicht weit sein.

»Hm!« sagte ich zweifelnd und ließ erkennen, daß ich diese Möglichkeit in Betracht zog. Wo er denn die Knochen seinerzeit gefunden habe?

Erneut stürzte Antonio in schwere Bedrängnis. So lange sei das her, daß er sich nicht mehr genau erinnern könne. Aber er glaube, es müsse schon bei unserer Grube gewesen sein.

So ein Schuft, dachte ich in diesem Moment. Mein Mitleid war wie fortgeblasen. Er hatte die ganze Zeit gewußt, daß wir an der richtigen Stelle gruben, aber keine Möglichkeit ausgelassen, unsere Zweifel zu schüren. Sein ungläubiges Gesicht vom ersten Tag war mir noch gut im Gedächtnis.

Nun, sagte ich leichthin, dann bestehe ja gute Hoffnung, daß Gianni die Wette einlösen könne. Keiner würde sich mehr darüber freuen als ich. Denn natürlich wolle ich die Familie, die mich so gastfreundlich aufgenommen hatte, nicht in Verlegenheit stürzen, aber: Was gilt, gilt! Um meine guten Absichten zu dokumentieren, erklärte ich mich sogar bereit, selbst zur Schaufel zu greifen.

Das jedoch wies Onkel Antonio entschieden zurück. Es sei Sache der Familie, die Scharte wieder auszuwetzen, erklärte er mit bitterem Blick auf Gianni. Vielleicht traute er mir zu, daß ich die Funde unterschlagen würde, um in den Besitz des Hauses zu gelangen.

Kurz darauf marschierten wir im Gänsemarsch zur Grube. Voran Antonio, in aufrechtem Stolz, dahinter Gianni, in gespielter Demut, und zuletzt ich, in der gleichmütigen Pose des Schiedsrichters.

Natürlich hatten wir zuvor ein paar Schaufeln Erde über den Schädel geschüttet. Trotzdem ging es überraschend schnell. Nach allenfalls einer halben Stunde stieß Gianni hörbar auf einen großen Stein. Aufgeregt rief er Antonio, der am anderen Ende grub, und mich herbei. War das vielleicht ein Grabstein?

Antonio beugte sich angestrengt darüber.

Ich wäre fast geplatzt vor Lachen über den Gesichtsausdruck des geplagten Mannes, als er den Stein beiseite schob und auf eine gelbliche, poröse Schädeldecke glotzte. Sollte er sich nun freuen oder laut aufheulen? Er hatte es geahnt, dann alles versucht, um unsere Ahnungen abzulenken, dann seine Ahnungen heraufbeschwören müssen, um eigenhändig zu entdecken, was er zunächst befürchtet hatte – ich schämte mich ein bißchen!

Der Erfolg gab uns freilich recht. Erschöpft räumte Platte das Feld, im Bewußtsein, von zwei Übeln das kleinere gewählt zu haben.

»Das wird er dir nie vergessen!« befürchtete ich, noch immer zwischen Lach- und Mitleidsanfällen schwankend.

»Ich weiß«, sagte Gianni. »Eine Vision vergißt man nicht, und das war bestimmt Plattes erste!«

Daß in Kürze eine zweite folgen würde, konnten wir uns im Überschwang unseres Sieges nicht vorstellen.

Inzwischen kamen wir jedoch gut voran. Wir arbeiteten wie besessen am Grab des Schläfers. Durch diese Entdeckung hatte unser Unternehmen eine neue Dimension bekommen. Nun standen wir tatsächlich am Beginn einer Zeitreise. Wohin würde uns der stumme Lotse führen?

Es waren glückliche Stunden am Grab des Schläfers. Stunden in fieberhafter Erregung, Scherbe um Scherbe, Knochen um Knochen, menschliches Schicksal zu offenbaren. Wie hatte Heinkel in seiner Doktorarbeit so wunderbar dramatisch und euphorisch geschrieben?

Archäologie ist der gemeinsame Aufschrei der Lebenden und Toten, die grausamste aller Fragen: »Warum?« *als Waffe der*

Wissenschaft gegen Gott geschleudert, in der Hoffnung, die Antwort auf sein immerwährendes Schweigen in einem Erdloch zu finden.

Hier, am Grab des Schläfers, war sie gegenwärtig, die fragwürdigste aller Fragen. Und hier empfand ich meine größte Wißbegier: WARUM? Die einzige, die ewige Frage, in die alle anderen münden. Wie blaß erschienen dagegen wer, wie, wo, wann im Angesicht des grinsenden Totenschädels! Einen Augenblick war der Kern des Wissenwollens sichtbar: WARUM? Was mich von dem Schläfer unterschied, war, daß ich noch fragen konnte. Er nicht. WARUM?

Trunken vor Wissensdurst arbeiteten wir uns vorsichtig mit Pinsel, Skalpell und Federmesserchen am Schädel des Unbekannten entlang. Stunden, als ob wir träumten. Die Aufdeckung des vor unseren Augen liegenden Todes nahm uns vollständig gefangen. Wir trieben selig durch Zeit und Raum, in einer Blase der Selbstvergessenheit, die uns einhüllte wie ein Kokon den ungeschlüpften Schmetterling.

Der Tag verflog. Nach der brüchigen Schädeldecke kam allmählich der leicht beschädigte Hinterkopf zum Vorschein. Wir legten ihn bis zur Hälfte frei. Dann erschienen, auf der gegenüberliegenden Seite – denn der Schädel lag seitlich, als wende er sich der Erde zu –, das Stirnbein und dunkle, erdgefüllte Augenhöhlen; schließlich die Mundpartie mit bleichen Kieferzangen.

Das Gebiß war in erstaunlich gutem Zustand. Backen- und Schneidezähne ragten wie abgescheuerte Kiesel aus der erdgetränkten, aufgerissenen Mundöffnung. Fast vermeinte man den erstickten Schrei zu hören, den die Erde – wie viele Jahre? – verschlossen hatte. Die Erde, die das Fleisch der Toten war. Wurzelenden ragten wie fasrige Nervenbündel aus allen Schädelöffnungen, ein schauriger und zugleich faszinierender Anblick.

Den Kopf inseitig freizulegen erschien mir zu gefährlich. Der Schädel war gut erhalten; ich wollte nichts beschädigen, bevor nicht alles genau fotografiert und registriert war. Vor allem aber wollte ich zuerst einen Gesamtüberblick: Wie war der Tote bestattet? Folgte dem bleichen Haupt überhaupt noch weiteres Gebein, vielleicht ebenso gut erhaltene Skelettknochen? Existierten Beifunde oder Grabbeigaben?

Um diese Fragen zu beantworten, beschlossen wir, den Schläfer zunächst weiträumig auszugraben und die Erde rundum bis auf das Liegeniveau abzutragen. Möglicherweise würde sich in der Aufsicht eine Bestattungsgrube abzeichnen. Fänden wir regelmäßige Steinanhäufungen, eine feine Umrißlinie in der Erde oder Spuren eines zerfallenen Sarges, war von einer ordentlichen Bestattung auszugehen. Oder hatte man den Toten ohne Zier und Beigaben in der Erde verscharrt? Nun galt es, jeden Hinweis zu beachten.

Wie ich es erwartet hatte, sorgte *il cadavere,* der Leichnam, wie Tante Anna entsetzt ausrief, im beschaulichen Alltag der Familie für Aufruhr, um nicht zu sagen: für Empörung. Tante Cosima hörte augenblicklich auf zu wimmern, als sie den Totenkopf sah. Statt dessen spie sie in unsere Richtung und wandte sich erhobenen Hauptes ab. Fortan aß sie die doppelte Menge Schokolade und sprach kein Wort mehr mit mir. Als ich ihr einmal helfen wollte, die Schnürstiefelchen zu binden, schlug sie sogar äffisch mit den Fingerspitzen nach mir. Vermutlich hielt sie mich für eine Inkarnation des Leibhaftigen.

Sogar Tante Francesca, Vallemutris oberste Kämpferin für Fortschritt und Kommunismus, schlug die Hände über dem Kopf zusammen und bekreuzigte sich stoßgebetsweise. Immer wenn die Tanten auf dem Weg zum Hühnerhaus am Grab vorbeikamen, tuschelten sie erregt und überzogen uns mit bitterbösen Blicken.

Ich wußte, daß jetzt die wahren Schwierigkeiten begannen.

Diese Menschen waren im festen Glauben an die Wiederauferstehung erzogen worden. Und nun, wo sie selbst an der Schwelle des Todes standen, begegneten sie dem Sensenmann, wie er wirklich aussah. Nicht so, wie es die farbenprächtigen Wandmalereien in der Kirche von San Lorenzo schilderten. Nicht Petrus öffnete die Himmelspforte, keine rosigen Engel, nicht der gütige Gottvater streckte ihnen den Finger entgegen. Nein, ein bleiches, dürres Knochengestell, traurig, einsam, namenlos, so sah das Ende wirklich aus. Ich verstand, daß es für sie leichter sein mußte, in mir den Satan zu sehen, als ihre Überzeugungen zu ändern.

Onkel Antonio hatte den ersten Schreck bald verdaut und heizte die Stimmung zusätzlich an. Fast stündlich beschwor er uns, in unserem gottlosen Tun einzuhalten. Die Wette sei ja nun erfüllt, die Ehre der Familie wiederhergestellt. Nun drohten weltliche wie überirdische Gefahren. Dämonen und Mafiosi würden gemeinsam über das friedvolle Dasein auf Giannis Grundstück hereinbrechen. Unser aller Leibeswohl und Seelenheil stünde auf dem Spiel.

Und Ernesto?

Ernesto verhielt sich seltsam ruhig. Vielleicht bestätigte sich für ihn nur eine vertraute Erfahrung: Die Gestorbenen sind sehr lebendig. Ernesto war den Umgang mit Geistern und Toten gewohnt; auf einen mehr oder weniger mochte es ihm nicht ankommen.

Dennoch wirkte er wacher und neugieriger als sonst. Er schlenderte häufig an der Grube vorbei und beobachtete staunend, wie das Skelett des Schläfers allmählich aus dem Erdreich trat. Ansonsten hockte er unter seinem Baum, den Blick in sich gekehrt. Obwohl seine Augen auf uns ruhten, wußte man nicht, ob er uns gewahrte. Was sah er? Wieviel von der Welt nahm er für wirklich, was gehörte zu seinem Alptraum? Wahrscheinlich unterschied er gar nicht, alles war eins. Die

Grenzen zwischen Schlaf und Wachzustand – für ihn, den seit Jahrzehnten Schlaflosen, mußten sie zerfließen. Vermutlich empfand er nichts beim Anblick eines Skeletts, das real oder eine *Vision* sein konnte.

Während wir stündlich weitere Erkenntnisse über den Schläfer sammelten – das Skelett war insgesamt sehr gut erhalten, schien jedoch ohne Beigaben in einem eilig ausgehobenen Graben zu liegen –, nahm Plattes Druck stetig zu. Endlich hielt er es nicht mehr aus und zog Gianni erregt beiseite. Ich kümmerte mich nicht darum, war ich doch das familiäre Aufgeplustere allmählich leid. Meine Aufmerksamkeit richtete sich auf die merkwürdig ineinander verschlungenen Hände des Schläfers. Sie waren nicht auf christliche Weise gefaltet, sondern lagen in verdrehter Stellung ans Brustbein gepreßt.

Ich wußte, es war zu früh für Spekulationen – obschon mir die Frage, wer der Tote sei, ständig im Kopf kreiste. Erst galt es, die verfügbaren Fakten zu sammeln, dann durfte ich Schlußfolgerungen ziehen.

Während ich also Daten in mein Notizbuch und Maße in eine Skizze eintrug, kam Gianni von seiner Unterhaltung mit dem Onkel zurück. Er wußte Erstaunliches zu berichten: Bereits gestern abend, Antonio habe es uns aus Höflichkeit verschwiegen, sei aber durch die aktuellen Ereignisse zur Enthüllung getrieben worden, gestern abend also habe ein anonymer »Freund der Familie« bei Antonio zu Hause angerufen und gefragt, was denn die jungen Leute auf dem Grundstück suchten! Auftragsgemäß habe Antonio die Geologen-Lüge weitergegeben, obwohl er doch so unter Unwahrheiten litt.

»Armer Antonio«, befand ich mitfühlend. »Ein aufrechter Mann wie er zur Lüge verdammt. Das Leben kann grausam sein!«

»In der Tat«, pflichtete Gianni mir bei. »Und stell dir vor:

Der geheimnisvolle Anrufer hat uns sogar in der Honighöhle beobachtet. Er wußte alles, hat alles gesehen, wie wir im Boden wühlten und vergeblich nach Schätzen suchten! Ist das nicht ein Wunder?«

Ich mußte lachen. Um uns bei den Grabungen in der Honighöhle zu beobachten, hätte es eines ungewöhnlich lichtstarken Fernrohrs bedurft. Eines wundersamen Objektivs, das Bäume und Felsen durchdrang wie ein Messer die weiche Butter, um schließlich, ebenso spielerisch und leicht, den beträchtlichen Helligkeitsunterschied zwischen sonniger Umgebung und düsterer Grotte auszugleichen.

Nein, da schien mir Giannis Interpretation wahrscheinlicher.

»Valentin!« sagte er mit verschwörerischer Miene. »Ich glaube, Platte hat eine zweite Vision gehabt!«

Das Grab des Haruspex

Wir arbeiteten fast ohne Unterbrechung. Am frühen Dienstag abend hatten wir Schädel, Arme, Hände und den Oberkörper des Schläfers freigelegt. Erschöpft saßen wir an seinem Grab, lehmverschmiert, Handpicken und Pinsel noch in der Hand, umrahmt von Erdwällen, Steinhaufen und Gartenschaufeln. Es roch nach frischer Erde; die Sonne warf ein mildes Licht ins Tal.

Der Zustand des Skeletts verblüffte mich. Selbst die porösen Knochenenden und Gelenkpartien, wichtige Anhaltspunkte zur Bestimmung des Lebensalters, waren gut erhalten. Es wurde Zeit, den Schläfer ein wenig genauer unter die Lupe zu nehmen.

Als ich mich, mit Maßband und Pinselchen bewaffnet, neben dem bleichen Skelett niederließ, sandte ich ein heimliches Dankgebet an die Adresse meines vorausschauenden Mentors Professor Heinkel. Der hatte stets dafür gesorgt, daß seine Assistenten die notwendigen anatomischen und anthropologischen Erfahrungen sammeln konnten; und so wurde auch ich für drei Monate in unserer Osteologischen Arbeitsstelle untergebracht, wo alle Knochenfunde des Landes zur Auswertung abgegeben und aufbewahrt werden.

In dem mehrstöckigen Gebäude lagern die sterblichen Überreste von über fünfzehntausend Menschen aus allen Zeiten und Kulturen. Verpackt in durchsichtigen Plastikplanen und großen Pappkisten, die wie Schuhkartons in lange Regalflure einsortiert wurden. Hier finden sich Gebeine steinzeitlicher Jäger neben denen keltischer Fürsten. Prägermanische Mütter liegen neben Stauferdamen, Kinder von Bandkeramikern zwischen suebischen Bauern. Sogar die gewaltigen Stoßzähne eines 250.000 Jahre alten Elefanten, der einst im Nekkartal zur Tränke stampfte, haben ihre letzte Ruhe im Regal gefunden. Die Kenntnisse über Mensch und Zeit, die ich an jenem für Laien gewiß gespenstisch anmutenden Ort erhielt, zahlten sich jetzt aus.

Der Gesichtsschädel des Schläfers war etwas weniger gut erhalten als die übrigen Skeletteile. Das mochte von einem schweren Stein rühren, der über dem Kopf gelegen und dessen Seitenlage bewirkt hatte. Der Schädel ruhte auf einem kleinen Erdkissen und »sah« ursprünglich wohl direkt nach Osten, dorthin, wo die Sonne jeden Morgen über dem Tal aufging. Fast alle Kulturen begruben ihre Toten in West-Ost-Richtung, und so schlummerte auch unser Schläfer. Wie lange schon?

Knochen und Schädel lagen kahl und bleich im dunklen Boden. Sämtliche Gewebeteile, seien es Sehnen, Muskeln, Knorpel, Haut, Haare oder Textilien – sofern der Tote nicht nackt beerdigt worden war –, waren dahin. Von Insekten, Larven und Würmern abgefressen, so daß ein fast schon steriler Eindruck von Kahlheit entstand.

Im allgemeinen, unbedeckt von schützendem Erdreich, zerfällt ein menschlicher Körper in etwa sieben Jahren zu einem blanken Gerippe. Dabei entscheiden vor allem Klima und, bei bestatteten Leichen, die Bodenbeschaffenheit über die Dauer der Verwesung. Einzuschätzen, wie lange unser Schläfer in Giannis Garten begraben lag, war ohne Beifunde zunächst nicht möglich.

Leider konnte ich auch das Geschlecht nicht feststellen, da der Gesichtsschädel ausgerechnet an den sexualevidenten Stellen beschädigt war. Weibliche Schädel weisen gemeinhin weniger ausgeprägte Kinnpartien, Unterkiefer und Überaugenregionen auf. Ferner ein schwächeres Muskelmarkenrelief am Hinterkopf, wo die Nackenmuskulatur ansetzt. Freilich lassen sich so nur Tendenzen ablesen, denn eine Frau, die ihr Leben lang schwere Wasserkrüge auf dem Kopf transportierte, wird ein »männliches« Nackenmuskelrelief erkennen lassen, während ein Mann, der keine körperliche Arbeit verrichten mußte, eher schwache, also »weibliche« Ausprägungen zeigen wird. Erst die Auswertung des noch halb bedeckten Beckens würde ergeben, welchem Geschlecht unser Schläfer angehörig war.

»Sonst kannst du nichts feststellen?« fragte Gianni enttäuscht. Er konnte es kaum erwarten, daß unser Schläfer seine Identität preisgab.

»Vielleicht können wir das Lebensalter herausfinden«, meinte ich hoffnungsvoll, »also klären, wie alt der Schläfer war, als er starb.«

Das wollte Gianni nicht einleuchten. »Wieso soll das einfacher sein, als festzustellen, wie lange er hier liegt?«

»Schau her!« sagte ich und zeigte auf das Gebiß des Schläfers. »Die Zähne sind der härteste Teil des menschlichen Körpers. Sie bestehen zu fast hundert Prozent aus anorganischen Substanzen. Trotzdem sind die Molaren, die Backenzähne, ziemlich abgerieben, was schon mal auf einen nicht mehr ganz jungen Menschen schließen läßt.«

»*Sagra dei funghi!*« stöhnte Gianni und fühlte mit der Zunge an seinen Zahnreihen entlang.

»Und dann, wenn ich die ausgewachsenen und ebenfalls etwas abgemahlenen Weisheitszähne im Unterkiefer sehe, kann ich auf jeden Fall sagen, daß der Schläfer älter als zwanzig Jahre wurde. Vorher nämlich bekommt man normalerweise keine Weisheitszähne.«

»Also keine Kinderleiche«, stellte Gianni erleichtert fest. Ihm war aufgefallen, wie klein und schmal so ein Skelett eigentlich aussieht, ohne Fleisch und Muskeln.

»Nein, keinesfalls. Betrachten wir jetzt die Gelenke an Ellbogen und Schulter sowie die Rückenwirbel«, dozierte ich weiter. »Nach Abschluß des Körperwachstums, also mit zweiundzwanzig bis fünfundzwanzig Jahren, verwachsen die Gelenkenden mit dem Knochenschaft. Das ist hier der Fall. Weitere Hinweise geben die inneren Schädelnähte. Ein Menschenkopf besteht, wie du sicher weißt, aus mehreren Schädelplatten. Ab etwa vierzig Jahren sind sie vollständig miteinander verwachsen, und es bilden sich kleine Nahtwülste.«

Ich fuhr behutsam über den Schädel des Schläfers und nahm ein mittelgroßes Bruchstück auf. Die Nähte waren noch nicht miteinander verwachsen. Der Schläfer war also verhältnismäßig jung gestorben, zwischen dem fünfundzwanzigsten und vielleicht achtunddreißigsten Lebensjahr.

»So jung?« rief Gianni, der sich anschickte, einunddreißig zu werden.

»Wenn du bedenkst, daß die durchschnittliche Lebenserwartung vor ein paar Generationen allenfalls halb so hoch war wie heute, ist das gar nicht so jung«, tröstete ich Gianni. »Und jetzt, mal sehen, wie groß der Schläfer war.«

Ich vermaß sorgfältig beide Oberarmknochen: Als Faustregel zur ungefähren Bestimmung der Körpergröße multipliziert man die Länge des Oberarmknochens mit fünf. Da ich links einunddreißig, rechts dreißigeinhalb Zentimeter abmaß, dürfte der Tote zu Lebzeiten zwischen einsfünfundfünfzig und einssechzig groß gewesen sein.

»Wieso?« fragte Gianni, der rechnen konnte. »Nach Adam Riese komme ich auf hundertzweiundfünfzig Komma fünf bis hundertfünfundfünfzig Zentimeter!«

»Ein paar Zentimeter muß man dazuzählen, für die Weichteile und den Gewebeschwund im Lauf der Verwesung.«

Gianni schaute skeptisch. Wofür waren Zahlen eigentlich gut, wenn sie nach Belieben hin und her geschoben werden konnten?

»Überhaupt«, schränkte ich weiter ein, »sind solche Schätzungen nur Orientierungshilfen, weil sie auf Durchschnittswerten basieren. Die Körperproportionen von Populationen, manchmal sogar schon von Dorf zu Dorf, unterscheiden sich erheblich voneinander. Ein zierlicher Mann mediterranen Typs hat etwa den gleichen Knochenbau wie eine kräftige skandinavische Frau. Angenommen, ein Römer hätte eine Wikingerbraut entführt, und wir würden ihr Skelett zweitausend Jahre später in Pompei finden: Jede Wette, daß die robuste Nordfrau als römischer Soldat eingeordnet würde. Umgekehrt erschiene uns das Skelett des Römers in Skandinavien als das einer Frau!«

»Alles ist relativ!« seufzte Gianni. »Der Schläfer wäre heute mit seinen knapp einssechzig ein Zwerg. Vielleicht war er früher ein Riese?«

»Ein Riese gewiß nicht, aber wohl auch kein Zwerg. Hast du mal Ritterrüstungen im Original gesehen? Nein? Als zehn-, zwölfjähriger Bub wollte ich es kaum glauben: Die sagenhaften Ritter mit ihren doppelhändigen Schwertern waren nicht größer als ich. Das Mittelalter eine Spielwiese für Winzlinge! Ich war furchtbar enttäuscht.«

Gianni nickte verständnisvoll. Seine Beine baumelten dicht neben dem Totenschädel. »Was glaubst du, wie alt ist unser Schläfer wirklich?«

»Wie meinst du das, ›wirklich‹?

»Nun, wie lange liegt er schon hier?«

Ich stand auf und blickte vom Rand der Grube auf das halb bedeckte Skelett. In wenigen Stunden würde der Schläfer frei und nackt vor uns liegen. Aber noch immer hatten wir keine Anhaltspunkte für seine kulturelle Zugehörigkeit. Kein Gefäß, keine Waffen, kein Schmuck, kein persönlicher Gegenstand, der uns etwas über den Toten hätte verraten können. Wer war der Schläfer, und was hatte er hier zu suchen?

»Ich weiß es nicht«, gestand ich.

»Aber ein Etrusker war er nicht, oder?« Gianni blickte mich in der Hoffnung an, ich möge ihn widerlegen.

Ich ließ die vielen Gebeine, die ich in der Osteologischen Arbeitsstelle gesehen und registriert hatte, an mir vorüberziehen. Guterhaltene Skelette, aber auch kümmerliche Reste. Große und kleine, Frauen, Männer, Kinder, beeindruckend funktionale Konstruktionen, aber auch geborstene Trümmer einstigen Lebens. Rötliche Schädel und gelbe, weiße Schädel und braune, knochenharte und brüchige, gespaltene – hinter jedem und allem ein eigenes Schicksal, eigene unerklärliche Zeitläufte ...

»Ich weiß es wirklich nicht, Gianni. Aber ich glaube, so alt, daß er ein Etrusker gewesen sein könnte, so alt ist der Tote nicht. Wenn wir wenigstens einen dazugehörigen Gegenstand finden könnten!«

Gianni blickte über die Schulter in die Berge. »Wir haben

noch ein, zwei Stunden Tageslicht. Vielleicht haben wir Glück.«

Er reckte sich und stieg wieder in die Grube. Ich war zu müde und beobachtete ihn träge. Mit einem dicken Malerpinsel arbeitete er sich in Richtung Becken vor; in der anderen Hand hatte er einen weichen Pinsel für die Feinarbeit.

Ich lehnte mich in die Abendsonne und ließ die Anspannung von mir abfallen. So hatte ich mir unseren Italienaufenthalt vorgestellt: Sonne, Zeit und aufregende Stunden am Grabe eines Unbekannten. Spurensicherung. Der Archäologe ist der Detektiv der Geschichte. Was gab es Faszinierenderes, als in der Vergangenheit zu graben!

»*Sagra dei funghi!*« entfuhr es Gianni. »Valentin! Schau mal!«

Ich sprang auf und rutschte zu ihm in die Grube. Zwischen den noch halb bedeckten Beckenknochen lugte eine verwitterte Metallfläche aus der Erde. Hastig riß ich Gianni den feinen Pinsel aus der Hand und wedelte damit über das bräunliche Metallstück. Es schien ziemlich dünnwandig zu sein. Nicht sehr breit, aber relativ lang.

Wenig später wußten wir mehr: ein längliches, leicht gebogenes Blech aus Bronze, fast zwanzig Zentimeter lang und neun breit, höchstens zwei Millimeter stark.

Nicht nur die Fundstelle in der Beckengegend des Schläfers ließ vermuten, daß wir ein Gürtelblech entdeckt hatten. Rundum mit Nieten beschlagen, wies das längliche Täfelchen auch zwei nach innen gebogene Haken auf, die offenbar als Verschluß gedacht waren. Vom Gürtel selbst fehlte freilich jegliche Spur.

Ich fotografierte das Blech und fertigte eine Skizze an, bevor es dunkel wurde. Dann konnten wir es aus dem Grab nehmen.

Im Haus legte ich unseren neuen Fund neben die Kupfersonne auf einen Bogen weißes Papier und machte weitere

Aufnahmen. Bestand zwischen den beiden Gegenständen ein Zusammenhang? Besser gesagt: zwischen den *drei* Gegenständen? Don Micheles Bronzeteller, weswegen Gianni in unser Institut gekommen war, Ernestos Kupfersonne und nun das Bronzeblech.

Während ich es in einem speziellen Reinigungsbad von Korrosion und festgefressener Erde säuberte, faßte ich einen wichtigen Entschluß: Ich würde Professor Heinkel anrufen und ihn informieren. Dafür wollte ich sogar die unvermeidliche Strafpredigt in Kauf nehmen; Heinkel konnte mein eigenmächtiges Vorgehen an den italienischen Behörden vorbei gar nicht gutheißen. Trotzdem, ich brauchte seine Hilfe. Wir mußten wissen, was die Inschrift auf der Kupfersonne bedeutete.

Gianni stimmte mir zu. »Wir können das Telefonat ja gleich mit einer *Napoletana* verbinden«, schlug er vor. »Ich hab einen Bärenhunger!«

Da sich das nächste Telefon entweder in der Pizzeria oder in Plattes Dorfwohnung befand – Giannis Häuschen besaß natürlich keinen Anschluß –, hatte ich nichts gegen diesen Vorschlag einzuwenden. Eine *Napoletana* zur Stärkung von Geist und Körper konnte der Wahrheitsfindung nur dienlich sein.

Ich erreichte Professor Heinkel, kurz bevor er das Institut verlassen wollte. Seine Reaktion war die erwartete.

»Himmel noch mal, Valentin!« brüllte er in die Muschel. »Sind Sie von allen guten Geistern verlassen? Eine Grabung als Ausländer ohne Genehmigung, und dann wollen Sie Ihre Entdeckung zurückhalten? Wenn Sie nicht unverzüglich die Denkmalschutzbehörden in Neapel einschalten, kommen Sie in Teufels Küche! Wofür habe ich Ihnen jahrelang die Steigbügel gehalten? Daß Sie sich mit Mafiosi und Drogensüchtigen einsperren lassen?«

Ich hielt den Hörer etwas vom Ohr. Der Kellner, der gerade mit meiner *Napoletana* aus der Küche kam, blickte mich erschrocken an: Schlechte Nachrichten?

Ich winkte gelassen ab und wies ihn an, meine Pizza schon mal auf den Tisch zu stellen. Erstens verrauchten Heinkels Wutausbrüche so rasch, wie sie heftig waren. Zweitens hatte er mich in voller Kenntnis meiner Absichten freigestellt, und wenn ich nun fündig geworden war, konnte er mir das nicht vorwerfen. Drittens und hauptsächlich war Heinkel ebenfalls Archäologe aus Leidenschaft. Ich hatte selbst einige Male erlebt, wie er sich über Vorschriften unbesehen hinwegsetzte, wenn es der Wissenschaft diente.

»Einen Moment!« rief ich also in sein Gezeter. »Bitte hören Sie mir einen Augenblick zu. *Sagra dei funghi* – nur einen Augenblick!«

»*Sagra dei* was?« Heinkel stutzte. Mit geweihten Pilzen konnte er für den Moment nichts anfangen.

Das war meine Chance: »Natürlich weiß ich, was in Deutschland zu tun wäre. Aber wir befinden uns in einem gottverlassenen Dorf in einem gottverlassenen Tal. Kein Mensch interessiert sich hier für die Archäologie. Höchstens für ihre Schätze.«

Heinkel brummte Unverständliches in den Hörer, aber immerhin ließ er mich jetzt ausreden.

»Wir haben Hinweise für etruskischen Einfluß in Vallemutri! Ein Zierstück mit etruskischer Inschrift. Jetzt wurde ein Gürtelblech gefunden. Möglicherweise stoßen wir auf eine etruskische Nekropole. Wenn diese Informationen an die falschen Leute gelangen, ist es vorbei mit der Ruhe. Bevor wir das publik machen, brauchen wir so viele handfeste Beweise, daß die Behörden alle Maßnahmen zum Schutz unserer Entdeckung unternehmen. Glauben Sie im Ernst, man würde in Neapel auf den bloßen Verdacht eines Ausländers entsprechend reagieren?«

Heinkel schwieg. Er dachte nach. Eine etruskische Kupfersonne war gefunden worden. Sein Assistent brauchte Informationen. Über die Etrusker, das Volk, dem er seine Doktorarbeit gewidmet hatte, konnten neue Erkenntnisse gewonnen werden. Die Chance, eine unbekannte Etruskerstadt des kampanischen Zwölferbundes zu entdecken ... es war ganz einfach.

»Schießen Sie los! « sagte er trocken.

»SUTHNA:NETSVIS«, erwiderte ich.

»Buchstabieren!« bellte er.

Ich tat, wie mir geheißen.

»Rufen Sie mich in einer halben Stunde wieder an!« befahl Heinkel und legte grußlos auf.

Selten habe ich eine *Napoletana* so achtlos heruntergeschlungen wie an diesem Abend. Exakt dreißig Minuten später ging ich erneut zu dem klapprigen Wandtelefon neben der Pizzaküche.

»Valentin, wo wollen Sie das Ding gefunden haben? In einer Höhle?«

»Ich selbst habe es nicht gefunden, aber es geschah angeblich vor einer Höhle. Warum?«

»Sehr merkwürdig! Es wäre mir neu, wenn die Etrusker ihre Priester in Höhlen begraben hätten. Wie auch immer, die Inschrift lautet: ›Zum Grab des Haruspex gehörig‹. Können Sie was damit anfangen?«

»*Suthna* ist also kein Name?«

»Nein. *Suthna* oder *suthina* kommt vom *suthi*, Grab. Das Suffix entspricht einer Art Genitiv der Zugehörigkeit.«

»Dann müßte bei oder in der Höhle ein etruskischer Priester begraben sein?«

»Falls das wirklich der Fundplatz der Kupfersonne war, wie Sie sagen – ich halte es nach Ihrer Beschreibung für ein Amulett oder einen Talisman –, falls das Ding also tatsächlich vor einer Höhle vergraben wurde, liegt es nahe, dort auch das Grab seines Besitzers zu vermuten. Wie die Inschrift besagt: ›zum Grab des Haruspex gehörig‹. Trotzdem, Fundort und Fundstück passen nach meiner Ansicht nicht zueinander. Haruspices waren zu ihrer Zeit angesehene Leute. Es scheint mir sehr untypisch, einen Vertreter dieser hochgeachteten Zunft weitab in den Bergen zu verscharren.«

»Vielleicht als Strafe oder aus Angst vor seiner Wiederkehr?«

»Sie stellen sich also vor, der Mann macht eine falsche Vorhersage, wird dafür abgemurkst, und weil man befürchtet, sein Geist würde sich für die Schandtat rächen, versenkt man den Gemeuchelten vor einer Höhle? Genial! Sie sind ja ein zweiter Schliemann!«

Heinkels Sarkasmus war kaum zu überhören. Der Mann konnte Gedanken lesen.

»Immerhin«, warf ich zaghaft ein, »heißt die Höhle ja ›Honighöhle‹, weil dort früher Bienenstöcke in den Felsen hingen. Und Bienen waren für die Etrusker doch Unglückstiere?«

»Herrgott, Valentin, die Etrusker waren ein zivilisiertes Volk und keine religiösen Wirrköpfe! Und schon gar keine Menschenschlächter. Das Morden haben uns die Römer beigebracht, falls wir es nicht schon vorher kannten. Wissen Sie, warum Bienen den Etruskern als negatives *Symbol* galten? Nein? Weil ein Bienenschwarm wie eine Monarchie aufgebaut ist. Die Etrusker waren ein freiheitsliebendes Volk, das schon im sechsten vorchristlichen Jahrhundert die Monarchie abschaffte. Als noch kein Mensch, auch die Griechen nicht, von Demokratie sprach, rebellierten die Etrusker gegen das Königtum! Haben Sie meine Doktorarbeit nicht gelesen?«

Ich schwieg. Heinkels Vitalität ließ selten Widerspruch zu. Man brauchte gute Argumente, wenn man gegen diesen Mann bestehen wollte.

»Machen Sie keinen Blödsinn, und halten Sie mich auf dem laufenden!« bellte er in den Hörer, bevor er auflegte.

Gianni dagegen fand meine Theorie gar nicht so abwegig. »Menschen wurden und werden noch heute aus weit nichtigeren Gründen umgebracht. Vielleicht hat der Haruspex wirklich eine falsche Botschaft verkündet, zu einem besonders wichtigen Anlaß, so daß sein Irrtum schreckliche Folgen hatte.«

Mir fiel noch eine andere Möglichkeit ein: »Denkbar wäre auch, daß im Tal nur dieser eine Etrusker lebte – als einziger Etrusker unter der unzivilisierten Urbevölkerung. Der Haruspex könnte wie ein Missionar oder Botschafter unterwegs gewesen sein. Vielleicht haben ihn die Barbaren mißverstanden oder als Feind ihrer Götter betrachtet und getötet.«

»Der Haruspex – ein Missionar des etruskischen Namens?« Gianni horchte mit schiefem Kopf dem Klang seiner eigenen Worte nach. »Hört sich gut an!«

Zurück in Giannis Häuschen, nahm ich das Gürtelblech aus dem Reinigungsbad. Eine Ecke war abgebrochen, und dort, wo die Verschlußhaken angenietet worden waren, verlief ein langer Riß durch das Blech. Dennoch konnte man erkennen, daß es ein herrliches Schmuckstück gewesen war. Auf seiner Vorderseite befanden sich komplizierte Muster aus Golddraht, ein Ornamentteppich aus zierlichen Schnecken, Kreisen und blumenartigen Tropfen, der ursprünglich über dem ganzen Blech gelegen haben mußte.

Für mich stand außer Frage: Das Gürtelblech konnte nur das Werk eines hochbegabten Menschen mit außerordentlichen kunsthandwerklichen Fähigkeiten sein. Kein Barbarenschmied hätte derartiges zustande gebracht.

»Phantastisch!« rief Gianni, als ich das Blech vorsichtig freikratzte. »Was glaubst du, wie alt es ist?«

»Ziemlich alt«, erwiderte ich. »Dem Material und Verwitterungsgrad nach würde ich es auf gut zweitausend Jahre schätzen, auf jeden Fall späte Bronzezeit. Und wenn ich die handwerklichen und stilistischen Merkmale betrachte, würde ich sagen: könnte durchaus etruskischer Herkunft sein!«

»*Sagra dei funghi!*« jubelte Gianni. »Damit ist wohl klar, daß die Bronzeschale und die Eisenspitzen, die mein Vater hier gefunden hat, auch etruskisch sind, oder?«

Ich kratzte mich nachdenklich am Kopf. Tatsächlich gab es nur einen sicheren Hinweis auf etruskisches Leben im Tal der verlorenen Seelen: die Kupfersonne des Haruspex. Nur ihre Inschrift war eindeutig. Die beiden anderen Funde, Don Micheles Bronzeschale und das Gürtelblech, hätten wohl gut dazu gepaßt. Doch der Fundort der drei Gegenstände stimmte nicht überein. Während die Bronzeschale und das Gürtelblech auf Giannis Grundstück gefunden worden waren, stammte die Kupfersonne von der Honighöhle. Ernesto hatte sie dort ausgegraben, nicht auf dem Grundstück. Das Beweisstück bewies also nur sich selbst.

Ob unser Schläfer ein Etrusker war, blieb ungeklärt, bis wir seine Grabbeigabe ebenso eindeutig definiert hatten wie die Kupfersonne. Wir durften die Fakten nicht durcheinanderbringen. Vielleicht hatte unser Schläfer das Gürtelblech von einem Etrusker, dem Haruspex womöglich, gekauft oder als Geschenk erhalten? Wer war der Tote im Garten? Seine Identität würde uns gewiß Anhaltspunkte liefern.

»Moment, Moment! « brüllte Gianni, als ich meine Überlegungen vortrug. »Nicht so hastig! Die Sache ist doch ganz einfach: Wir haben ein Grab ohne eindeutig etruskische Beigaben, und wir haben eine eindeutig etruskische Beigabe ohne Grab. Schmeißen wir doch beides zusammen, die Kupfersonne ins Schläfergrab, und blitzschnell paßt eins zum anderen!«

Er strahlte.

»Gianni!« entgegnete ich verärgert. »Ich bin Wissenschaftler. Ich muß feststellen, was geschehen ist. Nicht geschehen machen, was ich feststellen will!«

»Falsch!« sagte Gianni und grinste noch eine Spur breiter. »In diesem Fall eindeutig falsch. Wir müssen erst etwas ungeschehen machen, damit wir feststellen können, was passiert ist.«

»Ich verstehe kein Wort!«

»Valentin, überleg doch mal! Wer fand die Kupfersonne?«

»Dein Onkel Ernesto.«

»Richtig. Und wo hält sich Ernesto die meiste Zeit auf?«

»Nun, hier ... – Himmel und Hölle! Ernesto! Du meinst, er hat die Kupfersonne im Garten gefunden und zur Honighöhle mitgenommen? Das meinst du doch, nicht wahr?«

»Logisch!«

»Aber warum?«

»Ich glaube«, sagte Gianni gedankenverloren, »das werden wir nie herausbekommen. Was in Ernestos schmerzendem Kopf vor sich geht, kann kein gesunder Mensch verstehen. Vielleicht wollte er der Bienenkönigin ein Geschenk machen? Keine Ahnung.«

Er hatte recht. Ernestos Handlungen waren nicht mit unseren Maßstäben zu messen.

Plötzlich durchzuckte mich die wahre Bedeutung von Giannis Theorie: Unser Schläfer war ein etruskischer Opferpriester. Wir hatten das Grab des Haruspex entdeckt. Hier, kaum dreißig Meter von der gemütlichen Gewölbeküche entfernt, lag ein Kronzeuge der Vergangenheit.

Und wieder sprachen die Toten zu uns.

Lisandras Rückkehr

Der Mann tat, als sei ich gar nicht da. Er baute ein spinnen-
beiniges Holzgerüst vor sich auf und rüttelte und sicherte so
lange daran herum, bis seine Konstruktion fest auf dem aus-
getrockneten Feld stand. Dann spannte er einen rechtwinkli-
gen Rahmen, der mit glänzendem Stoff bezogen war, zwischen
die Verstrebungen und legte allerlei Pinselchen, Brettchen und
Tuben auf einen kleinen Tisch. Der Wind brachte scharfe
Gerüche zu mir, als der Mann die bunten Dosen und Tuben
öffnete. Ich setzte mich in dem schweren Lehnstuhl zurecht,
stützte meine Hände auf den Knauf und schaute erwartungsvoll zu ihm hinüber: Er war gekommen, um mich zu malen!
Der Steinschneider befühlte nun vorsichtig meinen Kopf.
Wie hoffte ich, daß er mir helfen würde! Jede Bewegung tat
mir furchtbar weh. Die Bienen brummten und summten tag-
ein, tagaus in meinem Kopf. Warum? Ich hatte ihnen nichts
getan!
Endlich traf der Pfarrer ein. Als er davon gehört hatte, daß
der Steinschneider meinen Kopf öffnen und die Bienen her-
auslassen wollte, hatte er darauf bestanden, dabeizusein. Falls
meine Seele mit den Bienen davonfliegen würde. Auch eine
Ordensschwester kam hinzu. Der Steinschneider stellte sie mir
gegenüber, wo sie sich auf ein rundes Tischchen stützen konnte. Ihre kalten Augen verweilten auf mir, ohne zu zwinkern.
Der Steinschneider legte eine Hand auf meine Schulter. Ich
wußte, daß er mich verletzen mußte. Damit ich vor Schmerz
nicht aufsprang, wenn seine Klinge in mich drang, hatte er
mir ein grobes Leintuch um den Leib geschlungen. Das fes-
selte mich an die Stuhllehne; ich spürte sie hart und unnach-
giebig in meinem Rücken.
Natürlich hatte ich Angst, aber ich war auch ein wenig stolz,

daß mich der Steinschneider auserkoren hatte, seine Arbeit zu bezeugen. Der Maler war eigens dazu auf das Feld vor der Stadt gekommen. Er arbeitete fieberhaft. Seine Zeichenhand fuhr mit schnellen sicheren Bewegungen über die Leinwand. Ich hatte den Eindruck, daß er mich gar nicht ansah, obwohl seine zusammengekniffenen Augen mich wie unsichtbare Tentakel abtasteten. Einmal ging der Steinschneider zu ihm hinüber, um das skizzierte Bild zu überprüfen; er schien damit zufrieden.

Dann kratzte etwas an meiner Kopfhaut. Einen Moment drehte sich die Welt vor meinen Augen. Dann legte sich ein molliger Hautlappen über meine Sinne. Mir wurde übel. Ich fühlte keinen Schmerz, aber der wabbelige Hautlappen wuchs. Er wuchs über mein Gesicht, in meinen Mund, so daß ich fast erstickte. Während der Steinschneider unablässig über meinen Schädel schabte, wanderte der Hautlappen die Speiseröhre hinab, drängte und quetschte sich in meine Gedärme, bis er meinen ganzen Leib anfüllte, der eine wunde, zuckende Fleischmasse geworden war. Ich fühlte mich unsäglich nackt und einsam unter den forschenden Blicken des Malers.

Wie im Traum sah ich, daß der Maler der Nonne ein rotes Buch aufs Haupt legte. Das Buch schillerte auf ihrem weißen Schleier; es wurde von einer goldenen Klammer eingefaßt. Der Pfarrer erhielt ein schwarzes Abtgewand und stellte sich auf des Malers Anweisung zwischen uns an den Tisch.

Stunden verharrten wir fast regungslos auf unseren Plätzen, der Pfarrer, die Nonne und ich. Nur der Wind war zu hören, dazwischen die Pinselstriche des Malers auf der Leinwand und das schabende Geräusch, das der Steinschneider mit seinem zierlichen Werkzeug an meinem Schädel verursachte.

Urplötzlich loderte ein grausamer Schmerz durch mein Bewußtsein. Er zerriß mich in zwei Hälften. Ich brüllte vor Qual und Verzweiflung. Der grelle Schrei eines Raubvogels entrang sich meinen Lungen und bahnte sich durch das mich überwuchernde Geschwür. Sein spitzer Schnabel pickte heftig gegen mein Schädeldach, das Loch zu vergrößern, das die Klinge geschnitten hatte.

Der Steinschneider zuckte zurück. Die Nonne schrie, als sich der Vogelkopf aus meinem Schädel reckte. Das Buch fiel polternd zu Boden. Sie hatten auf Bienen gewartet, der Vogel aber würde sie töten.

Die Nonne wandte sich um und floh. Der Wind stellte sich ihren hastigen Schritten entgegen, zerrte an ihrer wallenden Ordenstracht. Ihr magerer Körper straffte sich während der Flucht, wurde runder und voller; das Nonnenkleid flatterte wie eine Fahne hinter dem fliehenden Frauenleib.

Mit einem letzten Ruck kämpfte sich der Vogel aus meinem Schädel; er war frei. Triumphierend erhob er sich in die Luft, seine Schwingen zerteilten den milchigen Himmel. Drei-, viermal umkreiste er die Sonne – dann stieß er herab, mit vorgerecktem Schnabel. Die flatternde Nonne blickte sich angstvoll um.

Der Vogel wuchs und wuchs, sein Schatten warf sich über sie, riß ihr die tristen grauen Hüllen von Kopf und Körper. Ihr Leib schimmerte herrlich weiß auf dem braunen Feld und weckte augenblicklich meine Begierde. Doch als der Vogel sie zu Boden warf, erschrak ich: Die Nonne besaß keine Haare mehr, ihr blanker Schädel erglänzte im Licht.

Noch immer konnte ich mich nicht rühren. Der Maler hob das rote Buch auf und legte es auf den Tisch. Er schien zufrieden mit dem Schauspiel, das sich ihm geboten hatte. Auch der Steinschneider wirkte, als habe ihm das Werk seiner Hände Genugtuung bereitet. Neugierig sah er mich an. Ich zeigte auf das Buch: Was stand darin? Der Steinschneider lachte und schüttelte den Kopf. Doch dann besann er sich neu, lachte abermals und legte mir das Buch in den Schoß.

Benommen fingerte ich an dem Verschluß – und erschrak: Das Buch war aus Holz! Eine Attrappe, ein kleines rotbemaltes Kistchen, um das der Maler einen Ledereinband geschlungen hatte.

Enttäuscht und trotzig wie ein Kind warf ich das Kistchen auf den Boden. Es zerbrach. Der Deckel splitterte. Und langes dichtes Feuerhaar floß aus dem Kistchen, unaufhaltsam auf mich zu. Ein scharlachroter Lavastrom, der meine Beine und den Leib heraufkroch. Ihr Haar, das mich verschlang, bis ich nicht mehr schreien konnte ...

Ich erwachte in Schweiß und Angst. Das drängende Rot lag wie ein Teppich über meinem Bewußtsein; alles, alles schien davon eingenommen und darin eingehüllt. Benommen blickte ich mich um. Gianni schlief noch, die Morgensonne leuchtete in sein friedliches Gesicht. – Jäh wie die Klinge des Steinschneiders durchzuckte mich die bildhafte Erinnerung: die Bienenkönigin! Wie hatte ich die Bienenkönigin vergessen können!

Ohne Gianni zu wecken und die Küche meidend wie ein Pestlager, eilte ich geradewegs ans Grab des Schläfers. Ich konnte Ernesto jetzt nicht sehen, sein dumpfes Brüten am Kamin. Ich brauchte Klarheit, Unvoreingenommenheit. Der Fakten Urteil galt es einzuholen, nicht das der Seele.

Es war kühl an diesem Morgen. Ich hob die Wellbleche an und ließ mich neben dem halb ausgegrabenen Skelett nieder. Ausdruckslos starrten mich seine dunklen Erdaugenhöhlen an. Er grinste, wie alle Totenschädel scheinbar lachen, weil sie das Schlimmste im Leben, die Zeit vor dem Tod, hinter sich haben. Kühl und emotionslos musterte ich das bleiche Skelett ... Meine Zweifel waren berechtigt! Jeder Fachmann hätte mir zugestimmt. Giannis Schlußfolgerungen waren logisch, aber voreilig. Man durfte erst Schlüsse ziehen, wenn man alle Fakten kannte.

Ruhig und sicher fuhr der dicke Malerpinsel über das schlafende Knochengerüst. Ich schauderte, als ich an meinen Traum dachte. *Der Steinschneider.* Wenn eintrat, was ich vermutete, würde ich wie der Steinschneider an den Knochen sägen müssen. Als letzten Beweis. Noch hoffte ich, daß meine Vermutungen falsch waren.

Gegen neun Uhr begrüßte Gianni den Morgen. Er reckte und streckte sich auf der Außentreppe und guckte verschlafen in meine Richtung. »Hast du schon gefrühstückt?« schrie er wohlgelaunt in den Garten.

Ich winkte ab. Mir war nicht nach Essen.

Kurz darauf marschierte die Familie an. Antonios Gesicht war seit dem Skelettfund hektisch gerötet. Gianni, der am Frühstückstisch saß, versuchte, die auf ihn einprasselnden Ängste und Maßregeln seines Onkels gleichmütig zu ertragen. Auch die Tanten bearbeiteten den Statthalter der Orsinis gestenreich. Insbesondere Cosima, die greinende, schien durch den Anblick des Todes, dem sie jedesmal ausgesetzt war, wenn sie ihren natürlichen Bedürfnissen folgte, völlig aus der Ruhe. Ich hatte Verständnis für die Angst dieser Menschen. Wenn ich richtig vermutete, war ihre Furcht nur zu begreiflich. Wann würde Gianni ihrem Ansturm erliegen?

Selbst Ernesto wurde das Gezeter zuviel. Er trottete von der Veranda und ließ sich unter seinem Feigenbaum nieder.

Endlich hatte ich die Beckenregion freigepinselt. Der verhältnismäßig große Beckenausgang entsprach meiner Erwartung. Stirnprofil, Schädelvolumen, das grazile Schlüsselbein, der insgesamt eher zierliche Körperbau – ich war mir meiner Sache bereits sicher, als Gianni, von langen Disputen mit Antonio erschöpft, ans Grab des Schläfers kam.

»Valentin!« sagte er. »Ich denke, wir sollten aufhören.«

Ich nickte nachsichtig und suchte in meiner Werkzeugtasche nach der Knochensäge. Der letzte Beweis mußte erbracht werden. Gianni redete weiter auf mich ein: »Wir haben herausgefunden, was wir wissen müssen, um eines Tages die Ausgrabung zu Ende zu führen. Irgendwann, wenn wir auf niemand mehr Rücksicht nehmen brauchen. Sie haben einfach Angst, Valentin. Fürchten Gott, die Behörden, die Mafia. Sie leben hier. Wir haben kein Recht, ihre letzten Tage zu stören.«

Kein Recht? Was wußten sie von Recht, was wußte Gianni?

»Ich glaube, wir haben ein Recht!« sagte ich mit unterdrückter Wut und setzte die Knochensäge am linken Oberarmknochen des Schläfers an.

»Um Gottes willen, Valentin, was machst du?« rief Gianni erschrocken.

Er wollte mir in den Arm fallen. Aber ich brüllte ihn an: »Wir haben sehr wohl ein Recht, hier zu schaufeln! Kapierst du nicht? Wir werden verarscht! Von deinem hochmoralischen Onkel und deinen Tanten!«

»Verarscht?« Gianni glotzte mich fischäugig an.

»Ja, Mann! Belogen. Vom ersten Tag an. Unser Schläfer ist kein etruskischer Haruspex!«

Die Säge ritt leicht und schnell über den hellen Röhrenknochen. Ich war gleich durch.

»Nein?« fragte Gianni langsam. »Wer oder was ist er dann?« Ich setzte mich auf und deutete mit der Knochensäge auf den vor uns liegenden Totenschädel.

»Vor dir, Gianni, liegt deine Tante Lisandra!« Ich betonte jedes Wort, als spräche ich mit einem Kind.

Giannis Kinnlade klappte herunter. Ich konnte erkennen, daß er im Zweifel war, wer von uns beiden gleich überschnappen würde.

»Tante Lisandra?« ächzte er. »Wieso? Nein!«

»Doch!« sagte ich hart.

»Aber wie kommst du darauf? Wir haben doch gestern abend ...«

»Gianni, deine Theorie ist einleuchtend. Aber falsch. Ich habe mich blenden lassen von der Hoffnung auf einen großen Fund. Die Kupfersonne und das Gürtelblech sind mindestens zweitausendfünfhundert Jahre alt, das Skelett nicht mal zweihundert – schau her!«

Ich nahm das durchtrennte Knochenstück und hielt den Schnitt ins Licht. »Knochen halten sich erstaunlich lange. Aber selbst wenn wir die günstigsten Witterungsbedingungen annehmen, könnte der Schläfer unmöglich seit zweieinhalbtausend Jahren hier liegen. Ein Menschenknochen zerfällt schrittweise, und jedes Stadium weist bestimmte Merkmale auf. Es beginnt mit morphologischen Veränderungen. Die mineralischen Knochensubstanzen setzen sich als helle poröse Schicht am inneren und äußeren Rand des Knochens ab. Davon ist hier noch keine Spur, das heißt: Dieses Skelett ruht deutlich weniger als zweihundert Jahre unter Antonios Tomatenstauden! Es ist um viele hundert Jahre, um mehr als zwei Jahrtausende jünger als das beigelegte Gürtelblech. Der Tote kann also kein etruskischer Haruspex sein. Wer dann?«

Gianni schaute verwirrt zwischen dem Röhrenknochen in meiner Hand und dem Skelett, das seine Tante sein sollte, hin und her.

»Heute morgen fand ich den wichtigsten Hinweis«, fuhr ich mit der Indizienkette fort. »Wir sind wie selbstverständlich davon ausgegangen, daß wir ein männliches Skelett vor uns haben. Logisch, wir suchten infolge der Funde deines Vaters nach einem Kriegergrab. Wir sahen, was wir sehen wollten: einen Mann. Aber dieses Skelett besitzt alle Kennzeichen einer Frau. Dir selbst sind die zierliche Gestalt, das zerbrechliche Knochengerüst aufgefallen. Beweisen kann man es am Becken, an dem sich männliche und weibliche Anatomie am meisten unterscheiden. Ein runder Beckenausgang wie dieser kann kein männliches Merkmal sein. Unser Schläfer ist eine Frau! Eine Frau, die zwischen fünfundzwanzig und achtunddreißig Jahre alt war, als man sie vor wenigen Jahrzehnten auf diesem eurem Grundstück mit einem antiken Zierstück begrub. Eine Frau, die spurlos verschwinden konnte, ohne daß sie jemand vermißte. Jetzt sag mir bitte: Welche Frau könnte das sein?«

»Tante Lisandra!« Gianni schüttelte schwerfällig den Kopf. Er wirkte wie gelähmt. »Aber aus welchem Grund? Warum hat man sie hier begraben?«

Ich erhob mich und schaute meinen Freund finster an. »Damit kommen wir zum dunkelsten Punkt. Gianni, dieser Mensch hier wurde ermordet. Die merkwürdige Stellung der Hände –«, ich schnellte vor und umfaßte mit beiden Händen Giannis Hals. Im Reflex griff er sofort nach meinen Handgelenken und versuchte, seine Finger zwischen Kehle und Würgegriff zu schieben.

Ich ließ ihn los. »Siehst du? Genauso reagiert ein Mensch, der gewürgt wird.«

Gianni preßte noch immer die Hände an seinen Hals. Er starrte auf das Skelett, dessen Arme in derselben Abwehrbewegung an die Kehle griffen. »Mein Gott!« stammelte er. »Wenn ich in deiner Demonstration Tante Lisandra gespielt habe: Wessen Rolle hast du übernommen?«

Ich schaute zum Feigenbaum. Ernesto beobachtete uns regungslos.

»Gianni, es ist grauenhaft! Der Mann, der das Gürtelblech ins Grab seiner Frau legte, hat sie auch ermordet. Dann brachte er der Bienenkönigin die Kupfersonne. Denn der Kern deiner Theorie war richtig: Ernesto entdeckte die Kupfersonne auf unserem Grundstück und nahm sie mit in die Berge.«

»Mein Gott!« wiederholte Gianni. »Mir dreht sich alles. Wie ist das bloß ... wie hängt alles miteinander ...«

»Ich stelle mir den Ablauf ungefähr so vor«, sagte ich tonlos und setzte mich neben Gianni. »Er würgt sie. Vielleicht will sie ihn verlassen, vielleicht hat er einen Wahnsinnsanfall. Dann ist sie tot. Er schleppt sie in den Garten, nachts. Er hebt eine Grube aus – und erlebt eine grauenhafte Vision, einen Blick gleichzeitig in die Zukunft und in die Vergangenheit: In der Grube liegt schon ein Skelett! Aus einer Laune des Schicksals hat Lisandras Mörder das Grab eines etruskischen Haruspex entdeckt. Neben sich die erwürgte Frau, vor sich ein zerfallener Kadaver. Nun gibt es zwei Leichen statt einer! Was denkst du, was macht Ernesto in einer solchen Situation?«

»Er läuft weg!«

»Das glaube ich auch. Er flieht in die Berge. Zur Honighöhle. Alles war schon einmal da, erinnere dich an das Märchen! Ein Mann tötet die Frau, die er liebt, weil er sie nicht besitzen kann. Der Bischof ließ die Bienenkönigin köpfen, Ernesto erwürgte seine Frau – aus dem gleichen Motiv, vermute ich.«

»Aber warum schleppte er die Kupfersonne zur Honighöhle?«

»Jetzt wird es schwierig. Es gibt zwei Möglichkeiten: Entweder ist Ernesto verrückt, und er wollte mit dem Geschenk der Kupfersonne eine Art Versöhnung erreichen.«

»Oder?« fragte Gianni atemlos. Er ahnte die zweite Möglichkeit bereits.

Ich zögerte: »Oder er war nicht allein!«

Gianni nickte. »Mein Gott, Valentin! Ich kann es nicht glauben, aber es muß so gewesen sein! Paßt denn nicht alles zusammen?«

Doch, es paßte. Wir hatten die Wahrheit gefunden. Nur durfte sie nicht wahr werden.

Ernesto saß noch immer unbeweglich unter dem Feigenbaum. Ich wußte, woher die Schmerzen kamen. Diesmal hatten sich die Bienen nicht im Kopf ihrer toten Königin niedergelassen. Sie summten im Schädel des Mörders!

»Was sollen wir jetzt tun, Valentin?« fragte Gianni ratlos.

»Wir können uns nicht verhalten, als sei nichts geschehen!«

Ernesto blickte abwesend in unsere Richtung. Ich konnte ihm nicht helfen, niemand konnte das. Von dieser Schuld mochte ihn eines Tages der Tod befreien, das Leben nicht. Selbst wenn wir die Wahrheit ans Licht bringen würden, jetzt, nach sechsundzwanzig Jahren, und Ernesto damit leichter ums Herz würde – es wäre zum Schaden der Wissenschaft!

»Sprich mit deiner Familie!« wies ich Gianni an. »Sag ihnen alles, was du weißt. Sag ihnen auch, was sie uns verschwiegen haben. Und dann kommst du wieder. Wir brauchen eine weitere, eine letzte Vision! «

Das zweite Begräbnis
einer nicht Gestorbenen

Ich fühlte mich abscheulich! Ein widerwärtiger Lindwurm kroch durch mein Innerstes und verursachte jene Form der Niedergeschlagenheit, die sich beim geringsten Anlaß in einer Explosion entladen konnte. Ich schwieg, beherrschte meinen Zorn, verdrängte meine Scham – und war trotzdem außerstande, die widerstrebenden Kräfte zu bändigen. Indem ich den Kampf nach innen verlagerte, geriet die Auseinandersetzung zur Schlacht. Gut und Böse standen einander gegenüber, doch ihre Positionen wechselten. Kaum nahm Gut den Platz auf der Seite des Gemüts ein, da sprang es einem schlüssigen Gedanken aufs Roß und ritt das eben noch siegessichere Gewissen unbarmherzig nieder. Ich, der ich mich mühte, ein »objektiv urteilender Mensch« zu sein, steckte im Zentrum eines Gemetzels. Ein unversöhnlicher Konflikt zwischen Herz und Verstand, zwischen Kalkül und Gesinnung. Für welche Seite sollte ich Partei ergreifen?

Mit Giannis Familie in der Küche sitzen zu müssen, zuzuschauen, wie sie sich gegen die Wahrheit sträubten, wäre mir jetzt unerträglich gewesen. Sie kannten die Wahrheit. Ich war mir beinahe sicher, daß sie Ernestos Verbrechen mitgetragen hatten und unter dem Deckmantel ihrer Moral verbergen wollten. Wenn nur Ernesto nicht der Täter gewesen wäre! Warum er, den ich bemitleidete wie ein unschuldiges Kind? Er war doch Opfer, nicht Täter! Wie bitterböse war das Schicksal, das Ernestos Hilflosigkeit mißbrauchte, um seinen Lauf zu nehmen.

Irgendwie war die Welt aus den Fugen geraten. Unsere Erlebnisse waren von einer uneindeutigen Schleierhaftigkeit, die etwas Bestehendes bedrohte. Wir kamen nach Vallemutri, um Ordnung in Giannis Vergangenheit zu bringen, um die Legenden des Don Michele zu suchen und vielleicht, mit Hilfe eines verspielten Zufalls, seinen »Schatz« zu heben. Wir trafen auf feste Strukturen, auf eine Welt mit eigenen, scheinbar gut funktionierenden Regeln. Und wie wir gruben und gruben, stießen wir auf ihre Lügen. Nur mit Spaten und Schaufel bewaffnet, hatten wir in wenigen Tagen ein Gefüge aufgebrochen, das Generationen lang Gültigkeit gehabt hatte. Niemand hatte es in Frage gestellt. Und nach unserer Abfahrt, da war ich mir sicher, würden seine Repräsentanten alles daransetzen, die eingestürzte Fassade schnellstmöglich wieder aufzubauen.

Machte es überhaupt Sinn, weiterzugraben? Sollten wir nicht besser alles stehen- und liegenlassen und verschwinden, als wären wir nie hiergewesen?

Ich blickte auf das traurig grinsende Totengesicht zu meinen Füßen.

Plötzlich erkannte ich meinen Platz auf dem Schlachtfeld. Ich war Wissenschaftler. Über Sinn und Unsinn zu *urteilen,* stand mir nicht zu. Meine Aufgabe war es, nach der Wahrheit zu suchen, sie ans Licht zu zerren und den Menschen vor die Füße zu schleudern. Sollten sie das Maß bemessen, die Täter, Opfer, Richter, nicht ich! Ich war Wissenschaftler und nur der Wahrheit verpflichtet. Was die Welt damit anfing, ging mich nichts an. Und mochte man sich darüber die Köpfe einschlagen. Opfer würde es immer geben; nur, für die Wahrheit war es nicht vergebens!

Während Gianni in der Küche mit seiner Familie diskutierte, begann ich Ernestos letzte Vision vorzubereiten. Es gab einiges zu klären, bevor ich das Kartenhaus zusammenstürzen ließ, um unter den Trümmern das wirkliche Grab des Haruspex zu finden.

Warum nahm Ernesto das Foto aus dem CLUB OF WESTMINSTER und steckte es hinter sein eigenes?

Es schien ewig her, daß ich diese Frage in der Pizzeria von Vallemutri notiert hatte. So viel war unterdessen geschehen! Doch inzwischen gab es eine Erklärung. Besser: eine Vermutung, die sich auf das Märchen von der Bienenkönigin stützte. Diese zauberhafte Sage besaß einen zeitübergreifenden wahren Kern, der für mich immer mehr zum Schlüssel wurde. Denn wenn man alle Verzierungen beiseite ließ, ergab sich ein Bild, das auf unsere Geschehnisse übertragbar war:

Zu Beginn sehen wir ein schönes Mädchen, das umschwärmt wird, von Bienen wie von Männern. Das Mädchen ist offen und empfänglich, »sie lachte, sang und tanzte«, wie die Legende ihre Leichtfertigkeit umschrieb, und sie verstößt mit ihrem Lebenswandel gegen die herrschenden Sitten. Ihr Vater und der Pfarrer versuchen die Unkeusche zu bekehren. Erfolgls. Sie verdreht weiter allen Männern den Kopf und zieht sich den Unmut der Dorfgemeinschaft zu. Also schickt man nach einer Autorität, nach dem Bischof als Vertreter der moralischen Ordnung, um die junge Dame zur Vernunft zu bringen. Unglücklicherweise fällt auch er ihrem betörenden Charme zum Opfer. Er mißbraucht seine Macht, um die vermeintlich Leichtfertige zu besitzen. Sie weist ihn stolz zurück. Der Zurückgewiesene, der den Gedanken nicht ertragen kann, daß ein anderer sie besitzt, läßt sie unter einem Vorwand töten, den ihm die Moral in die Hand gab. Das war das Entscheidende: Auch sein Verbrechen wurde durch die Moral gedeckt!

»Eine Frau, die in Vallemutri ihren Mann verläßt, ist so gut wie tot!« hatte Gianni gesagt, als wir uns über Lauras Eheprobleme unterhielten. Was Gianni im übertragenen Sinn meinte, galt in Wahrheit wörtlich!

Lisandra hatte Ernesto verlassen wollen, da war ich mir sicher. Doch wer sorgte dafür, daß das unverrückbare Treuegelöbnis eingehalten wurde? *Bis daß der Tod euch scheide!* Wer hatte dem moralischen Anspruch lebenslanger Treue auf diese entsetzliche Weise Geltung verschafft? Ernesto alleine?

Ein Wahnsinniger mochte seine Frau im Affekt ermorden, aber wie paßte die gezielte Beseitigung der Spuren zu einer Wahnsinnstat? Wer nutzte die Moral zur Vertuschung eines Verbrechens? Irgend jemand hatte kühl kalkuliert, daß die frische Leiche in einigen Jahren mit einer älteren verwechselt werden würde. Irgend jemand mußte der erwürgten Lisandra das etruskische Gürtelblech angelegt haben, um lästige Spurensucher in die Irre zu schicken. Seit Jahrzehnten fand man auf dem Grundstück Knochen. Eine Leiche mehr im Gemüsebeet brauchte nicht aufzufallen, wenn man sie entsprechend ausstaffierte.

So kaltblütig dachte Ernesto nicht. Ich hatte seine Schreie

gehört. Ein skrupelloser Mörder schreit nicht, er schweigt. Und Ernesto kletterte nach der Tat zur Bienenkönigin, um ihr die Kupfersonne zu schenken. Nach Tante Annas Angaben wollte er ihren Kopf ausgraben, er wollte sie also zum Leben erwecken! Sein Verbrechen reute ihn. Er wurde unfreiwillig zum Bischof – und Lisandra schlüpfte in die Rolle der Bienenkönigin!

Ich holte *Hartmanns Historischen Weltatlas* aus meinem Zimmer. Zwischen seinen speckigen Seiten ruhte das alte Foto aus dem CLUB OF WESTMINSTER. Auch Lisandra *sang* und *tanzte!* Welche der samtigen Plüschdamen lag nun als bleiches Skelett in der Grube? Die kesse Dunkelhaarige mit dem Pferdeschwanz? Ein GI hatte seine Hand auf ihre Schulter gelegt. Oder das kurvenreiche Mädchen am linken Bildrand? Die gerade am Dekolleté zupfte, um ihre Üppigkeit im knappen Bustier unterzubringen, war sie es? Jedenfalls hatte ihr Haar als einziges den hellen Lichtton, der auf Schwarzweißfotos Rothaarige von Brünetten unterscheidet.

Lisandra sang und tanzte im CLUB OF WESTMINSTER. Sie wurde von amerikanischen GIs umschwärmt und von den jungen Burschen im Dorf. Für einen kurzen Moment, während der amerikanischen Besatzung, brach das überkommene Moralgefüge auf. Lisandra nutzte diese Chance. Man konnte sich vorstellen, wie ihr Vater, ihre Familie, aber auch Nachbarn, Freunde, Bekannte und der Herr Pfarrer auf ein Engagement im CLUB OF WESTMINSTER reagierten.

Kaum waren die Besatzer abgezogen, wurde die frühere Ordnung wiederhergestellt. Die alten Kräfte formierten sich neu. Die schwärende Wunde im Fleisch der Gemeinschaft mußte geschlossen werden. Eines Tages dürften ein paar Carabinieri am CLUB OF WESTMINSTER vorgefahren sein. Darunter ein schneidiger Bursche namens Ernesto Orsini. Wie im Märchen erlag der Vertreter der herrschenden Ordnung dem königlichen Charme eines Mädchens, das er eigentlich zur Räson bringen sollte. Ernesto verliebte sich; aber liebte ihn Lisandra?

Sie heiratete ihn, gewiß. Aber welche andere Wahl hatte sie, wenn sie in Vallemutri bleiben wollte? Mit der Heirat wurde sie rehabilitiert; denn der Druck von außen muß gewaltig gewesen sein. Ist Liebe zu erzwingen? Sicherlich gelang es Lisandra, ihren Mann zu achten, zu mögen. Denn Ernesto liebte sie aufrichtig, vergötterte sie vielleicht sogar. *Er* hatte keinen Grund, eine verrufene Tänzerin zu heiraten, wenn nicht aus Liebe!

Dann kam der Unfall. Wieder brach das Bestehende auf. Plötzlich war Ernesto der Schwache. Hilflos wie ein Kind. Er brauchte Lisandra. Wie lange hielt sie diese Rolle durch? Sie war eine Königin. Keine Dienerin. Ernesto wußte das. Sie wollte angebetet werden, nicht anderen zu Füßen liegen. Sie wollte geliebt werden – vielleicht ohne selbst lieben zu können? Wollte sie ihn verlassen? Oder glaubte Ernesto nur, daß sie ihn verlassen wollte? Verstieg er sich in eine Wahnvorstellung, die ihm um so realistischer erschien, je weniger er dagegen unternehmen konnte? – Für Lisandra spielten seine Motive keine Rolle. Er tötete sie, weil er wußte, daß sie ihre Chance wahrte, sobald ein Gefüge aufbrach.

Ernesto hatte sich seit Stunden nicht vom Fleck gerührt. Stumm und in sich zusammengesackt lehnte er gegen seinen Feigenbaum, den Blick nach innen gekehrt, scheinbar unerreichbar für die plötzliche Unruhe auf dem Grundstück. Er schien in weiter Ferne.

Ich erhob mich und ging langsam auf ihn zu, das Foto aus dem CLUB OF WESTMINSTER in der Hand. Es fiel mir nicht leicht, diesen armen Menschen mit seiner unseligen Vergangenheit zu konfrontieren. Und doch mußte es sein. Ich war ein Wissenschaftler und nur der Wahrheit verpflichtet.

Er blickte auf und sah mich aus den Tiefen seiner gequälten Seele an. Lange. Es standen keine Tränen in seinen Augen, aber ich fühlte, daß er weinte. Gemeinsam durchlitten wir ewige, entsetzlich unvermeidliche Sekunden, er am Feigenbaum sitzend, ich vor ihm stehend. Es gab keine Versöhnung mit dem Schicksal. Die Stille zwischen uns schrie. Luftleere Ausweglosigkeit, die mich erbarmte. Nie hat mir ein Mensch so leid getan wie Ernesto in diesen Sekunden. Ein Mörder, der einstmals selbst gemordet worden war. Und ich konnte ihm nicht helfen.

»*Ernesto!*« sagte ich eindringlich. »*Mi bisogna una visione!* Ich brauche eine Vision!«

In seinen Augen lag Einverständnis, ich brauchte ihm das Foto nicht hinzuhalten. Schwerfällig erhob er sich und trottete hinter Giannis Haus. Ich folgte ihm schweigend. An der Stelle, an der er vor sechsundzwanzig Jahren seine Frau vergraben wollte, blieb er stehen. Er blickte nicht mich an, sah nicht auf den Boden – er sah zur Honighöhle. Wie damals, als er, Lisandras erkaltende Leiche neben sich, auf die Gebeine des Haruspex gestoßen war.

Gianni trat aus der Küche. Um seinen Mund spannte sich ein harter Zug. »Hast du es?« fragte er schroff.

Ich nickte. Ich konnte mir denken, wie es in ihm aussah. Und er wußte längst nicht alles. Die Familie verstand zu schweigen. Antonio und die Tanten würden ihre Moral, die sie schützte, verteidigen bis zum letzten Augenblick. Das Opfer, das sie zu bringen hatten, damit wir die Ordnung nicht gänzlich niederrissen, war dagegen gering.

»Wie sind die Bedingungen?« fragte ich.

»Grünes Licht für jede Maßnahme, die notwendig ist, damit nichts kaputtgeht. Wir können suchen, soviel wir wollen. Aber: Es darf nicht bekannt werden! Veröffentlichung erst nach dem Tod aller Beteiligten.«

»Einverstanden«, sagte ich. »Und Lisandra?«

»Lebt seit Jahr und Tag in der Schweiz, und dort bleibt sie auch. Die ›Reparaturarbeiten an der Wasserleitung‹ sind beendet; die Grube kann also noch heute zugeschüttet werden.«

Wenig später verstaute Antonio seine Schäflein im Fiat. Ohne Abschiedsgruß knatterten sie vondannen. Sie wirkten irgendwie beleidigt. Als hätten *wir* ein Verbrechen begangen.

Gianni hatte mit der Familie vereinbart, daß sie uns nicht in die Quere kommen würde. Gewiß entsprach diese Abmachung auch Antonios Wünschen, hatte er doch soeben erfahren müssen, wie schmerzhaft Mitwisserschaft sein konnte. Es mochte ihm durchaus nützlich erscheinen, sowenig wie möglich über unsere Ausgrabung zu wissen, wenn sich eines Tages die drahtigen Männer dafür interessierten.

Offiziell zog sich die Familie vom Grundstück zurück, weil Tante Cosima krank war. Nichts sollte nach außen dringen. Was geschehen war, betraf ausschließlich die Familie – und sollte tunlichst bald mit dem segensreichen Mantel des Vergessens bedeckt werden.

Als Lisandra das zweite Mal beerdigt wurde, schien die Sonne. Gianni schüttete Schubkarren mit frischem Humus über ihre traurigen Gebeine. »Weißt du, es ist schon komisch, daß ich mich an Tante Lisandra überhaupt nicht erinnern kann. Als sie noch lebte, meine ich. An die tote Tante Lisandra hingegen werde ich bis an mein Lebensende denken.«

»Ja«, meinte ich nachdenklich, »es ist immer der Tod, der uns bei der Erinnerung hilft. Vielleicht ist das seine wahre Aufgabe: uns etwas kenntlich zu machen, indem er es uns nimmt.«

Lange Minuten ebneten wir schweigend die Erde über Lisandras Skelett ein.

Schließlich fiel Gianni noch etwas ein: »Weißt du was, Valentin: Wir pflanzen einen schönen Baum über ihrem Grab!

Eine Zeder am besten! Ab morgen wird man meiner Tante Lisandra gedenken müssen. Sechsundzwanzig Jahre wurde sie mir verschwiegen, jetzt lasse ich sie mir nicht mehr nehmen!«

»Einverstanden!«

Giannis Idee gefiel mir. Wir würden eine junge Zeder kaufen. Ein würdiges Bäumchen für das Grab einer offiziell nie Gestorbenen, aber doppelt Beerdigten.

Durch diese Aussicht etwas mit der hastigen, heimlichen Bestattung versöhnt, wandten wir uns wieder der Gegenwart zu – um erneut tief in die Vergangenheit einzutauchen. Das wahre Grab des Haruspex war gefunden. Es auszuschaufeln würde ein Kinderspiel sein.

Es war Mittwoch, der 3. April des Jahres 1985, und die Wissenschaft stand dicht vor ihrem Ziel.

Der Fall der Königin

Der betörende Duftstoff, den die Bienenkönigin verströmt, heißt Mandibular-Pheromon«, belehrte mich *Das Kleine Handlexikon der Naturkunde* aus meinem Bücherkoffer. »Es ist ein Gemisch aus fünf Komponenten. Die B.königin gebraucht es als Machtinstrument, um ihre Untertanen vollkommen beherrschen zu können.«

Ein Duft, der zu Liebesbezeigungen zwingt, der die Bienen so weit unterwirft, daß sie für ihre Königin sogar in den Tod gehen – war das die Lösung?

Ich war mittlerweile bereit, nach jedem Strohhalm zu greifen. Denn trotz der Aufklärung des Mordes an Lisandra wollte es mir nicht gelingen, überzeugende Motive hinter den übriggebliebenen Ungereimtheiten auszumachen. Im Gegenteil, unsere grausige Entdeckung schien das Gesamtbild eher zu verschleiern als zu enthüllen. Fast so, als habe es jemand darauf angelegt, unsere Neugier zufriedenzustellen, bevor wir zum Wesentlichen durchdringen konnten. Jede Aufdeckung führte uns auf einen Nebenschauplatz, mit der scheinbaren Absicht, die entscheidenden Geschehnisse zu überdecken.

Diesen Eindruck hatte ich seit unserer Ankunft im Tal der verlorenen Seelen. Irgend etwas sollte uns ständig vom Eigentlichen ablenken. Ich suchte nach einem etruskischen Kriegergrab, nicht nach einem Familiendrama. Ich kam mir vor wie ein hungriger Jagdhund, dem alles mögliche Futter hingeworfen wird, damit er keine Hasen jagt. Aber mein Appetit wuchs mit dem Essen! Der unsichtbare Regisseur hätte mich in der Pizzeria von Vallemutri beobachten sollen, um zu erkennen, daß mein Hunger nach Wahrheit ebenso unersättlich war. Ich würde immer wieder beharrlich zum Ausgangspunkt zurückkehren, bis ich den Hauptschauplatz vor mir hatte!

Wie paßten der Bronzeteller und die Eisenspitzen in meine Faktensammlung? An dem Ort, an dem der Haruspex schlief, bis Ernesto ihn mit Lisandras Leiche weckte, hatte auch Don Michele seinen Fund gemacht. Oder?

Ich saß allein auf der Veranda. Gianni war unterwegs, um das Bäumchen für Lisandras Grab zu besorgen, während ich mich eigentlich unverzüglich an die Arbeit machen wollte. Die Offenlegung des etruskischen Priestergrabes lag nach Ernestos letzter »Vision« greifbar nahe. Aber irgendwie gelang es mir nicht, mich darüber zu freuen. Die Geschehnisse der letzten Stunden beschäftigten mich mehr, als ich mir eingestehen wollte. Natürlich war ich Wissenschaftler. Aber als solcher deshalb nicht vom Menschsein befreit. Ich hatte in tiefes Leid geblickt und schlechtverheilte Wunden aufreißen müssen. Mich quälte insbesondere der Gedanke an die Schmerzen, die ich Ernesto zugefügt hatte.

Aus dem Abstand von ein paar Stunden betrachtet, war die Vereinbarung mit der Familie doch ein merkwürdiger Kompromiß. Man ließ der Wissenschaft freie Bahn – mit einer Einschränkung: keine Veröffentlichung, bis alle Beteiligten gestorben waren.

Bis wer gestorben war? Wer war wie am Tode Lisandras beteiligt? Genau besehen durfte ich mir bei keinem Familienmitglied ganz sicher sein. Nicht einmal bei Ernesto. Meine Beweisführung beruhte auf einer willkürlichen Selektion von Fakten; ich wußte noch längst nicht alles.

Ich stand auf und ging zu dem Ort von Ernestos letzter Vision. Es war dieselbe Stelle, an der mir am ersten Tag eigentümliche Bodenwellen und Grasnarben aufgefallen waren. Unterirdische Mauerreste, so hatte ich vermutet, hemmten hier den Pflanzenwuchs. Mauerreste! – Vor meinem geistigen Auge entstand ein etruskisches Totenhäuschen, wie ich es in den Büchern gesehen hatte.

Vorsichtig begann ich, die Gräser und flachen Sträucher über der von Ernesto bezeichneten Stelle abzugraben. Mir war merkwürdig zumute, als ich womöglich mit demselben Spaten die Erde anhob, die Ernesto vor sechsundzwanzig Jahren aufgeschüttet hatte, um seine erwürgte Frau zu vergraben. Die Vorstellung seiner nächtlichen Totengräberei ließ mich nicht los. War das wirklich die Wahrheit? Und was geschah nach dem Mord, wer half Ernesto, die Spuren zu verwischen?

Diese Frage führte zu einer Überlegung, die ich Gianni gegenüber nicht auszusprechen wagte: Was wußte Don Michele? Die gestohlenen Kandelaber lagen zu nahe bei Lisandras Leiche, als daß ich Giannis Vater außer acht lassen durfte.

Während ich mit jedem Spatenstich dem Grab des Haruspex näher kam, unternahm ich einen neuen Versuch, die Fakten in eine sinnvolle Ereigniskette zu stellen:

Kurz nach dem Krieg entdeckt Michele die Mönchsgräber in der *Via dei Santi*. Vom reichen Fund inspiriert, steigt er mit seinem Bruder in die Kapelle von Monte Calvario ein. Sie nehmen mit, was ihnen wertvoll erscheint, und verhökern den Kirchenschmuck an einen Hehler. Nur die riesigen Kerzenleuchter sind unverkäuflich; vielleicht waren sie zu eindeutig als Eigentum der Wallfahrtskapelle zu identifizieren?

So weit, so gut. Nun entschied die zeitliche Abfolge über Schuld und Unschuld. Gianni erzählte, daß sein Vater drei Jahre nach seiner Geburt, also 1957, mitsamt der Familie Vallemutri verließ, in Richtung Deutschland. Das Häuschen stand frei; Ernesto und Lisandra zogen ein. Ernestos Unfall und Lisandras Verschwinden fanden 1959 statt, zu einem Zeitpunkt also, zu dem Michele nicht mehr in Vallemutri lebte! Unwahrscheinlich, daß er eigens aus Deutschland kam, um seine Schwägerin umzubringen.

Noch etwas sprach für Micheles Unschuld: Wie wir herausgefunden hatten, wurden die Kandelaber nachweislich erst einige Jahre nach dem Diebstahl vergraben. Mindestens fünf Jahre hielt Giannis Vater die Leuchter in einem anderen Versteck, bevor er sie unter den Tomatenstauden im Garten vergrub. Hätte er vom Mord gewußt, hätte er weder die Leuchter dort verscharrt, noch hätte er an derselben Stelle, 1964, also vier Jahre nach dem Mord, eine illegale Wasserleitung über Lisandras Leiche verlegt.

Don Micheles Unschuld schien glaubhaft. Wahrscheinlich ließ er die lästigen Kandelaber anläßlich der Verlegung seiner heimlichen Rohre unter der Erde verschwinden. Dabei fand er die Bronzeschale und die Eisenspitzen. Wenn man annahm, daß sie, wie Gürtelblech und Kupfersonne, aus dem Grab des Haruspex stammten und zur Tarnung der Leiche Lisandras beigelegt worden waren, war Micheles Unschuld allerdings eine Frage von Zentimetern. Ein Spatenstich tiefer, und er wäre auf die Leiche seiner Schwägerin gestoßen.

Dazu gab es eine weitere Variante: Vielleicht beobachtete Ernesto, wie Michele die Tarnung der Leiche zerstörte? Als Ersatz für die entnommene Bronzeschale legte er, nicht Michele, die Kandelaber zu Lisandra.

In jedem Fall, selbst wenn es nur ein paar Zentimeter waren, schien Giannis Vater mit dem Mord an seiner Schwägerin nichts zu tun zu haben. Sobald Gianni zurückkehrte, mußte ich ihm meine Beweisführung vortragen. Ich wußte, daß ihn die böse Ahnung einer Mitschuld seines Vaters sehr beschäftigte.

Aber wer dann? Wer half Ernesto? Wer verwischte die Spuren? Wer legte das Gürtelblech auf Lisandras nackten Bauch? War Ernesto doch allein der Täter?

Unversehens riß mich ein vertrautes Geräusch aus den Gedanken. Angelinas Vespa rollte die Einfahrt hoch. Sie war nicht allein. Hinter ihr tauchte ein zweiter dunkellockiger Mädchenkopf auf: Laura. Es blieb keine Zeit mehr, die Spuren am Grab des Haruspex zu verwischen. Hastig ging ich den Schwestern entgegen. Ich hoffte, daß man mir die Verwirrung nicht anmerkte und ich keine unangenehmen Fragen beantworten mußte. Höflich begrüßte ich meine ungebetenen Gäste vor dem Haus.

Ob ich allein sei, wurde ich gefragt.

Ja, Gianni sei ein paar Besorgungen machen, aber bald wieder zurück. Vielleicht wollten sie auf ihn warten?

Die beiden beratschlagten sich eine Weile. Eigentlich waren sie gekommen, um uns abzuholen. Tante Lulu wollte heute backen, spezielle Osterküchlein. Und da man um meine Begeisterung für die italienische Küche wußte und ich darum gebeten hatte, das Geheimnis des neapolitanischen Pizzateiges kennenzulernen, wäre dies eine gute Gelegenheit für mich.

Lulus reizende Einladung brachte mich tatsächlich in die Zwickmühle. Es stimmte, ich hatte sie scherzhaft gefragt, ob ich ihr nicht bei der Zubereitung ihrer *Napoletana* zuschauen dürfe, und die Idee hatte ihr gefallen. Wenn sie das nächste Mal Pizzateig anrührte, wollte sie mich informieren. Allein, ihr Angebot kam zu einem höchst unglücklichen Zeitpunkt. Das Grab des Haruspex wartete auf mich.

Die Mädchen bemerkten meine Unschlüssigkeit. Ob ich meine Meinung geändert habe?

Nein, nein, beschwichtigte ich. Nie hätte ich Tante Lulu brüskieren können. Nur wußte ich natürlich nicht, ob Gianni mit dieser Nachmittagsplanung einverstanden wäre.

Laura lachte. Das solle ich nur ihre Sorge sein lassen. Am besten, Angelina würde schon mal nach Hause fahren und Lulu um Aufschub bitten. Sie, Laura, wollte mit mir auf Gianni warten, da könne nichts schiefgehen.

Ich schaute ein wenig nervös. Wenn das Pietro erführe ...

Laura spürte meine Befürchtung und lachte abermals. Dabei warf sie ihren Kopf stolz in die Schultern. Keine Bange, ihr Mann sei heute mit dem Kind und den Eltern zu Verwandten gefahren, Osterbesuche machen. Sie habe heute frei.

Diese Mitteilung schürte meine Befürchtungen mehr, als sie zu zerstreuen. Und Laura registrierte das mit feinem Blick. Allerdings interpretierte sie meine Befangenheit – kein Wunder, sann ich doch verzweifelt, sie vom Garten fernzuhalten! – auf ihre Weise. Kaum war Angelina davongeknattert, fuhr sie mich wütend an: Was ich eigentlich gegen sie habe? Sie würde genau spüren, daß ich sie nicht leiden könne!

O nein, entgegnete ich, bestürzt über ihren heftigen Ausbruch. Ich fühlte mich plötzlich unsäglich überfordert. All die kleinen und großen menschlichen Probleme zwischen mir und der großen Wahrheit, die ich suchte. Warum konnte man mich nicht einfach in Ruhe lassen?

Pah, fegte Laura meine zaghaften Proteste beiseite. Ich könne ihr nichts vormachen. Ich wolle nicht, daß sie mit Gianni zusammenkam! Warum? Was habe sie mir angetan, daß ich sie so verabscheue?

Hilflos angesichts ihrer Verkennung schwieg ich. Konnte ich ihr sagen, daß Gianni selbst es war, der nicht mit ihr zusammenkommen wollte? Sollte ich mir ihren Haß zuziehen, weil Gianni sie nicht retten wollte?

Sie forschte aufmerksam in meinen Augen. Als ich eine verlegene Entgegnung auf ihre Anwürfe unternahm, wandte sie sich abrupt ab und verbarg ihr Gesicht mit einer dramatischen Geste in den Händen. Sie weinte.

Bei Gott! Ich konnte niemanden weinen sehen, ohne weich zu werden. Plötzlich erfaßte ich ihre ausweglose Situation, als sei es die meine. Eine Frau in Vallemutri besaß nicht mal eigenes Haushaltsgeld, wie ich von Tante Anna, von Angelina und Tante Lulu wußte. Für jede kleine Anschaffung, vor jedem Einkaufsgang hieß es, den Mann und Vater um Geld anzugehen. Ja, wir lebten im zwanzigsten Jahrhundert, aber Laura hatte keinen Beruf erlernt, der ihr ein eigenes Leben ermöglichte. Im Tal gab es sowieso keine Arbeit. Wovon hätte sie leben sollen, hier wie anderswo? Und wer hätte ihr Kind ernährt? Scheidung? In Deutschland vielleicht. Aber hier, in Vallemutri, war eine geschiedene Frau undenkbar.

Ich entsann mich der erniedrigenden Atmosphäre in Pietros Familie. Laura schien an allem schuld zu sein. Die helmbewehrte Rosenschwiegermutter suchte geradezu nach einem Anlaß, um Lauras Stellung zu untergraben. Der irrwitzige Untreueverdacht, in Pietros gekränktem Mannesstolz planvoll geschürt, diente der Mama dazu, die Rivalin im Haus kleinzuhalten. Eine Position, die Lauras Persönlichkeit keineswegs entsprach. – Nein, Gianni war ihre letzte Rettung. Wenn er sie nicht mitnahm, war sie so gut wie tot. So oder so.

Abgeschrieben an Pietros Seite oder geächtet als selbstsüchtige Furie, die ihren Mann verließ.

Laura schluchzte. Was konnte ich tun?

Ich faßte sie mitfühlend am Arm.

»*Mi dispiace!*« sagte ich leise. »Es tut mir leid.«

Plötzlich fühlte ich einen unerhörten Schmerz in den Leisten, dort, wo selbst der stärkste Mann schwach ist. Laura wollte kein Mitleid, sie war eine Königin. Eine wilde, sterbende Königin.

Ich krümmte mich, während sie mich haßerfüllt anspie und mir ihre spitzen Fäuste in die Rippen bohrte. Was für eine Frau!

»Du hast ihn gegen mich aufgewiegelt!« schrie sie wutentbrannt. »Du bist gegen mich! Warum willst du nicht, daß ich mit euch komme?«

Ihr Gesicht war gelb vor Zorn.

Plötzlich haßte ich sie. Tief und flammend. Aber gleichzeitig begehrte ich sie heftiger denn je. Ich griff nach ihren fliegenden Fäusten und umklammerte die zuckenden Gelenke mit der Rechten. Mit der freien Hand schlug ich sie. Klatschend ins aufgerissene Gesicht.

Ich erschrak vor mir selbst. War ich wahnsinnig? Wie konnte ich eine Frau schlagen! Laura reichte mir gerade bis zur Schulter.

Ihre Gegenwehr erlosch augenblicklich. Sie starrte mich mit offenem Mund an; blutiger Speichel tropfte von ihrer Oberlippe. Die dunklen zerzausten Haare fielen wirr über ihr Gesicht. Sie war eine Königin; sie war schön!

Komm mit mir, dachte ich zu meinem Entsetzen.

Die riesigen Augen hinter ihrer Mähne verengten sich. Ich las darin, daß sie meine Begierde erkannt hatte. Wie konnte ihr das entgangen sein? Spät, aber noch nicht zu spät, sah sie eine neue Chance. Sie würde sie nutzen.

Ein letztes Mal vernichteten mich ihre Blicke. Dann schloß sie keuchend die Augen. Sie war bereit. Eine sterbende Königin, die ihre Wildheit wie zerrissene Kleider fallen ließ.

Mit einer Entschlossenheit, die mich selbst überraschte, die ich nur über mich brachte, weil sie die Augen geschlossen hielt, griff ich nach ihr. Ich wußte, daß Laura sich jedem hingeben würde, der sie aus diesem Tal befreite. Aber es war mir egal. Ich wollte nicht ihre Liebe. Ich wollte sie besitzen! Erregt zog ich sie heran. So eng, daß sie mich selbst dann nicht ansehen konnte, wenn sie die Lider öffnete. Doch sie unternahm nicht einmal den Versuch, mich anzublicken. Nicht als ich sie in die Küche zerrte. Nicht als ich ihre Kleider mit zitternden Fingern aufnestelte und tastend von ihrem Leib Besitz ergriff.

Nie hat sich eine Frau vollendeter hingegeben als Laura. Eine Frau, die ihren königlichen Stolz auch in der Hingabe bewahrte. Sie hielt die Augen geschlossen und keuchte nur leise, als ich sie heftig über den Küchentisch schob.

Für einen Augenblick trat ich aus mir selbst, sah mich eine Frau bedrängen, deren Hoffnungslosigkeit ich mißbrauchte. Es war ein groteskes Bild. Seine Anstößigkeit riß mich mit, fort von mir selbst. Giannis verheiratete Kusine nackt auf dem Küchentisch, ihr praller Hintern auf demselben schweren Tisch, der allnächtlich der Bewirtung von Ernestos gespenstischen Besuchern diente; Lauras aufgelöste Haare über derselben Tischkante, die Onkel Antonios Mini-U-Boot von der Realität trennte; ihr entrücktes, augenloses Gesicht auf demselben Küchentisch, an dem ich abends mit Gianni saß und Rotwein trank – es war so verdreht und irrwitzig, daß ich hysterisch lachte und stöhnte, während mich die fremde, wilde Lust immer weiter in Lauras willigen Körper trieb.

Nur einmal, auf dem Höhepunkt meiner Raserei, sah sie mich unter halbgeschlossenen Lidern an. Sie lachte ebenfalls.

Nicht fröhlich, aber siegessicher. Ich erschrak, erbebte und ergoß mich mit langen, tiefen Stößen in ihren Schoß.

Es war vorbei. Ich begehrte sie nicht mehr. Was sollten wir jetzt tun? Was reden? Dabei war keine Scham in mir; ich stellte es überrascht fest, als ich mir ihr keuchendes Gesicht vorstellte. Aber wie die Augen öffnen und in das Gesicht sehen, das ich nicht liebte? Wie ihren Erwartungen begegnen, die ich genausowenig wie Gianni erfüllen mochte?

Laura machte es mir leicht. Kein strafender Blick. Auch triumphierte sie nicht oder forderte. Sie tat, als sei nichts Außergewöhnliches geschehen, sondern begann, ruhig und gefaßt, die erforderlichen Maßnahmen zu ergreifen. Gianni konnte jeden Moment zurückkommen. Man mußte sich waschen. Die Kleider zusammensuchen. Sich anziehen. Die Möbel wieder in Ordnung bringen. Haare und Gesicht richten.

Meine Beine waren noch etwas schwach, als ich in die Hose stieg. Laura wischte gelassen den Küchentisch ab. Sie ließ mich in Ruhe und suchte vor allem nicht meine körperliche Nähe, sondern hielt sich taktvoll zurück. Auch eine Königin konnte fallen; aber dabei Haltung bewahren, das konnte nicht jeder! Ich kam nicht umhin, ihre Souveränität zu bewundern. Und ich war ihr dankbar dafür, daß sie mir einen Rest Selbstachtung ließ.

Auf der anderen Seite wäre es einfacher gewesen, hätte ich sie verachten können. Was Laura intuitiv erfaßte. Ohne Scham konnte ich sie nicht hassen, und indem sie mir die Selbstachtung ließ, verpflichtete sie mich zu Gehorsam. Was sie verlangte, war nicht wenig, aber auch nicht zuviel – dafür, daß sie sich mir auf diese Weise hingegeben hatte. Wollte ich mir weiterhin ins eigene Gesicht schauen können, mußte ich die Schuld einlösen, mußte die unausgesprochene Verpflichtung erfüllt werden.

Es war eine seltsame Stimmung zwischen uns, nach dieser intensiven körperlichen Nähe ohne Vertrautheit. In Sekunden hatten wir alles voneinander erfahren, hatten Innerstes entblößt und preisgegeben. Nun saßen wir uns als Fremde gegenüber. Wie Gefangene in einer gemeinsamen Zelle.

Laura handhabte die Situation wesentlich besser als ich. Statt mich zu bedrängen oder beleidigt zu spielen, erzählte sie leichthin aus Kindertagen, als Gianni jeden Sommer wie ein Held heimkehrte, nach Vallemutri, um sie, die gefangene Prinzessin, zu freien. Es stand für Laura außer Frage, daß er sie eines Tages mitnehmen würde in seine fremde, freie Welt.

Aus der hoffnungsvollen Prinzessin ist eine gefallene Königin geworden, dachte ich traurig. Ob Laura die Geschichte von der Bienenkönigin kannte? Nein? Dann wollte ich sie ihr erzählen. Und in holprigem Italienisch, so daß Laura über meine komischen Formulierungen manchmal hell auflachte, trug ich ihr vor, wie die Honighöhle zu ihrem Namen kam. Als ich geendet hatte, blickte Laura ernst. Hatte ihr die Geschichte nicht gefallen?

»*Non so!*« sagte sie leise. Sie wußte es nicht. Ob eine schöne Geschichte oder nicht, sei nicht das Entscheidende. Das Märchen habe mit ihr zu tun, und das stimme sie nachdenklich.

Ich sah sie verwundert an: Wie konnte sie das wissen?

Nun war es an Laura, sich über mich zu wundern: Ob ich den Fisch vergessen habe?

Den Fisch?

Blitzartig setzte sich in meinem Gehirn ein Mosaik zusammen. Bevor ich es festhalten konnte, zerfiel das Gedankengebilde wieder. Aber ein Steinchen blieb. Ein flüchtiger Sinneseindruck. Als hätte ich in ein dunkles Zimmer geschaut, und das Licht wäre für Sekundenbruchteile angegangen, um sofort wieder zu erlöschen. Giannis Steinfisch aus der Honighöhle! Aus der Honighöhle, welche ihren Namen den Bienenschwärmen verdankte, die dem abgeschlagenen Kopf der Bienenkönigin in die Berge gefolgt waren. Fürwahr eine beklemmende Verbindung. Der Steinfisch wurde von Pietro aus der Honighöhle geschlagen, weil Gianni Lauras Liebe stahl. Auge um Auge, Zahn um Zahn!

Kopfschüttelnd über Pietros billige Beweggründe äußerte ich mein Unverständnis. Das sei doch wohl eine dumme, gemeine Rache ohne realen Anlaß! Pietro müsse doch wissen, daß Gianni nichts mit seiner Kusine gehabt hatte; was gab es Unschuldigeres als eine Kinderliebe? Pietro und Gianni waren doch Freunde!

Laura zuckte die Achseln. In Vallemutri hat ein Mann keine Freunde. Nur Rivalen, schwächere und stärkere.

Ein Auto rollte die Einfahrt hoch. Gianni. Als er mit dem Bäumchen für Lisandras Grab die Küche betrat, klappte ihm die Kinnlade herunter. Laura und ich einträchtig am Küchentisch! Er vermutete vielleicht etwas, aber gerade die Ungeheuerlichkeit seiner Vermutung machte ihn sprachlos.

Laura überspielte die peinliche Situation souverän. Valentino wollte Tante Lulu beim Backen zuschauen. Wir hatten bloß auf ihn gewartet. Es sei höchste Zeit, *andiamo!*

Allmählich gewann ich meine Sicherheit zurück. Spätestens als Tante Lulu mich meckernd begrüßte, fiel die Beklemmung von mir ab. Sie steckte bereits bis zu den Handgelenken in gewaltigen Teigrollen. Die *pasta* für die Pizza sei längst fertig, warum wir so spät kämen?

Glücklicherweise erwartete Lulu, mehlbestäubt und energiesprühend, keine Antwort. Sie hatte ein riesiges, wagenradrundes Holzbrett über den Tisch gelegt und wieselte energisch durch die Küche. Auf dem Brett errichtete sie nun als erstes eine puderweiße Mehlburg. In den enormen Burghof warf sie, schwatzend und gleichzeitig Angelina am Holzofen dirigierend, massenweise Eier, dann Salz und Zucker; hinzu kamen der zuvor angerührte Hefeteig und Wasser. »*Pasta per i calzoni!*« erklärte sie schulmeisterlich in meine Richtung. Ihr rundes, rotbackiges Gesicht strahlte vor Freude über mein Interesse. Von ihrer Nasenspitze leuchtete ein weißer Mehlpunkt.

Ich nickte beflissen, Lulu bereitete den Teig für die *calzoni*, kleine Teigtaschen mit süßer oder pikanter Füllung.

Sie führte mich an eine Reihe offener Schüsseln und Töpfe. Darin befanden sich die verschiedenen Füllungen: eigelber Reisbrei mit Zimt, Anis und Honig; weißer Reisbrei mit Weißmehl und geriebenem Ziegenkäse; frische Spinatblätter in Olivenöl eingelegt und mit Mozzarella verfeinert; eine würzige Tomaten-Paprika-Mischung – schon die Löffelprobe überzeugte mich, daß die *calzoni* ein frohes Osterfest garantierten.

Geschäftig eilte Lulu wieder zur Mehlburg, in deren Innenhof jetzt ein verheißungsvoll duftender Hefewassersee blubberte. Mit schnellen, geübten Bewegungen zogen Lulus kurze Finger das Mehl in den Bannkreis der milchigen Flüssigkeit, der See schäumte und schlug stürmische Blasen unter ihren quirlenden Händen. Dann, als die Pasta die richtige teigweiche Beschaffenheit erreicht hatte, ging es ans Kneten. Tante Lulu nahm dazu eine breitbeinige Stellung vor dem Holzbrett ein. Wie ein Schlittschuhläufer verlagerte sie ihr nicht unbeträchtliches Gewicht abwechselnd von einem Fuß auf den anderen, während die Teigmassen unaufhörlich über das Brett gerollt wurden.

Ich habe noch nie eine Frau so hart arbeiten sehen. Lulu kämpfte wie ein Windmühlenbezwinger mit den Pastabergen. Ihre Finger schoben die Teigrollen über- und gegeneinander, dehnten und zogen und drückten, unterfaßten das Unterste und zerrten es zuoberst, quetschten und schlugen den elastischen Klumpen mit dergestalt elementarer Kraft gegen die Unterlage, daß ich um den Küchentisch fürchtete.

Endlich schnaubte sie tüchtig durch die Nase, wischte sich Schweiß und Mehl aus dem erhitzten Gesicht und wandte sich dem Holzofen zu. Den hatte Angelina zwischenzeitlich so befeuert, daß das hohe Backgewölbe glutrot erleuchtet war.

Wie bedauerlich, daß nicht jedes Haus mit einer so wundervollen Einrichtung ausgestattet ist! Ein Holzofen wie ein halbrundes, in die Küchenwand eingelassenes Backhäuschen, mit länglichen Blechklappen, die zum Befeuern und Einschieben der Backwaren abgenommen werden konnten – welche Gaumenfreuden konnte man damit schenken!

Zu meiner Verblüffung wurde der Ofen nun mit einem langstieligen Wischlappen restlos ausgeräumt. Ein kleines Feuerscheit am Rande der fischmäuligen Öffnung beleuchtete die trockenheiße Höhle. Ich tastete vorsichtig hinein – um meine Finger alsgleich erschreckt zurückzuziehen: Die sengenden Steine strahlten gewaltige Hitzewellen ab. Wie heiß mochte es darin sein?

Tante Lulu lachte und griff statt einer Antwort zu einem Säckchen mit hellen Spänen. Davon warf sie eine Handvoll in den Ofen. Funken stoben durch die glühende Kuppel. Heiß genug, befand Lulu und eilte wieder zu ihren Pastabergen.

Angelina bemerkte mein verdutztes Gesicht. Die vermeintlichen Sägespäne waren Weizenkleie, erklärte sie dem Wissenschaftler, der gerne gewußt hätte, wieviel Grad so ein Holzofen zustande bringe. Eine absolut überflüssige Frage, denn wenn die Kleie in Funken aufging, sei, ganz einfach, die richtige Backtemperatur erreicht.

Lulu rollte nun kleine Teigkugeln zu dünnen Fladen, und zwar mit einem abgesägten Besenstiel. Die Fladen wurden daraufhin rotierend »abgehangen«: Wie ein Jongleur schnappte sich Lulu die Teigscheiben, ließ sie mit raschen Bewegungen über die aufgestellten Finger kreisen, formte dabei mit der anderen Hand etwas nach und klatschte die nunmehr runden Fladen aufs mehlige Brett zurück. Halbseitig belegt, wurden die *calzoni* nun zusammengeklappt. Überstehende Ränder schnitt Lulu sorgsam ab. Dann wanderten die Teigtaschen per Holzschieber in den Ofen.

Während die *calzoni* buken, rollte Lulu den Pizzateig aus. Damit es mir nicht langweilig wurde, demonstrierte sie, was man damit alles anfangen konnte. Feines Weißbrot, einen hellen Osterkuchen, das Oreganobrot oder auch eine *pizza fritta*. Hierfür warf man kleine Hefeteigfladen in siedendes Olivenöl, in welchem man zuvor frische Knoblauchzehen ausgebacken hatte. Einmal gewendet, mit einem sauberen Tuch abgewischt und mit etwas Salz bestreut, hatte man nach drei Minuten eine herrlich knusprige Zwischenmahlzeit. Wovon ich mich gleich mehrfach überzeugen durfte.

O Lulu! Welche Wonnen hatte ich dieser energisch-rundlichen Frau zu verdanken! Ihr Ziegenlachen erfüllte die mehlglitzernde Küche, während ich mich in tiefer Dankbarkeit durch die Wonnen der ofenfrischen Köstlichkeiten arbeitete. Es war ein hinreißender Abend; vielleicht mein schönster in Vallemutri. Alles Beunruhigende, alle Sorgen rückten in weite Ferne, als seien sie weder gewesen, noch würden sie kommen.

Erst auf dem Heimweg, als ich mit Gianni durch das nächtliche Vallemutri fuhr, entsann ich mich Lauras nackten Hinterns wieder und der mit dunkler Erde bedeckten Leiche des Haruspex.

Mit sehr großer Klarheit ergriff mich eine sehr schlichte Gewißheit: Das Gewesene war, wie das Kommende sein würde.

Das Wunder von Monte Calvario

In der Nacht wachte ich auf. Die Dunkelheit erschien mir unnatürlich still. Eine Stille, die nach innen schrie. Die Welt schwieg. Kein Laut, kein verwaschenes Echo verhallter Klagerufe. Niemand rückte in der Küche Stühle; kein Tassenklappern – eine vollkommene Unterdrückung jedweder menschlicher und unmenschlicher Geräusche. Wo war er? Was war geschehen?

Ich zog mir eine Jacke über und schlüpfte aus dem Zimmer. Aus dem Küchenfenster drang Licht. Ich spähte vorsichtig durch die Scheibe. Ernesto saß im Sessel am Kamin. Seine aufgerissenen Augen starrten ins Leere. Minutenlang und ohne zu zwinkern. Dann senkte er den Kopf. Seine Lungen füllten sich mit Luft, er pumpte und zitterte wie ein Frosch vor dem Sprung, sein Hals blähte sich, fingerdicke Adern schwollen auf seiner Stirn. Er warf den Kopf zurück ...

In Erwartung eines gellenden Schreis duckte ich mich instinktiv unter das Fenster.

Nichts.

Verblüfft schaute ich wieder in die Küche. Ernesto saß vornübergebeugt, die Ellbogen auf die Knie gestützt, den Kopf in den Händen, und atmete schwer. Dann hob er den Blick. Mit großen Augen starrte er gegen die Küchenwand. Minutenlang. Ohne zu zwinkern. Er weinte. Minutenlang und ohne Tränen. Minuten, ohne zu zwinkern. Dann senkte er den Kopf und begann erneut zu pumpen ...

Erschüttert wandte ich mich ab. Ernesto konnte nicht mehr schreien! Das einzige, was ihm geblieben war, um seine Seelenqual zu mildern, der Schrei, er kam nicht mehr aus seiner Brust. Kein Ausweg aus der Verzweiflung mehr. Ernesto würde fortan weder sich selbst noch andere erlösen können.

Ich wußte nicht, wann *ich* das letzte Mal aufrichtig getrauert hatte. Aber in dieser Nacht, als ich wieder im Bett lag, ergriff mich tiefe Rührung. Das Bild des einsamen, in sich zusammengesackten Mannes, der wie eine Kaulquappe nach Luft schnappte, um zu schreien, und nichts als ein würgendes Ächzen herausbrachte, zerriß mich beinahe. Ich hatte Ernesto das letzte genommen, was er noch besaß. Er zahlte den Preis für meine Wißbegier! Nun war er restlos gefangen, seiner Verzweiflung stumm und hilflos ausgeliefert.

An seinem Anblick zerbrach mein Bild von der Wissenschaft. Zum Wohl der Menschen wollte ich forschen, nicht um sie noch unglücklicher zu machen. Was war das für eine entsetzliche Welt, in der man das Beste wollen konnte und das Schrecklichste damit bewirkte. Geboren werden, um zu sterben; leben, um zu zerstören. In dieser traurigen Nacht erschien mir das Menschsein wahrhaft als Fluch, und ich wünschte mir beinahe, den nächsten Morgen nicht mehr zu erleben.

Indes, ich wäre kein Mensch gewesen, hätte mich der nächste Morgen nicht froh gestimmt. Es war ein wundervoller Tag, der da anbrach, sonnig und lind. Ich fühlte mich so frisch und geläutert, daß ich es kaum erwarten konnte, die Schaufel über dem Grab des Haruspex anzusetzen.

Und Ernesto?

Ich hatte einen Entschluß gefaßt. Ich wollte versuchen, Ernesto zu helfen. Das war ich ihm schuldig, nach dem Opfer, das er für mich erbrachte. Nur wie er zu befreien war, das wußte ich noch nicht.

Gianni taumelte verschlafen auf die Veranda. »Morgen«, sagte er und beäugte mich mitleidig. »Schlimm?«

»Was, schlimm?« entgegnete ich erstaunt.

»Na ja, Laura kann einem schon das Herz brechen ...«

Das Herz brechen? Jetzt begriff ich. Gianni hatte meinen

nächtlichen Kummer mitbekommen und schrieb ihn der unerfüllten Liebe zu seiner Kusine zu.

»Sie kann sogar viel mehr!« murmelte ich verlegen. Ich mußte ihm reinen Wein einschenken. Ohne natürlich in die Einzelheiten zu gehen.

Gianni war fassungslos. »*Sagra dei funghi!* Das gibt's doch nicht!« stöhnte er und schüttelte den Kopf. Dann richtete er sich auf und fixierte mich ernst. »Valentin! Du bist ein Idiot! Ich kann dich verstehen, aber du bist ein Idiot. Wenn das rauskommt, wenn irgend jemand davon erfährt, ist hier der Teufel los. Das ist dir doch klar?«

»Gianni!« sagte ich leise, aber fest. »Du verstehst nicht: Ich kann sie nicht hierlassen, es ist unmöglich!«

Er schaute mich noch eine Spur fassungsloser an als zuvor. »Bist du völlig übergeschnappt? Du willst sie mitnehmen, nach Deutschland? Weißt du überhaupt, was das bedeutet?«

»Nein«, gestand ich wahrheitsgemäß. »Aber ich kann nicht anders.« Wie sollte ich ihm erklären, daß es für mich wichtig war, auch in Zukunft mein Gesicht im Spiegel ertragen zu können.

»Aber ich weiß es!« fuhr Gianni wütend auf. »Valentin! Laura mag ein tolles Weib sein, aber sie gehört nach Vallemutri. Was soll sie in Deutschland? Willst du dein Leben lang für sie verantwortlich sein, bloß weil du sie … bloß weil ihr …« Er suchte erfolglos nach den richtigen Worten und fuhr statt dessen ärgerlich fort: »Was soll das, zum Teufel? Du liebst sie nicht, sie liebt dich nicht. Stell dir euer gemeinsames Leben vor, du tagelang im Institut, sie in eurer zauberhaften Zweizimmerwohnung. Glaubst du, Laura lernt Deutsch? Unfug! Sie ist über dreißig und lebt seit fünfzehn Jahren zwischen Küche und Fernseher in einem gottverlassenen Bauernnest. In Vallemutri mag so ein Abenteuer aufregend und exotisch sein. Aber zu Hause? Stell dir um Gottes willen euren Alltag vor! Eine Katastrophe!«

Ich wußte, daß er recht hatte. Aber er hatte ihren Blick nicht gesehen. Er hatte ihre Hoffnungslosigkeit nicht mißbraucht; er hatte sich von Schuld frei gehalten.

»Und dann«, setzte Gianni auf mein Schweigen neuerlich an, »ist Laura immerhin verheiratet und hat ein Kind. In Deutschland ist so was kein Hindernis. Aber hier? Glaubst du, die Familie würde euch in Ruhe lassen? Valentin, ich beschwöre dich: Denk über alles in Ruhe nach, und belaß es dabei! Es ist, wie es ist!«

Ich fühlte mich elend. Gianni hatte exakt das ausgesprochen, was ich fühlte. Trotzdem versuchte ich, mannhaft dreinzuschauen. Ich würde meine Verpflichtung einlösen. Ich hatte meine Verpflichtungen immer eingelöst, und in diesem Fall gab es keine Ausnahme. Gegen zehn Uhr kam Antonio angeknattert, um Ernesto abzuholen. Damit der uns nicht störe.

Ernesto störte natürlich überhaupt nicht. Tagsüber störte er nie und niemanden, und seit er nachts nicht mehr schreien konnte, war er noch ruhiger und apathischer geworden. Allerdings auch unbeholfener. Um nicht zu sagen: hilflos. Wenn sich keiner um ihn kümmerte, saß er wortlos und mit rotentzündeten Augen in seinem Sessel und starrte in den öden Kamin. Selbst den Weg zum Hühnerhaus beschritt er nur noch, wenn man ihn an seine Bedürfnisse erinnerte. Antonio überlegte ernsthaft, ob vielleicht ein paar Wochen Kur und ärztliche Betreuung Ernesto guttun würden. Das sei zwar nicht ganz billig. Aber schließlich verfüge Ernesto über eine stattliche Unfallpension, und wenn es um die Gesundheit gehe, dürfe man nicht sparen.

Wir ermunterten Antonio in seinen selbstlosen Gedanken. Ernestos Zustand hatte sich wirklich verschlechtert. Ich befürchtete, daß seine Stummheit ein ernstes Zeichen für eine bevorstehende Krise war. Ich wußte, daß ich mit meinem Wissensdurst keinen geringen Anteil daran hatte. Jede Idee, die Ernesto wieder aufrichten könnte, würde meine Unterstützung finden.

Gab es denn nichts, was *ich* für ihn tun konnte?

Eine merkwürdige Welt, dachte ich, als ich Ernesto hinter Antonio zum Fiat trotten sah. Ich, der Detektiv der Vergangenheit, spürte einen lange zurückliegenden Mord auf; doch statt den Mörder seiner Strafe zuzuführen, wollte ich ihm helfen, von der Schuld freizukommen. Warum? Sprach ich Ernesto deshalb frei, weil er mir wie ein Werkzeug vorkam? – Sogar, daß ich mich in den absurden Gedanken rettete, Lisandras tragisches Ende sei von Anbeginn wie vorgezeichnet gewesen. Schob sie das Schicksal der Bienenkönigin nicht vor sich her wie etwas Unvermeidliches? Sie tanzte doch und sang in einem künstlichen Gebilde, das zusammenstürzen mußte, sobald die alte Ordnung wiederhergestellt war. Die Katastrophe war absehbar, nicht zu verhindern. Mit der Heirat hatte sie ihren Untergang einzig aufgeschoben.

Das Schicksal aufgeschoben – eine Formulierung, die mich an Heinkels Doktorarbeit erinnerte. Gab es gemäß der etruskischen Lehre nicht ebenfalls eine Möglichkeit, sein Ende *aufzuschieben?*

Ich mußte die Stelle unbedingt nachlesen: Welche Freiheit innerhalb des Schicksals blieb dem Mensch nach Ansicht der Etrusker? Sprach ich Ernesto deshalb frei, weil er ihr Schicksal nur vollstreckte? Doch was heißt: *nur!* Hat ein Mensch nicht Gewalt über sich und braucht kein Werkzeug zu sein?

Ernesto hatte gewaltige Schuld auf sich geladen, weil er sich zum Werkzeug machen ließ; und dafür büßte er. Allnächtlich. Seit sechsundzwanzig Jahren war er in dem Gefängnis seines eigenen schmerzenden Körpers eingekerkert wie ein Verbrecher. Nur die anderen taten, als sei nichts geschehen! Sechsundzwanzig Jahre Gefängnis waren lang genug. Jemand mußte ihn begnadigen. Aber wer, und wie?

Ich blickte ratlos in die sich allmählich verdichtenden Wolken. Der Tag hielt nicht, was der schöne Morgen versprochen hatte. Vallemutri im Regen war eine unerfreuliche Vorstellung. Würde die Osterprozession überhaupt stattfinden können? Mein Blick schweifte zu dem schroffen Kegelberg von Monte Calvario. Sollte es regnen, wäre Bruno, der Jesusdarsteller, wahrlich nicht zu beneiden. Nur mit einem Lendentuch über dem feuchtkalten Tal ausharren zu müssen, das kam den tatsächlichen Leiden Jesu Christi schon sehr nahe ...

Plötzlich setzte sich in meinem Gehirn ein Sinnbild zusammen. Das war die Lösung! Doch, ich würde Ernesto helfen können! Wir würden sein Verbrechen ein für allemal sühnen. ER würde ihn erlösen.

Mit großen Schritten begab ich mich ins Hühnerhaus, in dem Gianni die Kandelaber unter einem Heuballen vor Antonios neugierigen Augen verborgen hatte.

Gianni glotzte mich baff an, als ich mit den Leuchtern am Gartentisch auftauchte: »Was hast du vor?«

»Ernestos Vision am Grab des Haruspex war doch nicht die letzte!« sagte ich fröhlich. »Es wird eine weitere geben. Eine, die ganz Vallemutri und Zeugen aus aller Welt nie vergessen werden.

Ein Wunder. Das Wunder von Monte Calvario!«

Gianni brauchte einige Sekunden, bis er verstand. Dann schlug er sich auf die Schenkel, brüllte wie ein Stier und half mir, die riesigen Kerzenständer von Monte Calvario zu polieren. Bis sie glänzten und funkelten, als wären sie nie neben einer vergammelten Frauenleiche im Garten vor Giannis Haus begraben worden. Später standen wir wieder am Grab des Haruspex. Der Himmel zog immer mehr zu; graue Schleier flogen über die Berge heran und zogen vor die Sonne.

»Es wird regnen«, prophezeite Gianni düster.

Diese Aussicht trieb uns zur Eile an. Sollte es regnen, würden wir das Grab des Haruspex in diesem Jahr nicht mehr ausheben können. Der Ostermontag war unser letzter Urlaubstag, wir mußten jede Stunde bis dahin nutzen, um wenigstens einen Blick auf den etruskischen Priester werfen zu können.

Welche Beigaben lagen wohl an seiner Seite? Die Kupfersonne, das filigrane Gürtelblech, die Bronzeschale und die Eisenspitzen – ein geschlossener, wenngleich nicht unberührter Grabfund war noch immer möglich. Die Etrusker statteten die Gräber ihrer Angehörigen oft außerordentlich prunkvoll aus. Waffen, Werkzeuge, Bronzen, Kultgegenstände, Wandmalereien, Töpfereien, Schmuckstücke, Urnen und Sarkophage. Oft waren diese mit Darstellungen aus dem Leben des Dahingeschiedenen verziert. Die Etrusker glaubten an ein Weiterleben nach dem Tod und gaben ihren Toten deshalb vieles mit auf die Reise in das Land ohne Wiederkehr. Die Bestatteten trugen bestickte Leinenkleider, meisterhaft gearbeitete Schmuckstücke, Amulette, ja sogar Goldzähne und ganze Zahnreihen aus Gold, die ihrem Besitzer zu Lebzeiten manche erlesene Speise zerkleinerten.

Wegen dieser Kostbarkeiten trafen neuzeitliche Archäologen allerdings zumeist auf ausgeraubte Grabstätten. Ernestos völlig anders motiviertes Schatzgräbertum ließ dagegen alle Möglichkeiten offen. Gelänge uns eine entscheidende Entdekkung, könnten wir tatsächlich darauf hoffen, in Vallemutri eine bedeutende etruskische Niederlassung nachweisen zu können.

»Wie wichtig war so ein Priester eigentlich bei den Etruskern?« fragte Gianni, während er Schaufel um Schaufel den Boden abtrug.

»Das kommt darauf an, in welcher Epoche er lebte und welcher Art sein Priestertum war«, erklärte ich, über Erdhäufchen gebückt, die ich nach Scherben durchwühlte. »Bis etwa 550 vor Christus gab es nicht nur die Haruspices, sondern vor allem die sogenannten Lukumonen, Priesterkönige, die den etruskischen Stadtstaaten als absolute Herrscher vorstanden.«

»So ähnlich wie heute der Papst in seiner Vatikanstadt?« fiel Gianni ein.

»Na ja, ein bißchen ähnlich vielleicht. Einmal im Jahr trafen sich die Lukumonen der Zwölferbünde an einem heiligen Ort bei Volsinii, der heutigen Stadt Bolsena. Dabei wurden alle Fragen besprochen, die die Etrusker insgesamt betrafen. Wahrscheinlich fanden auch große religiöse Zeremonien statt.«

»Und so einen Ober-Lukumonen gab es nicht?«

»Nein. Die Etrusker haben nie ein zusammenhängendes Reich gegründet wie die Römer. Jede Stadt bildete einen Kleinstaat und kümmerte sich vorwiegend um die eigenen Angelegenheiten.«

»Ach?« sagte Gianni enttäuscht. »Und wieso waren sie dann so mächtig?«

»Du mußt dir vorstellen, daß vor den etruskischen Städten überhaupt keine Städte in Europa existierten. Sie errichteten als erste befestigte Wohnsiedlungen in einem Land, das vorher nur Holzhütten gekannt hatte. Manche Etruskerstädte wurden von bis zu fünfundzwanzigtausend Einwohnern bewohnt – gewaltige Anballungen von Menschen und Material für die damalige Zeit. Sie erforderte eine Struktur, eine Organisation. Es gab Ingenieure für technische Großprojekte wie Aquädukte, Stauseen oder Entwässerungsanlagen. Architekten planten neue Siedlungen, Künstler und Handwerker fertigten wunderbare Gegenstände, Kaufleute segelten in fremde Länder und führten die etruskischen Waren bis nach Skandinavien. Bergarbeiter schlugen erzhaltiges Gestein aus langen Stollen, Soldaten verteidigten den Reichtum gegen Feinde zur See und von den Bergen – alle gesellschaftlichen und wirtschaftlichen Aufgaben wurden verteilt. Das war der Grundstein für ihre Überlegenheit. Die sie übrigens friedlich nutzten im Gegensatz zu ihren Erben, den Römern. Die Etrusker waren nicht auf Eroberungen aus. Aber sie teilten ihr zivilisatorisches Wissen mit den Nachbarvölkern.«

»Missionare des etruskischen Namens!« nickte Gianni anerkennend. »Wie unser Haruspex!«

»Jedenfalls breitete sich der *etruskische Name* immer weiter aus.

Selbst Rom wurde von Etruskern gegründet.«

»Rom?« fragte Gianni ungläubig. »Ich dachte, das war Romulus?«

»So besagt es die Legende. In der geschichtlichen Wirklichkeit zog eines Tages ein reicher, ehrgeiziger Mann aus Tarquinii, der etruskischen Mutterstadt, mit Hab und Gut in ein Hüttendorf auf den Hügeln des Tiber. Der Mann hieß Lucumo und nannte sich später in der Sprache der ansässigen Latiner Lucius Tarquinius Priscus. Aus falsch verstandenem Nationalstolz degradierten ihn die römischen Historiker nachträglich zu ihrem fünften König. In Wahrheit war er Roms erster. Die vier vor ihm, der legendäre Romulus eingeschlossen, mochten erfunden oder latinische Räuberhäuptlinge gewesen sein. Jedenfalls waren sie keine Priesterkönige wie Lucius Tarquinius, dessen etruskischer Name wahrscheinlich sogar auf die Lukumonen zurückgeht. Jedenfalls fanden alle wichtigen städtebaulichen Maßnahmen und Planungen unter seiner Herrschaft statt – nach etruskischem Vorbild. Das haben Grabungen im heutigen Rom bewiesen. Mit Lucumo aus Tarquinii beginnt die Stadtgeschichte Roms.«

»Phantastisch!« urteilte Gianni. »Aber wieso ging es mit den Priesterkönigen bergab?«

»Ihr Machtanspruch hatte sich überlebt. Die etruskischen Stadtstaaten beherrschten gemeinsam mit Karthago und den griechischen Niederlassungen den Handel im Mittelmeer. Von dieser wirtschaftlichen Entwicklung profitierte eine neue

Machtelite in Etrurien, ein Geldadel mit liberalen und weltlich geprägten Vorstellungen. Zum allgemeinen Wohlstand und Freidenken wollte es nun nicht mehr passen, daß ein Gottkönig seine Untertanen willkürlich in Fron und Knechtschaft zwang. In mehreren Städten kam es zum Aufstand, die überkommene Ordnung fiel.«

»*Sagra dei funghi!* Die erste Revolution Europas!« ergänzte Gianni.

»Natürlich gab es auch eine Gegenbewegung. Rom unter dem Priesterkönig Lucius schlug sich auf die Seite der Lukumonen. Aber in der sagenumwobenen ›Schlacht der Könige‹ siegten schließlich die Rebellen. Einer der Revolutionäre, Roms zweiter König Servius Tulhus, löste Lucius auf dem Thron ab. Er reformierte die römische Gesellschaft so gründlich und vorausblickend, daß sich viele Errungenschaften bis zum Ende Roms hielten.«

»Jede Wette, daß es mit ihm kein gutes Ende nahm«, befürchtete Gianni. »Die Guten sterben meistens zu früh!«

»Richtig geraten! Der Sohn des Lucius ermordete ihn meuchlings, nachdem der Reformer auf dem Schlachtfeld nicht zu schlagen war. Der Mörder wurde der dritte etruskische König in Rom – und gewiß der übelste von allen. Unter dem Namen Tarquinius Superbus tyrannisierte er sein Volk sechzehn Jahre lang so erbarmungslos, daß selbst die Adligen endgültig die Nase voll hatten von der Monarchie. Sie, ebenfalls Etrusker, nicht Römer, stürzten die Lukumonen endgültig vom Thron und riefen die Republik aus. Anstelle des Priesterkönigs regierten in Rom nun die Konsuln.«

»Auch Etrusker?«

»Selbstredend! Die latinischen Bauern sollten noch einige Zeit brauchen, bis sie das Regieren gelernt hatten.«

»Unglaublich! Dann war Rom also eine richtige Etruskerstadt?«

»Zweifellos wurde es als eine solche gegründet, ja.«

Gianni grübelte eine Weile über den neuen Erkenntnissen, während er schaufelte. Es dämmerte bereits; am diesigen Abendhimmel sammelten sich nach wie vor turmartige Wolkengebilde. Sehr weit waren wir heute nicht gekommen. Wenn es morgen regnete, waren unsere Hoffnungen auf weitere Entdeckungen dahin.

»Und so ein Haruspex, was für eine Rolle spielte der?« kam Gianni auf den Ausgangspunkt unseres Gesprächs zurück.

»Der Haruspex war eher ein offizieller Zeichendeuter als ein Kultpriester. Er besaß keine besondere Macht oder Gabe. Er war ein Wissenschaftler, der aus den Zeichen der Natur übergeordnete Zusammenhänge, sprich den Willen der Götter, erkennen mußte.« Mir fiel plötzlich auf, wie ähnlich die Aufgabe des Haruspex der meinen war. Beide sollten wir Antworten für die Zukunft finden – ich in der Beschäftigung mit der Vergangenheit, er in der Erforschung von Blitzzeichen und Leberschauen. Zeichendeuter! Dieser Beruf hätte mir auch gefallen!

»Schluß für heute!« verkündete Gianni das Ende des heutigen Grabungstages.

Es wurde ein kurzer Abend. Wir aßen noch eine Kleinigkeit und legten uns gleich nach der Rituellen Reinigung in die Betten. Wir wußten: Es würde eine anstrengende Nacht werden.

Punkt drei Uhr morgens riß uns der Wecker aus dem Schlaf. Wir lauschten nach unten, in die Küche. Kein Laut. War er womöglich noch gar nicht da?

»Vielleicht kommt er ausgerechnet heute überhaupt nicht«, befürchtete ich.

»Er wird schon kommen«, beruhigte mich Gianni mit schläfriger Stimme.

Und tatsächlich, ich wäre fast schon wieder eingeschlafen,

da vernahmen wir ein leises Quietschen. Die Küchentür wurde aufgeschlossen. Er kam.

Ernesto schien nicht überrascht, als Gianni und ich mitten in der Nacht vor ihm in der Küche standen – angetan mit festem Schuhwerk, warmen Pullovern und Regenjacken. Gleichmütig traurig betrachtete er unsere Erscheinung. Vision oder greifbare Realität, was tat das schon, wenn man weder schlafen noch schreien konnte?

»*Andiamo!*« sagte Gianni. »Gehen wir!«

Ernesto folgte wie ein Kind. Dem andächtigen Blick nach vermeinte er zu träumen. Ohne den Sinn unseres Unternehmens zu hinterfragen, zog er sich schweigend eine Jacke über und erwartete weitere Anweisungen. Gianni half ihm, die Schuhe richtig zuzubinden. Ich holte die eingewickelten Kandelaber aus der *cantina*. Als sie im Küchenlicht erhaben erglänzten, flog über Ernestos Gesicht erstmals ein Schatten der Verwunderung. Aber er sagte nichts.

Auch wir sprachen wenig, Gianni und ich. Irgendwie wußte jeder, was er zu tun hatte.

»*Andiamo!*« wiederholte ich und verstaute die Messingleuchter im Rucksack.

Wir fuhren über dieselbe Straße, auf der Ernesto vor einer halben Stunde gekommen war. Einzelne Laternen hingen im düsteren Nachthimmel. Kein Stern war zu sehen, eine dichte Wolkendecke lastete über dem Tal. Es roch nach Nieselregen und feuchter Erde.

Am Fuß des Dorfes stellten wir das Auto ab. Einsam hallten unsere Schritte durch Vallemutris dunkle, gepflasterte Gassen. Als wir über den gewundenen Treppengang nach San Lorenzo emporstiegen, prustete Ernesto wie ein Walroß. Alle paar Schritte lehnte er sich erschöpft gegen eine feuchtkalte Hauswand, um mit geschlossenen Augen im Halbdunkel zu verschnaufen.

Am Kirchplatz angekommen, bildeten die hohen Stiegen ein schier unüberwindliches Hindernis für seine schweren Beine. Mit vereinten Kräften, Gianni schob von hinten, ich zog an seinen Armen, schafften wir ihn schließlich auf die rechtwinklige Plattform über dem Dorf. Unerschütterlich und mächtig ragte der helle Turm von San Lorenzo in die Nacht.

San Lorenzo war die erste Station. Hier würde morgen die Prozession beginnen, mit der Anklage der jüdischen Priester. Ihre Beweisführung war mehr als lückenhaft. Die Zeugen, die Jesu Schuld glaubhaft machen sollten, widersprachen einander. Schließlich stellten die ehrenwerten Ratsmitglieder die entscheidende Frage. »Bist du der versprochene Retter?« wurde der gefesselte Jesus gefragt. »Bist du der Sohn Gottes?«

»Ihr sagt es!« erwiderte der Mann aus Nazareth fest.

Das war Gotteslästerung. Oder es hörte sich zumindest danach an, denn genau betrachtet hatte Jesus nicht selbst behauptet, der Messias zu sein. Doch ein Mensch, der sich staatsgefährdend als »König der Juden« ausgab, durfte nicht Gottes Sohn sein. Er mußte sterben.

Die hohen Herren bespuckten und ohrfeigten ihn und überließen es dann den Wächtern, Jesus weiter zu demütigen. Beispielsweise verband man ihm die Augen, schlug ihn und fragte dann höhnisch, wer der Schläger gewesen sei – als Prophet und Gottes Sohn müßte das doch leicht herauszubekommen sein.

Das geschah, wenn die Zeitzeugen richtig notiert haben, in einer Nacht genau eintausendneunhundertfünfundfünfzig Jahre bevor wir mit Ernesto auf dem Kirchplatz vor San Lorenzo standen. Es war die Nacht von Donnerstag auf Freitag, die Nacht von Gründonnerstag auf Karfreitag. Fast zweitausend Jahre nach der Anklage der jüdischen Priester gaben wir Ernesto die Gelegenheit, seine Selbstanklage zu bekräftigen. Noch verstand er nicht, aber etwas ahnte er bereits.

Wir rasteten einige Minuten auf einer Steinbank des Kirchplatzes. Die kühle Nachtluft kroch tastend unter unsere Jakken und Pullover; wir sehnten allmählich den Tag herbei. Aber der Tag war noch fern, und bis Sonnenaufgang hatten wir noch eine gute Wegstrecke zu bewältigen. Also nahmen wir Ernesto in unsere Mitte. Vom Kirchplatz führte ein verwinkeltes Sträßlein aus dem Dorf, die *via Calvario*. Wir folgten ihr über den schmalen Bergrücken zum Kalvarienberg. Schroff und abweisend ragte der einsame Höcker in die graue Nacht; zakkige Felsbrocken säumten wie Grabsteine den engen Pfad, der sich in kurzen Serpentinen zur Kapelle hochwand.

Alle fünfzig, hundert Meter standen gemauerte Gedenktafeln mit emaillierten Bildern, die eindrücklich die Kreuzwegstationen des Erlösers beschrieben. Manche waren in spitzgiebelige Reliquienschreine eingesetzt; hinter deren Gitter flackerten rotbeschienene Madonnenbildnisse. Der Name des Stifters prangte unübersehbar darüber. Offenbar galt es als große Ehre, dafür zu bezahlen, daß man auf einem christlichen Monument verewigt wurde.

An jeder der zwölf Stationen legten wir eine kurze Rast ein, damit Ernesto verschnaufen konnte. Der steile Kreuzweg verlangte ihm alles ab; schwer atmend stützte er sich gegen die Gedenksteine, bevor wir ihn wieder unter die Arme faßten und weiterschleppten. Kurz vor dem neunten Stationshäuschen stolperte Ernesto und fiel auf die Knie. Mühsam stellten wir ihn wieder auf die Beine.

Mit der Taschenlampe beleuchtete ich die bemalte Gedenktafel: *Gesù cade la terza volta sotto la Croce* stand dort in geschwungenen Lettern: Jesus stürzt das dritte Mal unter das Kreuz. Zwei römische Soldaten versuchten, ihn mit Stockhieben wieder auf die Beine zu bringen.

Endlich bogen wir in die letzte Serpentine. Im Osten graute bereits ein weißlicher Morgen; sein fahles Licht breitete sich zaghaft über das ausgestorbene Tal. Es war kaum vorstellbar, daß in wenigen Stunden Tausende Pilger über den Kegelberg herfallen würden.

Ernesto war am Ende seiner Kräfte, aber er klagte nicht. Er trug kein Kreuz auf seinen Schultern; es war die Last seiner Schuld, die ihn zu Boden drückte. Als wir die hohen Mauern der Wallfahrtskapelle erreicht hatten, passierten wir das letzte Reliquienhäuschen, das am Torbogen zum Kirchhof stand: *Gesù muore in Croce* – Jesus stirbt am Kreuz. Andächtig beschaute Ernesto das naive Lasurbild. Der sterbende Jesus neigte den Kopf auf die linke Seite, bis der Heiligenschein fast seine Schulter berührte.

Zu seinen Füßen klagten zwei kniende Frauen; eine stehende Heilige hob preisend die Hände in einen veilchenblauen Himmel. Ernesto war sichtlich gerührt.

Mich drängte es zur Kirche, Don Micheles dramatischen Kirchenraub vor Augen. Neugierig durchschritt ich den Torbogen und starrte verblüfft auf ein flaches, frisch verputztes Gebäude. Es wurde von drei stählernen Kreuzen überragt, die in das dämmernde Tal blickten. – Wo war die halbzerfallene Ruine aus Giannis Erzählungen? Ich hatte ein düsteres Natursteingemäuer erwartet. Statt dessen leuchtete mir eine glattgestrichene Betonwand entgegen. Dieser geduckte Zweckbau hätte an jeder Autobahnraststätte stehen können. Einzig der gemauerte Glockenturm erfüllte meine Erwartungen.

Enttäuscht drehte ich mich zu Gianni um. Da hatte uns seine kindliche Erinnerung offensichtlich einen Streich gespielt.

Gianni war indes nicht weniger erstaunt. »Das gibt's doch nicht!« rief er ungläubig, während er seinen Onkel vor sich her schob.

»Was ist denn hier passiert? Als ich das letzte Mal da war,

stand an dieser Stelle eine winzige Kapelle, der das halbe Dach fehlte!«

»Vielleicht ist das des Rätsels Lösung?« vermutete ich und wies auf eine marmorierte Gedenktafel. Ein mehrzeiliger lateinischer Text war dort eingraviert:

ORIUNDI EX ANTIQUA TERRA VALLEMUTRESE AUCTORE RENATO
CIVITELLO, SUBITO EREPTO AB AMERICA (NEW YORK) CERTAM
PECUNIAM CONFERRE VOLUERUNT AD ECCLESIAM CALVARIAE
RESTAURANDAM CUIUS MEMORIAM FIDEI ET PIETATIS SEMPER
INVIOLATEQUE EORUM PATRES SERVAVERUS.

A. D. MCMLXXXI

»›Stammend aus der alten Erde Vallemutris der Stifter Renato Civitello‹«, übersetzte ich holprig die gewundenen lateinischen Formulierungen. »›Unerwartet gestorben in Amerika (New York), beschloß er, sein Vermögen zu überlassen zum Restaurieren der Kalvarienkirche, deren Andenken er immer treu und fromm und unversehrt für seine Ahnen bewahren wollte. Im Jahre des Hern 1981.‹ – So ungefähr kommt es hin!«

»Sagenhaft! Einer aus Vallemutri ist in Amerika reich geworden und hat sein Erbe gestiftet, damit man die Kapelle wiederaufbauen konnte?«

»Genau. Und zwar 1981. Also einige Jahre nachdem du das letzte Mal hier warst.«

»*Renato, sì!*« räusperte sich Ernesto hinter uns.

Ein Gedankenblitz fuhr durch meine Sinne. Kannte er den edlen Stifter? Ich blickte Gianni an. Sein entgeistertes Gesicht zeigte mir an, daß er offenbar die gleiche Idee hatte. Könnte es sein, daß nicht zwei, sondern *drei* junge Männer in einer dunklen Nacht ...?

»*Lui conosci tu?* Du kennst ihn?« wandte sich Gianni an den Onkel.

»*Sì!*« nickte Ernesto traurig. »*Molti anni fa!* Vor vielen Jahren.«

»*Era un amico da papa?* War er ein Freund von Vater?« fragte Gianni mit einem Anflug von Entmutigung in der Stimme.

»*Sì! Buon amico!* Ja, ein guter Freund!«

»Ich frage nicht weiter«, erklärte Gianni und streckte kopfschüttelnd die Hände in die Hosentaschen. »Es ist unfaßbar!«

Ernestos überraschende Enthüllung eröffnete in der Tat einer Vielzahl von neuen Spekulationen den Weg. Für den Moment pflichtete ich Gianni jedoch bei. Mochte der Stifter in Frieden ruhen. Renato Civitello hatte rechtzeitig dafür gesorgt, daß er nicht in die Hölle kam. Jetzt war es an uns, dafür zu sorgen, daß auch der andere Sünder Gelegenheit zur Wiedergutmachung erhielt. Aber wie? Die Kirchenväter hatten offensichtlich ihre Lehren aus der Vergangenheit gezogen: Eine schwere, eisenbeschlagene Holztür verwehrte den Zutritt zur Kapelle, und vor den Fensterchen waren stabile Eisengitter in die Wand eingelassen.

Ich umkreiste suchend das festungsartige Bauwerk. Die flachgestreckte Kapelle nahm fast die ganze Kuppel des Kalvarienbergs ein. An ihrer Rückwand, die augenscheinlich noch von der alten Ruinenkirche stammte, entdeckte ich eine schmale, unverglaste Maueröffnung. Wir hießen Ernesto im Kirchhof warten und kletterten unter den Spalt. Dort stieg Gianni auf meine Schultern.

Verrückt, dachte ich. Einbrechen, um das Gestohlene zurückzugeben. Im Tal der verlorenen Seelen konnte der Normalzustand offenbar nur mit widersinnigen Handlungen erreicht werden. Ich hoffte, der Allmächtige würde unsere hehren Gedanken lesen können, als Gianni in der dunklen Öffnung verschwand. »Alles klar?« brüllte ich ihm hinterher.

»Alles klar!« hallte es dumpf zurück. »Ich versuche jetzt die Tür von innen aufzumachen.«

Erwartungsvoll stellte ich mich mit Ernesto vor die wuchtige Holzpforte. Wir hatten nicht mehr viel Zeit. Bald würden die ersten Pilger hier auftauchen, um sich für das nachmittägliche Schauspiel einen guten Platz zu sichern.

Gianni rüttelte von innen an der verriegelten Kirchentür. »Verflixt! Ohne Schlüssel kriegen wir die Tür nicht auf. Vielleicht hat der Pfarrer irgendwo einen Ersatzschlüssel versteckt? Ich geh mal auf die Suche!«

»Aber beeil dich, es wird schon hell!« Ich setzte mich auf die Mauerbrüstung und spähte ins Tal. Einzelne Autos brummten fern und leise, der Wind blies tüchtig in die grauen Wolken – würde es doch einen sonnigen Karfreitag geben? Vallemutri schien noch immer zu schlafen.

Doch was war das? Direkt unter uns, auf der schmalen Klamm, bewegten sich drei dunkle Pünktchen auf den Kalvarienberg zu. Ich sprang auf und hämmerte gegen die Kirchentür. »Gianni! Wir bekommen Besuch! Mach schnell!!«

»Was?« klang seine Stimme undeutlich zurück.

»Die ersten Pilger sind im Anmarsch, wir haben nicht mehr viel Zeit!«

»Zum Teufel! Wo hat der Pfarrer bloß den Schlüssel versteckt?«

Gianni rumorte nervös in der Kirche. Und wenn er keinen Schlüssel fand?

»*Renato, sì!*« vernahm ich in meinem Rücken.

Ich wandte mich um. Ernesto blickte mich gleichmütig an. In der einen Hand hielt er einen klobigen Zapfenschlüssel, die andere wies kraftlos auf die Gedenktafel.

Sprachlos starrte ich auf den Schlüssel. Eine *Vision?* Was ging in diesem Mann vor, wie konnte er das Versteck des Schlüssels erraten?

Ich wußte, Ernesto war außerstande, sich in einen anderen Menschen hineinzuversetzen, also auch nicht in den Pfarrer oder den Küster, der den Schlüssel hinter der Gedenktafel deponiert hatte. Ernesto handelte nach Erkenntnissen, die sich einem Normalsterblichen verschlossen. Vielleicht glaubte er, Renatos Schuld müsse uns die Türe öffnen, damit wir seine eigene sühnen konnten? Eine eigentümliche Logik, gewiß, aber sie führte zum richtigen Schluß. Wenn sich Ernestos Welt mit der unseren berührte, war er hellsichtig. Wenn nicht, war er schwachsinnig. Einmal mehr wurde mir klar, wie schmal der Grat zwischen den beiden Welten war!

Ich schob den Schlüssel ins Schloß und öffnete knarrend die Tür. Im Lichtspalt erschien Giannis versteinerte Gestalt. Sein verdutztes Gesicht steckte halb im Sicherungskasten. »Aber ...?« stotterte er.

»Ernesto hatte eine Vision!« klärte ich ihn so rasch wie möglich auf. Jede weitere Erläuterung würde uns zuviel Zeit kosten. Wir hatten keine. Die Pilger waren im Anmarsch.

Gianni bemühte sich erfolgreich um sein inneres Gleichgewicht.

»Aha!« nickte er gefaßt. »Dann kann's ja losgehen!« Feierlich nahm er die Kandelaber aus dem Rucksack. Sie blitzten und glänzten wie damals, als Ernesto und Michele sie zum ersten Mal gesehen hatten. Wo hatten sie gestanden? Gianni legte die Leuchter seinem Onkel wie kleine Kinder in die Arme und trat zurück.

Ernesto betrachtete sie lange. Dann blickte er zu uns. Ein Lächeln überglänzte sein verhärmtes Gesicht. Seine Augen leuchteten.

Und dann stieg er langsam die Stufen zum Altar empor, die Kandelaber wie Kinder in seinen Armen. Als er sie behutsam, Stück für Stück, acht an der Zahl, auf den Altar stellte, schimmerten sie im Morgenlicht, das nun allmählich die Kirche eroberte.

Ein Kreis schloß sich. Etwas Unbeschreibliches fügte sich

in mir zusammen. Das Bild eines Mannes, der zurückkehrt. Der zurückfindet an den Ausgangspunkt seines langen Weges, um ein Opfer zu bringen. Aller Schmerz, alle Schuld wurden in dieser Geste dargeboten; Ernesto gab sein unmenschliches Schicksal zurück, an den einzigen, der es annehmen konnte. Ein stummes Gebet erfüllte die dämmrige Kapelle von Monte Calvario. Ernesto wartete. Doch nichts geschah.

Herr! Wenn es Dich, den Namenlosen, wirklich gibt, einen Gott, der seinen Sohn für die Erlösung der Menschheit ans Kreuz nageln ließ, dann wisse: Dieser Mann mit Namen Ernesto Orsini hat nicht weniger gelitten als Dein Sohn! Jesus starb an einem Tag für eine Schuld, die er nicht hatte. Ernesto starb seit sechsundzwanzig Jahren an einer Schuld, die ihm den Schädel spaltete. Wenn Du den einen erlöst hast, darfst Du den anderen nicht im Elend lassen!

Ernesto wartete. Wir warteten. Nichts geschah. Kein Blitzstrahl vom Himmel, kein Glorienschein über unseren Häuptern. Ernesto wandte sich bekümmert ab. Er weinte nicht, aber er hatte sich mehr erhofft. Wir alle hatten uns mehr erhofft. Das Wunder von Monte Calvario – bald würde es in aller Munde sein. Aber der arme Sünder, der das Wunder geschaffen hatte, er ging leer aus. Wir verschlossen die Tür und legten den Schlüssel zurück in sein Versteck. Wahrscheinlich würde man bald ein weiteres Täfelchen über Renatos Stifterglück anbringen: Am Karfreitag, dem 5. April 1985, sandte Gott der Allmächtige den Gläubigen aus aller Welt ein Zeichen, daß es ihn gab! Und niemand würde wegen dieser Lüge aufschreien!

Die Kandelaber waren zurückgekehrt. Wir hatten das Menschenmögliche getan, um den Beweis für Seine allumfassende Barmherzigkeit zu erbringen. Nun lag es an Ihm, das letzte seiner drei gefallenen Kinder Vallemutris wohlgefällig aufzunehmen, wenn ihm die Stunde schlug. Ob Renato vielleicht doch in der Hölle schmorte?

Als wir die Serpentinen hinabgingen, kamen uns auf Höhe der neunten Station, dort, wo Jesus in wenigen Stunden das dritte Mal zu stürzen hatte und Ernesto das letzte Mal gefallen war, drei alte Frauen aus Vallemutri entgegen. Höflich grüßten sie die beiden fremden jungen Pilger und den verrückten Ernesto Orsini, den jeder im Dorf kannte.

Ein süßherber Duft lag über dem Kalvarienberg. Entlang des Kreuzweges standen hohe Pinien und Zypressen. Ich hatte sie beim Aufstieg nicht bemerkt.

Die Vision des Zeichendeuters

Als wir zu Giannis Häuschen zurückkamen, hatte der Morgen vom Tal der verlorenen Seelen Besitz ergriffen. Erfülltes Schweigen lag über uns, über Gianni, Ernesto und mir. Ein Schweigen, das auf dem gemeinsam Erlebten beruhte; eine Stille, die Worte ausschloß, um den Zauber unausgesprochener Ahnungen und Bedeutungen wirksam werden zu lassen. Ernesto war ein Meister in diesem Zauber.

Ein Schweigen aber auch, das von der Müdigkeit rührte und uns wie sanfte Schleier umwehte. Eine anstrengende Nacht lag hinter uns. Ich sehnte mich nach Schlaf; doch ich fühlte mich zu aufgedreht, um schlafen zu können. Also tranken wir Kaffee. Einen starken Espresso, den Ernesto, wie am ersten Morgen, unaufgefordert braute und in goldumrandeten Täßchen servierte. Vielleicht wollte er das ausgefallene Kaffeekränzchen der letzten Nacht nachholen.

In unser besinnliches Frühstück platzte Onkel Antonio. Mit

freudig gerötetem Gesicht. Jawohl, es sei ihm gelungen! Ernesto könne schon morgen früh seine Kur antreten, wenn er wolle. Er habe ein Plätzchen in einem nahe gelegenen Sanatorium ergattern können, in der *Villa degli Ulivi*, der Olivenvilla, wie das Sanatorium heiße. Ein Haus, das er zwar nicht persönlich kenne, das aber laut Ernestos Arzt einen guten Ruf besitze. Und über einen weiten Garten verfüge, ferner über Ping-Pong-Tische, Bar und Fernsehraum. Zweibettzimmer, Dusche und Bad inklusive. Toiletten leider extra. Aber das sei Ernesto ja gewöhnt.

Antonio strahlte. Man sah ihm an, daß er am liebsten selbst in die Olivenvilla gegangen wäre, um Ping-Pong zu spielen oder im großen Garten zu werkeln.

Auch Ernesto freute sich ein bißchen. »*È caro?*« Ob es teuer wäre, wollte er wissen.

Nein, nein, beschwichtigte Antonio, der Ernestos Rente verwaltete. Das gehe schon in Ordnung.

Ich war Antonio aufrichtig dankbar, daß er einen Kurplatz für Ernesto arrangiert hatte. Ich hatte mir ernste Gedanken gemacht, ob und wie Ernesto in seinem Jammertal zurechtkommen würde, wenn wir ihn wieder verließen. Nach wie vor fühlte ich mich für sein Wohlergehen verantwortlich, für seinen inneren Aufruhr, den ich mit meiner Wißbegier ausgelöst hatte. Unter ärztlicher Aufsicht würde Ernesto die Erlebnisse der letzten Tage gewiß besser verarbeiten können. Ein wenig Abstand, vielleicht ein neues Medikament, dazu einfühlsame psychologische Betreuung – viel mehr brauchte es doch gar nicht, damit der arme Mann mit sich selbst Frieden schließen konnte. Das hoffte ich jedenfalls.

Alsdenn, meinte Antonio frohgelaunt. Wenn Ernesto einverstanden sei, würde er ihn morgen früh in die *Villa degli Ulivi* bringen. Wir schauten Ernesto fragend an.

»*Sì*« räusperte er sich gerührt.

Damit hieß es nun plötzlich, Abschied zu nehmen. Unser erster Abschied vom Tal der verlorenen Seelen, dem in den nächsten Tagen weitere folgen würden. Mir wurde schmerzlich bewußt, daß unsere Zeit in Vallemutri allmählich dem Ende zuging.

Sechs Wochen würde Ernesto in den Olivenhainen kuren, Ping-Pong spielen und durch den weiten Garten lustwandeln. Seine Koffer mußten gepackt werden, die Verwandten verabschiedet und der Arzt für die Überweisung aufgesucht werden. Ein Bad stand auch noch an, denn Tante Anna wollte ihren Bruder nicht ungereinigt dem hohen Haus überstellen. Das bedeutete, wir würden Ernesto vor seiner Abreise nicht mehr sehen. Würden wir ihn überhaupt jemals wiedersehen?

Antonio mahnte zum Aufbruch. Ernesto erhob sich unbeholfen aus seinem Sessel und nahm Gianni in die Arme. Sanft küßte er seinen Neffen auf die linke Wange. Dann sah er ihn lange an, bewegte seinen schweren Kopf auf die andere Seite und küßte schließlich auch die rechte Wange. In seinen Augen glitzerten winzige Tränen.

Auch Gianni wurde nun von der Rührung ergriffen. Er preßte seinen Onkel fest an sich. Viel war geschehen in wenigen Tagen. Gianni versprach, bald wiederzukommen, und wandte sich steif ab, um nicht von seinen Gefühlen übermannt zu werden.

Dann war es an mir, von Ernesto Abschied zu nehmen. Ich kam mir unendlich jung und klein vor, als mich der riesige Mensch in die Arme schloß. Er küßte auch mich behutsam auf beide Wangen. Seine uralten, schwarzglänzenden Augen verweilten lange auf meinem Gesicht. Benebelt von seinen herben, schweren Körperdüften, drückte ich ihn ebenso fest an mich, wie Gianni es getan hatte. Selten hat mich ein Abschied mehr bewegt als jener von Ernesto. Nie war mir ein Mensch unergründlicher begegnet; und nie hatte ich das Unergründliche in so kurzer Zeit verstehen und annehmen gelernt. Wie war das möglich? Was überwand den Widerspruch? Warum hatte ich, ein Erforscher des Vergangenen, ihn, der durch einen Mord nicht von der Vergangenheit loskam, so tief und innig in mein Herz geschlossen, daß ich um sein Seelenheil betete?

Als der weiße Fiat knatternd vom Grundstück rollte, durchzuckte mich eine unerwartete Antwort: Ernesto war wie ich! Ein vollendetes Spiegelbild meiner selbst, mein genaues Gegenteil – indem er auf der anderen Seite des schmalen Grats stand, welcher unsere Welten trennte.

Betroffen setzte ich mich auf Ernestos graziles Gartenstühlchen. Es ächzte nicht so laut wie unter seinem Gewicht, aber fast; sogar in dieser Hinsicht waren wir uns ähnlich. Dank unserer Seelenverwandtschaft verstand und mochte ich ihn – daß ich darauf nicht früher gekommen war! Ähnlich weniger im Wesen als im Sein. Ernesto war *meine andere Hälfte,* jener Teil meines Selbst, nein, meines Schicksals, den ich beharrlich leugnete. Vor dieselbe Wahl gestellt, hatte Ernesto anders gehandelt. Das war alles. Und es war nichts: ein schmaler Grat nur, der mich von ihm schied!

Ein Schauer rann mir über den Rücken. Stand mir die schicksalhafte Prüfung, an der sich unsere Geister trennten, noch bevor? Ich war jung und er so alt. War es nicht allzu selbstgefällig anzunehmen, ich, der vom Schicksal noch nie ernsthaft herausgefordert worden war, hätte die Prüfung, an der Ernesto scheiterte, bereits bestanden?

»Bist du soweit?«

»Nein!« rief ich, noch gänzlich in meinen Gedanken gefangen. Aber es war nicht das Schicksal, das mich anrief. Sondern Gianni. Er stand vor mir, bereit, den Spaten zum entscheidenden Stich wider die Unwissenheit zu führen.

Dem kühlen Morgen folgte ein noch kühlerer Vormittag.

Eisige Windböen fegten durch das Tal. Immerhin rissen dadurch die Wolken auf; doch die Sonne blitzte wie ein ferner Stern vom metallischen Himmel, weiß und klar und ohne Wärme.

Armer Bruno, dachte ich. Er würde frieren müssen. Auch ihn, der Gottes Sohn im Rollenspiel vertrat, erhörte der Allmächtige nicht. Als hätte es Ihn Mühe gekostet, ein kurze Anweisung an Petrus weiterzugeben: VALLEMUTRI VOM SKANDINAVISCHEN TIEF AUSKLAMMERN STOP WUNDER IN AUSSICHT STOP GRUSS – GOTT

Wenn schon nicht unsertwillen, so hätte der Herr im Himmel doch wenigstens die Prozession beschirmen können, die ja immerhin zu seiner eigenen Ehre abgehalten wurde. Gianni und ich würden uns das Spektakel trotzdem nicht entgehen lassen, schon um die Wirkung unseres Wunder an Ort und Stelle zu überprüfen. Betrübt stimmte uns nur, daß Ernesto es nicht miterleben konnte. Vielleicht hätte es ihn für das Schweigen in der Kalvarienkirche entschädigt?

Fröstelnd folgte ich Gianni hinters Haus, wo der Haruspex auf seine Auferstehung wartete. Wenn das Wetter hielt, konnte uns die Zeit bis zum Ostermontag, dem Tag unserer Abreise, immer noch reichen.

»Ach ja«, seufzte Gianni melodramatisch. »Wenn man bloß wüßte, was die Götter mit einem vorhaben!«

»*Er* könnte es uns vielleicht sagen«, erwiderte ich und deutete auf das sich allmählich zu einem beträchtlichen Erdloch auswachsende Grab des Haruspex.

»Richtig!« bestätigte Gianni. »Der Zeichendeuter. Vielleicht sollten wir ihm Cesares Leber zum Lesen geben?« Er versuchte, den herumstreifenden Kater mit gurrenden Kehllauten herbeizulocken, doch Cesare schien zu ahnen, was ihm Gianni zugedacht hatte. Er wandte sich beleidigt ab, um im Hühnerhaus für Unruhe zu sorgen.

Gianni kehrte sich wieder unserem Graben zu und schwang die Schaufel. »Mal im Ernst«, fragte er. »Konnte so ein etruskischer Haruspex tatsächlich die Zukunft vorhersagen?«

»Schwierige Frage«, antwortete ich und rüttelte Giannis Schaufelladung durch mein Sieb. »Die Wissenschaftler sind sich noch nicht einig, wie die Etrusker überhaupt mit der Zukunft umgingen. Zukunft ist Glaubenssache, und Glauben ist Religion.«

»Was glaubten die Etrusker denn?«

»Sicher ist, daß sie dem Schicksal eine gewaltige Macht über ihr Leben zusprachen. Welchen Einfluß der einzelne auf sein Schicksal nehmen konnte, darüber streiten sich die Forscher.«

»Was glaubst du?«

»Ich halte mich an Heinkel. Der bezweifelte, daß die Etrusker ihr Schicksal als unentrinnbar, als ausweglose Einbahnstraße betrachteten. Wenn man ihre Kunst, ihren Schaffensdrang, ihre selbstbewußten Bauten, ihre sinnliche Lebensfreude betrachtet, spürt man keine Resignation, sondern den Wunsch und die Kraft, in das Schicksal einzugreifen. Wer sich blind und widerspruchslos in ein vorbestimmtes Los fügt, lebt anders, als die Etrusker lebten.«

»›Tänzerin in durchsichtiger Tunika – die Etrusker pflegten einen freizügigen Umgang mit Sexualität und Eros‹«, zitierte Gianni verträumt die Stelle in Heinkels Doktorarbeit, die sich ihm am tiefsten eingeprägt hatte.

»Den Etruskern«, fuhr ich fort, »offenbarte sich das Schicksal durch Zeichen, die von Kundigen wie den Haruspices erkannt werden konnten. Aber damit nicht genug: Der Wissende konnte das Kommende beeinflussen, Günstiges auf sich ziehen, Böses abwenden, indem er die Götter, die zwischen Schicksal und Mensch vermittelten, durch Opfer und Hingabe milde stimmte.

Die Etrusker verstanden das Schicksal demnach durchaus

als eine Folge ihrer Handlungen. Sie versuchten zu erkennen, was kommen *könnte* – damit es nicht kam! Aus Rom wird beispielsweise überliefert, daß ein Erdbeben die Bewohner in Angst versetzte. Ein herbeigerufener Haruspex erklärte dem Senat dieses Zeichen als Zorn der Götter über mangelnde Religiosität. Er mahnte die Politiker, für Einigkeit unter den Menschen zu sorgen und für mehr Andacht, anderenfalls würden die Götter ihren positiven Einfluß auf das Schicksal nicht geltend machen. Wer vorausschauend handelte, konnte also auch ein ungünstiges Schicksal beeinflussen.«

»Spezialisten des Schicksals«, raunte Gianni. »Schade, daß wir heute keine Zeichendeuter mehr haben. Wenn wir wüßten, was dies oder das zu bedeuten hätte, könnten wir entsprechend handeln.«

»Schade, ja«, stimmte ich zu. »In unserer Zeit sind Wissenschaft und Religion vielleicht zu sehr voneinander getrennt. Ein etruskischer Haruspex war Priester, Forscher und Naturkundiger in einem. Heute gibt's für jeden Wissensausschnitt Fachleute, aber keiner hat mehr den Überblick.«

»Wie war denn der Überblick bei den Etruskern?« fragte Gianni.

»Ich meine, wie stellten sie sich die Welt vor?« Sein Interesse an den Etruskern wuchs, je näher wir dem Grab des Haruspex kamen.

»Die Etrusker glaubten, daß die Welt durch den Willen nur eines Gottes entstanden sei, der außerhalb seiner Schöpfung stehe. Dies ist übrigens nicht die einzige Parallele zum Christentum, wie du sehen wirst. Auch der etruskische Schöpfergott schuf die Welt in genau bezeichneten Zeitabschnitten. Nicht in Tagen, sondern in sogenannten Chiliaden, die einem Jahrtausend entsprachen. Aber heißt es nicht in der Bibel: ›Tausend Jahre sind vor dem Herrn wie ein Tag‹? Jedenfalls brauchte der etruskische Schöpfer sechs Chiliaden, also sechstausend Jahre, wofür unser Herrgott sechs Tage brauchte: um nämlich den Himmel, die Erde, das Firmament, Meere und Seen, Sonne, Mond und Sterne, Vögel, Kriechtiere, Fische und Vierfüßler zu schaffen.

Dann schuf er den Menschen.

Da die Schöpfung nach etruskischem Glauben insgesamt zwölftausend Jahre währte, verblieben dem Menschen noch sechstausend Jahre bis zum Weltuntergang – der bei den Etruskern aber nicht als Katastrophe verstanden wurde, sondern als Erfüllung. Was sollte nun in den verbleibenden sechs Chiliaden geschehen? Offenbar orientierten sich die Etrusker bei ihrem Weltbild am Zodiakus, dem Band der zwölf Tierkreiszeichen um die Erde. So läßt sich spekulieren, daß nach ihrer Ansicht jede Chiliade von einem anderen Sternbild beherrscht wurde, dessen besondere Eigenschaft sinnbildlich für das Kommende stand.«

»Also glaubten die Etrusker an Astrologie?« fragte Gianni.

»Jedenfalls bezogen sie die Astrologie in ihre Vorstellungswelt ein. Esoterische Lehren und spirituelle Führer tun das übrigens heute wieder. Sie prophezeien, daß sich unsere Welt bald völlig verändern wird, wenn wir vom Sternbild der Fische ins Zeichen des Wassermanns eintreten.«

»Ein neuer Name!« hauchte Gianni in Anlehnung an Heinkels Vorwort zu *Vom Leben und Sterben der Etrusker.* »Weiß man schon, wann er kommen soll?«

»Wenn man den Astrologen Glauben schenkt, ja. Ein Sternenmonat dauert etwas mehr als zweitausend Jahre, wobei sich die Sternbilder bis zu einigen hundert Jahren überschneiden können. Im Jahr 7 vor Christus begann das Zeitalter der Fische – ein Zeichen übrigens, das, aufs Maßstäbliche übertragen, für die Entwicklung von Spiritualität, für die Überwindung der Materie steht. Daraus beziehen die Esoteriker ja auch ihre Gewißheit: Jesus, der große Mystiker, wurde mit dem

Beginn des Zeitalters der Fische geboren. Er prägte die letzten zweitausend Jahre unzweifelhaft mehr als irgendein anderer Mensch.«

»Und jetzt?« fragte Gianni. »Du redest, als stünden wir kurz vor dem Weltuntergang!«

»Vielleicht steht unsere Welt wirklich vor dem Untergang. *Unsere* Welt wohlgemerkt, die *wir* geschaffen haben, nicht die Welt an sich.«

»Wofür steht denn der neue Name, das Zeichen des Wassermanns, und wann soll er kommen?«

»Ich bin kein Astrologe, aber soweit ich verstanden habe, ist der Eintritt in das Wassermannzeichen für die zweite Hälfte des nächsten Jahrhunderts errechnet worden; und sein entscheidendes Merkmal soll die Entwicklung der Individualität sein.«

»Ha! Individualität! Als ob's davon nicht schon genug gäbe!«

»Findest du? Wenn ich an meine Kollegen am Institut denke, oder an die angepaßten, stereotypen Gestalten in Discos und Kneipen – da kann ich wenig Eigenes, wenig wirklich Individuelles entdecken. Höchstens krampfhafte Egozentrik; und selbst die ist uniform.«

»Besteht denn ein Unterschied zwischen dem einen und dem anderen?«

»O ja! Ich denke, wenn man herausgefunden hat, wer man wirklich ist, kann man über sich selbst hinausblicken. Aber wer kann das heute schon? Die meisten, die nach sich selbst suchen, bleiben in der Ichbezogenheit stecken, das sind die Egozentriker. Aber hat nicht alles eine Schattenseite? Große Weltreligionen und Heilslehren wurden in den zurückliegenden zwei Jahrtausenden geboren, und wir haben unglaubliche technische Fortschritte errungen. Doch es gab auch verheerende, menschenverachtende Irrlehren und bestialische, technisierte Kriege. Das Pendel schlug nach beiden Seiten gleichermaßen heftig aus.«

»Hm, da mag schon was dran sein; aber war das nicht immer so? Man muß kein Prophet sein, um so was zu verkünden. Immer folgt eins auf das andere, und alles hat zwei Seiten.«

»Deshalb bemerken wir die Veränderungen nicht sofort. Erst aus einem gewissen Abstand sieht man die Kennzeichen des Wandels – dazu studiert unsereiner Geschichte!«

»Und welche Zeichen vermeinst du zu erkennen?«

»Es ist gewiß zu früh für ein historisches Urteil; aber wir scheinen uns tatsächlich am Ausgang einer Epoche zu befinden. Das Christentum, der Kodex, auf dessen Grundlage wir leben, gibt unserer Welt keinen Halt mehr. Unser Bild von Gott und der Welt löst sich auf, ein Zerfall von Werten und Institutionen – wenn ich es so betrachte, kommt es mir tatsächlich vor, als würde einem neuen Namen der Weg gebahnt. Oder glaubst du, daß sich das Christentum noch lange hält?«

»Ich weiß es nicht«, gestand Gianni. »Aber wenn ich mich selbst anschaue oder meine Freunde in Deutschland: Da geht keiner mehr in die Kirche.«

»Bestenfalls zu Weihnachten, zum Heiraten oder zur Taufe. Und das ist nicht verwunderlich. Das Gebilde, das unsere Werte verkörpern soll, ist hohl und brüchig geworden. Nicht aus sich selbst heraus, denn die Werte an sich sind weder alt noch neu. Wir Menschen haben die Moral ausgehöhlt. Übriggeblieben ist ein morsches, abbruchreifes Gebäude und seine verknöcherten Verwalter. Es scheint an der Zeit, ein neues Gebäude zu errichten, damit wir die wahren Werte wieder sehen und nach ihnen leben können.«

Gianni dachte eine Weile über unser Gespräch nach. Dabei kratzte er sich abwesend am Ohr. »Irgendwie ist das schon seltsam«, murmelte er.

»Was?«

»Na ja, alles liegt schon so lange zurück, das mit den Etruskern meine ich. Und trotzdem hat es mit uns zu tun.« Plötzlich richtete er sich auf: »Was konnten die Etrusker denn mit ihrer Religion anfangen? Half sie ihnen, mit all den großen *Namen* umzugehen, die man als Normalsterblicher sowieso nicht begreift?«

»Neben der Welt der großen *Namen* existierten kleinere, denen sich die Etrusker als Einzelwesen und als Volk zuordneten. Ihre Zeit war, wie die der Schöpfung insgesamt, begrenzt – auf die schon bekannten zehn *saecula*. Wie lange ein Säkulum für die etruskische Nation dauerte, hing von der längstmöglichen natürlichen Lebensspanne zwischen Geburt und Tod ab. Das heißt: Von der Geburt des ältesten Menschen bis zu seinem Tod dauerte das erste Säkulum. Das zweite endete mit dem Tod des darauffolgend geborenen ältesten Menschen und so weiter. Da dies natürlich niemand nachprüfen konnte, schickten die Götter zum Ende eines Säkulums ihre Zeichen.

Das persönliche Schicksal eines Menschen wurde in Lebenswochen à sieben Jahren gemessen. Wer auf die Zeichen hörte, konnte sein Schicksal bis auf die natürliche Lebenszeit von siebzig Jahren, sprich zehn Lebenswochen, hinausschieben. Die maximale Lebensdauer eines Menschen betrug zwölf dieser Wochen. Wohl konnte man länger leben, aber nach vierundachtzig Jahren erhielt der Mensch keine Zeichen mehr.«

»Wie ein Wettläufer, der über das Ziel hinausgeschossen ist«, ergänzte Gianni. »Eine wunderliche Religion.«

»Wir wissen leider viel zu wenig darüber. Das meiste haben sich die Etruskologen zusammenreimen müssen oder von römischen Geschichtsschreibern übernommen. Vieles fehlt, um die Welt der Etrusker verstehen zu können. Sicher ist nur, daß sie alles ihrem Glauben untergeordnet haben. Und da sie anständig lebten, dürfte es kein übler Glaube gewesen sein.«

»*Sagra dei funghi!*« sagte Gianni unvermittelt und schaute zum Himmel. »Jetzt haben wir die Zeit vergessen.«

Ein Blick auf die Uhr bestätigte Giannis Befürchtung. Es war schon nach drei, das hieß, die Prozession hatte bereits begonnen.

Wir wuschen uns hastig und schlüpften in halbwegs manierliche Kleider. Dann machten wir uns eilig auf den Weg. Zu Fuß. Denn schon entlang der Straße zum Dorf parkten Autos und Busse eng an eng. Da würde es in Vallemutri erst recht keine Parkplätze geben.

Wir schienen nicht die einzigen Nachzügler zu sein. Vor und hinter uns marschierten große und kleine Familienverbände, tatkräftig ausschreitende Ausflügler, Pilger mit feierlicher Büßermiene und scheinheilige Religionstouristen. Gruppen kichernder junger Mädchen und verstohlen lachender Burschen umkreisten einander, alteingesessene Vallemutriner und fremdländische Zugvögel gingen Seite an Seite – aus Nord und Süd strömten die Wallfahrer. Die Autokennzeichen verrieten Römer, Mailänder, Turiner, Neapoletaner, Genuesen, Sizilianer, dazwischen ein paar Schweizer, Österreicher, Spanier und auch Deutsche und Franzosen. Sogar zwei angelsächsische Kreuzritter hatten sich nach Vallemutri verirrt, und als wir im Menschengedränge durch das Dorf nach San Lorenzo aufstiegen, erspähte ich eine Gruppe aufgeregt knipsender Japaner. Für einen Tag war Vallemutri der Nabel der Welt. Ein buntes Treiben unter dem blauen, aber kühlen Himmel des Herrn.

Gianni konnte es kaum fassen. Da hatte er jahrelang hier gelebt, fast zwanzig einsame Sommer mit Vater, Mutter und Geschwistern im kleinen Häuschen zugebracht, und plötzlich zog die halbe Welt durch die sonst so verlassenen Gassen.

Es war, als ob ein Mann in sein Kinderzimmer zurückkehrte und entdeckte, daß er in einem Zirkuszelt aufgewachsen war. »Ich möchte bloß wissen, seit wann es diese Prozession gibt. Ich habe nie, wirklich nie in all den Jahren davon gehört. Es ist unglaublich!«

»Vielleicht«, vermutete ich, »gibt es das Spektakel erst, nachdem die Kalvarienkirche dank Renatos Spende renoviert wurde? Du warst seitdem schließlich nicht mehr hier.«

»Wahrscheinlich hast du recht. Und vorher pilgerten nur die Einheimischen auf den Monte Calvario. Ein Fest unter vielen, wie die Sagra dei funghi, an die ich mich auch nicht erinnerte. Trotzdem, dieser Massenauflauf haut mich fast aus den Socken!«

Er schüttelte alle paar Schritte verwundert den Kopf und zeigte gestenreich auf die vielen kleinen Absonderlichkeiten, die jeder Touristenstrom nach sich zieht. Fein herausgeputzte Zwillinge zum Beispiel, die so verschworen grinsten, daß es uns nicht überraschte, als sie blitzgeschwind kleine Blasrohre aus leuchtend blauen Samtjacken hervorzogen, um nahe stehende Damenpopos mit Knetkügelchen zu malträtieren.

Wir folgten dem Strom der Gläubigen durch Vallemutris Gassen bis nach San Lorenzo. Auf dem hoffnungslos überfüllten Kirchplatz stand eine kleine Holztribüne, die der örtliche Kulissenmaler mit orientalisch-römischen Stilbrüchen überzogen hatte. Außer einigen gelangweilt über ihr Kabelgewirr stolzierenden Kameraleuten und wichtigtuerischen Ordnern war die Bühne jedoch verwaist. Aus der Kirche drangen elektrisch verzerrte Stimmen.

Dem erwartungsvollen Gemurmel der Wartenden entnahmen wir, daß die Anklage der jüdischen Priester bereits in vollem Gange war. Sie fand in der Kirche statt. Daraufhin würde Jesus vor Pontius Pilatus geführt, dem römischen Statthalter, damit der den vorgeblichen König der Juden, dessen

Reich aber nicht auf Erden, sondern im Himmel zu finden sei, rechtskräftig zum Tod verurteilte. »Willst du dich nicht verteidigen?« würde der Römer Jesus fragen. »Du hast ja gehört, was man dir vorwirft?«

Aber Jesus würde schweigen und sich nicht verteidigen.

Pontius Pilatus erstaunte dies sehr. Er beschloß, den Juden noch eine Chance zu geben, ihren merkwürdigen König vor dem Tod zu retten. Zum anstehenden Passahfest war es Sitte, daß der römische Gouverneur einen Gefangenen begnadigte. »Wen soll ich euch freigeben?« würde er in die Menge rufen. »Den Verbrecher Jesus Barabbas oder den Jesus, der auch der Gesalbte genannt wird?«.

Und aufgeputscht von den Priestern, würde sich das Volk für Barabbas entscheiden.

Pilatus war nicht wohl in seiner Haut. Es gab Vorahnungen und Träume. Noch mal fragte er das Volk, doch er erhielt dieselbe Antwort. »Was soll ich dann mit Jesus tun, den man Christus nennt?« fragte der Gouverneur weiter.

»Kreuzigen!« schrien die Menschen, denen Jesus als Retter erschienen war.

»Aber warum?« wollte Pilatus wissen. »Was hat er getan?«

»Kreuzigen!« brüllten die Befragten blind vor Haß.

Da gab Pilatus auf. Vor allen Leuten übergoß er sich die Hände mit Wasser. »Ich habe keine Schuld am Tod dieses Mannes!« würde er resigniert sagen und sich die Hände in Unschuld waschen.

Gianni zeigte auf eine Gruppe Kostümierter vor der Bühne. Ihre Unruhe ließ darauf schließen, daß Jesus jeden Moment aus der Kirche geführt würde. »Schau mal, wer zwischen den römischen Soldaten steht! Der Zappler!«

Tatsächlich. Von schwarzbehelmten Lanzenträgern eingerahmt, zappelte nervös Antonios tragikomischer Doppelgänger, der uns von der *sagra dei funghi* in lebhafter Erinnerung war. Gewiß war seine Verhaftung eine Sicherheitsmaßnahme, stand doch zu befürchten, daß Gogo, wie der Zappler von den Einheimischen gerufen wurde, mit Veitstänzen von den dramatischen Geschehnissen auf der Bühne ablenken würde.

Endlich verstummten die elektronischen Stimmen in der Kirche. Dumpfer Trommelschlag setzte ein. Im getragenen Eins-Zwei-Drei-Takt heller Marschtrommeln und wummernder Pauken kamen nun römische Soldaten paarweise aus der Kirche. Weihevoll stapften sie die Marmortreppen herab. Dann folgte Bruno, im weißen Büßerhemd.

Die Köpfe der Zuschauer reckten sich unwillkürlich in seine Richtung, ein Meer von Hüten, Locken, Kappen und flatternden Kopftüchern: Wie sah er aus, unser Jesus?

Bruno trug schulterlanges, ordentlich gelegtes Haar und einen penibel geschnittenen Vollbart. Er wirkte ein wenig verschüchtert, wie er in seinem weitärmeligen Leinenkleid durch die neugierige Menschenmenge schlotterte, weder nach rechts noch nach links sah, sondern zu Boden, demütig, den Blick ergeben und nach innen gekehrt. Die Souveränität des gefönten Erlösers litt sichtlich unter der steifen Brise, die nun durch das Tal pfiff. Der Himmel hatte sich während der Anklage unglücklicherweise verdunkelt. Graue Wolken waren vor die Sonne gezogen; das weiße Büßerhemd flatterte bedrohlich unzüchtig über Brunos Unterschenkel. Als der Prozessionstroß an uns vorbei zur Tribüne zockelte, sah ich die Gänsehaut auf Brunos nackten Armen. Er hielt sich dennoch tapfer.

»Bravo, Bruno!« raunten die Umstehenden ehrfürchtig, sobald der fröstelnde Heiland, von Trommlern in Heilsarmee-Uniformen und strumpfhosigen Legionären begleitet, an ihnen vorüberschritt. Vom feierlichen Ernst in den Gesichtern der Zuschauer nicht unbeeindruckt, erklomm Bruno samt Wächterschar die Bühne. Übersteuerte Mikrofone kreischten gequält auf; dann war Schweigen, und Pontius Pilatus, als feister Potentat dargestellt, trat steifbeinig vor die Menge.

Ich zupfte Gianni am Ärmel: Eine junge Heilsarmistin bahnte sich den Weg zu uns: Angelina. Ihr Auftritt an der Kirchenorgel von Monte Calvario würde erst in drei Stunden stattfinden. So lange nämlich brauchte die Prozession von San Lorenzo bis zum Gipfel des Kalvarienberges. Angelina riet uns, dem Troß nicht zu folgen, sondern vorauszugehen, um den Passionszug sehen zu können. Der schmale Kreuzweg sei schon jetzt mit Schaulustigen bevölkert, und ob wir noch einen Platz in der Kalvarienkirche ergattern könnten, müsse in Frage gestellt werden. Am besten, wir würden sie gleich mit nach oben begleiten.

Während die Rede des Pilatius aus den Lautsprechern quäkte, quetschten wir uns zum Ende des Kirchplatzes und in die *Via Calvario.* Im Umblicken sah ich, daß Gogo der Schutzhaft entronnen war und munter durch das Publikum zappelte. Vielleicht wollte er die Rolle des Barabbas übernehmen, an dessen Stelle Bruno-Jesus sterben mußte?

Wie Angelina prophezeit hatte, säumten bereits Hunderte Wallfahrer den Kreuzweg. Rauchende Männer, sich leise unterhaltend; Kinder tollten über Felsbrocken, Frauen kämpften mit dem Wind um ihre Kopftücher, Hunde flitzten durch Menschenbeine, junge Burschen beäugten wohlbehütete Mädchen, deren Väter reihenweise vorsorglich strenge Blicke fallen ließen – zu schade, daß die Sonne nicht aus den Wolken kam. Die quirlige bunte Szenerie hätte ein strahlenderes Licht verdient gehabt.

Oberhalb der dritten Station ließen wir uns auf einem großen Felsbrocken nieder, um auf die Prozession zu warten. Angelina, die den Ablauf aus früheren Jahren auswendig kannte, erzählte, was in Vallemutri geschah, während wir die Aussicht auf das Dorf genossen.

Der brave Bruno wurde von Pilatus auf Wunsch des kostümierten Volkes verurteilt. Das hieß, man legte ihm ein eindrucksvolles Holzkreuz auf die Schulter und schickte ihn zum Warmlaufen durch die Pflastergassen. Daraufhin machte er sich über die *Via Calvario* auf den Weg zum Kalvarienberg.

Nach etwa zwanzig Minuten war es soweit. An der Spitze der Prozession, von vier Legionären eskortiert, erschien der Jesus von Vallemutri. Mühsam schleppte er sich über den Bergrücken.

Sein Kreuz war in der Tat gigantisch; es mochte drei Meter lang sein und schleifte demzufolge gut zwei Schritt hinter ihm auf dem Boden. Über dem Büßerhemd trug Bruno mittlerweile ein blutrotes Gewand. Ihm nach schritten weitere Soldaten in wehenden Umhängen, darunter ein klapperdürrer Zenturio mit rotem Helmkamm, der wie ein umgedrehter Kehrbesen aussah. Ferner folgten, gemessenen Schrittes, Pontius Pilatus, der komplette jüdische Hohe Rat und die ehrwürdige Priesterschaft, allesamt in flatternde Leinengewänder gehüllt. Zwischen die Offiziellen mischten sich jüdische Kinder und neapolitanische Hausfrauen, florentinische Männer und örtliche Heilsarmisten, zigarettenrauchende Römerinnen und hebräische Maultierreiter, die allesamt so ausgelassen mit-, gegen- und durcheinander schwatzten, daß die quäkenden Lautsprecher machtlos waren. Wie ein Lindwurm wälzte sich der Zug über den Kamm. Am Fuße des Monte Calvario hielt Bruno an, um sich von einem höhnischen Priester mit Megafon beschallen zu lassen. Die beiden ersten Stationen hatte er hinter sich; zwölf weitere, die gewiß die schwereren waren, lagen vor ihm.

Als sich Bruno wieder in Bewegung setzte, erhob sich ein süßlicher Klagegesang. Akteure und Pilger fielen ruppig in die Psalmen ein, und getragen von monotonen Trommelschlägen, machte sich der verkannte Messias auf, den Kalvarienberg zu besteigen.

Gesù cade per la prima volta sotto la Croce – Jesus stürzt das erste Mal unter das Kreuz, war am dritten Stationshäuschen eingraviert. Natürlich waren wir außerordentlich gespannt, wie der Sturz dramaturgisch umgesetzt wurde. Die Umstehenden teilten unsere Neugier. Wir erfuhren, daß sich der letztjährige Jesus an dieser Stelle einen schweren Fauxpas geleistet hatte, indem er seinen Fall mit den Händen abstützte. Würde der brave Bruno vorschriftsmäßig fallen? Vorschriftsmäßig hieß: stürzen, als wüßte er nicht, daß er hier zu stürzen habe und wie schmerzhaft die vorgetäuschte Unkenntnis für die Kniescheiben war?

Die Spannung wuchs mit jedem der schleppenden Schritte.

Kameras wurden gezückt, Hände erwartungsvoll zu Fäusten geballt. Einige Ordner beseitigten die letzten Kieselsteine und warfen Grasballen auf die fragliche Stelle. Bruno zottelte fast am Stationshäuschen vorbei, zögerte kurz, und warf sich dann entschlossen vornüber.

Die Zuschauer stöhnten vor wonnigem Mitgefühl, als Brunos Knie sich in den Boden bohrten. Kein schlechter Fall. Vielleicht etwas zu theatralisch, aber keinesfalls abgestützt, die Hände klebten vorbildlich am Kreuz. *Bravo, Bruno!*

Schwer atmend verharrte der Gefallene in seiner geknickten Haltung. Man ließ ihn einige Minuten verschnaufen. Unter der Dornenkrone rann der Schweiß. Schließlich piecksten zwei römische Soldaten zaghaft ihre Lanzen in Brunos Nieren. Der klagende Gesang hob neuerlich an, und weiter ging's, bergan, der Kapelle entgegen.

Wir überholten Jesus eilig, um vor dem Troß die vierte Station zu erreichen. Dort sollte er auf seine Mutter treffen. Sie wartete auch schon, stand ergeben am Stationshäuschen, von zwei Freundinnen eingerahmt. Dargestellt von einer zarten

Brünetten, mußte die Heilige Jungfrau Maria im Kindesalter von der unbefleckten Empfängnis überrumpelt worden sein, denn Bruno wirkte höchstens drei, vier Jahre jünger als seine vorgebliche Mama.

Als Bruno in Sichtweite kam, sank sie am Wegrand in die Knie. Der todgeweihte Jesus trifft auf seine Mutter, auf Maria, die *Madonna* – insbesondere für den weiblichen Teil der Zuschauer ein bewegender Augenblick. Erste Taschentücher wurden gezückt. Bruno und die jungfräuliche Mutter sahen einander gedankenschwer an. Dann wandte sich der Sohn gefaßt ab, von den Spießen der Legionäre zur Eile getrieben, was die Umstehenden mit Erschütterung quittierten: »*È brutto! Che crudeltà!* Furchtbar! *Welche Grausamkeit!*«

Die Mutter Maria schloß sich gebrochen Brunos Kreuzgang an. An der fünften Station wartete Hilfe: Simon aus Kyrene. Er wurde von den Strumpfhosenrömern dazu gezwungen, dem erschöpften Christus das Kreuz abzunehmen. Es schien auch höchste Zeit für die Kreuzübergabe. Bruno, ein eher zierlich gebauter Mann, war am Ende seiner Kräfte.

»*Il nostro Bruno soffre veramente!*« murmelten die Zuschauer anerkennend. »Unser Bruno leidet wirklich!«

Simon hingegen, der schon seit einiger Zeit am Stationshäuschen gewartet haben dürfte, brannte vor Ungeduld. Oder er fror in seinem luftigen Gewand. Jedenfalls schulterte er sich begierig das riesige Holzkreuz und stürmte mit weitausholenden Schritten bergan. Seine unerwartete Absetzbewegung stürzte die nachfolgende Prozessionsgemeinde in tiefe Verwirrung. Einige versuchten es ihm nachzutun, andere blickten verzweifelt seinem flatternden Umhang hinterher; und Bruno stand kurz vor einem zweiten, allerdings unplanmäßigen Fall. Zwei beherzten Legionären gelang es schließlich, den rasenden Simon wieder einzufangen. Mit gesenktem Haupt erwartete er den Zug und paßte fortan seine Schritte ordnungsgemäß dem Schlag der Trommeln an.

Zwischen der fünften und sechsten Station verabschiedete sich Angelina von uns. Die Orgel in der Kalvarienkirche rief zum Dienst. Sie hoffte, uns dort oben wiederzusehen. Falls sie auf einen Bekannten träfe, würde sie ihn bitten, für uns zwei Plätze freizuhalten.

Bruno hatte sich mittlerweile von den Strapazen ein wenig erholt. Der eilige Simon legte ihm das Kreuz wieder über die Schulter, wobei er die Dornenkrone beinahe herunterriß. Dann schleppte sich Jesus zur sechsten Station, an der er auf die heilige Veronika treffen sollte. Jene würde dem erschöpften Heiland ihr Schweißtuch reichen, woraufhin sich das Antlitz Jesu als Abdruck abzuzeichnen hatte.

Ich war gespannt, wie die Prozessionsregie diesen schwierigen Akt in Szene gesetzt hatte, und folgte dem Zug.

Da stand sie schon, die heilige Veronika. Schön und stolz am Wegesrand. In leuchtenden Gewändern. Mit königlichem Schritt ging sie auf den Jesus zu und sah ihm forschend ins Gesicht.

Dann fiel sie ihm zu Füßen, umklammerte seinen Leib. Er ließ es geschehen. Sie zog ein helles Tuch aus dem Ärmel und legte es Bruno sanft aufs Antlitz. Sein Kopf ruhte in ihren kühlen Händen. Sekundenlang. Dann riß er sich los. Veronika erhob sich mit gesenktem Blick und entfaltete das Schweißtuch vor ihrem Körper. Hundert Augenpaare richteten sich auf das wundersame Abbild Jesu ...

Ich schrie auf. Nein, nein, wollte ich schreien, doch der Schrei blieb aus! Von Panik ergriffen, faßte ich mir an die Wange! Mein Gesicht! Es war – ein bläuliches Abbild meiner selbst, der ich die Augen geschlossen hielt.

Entsetzt wandte ich mich um: Wer sah es noch? Ein Scherz? Gianni? – Mein Blick klammerte sich an die heilige Veronika.

Zu spät. Denn Zeit und Raum verschoben sich. Ich flog über den schmalen Grat, ein Sturz in die Lautlosigkeit, in *ihre* Welt, die Welt der stillen Schatten. Ein stummer Schrei empfing mich auf der anderen Seite; ich wußte, daß mich mein Spiegelbild eingeholt hatte. Die Frau sah mir tief in die Seele! Ihr Gesicht quoll aus dem Körper, ein harter Zug um ihren Mund, Blicke, die mein Herz durchbohrten. Ich kannte sie. Das Buch lag, wo es liegen mußte. Ein Schleier bedeckte das Feuerhaar. Nein! Falsch! Attrappe: Ihr Kopf war kahl und blank. Das Buch ein Kistchen, dem gleich das rote Haar entquoll. Ich würde es sehen, wenn der Vogel aus meinem Schädel stieß und die Bienenkönigin zu Boden warf ...

Mir riß es die Beine unter dem Körper weg. Meine Ohren summten und dröhnten. Ein schmaler Tunnelgang sog mich ein, er wurde größer und breiter, die Dunkelheit schwappte wie eine schwarze Welle, über mein Bewußtsein. Wurde ich ohnmächtig? Die Angst vor der Scham des Erwachens hielt mich zurück. Ich kämpfte. Gegen die dunkle Woge. Gegen den Brechreiz. Gegen den drohenden Sturz mit eingeknickten Knien. Gierig trank ich klare Luft, sie füllte meine Lungen. Verzweifelt drängte ich die Dunkelheit zurück, sie wich, und ein Bild erschien. Ich saß, die rechte Hand auf kühlem Fels, die linke gegen den Körper gestellt, Giannis Gesicht, riesengroß und nah, sein Mund erzeugte Blasen, sie platzten, und mit einem Schlag prasselten tausend Stimmen und Geräusche auf mich ein.

»Valentin, was ist?« fragte Gianni besorgt.

Ich konnte nicht sprechen. Der Schock saß tief. Ich fror und zitterte am ganzen Leib. Was war geschehen?

»Geht's dir nicht gut?« fragte Gianni und faßte mich an die Schulter. Er saß vor mir in der Hocke. Einige Umstehende blickten neugierig zu uns herüber. Anscheinend war es mir gelungen, nicht umzukippen, sondern einigermaßen kontrolliert auf einen großen Stein zu sinken. Ich schüttelte den Kopf und versuchte zu lächeln. »Alles in Ordnung«, krächzte ich mit trockener Kehle.

Die Prozession war weitergezogen. Singend und in feierlichem Ernst schritten die Pilger an uns vorüber. Zu viert, zu fünft nebeneinander zwängten sie sich in den schmalen Kiesweg. Über die Köpfe der Ziehenden hinweg blickte ich ins Tal, sah auf die Serpentinen, wo sich der Menschenstrom ameisengleich emporwand. Mir war speiübel. Schwäche übermannte mich. Wäre ich allein gewesen, hätte ich mich heulend fallen lassen. »Gianni, ich möchte nach Hause!« sagte ich kraftlos und machte Anstalten aufzustehen.

»Langsam, langsam!« Gianni griff mir unter die Arme. »Was ist nur los, alter Junge? War was mit Tante Lulus *calzoni* nicht in Ordnung?«

Ich stand unsicher auf den Beinen. Die Pilger glotzten mich an und schoben sich dicht an mir vorbei. Ich konnte diesen Menschenlindwurm nicht länger ertragen. »Gianni, bleib, wenn du willst, aber ich muß fort, sofort!«

Gianni zögerte keinen Augenblick. *»Andiamo!«* nickte er schief.

»Das reicht für heute!«

Mühsam quälten wir uns gegen den Strom der Gläubigen. Ihre Augen, sanft, wißbegierig, ahnungslos, begleiteten uns bergab. Jede menschliche Berührung verursachte mir Ekel; ich sehnte mich zutiefst nach Ruhe und Abgeschiedenheit. Als wir endlich unten am Kalvarienberg angelangt waren und über die *Via Calvario* zum Dorf strebten, läuteten die Glocken. Tausend Stimmen erhoben sich lobpreisend gen Himmel: *Laetatus sum in his quae dicta sunt mihi: in domum Domini ibimus.* Wie freute ich mich, da man mir sagte: Wir ziehen zum Hause des Herrn.

In diesem Moment war Bruno am Kreuz gestorben.

Und wenig später, wir hatten San Lorenzo bereits hinter uns gelassen und drängten über die steilen Treppengassen dem Dorfausgang zu, da läuteten abermals die Glocken. Ein vielstimmiger Schrei brandete über das Tal, der inbrünstige Gesang der Gläubigen schwoll zu einem Orkan. Was war geschehen?

Ein erwartetes Wunder war geschehen: Die Rückkehr des Gottessohnes, Bruno war auferstanden. Und noch etwas war geschehen, wie ein zweiter tosender Aufschrei bewies: ein unerwartetes Wunder. Nach siebenunddreißig Jahren waren die Kandelaber von Monte Calvario zurückgekehrt. Im Tal der verlorenen Seelen wurde eine Lüge wahr.

Valentins Lähmung und das Wunder der Wiederkehr

Was ich zwischen mir und der Welt ausgehandelt hatte, galt nicht mehr. Jene stillschweigende Übereinkunft, daß der Mensch frei zu sein habe in seinen Entscheidungen und Taten, daß jegliches Handeln als Schicksal auf ihn zurückfalle – seit der unbegreiflichen Erscheinung am Monte Calvario gab es dafür keine Gewißheit mehr. Irgendwer, irgendwas hatte die einseitige Vereinbarung gebrochen. Eine große, namenlose Angst für die Empfindung des Ausgeliefertseins hatte mich erfaßt; wie machtlos war der Mensch, wenn das Gesetz von Ursache und Wirkung aufgehoben war!

Vor allem aber fürchtete ich, daß es wiederkehren könnte. Zeitlebens war ich bestrebt gewesen, die Gewalt über mich zu haben. Und nicht nur das, nicht nur mich selbst, auch die Welt wollte ich kontrollieren. Das Leben und Sterben begreifen, um es beherrschen zu können – so eitel und hoffärtig war meine Absicht, die ich hinter der Wissenschaft verbarg. Wie hatte ich mich selbst geblendet! Nichts wußte ich, nichts, was ich nicht wissen wollte. Das hehre Ethos meiner Zunft, das mich zu Vorurteilslosigkeit verpflichtete, ich hatte es mißbraucht, benutzt, um mich davonzustehlen. Es gab kein Menschsein ohne Urteil; und wo man es nicht selber fällte, da wurde es von selbst verhängt.

Auch hier war Leben nur ein schmaler Grat. Man hatte sich zu entscheiden und stand für seine Entscheidungen ein. Entschied man sich zu unterlassen, wurde die Entscheidung trotzdem getroffen. – Es klang so einfach und klar; aber war es das wirklich? War es richtig? Trog mich mein Geist nicht abermals?

Die Vision nagte an meinem Selbstvertrauen. Sie hatte den einzigen Glauben in Frage gestellt, den ich besessen hatte: den Glauben an die Erkenntnisfähigkeit dessen, der die Wahrheit sucht. Als genüge es, guten Willen zu beweisen und brav und fleißig die Bücher zu studieren. Doch die Welt, sie war nicht Geist. Der Geist war ein Teil der Welt, und beide taten, was sie wollten. Und ich stand – ja, wo und wie stand ich dazu?

Ich saß in der Küche und schlürfte heißen Tee. Auf dem Gasherd brodelte eine dicke Kartoffelsuppe, die Gianni zu meiner Stärkung aufgesetzt hatte. Ich fror und zitterte noch immer und wäre liebend gern zu Bett gegangen. Allein, ich wußte, daß mir der Schlaf versagt geblieben wäre. Heute verstand ich Ernesto wirklich. Was mußte dieser Mann gelitten haben! Sechsundzwanzig Jahre, das sind neuntausendvierhundertneunzig Tage und Nächte, Hunderttausende Stunden, Abermillionen Minuten. Mein Bewußtsein kannte die Angst, jeden Moment von irrsinnigen Bildern überwältigt zu werden, dagegen erst ein paar Augenblicke. Und schon die hatten ausgereicht, um mein inneres Gleichgewicht gänzlich aus der Ruhelage zu bringen.

Etwas hatte sich bewegt. Etwas war angestoßen worden. Was? Und von wem? Durch mich selbst? Oder kam der Anstoß von außen? Ich wußte, daß mein Gesicht nicht wirklich auf dem Schweißtuch erschienen war; doch mir hatte sich die Erscheinung als unzweifelhaft wahr dargestellt. Niemand außer mir hatte das Zeichen gesehen; doch ich fühlte mich nicht betrogen wie einer, den die Sinne getäuscht hatten. Durch irgend etwas war die Vision in Gang gesetzt worden, wie eine unbekannte chemische Reaktion. Wer oder was war der Katalysator? Konnte ich akzeptieren, daß es Dinge gab, die ein Mensch nie würde erklären können, gleichwohl sie zu seinem Leben gehörten?

Gianni stellte einen Teller dampfende Kartoffelsuppe vor mich hin und setzte sich zu mir. Meinen Bericht hatte er schweigend angehört, den Blick zu Boden, so daß ich mich nicht schämen mußte für etwas, was ich selbst nicht für möglich gehalten hätte.

Jetzt schüttelte er den Kopf

»Du glaubst mir nicht?« fragte ich.

Gianni schaute mich an. »Natürlich glaube ich dir, Valentin. Wer dich gesehen hat, wird nicht abstreiten, daß du Außergewöhnliches erlebt hast. Aber ich verstehe es nicht. Ich verstehe nicht, wie so was geschehen kann. Ich begreife deine Bilder nicht. Sie sind von einer Welt, zu der ich keinen Zutritt habe.« Er schlug die Augen nieder, bevor er leise fortfuhr. »Und ehrlich gesagt, bin ich froh darüber. Jene Welt macht mir angst. Sieh dir Ernesto an, wie der Blick auf die andere Seite einen Mann vernichten kann. Ich möchte nicht so enden. Und ich möchte nicht, daß du so endest.«

Seine Worte bewegten mich, es lag viel menschliche Anteilnahme darin. Aber Gianni hatte auch etwas ausgesprochen, was bislang nur gedacht worden war: Ernesto und ich waren einander ähnlich. Die Vision hatte es nachdrücklich belegt. Mein Schicksal war mit dem seinen auf eigentümliche Weise verwoben. Was hatte mich hierher geführt? Nicht grundlos. Nicht sinnlos. Ich mußte es begreifen, bevor ich wie Ernesto der anderen Welt verfiel.

Ein neuer Gedanke überwältigte mich: Vielleicht war der Sinn unserer Expedition nach Vallemutri weder Giannis Vergangenheit noch die seines Vaters? Mir lief es eiskalt über den Rücken. Vielleicht ging es in Wahrheit um mich! Diente nicht alles nur dem einen Zweck, mich hierher zu bringen? Mein Leben, mein Beruf, Giannis Auftauchen im Institut? Alles führte so folgerichtig nach Vallemutri, daß ich den vorgezeichneten Weg nicht bemerkte, sondern ihn blind und ahnungslos beschritt, als hätte ich ihn frei gewählt! Erst jetzt erkannte ich die Zeichen. Ich hatte eine Aufgabe zu erfüllen, denn ich war gut dafür gerüstet. Eine Aufgabe, die über mein Wissenwollen hinausging. Ich hatte Ernestos Beispiel. Ich konnte die Zeichen am Wegrand deuten. Meine Aufgabe war Erfüllung. Der Haruspex las die Zeichen am Himmel, ich würde sie in der Erde finden.

Doch halt! Hatte ich nicht längst gefunden, was ich suchte? Meine Gedanken sprangen auf ein anderes Gleis, auf dem ein zweiter Zug vorbeiraste. Die Kupfersonne führte zur Bienenkönigin. Der Bischof und die Bienenkönigin! Ein Mann liebt eine Frau, die ihn nicht liebt und frei sein will. Bevor sie ein anderer besitzen kann, muß sie sterben. Das Gürtelblech führte zu Lisandra und zu Ernesto: Er liebt, sie nicht, bevor sie ihn verläßt, wird sie getötet. Der nächste Schritt war – ich konnte es sehen wie den Splitter einer Etruskervase im Erdsieb – der Steinfisch! Die gefallene Königin, Laura, der Steinfisch! Ich konnte das Zeichen lesen. Ich mußte den tödlichen Kreislauf durchbrechen!

»Gianni!« rief ich erregt, und ohne zu bedenken, daß Gianni in einem anderen Zug saß. »Laura! Er wird sie töten! Sie ist die Bienenkönigin!«

»Die Bienenkönigin?« Er begriff nicht. In seinen Augen stand Angst, ein Flackern, daß ich vom Wahn befallen sei.

»Bei Gott, Gianni, ich beschwöre dich! Laura ist in Gefahr, glaub mir. Pietro wird sie umbringen, wenn er erfährt, daß sie mit mir kommt!«

Gianni atmete tief durch: »Blödsinn. Laura wird sich hüten, ihm das zu sagen. Vor allem aber wird sie nicht mit dir gehen. Keinesfalls. Sie weiß so gut wie ich, daß ihr Platz in Vallemutri ist.«

»Sie wird!«

»Valentin, bitte, beruhige dich! Du hast dich verrannt. Es war eine verrückte Nacht und ein verrückter Tag. Du hast unbegreifliche Bilder gesehen, nun gut. Vergiß sie! Morgen ist ein neuer Tag.«

Gianni erkannte die Zeichen nicht. Und er hatte ihren Blick auf dem Küchentisch nicht gesehen. Sie würde ihre Chance nutzen. »Laß uns trotzdem vorbeifahren. Nur zu unserer Beruhigung. Du hast Ernestos Visionen geglaubt, nun vertraue bitte auf meine! Sonst fahre ich allein!«

»Schon gut!« brummte Gianni wenig überzeugt. Aber er fuhr mit. Während wir durch das ausgestorbene Vallemutri kurvten, wurde mir bewußt, mit welch unglaublicher Geschwindigkeit die Ereignisse meinem Erkenntnisvermögen voranstürzten. Es war unmöglich, den drängenden Strom der Geschehnisse zu erfassen, einzugrenzen mit dem Verstand. Allein der heutige Tag, der mit dem nächtlichen Aufstieg zur Kalvarienkirche begonnen hatte, hätte hingereicht, ein Buch zu füllen. Der Karfreitag neigte sich dem Ende zu, das Wunder von Monte Calvario war bereits Geschichte, und noch immer dauerte dieser Tag an.

Vor Lauras Haus stellten wir vorsorglich den Motor ab. Lautlos rollten wir in die Einfahrt. Aus den Fenstern drang Licht, ein bläuliches, zuckendes Licht.

»*Sagra dei funghi!*« zischte Gianni sarkastisch. »Das wird eine Überraschung, mitten in der Nacht in die Familienidylle zu platzen!«

Einen Augenblick fühlte ich mich mutlos. Mit der Wirklichkeit, mit Ort und Zeit konfrontiert, verlor meine Eingebung an Prägnanz. Hatte ich mir vielleicht doch alles eingebildet?

Auf Zehenspitzen schlichen wir zum Haus. Noch immer pfiff ein scharfer Wind durchs Tal. Vorsichtig spähte ich durch die Scheiben ins Wohnzimmer. Wie erwartet flimmerte der Fernseher. Pietros Hinterkopf zeichnete sich als Schattenriß gegen die bläuliche Mattscheibe ab, er saß direkt vor dem Fenster auf der Couch. Sonst war niemand im Raum.

Doch halt! Dort zwischen Tisch und Stühlen? In der linken Ecke, vor dem Kamin? Ein nacktes Wadenbein. Eine Frau – Laura! Sie lag in verrenkter Haltung vor dem lodernden Feuer. Und Pietro glotzte seelenruhig in den Kasten! Ich kam zu spät! – Mit einem Satz war ich an der Tür, riß sie auf und sprang in das gespenstisch flackernde Zimmer.

Pietro saß wie angewurzelt auf dem Sofa. Er stierte mich an, fassungslos, ungläubig, mit weitaufgerissenem Mund. Diesmal würde der Mörder keine Gelegenheit haben, seine Spuren zu verwischen!

»*Maah ... – cosa c'è?* Aber ... – was ist denn los?« sagte die Leiche am Kamin und hob den Kopf.

Ich erstarrte.

Laura hielt ein langes, dünnes Metallrohr in den Händen und blickte mich verdutzt an. Es war ein Blasrohr. Auch Gianni entfachte auf diese Weise das Feuer im Kamin. Alle taten das so in Vallemutri. Aber warum mußte sich Laura dazu auf den Boden legen?

»*Ehem, buona sera!*« ließ sich Gianni von der Tür vernehmen.

»*Valentino, Gianni – entrate, entrate!*« versuchte Laura in die Gastgeberrolle zu schlüpfen. Sie stellte das Röhrchen in die Ecke und strich im Aufstehen ihr Kleid glatt.

Sprachlos vor Schreck und Scham stellte ich jegliche Bewegung und Regung ein. Ich gefror. Ein seltsames Kribbeln befiel meine Beine und kroch von dort über den Oberkörper. Mein Kopf wurde kristallen und klar. Ich dachte mit einer Schärfe, die mich erschreckte. Und doch war ich gelähmt. Die Lähmung – diesmal hatte sie mich befallen.

Gianni rettete mich mit einer an den Haaren herbeigezogenen Geschichte. Ich hätte während der Prozession meinen Geldbeutel samt Ausweispapieren verloren, und nachdem wir zwei Stunden vergeblich am Kalvarienberg gesucht hätten, würden wir nun, quasi als letzten Ausweg, alle Bekannten und Verwandten abklappern. Vielleicht hatten Laura und Pietro etwas gesehen oder gehört?

Ich nickte verdattert und dankte dem Allmächtigen, daß Er Gianni mit so viel Schlagfertigkeit ausgestattet hatte.

O nein, beeilten sich unsere konsternierten Gastgeber zu versichern. Gott sei's geklagt habe man während der Prozession auf alles mögliche geachtet, nur nicht auf Valentinos Geldbörse. Wie sie denn ausgesehen habe, und wieviel Geld darinnen gewesen sei, und ob ich wisse, wo ungefähr sie verlorengegangen sei?

Ich stammelte ein paar Lügen, die Gianni dienstbereit übersetzte und phantasievoll ausschmückte. Ein schlimmer Verlust. Verständlich, daß Valentino etwas durcheinander sei, nicht wahr?

O ja! Nur zu verständlich. Vielleicht wollte ich einen Cappuccino oder eine Grappa auf den Schreck? Laura und Pietro erholten sich zusehends von meinem Überfall. Sie sorgten sich rührend um meine Belange. Selbst Pietro, der Wortquetscher, schaltete sich aufgeräumt in die Suche nach dem nie verlorenen Geldbeutel ein. Er wolle morgen früh gleich alle seine Freunde verständigen. Ich müsse mir keine Sorgen machen, in Vallemutri käme nichts weg. Dazu sandte er bedeutungsvolle Blicke in Giannis Richtung. Als wollte er klarstellen, daß mit »nichts« auch Ehefrauen gemeint seien, die ebensowenig wie alles andere aus Vallemutri verschwänden.

Bei dieser Gelegenheit, so preßte Pietro verschämt durch die Zähne, wolle er sich bei Gianni entschuldigen. Er habe vorhin lange mit Laura gesprochen – erneut Blicke, die Bände sprachen –, und da sei ihm klargeworden, daß es nicht richtig gewesen sei, den Fisch aus der Honighöhle zu nehmen. Er gehörte Gianni. Und wenn der ihm verzeihen könne, würde er den Steinfisch gerne zurückgeben.

Nun war Gianni verwirrt.

Pietro ging zum Kaminsims und nahm den marmoräugigen Steinfisch behutsam in beide Hände. Dann sah er Gianni an. Würde der die Entschuldigung annehmen?

Ich hatte Gianni von Lauras Vermutung erzählt, wonach Pietro den Fisch gestohlen habe, weil Gianni ihm Lauras Liebe wegnahm. Ich sah, wie es in Giannis Gehirn arbeitete. Pietro wollte den Steinfisch nicht länger gestohlen haben. Das hieß: Pietro glaubte nicht mehr, daß Gianni ihn Lauras Liebe berauben konnte. Irgendwie hatte er sie zurückgewonnen. Was war geschehen?

Gianni scherte sich nicht um die Ursachen von Pietros Sinneswandel, sondern schlug entschlossen ein. Selbstverständlich verzeihe er seinem alten Freund. Auch er habe um Entschuldigung zu bitten. Für seine Ausfälligkeit. Manches Wort würde er jetzt gerne ungesagt machen – ob Pietro die wüste Beschimpfung vergessen könne?

Natürlich konnte Pietro! Die beiden ehemaligen Rivalen

zerflossen in wechselseitigen Selbstbezichtigungen und Vergebungsgesuchen. Mit einer spontanen Umarmung wurde die alte Freundschaft aufs neue besiegelt; und Pietro und Gianni, einander bewegt die Schulter klopfend und die vergangenen Tage heraufbeschwörend, wandelten durchs flimmernde Wohnzimmer.

Ich konnte nur staunen. Woher die plötzliche Harmonie? Was war geschehen? Alles schien in Bewegung begriffen, in einer Bewegung hin zum Guten; nur ich war gelähmt und verharrte in meinen unseligen Ahnungen. Die Vision am Monte Calvario, ich konnte sie nicht fortschieben und vergessen. Hatte ich nicht vor einer halben Stunde den dritten Tod der Bienenkönigin vorhergesehen? Die Eingebung war von erschreckender Klarheit gewesen; ich wußte, daß sie sterben sollte! Ihr Tod war folgerichtig, sie war die dritte in Gestalt der Bienenkönigin und hatte durch die Hand dessen zu sterben, der sie nicht besitzen konnte.

Andererseits stimmte meine innere Gewißheit augenscheinlich nicht mit der äußeren Realität überein. Weiß ein Getrogener, daß er getäuscht wurde? War meine *Vision* nicht eher die logische Folge der durchwachten Nacht mit Ernesto? Der Abschied von ihm, die bewegenden Momente in der Kalvarienkirche, die religiöse Inbrunst der Prozession – ich war zweifellos übermüdet und überreizt gewesen, als ich mein Abbild auf dem Schweißtuch erblickte. Hatte ich mich täuschen lassen?

»Schau mal!« sagte Gianni und deutete auf den Fernseher.

Über den Bildschirm flimmerte der Kalvarienberg. Elf-Uhr-Nachrichten im Regionalprogramm. Ein Menschenlindwurm schlängelt sich über die Serpentinen. Dazu das Staccato des italienischen Sprechers, und die Kamera zoomt zur Kapelle: Bruno am Kreuz, ein schmales Tuch um die Lenden, sein leerer Blick ins eisige Tal. *»Tempo brutto«*, berichtet der *Commentatore* angesichts der Gänsehaut Jesu. Dazu Glockenläuten. Schnitt. Daraufhin fährt die Kamera über die Spendentafel an der Kirchenwand entlang, plötzlich Gegenlicht, dann die bunte Totale einer Gruppe Kirchendiener zwischen sich reckenden Menschenköpfen. Belebtes Schweigen. Der Pfarrer quäkt Unverständliches ins Mikrofon, ein Raunen geht durch die Menge. Die Kamera überwindet die Zuschauerköpfe und nähert sich dem Pfarrer. Zwei Meßdiener kommen mit silbernen Tabletts aus der Kirche; darauf erhaben glänzend: riesige Kerzenleuchter. Schnitt. Das erregte Gesicht des Geistlichen formatfüllend auf dem Bildschirm. Schnitt. Zurück zur vorherigen Totalen: Der Pfarrer segnet unter aufbrandendem Jubel und schwellenden Chorälen – die Kandelaber von Campobasso!

Campobasso? Wieso Campobasso?

»*È un miracolo! Ha acceduto un miracolo!*« tönt der Sprecher ohne Unterlaß, während die Kamera zum Ausgangspunkt an den Fuß des Kalvarienberges zurückfährt. Schwenk über Vallemutri. Glockenläuten. Schnitt. Fernsehstudio: Die berühmten Kandelaber von Campobasso, ein Geschenk des Herzogs von Alba aus dem Jahre 1562, waren zurückgekehrt. Ein Wunder! Ein Wunder ist geschehen!

Ein Wunder?

Ich rang nach Luft. Galt heute nichts, was ich zu wissen glaubte? Nicht genug, daß Pietro und Laura ein Herz und eine Seele waren, anstatt einander umzubringen. Nein, auch die Kandelaber waren nicht das, was sie mir zu sein schienen. Aus dem Kloster Campobasso, gestiftet von einem gottesfürchtigen spanischen Adligen, der, wenn ich mich recht erinnerte, als General unter Kaiser Karl V. gedient hatte, waren sie wirklich ein Schatz! Der Schatz des Don Michele Orsini – es gab ihn tatsächlich! Ich hatte ihn in meinen Händen gehalten und nicht erkannt!

Ein Wunder, wurden nun auch unsere Gastgeber nicht müde

zu wiederholen. Und sie hatten es persönlich miterleben dürfen, nur ein paar Schritte vom Pfarrer entfernt, fügte Laura vibrierend hinzu. Die Teilhabe an einem wahrhaftigen Wunder sei ihr tüchtig unter die Haut gefahren. Hernach würde man vieles ganz anders sehen, und manches, was zuvor unrettbar verloren schien, würde plötzlich einer genaueren Betrachtung wert.

Laura und Pietro sahen einander tief in die Augen, während Gianni und ich ungläubige Blicke tauschten. Unser selbstgemachtes Wunder war kaum Wirklichkeit geworden, da hatte es schon eine hoffnungslos zerstörte Ehe gekittet!

Natürlich gebe es auch schon ein paar Theorien, relativierte Pietro, dem ein Wunder ohne plausible Erklärung offenbar unheimlich war. Die kostbaren Leuchter seien bekanntlich erst nach dem Zweiten Weltkrieg aus dem zerstörten Kloster von Campobasso verschwunden, weshalb man vermute, daß sie von ein paar verwegenen GIs nach Amerika geschmuggelt worden waren. Und plötzlich tauchten sie wieder auf, ausgerechnet am *venerdì santo,* ausgerechnet in Vallemutri, wo die Karfreitagsprozession alle Welt in Atem halte. Kein Mensch wisse, wo die wertvollen Lichtständer des Herrn die ganze Zeit gesteckt hatten und wie sie in die Kapelle von Monte Calvario gekommen waren. Unglaublich!

Ein Blick zu Gianni zeigte mir, welche Qualen er litt. Wir hatten den Schatz seines Vaters ahnungslos aus den Händen gegeben, für nichts! Ein schmerzhafter Irrtum, auch für Gianni. Don Michele hatte die Leuchter nicht verscharrt, weil sie wertlos waren, sondern gerade wegen ihrer Unbezahlbarkeit als unverkäufliche Reliquie!

Mit einem Schlag erfaßte ich das ganze Ausmaß unserer Fehleinschätzung. Die Kapelle von Monte Calvario war nicht das einzige Gotteshaus gewesen, das Don Michele heimgesucht hatte! Es gab zumindest ein weiteres, das im Krieg zerstörte Kloster von Campobasso! Wie viele Kirchen, Klöster, Kapellen mochten Michele, Ernesto und Renato aufgebrochen haben?

Das Gefühl der Lähmung war überwunden. Unbändige Wißbegier ergriff mich statt dessen. Don Michele hatte haufenweise Zeichen für uns hinterlassen, und die Kandelaber von Campobasso waren nicht der letzte Hinweis gewesen, dessen war ich mir gewiß.

»*Andiamo!*« sagte ich zu Gianni, der meinen Wiedereintritt in die Wirklichkeit erleichtert registrierte.

»*Andiamo!*« nickte er und packte seinen Steinfisch in ein verknittertes Frühstückspapier, das Laura eigens aus der Küche geholt hatte.

Die Urne des Bischofs

Es war nicht sein Schrei. Aber wessen dann? Höher, klagender und weniger gedehnt. Nicht *Noooooo,* eher ein auf- und abschwingendes *Raauoouuu.*

Davon abgesehen klang der neue Schrei jedoch keineswegs zuversichtlicher, sondern fast noch etwas gruseliger. Ernesto konnte es nicht sein – vermißten sie ihn? Ich fröstelte: Die Besucher der Nacht warteten auf ihren Kaffee. Aber der Kellner war in Kur.

»Mein Gott!« sagte Gianni. Auch er lag wach im Bett. Der Morgen graute bereits. Lange konnte der Spuk nicht mehr dauern.

»Kommst du mit?« fragte ich in seine Richtung.

Das helle Oval in der Dunkelheit bewegte sich zustimmend: Gianni nickte.

Eilig streiften wir uns ein paar Klamotten über und huschten aus dem Zimmer. Auf der Treppe lauschten wir in die Dämmerung. Nichts. Kein Schrei mehr. Ein gewöhnlicher, kalter, grauer Morgen in Vallemutri. Die Bäume raschelten im Wind, die ersten Menschen fuhren wer weiß wohin, Cesare strich geräuschlos durch den Vorgarten.

Vorsichtig tasteten wir uns treppab. Auch die Küche war ein verwaister Ort. Weder Tassen auf dem Tisch noch Ernesto im Sessel. Eine bedrückende Stille. Im Kamin kalte Asche vom Vorabend. Gianni hatte sein Weinglas nicht abgespült.

Wir schüttelten die Beklemmung ab und schlüpften zurück in die Betten, etwas ernüchtert durch die Erkenntnis, daß es keine Geister gab. Aber wer hatte geschrien?

Später, beim Frühstück, beschäftigte uns ein anderes Thema: Das Wunder von Monte Calvario. Wie hatte ich mich nur so täuschen können! Zwei schreckliche Niederlagen waren das, Niederlagen in Geist und Seele. Weder hatte ich den Schatz des Don Michele erkannt noch Lauras Absichten richtig eingeschätzt. Die Kandelaber hatten dem Herzog von Alba gehört, und die Bienenkönigin tanzte mir, ihrem vermeintlichen Retter, unbekümmert auf der Nase herum. Wie stand ich jetzt da, nach dem beschämenden Auftritt im Wohnzimmer, wie vor Laura, wie vor Gianni, aber auch wie vor mir selbst?

Insbesondere durch Lauras Umschwung fühlte ich mich tief gedemütigt. Es war für mich schlechthin nicht nachvollziehbar, daß jenes melodramatisch inszenierte Wunder die abgeklärte Ehebrecherin in eine reumütige Gemahlin verwandelt haben sollte. War plötzlich alles Fliehenwollen ausgelöscht? Kein Freiheitsstreben mehr nach Glück und Liebe? Wofür ihr Opfer, wenn sie sich feige unterwarf, kaum daß ein paar dämliche Kerzenleuchter in die Fernsehkameras gehalten wurden! War dieses Opfer glaubhaft?

Nein! Ich hatte mich lächerlich gemacht. Valentin, du bist ein Narr, schrie alles in mir. Ein realitätsfremder Hanswurst, der einer Königin zur Majestätsbelustigung dienen durfte. In Wahrheit hatte Laura mich benutzt, nicht ich sie! Ich war eine Möglichkeit, eine unter vielen, die man wohl durchspielte, am Ende aber als zweitrangig verwarf.

Gianni hatte recht gehabt. Laura wußte besser als ich, daß sie zu Mann und Kind gehörte, nicht nach Deutschland. Darüber hätte ich eigentlich erleichtert sein können, denn nun fiel meine Verpflichtung weg. Was mich jedoch so kränkte, war, daß ich ihr Spiel ernst genommen hatte. Mit einem Schlag war der mannhafte Retter zum gutgläubigen Trottel geworden. Alle Überlegenheit und mein Selbstwertgefühl waren dahin; plötzlich erschien der Befreier als Bittsteller, und Laura konnte seelenruhig die beste Wahl treffen. Sie wählte den bequemsten Weg und scherte sich nicht darum, wer oder was dabei auf der Strecke blieb!

Ich zitterte innerlich vor Wut. Dummkopf und Schwächling waren die geringsten Selbstbezichtigungen, die ich mir verbissen schweigend an den Kopf warf. Eine Frau, die ich nicht liebte, hatte es geschafft, mich als wichtigtuerischen Hampelmann hinzustellen. Das konnte ich nicht verzeihen, ihr nicht und mir genausowenig. Es war nicht auszudenken, wie furchtbar lächerlich ich mich gemacht hatte!

Doch mehr noch war getroffen worden als Stolz und Achtung meiner selbst. Die absolute Erfahrung der Fehlbarkeit erschütterte meine Selbstsicherheit im selben Maße, in dem ich mir zuvor meines Wissens und der sich daraus ergebenden Aufgabe sicher gewesen war. Hatte ich nicht das Schicksal erkannt? Laura war die Erbin der Bienenkönigin, wie Lisandra es gewesen war. Beiden ging das märchenhafte Motiv der nicht zu Besitzenden mit einer seltsamen Eigendynamik voran, damit sich ihre Bestimmung erfüllen würde. Meine

Gewißheit, daß Pietro Laura aus denselben Motiven töten würde wie der Bischof die Bienenkönigin getötet hatte und wie Ernesto Lisandra, konnte durch nichts überboten werden. Das Unabwendbare der Gezeiten lastete auf ihrem Los; und die *Vision* war das Zeichen meiner Berufung zum Schicksalsboten, dem es oblag, den tödlichen Kreislauf zu durchbrechen. Eine Mission für die Erfüllung im Sinne der Etrusker, die darunter die Auflösung, wenn nicht gar die Erlösung vom Schicksal verstanden. Hatte ich mich so täuschen können?

Kein Zweifel, meine Persönlichkeit war in den Grundfesten erschüttert worden. Wenn die tiefsten Überzeugungen und Gewißheiten, welche einem die innere Stimme zurief, derart irrten – woran sollte man dann glauben? An Gott, der schwieg? An die Wissenschaft, die mich und die Welt so weit zergliederte, bis alle Einsicht in das Sein zur Aussicht auf ein unüberschaubares Mosaik wurde? Oder sollte ich gar auf meine Mitmenschen vertrauen, deren undurchsichtige Absichten mich mehr als einmal hinters Licht geführt hatten?

»Ich kann es immer noch nicht fassen!« sagte Gianni kopfschüttelnd und goß mir Kaffee nach.

»Ich auch nicht, Gianni, ich auch nicht!« seufzte ich aus tiefster Seele. Konnte er sich vorstellen, wie schwer ich getroffen worden war?

»Ich meine die Kandelaber«, führte er mich behutsam weiter. »Wer, zum Teufel, ist der Graf von Alba?«

»*Herzog* von Alba«, korrigierte ich. »Und der *ist* auch nicht mehr, sondern er *war*: nämlich ein spanischer Feldherr und Politiker, der schon von Goethe und Schiller beschrieben wurde.«

»Wie der mit der Eisenfaust und dem bekannten Zitat?«

»Du meinst den Götz von Berlichingen? Sie lebten sogar

zur selben Zeit. Der Herzog von Alba, der mit vollem Namen Fernando Álvarez de Toledo y Pimentel hieß, war allerdings ein paar Jahre jünger und für die europäische Geschichte wichtiger. Er nahm an den Kriegszügen Kaiser Karls V. teil und wurde später spanischer Statthalter in den Niederlanden. Vor rund vierhundertfünfzig Jahren muß er hier in der Gegend gewesen sein. Als Vizekönig von Neapel. Da kämpfte er gegen Papst Paul IV., der sich mit Frankreich gegen Spanien verbündet hatte. Aus dieser Zeit dürften die Kandelaber stammen.«

»Mannomann, Valentin! Wie sind diese alten Dinger bloß in unseren Garten gekommen? Die berühmten Kandelaber des Herzogs von Alba! Sagenhaft!« Gianni wirkte keineswegs betroffen, daß sein Vater mit dieser Entdeckung vom bedeutungslosen Kirchendieb zum großen Kunsträuber aufstieg. Im Gegenteil, er freute sich diebisch. Sein Vater hatte Geschichte gemacht, darauf konnte ein Sohn stolz sein. »Was wurde eigentlich aus Onkel Alba?« fragte Gianni locker.

Eine Vertraulichkeit, die gerechtfertigt schien, wo er doch nun mit den Großen der Geschichte auf du und du stand. Fernando Álvarez de Toledo y Pimentel, Generalkapitän von Kastilien und Aragonien, Oberbefehlshaber des kaiserlichen Heeres, Generalgouverneur von Mailand, Vizekönig zu Neapel, Generalkapitän und Statthalter der Niederlande, Gouverneur von Portugal und Kronfeldherr des Kaiserreiches, schlicht auch Herzog von Alba genannt, sowie Gianni Orsini, der Sohn des Don Michele, geborener Unruhestifter und Leichenausgräber zu Vallemutri, Oberbefehlshaber der Sieberinnen und hochbegabter Wortschöpfer, von Tante Lulu schlicht Pflaumenaugust genannt, hatten Volk und Gott immerhin die gleichen Kandelaber geschenkt. Wobei Gianni obendrein noch ein Wunder stiftete. Wenn das die familiäre Anrede nicht rechtfertigte!

Ich kramte das *Lexikon der großen historischen Persönlichkeiten* aus meinem Bücherstapel und reichte es Gianni. »Ich weiß nicht, ob dein Onkel Alba ein Mensch war, den man gerne in der Familie gehabt hätte«, warnte ich vorab.

»Iiihh!« rümpfte Gianni die Nase, als er das grimmige Gesicht des Herzogs aufschlug. »›Sein blutiges Regiment über die Niederlande forderte den Aufstand gegen den zentralistischen Katholizismus der spanischen Krone heraus. A. ließ zahlreiche politische und religiöse Gegner hinrichten. Darunter die Grafen Egmont und Hoorne, die für Duldsamkeit gegenüber Reformatoren und Protestanten eintraten‹«, zitierte Gianni. »Onkel Alba war ein Schlächter!«

»Damals tobte die Inquisition. Vor allem in Spanien. Und die Spanier beherrschten die Niederlande, wo Kalvinisten und Lutheraner nicht weniger Zulauf fanden als in deutschen Landen. Alba kämpfte also für den alten Glauben und gegen einen neuen *Namen.* Er glaubte, daß er Recht und Gott auf seiner Seite hatte.«

»Und deshalb machte er nieder, was sich ihm in den Weg stellte!« erkannte Gianni mit leiser Verachtung.

»Die Selbstgerechten sind immer die schlimmsten. Vielleicht weil sie im tiefsten Inneren ahnen, daß Moral und Glaube nicht das geringste Recht verleihen. Und so gleichen sie die fehlende Legitimation durch Eifer aus, statt am eigenen Glauben zu zweifeln. Aber das interessiert die Geschichte nicht. Menschen wie der Herzog von Alba kommen mir oft wie Marionetten vor. Figuren im Spiel einer geheimnisvollen Macht, deren Auswirkungen wir als Geschichte bezeichnen.«

»Komisch«, sagte Gianni. »Seit wir in Vallemutri sind, habe ich ein anderes Gefühl, wenn ich *Geschichte* höre. Geschichte war für mich etwas, was andere machten. Größenwahnsinnige, Psychopathen wie Nero, Napoleon oder Hitler. Weit weg und hinter beziehungslosen Jahreszahlen versteckt. Eine Aufgabe für scheintote Gelehrte in abgedunkelten Arbeitszimmern.«

»Und jetzt?« fragte ich. »Was denkst du jetzt?«

»Na ja, in den letzten Tagen hat sich vieles geändert. Die Etrusker zum Beispiel sind gar nicht so weit weg von mir, wie ich gedacht habe. Sie haben ihre Toten in meinem Garten vergraben, und meine Tante liegt direkt daneben. Oder nimm die Kandelaber: Ein selbstgerechter Herzog hat sie nach Italien gebracht. Sie stehen für einen wichtigen Abschnitt in der Geschichte, und dann stellt sich heraus, daß sie mit meinem Vater zu tun haben, und dadurch mit mir. – Geschichte ist nichts für verknöcherte Gelehrte; sie lebt, in mir und durch mich. Das ist ein atemberaubendes Gefühl!«

Ich nickte. »Wir Menschen neigen dazu, das Zurückliegende als abgeschlossen zu betrachten, weil wir selber endlich sind und in unserer eingeschränkten Sicht gefangen. Aber vielleicht ist nichts jemals wirklich abgeschlossen? Oft tauchen Ideen unversehens wieder auf, nachdem sie viele Menschenalter vergessen worden waren. Die Geschichte hüpft und springt durch die Jahrhunderte wie ein Gummiball und schert sich nicht darum, was wir in ihr sehen wollen. Das Heute ist eine Folge von Gestern, und trotzdem kann das Gestrige in einer neuen Gestalt schon morgen wieder auftauchen.«

»Ziemlich verwirrend, findest du nicht?«

»Doch. Sehr.«

Gianni sinnierte einige Augenblicke. »Ehrlich gesagt, begreife ich diese Zusammenhänge nicht. Vielleicht müßte ich ein etruskischer Haruspex sein, um all die Ausschnitte der Wirklichkeit sinnvoll zusammenfügen zu können? Wie kamen die Etrusker überhaupt auf ihre Sicht der Dinge? Wer lehrte sie, wie die Zeichen zu verstehen waren, was sie bedeuteten?«

»Es wurde ihnen verheißen. Die etruskische Glaubenslehre war eine Offenbarungsreligion wie das Christentum. Die Legende besagt, daß in der Nähe der Stadt Tarquinia ein Kind namens Tages erschienen sein soll. Urplötzlich sprang es aus einer tiefgepflügten Furche aufs Feld, das gerade von einem Bauer bearbeitet wurde. Der Ackermann erschrak und rief seine Landsleute zusammen. Da begann das Kind zu sprechen, über Religion, Staatsführung, Heilung, Wissenschaft, Orakeldeutung – das Kind war so weise wie ein alter Mann. Die Zuhörer schrieben alles eilig nieder. Dann verschwand das Kind ebenso unvermutet, wie es erschienen war.«

»*Sagra dei funghi!* Eine Vision!« staunte Gianni.

»So hört es sich an. Die Wahrheiten aus dem Munde des Kindes wurden jedenfalls festgehalten. Was den Christen die Bibel ist, waren den Etruskern ihre *libri fatales,* die Schicksalsbücher.«

»Und darin wurden die Zeichen erklärt?«

»Ja. Und noch viel mehr. Die Originale sind leider verschollen. Aber im 1. Jahrhundert vor Christus, als Bürgerkriege und religiöse Wirren das Römische Reich erschütterten, erinnerten sich die Römer der etruskischen Lehre. Mehrere Bücher wurden darüber verfaßt. Von diesen Kopien der ursprünglichen Schicksalsbücher sind Fragmente erhalten geblieben, so daß wir immerhin eine Ahnung von ihrer Religion haben. Zum Verständnis können wir auch Aussagen von römischen Gelehrten heranziehen. Seneca etwa schrieb: ›Wir glauben, daß Blitze durch Zusammenstöße von Wolken entstehen, während sie des Glaubens sind, daß Wolken zusammenstoßen, *damit* Blitze entstehen.‹

Dieses Beispiel zeigt vielleicht am deutlichsten, wie die Etrusker die *ostenta,* die Zeichen, verstanden: Ein Ereignis wird nicht nur deshalb bedeutungsvoll, weil es geschehen ist, nein, etwas geschieht, damit eine Bedeutung darin zum Ausdruck kommen kann. Geschehnisse, vor allem in der Natur, sind an die Menschen gerichtete Hinweise. Wer sie versteht, kann daraus Nutzen für die Zukunft ziehen.«

»Wenn ich dich richtig verstanden habe«, fragte Gianni behutsam, »wolltest du die Erkenntnisse der Etrusker auf unsere Geschichte übertragen, oder?«

»Ja«, gestand ich niedergeschlagen. »Das mußte ich doch. Alles führte darauf hin. Der Bischof tötete die Bienenkönigin, Ernesto seine Lisandra, und Pietro würde Laura töten. Ein ewiger Kreislauf des Schicksals. Ich glaubte, als moderner Zeichendeuter müsse es meine Aufgabe sein, diesen Kreislauf zu durchbrechen. Aber jetzt? Jetzt weiß ich nichts mehr.«

»Vielleicht hast du die Zeichen bloß nicht richtig interpretiert? Ich finde, wir sollten zum Ausgangspunkt zurückkehren. Du bist Archäologe. In der Vergangenheit kennst du dich aus. Die Zeichen im Boden mußt du deuten, nicht die am Himmel oder sonstwo.«

Ich lehnte mich nachdenklich zurück. Gianni hatte recht. Über meinen emotionalen Verstrickungen hatte ich fast vergessen, daß wir kurz vor der Entdeckung eines Etruskergrabes standen. Ich mußte mich auf das beziehen, was ich konnte, was ich wußte. Ich war kein Mystiker, sondern Wissenschaftler. Mein Aufgabenfeld lag unter der Erde, und hier würde ich meine Sicherheit wiederfinden.

Nach dem Frühstück begaben wir uns umgehend hinters Haus. Obwohl es kühl und feucht war und diesige Schleier den Himmel verhüllten, bereitete mir die körperliche Arbeit große Genugtuung. Kleider und Hände rochen bald nach frischer Erde, die klare Luft belebte meinen müden Geist, und zeitweise fühlte ich mich so hoffnungsfroh und heiter wie zu Beginn unseres Abenteuers in Vallemutri.

Sobald ich allerdings losließ und meinen Gedanken den gewohnt freien Lauf geben wollte, traf mich ein nadelfeiner

Stich – Laura! Schwer lastete das Gefühl meiner Niederlage auf dem Gemüt. Der helle Schmerz, die erste, flammende Scham war vorüber. An deren Stelle hatte sich ein bösartiges Geschwür festgesetzt, das bohrend und alles zersetzend nach innen wuchs. Selbst wenn ich mich mit etwas anderem beschäftigte oder abgelenkt war, bedrängte mich ein stetes Unbehagen. Wie die Erinnerung an eine fette, unbekömmliche Speise tagelang Übelkeit und Alpdruck verschaffen kann.

Es verschlug mir sogar den Appetit. Als Onkel Antonio um die Mittagszeit mitsamt dampfender Kasserolle auf einen Sprung vorbeikam, ließ ich Tante Annas *gnocchi* weitgehend unbeachtet und lauschte dafür um so hingebungsvoller Antonios Bericht: Ernesto war wohlauf! Ein erster Spaziergang durch den Olivenhain liege bereits hinter ihm. Sein Zimmergenosse, ein nur leicht verwirrter Angestellter aus Napoli, habe zugesagt, sich ein wenig um Ernesto zu kümmern. Auch mit dem *dottore* hatte Antonio eine längere Unterhaltung geführt. Tenor: kein Problem, höchstens mit dem Ping-Pong-Spielen, welches Ernestos angeschlagener Motorik nicht eben entgegenkomme.

Bevor sich Antonio auf den Heimweg begab, bat er uns, ein Auge auf Cesare zu haben. Einmal täglich füttern und des Morgens streicheln auf dem Kaminsessel. Es wäre doch arg traurig, wenn sich der Kater während Ernestos Abwesenheit eine neue Unterkunft suchen würde. Ernesto hing sehr an seinem struppigen Gefährten.

Wir versprachen leichten Herzens, dieser Bitte nachzukommen, wenngleich sie einfacher vorgebracht als zu erfüllen war. Denn Cesare fraß wohl artig sein Tellerchen leer, aber streicheln ließ er sich deshalb noch lange nicht. Einzig Ernesto und Tante Francesca durften ihn anfassen. So raunzte er klagend durch die Wiesen, immer in unserer Sichtweite, doch sobald wir uns näherten, da sprang er auf und davon. Wir hofften inständig, daß der Kater bis zu Ernestos Rückkehr ausharren würde.

Mittlerweile gruben wir nicht mehr so sorgfältig, wie ich mir das gewünscht hätte. Die Zeit lief uns davon. Noch zwei Tage bis zu unserer Abreise. Es war ein unerträglicher Gedanke, daß wir diesen Ort verlassen sollten, ohne Gewißheit über das Grab des Haruspex erlangt zu haben. Wir wußten, daß wir kurz vor dem Ziel standen, und mußten befürchten, im letzten Augenblick abgefangen zu werden. Unter dieser Anspannung litten mein wissenschaftliches Pflichtbewußtsein und die von Heinkel angemahnte Duldsamkeit des Archäologen ein wenig, obschon ich mich immer wieder am Zügel riß.

Am frühen Nachmittag war es soweit. Knirschend stießen unsere Schaufeln auf eine behauene Steinplatte. Gianni blickte erst mich bedeutungsvoll an, dann flehentlich gen Himmel. War es das endlich, das Grab des Haruspex?

Vorsichtig schaufelten wir die körnige Platte frei. Bald erkannten wir, daß wir einen quadratischen, hellen Steindeckel von gut einem Meter Seitenlänge vor uns hatten. Nachdem wir die Erdwälle sorgfältig abgestützt hatten, hoben wir die Platte an. Ein kurzer Schacht wurde darunter sichtbar. Dessen Wände waren mit Tuffsteinziegeln ausgekleidet und bildeten das quadratische Innere eines Würfels. In seiner Mitte stand ein etwa fünfzig Zentimeter hohes Gefäß aus dunklem Ton: eine Kanope, eine figürliche Aschenurne.

»Eine Urne?« rief Gianni verblüfft.

Auch ich hatte mit einem Skelett gerechnet, obwohl ich wußte, daß die Etrusker beide Begräbnisformen, sowohl die Einäscherung als auch die Erdbestattung, praktizierten.

Eingehend betrachteten wir unseren Fund von allen Seiten. Die Form der Kanope erinnerte an jene verschachtelten Holzpuppen, in deren hohlem Inneren sich verkleinerte Kopien befinden, die ihrerseits noch kleinere Figuren beherbergen.

Der Urnendeckel war einem ernsten männlichen Gesicht nachgebildet. Ein kühnes, etwas spitzmündiges Antlitz mit hohen Backenknochen und geschlossenen Augen. Um die kräftige lange Nase lag ein scharfer Zug. Die welligen Haare waren streng nach hinten gekämmt und fielen in einen stämmigen Hals, der beinahe ansatzlos in die Kanope überging. – War das unser Haruspex?

An der eigentlichen Urne, dem zylindrischen Aschebehältnis, waren gekrümmte Ärmchen angebracht, die sich über dem Gefäßkörper verschränkten. Jener *saß* auf einem kleinen Bronzesitz mit halbkreisförmiger Rückenlehne. Neben der Kanope stand eine tellergroße Bronzeschale – ähnlich der, die Giannis Vater gefunden hatte!

»Das Grab des Haruspex!« brüllte Gianni. »Valentin, wir haben's geschafft!«

»Wir haben es geschafft.« Ich nickte kühl und machte mich an die Arbeit. Irgendwie gelang es mir nicht, mich über unsere Entdeckung zu freuen. Ich war eher erleichtert als begeistert. Erleichtert, daß nicht alles, was ich hoffte und zu wissen glaubte, ungültig war. So hielt ich mich an diesen Fund, ohne Enthusiasmus, aber entschlossen und fachgerecht. Mein wissenschaftlicher Geist funktionierte wie eine Maschine. Als hätte ich zeitlebens etruskische Schachtgräber ausgehoben, registrierte ich penibel alle Spuren, fertigte eine genaue Übersichts- und Aufrißskizze und fotografierte die Urne, so gut dies im schräg einfallenden Abendlicht möglich war.

An ihrem Sockel hatte ich die schon vertrauten etruskischen Kerben entdeckt. Noch am Grab kopierte ich die zweizeilige Inschrift auf Papier. Selbst jetzt noch blieb die fieberhafte Erregung aus, die mich seinerzeit befallen hatte, als wir die Inschrift der Kupfersonne entdeckt hatten.

»Glaubst du, daß wir die Urneninschrift entziffern können, ohne die Hilfe deines Professors?« fragte Gianni, während wir den Schacht für die Nacht vorsichtig wieder verschlossen.

»Ich denke schon. Da fast alle etruskischen Texte Grabinschriften sind, dürfte uns das Vokabular keine Schwierigkeiten bereiten. Notfalls rufen wir Heinkel noch mal an.«

Später saßen wir am Küchentisch, bei Brot, Tomaten, Käse, schwarzen Oliven und dem kräftigen Rotwein, im Kamin prasselte ein munteres Feuer, und wir hatten den Abend für uns und die Wissenschaft. Allmählich wurde ich wieder warm mit der Wirklichkeit. Wir hatten das Grab des Haruspex entdeckt!

»Eines will mir nicht in den Kopf«, sagte Gianni und spuckte Olivenkerne ins Feuer. »Wir sind bis jetzt davon ausgegangen, daß Ernesto Tante Lisandras Leiche hinterm Haus vergraben wollte und dabei auf den Kadaver des Haruspex stieß. Vor Schreck lief er davon. Irgendwer, entweder Ernesto selbst oder jemand von der Familie, vergrub Lisandra dann mit Beigaben aus dem Etruskergrab bei der Wasserleitung, wo wir sie zwanzig Jahre später entdeckten.«

»Richtig.«

»Dann verstehe ich zwei Dinge nicht. Erstens: Selbst wenn es Ernesto gelungen wäre, die schwere Steinplatte allein hochzuheben – warum sollte er sich vor einer Urne erschrecken? Die Figur sieht weder grausig aus, noch stellte sie Ernesto vor ein Problem. Wahrscheinlich wußte er nicht mal, daß es eine Urne war. Und zweitens: Der Fund meines Vaters, die Speerspitzen und der Bronzeteller, passen wohl zum Grab des Haruspex. Ebenso die Kupfersonne. Aber das Gürtelblech? Liegt so was neben einer Urne? Und vor allem: Gehört ein solches Schmuckstück nicht eher einer Frau als einem Mann?«

»Zum Teufel, Gianni, du hast recht! Aber was folgt daraus?«

»Erstens, daß Ernesto nicht zwangsläufig der Mörder Lisandras sein muß, und zweitens, daß wir ein etruskisches Frauengrab suchen müssen.«

»Langsam, langsam!« rief ich. »Du bringst unser gesamtes Gedankengebäude zum Einstürzen!«

Gianni nickte. »Ich weiß, aber es gab von Anbeginn an Unklarheiten über den Tathergang. Wir müssen noch mal von vorne anfangen. Mit dem, was wir wirklich wissen.«

»Und das wäre nach deiner Ansicht?«

»Die erste Bienenkönigin wurde vom Bischof getötet. Richtig. Lisandra war die zweite Bienenkönigin. Richtig. Auch sie wurde getötet. Und in unserem Garten vergraben. Aber wer war der zweite Bischof? Wissen wir nicht! Sicher ist nur, daß Ernesto das Grab des Haruspex kannte, weil er die Kupfersonne besaß. Ein Beweis, daß er mit Lisandras Leiche in Berührung kam, ist das jedoch nicht – wenn das Gürtelblech einer Frau gehörte und nicht aus dem Grab des Haruspex stammt.«

»*Sagra dei funghi!*« zollte ich Giannis Ausführungen Respekt. Die Frage, wer in welchem Maße Schuld trug am Tod seiner Tante, ließ ihn nicht ruhen. »Demnach gäbe es ein zweites Etruskergrab?«

»Wir müssen weitergraben!« sagte Gianni energisch. »Nur so werden wir die Wahrheit erfahren. Und ich will sie wissen. Ich will wissen, ob mein Onkel ein Mörder ist. Ich will wissen, wer meine Tante umgebracht hat. Ich will wissen, warum meine Familie einen Mord verschwieg und ob sie dieses Verbrechen duldete. Ich will es wissen! Wenn es, wie du sagst, notwendig ist, seine Vergangenheit zu kennen, bevor man die Zukunft angehen kann, dann muß ich die Wahrheit herausfinden!«

»Was würdest du tun«, erkundigte ich mich behutsam, »wenn sich herausstellte, daß deine Familie tatsächlich in den Mord verstrickt ist?«

»Zuerst war ich mir sicher, daß ich nicht mehr nach Valle-mutri kommen wollte. Diese Verlogenheit, dieses moralische Gehabe um Gott und die Familie, es widerte mich an!«

»Und jetzt?«

»Ich weiß nicht, Valentin. Ich bin für dieses Grundstück verantwortlich. Es ist das Haus meines Vaters, und indem ich sein Erbe bin, ist es ein Teil von mir geworden. Deshalb hoffe ich, daß wir falsch vermutet haben, daß es eine andere Erklä-rung für unsere Entdeckungen gibt. Ich möchte mich hier zu Hause fühlen können und nicht als Richter meiner Familie.«

»Wir werden sehen«, sagte ich unbestimmt und schob Brot und Wein beiseite. »Wenden wir uns jetzt der Inschrift zu, und warten wir ab, wohin diese Spur führt.«

Ich nahm das Papier zur Hand, auf das ich die Inschrift der Urne kopiert hatte. Der Text bestand aus zwei Zeilen. Sorg-fältig übertrug ich die etruskischen Zeichen in lateinische Buchstaben. Ich begann, der spiegelbildlichen etruskischen Schreibgewohnheit folgend, am rechten Zeilenende und setz-te den letzten Buchstaben an meinen linken Zeilenanfang. – Plötzlich ergriff mich das Fieber wieder. Mit jedem Zeichen, das sich mir erschloß, wuchs das Gefühl, in eine andere Welt vorzudringen. Baustein für Baustein fügten sich die Zeichen zu einem sinnvollen Ganzen. Einen Moment durchzuckte mich die Erkenntnis, daß nicht das Zergliedern beseelt, son-dern das Einen. Wozu der Drang, das Wissen zu zerpflücken! Um wieviel mehr sind Einsicht und Erfüllung im Verknüp-fen!

Mit Hilfe des Modellalphabets in Heinkels Doktorarbeit konnte ich die Inschrift in kaum zwanzig Minuten entziffern. Sie lautete wie folgt:

MI:LARTH:LARISAL:CLAN:NETSVISC.TRUTHNUT:TENTRAS:

SVAL:CA.SUTRI.CERTAS:AVIL:SVALTHAS:LXXIII

»Ist das Etruskisch?« fragte Gianni atemlos. »Sprachen sie so miteinander?«

»Jedenfalls haben sie so geschrieben! Hoffen wir nun, daß wir die Inschrift auch übersetzen können.«

Ich schlug den lexikalischen Anhang von Heinkels Doktorarbeit auf. Bald hatte ich die erhoffte Gewißheit: Es gab keine unbekannten Worte in der Inschrift. Bei den Verben hatte Heinkel nur den jeweiligen Wortstamm aufgeführt, doch ich konnte die Konjugationen und die Beugungsfälle der Substantive anhand der Erläuterungen im grammatikalischen Teil zweifelsfrei zuordnen. Endlich präsentierte ich Gianni das Ergebnis:

Ich:Larth:des Laris:Sohn:Haruspex und Priester:
Amt innehatte:
lebend:dieses Grab baute:Jahre:lebte:73

»Ich, Larth, Sohn des Laris, der das Amt des Haruspex und Seherpriesters innehatte, baute lebend dieses Grab. Ich lebte dreiundsiebzig Jahre«, brachte ich die Inschrift in eine unserem sprachlichen Empfinden angemessene Form.

»... baute lebend dieses Grab!« wiederholte Gianni langsam. »Merkwürdig. Was soll das? Schaufelte der Haruspex sein eigenes Grab?«

»Möglich«, brummte ich gedankenverloren. Fürwahr ein denkwürdiger Satz. *Ich baute lebend dieses Grab.* Was störte mich daran? – Plötzlich war die Erklärung da, simpel und klar wie alle Einsicht, sobald sie zuteil wird. »Gianni!« stöhnte ich und tippte mir ärgerlich an die Stirn. »*Dieses* Grab! Nicht *mein* Grab, sondern *dieses* Grab. Was wir entdeckt haben, ist nicht das Grab des Haruspex!«

»Nein?« fragte Gianni mit runden Augen. »Wessen dann?«

»Die Inschrift besagt, daß er das Grab für jemand anderen baute: Es ist das Grab der Bienenkönigin!«

»Wie bitte?« rief Gianni. »Aber auf der Urne steht doch –«

»Ich weiß«, fiel ich ihm ungeduldig ins Wort. »Aber vergiß einen Moment, was auf der Urne steht. Sag mir lieber, was drin ist!«

»Na, der Haruspex, oder besser gesagt: seine Asche!«

»Genau. Die Urne selbst ist also das Grab des Haruspex!«

Gianni lehnte sich überrascht zurück. »Ahhhh«, sagte er und vergaß, den Mund zu schließen. Dann richtete er sich begeistert auf: »Phantastisch, Valentin, du hast recht! Die Urne ist sein Grab. Aber wo liegt die Bienenkönigin?«

»Dort, wo die Asche des Bischofs steht!«

»Die Asche des Bischofs? Zum Teufel, hör auf, in Rätseln zu sprechen!«

»Der Haruspex war zu seiner Zeit eine sakrale Person, jemand, der den herrschenden Glauben vertrat und damit Macht besaß. Wie später ein Bischof.«

»Du meinst, der Haruspex entspricht dem Bischof im Märchen?«

»Ich gehe jede Wette ein, obwohl ich es nicht beweisen kann. Noch nicht! Aber wir werden den Beweis schon finden. Ich glaube, wir haben die archäologische Spur des Märchens von der Bienenkönigin entdeckt. Ein Märchen, das wie jede Überlieferung einen wahren, einen historischen Kern besitzt.«

»Der Haruspex baute zu Lebzeiten ein Grab für jemand anderen, *va bene*. Aber wie kommst du darauf, daß dieser Jemand die Bienenkönigin war?«

»Laß mich anstelle von Beweisen, die wir noch nicht haben, mit einer *Vision* antworten. Stellen wir uns vor, was in dem Märchen wirklich geschah: An einem Tag vor vielen hundert Jahren kam ein fremder, merkwürdig gekleideter Mann ins Tal der verlorenen Seelen. Er trug einen hohen Filzhut, einen Krummstab aus Bronze und war in einen wadenlangen Tuchmantel gehüllt. Die Menschen im Tal wußten, daß er

Gesandter eines mächtigen Namens war. Botschafter eines Volkes, das im fernen Norden gewaltige Wohnburgen errichtet hatte. Die Bauern und Hirten in den Nachbartälern wußten Unglaubliches von dem Nordvolk zu berichten, denn auch in ihren Tälern waren Abgesandte erschienen. Sie kamen und brachten Wissen und Wohlstand. Dementsprechend wohlgesonnen wurde der Fremde namens Larth in der Gemeinschaft des Tales aufgenommen.

Larth vom Volk der *Rasne* war ein Wissender. Er konnte schreiben und die Zeichen der Natur deuten. In seinem Gefolge kamen die ersten Händler seines Volkes. Sie führten nie gesehene Waren, Werkzeuge und Waffen von unübertrefflicher Güte mit sich, die sie gegen die Erzeugnisse des Tales eintauschten und in die Städte des Zwölferbundes mitnahmen: Vieh, Getreide, Bodenschätze, und vielleicht auch Honig von den Felshängen neben der Grotte. Kurzum, dank Larth und seinen Landsleuten erblühte das abgeschiedene Tal und schaffte den Anschluß an ein Zeitalter, das im Zeichen des überragenden Namens der Etrusker stand.

Aber Larth war kein Kaufmann, sondern Zeichenkundiger. Weniger Politiker als Priester. Wohl wußte er, nach welchem heiligen Ritual eine Stadt zu gründen war; doch die Ortschaft zu errichten war schon nicht mehr seine Aufgabe. Larths Pflege und Aufmerksamkeit galten dem inneren Wesen der Dinge und ihren weltlichen Entsprechungen. Denn die äußeren Vorgänge spiegelten nur wider, was das einzig Wahre und wirklich Wichtige war: der Wille der geheimnisvollen göttlichen Schicksalsmächte.

Larth erklärte den Menschen im Tal, daß es zwei Arten von Göttern gebe. Die einen, wie *Tin, Thufltha* oder *Fufluns,* traten als Mittler auf und wären den Menschen durchaus zugetan. Die anderen aber, die stärkeren und unbegreiflichen, hätten wenig Interesse am menschlichen Dasein. Ihnen gehe es ausschließlich um die Erfüllung des Schicksals. Larth machte den Bewohnern des Tales klar, daß man die vermittelnden Götter unbedingt für sich gewinnen müsse. Denn sie waren die einzigen, die sich bei den höchsten Schicksalsmächten für den Menschen einsetzen konnten.

Larth wußte, wie man die Götter für sich günstig stimmte. Er kannte die förderlichen Sühneriten, Ehrbezeigungen und Opfergaben. Und er konnte mit den Göttern sprechen. Nicht wie die Menschen untereinander sprachen, sondern mittels Zeichen und Symbolen. Die Götter sandten Blitze vom Himmel oder ließen die Erde erbeben. Sie schickten Plagen, Unwetter und Kometen, damit die Menschen erkannten, was zu tun sei. Und Larth, der Sohn des Laris, konnte die göttlichen Zeichen lesen. Aus den Geschehnissen am Himmel und in den Eingeweiden geopferter Tiere. Damit war Larth der wichtigste Mensch im Tal. Denn nur er konnte das Kommende weissagen und das Schicksal über die vermittelnden Götter milde stimmen.

Doch Larth war nicht nur ein Wissender, er war auch ein Mensch. Mit Leidenschaften und Fehlern, die er vielleicht zu unterdrücken suchte, weswegen sie jedoch nicht weniger ein Teil von ihm waren als sein Wissen. Eher mehr.

Jedenfalls verliebte er sich in ein schönes, lebenslustiges Mädchen aus dem Tal. Und weil das Mädchen sehr lebensfroh war, kümmerte sie sich herzlich wenig um die Vorschriften und Regeln, die der mächtige Larth zum Wohl der Menschen im Tal verordnet hatte.

Beispielsweise, aber das ist natürlich reine Spekulation, könnte das Mädchen sich gar zu gerne an der Honighöhle aufgehalten haben. Dort, wo die Bienen in den Felsen nisteten. Vielleicht mochte sie die lustig summenden Tierchen gern – und ihren süßen Honig. Oder sie traf sich an der Honighöhle mit einem Liebhaber zum Schäferstündchen? Wir wissen es nicht. Doch ganz gewiß war jener Ort für Larth ein schlechter Ort, denn die Bienenkönigin herrschte über ihre Untertanen, wie dereinst die Priesterkönige die Menschen ihrer Freiheit beraubt hatten. Wo die Bienen nisteten, mußte der Haruspex einen Zaun errichten, als hätte dort der Blitz eingeschlagen. Und wenn er den Bienenschwarm beseitigen wollte, hatte er ein Feuer aus dem Holz von Bäumen mit schwarzen Früchten und blutroten Dornen zu entzünden. Und ausgerechnet an einem dergestalt unheiligen Ort hielt sich Larths Angebetete besonders gern auf!

Was Larth aber noch mehr erzürnte, war der Umstand, daß die Schöne auf seine Werbung ebensowenig einging wie auf die Anträge anderer Männer. Wie war das möglich? Repräsentierte er nicht die höchste Gewalt im Tal? Zudem hatte Larth in dieser Angelegenheit gewiß die Zeichen befragt. Seine Sache stand günstig, die Götter schienen ihm hold. Wie sehr muß es dem allwissenden Seherpriester unter die Haut gefahren sein, bei einem Hirtenmädchen abzublitzen und sich in eigener Sache so vertan zu haben. Wie stand er jetzt da, vor sich und den Menschen im Tal?

Ob zürnend im Affekt oder nach reiflicher Überlegung, um seine Autorität zu retten – Larth, der Haruspex und Seherpriester vom weisen Volke der Etrusker, ließ die Schöne, die ihn nicht erhörte, töten. Sein Glaube lieferte ihm den Vorwand. Das Mädchen verkehrte an unheiligen Orten und mit unheiligen Tieren. Damit gefährdete sie das Wohlergehen der Gemeinschaft im Tal – und Larths unermüdliche Arbeit für ein gewogenes Schicksal. Wer die Götter gegen sich und seine Mitmenschen aufbrachte, durfte nicht auf Milde hoffen!

So starb die Bienenkönigin für den neuen Namen. Die Menschen im Tal vergaßen sie nicht; und auch Larth, der gewiß alle Frauen im Tal haben konnte, vergaß die unerreichte Liebe nicht. Gerade *weil* er sie nicht besitzen konnte – nun, da sie tot war, weniger denn je –, liebte er um so mehr. Er baute der Toten ein Grab und stattete es reich aus. Ein Denkmal für das dem Schicksal ihres Tales geopferte Hirtenmädchen. Und als er selbst starb, wurde er, wie es sein Wunsch war, verbrannt und in einer Urne dem Grab der Geliebten, die seine Liebe nicht erwidert hatte, beigesetzt.

Larths Geschichte aber, die Geschichte eines mächtigen Mannes, der ein einfaches Mädchen nicht für sich gewinnen kann und für den Scheingrund seines Glaubens tötet, lebte fort. Geschichten wie diese geschehen zu allen Zeiten und überall und prägen sich den Menschen tief ein. Larth war der erste *Bischof* dem im Laufe der Jahrhunderte weitere folgten. Und sollten wir morgen tatsächlich ein etruskisches Frauengrab unter Larths Urne entdecken, werden wir wissen, wie es sich zugetragen hat. Und dann werden wir herausfinden, wer die zweite Bienenkönigin umbrachte. Und wer dabei die Rolle des Bischofs übernahm!«

Meine Geschichte war zu Ende, ich schwieg. Auch Gianni sagte lange Minuten nichts. Ich konnte sehen, wie es in ihm arbeitete. Endlich riß er sich von seinen Gedanken los und hob den Blick. Er lächelte. »Valentin, wenn wir morgen ein etruskisches Frauengrab unter Larths Urne entdecken, brauchen wir vor allem keine Zeitmaschine mehr!«

Wieder einmal stand ich Giannis Gedankensprüngen hilflos gegenüber. »Wie meinst du das?«

»Wenn du recht hast, Valentin«, erklärte er feierlich, »wäre es dir tatsächlich gelungen, aus der Vergangenheit in die Zukunft zu schauen. Eine Zeitreise ohne Zeitmaschine, kraft deiner eigenen Gedanken! Ich bin unglaublich gespannt, wohin uns diese Reise führt!«

Aufschub eines Schicksals

Nachdem Gianni zu Bett gegangen war, hatte ich mich in Ernestos Sessel gesetzt und schaute zu, wie das Kaminfeuer knorrige Äste verzehrte. Meine Gedanken kreisten um die neuen Erkenntnisse. Was bedeutete der Fund von Larths Urne? Welchen Stellenwert besaß er aus archäologischer Sicht? Konnte ich neue Schlüsse daraus ziehen, um die verworrene Geschichte um Ernesto und Lisandra, um Laura und Pietro aufzulösen? Es ging um gestohlene Kandelaber und ihre wundersame Wiederkehr. Um Don Micheles Vergangenheit und Giannis Zukunft. Um Träume, Ahnungen, Visionen. Um Wissenschaft und Glauben. Um Liebe, Mord und Leidenschaft. Und irgendwie betraf auch alles mich.

Im Zentrum aller Beziehungskreise schien ein altes Märchen zu stehen. Ein Märchen, das wie ein verschlüsselter Ausschnitt menschlichen Seins durch alle Zeiten zog, um unvermutet mal hier, mal dort als ein Stück helle Wirklichkeit aufzutauchen. Die Geschichte der Bienenkönigin war eine Warnung. Ich spürte wichtige Erfahrungen für mein eigenes Leben darin. Larth war ein Wissender, wie ich es werden wollte. Mit ihm fing alles an. Mit Larth, dem Sohn des Laris, der Haruspex und Seherpriester war, kam der neue Name ins Tal, und eine neue Zeit brach an. Begründete der Haruspex tatsächlich eine etruskische Siedlung? Im Märchen hieß es, der Bischof sei wieder abgereist, mit zerstochenem Gesicht. Und Larth? Blieb er im Tal, oder kehrte er erst als Toter an das Grab der Bienenkönigin zurück? Wie endete seine Mission? Scheiterte er? Und woran? An seinem Schicksal? An der eigenen Unzulänglichkeit?

In diese Überlegungen fiel der erste Schrei.

Erschrocken fuhr ich auf. Kamen sie zum Kaffeetrinken?

Im ersten Augenblick wollte ich aufspringen und die Flucht ergreifen. Doch meine Neugier besiegte die Angst. Wer oder was steckte hinter diesen unmenschlichen Klagelauten? Ich löschte das Licht und horchte in die Dunkelheit. Nächtliches Aprilwetter. Luft- und Bäumerauschen. Windböen jagten über unser schmales Häuschen. Hier und da bellte ein einsamer Hund in den schwarzen Wolkenhimmel.

Dann ein neuerlicher Schrei. Er zog sich quer durch meine Eingeweide. Reiß dich zusammen, rief ich mir selbst zu. Du hast schon Schlimmeres erlebt, und es gibt für alles eine natürliche Erklärung! Denn das Merkwürdige an diesen Schreien war, daß sie mir irgendwie bekannt vorkamen. Nicht von Ernesto, der überdies ausschließlich im Morgengrauen zu schreien pflegte. Nein, ich hatte diesen Klageruf schon andernorts vernommen. Er mutete unheimlich an, aber ich verband ihn mit keiner furchteinflößenden Erinnerung. Was mir solche Angst einjagte, war das Schreckensbild, das meine Phantasie entwarf.

Nachdem ich mir solchermaßen Mut zugesprochen hatte, fühlte ich mich für einen Ausflug in die Dunkelheit gewappnet. Tastend schlich ich durch die lichtlose Küche zur Tür – um augenblicklich zu erstarren. Etwas kratzte an der Tür. Ein schabendes Geräusch, das Grieskörner auf meiner Haut hinterließ. Und daraufhin erhob sich ein Schrei, so nah und so durchdringend, daß ich instinktiv zurückwich. Das Namenlose kam mir zuvor, um seinerseits zu erkunden, welcher Unbekannte auf Ernestos Sessel saß ...

»Wer ist da?« rief ich laut genug, um meine Beklemmung zu übertönen. Verstanden italienische Gespenster Deutsch?

Entschlossen ging ich zur Tür und riß sie mit einem Ruck auf. Cesare flitzte mit eingezogenem Schwanz über die Veranda. In sicherer Entfernung drehte er sich um. Seine Augen leuchteten wie fluoreszierende Zehnpfennigstücke. Und dann schrie er. Ein langgezogener, schauerlicher Klagelaut, der vom Wind in gespenstische Höhen verweht wurde.

Ich wußte nicht, ob ich lachen oder meinerseits heulen sollte. Cesare war der krakeelende Dämon. Eine würdige Urlaubsvertretung für sein kurendes Herrchen.

Mit viel Mühe und reichlich Futter gelang es mir, das raunzende Katzentier zu beruhigen. Wohl wissend, daß die Küche für ihn eigentlich tabu war, wälzte sich Cesare nach seinem üppigen Nachtmahl genüßlich über die verbotenen Fliesen. Ich durfte ihn sogar kurzzeitig am struppigen Bauch kraulen, ohne daß er mich biß.

Seltsam, dachte ich. Erst vertrat Cesare Onkel Ernesto beim Schreien, dann vertrat ich Ernesto beim Katzenhüten. Um die Reihe der Stellvertretungen perfekt zu machen, setzte ich mich in Ernestos Sessel am Kamin. Cesare nahm erwartungsgemäß den gewohnten Platz ein: auf dem Schoß desjenigen, der im Sessel saß. Wie schnell man sich doch in ein fremdes Gefüge einordnet! Über diese Gedanken, den wohlig schnurrenden Kater auf den Knien, mußte ich wohl eingeschlafen sein. Ich weiß nicht mehr, was ich träumte. Aber ich erinnere mich noch sehr gut an das Chaos, in dem ich wieder erwachte.

Cesare hatte den gemütlichen Platz auf meinem Schoß geräumt und sauste mit langgestreckten Sprüngen durch die Küche, lautstark gegen Stuhlbeine und Möbelecken polternd. Eine Flasche, die neben dem Kühlschrank stand, ging als erstes zu Bruch. Cesare hechtete so knapp daran vorbei, daß sie umfiel und zersplitterte. Es folgte mein Wasserglas. Noch halb im Traum sah ich es erzittern, kippen und über den Tischrand rollen. Den freien Fall und das unvermeidliche Klirren ersparte ich mir.

Mit einem Satz war ich aus dem Sessel und fing das Glas im Fluge auf, bevor es auf dem Küchenboden prallte. »Kschkschksch!« zischte ich dem tobenden Katzenvieh hinterher und klatschte dabei heftig in die Hände.

Cesare schaute mich erstaunt an. Wer störte seine vergnügliche Jagd?

Hektisch mit den Armen rudernd, trieb ich ihn aus der Küche. Was war geschehen? Welcher Teufel mochte in den gerade noch so empfindsamen Kater gefahren sein?

Ein ängstliches Fiepen unter dem schweren Küchenbuffet erklärte Cesares Verhalten: Er hatte eine Maus gestellt!

Tante Annas *biscotti* im Auge, wurde mir rasch klar, daß ich keine Nagetiere im Haus dulden durfte. Am einfachsten wäre es gewesen, Cesare sein grausames Werk zu Ende bringen zu lassen. Unter vorheriger Sicherung sämtlicher zerbrechlicher Gegenstände. Aber gefühlsmäßig widerstrebte es mir, das hilflose Mäuschen Cesares scharfen Krallen auszuliefern. Wozu war es dann entkommen?

Einen Moment mußte ich mich selbst belächeln. Mein Rettersyndrom. Laura hatte sich der Befreiung verweigert, jetzt hatte mein Pfadfinderherz eine neue Aufgabe gefunden.

Allerdings wollte es mir die arme Maus nicht zu leicht machen. Kaum hatte ich das Buffet mühsam und zentimeterweise von der Wand gerückt, sauste das quiekende Tierchen an mir vorbei und schlüpfte blitzgeschwind hinter den Kühlschrank. Dort blieb es einstweilen ungestört, denn mich hatte eine neue Entdeckung in ihren Bann gezogen: Hinter dem Buffet lag ein dünnes Buch!

Ich legte mich auf den Bauch und schob umständlich meinen Arm in den staubigen Spalt. Erwartungsvoll zog ich einen schmalen, vergilbten Band hervor:

IL LADRO DA WESTMINSTER ABBEY.

Der Dieb von Westminster Abbey, übersetzte ich verblüfft den

Buchtitel. Er war so schwungvoll auf dem schaurig blutroten Umschlag abgesetzt, daß das literarische Genre auf den ersten Blick ersichtlich wurde: ein Dreigroschenkrimi. Geschrieben von einem gewissen Jack Green, einem Mann also, der immerhin genügend Intelligenz besaß, um seine Reputation durch ein Pseudonym zu schützen.

Der Dieb von Westminster Abbey – es war unfaßbar! Das Buch in der Hand, ließ ich mich in Ernestos Sessel sinken. Ich brauchte den Roman nicht zu lesen, um zu wissen, was darinstand. Westminster Abbey, die prächtige Krönungskirche in London. Die letzte Ruhestätte englischer Könige, Staatsmänner und Dichter. Jahrhunderte ruhten sie in Frieden, in ihren reichausgestatteten Gräbern, bis der gewissenlose, aber geniale Dieb von Westminster Abbey in einer mondlosen Nacht ...

Es war kein Zufall, daß Giannis Vater die Mönchsgräber in der *Via dei Santi* entdeckte. Und nicht diese Entdeckung inspirierte drei abenteuerlustige junge Männer zum Kirchenraub von Monte Calvario. Nein, sie hatten eine literarische Vorlage! Ein Vorbild, das vielleicht sogar bei der Namensgebung des CLUB OF WESTMINSTER Pate gestanden hatte.

Neugierig schlug ich die erste Seite auf. Eine Widmung war unter die Wiederholung des Titels geschrieben. Runde, etwas unbeholfene, aber enorme Vitalität verratende Buchstaben:

Sempre il tuo,
Renato (9. febbr. '44).

Wenn es noch eines Beweises bedurft hätte, hier war er. Renato Civitello, Don Micheles Freund und Helfer, der nach New York auswanderte und die Kalvarienkirche mit einer großzügigen Spende bedachte, hatte nicht weniger Dreck am Stecken als Giannis Vater und Onkel Ernesto. Eher mehr.

Ein klägliches Quieken erinnerte mich an meinen grauen Freund. Ehe ich Gianni ins Bett folgen durfte, hatte ich noch eine gute Tat zu vollbringen.

Keuchend und ächzend rückte ich das schwere Buffet an die Wand, um alsgleich den kaum weniger gewichtigen Kühlschrank zu verschieben. Da saß er auch, mein kleiner Freund. Ein stattliches Tierchen. Putzig anzuschauen, wie es sich mutig auf die Hinterpfoten stellte und seinen Retter Valentin furchtsam, doch entschlossen anblickte. Die schwarzen Knopfaugen spähten nervös nach einer Fluchtmöglichkeit. Aber vorausschauend hatte ich den Ausweg mit einem Holzkistchen verstellt.

Auf den Knien rutschte ich dem Mäuserich entgegen, Daumen und Zeigefinger vorneweg, die ich lockend gegeneinanderrieb. Dazu stieß ich leise Pfeiflaute aus, was ich mir für eine Maus als sehr vertrauenerweckend vorstellte. Indes wurden meine Annäherungsversuche mißtrauisch beäugt. Was will die pfeifende Riesenmaus, schienen die Knopfaugen zu fragen.

Vorsichtig führte ich meine Hand an das zitternde Tierchen, da – flupp! – sprang es an meinen Daumen. Ich zuckte verdutzt zurück. Die Maus hatte sich fest in den vermeintlichen Angreifer verbissen. Sie ließ sich auch nicht abschütteln, obwohl ich meine Hand hin und her wedelte, als hätte ich mir die Finger verbrannt. Erschrocken zwar, aber noch relativ beherrscht, richtete ich mich auf. Was tun? An meinem Daumen hing eine Maus. Ihr beherzter Biß ließ nicht nach. Ein feiner Blutfaden rann über mein Handgelenk, ich mußte handeln. Also versuchte ich, den rechten Daumen mit der linken Hand zu befreien. Doch der wackere Kämpfer reagierte umgehend: Ehe ich mich versah, wechselte er die Fronten und schlug – schwups! – die scharfen Eckzähne in den anderen Daumen. Daraufhin griff ich energisch mit der rechten Hand

zu, doch augenblicklich – zack! – baumelte das lästige Fellbündel an meinem rechten Zeigefinger.

So ging das eine Weile hin und her. Meine Sympathie war
mittlerweile merklich abgekühlt. Ich blutete aus vielen kleinen Wunden, die Hände waren mir schon völlig zerbissen,
und mit jeder scharfzahnigen Attacke fuhr mir der Schreck
tiefer in die Glieder. So kamen wir nicht weiter, der Mäuserich und ich. Ich zwang mich zu Besonnenheit. Das Tierchen
hing regungslos an meinem Zeigefinger; ich hatte seinen
schnurrbärtigen Kopf zwischen blutendem Daumen und zer-
kratztem Mittelfinger eingeklemmt. Unbändiger Lebenswille
pulsierte durch seinen schmalen Leib. Es zitterte und bebte.
Alle Muskeln und Sehnen waren aufs äußerste gespannt. Ein
rührend zerbrechlicher Körper, so winzig und mir hilflos ausgeliefert, daß ich ihn mit Leichtigkeit zerquetschen konnte.

Bin ich sein Schicksal, dachte ich, plötzlich gleichgültig
gegenüber dem Leben, das an meinem Finger hing. Die Maus
stand mir im Weg. Ich hatte weiß Gott Wichtigeres zu tun, als
mir die Hände zerbeißen zu lassen, von einem dummen Vieh,
das sich nicht helfen lassen wollte. Ich hatte mir nichts vorzu-
werfen. War es nicht an der Zeit, das lästige Fellbündel zu
zerdrücken? Wie die Geschichte mich zermalmte, wenn ich
ihr im Wege stand? Ich mußte nur den Griff etwas verstär-
ken, meine Finger fester gegen die Knöchelchen drücken und
den Daumen mit einem kräftigen Ruck in den Genickspalt
pressen – und der ungleiche Kampf würde endlich auf seine
natürlichste Weise beendet.

Das Schicksal dieser tapferen Maus zu erfüllen bereitete mir
kein Vergnügen. Gewiß nicht. Aber ihre Zeit war abgelaufen.
Wäre ich nicht gewesen, hätte Cesare ihr Ende besiegelt. Der
Starke besiegt den Schwächeren – in der Natur gab es keinen
Platz für Mitleid. Warum hatte ich in das gottgewollte Schick-
salsspiel eingegriffen? Aus Eigennutz, aus falsch verstande-

ner Menschlichkeit! Besaß ich denn ein Recht, den Kreislauf der Natur zu stören?

Kein Wunder, daß eine solchermaßen unmögliche Situation entstanden war! Ich hatte das natürliche Gefüge aufgebrochen und einen Zustand bewirkt, den es eigentlich gar nicht geben durfte. Ich mußte das Schicksal dieser Maus erfüllen, damit die Dinge wieder ins Lot kamen.

»Töte sie!« flüsterte eine lautlose Stimme in mir. »Du bist ihr Schicksal!«

Ohne auf das kleine Lebewesen zwischen meinen Fingern zu blicken, verstärkte ich den Druck. Ich spürte, wie der zerbrechliche Körper sich versteifte, der Kopf ruckte verzweifelt in der Umklammerung meiner Finger, die spitzen Stiftzähne gaben quiekend mein blutendes Fleisch frei ...

»NEEEIIIN!«

Ein ungeheures Ekelgefühl ließ mich aufschreien. Es war wie ein Erwachen. Ein Schrei, wie ich ihn noch nie aus meinem Leib geschleudert hatte. Ich widerte mich an. Alles widerte mich an. Diese abstoßende, bluttriefende Welt. Mit Kreaturen aus rotem Schleim und Knorpelmasse, dumpfen Trieben untertan, geschaffen, um zu töten, morden, meucheln, zu zermalmen im Auftrag einer namenlosen Kraft, die keine Gnade, kein Erbarmen, keine Menschlichkeit zu kennen schien.

»NEIN!« schrie alles in und aus mir selbst. »NEEEIIIN!« Ich würde nicht gehorchen! Ich nicht! Eine gewaltige Woge von Wut und Zorn ballte sich gegen die schauderhafte Macht, die meine Finger um den bebenden Tierkörper zwang. Schweiß rann aus allen meinen Poren. Ich fror und schwitzte, stöhnte und keuchte und knirschte mahlend mit den Zähnen, während ich mit dem Schicksal rang. Es war stark. Eine Macht, die alles in ihren Händen hielt. Die mich zwischen ihren Fingern gepackt hatte wie ich die Maus. – Hart und unmittelbar erkannte ich, daß ich nicht für den wackeren Mäuserich kämpfte. Ich kämpfte für mich selbst! Für meine eigene Freiheit. Gegen den unerbittlichen Zangengriff des Schicksals, das mich so fest und dauerhaft umschloß wie hohe Felsen einen schmalen Wasserlauf. Genauso floß mein Leben hin, ein ferner Ursprung, ohne Ende, brandend gegen unnachgiebiges Gestein, sich an harten Klüften brechend, widerstehend, auferstehend – ewiglich! Und sinnlos?

Ich wußte: Meine Aufruhr, mein wutgewordener Widerwille war der Selbstekel eines lebenden Werkzeugs, eines fühlenden Erfüllungsgehilfen, der nicht zermalmen wollte. Eher wollte ich selber sterben, als einem unschuldigen Lebewesen im Auftrag des Schicksals den Tod zu geben. Ich würde den Kreislauf des Schicksals durchbrechen, es komme, was kommen müsse!

Mit zitternden Beinen stakste ich auf die Veranda und ließ mich in die Hocke nieder. Der Wind tat mir wohl. Behutsam legte ich die Hand mit dem grauen Fellbündel auf die kühlen Fliesen. Die gerade noch todnahen Knopfaugen blickten mit neuer Hoffnung in den rauschenden Nachthimmel. Ich gab meinen Gefangenen frei.

Kaum hatte ich meine Hand geöffnet, da wieselte der Mäuserich schon zeternd ins Unterholz. Froh und erschöpft lauschte ich der quiekenden Schimpfkanonade nach, die, sollte es eine Mäusesprache geben, meine Rettungstat gewiß in wenig feine Worte faßte. Ich hatte den Kampf gegen das Schicksal gewonnen.

Dunkle Wolken trieben über das Tal. Es regnete leichte, feine Tröpfchen. In naher Ferne hörte ich Cesares klagenden Schrei. Rief er den Katzengott um neues Jagdglück an?

Melancholisch lächelnd sandte ich meinem Mäuserich einen Segenswunsch hinterher. Die Natur kümmerte sich nicht um die inneren Kämpfe der Menschen. Eine Maus war dem Schicksal entronnen, was hieß das schon? Ihr Tod kam früh genug. Es gab Milliarden Katzen auf dieser Welt, und noch mehr Mäuse, und alle starben sie irgendwann und durch irgendwen.

Die Etrusker hatten recht: Man konnte das Schicksal aufschieben und ein paar Augenblicke Leben hinzugewinnen. Mehr nicht. Aber auch nicht weniger. Für diese Nacht war es viel.

Der erste Tod der Bienenkönigin

Ich erwachte durch einen sanften Griff an meinem Oberarm.

»Valentin!« fragte Gianni besorgt. Er stand angekleidet an meinem Bett. »Was ist passiert? Das sieht ja furchtbar aus!«

Verschlafen schaute ich meinen Freund an. Was sollte passiert sein? Als ich mich aufrichtete, fiel mein Blick aufs Bettzeug. Ich erschrak: Leintuch und Bezüge waren über und über mit eingetrockneten Blutspuren verunziert! Augenblicklich kam mir mein nächtlicher Kampf mit dem Schicksal wieder in den Sinn, und ich mußte lachen. Einige der Heftpflaster, mit denen ich mir die Finger notdürftig verarztet hatte, hatten sich während des Schlafes abgelöst, und Gianni mußte angesichts der Bluttropfen und Glassplitter auf dem Küchenboden annehmen, daß ich eine Auseinandersetzung mit Ernestos unheimlichen Gästen gehabt hatte.

»Das Gespenst ist eine Katze!« erklärte ich und blinzelte zum Fenster. Es regnete nicht. »Und das Schicksal kann aufgeschoben werden.« Ich berichtete von Cesares Mäusejagd und meinem siegreichen Kampf.

»*Sagra dei funghi!*« befand Gianni im Anschluß an meine Geschichte. »Der alte Etruskerkater hat dir ein Opfer gebracht! Deshalb rumort es immer so in der Küche!«

371

»Deshalb ...? Moment!« Von dieser Seite hatte ich die nächtliche Unruhe noch gar nicht betrachtet. »Du meinst, Cesare schleppt allnächtlich eine Maus an?«

»Na klar! Es wird sich jede Nacht nach dem gleichen Muster abspielen. Ernesto kommt, füttert den Kater, setzt sich in den Sessel am Kamin, und Cesare folgt, sobald er gevespert hat. Sein wohliges Schnurren dürfte Ernesto einen kurzen Schlummer bescheren. Nach dem Schläfchen bringt Cesare seinem kranken Herrchen ein Opfer. Wie ich den Onkel kenne, erfreut der sich herzlich an der turbulenten Jagd über Stuhl und Stein. Die unterhaltsamste Vision des Tages.«

»Aber wozu kocht er Kaffee, wenn die einzigen Gäste ein verrückter Kater und eine todgeweihte Maus sind?«

»Daß er ein frühmorgendliches Kaffeekränzchen herrichtet, heißt ja nicht, daß die Gäste auch wirklich erscheinen. Vielleicht wartet nur er darauf, seit Jahrzehnten? Auch wenn die Tassen bis an den Rand gefüllt sind – so verrückt ist Ernesto auch wieder nicht, daß er nicht wüßte, daß Gespenster weder essen noch trinken. Jeder weiß das! Nein, ich denke, er wartet auf Besucher, die sehr wohl Kaffee trinken. Nur sind sie bisher nicht gekommen.«

»Oder nicht *wiedergekommen!*« meinte ich gedankenverloren. »Die Nacht, in der die zweite Bienenkönigin getötet wurde: Vielleicht begann Ernestos Wahnsinn erst *danach!* – Ach, Gianni! Manchmal glaube ich, wir werden die Wahrheit nie herausfinden. Alles könnte so oder ganz anders gewesen sein.«

Gianni guckte vergnügt auf meine bepflasterten Finger. »Das ist doch herrlich! Stell dir nur vor, es gäbe nichts mehr zu entdecken – wie langweilig wäre die Welt!«

»Langweilig oder beruhigend? Quält es dich nie, zu wissen, was du nicht weißt? Ist es nicht wie ein innerer Zwang, das Unerklärte erklären zu wollen?«

»Wissen, was ich nicht weiß? Nein, ich kenne nur die ganz normale Neugier, keinen Zwang. Und ich kenne die Enttäuschung, wenn man ein Rätsel gelöst hat. Das finde ich schrecklich. Daß immer etwas kaputtgeht, wenn ein Geheimnis aufgedeckt wird!«

»Wie meinst du das? Du bekommst doch etwas dafür: Gewißheit, Einblick in die Welt, eine Erklärung, die dich weiterbringt.«

»Es scheint so, ja. Aber das Gefühl, daß etwas verlorengeht, bleibt. Vielleicht ist eine Erklärung einfach kein gleichwertiger Ersatz für das verlorene Geheimnis?«

»Aber überlege doch, wo wir heute stünden, wenn wir das Unerforschte nicht erforscht hätten!«

»Das zweifle ich nicht an. Irgendwie hat das eine mit dem anderen nichts zu tun, und trotzdem scheinen es zwei Seiten derselben Sache zu sein. Stell dir vor, jemand schaltet das Licht in einem dunklen Zimmer an. Jetzt ist es hell, und die Dunkelheit ist fort. Aber hat nicht auch die Dunkelheit ihre guten Seiten?«

»Beides geht nicht, man muß sich entscheiden.«

»Eben. Dunkel oder hell. Eins schließt das andere aus und kann es doch nicht ersetzen. Es macht mich traurig, daß mit dem Licht die Dunkelheit zerstört wird –«

»Umgekehrt gilt dasselbe!« fiel ich Gianni ins Wort. »Die Dunkelheit läßt das Licht genausowenig zu!«

»Schon, schon. Bloß ist die Dunkelheit der natürliche, der ursprüngliche Zustand. Findest du nicht, daß Lichtanmachen wie eine Zerstörung von etwas Dagewesenem wirkt? Löscht man dagegen das Licht, kommt uns dieser Vorgang wie die Wiederherstellung des natürlichen Zustandes vor.«

»Moment, du sprichst von natürlichen Zuständen – ist ein Zimmer ein natürlicher Raum? Ist es nicht vielmehr so, daß wir dieses Zimmer einrichten können, wie wir wollen? Ich glaube, die ursprüngliche, die unschuldige Dunkelheit, von der du träumst, die gibt es gar nicht mehr! Nicht in deinem Beispiel. Du hättest statt dessen kein Zimmer besitzen dürfen, sondern nackt und unbehaust in der Natur leben müssen.«

»Ich weiß«, seufzte Gianni. »Aber wie soll ich das besser erklären? Wie ich gesagt habe: Etwas ist verlorengegangen, und deshalb kann ich es auch nicht in Worte fassen.«

»Belassen wir es dabei«, schlug ich versöhnlich vor. »Einigen wir uns darauf, daß das Wissenwollen seinen Preis hat und nicht jeder bereit ist, dafür gleich viel zu bezahlen.«

»Ich bin deinem Wissensdurst ja auch dankbar. Wie hätten wir sonst unsere unglaublichen Entdeckungen machen können? Zum Beispiel, daß Ernesto auf wirkliche Besucher wartet – warum tut er das? Seit wann? Wir müssen es herausfinden!«

Ich fand die neue Vorstellung fast noch unheimlicher als die frühere Gespensterversion. Wer mochten die geheimnisvollen Gäste sein, für die Ernesto jede Nacht Kaffee kochte? Oder war er doch nur verrückt? Es mußte nicht für jede Unerklärlichkeit in seinem Verhalten eine einleuchtende Begründung geben.

»*Il ladro da Westminster Abbey!*‹« Kopfschüttelnd betrachtete Gianni den abgewetzten Gruselkrimi, der bis gestern nacht unter dem Küchenschrank gelegen hatte. Auch Gianni blieb an der Widmung auf der ersten Seite hängen. »Es ist unglaublich!« murmelte er versunken und blätterte das speckige Taschenbuch durch. Plötzlich stutzte er und rief mich herbei. »Sieh dir das an!« Quer über die letzte Seite verlief ein kritzeliger Namenszug.

»*Orsini Ernesto*«, entzifferte ich mühsam. Ernesto schrieb wie ein Kind. Große, unbeholfene, krakelige Buchstaben. Das R in Orsini war nur als Strich angedeutet, ein Unwissender hätte *Osini* gelesen. Das O am Ende des Vornamens schloß mit einem zittrigen Häkchen, wie man es als ABC-Schütze in der Schule lernt.

»Das Buch gehört Onkel Ernesto!« erkannte Gianni. »Renato muß es ihm geschenkt haben. Er war wohl mit beiden befreundet, mit meinem Vater und mit Ernesto.«

»*Sempre il tuo* – immer der Deine«, übersetzte ich Renatos Widmung. »Hört sich dramatisch nach Blutsbrüderschaft an.«

»Womöglich war Renato ein warmer Bruder?« spekulierte Gianni mit schelmischem Augenaufschlag. Dann vertiefte er sich in die düstere Geschichte des Grabräubers von Westminster Abbey, der seinem Vater als Vorbild gedient hatte.

Ich spülte unterdessen das Frühstücksgeschirr ab und hing eigenen Gedanken nach. Heute war ein wichtiger Tag für mich. Welche Ergebnisse würde er bringen? Öffnete sich unter Larths Urnenschacht eine weitere Grabkammer, in der die Bienenkönigin bestattet lag? Dieser Frage wollte ich als erstes nachgehen. Wenn ich die richtigen Schlüsse gezogen hatte, würden wir bald mehr über die Geschichte der Bienenkönigin wissen; eine Geschichte, die nach Jahrhunderten wiederkehrte. Indem wir den Tod der ersten Bienenkönigin rekonstruierten, hoffte ich, Erkenntnisse über den zweiten, den Mord an Lisandra, zu gewinnen.

Und die dritte Bienenkönigin? Was war mit Laura? Noch immer stach mich die beschämende Erinnerung. Selbst jetzt, wo ich mich mit Laura ausschließlich intellektuell befaßte, um sie in die Geschichte der Wiederkehr einzufügen, plagten mich ungute, bohrende, zersetzende Gefühle, die ich lieber rasch wegschob, als sie zuzulassen. Was schmerzte mehr: nicht recht zu haben oder wie ein aufgeblähter Gockel dazustehen?

Ungeduldig beendete ich Giannis Lesestunde. »Auf geht's, Gianni, das Grab der Bienenkönigin wartet!«

Er pfefferte den Dreigroschenkrimi auf den Tisch. »Für

diesen Schund hätte Mister Green eine Spezialbehandlung durch Onkel Alba verdient!«

Stellvertretend für den gescholtenen Krimiautor malträtierte Gianni wenig später die schwere feuchte Erde über Larths Urnengrab. Wir hatten es ja sicherheitshalber etwas zugeschüttet, aber nach ein paar Minuten lag die quadratische Grabplatte wieder frei. Mit vereinten Kräften hoben wir sie an. Undenkbar, daß ein einzelner das schwere Teil bewegt haben konnte.

Larths schlafendes, überhebliches Tongesicht tauchte im Halbdunkel des Schachtes auf. Seine Lippen schienen sich in leiser Verachtung zu kräuseln, als wir die halbmeterhohe Kanope behutsam heraushoben. Im Tageslicht sah sie noch imposanter aus. Eine kunstvoll modellierte, schwarz glänzende Figur, deren bronzener Thronsessel einem unbekannten Vorbild in Beschlägen, Nieten und Verzierungen detailliert nachgearbeitet war. Kein Zweifel, wir hatten ein bedeutendes, wunderbar erhaltenes Zeugnis des etruskischen Namens gefunden. Unter den geschickten Händen eines Restaurators würde Larths Urne einmal das Prachtstück eines Museums werden. – Oder? Wie sollten wir mit unserem Fund verfahren?

Wir hatten gelobt, unsere Entdeckungen geheimzuhalten, bis der letzte an Lisandras Tod Beteiligte gestorben war. Irgendwie, mehr oder weniger, waren wohl alle Familienmitglieder auf dem Grundstück daran beteiligt. Durch Vertuschen, Schweigen oder Dulden. Nicht daß ich jemandem dafür den Tod gewünscht hätte, aber unsere Vereinbarung würde uns zu Jahren, wenn nicht Jahrzehnten ungeduldigen Wartens zwingen. Onkel Antonio etwa, der rüstige Pensionär, machte nicht den Eindruck einer kränklichen Natur. Die frische Bergluft, das sorglose Leben bei leichter Gartenarbeit, Tante Annas gesunde, nahrhafte Küche, demgegenüber lediglich ein kaum ernst zu nehmendes Rückenleiden stand – mit Onkel Antonios baldigem Ableben war nicht zu rechnen.

Durften wir der Wissenschaft derart bedeutende Relikte wie Larths Urne, die Kupfersonne oder das Gürtelblech Jahrzehnte vorenthalten? Und bislang hatten wir erst *ein* Etruskergrab aufgedeckt. Ich war mittlerweile fest davon überzeugt, daß zwischen der Wasserleitung und dem Schachtgrab des Haruspex noch viele ausgebleichte Gebeine und vielleicht auch weitere Aschenurnen ruhten. Vielleicht gar, ich wagte es kaum zu hoffen, würde eine großangelegte Grabung auf Giannis Grundstück die Reste einer Nekropole, einer etruskischen Totenstadt, mit gemauerten Totenhäuschen, Pflasterstraßen und Tempeln zutage bringen!

Die Örtlichkeiten boten sich dafür an. Auf der einen Seite die den Bergen vorgelagerte Anhöhe, nach Osten gerichtet; gegenüber der schützende Felshang, eine natürliche Festung, die jeden etruskischen Stadtplaner inspiriert hätte – derartige Konstellationen waren wie geschaffen für die etruskische Vorstellungswelt, wonach die Toten einen gebührlichen Platz in der Nähe der Lebenden erhalten sollten.

»Irnthi, Thezle, Velcha, Velsu«, murmelte ich vor mich hin.

»Wie bitte?« fragte Gianni.

»Irnthi, Thezle, Velcha, Velsu!« wiederholte ich laut. »Die vier verschollenen Etruskerstädte des kampanischen Zwölferbundes. Gianni! Stell dir nur vor, wir würden eine der vier entdecken. Hier, auf deinem Grundstück, die Nekropole. Und dort das alte Vallemutri, die verschwundene Stadt. Es wäre eine Sensation!«

Natürlich war mir klar, daß diese Sensation nicht von heute auf morgen, dem Tag unserer Abreise, zu bewerkstelligen war. Aber wir konnten den Grundstein dazu legen. Fänden wir unzweideutige Indizien, eine Münze mit Prägezeichen der verschollenen Stadt zum Beispiel, oder erklärende Inschriften auf Gedenktafeln, Gräbern, Kultgegenständen – wir stünden vor einer ernsten Gewissensfrage: Wortbruch oder Verbrechen gegen die Wissenschaft?

Nachdenklich wandte ich mich wieder unserem Schachtgrab zu. Noch war es nicht soweit. Zuerst galt es, die Ruhestätte der Bienenkönigin zu finden, bevor Fragen wie diese beantwortet werden mußten.

Eingehend untersuchten wir Larths schmale Gruft. Die Wände bestanden aus eng aneinander gefügten Tuffsteinziegeln; seitwärts ging es also nicht weiter. Aber auf dem Boden des Schachtes war eine quadratische Steinplatte eingelassen, ähnlich jener, die Larths Urne bedeckt hatte. Wir pinselten die Platte frei. Sie wurde von einer Art Fensterrahmen aus Stein umfaßt. In ihrer Mitte befand sich ein kleines, mit Erde verstopftes Loch. Somit konnte die Platte angehoben werden wie ein Kanaldeckel. Dazu benötigte man allerdings ein entsprechendes Werkzeug, einen stabilen Metallstift etwa, der sich auffaltete, sobald er durch das Loch gesteckt wurde. Wenn etruskische Friedhofswärter ein solches Werkzeug besessen hatten, wir besaßen jedenfalls nichts dergleichen.

Eine Weile überlegten wir hin und her, wie der Steindeckel anzuheben war, ohne das Darunterliegende zu gefährden. Schließlich entwickelte Gianni eine Konstruktion mit einem Schraubenzieher, der an einem Draht befestigt und durch das Loch geschoben wurde. Am anderen Ende der Drahtschlinge befestigten wir einen langen Steckschlüssel, ebenfalls dem Autowerkzeug entnommen, und nestelten den querliegenden Schraubenzieher mühselig in die richtige Position. Am Oberteil des Steckschlüssels brachte Gianni einen weiteren Schraubenzieher an. Die ganze Konstruktion ragte nun wie ein Stielgriff aus der Bodenplatte. Man durfte nur den Zug nicht lockern.

Um die Bodenplatte aus ihrer Umfassung zu hieven, legten

wir uns bäuchlings über den Rand des Schachtgrabes. Larths spitzmündiges Gesicht bedachte unsere Bemühungen mit einem Anflug von Geringschätzung. Er wußte schon, was uns erwarten würde. Die Grabkammer der Bienenkönigin? Oder diente die Platte nur der Stabilität des Schachtbodens, und das Loch zur Entwässerung?

Vorsichtig und mit vereinten Kräften hoben wir die Platte an. Wir hatten richtig vermutet, die Bodenplatte war gleichzeitig ein Deckel!

Gianni eilte ins *gabinetto*, um die Taschenlampe zu holen, die normalerweise unsere nächtlichen Sitzungen beleuchtete. Mit angehaltenem Atem führte ich die Lampe einarmig in den Schacht. Der dünne Lichtstrahl durchstieß die Moderluft der Jahrhunderte und traf alsbald auf den Boden einer niederen, länglichen, aus regelmäßigen Quadern gefügten Kammer. Ich ließ die Taschenlampe durch den Raum wandern. An der hinteren Gruftwand befand sich ein mächtiger Sarkophag, aufgestellt wie ein Bett. Links und rechts davon lehnten je vier hohe verzierte Rundschilde; sie spiegelten den Strahl der Taschenlampe mit einem rötlichen Schimmer und waren wohl aus Bronze. Vor dem Sarg, direkt unter uns und rund um den Einstieg, lagen und standen unzählige Gefäße. Schwarz glänzende Buccherokrüge, Bronzeschalen, silberne Trinkbecher, Kannen, Amphoren und Tonvasen – ein unüberschaubares Gewirr aus verziertem Gebrauchsgut und Geschirr, dazu blindgewordene Spiegel, verwitterte Waffen, Helme, geheimnisvolle Becken auf Rädern, Räucher- oder Weiheschalen für kultische Zwecke ...

»*Sagra dei funghi!*« krächzte Gianni uberwältigt. »Ein Schatz! Ein richtiger riesiger Schatz! Valentin, was machen wir denn jetzt?«

Ich war einfach sprachlos. Mit einem Schlag waren alle unsere Hoffnungen wahr geworden, und ich konnte mich nicht entscheiden, was ich dazu empfinden sollte. Schreien, lachen, weinen vor Freude – nichts davon erschien mir passend für diesen großen Moment, den vielleicht größten meines Lebens. Ein Teil meiner selbst löste sich von mir und betrachtete unsere Situation aus einer rätselhaften Distanz. Da lag ich nun vor einem dunklen Loch, Gianni zur Seite, und ließ unermüdlich die Taschenlampe durch das Grab einer Sagengestalt kreisen. Es war das Grab der Bienenkönigin, daran hatte ich keinen Zweifel. Und es war, wie Gianni gesagt hatte, ein wirklicher Schatz von unschätzbarem wissenschaftlichen Wert. Um alles richtig erfassen und einordnen zu können, waren Fachleute notwendig. Erfahrene Ausgräber und Etruskologen, Kunsthistoriker, Präparatoren, Physiker – und Zeit. Viel Zeit.

»Wir dürfen nichts zerstören!« stellte ich entschieden fest. »Dieses Grab muß so bleiben, wie es jetzt vor uns liegt. Damit eines Tages, wenn wir nicht mehr schweigen müssen, die Wissenschaft jedes noch so unscheinbare Zeichen sichern und auswerten kann.«

»Aber einen kurzen Blick dürfen wir doch hineinwerfen, oder? Es wäre arg unbotmäßig, wenn wir der Bienenkönigin nicht unsere Aufwartung machen würden!«

Ich rang mit meinem wissenschaftlichen Gewissen. Die Neugier siegte. »Einen kurzen Blick, nun gut. Aber nichts anfassen und allergrößte Vorsicht!«

Ich schwang mich zuerst in die Kammer. Gianni folgte bedächtig. Es war wie in einem Märchen. Zwar lag über allem eine dicke Staubschicht, einzelne Tongefäße waren zerbrochen, Metall erglänzte nicht mehr hell, sondern matt im Licht der Taschenlampe, und Becher, Teller, Schüsseln, Werkzeuge lagerten in wildem Durcheinander auf stumpfen Bodenplatten. Trotzdem konnte man sich noch gut vorstellen, welche glitzernde Pracht hier einst geherrscht hatte.

Wir tasteten uns zu dem Sarkophag, der auf einem massiven Steinsockel ruhte. Ein Rautenmuster rahmte seine Ränder. Der Sargdeckel sah wie ein flachgiebeliges Hausdach aus. Gianni klopfte sachte dagegen. Der Sarkophag schien aus Terrakotta zu sein. Ein Bronzewägelchen, das von stilisierten Rehen gezogen wurde, stand darauf. Daneben eine wundervolle, leicht gebogene Buccherokanne, gut einmeterhoch. Sie war einem doppelhalsigen Fabeltier nachgebildet, einem Mischwesen aus Schlange, Kuh und Falke. In seinen vier Augen funkelten rote Edelsteine, auf seinem doppelköpfigen Haupt eine merkwürdig aufgeplusterte Krone, die zum Füllen des Gefäßes abgenommen werden konnte. – Und das alles für eine getötete Geliebte? Für ein einfaches Hirtenmädchen, das mit den Bienen tanzte? Diese Pracht?

Wer war die Frau, die hier so ungeheuer reich begraben worden war ... Eine tiefe Erkenntnis blitzte durch mein Bewußtsein. »Gianni!« hallte meine Stimme durch die Gruft. »Das ist das Grab einer Königin!«

»Das Grab der Bienenkönigin!« hauchte Gianni, ohne die Bedeutung meiner Worte erfaßt zu haben.

»Nein! Vergiß die Bienenkönigin aus dem Märchen. Vergiß das lebenslustige rothaarige Mädchen. Ich meine eine richtige Fürstin, eine Herrscherin. Nur eine Person von sehr hohem Rang, von großer gesellschaftlicher Bedeutung bestattete man mit derartigem Aufwand.«

»Du meinst ...«, stotterte Gianni. »Die Bienenkönigin war eine wirkliche Königin?«

Ich nickte. »Die Bienenkönigin ist eine Metapher, ein Symbol. Erinnere dich, was Heinkel am Telefon sagte. Wir glaubten damals noch, daß Lisandra der Haruspex sei.« Wie lange schien das zurückzuliegen, dabei waren gerade ein paar Tage vorübergegangen!

»Daß die Bienen ein Zeichen für das Königtum waren, oder so ähnlich«, rekapitulierte Gianni vage.

»Genau. Ein Bienenschwarm galt den Etruskern als unheilvolles Symbol, weil er sie an die absolute Herrschaft der Lukumonen erinnerte, der allmächtigen Priesterkönige, die das Volk so lange unterjocht hatten, bis sie nach heftigen Kämpfen abgesetzt wurden. Ich glaube, in dem Märchen von der Bienenkönigin steckt viel mehr historische Wahrheit, als wir bisher angenommen haben.«

»Hältst du es für möglich, daß die Bienenkönigin eine Art weiblicher Lukumone war?«

»Könnte sein. Aber wahrscheinlicher ist eine andere These. Im Märchen wurde die Bienenkönigin als ein fröhliches, verführerisches Mädchen beschrieben. Wenn wir die volkstümliche Überlieferung als einen geschichtlichen Vergleich betrachten, könnte unsere Bienenkönigin eine sehr anziehende Herrscherin gewesen sein, die aber weniger politisch dachte, als daß sie impulsiv handelte. Eine unbeschwerte, genußfreudige, gewiß etwas leichtsinnige Gebieterin über die hinterwäldlerischen Bewohner des Tales. Um die Belange ihrer Untertanen kümmerte sie sich nicht. Sie regierte nach feudalistischer Gepflogenheit – bis Larth ins Tal kam. Bis sich ihre Untertanen dem neuen Namen anschlossen!«

»Vielleicht war das die eigentliche Mission des Haruspex?« mutmaßte Gianni.

»Jedenfalls verkündete er den neuen Namen erfolgreich. Larth weissagte, riet und half den Menschen; und den Göttern opferte und weihte er, was ihnen nach Ansicht der Etrusker zukam. Zum Lohn vermittelten die Götter für das Schicksal des Tales. Die höchsten, die allmächtigen Wesenheiten, die wie Marionettenspieler das Schauspiel auf Erden lenkten, wurden dank Larths besänftigendem Einschreiten milde gestimmt, und Friede und Wohlstand hielten Einzug im Tal. Einzig die sinnliche Königin tanzte Larth und seinem Glauben auf der Nase herum. Sie ließ sich nicht bekehren, sondern lebte weiter froh und unbekümmert nach ihrer Art.«

»Recht hatte sie!« warf Gianni ein. »Wenn's heute solche Königinnen gäbe, würde ich glatt Page werden!«

»Es wird auch damals nicht wenig Leute gegeben haben, die auf ihrer Seite standen. Denn nicht alle traten für den neuen Namen ein. Viele verloren mit dem Niedergang der alten Ordnung ihre Privilegien und Besitztümer. Die Bienenkönigin wird als eine Verführerin beschrieben, eine Frau, die Menschen für sich einnehmen konnte, ja sogar hörig machte. Manche ihrer Anhänger, wie die liebestollen Selbstmörder im Märchen, gingen für sie bis in den Tod.

Ferner gab es Menschen wie den Vater: Vermittler, die den Vertreter des neuen Namens mit der Aufsässigen zusammenbrachten, um Frieden zu stiften. Dabei geschah das Unglaubliche: Die Bienenkönigin zog den unbestechlichen Missionar des etruskischen Namens in ihren Bann. Larth verliebte sich in die widerspenstige Königin!

Wenn wir den Charakter der betörenden Herrscherin weiterverfolgen, dürfen wir annehmen, daß sie Larths Liebe durchaus für ihre eigenen Zwecke verwenden wollte, ohne ihrerseits dem Drängen nachzugeben. Gewiß versuchte sie, seine Leidenschaft hinzuhalten, um über den einflußreichsten Mann des Tales die alte Macht wiederherzustellen. Aber sie verrechnete sich. Larth durchschaute ihr Spiel nach einiger Zeit. Er fühlte sich betrogen und verspottet und seinen Glauben verhöhnt und verraten. Die Königin, die er nicht besitzen konnte, weil sie sich nicht besitzen ließ, mußte sterben!«

Ich erschauerte unter einem widerwärtigen Gedanken. Sie mußte sterben, jawohl! Aber nicht, *weil* Larth sich betrogen und zurückgewiesen fühlte. Nein. Das war nur der äußere Schein. Ein Zeichen. Die Etrusker wußten es besser: Blitze entstanden nicht, *weil* Wolken zusammenstießen. Wolken stießen zusammen, *damit* Blitze entstanden! Etwas geschah, damit eine Bedeutung zum Ausdruck kam. Larth *mußte* sich beleidigt fühlen, damit er die Königin töten konnte! Blieb ihm überhaupt eine andere Entscheidung? Sie hatte zu sterben. Sie vertrat den alten Glauben und wurde zermalmt, weil sie dem neuen Namen im Weg stand. Nicht weil sie Larth beleidigt hatte. Sie hatte ihn beleidigt, damit er fähig wurde, sie hinzurichten. Larth handelte wie ein Werkzeug; etwas führte ihn mit Macht an jenen Punkt, an dem er nicht anders konnte, als ihren Tod zu bestimmen!

Es muß furchtbar für ihn gewesen sein, als er dies erkannte. Denn irgendwann wurden ihm die inneren Zusammenhänge klar; er war ein Wissender und Zeichendeuter! Wozu hätte er das Grab seiner Gegenspielerin derart prunkvoll ausstatten sollen, wenn nicht aus Liebe und Reue? Er errichtete ein Denkmal, über das er selbst noch im Tode wachen wollte. Larth wurde sich seiner Rolle im Schicksalsspiel zu spät bewußt. Zu spät, um gegen den Sog des Fortschritts ankämpfen zu können – oder? War ihr Denkmal seine Rache?

Gianni hatte die gleiche Idee: »Im Märchen hieß es, der Bischof sei nach der Verkündung des Todesurteils abgereist und auf Nimmerwiedersehen verschwunden. Larth aber blieb da!«

»Richtig!« stimmte ich zu. »Und wenn ich mir den verschwenderischen Luxus im Grab betrachte, gibt es eigentlich nur eine Erklärung: Larth konvertierte!«

»Konverwas?«

»Er schwor seinem Glauben ab und trat dem der Bienenkönigin bei!«

»Weil er die Bienenkönigin liebte?«

»Nicht nur!« Ich dachte an mein nächtliches Ringen mit dem Schicksal. Ich hatte den Kampf gewonnen und mein Opfer freigegeben. Ein »Kämpfchen« nur, wie Gianni amüsiert behauptete. Aber die inneren Motive waren diesselben. »Larth konvertierte, weil er sich benutzt fühlte. Sein Glaube hatte ihn getäuscht, er verstellte ihm die Sicht auf die Wahrheit. Er zwang ihn, einen Mord zu begehen. Aber Larth wollte kein Werkzeug sein. Er hatte geglaubt, mit dem Schicksal aus freier Überzeugung am selben Strang zu ziehen. Und plötzlich merkte er, daß er von einer höheren Macht benutzt wurde, um den neuen Namen zu festigen. Aus Wut und Enttäuschung wechselte er die Fronten.«

Unvermittelt schoß mir ein weiterer Gedanke in den Kopf. Wie, wenn das Märchen von der Bienenkönigin eine noch übergeordnetere Bedeutung besaß? Wie, wenn die Bienenkönigin symbolisch für eine ganze Stadt, für ein ganzes Volk stand? Angenommen, die Geschichte Vallemutris war entsprechend dem Märchen von der Bienenkönigin verlaufen, ergab das einen Sinn?

Am Anfang war eine bäuerliche, archaische Gemeinschaft in einem abgeschiedenen Tal. Eine clanartige Gesellschaft mit eigenen Regeln, Gesetzen, Rechten, Privilegien, Glaubensvorstellungen, Riten und Zeremonien. Eine einfache, aber stabile Ordnung entwickelt sich. Generationen leben in diesem Gefüge, es wird zu einer hohlen Tradition, ist schließlich nur noch auf Selbsterhaltung ausgerichtet und erstarrt.

Jetzt erfolgt ein Anstoß von außen: die Etrusker. Eine höher entwickelte Zivilisation bringt wegweisende Errungenschaften. Der neue Name setzt sich rasch durch. Bessere, weiter und tiefer gefaßte Regeln, Gesetze, Rechte, Privilegien, Glaubensvorstellungen verdrängen die alten. Die Gemeinschaft wächst, auch äußerlich. Hütten werden zu Gehöften, diese zu lockeren Siedlungen, eine größere Ortschaft entsteht, und schließlich vielleicht sogar eine Stadt. Der einzelne versorgt sich nicht mehr selbst, die Arbeit wird verteilt. Jeder übernimmt einen Teil der sozialen und wirtschaftlichen Aufgaben, man spezialisiert sich und bringt es auf seinem Gebiet zur Meisterschaft.

Von diesem Umbau profitieren viele; diese arbeiten begeistert für den neuen Namen. Andere verlieren Macht und Einfluß und hängen der alten Ordnung nach. Eins gegen das andere. Nun kommt es auf den Menschen an. Wer vertritt den einen, wer den anderen Glauben?

»Wie meinst du das?« fragte Gianni, als ich ihm meine Gedanken vortrug.

»Ich denke, jede Idee kommt irgendwann an den Punkt, an dem sie nur noch von Menschen getragen wird. Die Sache selbst spielt keine Rolle mehr. Die Personen, die sie vertreten, sind entscheidend. Ein leidenschaftlicher Redner kann uns vom Gegenteil dessen überzeugen, was wir bisher gedacht haben. Ein sympathischer Vertreter kann uns den letzten Ladenhüter andrehen. Eine verführerische Frau kann einen reichen Geizkragen ruinieren, eine zauberhafte Lehrerin die Schulzeit zum Himmel auf Erden werden lassen. Umgekehrt kann ein Mensch die besten und intelligentesten Ansichten vertreten, ohne daß wir ihm glauben. Warum? Weil wir seine besserwisserische Art nicht mögen, oder seine Nase, oder daß er darin bohrt, während er uns überzeugen will. – Die Ideen sind da, auch ohne uns; aber nicht jeder kann sie glaubhaft vertreten!«

»Vielleicht braucht es die richtige Zeit dazu?«

»Die nützt auch nichts, wenn die Menschen versagen. Larth zum Beispiel repräsentierte eine neue Idee, einen Namen, der nachweislich Fortschritt, Wohlstand und Freiheit brachte. Eine berückend schöne Frau vertrat die alte Ordnung. Eine überkommene, starre und ungerechte Ordnung, für die in der neuen Zeit kein Platz mehr zu sein schien. Hier der klangvolle neue Name, der zeitgemäß war, dort die verführerische Königin. Wem glaubten die Menschen im Tal? – Nachdem selbst

Larth schwach geworden war, dürfen wir annehmen, daß es dem restlichen Volk genauso erging. Das Schicksal der rückständigen Ordnung wurde aufgeschoben, bis die Frau, die sie vertrat, über das Ziel hinausgeschossen war. Und Larth, der zwischen den Welten stand, war das geeignete Werkzeug zur Erfüllung des Schicksals. Indem die Bienenkönigin seine Leidenschaft schürte, grub sie ihr eigenes Grab.

Sie dürfte diesen Zusammenhang nicht erkannt haben, Larth indes erkannte ihn. Zu spät zwar, um die Königin zu retten, aber noch rechtzeitig, um sich gegen das Schicksal aufzulehnen. Er tat etwas absolut Widersinniges und doch Verständliches: Er kämpfte anstelle der toten Königin, die er soeben noch selbst bekämpft hatte, gegen seinen eigenen Glauben. Weil es der einzige Weg für ihn war, den Glauben an sich selbst wiederzugewinnen! Deshalb dieses prunkvolle Grab, ein Denkmal von Larths Widerstand. Erinnere dich: *Ich baute lebend dieses Grab.* Das ist ein Manifest!«

»Mannomann, Valentin!« sagte Gianni beeindruckt. »Unglaublich, daß sich diese Geschichte hier, auf meinem Grundstück, abgespielt hat. Stell dir vor, genau an dieser Stelle muß Larth oft gesessen haben, um seiner toten Königin zu huldigen. Ich bekomme richtig Gänsehaut bei dem Gedanken!«

Wir standen noch immer vor dem mächtigen Terrakottasarkophag. Gianni blickte mich im Halbdunkel zaghaft an. »Denkst du, es wäre möglich, den Sarg aufzumachen? Ich würde sie gern sehen!«

»Die Bienenkönigin? Ich glaube nicht, daß das ein erfreulicher Anblick wäre«, versuchte ich ihn abzulenken. »Nach zweieinhalbtausend Jahren verliert auch die tollste Frau ihre Ausstrahlung.«

»Aber denk doch nur, für wieviel Furore sie gesorgt hat!« beharrte Gianni. »Ich würde einfach gerne sehen, was davon übriggeblieben ist!«

»Ich hätte nichts dagegen, wenn nicht die Gefahr bestünde, daß wir etwas beschädigen. Der Leichnam der Königin liegt seit Jahrhunderten in einem verschlossenen Sarg. Wenn wir den jetzt öffnen, könnte die konservierte Leiche blitzschnell zerfallen.«

Gianni schaute mich leicht belustigt an. »Dann ist der Kadaver schon längst zerfallen.«

»Wieso?«

Statt zu antworten, hielt er mir die offene Hand hin. Darin lag eine zerknüllte Zigarettenpackung. »Du hast vergessen, daß wir nicht die ersten Besucher am Sarg der Bienenkönigin sind!«

Ich starrte ihn verblüfft an: Natürlich! Gianni hatte recht: Vor uns mußte jemand hier gewesen sein, um das Gürtelblech zu entwenden und in Lisandras Grab zu legen! Wer? Ernesto? Don Michele?

Mit zittrigen Fingern nahm ich Gianni die verknitterte Packung aus der Hand und faltete sie auf: *Lucky Strike.* Amerikanische Zigaretten. Keine neue Packung. Antiquiertes Design. Die amerikanische Nachkriegswährung am Grab der Bienenkönigin!

Fragend blickten wir uns an. Eine gespenstische Atmosphäre hüllte uns ein. In Sekundenschnelle waren wir Jahrhunderte durch die Zeit gereist. Aus der Gegenwart ins vierte oder fünfte Säkulum des etruskischen Namens, von dort zweitausendfünfhundert Jahre in eine Zukunft, die für uns schon wieder Vergangenheit war: der Zweite Weltkrieg. Der Aufbruch ins Atomzeitalter, die Bombe über Hiroshima – ein neuer Name kündigte sich an, und er kam ins Tal der verlorenen Seelen. Ein Name, der Kaugummi und *Lucky Strike* brachte und die erstarrte Ordnung im Siegeszug erschütterte.

»Renato!« rief Gianni unvermittelt.

Ich zuckte zusammen, halb in der Erwartung einer geisterhaften Wiederkehr des verstorbenen Auswanderers und Kirchendiebes. Dann begriff ich, was Gianni meinte: Renato hatte die Zigarettenpackung hier zurückgelassen. War er der erste Eindringling im Grab der Königin? Und – was noch? Welchen Anteil hatte er am Tod der zweiten Bienenkönigin?

Die Gedanken rasten durch meinen Kopf. Ich blickte hilfesuchend zu Gianni, der noch immer fassungslos gegen die feuchte Gruftmauer lehnte. »Mein Gott, Valentin«, sagte er mit hohl klingender Stimme, »es war alles ganz anders!« Er schüttelte ungläubig den Kopf. »Laß mich überlegen. Beginnen wir mit dem Einmarsch der Amerikaner in Vallemutri. Beginnen wir im Oktober 1943. Mein Vater, Ernesto und Renato hatten den Krieg hinter sich, denn sie gehörten zu den entwaffneten Soldaten, die im Wirrwarr des italienischen Frontenwechsels nach Hause kehrten. Von Renato wissen wir, daß er im Februar 1944 ein Buch mit dem Titel *Der Dieb von Westminster Abbey* verschenkte. Von Lisandra wissen wir, daß sie im CLUB OF WESTMINSTER tanzte. Wir begehen sicher keinen Fehler, wenn wir zwischen diesen beiden Tatsachen eine Verbindung herstellen, oder?«

»Gewiß nicht.« Ich nickte Gianni zu. »Amerikanische Zigaretten in der Grabkammer der Bienenkönigin sind kein Zufall.«

»Gut, es liegt nahe, daß Renato etwas mit dem CLUB OF WESTMINSTER zu tun hatte. Jetzt erinnere dich an seine schwülstige Widmung: *Immer der Deine, Renato*. So etwas schreibt man keinem Jugendfreund ins Buch, so etwas versichert man der Geliebten.«

»Das ist es, Gianni! Er schenkte den Krimi Lisandra, nicht seinem Freund Ernesto!«

»Exakt. Renato war mit dem Mädchen Lisandra befreundet, die im Soldatenclub tanzte. Und Renato war mit meinem Vater befreundet. So lernten sich auch Ernesto und Lisandra kennen, doch dazu kommen wir später. Renato und mein Vater entdeckten eines Tages, vielleicht angeregt durch das nahe Drama um Monte Cassino, daß es im Umkreis von Vallemutri alte Klöster, Kirchen und Abteien gab, die durch den Krieg zerstört oder verlassen worden waren. Sie klapperten die heiligen Ruinen ab und steckten ein, was sie in den Trümmern fanden. Sie fühlten sich gewiß nicht als Diebe. Das Zeug lag herum. Wenn sie es nicht genommen hätten, hätte es ein anderer getan. Außerdem hatten sie Hunger. Es gab nur ein Problem: Wer kaufte Diebesgut, das dem Allmächtigen gehörte? Kirchenschmuck ist heiße Ware, vor allem für Italiener. Den Landsleuten fehlte auch das Geld. Aber zum Glück hatte Renato diese segensreiche *Dollar-Connection.* Über Lisandra. Die unbekümmerten GIs besaßen Geld und keine moralischen Bedenken. Es war nicht ihr Land, nicht ihr Kloster, und sie fragten nicht nach der Herkunft der Kunstgegenstände. Warum sollte man sie nicht mit nach Hause nehmen? Als Andenken, oder um einem verrückten Sammler in den Staaten weit mehr Dollar aus der Tasche zu ziehen, als man hier dafür bezahlte! Das Geschäft lief prächtig. Mein Vater und Renato räumten nach der Kalvarienkirche das Kloster von Campobasso aus, und wahrscheinlich auch noch andere zerstörte Gotteshäuser. Aber Ernesto war nicht mit von der Partie. Hier haben wir uns getäuscht.«

»Wie kommst du darauf?« Gianni wurde mir fast unheimlich. Ich war beeindruckt, mit welcher Überzeugungskraft er die Geschehnisse rekonstruierte.

»Sehr einfach: Ernesto glaubte, daß die gestohlenen Kandelaber aus der Kirche von Monte Calvario stammten. Demzufolge wußte er nicht, daß sie in Wirklichkeit Eigentum des Klosters von Campobasso waren. Er reimte sich Monte Calvario zusammen, weil ihm dieser Einbruch bekannt war.«

»Stimmt! Ernesto wußte von den Raubzügen nicht mehr als die anderen Familienmitglieder!«

»Dafür spricht auch die Tatsache, daß wir nur zwei amerikanische Uniformen im Schrank gefunden haben. Nicht drei.«
»Nur zwei?« wiederholte ich stirnrunzelnd. Was hatten die
Uniformen mit den Einbrüchen zu tun? Natürlich! »Du
meinst, sie unternahmen ihre Ausflüge als amerikanische Soldaten verkleidet? Das ist genial! Als GIs konnten sie ihrem
Handwerk ungestört nachgehen!«

»Jedenfalls«, fuhr Gianni mit der Geschichte seines Vaters
fort, »kamen sie dank dieser Einnahmequelle gut über den
Krieg. Dann zogen die Amerikaner ab, der CLUB OF WEST-
MINSTER wurde geschlossen, und kirchliches Diebesgut wurde fortan unverkäuflich. Sie mußten umdenken. Ein Zufall
brachte sie auf die neue Idee: Als mein Vater die Mönchsgräber in der *Via dei Santi* entdeckte, erinnerte sich Renato an
den bescheuerten Krimi, den er Lisandra geschenkt hatte.
Auch Gräber konnte man ausräumen. Mit großem Erfolg
sogar, wie es der Dieb von Westminster Abbey bewies. Also
gingen sie auf die Suche, mit Spaten und Schaufel bewaffnet.
Daß sie fündig wurden, siehst du hier. Kommt es dir nicht
komisch vor, daß es keinen Schmuck, kein Gold, keine Edelsteine im Grab der Königin gibt? Bloß Tonkrüge, Bronzegegenstände, Geschirr, Werkzeuge – archäologisch wertvoll,
gewiß. Aber für einen Laien eher zweitrangig. Ein Grabräuber wird zuerst nach Gold und Silber greifen.«

»*Sagra dei funghi!*« Gianni hatte brillant kombiniert. Renato
und Michele hatten das Grab der Bienenkönigin gewiß nicht
mit leeren Händen verlassen.

»Jede Wette, daß sie auch den Steinsarg geöffnet haben!«
befand Gianni.

Ich mußte ihm zustimmen. Mithin war es ein vertretbares
wissenschaftliches Risiko, es den beiden Grabräubern gleich-
zutun. »*Va bene!* Machen wir den Kasten auf!«

Ich holte tief Luft und wandte mich dem Sarkophag zu. Sein

Deckel stellte ein flaches Hausdach dar und war millimetergenau in die Sargwände eingepaßt. Wir räumten die dagegenlehnenden Rundschilde vorsichtig beiseite, um nichts zu beschädigen. Dann faßten wir jeder ein Ende des Deckels und versuchten ihn anzuheben. Es gelang uns mit Mühe, denn das fast zwei Meter lange Terrakottateil wog schwer. Wir stellten es behutsam ab und blickten uns atemlos an. Dann richtete Gianni den gelben Strahl der Taschenlampe in den Sarg.

Wir schrien gleichzeitig auf: Unseren Augen bot sich ein grotesker Anblick. Im Sarg aufgebahrt lag das blanke Skelett der Bienenkönigin, nicht unästhetisch, sondern auf seltsame Weise stimmig und formvollendet. Aber dort, wo sich eigentlich der grinsende Totenschädel hätte befinden sollen, erstrahlte ein wunderschönes Gesicht mit riesigen blinden Augen. Nur das Gesicht; haarlos, keine Ohren und ohne Verbindung zum übrigen Knochengerüst. Nichts als ausdrucksstarke, berückend schöne, glatte, ebenmäßige Züge. Ihr Mund, in vollen Lippen rätselhaft lächelnd, eine sanft geschwungene Nase, die von einem köstlichen ovalen Grübchen gekrönt wurde, und große, traurigwissende, tote, stumpfe Augen.

»Bei Gott, bin ich erschrocken!« klapperte Gianni. »Es ist eine Maske!«

Wir besahen uns das Antlitz der Bienenkönigin genauer. Es war eine meisterhafte Arbeit. Obschon das zwei Millimeter starke und feinbemalte Silberblech nur den Gesichtsschädel wiedergab, war dem Künstler ein erstaunlich dreidimensionales Werk gelungen. »Jetzt wird mir alles klar!« sagte Gianni, noch hingerissen vom überirdischen Anblick. »Die Bienenkönigin war nicht nur eine Königin. Sie war eine Göttin!«

Ich fühlte mich nicht weniger angezogen und berauscht von diesem leidenschaftlichen, hingebungsvollen, zugleich aber stolzen und herrischen Antlitz. Sollte die Bienenkönigin im Leben auch nur annähernd dieselbe Wirkung gehabt haben wie ihre Totenmaske, mußte ihr jeder Mann verfallen. Magisch zog sie unsere Blicke an, ließ vergessen, daß kein begehrenswerter Körper, kein straffes Fleisch, weder Haut noch feurig rote Haare dieser kühlen Silbermaske Leben einhauchten. Sie war tot und vergangen. Ein unbewegtes Antlitz blieb. Genug, daß wir alles für die dahingegangene Göttin getan hätten. Niemand konnte sich ihrem Zauber entziehen, selbst ein abgebrühter Grabräuber wie Renato nicht. Wohl fehlte alles am Skelett, was Gold und Silber gewesen war. Und das war gewiß nicht wenig: Armreifen, Ohrgehänge, Fibeln, Ringe, Anhänger – ich konnte mir vorstellen, wie Larth die Leiche seiner Angebeteten für die Reise in die Ewigkeit geschmückt hatte, damit sie dort, im Reich der Schatten, für jedermann als Königin erkennbar war. Doch darüber war Renato herzlich wenig bekümmert. Er steckte das Geschmeide dankend ein – aber an die Silbermaske wagte er sich nicht heran. Sie war heilig. Wie ehedem ruhte sie auf einem kleinen Podest über dem Ansatz der Halswirbel.

»Bei Gott, Valentin!« sagte Gianni tonlos in die Stille. »Sie hat keinen Kopf!«

Der Kopf? Ich zuckte zusammen: Gianni hatte recht, ihr Schädel fehlte! Mir wurde fast schlecht, als ich es erkannte. Die Silbermaske hatte uns so in ihren Bann gezogen, daß ich das Fehlen des wirklichen Totenkopfes erst jetzt realisierte. Seit Minuten starrten wir auf den Leichnam einer Enthaupteten! Bestaunten fasziniert den unvergänglichen Akt göttlicher Schönheit, an der das Schwert eines Henkers eine entsetzliche Leere hinterlassen hatte – ohne daß wir das Fehlende bemerkten!

Damit war der Beweis für meine These erbracht! Die Bienenkönigin hatte wirklich gelebt. Ihre Geschichte war kein Märchen, sondern ein wichtiger und nachweisbarer Teil der Geschichte Vallemutris. Der Tod der ersten Bienenkönigin, ein Mord vor zweitausendfünfhundert Jahren im Namen des Schicksals begangen, war aufgeklärt. Zu spät, um die Täter zur Rechenschaft zu ziehen; doch nicht zu spät, um daraus Schlüsse für die Gegenwart zu ziehen. Wie starb die zweite Bienenkönigin, Lisandra, die Tänzerin in einem Soldatenclub war, und Freundin eines Kirchendiebs, und Ehefrau eines geisteskranken Ex-Polizisten, bis daß der Tod sie schied? Wer waren ihre Mörder?

Und würde eine dritte sterben müssen?

Der Name der Wiederkehr

Worte sind die geheimnisvollste Erfindung der Menschen.

Angenommen, jemand sagte das Wort »Baum«, und zwar so laut, daß es auf der ganzen Welt zu hören wäre, so würde das die Menschheit in zwei Lager spalten. Die einen würden verstehen. Vor ihrem geistigen Auge würde etwas Grünes auf braunem Stamm entstehen; sie wüßten: Ein Baum ist ein Baum. Der andere, weitaus größte Teil der Erdbewohner hingegen vernähme einen merkwürdigen, weichen Stimmenlaut. Unzweifelhaft menschlichen Ursprungs, aber von welcher Bedeutung? Über den Britischen Inseln, in Ozeanien und Nordamerika etwa, verstünden die Lauschenden »bahuoom«. Was, zum Teufel, mochte das darstellen? Einen Voodoo-Zauber vielleicht?

Um nachzuvollziehen, wie sich »Baum« für die restliche Welt anhört, müßte man für einen Moment die Augen schließen und sich beispielsweise einen Stuhl vorstellen. Jawohl, keinen Baum, einen Stuhl! Bis er plastisch vor dem inneren Auge steht. Ein heller Holzstuhl, mit hoher, halbkreisförmiger Lehne, gedrechselten Beinen und rotbemalter Sitzfläche. Und dazu müßte man laut »Baum« sagen. Ruhig ein paarmal, es dürfte gar nicht so einfach sein, gleichzeitig an einen Stuhl zu denken, »Baum« zu sagen und aufmerksam der eigenen Stimme zu lauschen.

Wenn diese Übung gelänge, wüßte man vielleicht, wie sich das Wort »Baum« wirklich anhört. Losgelöst von seiner Bedeutung. Ein fremder, aber doch irgendwie vertrauter Klang. Warum heißt er eigentlich so? Warum heißt ein Baum »Baum« und nicht »Stuhl«?

Im Frühling schlagen die Stühle aus.

Du siehst den Wald vor lauter Stühlen nicht.

O Tannenstuhl, o Tannenstuhl, wie grün sind deine Blätter ...

Nein. Es geht nicht. Ein Baum muß einfach »Baum« heißen. Es ist sein Name. Der Mensch gibt allem einen Namen, manchem sogar zwei oder drei; aber gewonnen ist dadurch nichts, wenn nicht alle wissen, was das so Genannte darstellt.

Stolafte.

Stolafte?

Stolafte!

Was soll das sein?

Eine Stolafte ist ein Wergs. Ein Wergs?

Jawohl, ein Wergs. Man könnte auch Dorribech sagen.

Aha! Aber Stolafte wäre besser?

Genau! Wergs oder Stolafte, das beschreibt die Sache am ehesten. Welche Sache?

Ich kicherte leise in mich hinein. Das Spiel könnte noch stundenlang weitergeführt werden, ohne daß man dem Ding namens Stolafte näher kam. Es ging einfach nicht. Einerseits mußte man wissen, was ein Wort bedeutete, um festzustellen, ob der Name zum Bezeichneten paßte. Andererseits konnte man seinen Namen nicht mehr vorstellungsfrei wahrnehmen, sobald man die Bedeutung kannte. Niemand würde je erfahren, wie sich das Wort »Baum« wirklich anhört und ob es das Richtige bezeichnet.

Einsichten wie diese kamen mir vorzugsweise auf dem Klosett. Man saß wie ein Reisender in der Wartehalle und ließ müßiggängerisch den Blick schweifen. Nicht daß das *gabinetto* ein sonderlich anheimelnder Ort gewesen wäre; aber es bot ziellosen Augen viele Anhaltspunkte. Mauerrisse, graue Mörtelhäufchen, ungehobelte Stützbalken, eine rote Ameisenstraße über farblosen Fliesen. Viele kleine Unebenheiten, Ekken und Kanten, an denen sich ein unbeschäftigter Geist festmachen konnte.

Valentin. Valentin Soldan.

Warum nicht? Man konnte es probieren. »Valentin Soldan.« Halblaut sagte ich meinen Namen und versuchte mir einen Stuhl vorzustellen. Es gelang nicht. Statt dessen erschrak ich. So sehr, daß ich ungewollt die Augen öffnete. Dieser fremde Klang. Meines Namens oder meiner Stimme?

»Valentin Soldan!« wiederholte ich fest und kniff die Augen zusammen. Ich horchte in mich hinein. »Valentin Soldan!«

Das war ich. Mein Name. Meine Stimme.

Ich bekam eine Gänsehaut. Nichts. Nichts Vertrautes. Kein wohlbekannter Klang. Und kein Bild. Keine Vorstellung. Nichts. Nur Frösteln, ahnungsvolle Leere. Woher die unheimliche, plötzliche Fremdheit in meinem Namen? War ich etwa nichts? So hohl wie der Klang, der mich bezeichnete? Ein absurder Gedanke, natürlich, aber was war ich dann? Wer? Trug ich einen falschen Namen? Aus Versehen. Eine Verwechslung im Krankenhaus zum Beispiel. Die diensthabende Schwester bringt die Neugeborenen durcheinander, und schwups bekommt man Eltern und einen Namen, die gar nicht vorgesehen waren. Hieß ich womöglich ganz anders, Franz Schneider etwa?

Franz Schneider? Wieso gerade Franz Schneider?

»Franz Schneider«, sagte ich erwartungsvoll. Nichts. Diesmal gar nichts. Kein Frösteln. Mit Valentin Soldan verband mich immerhin ein geheimnisvoller Schauer. Warum erschien mir mein Name so fremd? Weil ich ihn selbst aussprach? Wenn mich ein anderer mit Namen rief, störte mich nichts daran. Lag es doch an meiner Stimme? Vielleicht mußte ich mich erst an meine Stimme gewöhnen?

»Karlheinz, Michael, Fritz, Johann, Richard, Thomas, Stefan«, leierte ich mit geschlossenen Augen, »– Valentin!«

Da war er wieder, der frostige Schauer im Nacken. Merkwürdig, was Worte bewirken können. Vor allem wenn sie Namen sind.

»Valentin!«

Diesmal hatte ich nichts gesagt. Es war nicht meine Stimme.

»Valentin, verflucht, was treibst du eigentlich da oben?« Wenn Gianni meinen Namen rief, blieb die Gänsehaut aus. »Komme gleich!« brüllte ich aus dem *gabinetto*. Warum machte mir mein Name Angst, wenn ich ihn selber aussprach? Weil er damit eine andere Bedeutung bekam?

»Regt das die Verdauung an?« fragte Gianni, als ich die Treppe herablief.

Wir hatten uns die Mittagsrast mit dem letzten Stück von Tante Lulus Osterkuchen versüßt. »Was regt die Verdauung an?« hielt ich dagegen und ließ mich in Ernestos Gartenstühlchen fallen.

»Mit sich selbst zu sprechen, während man eine rituelle Sitzung abhält?« Gianni blinzelte saftschlürfend in den Himmel. Einzelne kiesgraue Regenwolken trieben vor die Sonne. Zum Glück blies ein kräftiger Wind. Er schob die Wolken beiseite, bevor sie ihre feuchte Last über dem Tal abladen konnten. Das Wetter würde halten. Zumindest heute noch.

Ich mochte eine solcherart launische, unvorhersehbare Witterung überhaupt nicht. Der Föhn verursachte mir Kopfschmerzen.

»Ich habe über Namen nachgedacht«, erklärte ich.

»Über Namen!« nickte Gianni. »Das würde mich auch interessieren.« Er überlegte einen Moment. »Wie sie wohl hieß?«

»Wer?« Ich konnte Giannis Gedanken wieder einmal nicht folgen.

»Na, die Bienenkönigin!« rief er ungeduldig. »Wir wissen, wie sie aussah, wir wissen, wie sie starb, wir wissen, wie der Bischof hieß: Larth, der Haruspex und Seherpriester. Da ist es doch nur natürlich, auch nach ihrem Namen zu fragen.«

»Natürlich«, stimmte ich zerstreut zu.

»Immerhin könnte ihr Name identisch mit dem alten Namen Vallemutris sein«, fuhr Gianni leichthin fort.

»Wie kommst du darauf?« fragte ich erstaunt.

»Du hast doch gesagt, daß wir das Märchen von der Bienenkönigin auf die Geschichte des Ortes übertragen müssen. Warum nicht auch ihren Namen? Früher nannten sich Fürsten und Könige oft nach der Gegend, die sie beherrschten. Wie hieß der mit der Eisenfaust gleich wieder?«

»Götz von Berlichingen.«

»Genau. Götz *von* Berlichingen. Die Bienenkönigin könnte XY von WZ heißen.«

Ich war auf einmal hellwach. »Sagenhaft! Gianni, du bist ein Genie! Wenn wir ihren Namen rauskriegen, wissen wir, wie Vallemutri zur Zeit der Etrusker hieß!«

»Und ob Vallemutri eine der vier verschollenen Städte ist«, fügte Gianni ein wenig stolz hinzu.

»Du hast recht! Wir müssen das Grab der Bienenkönigin noch mal genau untersuchen. Vielleicht finden wir eine Inschrift auf einer der Beigaben? Ich bin sicher, daß Larth seine Königin nicht namenlos begrub!«

»Leider sind unsere Chancen durch Renatos skrupellosen Eingriff nicht gerade gestiegen.«

»Trotzdem, machen wir uns an die Arbeit!«

Wir ließen den Mittagstisch stehen und kletterten unverzüglich in die feuchte Grabkammer der Bienenkönigin zurück. Gianni hatte inzwischen eine zweite Taschenlampe besorgt. Im doppelten Lichtstrahl wirkte das silberne Antlitz der Königin noch berückender. Schmerzhaft schön. Unerreichbar, in ewiger, überirdischer Anmut erstarrt. Mit Gewalt riß ich mich von ihren vollendeten Zügen los. Sie machten mich süchtig. Schon der Anblick ihrer Totenmaske weckte ein unstillbares Verlangen in mir. Wenn schon die tote Königin Macht über meine Gefühle besaß, wie sehr hätte mich die lebende beherrscht!

Diesmal nahmen wir uns die Grabkammer systematisch vor. Wir begannen mit den Wänden. Etruskische Gräber waren oft mit herrlichen Wandmalereien geschmückt. Szenen von Banketten, Gelagen, Jagden, Kriegszügen und manchmal auch Reisen in die Unterwelt. Die Wände unserer Gruft waren jedoch ohne Zierde.

Daraufhin untersuchten wir die Gefäße. Insgesamt zählten wir siebenunddreißig Behältnisse. Vasen, Amphoren, Schnabelkannen, Kelche, Schalen und Schüsseln aus gebranntem Ton, darunter die herrliche doppelhalsige Buccherokanne und eine rotfigurige Kylix. Ferner acht ornamentierte Trinkbecher, die offensichtlich zusammengehörten. – Aber kein Gefäß trug den Namen seiner Besitzerin. Worauf ich insgeheim gehofft hatte, denn die Etrusker liebten es, ihre Namen auf Gegenständen zu verewigen. »*Thucer mini muluvanice*« konnte beispielsweise auf einem stehen, »Thucer hat mich gegeben«. Oder »Ich bin die Vase von Velthur«.

Auch das hohe Räucherbecken am Fußende des Sarges war nicht beschriftet, gleichwohl ein unschätzbarer, kostbarer archäologischer Fund. Seine gedrehten Beine endeten in Raubtiertatzen, und um das Bronzebecken rankten sich schachfigurengroße Gnomen, Krieger, Chimären, Sphingen und geflügelte Götterboten. Ebenso waren die acht Rundschilde wunderbare bronzene Treibarbeiten, aber ohne Inschriften oder Zeichen.

Dann überprüften wir das zierliche Bronzewägelchen, das auf dem Sarg gestanden hatte. Vermutlich diente es als Parfümbehältnis. Doch der Name der schönen Königin schien sich genauso in Luft aufgelöst zu haben wie die betörenden Wohlgerüche, welche die Verführerische einst umgeben hatten. Zuletzt studierten wir den Sarkophag. Er war von einem Rautenmuster umrandet, ein Stempeldekor, wie aus der unterschiedlichen Prägetiefe der Rauten ersichtlich wurde. Der flachgiebelige Deckel besaß einen stilisierten Dachfirst, war sonst jedoch ebenfalls schmucklos und unbeschriftet.

Nun blieb nur noch eine Möglichkeit: die Silbermaske selbst. Als einziges persönliches Schmuckstück Renatos gierigem Zugriff entkommen, setzte ich meine ganze Hoffnung auf das unwiderstehliche Abbild der toten Königin. Es graute mir davor, den Zauber zu zerstören. Ich wußte, daß Larth mich für diesen Frevel hassen würde. Niemand hatte es gewagt, die ewige Schönheit der Bienenkönigin anzutasten. Und doch, es mußte getan werden, wenn ich wissen wollte.

Gianni blickte mich verzagt an. »Ist es wirklich so wichtig, ihren Namen herauszukriegen? Haben wir das Recht, ihre Ruhe zu stören? Laß es uns noch mal überdenken. Es ist ein Kunstwerk, ein Denkmal, um ihren ungerechten Tod vergessen zu machen. Wenn wir es zerstören, stirbt sie ein zweites Mal. Willst du das?«

»Nein«, erwiderte ich. »Das kann niemand wollen, der sie gesehen hat. Aber wir haben nicht nur das Recht, wir haben sogar die Pflicht dazu! Es ist meine wissenschaftliche Aufgabe, die Vergangenheit aufzudecken, für die Zukunft.«

»Was hat die Zukunft mit dem Namen der Königin zu tun? Valentin, ich habe der Wissenschaft in den letzten zwei Wochen mit Begeisterung gedient. Ohne Rücksicht auf den Ruf meines Vaters und das Seelenheil meiner Familie. Aber hier hört das Wissen-wollen für mich auf. Ich habe ein ungutes Gefühl in der Magengrube, wenn ich mir vorstelle, daß wir gegen unser Gewissen handeln, damit ein paar Holzköpfe in muffigen Studierzimmern neue Rätsel lösen können. Ich spüre mit allen Fasern meines Körpers, daß ein Eingriff in dieses uralte Gefüge verhängnisvolle Folgen hätte.«

»Denkst du, ich fühle mich wohl dabei?« versetzte ich ärgerlich. »Aber du täuschst dich! Ihr Name ist nicht unbedeutend für die Zukunft! In ihm verbirgt sich ein Stück immerwährendes Schicksal, eine Erfahrung, aus der wir lernen können. Angenommen, das alte Vallemutri war eine Stadt, die unter den Einfluß eines mächtigen Nachbarn geriet und sich wieder befreite: ein Vorgang, der sich in der Geschichte tausendfach wiederholt hat und sich auch künftig wiederholen wird. Verlief der Abfall friedlich? Nahmen es die Etrusker hin, daß ein Volk ausscherte, daß ihre Machtsphäre verletzt wurde? Wenn ja, wäre dies ein Beispiel. Ein sehr seltenes Beispiel. Schau in den Ostblock, sieh nach Süd- oder Mittelamerika! Die Großen wollen die Kleinen verschlingen, und sie glauben, daß dies das Recht des Stärkeren ist. Aber angenommen, es gäbe erfolgreiche Gegenmodelle, auf die man die Politiker hinweisen könnte ...«

»Mag sein, mag sein. Davon verstehe ich nichts. Obwohl ich mir kaum vorstellen kann, daß die Politiker einem Wissenschaftler zuhören würden. Aber ich bin kein Wissenschaftler und kann den Wert unserer Entdeckung nicht einschätzen. Doch ich fühle, daß wir diesen Zauber nicht antasten sollten.«

»Ich mache dir einen Vorschlag: Wir fotografieren und registrieren die Lage der Maske so genau, daß wir den Originalzustand jederzeit wiederherstellen können. Wir schauen also bloß für einen Moment unter die Maske. Danach legen wir alles wieder hin, wie es war. Einverstanden?«

»Das ist nicht dasselbe!« erklärte Gianni betrübt. »Du sprichst vom Schein der Dinge, ich meine ihr Wesen. Der Zauber wäre gebrochen.«

Ich zuckte die Achseln. »Gianni, ich verstehe dich. Aber bitte begreife du auch mich. Als Wissenschaftler muß ich das Wesen der Dinge freilegen.«

»Auf Kosten des Zaubers?«

»Wenn du so willst, ja. Sobald ein Geheimnis gelüftet ist, ist auch sein Bann gebrochen, da gebe ich dir recht. Auf der anderen Seite folgt auf die Lösung eines Rätsels stets ein neues. Man deckt ein Geheimnis auf und stellt fest, daß es tausend andere Fragen überdeckte. Es ist eine Suche ohne Ende.«

»Warum sucht ihr dann?«

»Weil wir die Hoffnung haben, es könnte doch ein Ende geben.«

»Und wegen dieser vagen Hoffnung willst du den Zauber der Bienenkönigin preisgeben? Ich glaube nicht, daß du dazu das Recht hast.«

»Verzeih, Gianni, aber Glaube hat mit Wissenschaft nichts zu tun!«

»Oho!« rief Gianni übertrieben erstaunt. »Hast du nicht soeben von der Hoffnung auf ein Ende gesprochen? Glaubt ihr etwa nichts? Und hast du nicht selbst gesagt, daß wir Heutigen von den Etruskern lernen könnten, weil Wissenschaft, Politik und Religion für sie zusammengehörten? Ich bin sicher, mit den Etruskern hätte es keine Atombombe gegeben!«

»Wahrscheinlich nicht«, gestand ich ein. »Für die Etrusker gehörte das Schicksal den Göttern, und eine so schicksalhafte

Erfindung wie die Atombombe wäre ihnen gewiß blasphemisch erschienen. Aber nun ist sie da, und ich arbeite für die Hoffnung, daß sie nie explodiert. Jeder Hinweis, der zu ihrer Entschärfung beitragen könnte, ist wichtig. Auch der Name der Königin.«

»Du hoffst auf die Zukunft, ich glaube an den Zauber. Glauben gegen Hoffnung – beide besitzen kein Recht auf die Wahrheit. Was sollen wir jetzt machen?«

»Vielleicht sollte jeder seiner Überzeugung folgen?«

»Wie stellst du dir das vor?«

»Nun, du könntest ein, zwei Stunden spazierengehen oder Tante Lulu besuchen, während ich die Silbermaske der Königin untersuche. Ich verspreche dir, daß du keinen Unterschied bemerken wirst, wenn du zurückkommst.«

Gianni dachte einen Moment nach. Dann lachte er leise. »Es ist ziemlich lächerlich, nicht? Jeder weiß, was der andere tut. Wird das, was man für falsch hält, insofern nicht stillschweigend mitgetragen?«

»Du magst es lächerlich finden, ich sehe darin ein Zeichen von Toleranz und gegenseitigem Respekt. Jeder akzeptiert die Haltung des anderen, keiner versucht, dem anderen die eigene Überzeugung aufzuzwingen. Man kann nicht immer derselben Meinung sein. Aber man kann andere Meinungen tolerieren.«

Gianni wiegte nachdenklich seinen Kopf. Dann entschied er: »Einverstanden. Ich habe eh noch was zu erledigen, das ich gern allein machen möchte. In zwei oder drei Stunden bin ich zurück. Wenn du mich nicht brauchst, mache ich mich gleich auf den Weg.«

»Keine Einwände!« sagte ich und war froh, eine einvernehmliche Lösung gefunden zu haben. Gianni war mir in den gemeinsamen Tagen ein wirklicher Freund geworden. Obwohl uns Welten trennten. Oder vielleicht gerade deshalb? Ein blasierter Kollege aus dem Institut fiel mir ein. Kurz vor meiner Abreise nach Vallemutri waren wir in der Mensa zusammengesessen, er, eine wissenschaftliche Mitarbeiterin und ich. Die Mitarbeiterin hatte Gianni nicht kennengelernt und fragte, was für eine Sorte Mensch er sei. Automechaniker, erklärte der hochnäsige Kollege vielsagend, als sei damit alles über meinen Reisebegleiter gesagt. Diese Geringschätzung hatte mich furchtbar geärgert. – Was würde der gelehrte Fatzke Augen machen, wenn wir mit unseren etruskischen Funden im Institut einmarschierten! Ha, darauf freute ich mich schon! »Bis später!« rief ich Gianni hinterher.

Er zog sich mit einem eleganten Schwung aus der Grabkammer in den schmalen Schacht. Seine Beine baumelten einen Augenblick schwerelos im Lichtstrahl. Dann tauchte sein Kopf wieder in der Öffnung auf. Verkehrt herum. »*Ci vediamo!* Man sieht sich!« rief er mit einer verwegenen Grimasse und verschwand.

Damit war ich allein im Grab der namenlosen Königin. Ein wenig unbehaglich fühlte ich mich doch unter ihren stummen Augen. Ihre aufgemalten Pupillen schienen meine Bewegungen aufmerksam zu verfolgen. Als wüßte die Tote, was ich vorhatte ...

Entschlossen schüttelte ich die gruseligen Gedanken ab. Ich hatte mir etwas vorgenommen, und ich würde es zu Ende bringen. Am besten, ich ging gleich an die Arbeit. Diese Untersuchung war Teil meines Berufes. Jeder Beruf hat schöne und weniger schöne Seiten. Letztendlich zählt das Ergebnis.

Mit diesen festen Vorsätzen gelang es mir schließlich, meine bangen Empfindungen auszuschalten. Gebannt, aber mit kühlem Forscherherz wandte ich mich dem bleichen Skelett der Königin zu. Sorgfältig vermaß ich Glieder und Gebeine, suchte erfolglos nach organischen Resten und machte Aufzeichnungen über die persönlichen Kennzeichen der Toten.

Das auffälligste Merkmal war natürlich das Fehlen des Schädels. Er mußte mit einem fachmännischen Hieb vom Körper getrennt worden sein. Fachmännisch deshalb, da es an den Halswirbeln keine Scharten von Probierschnitten gab. Denn so einfach, wie es uns in Kinofilmen weisgemacht wird, ist ein Mensch nicht zu enthaupten. Nicht umsonst wurde die Guillotine erfunden. Jemandem den Kopf vom Rumpf zu schlagen mag beim Leinwandpublikum seine Wirkung nicht verfehlen, in der Praxis gelingt eine Enthauptung aber nur, wenn keine Gegenwehr erfolgt und die Klinge mit großer Wucht an eine geeignete Stelle zwischen den Halswirbeln geführt werden kann. Dies war hier der Fall. Die im Märchen beschriebene Hinrichtung hatte also tatsächlich stattgefunden.

Ansonsten fand ich an dem Skelett keine Anomalien. Vor mir lag das fragile Knochengerüst einer etwa einen Meter fünfundsechzig großen Frau, die zum Zeitpunkt ihres gewaltsamen Todes zwischen achtundzwanzig und fünfunddreißig Jahre alt gewesen sein mußte. Ein Skelett wie ich es, bis auf den fehlenden Schädel, schon hundertfach gesehen hatte. Nichts deutete darauf hin, daß es einstmals die Männer des Tales in wilde Verzückung versetzt hatte.

Ich trat einen Schritt zurück. Sofort gewann der Leichnam der Königin seine überirdische Anziehungskraft zurück. Es war verblüffend. Eine rätselhafte Aura breitete sich milde über die Gebeine. Das silberne Lächeln der Königin schien den verstümmelten Kadaver magisch zu überstrahlen. Wie entstand dieser schmeichelhafte Glanz?

Bevor der Zauber der Bienenkönigin von mir Besitz ergreifen konnte, ging ich näher heran. Die Silbermaske war auf eigentümliche Weise über dem Körper angeordnet. Während das Skelett ebenerdig im Sarg lag, ruhte das strahlende Totengesicht auf einem flachen Podest. Dieses setzte exakt dort an, wo der Körper abrupt endete. Die fehlenden oberen Halswirbel schienen infolgedessen unter dem leicht geneigten Tonkissen zu verschwinden. Über die Schnittstelle ragte zusätzlich das silberne Kinn der Königin, was den schmerzlichen Eindruck der Zerstückelung weiterhin milderte.

Ich machte mir einige Notizen über die Lage der Maske, damit ich das vortreffliche Arrangement nach meiner Untersuchung wie versprochen wiederherstellen konnte. Daraufhin ging ich daran, jede wichtige Einzelheit zu fotografieren. In weiser Voraussicht hatte ich ein kleines, leistungsfähiges Handblitzgerät mitgenommen. Bald zuckten grelle Lichtblitze durch die düstere Kammer. Es war mir selbst etwas unheimlich, so ganz allein und in dem Bewußtsein, daß Larth, der Haruspex und Blitzdeuter, die gefahrverkündenden Lichter in der Gruft seiner Schutzbefohlenen keineswegs als Zeichen einer gutgesinnten Macht deuten würde.

Ich war gerade bei den letzten Aufnahmen, als ich einen fernen Ruf vernahm. Unwillkürlich schrak ich vom Sarkophag zurück und spitzte die Ohren. Natürlich schalt ich mich sofort einen Angsthasen. Ich war wohl etwas überreizt und hielt mir ärgerlich vor, welche Macht die Einbildung über unsere Sinne hat. Larth, der Wächter, rief mich! – Hahaha! Das war schlichtweg lächerlich. Energisch kehrte ich an die Arbeit zurück.

Doch da, erneut ein leiser Ruf in meinem Rücken, hauchfein wie eine Bewegung der Luft. Keine Männerstimme war es, sondern die Stimme einer Frau, und sie rief meinen Namen! Ich drehte mich nervös um. Selbstredend war nichts und niemand im Raum. Nur ich und ein jahrtausendealtes Skelett, das noch dazu kopflos war und keinen Mund besaß, der die vagen Worte hätte aushauchen können. Oder brauchten Wiedergänger keine Stimmbänder?

Schluß jetzt, befahl ich mit Entschiedenheit. Es gibt keine Geister! Das Geblitze in der dunklen Gruft hatte mich wohl selber irre gemacht. Zum Glück war ich gleich fertig. Ein, zwei Aufnahmen der Halswirbelpartie noch, dann nichts wie raus aus der bedrückenden Kammer. Die Silbermaske konnte ich ebensogut unter freiem Himmel untersuchen.

»*Gianni! Valentino!*«

Ich erstarrte im letzten meiner Blitze zur Lichtsäule. Der Handblitz segelte zeitlupenartig an meinem ausgestreckten Arm vorbei, um krachend auf dem steinernen Boden zu zersplittern. Die Stimme war direkt hinter mir! – Vorsichtig wandte ich meinen Kopf. Ein Schatten fiel über den Schacht. Bei Gott, er kam! »Hallo?« krächzte ich.

»*Valentino, cosa fate?* Was macht ihr da?« fragte eine neugierige Stimme, die mir bekannt vorkam.

Laura! Nein! Das nicht, dachte ich verzweifelt. Dann lieber Geister! »Moment, Moment!« brüllte ich in höchster Not. »*Già vengo!* Ich komme schon!« Sie durfte die Bienenkönigin nicht sehen! Niemand durfte sie sehen. Diese sensationelle Entdeckung gehörte mir. Mir und Gianni.

Ich hastete zum Schacht, bevor Laura auf den Gedanken kommen konnte, einen Blick in das dunkle Loch zu werfen. Aber da stand sie schon. Ihr über die Schachtöffnung gebeugtes Gesicht sah von meiner Position grotesk verzerrt aus. Die Haut fiel schlaff über die Backenknochen, der Schwerkraft folgend. Alles in ihrem Gesicht schien mir entgegenzuhängen, in die Gruft zu fallen.

»*Ciao, Laura!*« sagte ich so ungezwungen, wie aus zwei Meter Tiefe möglich.

»*Che fai là?* Was machst du da unten?« wollte sie wissen.

»*Già vengo!* Ich komme schon!« wiederholte ich, statt ihre Frage zu beantworten. Wie ein Schulbub, der beim Abschreiben erwischt worden ist und Zeit gewinnen will.

Während ich mich umständlich aus dem Grab zwängte, überlegte ich krampfhaft, wie ich Lauras Neugier stillen konnte. Ohne sie mehr als nötig zu belügen, denn ich war immer ein schlechter Lügner gewesen, und einer Frau wie Laura konnte man so schnell nichts vormachen.

»Ciao«, sagte ich noch mal, als ich endlich vor ihr stand. Verlegen wischte ich mir die Hände an der Hose ab.

Sie musterte mich streng: »Dov'è Gianni?«

Gianni? Ja, wo war er eigentlich? Er hatte es mir nicht gesagt. »Non lo so. Ich weiß es nicht«, stammelte ich.

Ich sah, wie Laura meine Verlegenheit und Giannis Abwesenheit auf einen Nenner zu bringen versuchte. Natürlich mußte sie jetzt denken, daß wir uns gestritten hatten. Auch das noch.

Erstaunlicherweise entspannten sich ihre Züge jedoch. Sie strahlte mich sogar ausgesprochen herzlich an. Eigentlich sei sie nicht wegen Gianni gekommen, sondern wegen mir, gab sie lächelnd kund.

Ich bemühte mich, möglichst gleichmütig dreinzuschauen. Laura sollte nicht denken, daß mich ihr Besuch, den sie gönnerhaft gewährte, übermäßig freute. Als Lohn womöglich dafür, daß ich den Clown gespielt hatte. Also legte ich fragend die Stirn in Falten und schwieg.

Nun ja, begann Laura und schlug mädchenhaft die Augen nieder, Pietro habe alle Hebel in Bewegung gesetzt und – da sei sie wieder!

Bevor ich Laura mißverstehen konnte, zauberte sie eine gammelige Brieftasche hinter dem Rücken hervor. Wie ein Goldfisch glotzte ich auf die abgewetzte, ehedem wohl schwarze Lederschwarte. Das sei sie doch, fragte Laura, die Geldbörse, die ich während der Prozession am Kalvarienberg verloren habe, oder? Natürlich, selbstverständlich, vielen Dank, murmelte ich verdattert und nahm ein mir gänzlich unbekanntes Portemonnaie beidhändig in Empfang. Das hatte ich von Giannis Lügengeschichte!

Laura berichtete freudestrahlend, ein Kollege von Pietro habe den Geldbeutel vom Bruder seiner Schwiegermutter bekommen, dessen ältester Sohn die Börse auf dem Kirchplatz fand. Unter einem Papierhaufen aus Zeitungen, Programmheften und Prospekten, als sie der Wind zerstieb. Leider fehlten meine Ausweise. Aber das Geld war noch da.

Ach, stammelte ich, durch die komplizierten Familienverhältnisse nicht weniger verwirrt als durch den Fund eines nicht verlorenen Geldbeutels.

Ja, bestätigte Laura. Merkwürdig, nicht? Die Papiere fehlten, und das Geld nicht. Ich möchte doch bitte kontrollieren.

Natürlich. Sofort. Beflissen öffnete ich den ranzigen Beutel und zählte gehorsam Geldscheine, die mir nicht gehörten. Dreihundertvierundsiebzigtausend Lire. Aber keine Ausweise. Alles da, verkündete ich mit etwas angespannter Freude. Herzlichen Dank nochmal, *mille, mille* grazie. Auch und gerade an Pietro. Und an die Schwiegermutter des Kollegen.

Den Bruder der Schwiegermutter, verbesserte Laura milde.

Genau. Und an den ehrlichen kleinen Finder, der sich über ein paar Tausender Finderlohn gewiß freuen würde.

Das käme gar nicht in Frage, wies Laura das Bündel Scheine zurück, das ich ihr entgegenstreckte. Außerdem sei der ehrliche Finder kein kleiner, sondern ein ziemlich großer Junge, der soeben einen neuen BMW angeschafft habe und ein Zweifamilienhaus besitze.

Trotzdem! Darauf müsse ich bestehen. Ehrlichkeit habe sich auszuzahlen, gab ich um so entschiedener bekannt, je mehr ich mich dafür schämte, meine Prinzipien wegen einer erneuten Peinlichkeit leichthin außer Kraft gesetzt zu haben. Ich hatte Mühe, den Gedanken an ein altes krankes Weiblein zu verdrängen, von weither zur Prozession gereist, um die Linderung ihrer Leiden zu erflehen; und nun war die schmale

Monatsrente dahin, in die Tasche eines raffgierigen Archäologen gewandert ...

Seufzend angesichts meiner grimmigen Miene nahm Laura die Hälfte des dargebotenen Finderlohnes an sich. Wir Deutschen seien schon ein merkwürdiges Völkchen, schwärmte sie verträumt. Ein Volk, dem Prinzipien mehr gälten als der Sinn, den sie machten.

Ich dachte an die unsinnige Verpflichtung, die ich ihretwegen zu haben glaubte, und schwieg beleidigt.

Laura forschte in meinem Gesicht. Da sei noch etwas, meinte sie zögernd.

Ach, erwiderte ich hochmütig. Noch etwas? Ich wüßte nichts, was ich noch verloren hätte ...

Nein, nein, so habe sie das nicht gemeint. Laura räusperte sich schüchtern. Sie wolle mir etwas erklären. Zwischen Pietro und ihr habe es, wie mir bekannt sei, in der Vergangenheit ein paar Meinungsverschiedenheiten gegeben. Unstimmigkeiten insbesondere darüber, wie und wo man sein Leben zu führen habe. Sie selbst, fuhr Laura zögerlich fort, habe immer aus dem Tal herausgewollt. Die familiären Zwänge, das langweilige Hausfrauendasein, kein Kino, nie Ausgehen oder Freunde treffen – die Welt in Vallemutri sei ihr nun mal zu eng. Was ich als Mann von Welt gewiß nachvollziehen vermöchte.

Erneut scheue Mädchenblicke. Ich nickte verhalten.

Pietro habe darüber mit ihr nie sprechen wollen. Er sei ein einfacher, gemütvoller Mensch, eigentlich, im Grunde seines Herzens. Ein Mensch, mit dem man als Frau durchaus zurechtkommen könne. Bloß befinde sich der Ärmste unter einem verhängnisvollen Einfluß: die Rosenschwiegermutter, ich wisse schon.

Diesmal fiel meine Zustimmung merklich stärker aus. Der Drahthelmdrache war eine erbarmungslose Instanz, unzweifelhaft.

Ermutigt von meiner Unterstützung, gewann Lauras Re-
defluß nun an Fahrt. In ihre verfahrene Situation, sie wagte es
kaum auszusprechen, so unglaublich erschien es ihr selbst, in
diese ihre ausweglose Lage hinein also sei ein Wunder geschehen, das von Monte Calvario! Wie sie neben Pietro in der
überfüllten Kapelle gesessen habe, unnachgiebiges Holz im
Rücken, die vielstimmigen Choräle und Psalmen und Angelinas entrücktes Orgelspiel im Ohr; und als dann der Pfarrer
den Gläubigen die verschollenen Kandelaber präsentierte, da
sei etwas über sie gekommen, und sie habe Pietro, ihren kirch-
lich angetrauten Gatten, betrachtet und erkannt, daß auch er
vom Unerklärlichen erfaßt worden war.

Zu Hause hatten sie sich dann ausgesprochen, seit Jahren das
erste Mal. Und dabei sei überraschend zutage getreten, daß die
beiden Eheleute vieles gemeinsam hatten. Beispielsweise hegte
Pietro ebenfalls den Wunsch, das Tal und die gebieterische Frau
Mama hinter sich zu lassen. Bloß hatte er die ganze Zeit vermutet, daß Laura wegen Gianni fortwolle, nach Deutschland;
daß ihr Fernweh eigentlich die versteckte Sehnsucht nach einer
unerfüllten Jugendliebe sei. Unglaublich, nicht? Wie man sich
mißverstehen könne. Laura schüttelte den Kopf, um mir deutlich zu machen, wie unglaublich ihr alles selber vorkam.

Unglaublich, in der Tat. Ich konnte die Einfalt dieser Menschen kaum fassen. Und meine eigene dazu. Ein Wunder, das
ich selbst bewirkt hatte, um dem vermeintlichen Mörder Ernesto Gelegenheit zur Sühne zu geben, hatte Lauras Sinneswandel bewirkt – und mir, dem Erfinder des Wunders, eine
schmerzliche Erfahrung beschert. War das die Strafe? Ich hatte
Gott gespielt, geglaubt, das Schicksal übertölpeln zu können.
Nun mußte ich mich von einer launischen Pomeranze vorführen lassen, die ich nie geliebt hatte.

Übrigens, sagte Laura beiläufig, rechne sie fest mit meiner
Diskretion, was unser kleines Intermezzo auf dem Küchen-

tisch anbetreffe. Pietro sei in dieser Hinsicht recht empfindlich. Mein Ausrutscher sei zwar verständlich, aber keineswegs zu billigen. Ein Mann müsse sich in einer solchen Situation beherrschen können.

Selbstverständlich. Laura dürfe auf mein Taktgefühl vertrauen, erwiderte ich in gepreßtem Großmut. Dabei ging mir ein weiteres Licht auf: Laura hatte mich in zweifacher Hinsicht als Faustpfand benutzt! Meine Schuldgefühle waren ihr nicht sicher genug. Sie hatte die halbe Vergewaltigung auch deshalb zugelassen, damit sie schlimmstenfalls als unschuldiges Opfer geschieden werden konnte. Welcher Italiener wollte schon mit einer vergewaltigten Frau verheiratet sein?

Erneut stieg eine Welle der Wut und Enttäuschung in mir hoch. Das war das Schlimmste: daß ich Laura nie geliebt hatte, nicht einmal mochte, ohne mich ihrer berechnenden Hingabe entziehen zu können. Ein Narr wider Willen war ich, ein naiver Wichtigtuer, der sich nichts als lächerlich gemacht hatte. Meine Überheblichkeit, auf die der tiefe Fall in die schmerzhafte Selbsterkenntnis folgte, quälte mich nachträglich unsagbar.

Laura indes zeigte sich nun ganz in ihrem Element und plauderte selbstsicher aus dem Nähkästchen. Pietro, der brave Lakai, hatte seine Laura um Verzeihung gebeten. Ein neues Leben wolle er beginnen, mit ihr und dem Kind und anderswo, fern des Tales der verlorenen Seelen. Daß er es ernst meinte, habe sie erkannt, als er Gianni den Steinfisch zurückgab. Das war ein Zeichen, fand Laura. Pietro hatte vorgeschlagen, sich nach Rom versetzen zu lassen. Seine Firma nämlich, deren Zweigstelle sich im Nachbarort befand, hatte ihren Verwaltungssitz in Rom. Dort würde er zwar nicht die erste Geige im Vertrieb spielen können, aber Pietro war ja noch jung. Ein Karriereknick sei die Versetzung jedenfalls keineswegs. Rom, sei das nicht phantastisch?

Ich lächelte mit Leichenbittermiene. Phantastisch. Gewiß.

Und was man da alles unternehmen könne, schwärmte Laura verzückt.

Phantastisch. Meinen Glückwunsch. – Lauras Heile-Welt-Geschwafel ging mir allmählich auf die Nerven. Ich mußte sie loswerden, bevor ich platzte. Ob sie mich wohl entschuldigen würde, bat ich kühl. Morgen sei der Tag unserer Abreise, und ich hätte noch einiges zu erledigen.

Das war ein Fehler. Denn Laura fiel augenblicklich ein, daß ich ihr noch nicht erzählt hatte, was es da hinten am Haus zu wühlen gab.

Versteinerungen, erwiderte ich kurz angebunden. Versteinerungen wie in Pietrarolla.

Aber das sei doch ausgemachter Blödsinn, lachte Laura. Dazu mußte man nicht studiert haben, um zu wissen, daß ich in Giannis lockerer Gartenerde keine Versteinerungen finden würde.

Doch, doch, beharrte ich. Lauras Besserwisserei war das letzte, was ich jetzt brauchen konnte. Wer war der Wissenschaftler? Sie oder ich? Von einer eingebildeten Westentaschen-Kleopatra würde ich mir nicht auf der Nase herumtanzen lassen! Selbst wenn sie recht hatte.

Nein, nein, unmöglich, befand Laura. Jede Wette, daß ich hier keine Versteinerung finden würde.

Wette hin, Wette her – ob sie mich bitte entschuldigen wolle! Ich wurde ein wenig unfreundlicher, als es zu meinem Selbstverständnis paßte.

Laura hingegen fand mein ehrenkäsiges Gehabe offenbar ziemlich unterhaltsam. Sie kicherte und witzelte über meine dickschädelige Rechthaberei. »*Testa dura!* Dickkopf!« lachte sie fröhlich. Das müsse sie sehen, wie der gelehrte Geologe tiefe Stollen in Giannis Garten trieb, um nach Versteinerungen zu suchen. Ob sie für ein paar Minuten zugucken dürfe, bis Gianni wiederkäme?

»*No!*« entschied ich bockig und setzte mich demonstrativ in Ernestos Gartenstühlchen. Was hatte ich mir da eingebrockt! Laura durfte die Grabkammer keinesfalls sehen, niemals, um nichts in der Welt!

Nur einen kurzen Blick wolle sie in das Loch werfen, bitte, bitte! Laura tänzelte herausfordernd vor mir herum. Der kleine Machtkampf reizte sie ungemein. Lachend schüttelte sie ihre Lockenmähne.

Mir war dagegen hundeelend. In meinem Kopf brummte und summte es; ich mußte Laura loswerden, bevor sie nicht mehr zu halten war. Rief da nicht jemand? Eine ferne Stimme?

»*Valentino, veni, per favore!* Komm schon, bitte!« bettelte sie verspielt. Eine schöne große Versteinerung wolle sie mit mir suchen gehen, nur für mich allein.

Ich rührte mich nicht. Lauras Spiel ließ mich kalt, sie hatte ihre Macht über mich verloren. Aber der leise Namensruf zog mich an. Ich hob den Kopf und versuchte, seinen Klang zu erraten. Was war das für ein seltsamer Name? Oder nein, kein Name. Eine stetig wiederkehrende Bezeichnung für etwas, was mir eigenartig vertraut vorkam. In erwartungsvoller Spannung versenkte ich mich in die ferne Melodie.

Plötzlich wurde mir klar, daß ich schon seit Tagen vernommen hatte, was mir erst jetzt zu Bewußtsein kam. Ein zaghaft schwingender Klagelaut, der dennoch sehr bestimmt und klar den Äther zerteilte. Sein sirenenhafter Klang gemahnte an Gefahr, an etwas längst Vergessenes. Was? Was war die unheilvolle Tiefe, an die ich mich erinnert fühlte? Meine Wißbegier trieb mich fort, immer weiter, dem Ruf entgegen.

Wie im Traum beobachtete ich Lauras selbstverliebtes Theater. Nun mußte ich doch lachen. Ein heiseres Lachen, das mich erschreckte. Auch Laura sah einen Moment überrascht auf.

Sie war eine Schauspielerin, jawohl. Eine hölzerne, seelenlose Marionette, die über die Bühne hüpfte, ohne ihre Rolle zu begreifen. Aber ich, ich verstand. Ich wußte, warum ihr Leib so verführerisch gebaut war. Ich wußte, weshalb ihre der unsichtbaren Macht gehorchenden Glieder schmal und verletzlich waren und ein unstillbares Verlangen weckten, zu zerbrechen. Die königliche Betörerin, sie kam zurück.

Der ferne Klang quälte mich. Jedesmal wenn sein vibrierendes Echo durch meinen Körper zitterte, schabte etwas über meine Schädeldecke. *Schleichende Ahnung des Kommenden.* Ich fühlte ein Kitzeln und Jucken, das meine Nervenenden in Erregung versetzte. Etwas mußte geschehen, die Spannung war unerträglich.

Laura blickte mich erwartungsvoll an. Noch einmal lockte sie, ihr zu folgen. Doch ich verhielt. Dann also wandte sie sich um. Beleidigt fast, was lächerlich und künstlich schien, weil sie sich stumm und automatenhaft zu regen hatte. *Stille der nahen Erkenntnis.* Nur der feine, glockenhelle Namensruf erfüllte den Raum. In mir. Und das Rauschen eines Windes, der die Zeit verwarf.

Entschlossen näherte sie sich dem Grab. Die dritte in Gestalt der Bienenkönigin. Noch immer eine Rolle spielend, die ihr nicht entsprach. Fasziniert verfolgte ich die unbewußten Schritte. Eine Puppe, dachte ich, eine Puppe, die will, was sie wollen muß.

Jetzt beugte sie sich vor und spähte in das Erdloch, das der Einstieg zu ihrem prächtigen Grab war. Zu komisch! Sie fühlte nichts davon! *Der Arglist Ahnungslosigkeit bekümmert.* Nicht Rachsucht, leise Trauer ergriff mein Herz. Es berührte mich, die stolze Figur tot zu wissen. Nicht daß ich sie geliebt hatte, gewiß nicht. Aber ich hatte sie bewundert. Ihre Kraft und Entschlossenheit, ihren Mut. Sie hatte einem tragischen Bild in perfekter Weise Leben eingehaucht. Vermochte ihr niemand Aufschub zu gewähren?

Laura winkte vom Grab der Königin. Schau her, schien sie mir zuzurufen, ich mache, was ich will. Wenn du mir dieses Grab nicht zeigen willst, dann seh' ich's mir alleine an.

Ein Ruck ging durch meinen Körper. Der Schrei! So nah. Ich brüllte lautlos auf vor Schmerz, als der Vogel durch den Schädel stieß. Frei. Endlich frei. Die Schwingen suchten das Sonnenlicht. Ihr Schatten bewölkte die Erde.

Da wußte ich, daß Laura verloren war. Ich hatte recht behalten. Sie war die dritte in Gestalt der Bienenkönigin. Ihr Schicksal schob sie vor sich her – konnte ich sie noch retten? War ich schneller? Wer würde sie zuerst ergreifen, der Vogel oder ich?

In Windeseile flog ich auf sie zu. Ich lachte, als ich ihre Augen sah. Sie waren schön und tief und rund. Ein Name stand darin geschrieben. Ich hörte ihn und las und fühlte, daß er wiederkehrte. *In mi,: Durch mich.*

Gesichter wirbelten umher. Vergangene und kommende. Ich kannte sie, obwohl sie fremd und maskenhaft verzerrt in meine Sinne drangen. Rollen, Figuren, Masken des Schicksals auch sie. Weder besser noch schlechter als ich. Aber vereint in Trauer und Einsamkeit, während ich lachte, weil der starke Vogel an meiner Seite war.

Da schlug ich zu.

Ich lehnte mich nicht auf. Ich akzeptierte. Ihr Schicksal zu erfüllen bereitete mir kein Vergnügen. Gewiß nicht. Aber ihre Zeit war abgelaufen. Kein Aufschub mehr, das Schicksal wurde ungeduldig. Es rächte sich an mir, der ich das Wunder schuf, das Pietros Rolle auf mich übertrug ...

Erstaunen floß aus ihrem Blick, als meine Hände über ihre Kehle strichen. Ein feiner, langer, heller Hals. Sie wehrte sich. Umsonst. *Wildheit, die zerbrochen werden mußte.* Es tat ihr weh, ich sah es. Und doch, es hatte zu geschehen. *Wildheit, die zerbrochen werden mußte!* Nur deshalb hatte sie verletzen sollen; und sie gehorchte. Ihr königliches Ungestüm zerbrach an meinen Händen. Sein Name lag auf meinem Schicksal. Er kam zurück. In mir. Durch mich. Nicht Pietro, sondern Valentin.

In einem lichten Augenblick erschrak ich. Warum? Wen hatte sie verhöhnt? Nur mich?

Mein Griff war fest. Ihr Körper ruckte und verbog sich unter meinen Händen. Noch rang ich, mit ihm, gegen mich. Sein spitzmundiges Gesicht spottete siegesgewiß. *Wildheit, die zerbrochen werden mußte, Wildheit, die zerbrochen werden mußte, Wildheit, die zerbrochen werden mußte ...*

»NEIN!«

Der Schrei entrang sich meiner Brust. Ein Schrei, wie ich ihn nur einstmals ausgestoßen hatte. Ich widerte mich an. Alles ekelte mich an. Diese abstoßende, meuchelnde, mordende Welt! Mit dumpfen Trieben untertanen Kreaturen. Wer war ich, in dem ich wiederkam? Seit Tausenden von Jahren wiederkam? Ein willenloses Ding aus rotem Schleim und Knorpelmasse? Ein Werkzeug, benannt für die Ewigkeit?

»NEEIN!«

Eine gewaltige Welle aus Wut und Haß brach über mich herein, und aus mir heraus, und brandete gegen die blutrünstige Macht, die mich zermalmen hieß.

»NEEEIN!« schrie alles in und aus mir selbst. Ich würde nicht zermalmen! Und mit dem letzten Schrei, der über ihrem Körper schwebte wie ein Tuch, das sie bedeckte, ließ ich los. Und ihre Lungen füllten sich, ich spürte ihre weiche Kraft, das nimmertote Leben, das sich den Weg zum Ausdruck bahnt: ein Schrei aus ihrem Mund.

Bevor er sich in alle Welt erheben konnte, traf mich ein Schlag am Hinterkopf. Larth lachte schallend über diesen Ton, der seinem Ruf die Fülle nahm. Ich stürzte in ein tiefes Loch.

Und dann war alles still und leer, und hell, und hierauf dunkelten die Geister.

Der zweite Tod der Bienenkönigin

Tote, gebrochene Marmoraugen starrten mich an. Fischaugen, in graugrünen Stein gebettet. Gefangen für die Ewigkeit. Wie war er nur in diese ausweglose Lage geraten? Ein Fisch, der nicht in Wasser schwamm, vielmehr in trüben, kristallinen Blasen. – Konnte ich mehr sehen?

Mein Blick verließ das schuppenlose, stumme Wesen; mein Kopf, er folgte offenbar dem Willen, denn unbestimmbar bündig drang ein Weltenschleier zu mir durch. Metallisches Sirren tränkte den Schädel. Klingender Schmerz. Kraftlos fiel die rechte Wange auf den Boden zurück.

Trotzdem. Ich sah. Körnige rote Erde zwischen glitzernden Grashalmen. Emsige Ameisen um einen hellen Kieselstein. Rissige Stengelchen in halbschattigen Pflanzenklüften. Abgefallene Blüten starben in Gruppen. Weiß und Gelb. Ein dunkles Holzstück war feucht und leicht modrig; hundert grüne Läuse besiedelten es. Dazwischen Blätter, zu brüchigen, welken Röllchen gefaltet. – Wie unermeßlich vielgestaltig die Erde war. Ein Kiesel, Büschel flachen Grases, Läuse zwischen rotem Korn – so wenig, mein Sichtfeld zu füllen. Doch was sich alles tat in diesen scheinbar engen Grenzen! Grashalme flüsterten und spielten mit ihren Schatten Hase und Igel. Wer war zuerst da? Der Halm, sein Schatten? Ameisen schleppten glänzende Körnchen heran, um sie auf winzige Stapel zu schichten. Auch sie mußten bauen, errichten, verändern. Niemand wollte die Welt erhalten; alles zerrann zwischen rastlosen Gliedern; nichts blieb, wie es geschaffen war. Von wem?

Flackernde Sinne. Gedanken, die schwerelos von hier nach irgendwo flogen, mich verließen und zurückkehrten, bis ich der Tatenlosigkeit überdrüssig wurde. Bewegung! Ich wollte mich bewegen.

Von Übelkeit begleitet, hob ich den Kopf ein zweites Mal. O wie er brummte und sirrte! Weiße Stiche zuckten von einer Schläfe zur anderen; schmerzhafte Funken zwischen elektrisierten Schädelpolen.

Mühsam rollte ich mich auf die Seite. Giannis Hinterfront ragte unweit von mir in den lichten Himmel. Er hatte die Arme schützend um Laura gelegt, die sich vornüber beugte, Hände in die Knie gestützt, und würgend nach Luft schnappte. Ihre Zunge leckte krampfhaft aus bleichen Lippen. Es roch nach Erbrochenem.

Blitzartig setzte die Erinnerung wieder ein. Sie lebte! Ich hatte den Kampf gegen das Schicksal gewonnen. Ein zweites Mal gewonnen. Der Name war zurückgekehrt, wie ich es vorausgesehen hatte. Und doch hatte ich mich so gründlich getäuscht wie nie zuvor. Ein fast tödlicher Irrtum! – Entsetzt erkannte ich meine eigene Rolle im Schicksalsspiel. Nicht Pietro war der Mörder der dritten Bienenkönigin; ich sollte es sein. Ich, Valentin Soldan, der Zeichendeuter war wie Larth, der Haruspex und Seherpriester. Beide waren wir dem Schicksal auf der Spur, lasen die Zeichen, um zu verstehen, und vermochten dennoch nicht, die Abgründe im eigenen Sein zu überwinden. Lag das Schicksal in uns selbst? Larth forschte am Himmel und in Eingeweiden, ich suchte am Boden und in Knochenresten. Doch gefunden hatten wir das *Schicksal* auf furchtbare Weise in uns selbst, als Götzen der Überheblichkeit, die den Willen aller Macht zu erkennen glaubten und lenken wollten, um von ihr selbst gelenkt zu werden.

Ich hätte es früher wahrhaben müssen, Zeichendeuter wie er. Ich kannte sein Beispiel, das Märchen von der Bienenkönigin und die Geschichte Lisandras. Mit der Nase hatte mich das Schicksal auf das Kommende gestoßen; ich hätte aus der Niederlage meiner Vorgänger lernen können. Aber gerettet wurden wir, Laura und ich, durch eine Maus, die um ihr Leben rang. Die lehrte, daß alles Leben gefangen im Schicksal ist, aber nie wehrlos als Opfer! Über das Opfer entschied der Mensch. Sein Ringen um die Freiheit, ja zu sagen oder nein, dafür zu sein oder dagegen, einte gegen die Unmenschlichkeit. Nur wer hierbei unterlag, entschied nicht mehr, riß Gleiche aus den Gleichen, versklavte, ohne daß ihn irgendein Opfer je befreien konnte. Indem die Bezwungenen verfügten, wurde über sie verfügt.

Laura rang noch immer um Atem. Eine Welle aus Mitgefühl übermannte mich. Wie grauenhaft mußte mein Ringen erst für sie gewesen sein! Allein meiner Erkenntnisfähigkeit ausgeliefert. *Ihre* Freiheit endete am Grab der Bienenkönigin. Warum? Warum hatte es mir oblegen, über Lauras Leben zu entscheiden, und nicht ihr selbst? War die Welt geteilt, in solche, die zu richten hatten, und jene, die für das Urteil in Frage kamen?

Ächzend und mit schwerem Schädel rappelte ich mich auf. Tiefe Reue im Herzen, näherte ich mich Laura und Gianni. Sie standen in geschwisterlicher Umarmung vereint, Gianni hielt seine röchelnde und weinende Kusine im Arm. – Plötzlich begriff ich, wie haarfein ich an einer wirklichen Tragödie vorbeigeschlittert war. Laura war ein Mensch, ein rührend hilfloses Wesen dieser Erde, das ich beinahe getötet hatte! Was ging sie mein wirres Innenleben an! Was interessierte sie der Name der Wiederkehr! Sie sah sich nicht als die dritte in Gestalt der Bienenkönigin, sie wollte leben, und das möglichst gut. Und das war, weiß Gott, ihr gutes Recht!

Heiß und schlagartig überfiel mich die Erkenntnis, daß das, was fast geschehen war, als Mord zu gelten hatte. IRRER ARCHÄOLOGE ERWÜRGT DORFMÄDCHEN – in Schlagzeilen betrachtet, hatte ich mitnichten einen Schicksalskampf gefochten! Welches Gericht würde meiner verworrenen Geschichte um etruskische Opferbeschauer, wiederkehrende Mythen und exorzistische Missionen Glauben schenken? Allenfalls »Unzurechnungsfähigkeit« konnte man einem Affekttäter wie mir zubilligen. Für die Welt war ich ein Wahnsinniger, der in sicheren Gewahrsam gehörte! Ein Fall für die Psychiatrie – war ich verrückt?

Ich mußte aufhören, das Leben als abstraktes Schicksalsspiel zu begreifen. Es war nicht nur Gedanke, Geist, Idee! Schmerz und Verzweiflung, Hunger und Tod, Folter und Unterjochung gab es wirklich, physisch. Leibhaftige *Namen* für eine schreckliche Wahrheit, unter der Abermillionen Menschen litten. Nur ich saß in einem Elfenbeinturm und verbrachte die Zeit damit, die Qualen meiner Mitmenschen als Regulativ des Schicksals zu erklären. Aus Selbstschutz? War ich zu schwach, um die Wirklichkeit ertragen zu können?

Laura zitterte und weinte. Ihr Schluchzen ergriff mich, und mir kamen selbst die Tränen. »*Mi dispiace!* Es tut mir leid. Bitte verzeih!« sagte ich in aufrichtigem, tiefempfundenem Bedauern.

Sie hob schwer atmend den Kopf. Ihr schlanker Hals war durch rote Würgemale verunziert. In verschreckter Wut verengten sich ihre Augen. »*Faccia di culo!* Arschloch!« zischte sie röchelnd und wandte sich ab.

Verzweifelt über ihren Haß, wollte ich sie weiter um Vergebung bedrängen, aber Gianni schob sich dazwischen und bedeutete mir energisch, daß ich mich fortbegeben solle, bis er Laura beruhigt hätte.

Ich ging in die Küche. Meine Beine waren schwach, und der Kopf grollte vom Widerhall des Steinfischs. Am Hinterkopf wölbte sich eine beachtliche Beule. War es notwendig gewesen, mir fast den Schädel einzuschlagen. Hatte ich nicht unter furchtbaren inneren Kämpfen den dritten Tod der Bienenkönigin verhindert?

Kurz darauf steckte Gianni seinen Kopf durch die Tür. »Ich fahre sie rasch nach Hause!« sagte er eilig. »Bitte, rühr dich nicht vom Fleck und warte, bis ich zurückkomme, *va bene?*«

»In Ordnung«, winkte ich matt und ging daran, meinen Kopf zu verarzten. Aus zwei Plastiktüten fabrizierte ich einen provisorischen Eisbeutel. Damit ließ ich mich in Ernestos Sessel nieder und wartete. Ich war noch immer verzweifelt, aber seltsamerweise fühlte ich keine echte Scham. Laura tat mir leid, und ich verstand ihre Ablehnung. Den unausgesprochenen Vorwurf indes, sie absichtlich verletzen zu wollen, konnte ich nicht annehmen. Ich war ohne Arg oder Böswilligkeit gewesen, als mich der Schrei des Vogels getroffen hatte. Etwas hätte mich fast besiegt und sie und mich zum Opfer gemacht. Doch ich hatte widerstanden. Dessen brauchte ich mich nicht zu schämen, und so war ich auch keineswegs im unreinen mit mir selbst. Ihr gegenüber wollte ich mich rechtfertigen; denn ich wußte, daß sie, die meinen inneren Kampf nicht kannte, ungerecht und falsch über mich und die Geschehnisse urteilte.

Eine Viertelstunde später kam Gianni zurück. »Das war knapp!« sagte er ernst.

Ich nickte mit schmerzverzogenem Gesicht. »Wie geht es Laura?«

»Es wird schon wieder«, meinte Gianni. »Ich bin ja noch rechtzeitig hinzugekommen.« Er ließ sich am Küchentisch nieder und goß Wasser in sein Glas.

»Gianni!« sagte ich bestimmt. »Auch wenn du mir den

Steinfisch nicht über den Schädel gehauen hättest, ich hätte Laura nicht umgebracht!«

Gianni betrachtete mich mit einer fremden Distanz. »Valentin, du weißt, daß du dich auf mich verlassen kannst, aber was da geschehen ist, begreife ich nicht. Wenn ich nicht hinzugekommen wäre, hätte unser Abenteuer ein schreckliches Ende genommen.«

»Das ist nicht wahr!« beharrte ich. »Ich hatte sie längst losgelassen! Bevor mich der Steinfisch am Schädel traf.«

»Schon gut«, beschwichtigte Gianni. »Das ist jetzt nicht wichtig.«

»Natürlich ist das wichtig!« erwiderte ich aufbrausend. »Ich bin kein Mörder! Ich habe mich dem Schicksal widersetzt, verstehst du nicht? Er wollte, daß ich sie töte, aber ich habe ihn bezwungen!«

»Nein«, sagte Gianni sanft. »Ich verstehe kein Wort. Wer wollte, daß du sie tötest, und wen hast du besiegt?«

»Der Vogel. Er schrie seinen Namen, den Namen der Wiederkehr!«

Gianni schwieg. Er wich meinem Blick aus.

»Du glaubst mir nicht, oder?« fragte ich traurig.

Er forschte einige Sekunden in meinem Gesicht. »Ich verstehe dich nicht!« sagte er. »Das ist ein Unterschied. Ich dachte, du bist ein gebildeter Mensch, der die Welt erklären kann und für eine friedliche Zukunft arbeitet. Statt dessen bringst du fast meine Kusine um und entschuldigst dich mit Visionen wie mein verrückter Onkel Ernesto. Valentin, was ist bloß in dich gefahren?«

»Ich weiß es nicht, ich verstehe mich selbst nicht mehr. Kannst du dir vorstellen, wie schrecklich das alles für mich ist?«

Gianni sah mich prüfend an. »Ja. Ich denke schon. Aber nachvollziehen kann ich es nicht. Und mich betrübt, daß du nur dich sehen willst. Kannst du dir vorstellen, wie schrecklich es für Laura war, und für mich? Ich komme zurück und sehe dich meine Kusine erwürgen!«

Ich schwieg. Er glaubte mir nicht. Es hatte keinen Sinn, einem anderen etwas begreiflich machen zu wollen, was man selbst nicht verstand. Auch Gianni hatte seine Geheimnisse. Erst jetzt fiel mir ein, daß er noch nicht erzählt hatte, wo er gewesen war, während ich die Silbermaske der Königin untersucht hatte.

Er lächelte müde. »Wo wollte ich schon hin? Zur Honighöhle natürlich, den Steinfisch zurückbringen.«

»Zurückbringen?«

»Dort gehört er hin, ja. Deshalb bin ich zum Supermarkt gefahren und habe einen Zwei-Komponenten-Kitt gekauft. Damit fuhr ich zur Honighöhle. Das Zeug hält wie Beton, sobald es trocken ist. Ich wollte Pietros Dummheit ungeschehen machen. Und vielleicht auch deine Dummheit, den Zauber der Silbermaske zu zerstören. Ich hatte kaum den Wagen abgestellt, da überkam mich ein seltsames Gefühl. Meine eigenen unheilvollen Worte hallten mir in den Ohren, wie ich dir sagte, daß du die Maske der Königin nicht berühren solltest. Plötzlich bekam ich Angst, daß etwas passieren könnte. Also fuhr ich schnell zurück. Natürlich ahnte ich nicht, wie nahe meine Befürchtungen an der Wirklichkeit waren.«

Giannis Stimme tauchte für einen Augenblick hinter eine Wattewand. In Sekundenbruchteilen zündete ein Licht in meinem schmerzenden Kopf. Gianni fuhr zur Honighöhle. Glasklar stand alles vor mir. Ich konnte in das dunkle Zimmer sehen. Es war eine Bühne. Alles wiederholte sich, vor derselben Kulisse. Ein-, zwei-, dreimal. Dasselbe Stück, vom Regisseur nur wenig abgeändert, aber eine völlig neue Besetzung.

»Gianni«, rief ich unvermittelt in den Raum, »ich weiß, wer die zweite Bienenkönigin getötet hat!«

Er sah mich verblüfft an. »Wer? Ernesto?«

Ich wußte, was er befürchtete. »Nein, Ernesto war es nicht. Er ging nur zur Honighöhle. Wie du.«

»Wie ich?«

»Ja, aus demselben Grund wie du. Er wollte eine Dummheit wiedergutmachen. Eine Dummheit, die Renato begangen hatte!«

»Renato?«

»Renato. Der Mörder ist immer der, der von außen kommt. Immer der, der unentschieden und wankelmütig ist. Die Bienenkönigin stellt ihn vor die Wahl, damit er sich entscheiden muß!«

»Renato hat Lisandra umgebracht? Aber wieso?«

»Erinnere dich, was wir durch den Dreigroschenkrimi herausgefunden haben: Renato war Anfang 1944 mit Lisandra befreundet, die im CLUB OF WESTMINSTER tanzte. Dank ihrer Hilfe konnten dein Vater und Renato den gestohlenen Kirchenschmuck an amerikanische Soldaten verkaufen.«

»Ja, und?«

»Nach dem Abzug der GIs wurde der Club geschlossen. Lisandra brauchte einen gesellschaftsfähigen Mann, und Renato stieg mit Michele von Kirchendiebstahl auf Grabräuberei um. Infolgedessen brauchte Renato Lisandra nicht mehr, und sie konnte keinen Grabräuber brauchen. Statt dessen heiratete sie den schneidigen, aber braven Ernesto. Wer konnte ihren Ruf besser schützen als ein Hüter des Gesetzes? Bestimmt kannte Ernesto ihre Vorgeschichte, aber deshalb hat er sie nicht weniger angehimmelt. Renato war immerhin der Freund des großen Bruders, und die gefallene Königin muß Ernesto immer noch als Auszeichnung vorgekommen sein.«

»So ähnlich hatte ich mir das auch zusammengereimt.«

»Warte, es geht noch weiter. Alles schien sich in Wohlgefallen aufzulösen. Bis Renato sich plötzlich eines anderen besann: Er wollte Lisandra zurück. Warum? Nur aus einem Grund: Weil eine Frau um so begehrenswerter wird, je weniger ein Mann sie besitzen kann! Lisandra hatte sich entschieden. Für Ernesto und gegen Renato, der sie im entscheidenden Moment im Stich gelassen hatte. Sie blieb bei Ernesto und ließ Renato abblitzen.«

»Wie Laura dich abblitzen ließ, obwohl du sie retten wolltest?«

Ich nickte kläglich. »Deshalb kann ich mich ziemlich gut in Renato hineinversetzen.«

»Was geschah, nachdem die beiden geheiratet hatten?«

»Ich denke, es war kurz nach der Heirat, als Renato und dein Vater das Grab der Bienenkönigin entdeckten. Buchstäblich eine Goldgrube, aber auch ein heißes Eisen. Derart wertvolle Funde mußten vorsichtig und möglichst außer Landes verkauft werden.«

»Die Dollar-Connection!« rief Gianni begeistert.

»Genau. Renato erinnerte sich seiner amerikanischen Kontakte. In Vallemutri hielt ihn sowieso nichts mehr. Also packte er seine Siebensachen und zog über den Atlantik. Es gelang ihm, seinen Anteil in die Staaten zu schmuggeln. Ein ordentliches Startkapital, vermute ich. Dein Vater hingegen kaufte sich vom Erlös der Grabbeigaben dieses Grundstück. Was übrigblieb, vergrub er im Garten. Als Notnagel für schlechte Zeiten vielleicht.«

»Der Schatz des Don Michele Orsini!« sagte Gianni verträumt.

»Ja«, erwiderte ich, »es gab ihn wirklich, den Schatz deines Vaters. Er wird ihn über die Jahre aufgebraucht haben. Denn bald heiratete er selbst, 1953, wie du erzählt hast, und ein Jahr später kamst du zur Welt.«

»So paßt alles zusammen, nicht? Heimlich habe ich mich schon oft gefragt, woher er das Geld für unser Grundstück hatte.«

»Aber Don Michele war kein Mensch, der nach all den Aufregungen im öden Vallemutri seßhaft werden konnte. Wovon sollte man leben, wenn man nicht Bauer werden wollte? Ein neues Abenteuer lockte ihn: Deutschland. Wo Arbeiter gebraucht wurden und im Vergleich zu den Löhnen im Tal unglaubliche Summen verdient werden konnten.«

»Ein Steppke von vier Jahren war ich damals«, erinnerte sich Gianni, »und du kannst mir glauben, daß ich in Vallemutri bleiben wollte.«

»Dann erlitt Ernesto seinen schrecklichen Unfall. In dieser Situation mußte die Familie zusammenhalten. Michele bot seinem Bruder das Häuschen an. Bis auf die kurzen Urlaubswochen im Sommer stand es sowieso leer. Ernesto und Lisandra willigten dankbar ein. Es war eine sehr schwere Zeit. Für beide. Ernesto erhielt eine kleine Pension. Genug zum Leben, aber große Sprünge, wie sie eine Königin machen wollte, konnten sie sich überhaupt nicht leisten. Überhaupt war dieses neue Leben gar nicht nach Lisandras Geschmack. Ernesto kam als gebrochener Mann aus dem Krankenhaus, mußte gepflegt und versorgt werden. Früher hatte er ihr die Wünsche von den Lippen abgelesen; jetzt war es umgekehrt. Und nichts deutete darauf hin, daß die Zukunft besser würde.

In dieser Situation tauchte Renato wieder auf. Zufällig? Wahrscheinlich nicht. Vielleicht hatte ihm Lisandra geschrieben, oder er stand noch mit Michele in Verbindung. Jedenfalls erschien er ebenso plötzlich im Tal der verlorenen Seelen, wie er seinerzeit verschwunden war. Renato war Lisandras letzte Chance, aus Vallemutri fortzukommen. Eine gewaltige Verführung für die lebenslustige Bienenkönigin, die mittlerweile ein Krankenschwesterndasein fristete. Sie hatte sich die Entscheidung gewiß nicht leichtgemacht: Hier der hilflose Ehemann, der ihr ans Herz gewachsen war, der sie durch die Heirat rehabilitiert hatte, der ihr aber kein Leben bieten konnte, das ihr gerecht wurde. Dort der rastlose Abenteurer Renato, der ein freies, aufregendes Leben versprach in einem großen, freien Land. Was glaubst du, würde Lisandra tun?«

»Klare Sache, sie wollte mit Renato durchbrennen.«

Ich nickte. »Bestimmt wollte sie das. Und dafür dürfen wir sie nicht verurteilen. Sie war für ein Leben als Krankenschwester einfach nicht geschaffen. Und das wußte sie.«

»Aber warum hätte Renato sie umbringen sollen, wenn sie mit ihm gehen wollte? Spricht denn im Gegenteil nicht alles dafür, daß Ernesto der Mörder war? Er besaß ein klares Motiv.«

»Bis heute morgen hatte ich mir den Ablauf der Ereignisse genauso vorgestellt. Ernesto brachte seine Frau um, weil sie ihn verlassen wollte. Und aus demselben Grund würde Pietro Laura töten. Ich glaubte zu wissen, daß sich vor meinen Augen ein ewig wiederkehrendes blutiges Drama abspielte. Ein Schicksalsspiel der Geschlechter um zwei symbolhafte Charaktere. Larth und die Bienenkönigin, Ernesto und Lisandra, Pietro und Laura – immer das gleiche Schauspiel, variiert nur, indem es von verschiedenen Personen dargeboten wurde.

Doch dabei übersah ich vieles. Vor allem, daß ich selbst Bestandteil des Dramas war. Das Schicksal erlaubt niemandem, bloß Zuschauer zu sein. Kein Mensch steht außerhalb der Welt, auch ein Wissenschaftler ist Teil dessen, was er beobachtet. Aber ich tat, als sei die Welt ein großes Versuchslabor. Welche Ratte macht dies, welche frißt das, was sprach hierfür, was dagegen ... – so geht man nicht mit dem Schicksal um. Das wirkliche Leben ist viel zu kompliziert, als daß man es dem Verstand überlassen darf. Man kann versuchen, es zu begreifen, sicher. Aber nur die Erkenntnis der eigenen Verblendung schützt vor Überheblichkeit. Man kann aus der Geschichte lernen – aber nur, wenn die Toten als gleichwertig empfunden werden.«

»Die Toten als gleichwertig? Wie meinst du das?«

»Wir Lebenden neigen dazu, uns über die Toten zu erheben. Wir betrachten sie mit heimlichem Mitleid – die Ärmsten, sie sind tot, während wir leben dürfen. Dabei stehen sie uns nicht nach, sondern sie sind uns voraus! Was die Gestorbenen schon hinter sich haben, kommt auf uns erst zu. Aber wir ziehen es selbstgefällig vor, sie als Zurückliegende zu betrachten.«

»Tun wir ihnen schlecht damit?« fragte Gianni. »Ich meine, wir lassen es den Verstorbenen doch recht gutgehen.«

»Das ist es ja! Wir begraben sie mit großem Pomp, vergießen ein paar Tränen, und dann machen wir weiter wie zuvor.«

»Das stimmt nicht! Der Tod meines Vaters war für mich ein einschneidendes Erlebnis. Seither hat sich vieles in meinem Leben verändert.«

»Weil du nach seiner Geschichte gesucht hast. Du konntest daraus lernen, weil du dich darum bemüht hast. Aber wer kümmert sich um all die Milliarden Toten aus Jahrtausenden, zu denen wir keine persönliche Beziehung haben? Wer will aus ihrer Geschichte lernen?«

»Du, zum Beispiel!«

»Blödsinn! Ich bin Archäologe, das ist ein himmelweiter Unterschied. Ich würde deinen Vater ausgraben, vermessen, seine Krankheiten und Todesursache rekonstruieren, seine Organe ins Labor schicken, um herauszufinden, was man zu seiner Zeit gegessen hat und welche Parasiten in den Gedärmen seiner Zeitgenossen nisteten; ich würde ferner Hautproben, Kopf- und Schamhaare unter Elektronenmikroskope legen und seinen Kadaver je nach Verwesungszustand in einer Kühltruhe, in Plastiksäcken oder in einem großen Karton verwalten. Alles, was dein Vater bei sich und am Leibe trug, würde ich von ihm nehmen und es chemisch, physikalisch, biologisch und kunstgeschichtlich untersuchen und katalogisieren. Und dann würde ich meine intimen Erkenntnisse über einen mir völlig unbekannten Menschen veröffentlichen. – Zeugt diese Vorgehensweise von Achtung? Von Respekt? Behandelt man so einen Gleichwertigen? Nie und nimmer! Was ich den Toten antue, möchte ich mir selbst nicht angetan wissen!«

»Du bist ja auch noch am Leben.«

»Und diesem Umstand entnehme ich das Recht, alles mit den Toten machen zu können! Ich kann auch alles mit ihnen machen, es ist ihnen schnurzpiepegal, schließlich sind sie tot und vorüber. Es gibt weder Geister noch rächende Wiedergänger. Die Toten verzeihen uns alles.«

»Wo liegt dann das Problem?« wunderte sich Gianni.

»Bei uns selbst. Wir vertun eine riesige Chance. Anstatt die Toten zu begreifen, nehmen wir sie auseinander. So ein Menschenschicksal ist wie ein riesiges, kompliziertes Puzzle. Wir zerstören es aus Neugier und untersuchen die Einzelteile. Welchen Sinn soll das machen?«

»Ihr versucht doch, das Puzzle wieder zusammenzusetzen, oder?«

»Natürlich. Aber wozu haben wir es dann überhaupt auseinandergenommen? Wir versuchen, das Wunder des Lebens zu begreifen, indem wir es in seine Einzelteile zerlegen. Das ist dumm und respektlos. So werden wir die Welt nie verstehen.«

»Aber wie dann? Kein Mensch kann das alles verstehen!«

»Ich weiß es nicht«, bekannte ich. »Vielleicht, wenn wir

unsere Sichtweise ändern. Vielleicht müssen wir auf eine neue Weise denken lernen.«

Gianni dachte eine Weile angestrengt nach. Er schien zu keinem eindeutigen Schluß zu kommen. »Vielleicht bleiben wir besser bei unserer Geschichte«, sagte er schließlich. »Wie ging sie weiter? Was geschah, als Renato nach vielen Jahren zurückkehrte?«

»Ich stelle mir vor, daß Lisandra, schweren Herzens zwar, aber letztendlich ihrer Veranlagung folgend, sich zur Flucht entschloß. Es spricht übrigens einiges dafür, daß Renatos Auftauchen deiner Familie nicht verborgen geblieben war.«

»Weshalb?«

»Denk an Lisandras vorgeblichen Schweiz-Aufenthalt. Wahrscheinlich glaubte deine Familie, daß sie mit Renato nach Amerika geflohen war, und um die peinliche Affäre etwas abzumildern, entwickelte man die respektablere Schweiz-Version. Über die Alpen ging man zum Arbeiten, Ernesto konnte nicht mehr arbeiten, also mußte Lisandra gehen. Gewiß verwerflich aus der Sicht der Vallemutriner, aber immer noch besser als Ehebruch.«

»Aber dann ist meine Familie unschuldig!« rief Gianni begeistert. »Das denke ich inzwischen auch, ja! Was wir als Schuldeingeständnis interpretiert haben, spricht eigentlich eher für ihre Unschuld. Erst nachdem die Identität der Leiche im Garten feststand, glaubten sie, daß Ernesto Lisandra umgebracht hatte.«

»Sie wollten Ernesto decken«, sagte Gianni gerührt. »Sie sind unschuldig!«

Nach den Maßstäben unserer Gerichtsbarkeit war Giannis Familie tatsächlich unschuldig. Und doch konnte ich sie nicht von Schuld freisprechen. Sie schwiegen – und töteten damit langsam und qualvoll den einzig wahren Unschuldigen: Ernesto. Wenn sich jemand seiner Qualen angenommen hätte, wäre die Wahrheit früher ans Licht gekommen. Sechsundzwanzig Jahre hatte er umsonst gelitten, diese Schuld lastete schwer auf der Familie.

Mußte ich Gianni darauf hinweisen? Nein. Mochte er glauben, daß seine Familie schwieg, um Ernesto zu schützen. Und nicht, weil sie ihre Ruhe haben wollten, weil sie die Unannehmlichkeiten einer Untersuchung fürchteten, schaufelnde Polizisten in Antonios Gemüsegarten, bohrende Fragesteller auf der Veranda ... Es war vielleicht auch nicht mehr wichtig. Wir wußten, Ernesto war ein Opfer, kein Täter. Er bezahlte das Schweigen der Wissenden und Todbringenden mit seinem Seelenheil und schrie, wie alle Opfer schrien. Die Mörder schrien nicht. Larth, Renato, ich – wir hörten den Ruf und folgten schweigend seiner Melodie. Ich hatte kein Recht, über anderer Schweigen zu richten.

»Wie dem auch sei«, kehrte ich zu unserer Geschichte zurück. »Lisandra wollte mit Renato durchbrennen. In einer Nacht vor sechsundzwanzig Jahren war es soweit: Renato kam, um Lisandra abzuholen. Er wartete im Garten auf sie. Vielleicht pfiff er, oder er schrie wie ein Käuzchen. Endlich stand sie vor ihm in der Dunkelheit. Schöner denn je – aber ohne Koffer! Sie hatte sich ein zweites Mal gegen ihn entschieden!

Ich kann mir ungefähr vorstellen, was in Renato vor sich ging. Der Zwang, die erlittene Demütigung zu rächen, muß für ihn ungleich größer gewesen sein als für mich. Denn er liebte Lisandra wirklich. Der Haß, den er empfand, als sie ihren Entschluß, mitzukommen, in letzter Minute umstieß, zwang seine Hände an ihre Kehle. Er preßte zu und ließ nicht mehr los. Aus der geplanten Flucht war ein ungewollter Mord geworden.

Aber noch etwas geschah, womit Renato nicht gerechnet hatte. Nicht nur, daß Lisandra sich in letzter Sekunde zum

Bleiben entschieden hatte – aus Mitgefühl? Verantwortungsbewußtsein? Treue? Nein, zu alledem schlief der kranke Ehemann keineswegs. Ernesto lag wach in seinem Bett. Er dürfte damals nicht weniger verwirrt gewesen sein als heute. Schmerzen plagten ihn, die Wunden am zusammengeflickten Schädel brannten. Dazu kamen die alptraumhafte Erinnerung an den Unfall, an die Operationen und die wachsende Hoffnungslosigkeit. Bestimmt spielte ihm sein verdrehter Geist schon damals manchen Streich, vielleicht litt er bereits unter Visionen? Ein grauenhaftes Schicksal erwartete ihn, aber er war nicht allein. Es gab noch keinen Grund zu schreien.

Ernesto schlief nicht, als Renato kam. Er sah, wie sich seine Frau mit dem alten Freund im dunklen Garten unterhielt. Schwerfällig erhob er sich, hin- und hergerissen zwischen Eifersucht und Wiedersehensfreude. Die Gastfreundschaft siegte. Er beschloß, den Freund willkommen zu heißen. Bis sich die beiden ausgesprochen hatten, würde er taktvollerweise einen Begrüßungskaffee bereiten.«

»Mein Gott«, rief Gianni, »er wartet auf Renato und Lisandra, jede Nacht!«

Ich nickte. »Wahrscheinlich sah er nicht, wie Renato Lisandra erwürgte. Vermutlich hat er nicht mal beobachtet, wie Renato die Leiche begrub. Ernesto besaß kein Zeitgefühl. Er schenkte den Kaffee ein und wartete, bis sie hereinkommen würden. Aber sie kamen nicht. Er wartete, bis der Morgen graute. Dann ging er in den Garten. Niemand stand mehr da. Weder Renato noch Lisandra. An der Stelle, an der er Lisandra, seine Bienenkönigin, das letzte Mal gesehen hatte, lag eine kupferne Sonne auf dem Boden. Da wußte er, daß sie gegangen war. Renato hatte seine Bienenkönigin fortgebracht. Und er erinnerte sich, wohin der Bischof im Märchen die Bienenkönigin gebracht hatte. Also nahm er die Kupfersonne und ging zur Honighöhle und suchte dort nach ihr. Aber sie kehrte nicht zurück, nie mehr, und Ernesto begann seine Verzweiflung herauszuschreien. Nacht für Nacht.« Ergriffen von meiner eigenen Schilderung, schaute ich zu Gianni. Der kämpfte mühsam gegen die Tränen. »*Sagra dei funghi!*« schniefte er tapfer. »Und wir haben dem armen Kerl auch noch einen Mord anhängen wollen! So eine Sauerei!«

Bei Giannis Anblick lief mir das Wasser ebenfalls aus den Augen. Halb schluchzend, halb über unsere Rührseligkeit lachend, schneuzten wir uns die Ärmel voll.

Gianni faßte sich als erster wieder. »Aber, Valentin, sag, woher kam die Kupfersonne?«

Ich wischte mir zum letzten Mal übers Gesicht. »Aus dem Grab des Haruspex natürlich.«

»Halt, Moment, das verstehe ich nicht! Das Grab war doch längst ausgeräumt, von meinem Vater und Renato höchstpersönlich. Glaubst du, Renato wollte Lisandras Leiche im Grab der Bienenkönigin verschwinden lassen?«

»Möglich, daß er darüber nachdachte. Aber wir wissen ja aus eigener Erfahrung, daß ein einzelner die schweren Steinplatten unmöglich anheben könnte. Nein, ich glaube, Renato vergrub Lisandra dort, wo wir sie fanden: im Gemüsegarten! Wo der Boden locker war und frisch aufgeschüttete Erde keinen Verdacht weckte.«

»Zur Hölle!« fluchte Gianni. »Aber woher hatte Ernesto die Kupfersonne? Entweder lag sie neben Larths Urne – aber wie hätte Ernesto ohne Helfer da herankommen sollen? Oder die beiden Grabräuber nahmen sie mit, aber dann hätte Ernesto genausowenig in ihren Besitz gelangen können.«

»Du vergißt den Schatz deines Vaters!«

»Den Schatz? Moment.« Gianni starrte mich verdutzt an. »Allmächtiger!« stöhnte er. »Du meinst, Renato stieß auf den Schatz meines Vaters, als er die Grube für Lisandra aushob?«

»Auf das, was vom Schatz übriggeblieben war, ja. Das ist

die einzig logische Erklärung. Und je länger ich darüber nachdenke, desto sicherer werde ich, daß es den Schatz des Don Michele immer noch gibt! Renato war gewiß nicht kaltblütig genug, um nach dem Mord, den er im Affekt begangen hatte, leichthin den zufällig entdeckten Anteil seines Partners Michele mitzunehmen. Im Gegenteil, ich glaube, er war so aufgewühlt und verstört, daß er etwas am Tatort übersah: die Kupfersonne.«

»Das ist es!« rief Gianni begeistert und klatschte in die Hände. »So muß es gewesen sein!«

»Der zweite Tod der Bienenkönigin ist geklärt« bestätigte ich. »Und der Schatz deines Vaters könnte noch immer irgendwo versteckt sein.«

»Valentin, ich kann dir gar nicht sagen, welche Last von mir abfällt. Meine Familie ist unschuldig. Jetzt kann ich beruhigt nach Hause fahren und jederzeit zurückkommen. Mein Gott, wie freue ich mich auf Antonios griesgrämig zauderndes Hausmeistergesicht!«

Ich lächelte. Gianni war frei. Und ich? Welche Freiheit blieb mir, außer mit dem Schicksal zu ringen? Wohin würde mich meine Entscheidung führen? Lisandra entschied sich gegen ihre Natur und bezahlte dies mit dem Leben. Laura war davongekommen. Wegen einer Maus, die um ihr Leben kämpfte. Ohne diese Generalprobe wäre ich womöglich ebenso gescheitert wie Larth und Renato vor mir.

»Eine Sorge habe ich noch«, meinte Gianni. »Laura! Ich hoffe, sie macht uns keine Schwierigkeiten!«

Laura? Nein! Laura würde uns keine Probleme bereiten. Ich besaß ein Faustpfand, das ihr Schweigen sicherstellte: mein Schweigen! Wenn sie ihres nicht brach, würde auch ich mein Versprechen halten. Denn wie sie richtig bemerkt hatte: Pietro würde es gar nicht schätzen, von unserem kleinen Abenteuer auf dem Küchentisch zu erfahren!

Ich hatte Glück gehabt. Unverschämtes Glück. Womit hatte ich es verdient? Hatte ich es überhaupt verdient? »Man kann aus der Geschichte lernen!« sagte ich leise.

Nicht nur die Toten, auch die Lebenden brauchten Respekt.

Die letzte Napoletana

»Wie sollen wir jetzt weiter vorgehen?« fragte Gianni.

Eine schwierige Frage. Wenn jeder seine eigenen Ziele verfolgte, kam nichts dabei heraus: Der Steinfisch lag vor uns auf dem Tisch, anstatt in der Honighöhle zu hängen, und die Silbermaske ruhte wie ehedem über den Gebeinen der toten Königin. Würde ich die Maske wirklich abnehmen können? Nach allem, was passiert war? Hatte ich mir nicht Respekt vor den Toten und vor den Lebenden vorgenommen? Durfte der Zauber der Bienenkönigin angetastet werden?

Ich befand mich in einem scheinbar unauflöslichen Gewissenskonflikt. Wenn wir nicht weiterforschten, sondern an der Maske der Bienenkönigin haltmachten, würden wir nie erfahren, ob meine Theorie über den historischen Kern des Märchens stimmte. Durften wir der Welt eine versunkene Etruskerstadt vorenthalten? »Wir fahren zur Honighöhle!« entschied ich. »Vielleicht führt uns der Steinfisch ebenfalls zur Wahrheit, auf eine Weise, die keine alten Wunden aufreißt, sondern heilt. Wenn wir dem Märchen glauben, müßte irgendwo bei der Höhle der Schädel der Bienenkönigin zu finden sein.«

Gianni schaute skeptisch. »Ich weiß nicht, Ernesto suchte auch und fand nichts. Dabei hatte er mehr Zeit als wir. Trotzdem, daß du mitkommen willst, um den Steinfisch zurückzubringen, freut mich. Und auf dem Rückweg können wir bei Tante Lulu vorbeifahren. Auf Wiedersehen sagen.«

Meine Güte, richtig, über all den Aufregungen hatte ich vollkommen vergessen, daß unsere Zeit im Tal der verlorenen Seelen zu Ende ging. Morgen schon! Abschied von Tante Lulu und ihrer begnadeten Kochkunst – wer wußte, ob ich jemals wieder nach Vallemutri und in den Genuß einer hausgemachten *Napoletana* kommen würde!

Mit diesen trübsinnigen Gedanken schafften wir hastig Ordnung im Garten. Gemeinsam verschlossen wir das Grab der Bienenkönigin, stellten Larths Urne darüber und schütteten notdürftig Erde auf die schwere Grabplatte. Dann schnürten wir unsere Rucksäcke und machten uns auf den Weg.

Es ging schon auf den frühen Abend zu, als wir den Wagen unterhalb der Honighöhle parkten. Infolgedessen war der Aufstieg diesmal weniger beschwerlich. Die Sonne hing als trüber, tiefstehender Lichtpunkt hinter den Wolken, so daß wir zügig die steile Geröllbahn erklimmen konnten.

Endlich standen wir oben. Das Tal wirkte enger als beim letzten Mal. Eine verhangene Landschaft. Rastlose Wolkenbahnen zogen über Pietrarolla in die grüne Senke. Der hohe Turm von San Lorenzo berührte die eiligen grauen Fetzen beinahe.

»Wir müssen uns beeilen«, mahnte Gianni. »In spätestens einer Stunde wird es dunkel.«

Mit Hilfe der Strickleiter kletterten wir in die Honighöhle. Gianni fand den ursprünglichen Platz des Steinfisches, ohne zu suchen. Prüfend legte er die abgeschlagenen Flächen übereinander. Das Muttergestein nahm den heimgekehrten Findling gnädig wieder auf; es paßte. Gianni rieb die feuchte Felswand sorgfältig trocken, bevor er großzügig Klebstoff darüber spachtelte. Die dazugehörige Stelle am Steinfisch wurde ebenfalls mit der milchigen Paste bestrichen. Dann preßte er das abgetrennte Felsstück fest gegen die Höhlenwand. Es hielt.

Gianni trat einen Schritt zurück und besah sein Werk im weichen Licht der Taschenlampe. Er war zufrieden. In ein paar Wochen würde die polierte Oberfläche ebenso unter dem graugrünen Moosfilm verschwunden sein wie der Rest der Wand. Und kein Mensch würde einen Steinfisch sehen – es sei denn, er wäre ein Kind und ebenso neugierig, wie Gianni es gewesen war.

»Die Zeit läuft uns davon«, sagte ich resigniert, als wir wieder auf dem Felsvorsprung vor der Honighöhle standen und in das dunkel werdende Tal blickten.

Gianni nickte. »Es ist zu spät, um nach dem Kopf der Bienenkönigin zu suchen. Wir müssen schauen, daß wir vor Sonnenuntergang am Auto sind. Im Dunkeln will ich den Berg nicht runterstolpern.«

Wehmütig stimmte ich ihm zu. Der Abschied rückte immer näher. »So ein Menschenleben ist doch viel zu kurz. Es gibt so viel herauszufinden, so viele Fragen und Rätsel, die einen interessieren, daß man wohl fünfhundert Jahre leben müßte, um in Frieden sterben zu können.«

»Vielleicht kommen wir ja wieder«, meinte Gianni tröstend. »Nächstes Jahr vielleicht, oder im Herbst.«

»Vielleicht«, sagte ich. Aber ich fühlte, daß ich zum letzten Mal vor der Honighöhle stand und auf das Tal der verlorenen Seelen blickte.

Ohne Schaufel und Sieb aus den Rucksäcken genommen zu haben, verließen wir den felsigen Gipfel. Eine melancholische Stimmung begleitete unseren Abstieg. Besonders als wir durch den knorrigen Märchenwald schritten, Gnomen und hutzelige Zwerge hinter den verwachsenen Bäumen vermutend. Jeder Augenblick, der uns in dieser verzauberten Welt noch verblieb, war kostbar, wir zeigten einander die Absonderlichkeiten der Natur und teilten das Gefühl, etwas sehr Liebgewonnenes verlassen zu müssen.

Es wäre ein trauriger letzter Abend geworden – wenn es Tante Lulu nicht gegeben hätte. Aber es gab sie, wofür ich alsbald die Götter pries. Welch Abschiedsessen hat uns diese energische rundliche Frau auf den Tisch gezaubert!

Wir liefen gerade noch rechtzeitig ein, um die Vorbereitungen für das Abendmahl mitzuerleben. Lulu schimpfte wie ein Rohrspatz. Daß Gianni, die lahme Ente, nicht früher Bescheid geben konnte! Wie sollte sie jetzt schnell ein anständiges Abendessen zustande bringen? Eines, das unseres Abschieds würdig war? – Und überhaupt, wie wir aussahen! Erbärmlich abgemagert in den letzten drei Tagen. Seit wir das letzte Mal etwas Anständiges zwischen die Zähne bekommen hatten. Bei ihr. Vor allem der bedauernswerte Valentino! Halb verhungert. Die ausgebeulten Jeans schlotterten nur so um seine eingefallenen Lenden. Um ihrem Lamento Nachdruck zu verleihen, zog sie kräftig an meinem Hosenbund. Nun ja, relativierte Lulu etwas milder, als sie meiner fülligen Blößen ansichtig wurde. Was ein richtiger Mann sei, der müsse wohl mehrere Kessel über dem Feuer haben.

Und dann begann sie unverzagt, das Haus nach Nahrungsmitteln zu durchforsten. Ihre Backen glühten, als sie Küchenschränke und Vorratsräume aufriß, zwischen Hühnerstall, Kühlschrank und Kräutergarten umhersauste, Berge von Teigen, Breien, Gemüse und Salat anrichtete, gleichzeitig den Holzofen befeuerte, Wassertöpfe aufsetzte und Ölpfannen zum Sieden brachte. Und unablässig ihr Mundwerk in Bewegung hielt.

Gianni, dem der Großteil ihrer Rede galt, war durch Tante Lulus unstete Gesprächigkeit nicht weniger paralysiert als ich. Faul und matt in den Stühlen hängend, waren wir vollauf damit beschäftigt, die auf uns einprasselnden optischen und akustischen Signale zu verarbeiten, die Tante Lulu in atemberaubender Geschwindigkeit und Masse aussandte. Die kollektive Lähmung ihres Publikums schien sie dabei nicht zu stören. Im Gegenteil. Bald wurde offensichtlich, daß Lulus raumgreifende Vitalität geradezu die Absicht hatte, etwaige Störungen ihrer Alleinunterhalterrolle im Keime zu ersticken. So mochte es durchaus angehen, als Zeichen der Anwesenheit gelegentlich zu nicken oder ein paar Nüsse zu verzehren. Ansonsten jedoch war strengste Passivität geboten, wenn man ihrem Feuerwerk aus Worten, Schüsseln und Gebärden unbeschadet entgehen wollte. Also schwiegen wir, nickten gelegentlich, kauten Pistazien und spuckten Olivenkerne ins Feuer.

Ich wüßte nicht zu sagen, über was Tante Lulu sprach. Aber ich weiß noch genau, *während* was sie sprach. Jede ihrer Bewegungen grub sich mir tief ins Gedächtnis, so fasziniert verfolgte ich die chaotisch-kreative Küchenschlacht. Wie sie die unterschiedlichsten Dinge gleichzeitig machte: ihre widerspenstigen Haare aus dem runden Gesicht strich, Zähne bleckte und einen Teigfinger prüfend zwischen die Lippen steckte. Wie sie mit vollem Mund meckernd lachte, mehlbestäubt, indes die andere Hand geschickt und routiniert einen Pizzateig anrührte – diese alles versprühende, alles erdrückende Energie wälzte uns platt und riß mich dennoch auf seltsame Weise mit. Als käme in ihr zum Ausdruck, was ich selbst im Leben niemals dartun können würde.

Bald kam Silvio von der Arbeit. Er setzte sich nach kurzer herzlicher Begrüßung an den Tisch und half uns beim Olivenkernespucken. Tante Lulu kämpfte in der Zwischenzeit lautstark mit dem Pizzateig, brutzelte ein halbes Rindvieh in gewaltigen Pfannen und schlug die Jahresproduktion einer Hühnerfamilie auf – Dotter in die Schüssel, Eiweiß in den Rührbecher.

Dann schneite Onkel Raffaele herein, mit leicht ironischem

Blick die Szene erfassend. Er begrüßte uns familiär und knapp und half unverzüglich beim Pistazienessen. Tante Lulu knallte herben Hauswein vor unsere im Kautakt hüpfenden Nasen, während sie Tomaten für die *Napoletana* einkochte und dem brütenden Ofen weiter tüchtig einheizte.

Endlich kam Angelina. Aus der Kirche, in der sie die Gläubigen mit ihrem Orgelspiel erfreut hatte. Und siehe da: Angelina brachte sogar ein paar Sätze in Lulus Redeschwall unter. Aber sie half ja auch in der Küche, während die Männer nur unnütz herumsaßen und Olivenkerne ins Feuer spuckten.

Eine heile Welt, dachte ich gerührt. Eine schrecklich enge und starre, aber liebenswerte kleine Welt. Wie selbstverständlich hatten sie mich aufgenommen. Einen Fremden, der kaum ein paar Brocken ihrer Sprache verstand und sich kostenlos durchfraß, obwohl er genug Geld besaß, um wochenlang in fremden Ländern herumzufahren. Lulu hatte noch nie Urlaub gehabt, Raffaele ebensowenig. Ihr Leben war Arbeit, Ehe, Kinder, Gott und Steuerzahlen. Ein Leben, das in keinem Geschichtsbuch auftauchen würde, das keine Spuren hinterließ. Aber: Es war ihnen genug! Mehr durfte nicht erwartet werden.

Natürlich war es unsinnig zu glauben, ich hätte dieses Leben teilen können. Unmöglich. *Mir* wäre es nicht genug gewesen. Ich wollte wissen, forschen, bewirken. Doch dafür mußte auch ein Preis entrichtet werden. Die gelassene Ruhe dieser Menschen, ihr Gottvertrauen, und wie sie auf persönliche Freiheit verzichteten, um Geborgenheit erleben zu können – es war mir fremd, und doch genoß ich es in vollen Zügen, die Sehnsucht, die ich danach fühlen würde, schon währenddessen in der Brust.

Wir tafelten bis spät in die Nacht. Es bedarf wohl keiner Hervorhebung, daß Lulus ofenfrische *Napoletana* der unbestrittene Höhepunkt des Abends war. Kauend sprach man über dies und das. Zeitlose, leichte Stunden, die ich bald vergessen würde. Angelina fragte uns über Deutschland aus, Silvio erzählte von der Arbeit, Onkel Raffaele nickte zufrieden am flackernden Kamin ein.

Meist war es Lulu, die das Zepter schwang. Bis sie schließlich ein wenig müde wurde. Die Worte fielen fortan spärlicher. Immer häufiger wanderten unsere Blicke zum unvermeidlichen Flimmerkasten.

Irgendwann sah mich Gianni fragend an: »Gehen wir?«

Ich nickte. Die Zeit war gekommen. »Andiamo!« sagte ich, und Gianni erhob sich und breitete mit einer entschuldigenden Geste die Arme aus.

Die betuliche Ruhe zerbrach. Lulu und Raffaele erwachten aus ihrem teilnehmenden Dämmerschlaf und erhoben sich. Lulu hatte noch einen Haufen Geschenke für Giannis Familie, *salsa,* eingekochte Tomatensoße vor allem, dazu Käse, Oliven und Selbstgebackenes.

Auch ich bekam ein kleines Päckchen. Mit kalter Pizza, einem runden Oreganobrot und gelbem Rührkuchen. Als Fahrtproviant. Wie es denn nun stehe mit meinem Plan, in Deutschland eine Pizzeria zu eröffnen, ging Lulu auf einen Scherz ein, den ich im Verlauf des Abends eingebracht hatte.

Mit ihr als Köchin jederzeit, gab ich zurück.

Nun, sie selbst sei leider unabkömmlich, aber – Lulu zeigte auf ein versiegeltes Plastikdöschen in meinem Paket – damit könne nichts schiefgehen. »La *pasta!*« meckerte sie verschmitzt. Ein Bällchen frischer Pizzateig. Und wenn ich den zu Hause in meinen Teig einarbeiten würde, wie sie es mir gezeigt hatte, würde meine *Napoletana* genausogut werden wie ihre. Oder zumindest fast so gut. Und sollten alle Stricke reißen, müßte ich sie eben einfliegen lassen.

Ich war gerührt und wußte nicht, wie ich ihr danken sollte.

Wie einen Schatz würde ich ihren Teig hüten, versprach ich. Und zehn Prozent vom Erlös der Pizzeria monatlich ins Tal der verlorenen Seelen überweisen.

Das war ein gutes Schlußwort, befand Onkel Raffaele, der allmählich ins Bett wollte.

Im Gänsemarsch wurden wir nun zum Auto geleitet. Dankesworte, Grüße und gute Ratschläge für die Fahrt schwirrten umher wie Bienen um ihren Honigstock. Wir sollten nur recht bald wiederkommen. Und schreiben. Schreiben müßte man sich auf jeden Fall gelegentlich, und schön sei es gewesen. Sehr schön.

Endlich blieb nichts mehr zu wünschen übrig und zu hoffen. Hände wurden geschüttelt, man umarmte und küßte die Reisenden wie Seeleute, die lange nicht wiederkehren würden.

»*Se venite, venite!*« sagte Lulu, bevor sie mich in ihre kräftigen Arme schloß. »*Io sempre sono qui!*« Wenn ihr kommt, kommt! Ich bin immer hier, sagte Maria Ludvina Orsini zum Abschied.

Als gebe es keinen Tod.

Der zweite Tod
des Don Michele Orsini

Die letzte Nacht im Tal der verlorenen Seelen verlief ohne Zwischenfälle. Es war der zweite Montag im April, gut zweitausendfünfhundert Jahre nach dem Tod der ersten Bienenkönigin, eintausendneunhundertfünfundachtzig Jahre nach der Verkündigung eines neuen Namens durch den Stern über Betlehem, sechsundzwanzig Jahre nachdem eine zweite Bienenkönigin hatte sterben müssen. Vor sechzehn Tagen hatte uns ein entmenschter Schrei in eine andere Welt katapultiert. Tage, die unser beider Leben, Giannis wie meines, von Grund auf verändert hatten. Nun taten wir uns schwer, zurückzuspringen.

»Es ist unglaublich«, bilanzierte Gianni beim Frühstück. »Was wir in zwei Wochen alles erlebt haben! Erinnerst du dich noch an unsere Ankunft? Wie uns Ernesto im Morgengrauen aus dem Schlaf riß?«

»Ich dachte wirklich, daß wir seiner letzten Stunde beiwohnen«, pflichtete ich Giannis Verwunderung kopfschüttelnd bei.

»Und dann seine Vision im Gemüsegarten, und wie wir dahinterkamen, daß er unser plötzliches Auftauchen ebenfalls für eine Vision hielt!«

»Unheimlich, ja. Manchmal denke ich, Ernesto hat bis heute nicht realisiert, daß wir wirklich da sind.«

»Wie es ihm wohl geht?« überlegte Gianni versonnen. Er blickte mich fragend an: »Sag, Valentin, was hältst du von der Idee, auf dem Heimweg am Sanatorium vorbeizufahren? Ich würde ihn gerne noch mal sehen. Wer weiß, wie lange er noch lebt.«

Ich dachte kurz nach. Eigentlich wollte ich den Tag nutzen, um das letzte Rätsel vielleicht doch noch zu lösen. Mir war gestern ein Gedanke von eigentümlicher Logik gekommen, den ich überprüft haben wollte.

Gianni führte ein weiteres Argument ins Feld: »Ernesto könnte uns bestätigen, ob sich wirklich alles so abgespielt hat, wie wir uns das vorstellen. Irgendwie traue ich unserer Version noch nicht. Obwohl die Geschichte nun schlüssig scheint.«

»Du glaubst, Ernesto würde uns erzählen, was er in jener Nacht, als Renato kam, tatsächlich gesehen hat?«

»Warum nicht? Vielleicht würde es ihm sogar guttun, vielleicht würde ihm ein Stein vom Herzen fallen? Mit Antonio oder den Tanten kann er darüber bestimmt nicht sprechen. Die wollen von der Sache nichts hören.«

»Kein Wunder. Sie glauben, daß er Lisandra umgebracht hat.«

»Es dürfte auch nicht einfach werden, sie vom Gegenteil zu überzeugen – ohne daß es für uns ziemlich peinlich wird«, stellte Gianni fest.

»Weshalb?«

»Weil wir sie der Mittäterschaft verdächtigt haben, irrigerweise. Und Antonio wird es uns nachträglich garantiert krummnehmen, daß wir ihn Lisandras Leiche entdecken ließen. Mir wäre lieber, er könnte nach wie vor an eine Vision glauben.«

»Aber wir mußten so denken und handeln, weil wir Lisandras Affäre mit Renato nicht kannten. Hätte Antonio offen erzählt, anstatt die verlogene Schweiz-Version aufrechtzuerhalten, dann wären wir der Wahrheit schneller auf die Spur gekommen.«

»Das ist die nächste Peinlichkeit an der Geschichte. Wenn wir berichten, wie es wirklich war, kommen uralte Lügen wieder ans Tageslicht. Lügen, die überdecken sollten, daß Lisandra mit Renato durchbrannte. Wer unangenehme Tatsachen so hartnäckig verdrängt wie meine Familie Lisandras vermeintlichen Ehebruch, wird nicht plötzlich bereitwillig die Vergangenheit bewältigen wollen.«

»Nun, wir werden nicht umhin kommen, sie mit der Wahrheit und ihren Lügen zu konfrontieren. Oder willst du deine Familie im ungewissen lassen?«

»Vielleicht wäre es in diesem Fall wirklich das beste. Für Platte und die Tanten ist Lisandra jetzt endgültig tot. Sie wollen die Vergangenheit begraben. Lassen wir sie im Glauben, daß Ernesto den Ehebruch seiner Frau mit einem Mord sühnte.

Im Tal der verlorenen Seelen dürfte dies als sein gutes Recht betrachtet werden. Man wird ihm keine Vorwürfe machen.«

»Ich weiß nicht«, sagte ich nachdenklich. »Wenn ich etwas aus den letzten Tagen gelernt habe, dann die Gewißheit, daß eine Vergangenheit, die Schuld trägt und verschwiegen wird, immer wiederkehrt. Als ob die Wahrheit eine geheimnisvolle Kraft besäße, sich stetig ihren Weg ans Licht zu bahnen. Und mit jedem Versuch, sie wieder zuzuschütten, wird die Erkenntnis schmerzhafter.«

»Du hast bestimmt recht, Valentin. Aber so viel Zeit verbleibt den alten Leuten gar nicht mehr. In ein paar Jahren sind sie tot. Lassen wir die Dinge, wie sie nun mal sind. Wir brauchen ja nicht zu lügen. Wir sagen nur nicht die Wahrheit.«

»Wie du meinst, Gianni. Die Entscheidung liegt bei dir. Ich werde mich nicht in deine Familienangelegenheiten mischen.«

»Danke«, sagte Gianni. »Was hältst du jetzt von der Idee, Ernesto einen kurzen Besuch abzustatten? Das Sanatorium liegt praktisch auf dem Weg zur Autobahn. Wir würden ihm bestimmt eine große Freude machen.«

»Einverstanden«, stimmte ich etwas widerwillig zu. »Vorausgesetzt, wir fahren trotzdem erst heute nachmittag los, wie geplant. Ich möchte noch etwas klären, bevor ich diesen Ort verlasse. Das ist die letzte Chance herauszufinden, ob Vallemutri eine alte Etruskerstadt ist!«

»Aber denk an unser Versprechen! Du darfst mit deinem Wissen nicht an die Öffentlichkeit gehen!«

»Gianni, nachdem Ernesto nicht der Mörder ist, sehe ich eigentlich keinen Grund mehr zu schweigen.«

»Bis auf die Tatsache, daß meine Familie hier lebt.«

»Gut, das respektiere ich. Aber du hast selbst gesagt, daß es dir im Prinzip nur um Ernesto geht.«

»Sobald er gestorben ist, können wir anfangen. Platte und

die Tanten kommen auch ohne das Haus aus. Aber wo soll Ernesto schreien?«

»Kein Zweifel, solange Ernesto lebt, werden wir die Vergangenheit ruhen lassen. Aber, ohne dir weh tun zu wollen: Ernesto wird sicher keine neunzig Jahre alt. Und eine professionelle Grabung muß sorgfältig vorbereitet werden. Ich möchte so viele Fakten wie möglich mit nach Hause nehmen. Bis es soweit ist, könnte ich eine grandiose Publikation ausarbeiten, die wie eine Bombe im Lager der Etruskologen einschlagen wird. Stell dir vor, was das für eine Sensation wäre: Gianni Orsini und Valentin Soldan, unbeschriebene Blätter in der Gelehrtenwelt, entdecken eine verschollene Etruskerstadt. Zeitungen und Fernsehen würden über uns berichten. Ich könnte Vorträge halten und müßte mich nicht mehr mit Baugenehmigungen und Notgrabungen herumschlagen. Wir wären gefragte Leute, Gianni. Damit kann man auch seinen Lebensunterhalt verdienen.«

»Du vielleicht«, lachte Gianni. »Ich nicht. Ein Automechaniker hält keine Reden vor Professoren und ähnlich klugen Menschen. Aber wie dem auch sei, ich will deiner Karriere natürlich nicht im Weg stehen. Die Sache steigt – sobald Ernesto in Frieden gestorben ist, *va bene?*«

»*Va bene!*« schlug ich ein. »Und jetzt hör zu!« Ich mußte Gianni in meine Überlegungen einweihen. In Vallemutri waren die unglaublichsten Dinge passiert. Warum sollte nicht möglich sein, was ich mir voller Hoffnung ausmalte? Wir hatten in den letzten sechzehn Tagen Rätsel gelöst und Geschehnisse aufgedeckt, die Jahrzehnte, Jahrhunderte und Jahrtausende zurücklagen. Wir hatten die Vergangenheit als eine fortwährende Angelegenheit erfahren, denn die Geschichte und die Geschichten dieses Ortes reichten bis in unser eigenes Leben. Wir sahen in die Vergangenheit und konnten dadurch sogar ein bißchen in die Zukunft schauen. Wir hatten zwei Morde gelöst und einen dritten verhindert. Gegen alle diese Erfolge nahm sich eine unbeantwortete Frage fast bescheiden aus: Warum vergrub Don Michele die gestohlenen Kandelaber des Herzogs von Alba bei der illegalen Wasserleitung?

»Ist die Frage wirklich so wichtig?« zweifelte Gianni.

»Sie geht mir nach. Könnte es nicht sein, daß diese belanglose kleine Frage der Schlüssel zum letzten großen Rätsel ist? Dein Vater war ein gewitzter Mensch, aber nur ein Dummkopf hätte das doppelte Risiko seiner Gaunereien auf sich genommen. So dachte ich bis gestern, bis wir herausfanden, daß Renato den Schatz des Don Michele Orsini entdeckte, als er Lisandras Leiche vergrub.«

»Wissen wir das so sicher?«

»Sicher ist hier gar nichts, aber wie sonst hätte Ernesto in den Besitz der Kupfersonne gelangen sollen?«

»Also noch mal von vorne: Renato und mein Vater entdeckten das Grab des Haruspex und die darunterliegende Gruft der Bienenkönigin. Renato verschwand mit seinem Anteil nach Amerika, und mein Vater vergrub das, was er nicht verkaufen konnte, im Garten.«

»Genau. Und unter den unverkäuflichen Dingen waren die Kupfersonne aus Larths Urnengrab und die Kandelaber des Herzogs von Alba.«

»Dann kam Renato zurück und erwürgte Lisandra ...«

»Und jetzt kommen wir zum entscheidenden Augenblick!« fiel ich Gianni ins Wort. »Nachdem Renato wieder bei Sinnen war, wurde ihm klar, was er aus Wut und Enttäuschung angerichtet hatte: Er war zum Mörder geworden! Eine schreckliche Erkenntnis, aber zu spät. Seine Tat reute ihn, doch selbst wenn er sich der Polizei stellte, würde Lisandra nicht wieder lebendig. Sie war tot, tot, tot, ohne daß er es gewollt hatte. Und er wollte leben! – Selbst zu Tode erschrocken, hob er eine Grube aus, um Lisandras Leiche zu verscharren. Da stieß er auf den Schatz des Don Michele. Er wußte natürlich sofort, daß er den Anteil seines früheren Partners entdeckt hatte. Und eines Tages, spätestens, wenn er in einer finanziellen Klemme saß, würde Don Michele die geklauten Gegenstände wieder ausgraben!«

»Renato mußte die Entdeckung seiner Mordtat befürchten!«

»Was also sollte er tun? Die Grube, die er ausgehoben hatte, war ein schlechtes Versteck für Lisandras Leiche. Aber Renato hatte keine Zeit – und wahrscheinlich auch keine Nerven mehr, um ein neues Loch zu schaufeln. Der Morgen graute bereits, die Leiche mußte verschwinden. So schnell wie möglich. Auch Renato war ein gewitzter Bursche. Er machte aus der Not eine Tugend und sicherte seinen Mord doppelt gegen Entdeckung!«

»Wie das?« fragte Gianni.

»Zum einen entnahm er Micheles Schatz die bronzene Gürtelschnalle. Er wußte, daß sie aus dem Grab der Bienenkönigin stammte. Mit diesem Schmuckstück ließ sich Lisandras Leichnam, der rasch zerfallen würde, als antikes Frauenskelett tarnen! Zum anderen mußte Renato dafür sorgen, daß Michele seinen Schatz fand, *bevor* er auf die Leiche stoßen konnte. Deshalb vergrub Renato zuerst Lisandra, schüttete eine Schicht Erde darüber und legte dann Micheles Anteil in das Erdloch zurück. Aus diesem Grund konnte dein Vater fünf Jahre danach eine Wasserleitung legen, ohne Lisandras Leiche zu finden – aber dazu kommen wir später.

Renato hatte extra nur einen Gegenstand aus Micheles Schatz genommen. Überdies einen aus Bronze, den Michele zwischen all den Kostbarkeiten aus Gold und Silber am wenigsten vermissen würde. Nachdem der Mörder alle Spuren so gut wie möglich verwischt hatte, floh er ungesehen nach New York zurück.

Ungesehen heißt, Renato glaubte, niemand habe ihn beobachtet. Doch er vergaß Ernesto. Der hatte Renato sehr wohl gesehen, wie er mit seiner Frau im Garten stand und gestikulierte. Als der Kaffee immer kälter wurde, ging Ernesto nachschauen. Aber Renato und Lisandra hatten sich in Luft aufgelöst. Ernesto war verwirrt. Er suchte und rief – und fand dort, wo er Lisandra zuletzt gesehen hatte, die Kupfersonne. Jenes verwitterte Amulett, das aus Larths Urnengrab stammte, das Michele mit dem restlichen Diebesgut im Garten versteckt hatte und von Renato verloren wurde, als er Micheles Schatz nach einer passenden Grabbeigabe für Lisandra durchwühlte. Er muß es in der Aufregung übersehen und vergessen haben!«

»*Sagra dei funghi!*« ächzte Gianni. »Eine Irrfahrt durch Gräber und Jahrhunderte!«

»Es ist in der Tat ein Wunder, wie sich alles zusammenfügte. Aber zuerst ging die Irrfahrt weiter. Denn Ernesto schleppte sich in seiner wahnsinnigen Verzweiflung zur Honighöhle – mit der Kupfersonne des Haruspex. Dort grub er mit seinen Händen nach dem Kopf der Bienenkönigin. Denn dieses Märchen war für den verstörten Mann, der nach seinem Unfall in eine Art verzauberte Kinderwelt zurückgefallen war, der einzige Anhaltspunkt, der zu Lisandra führen konnte.«

»Du hast recht. Tante Anna sagte, daß dieses Märchen Ernestos Lieblingsgeschichte war. Die Mutter mußte es ihm immer vor dem Einschlafen erzählen. Jede Wette, daß es auch in Ernestos Beziehung zu Lisandra eine Rolle spielte. Vielleicht hat sie ihm das Märchen erzählt, wenn er nicht schlafen konnte oder Schmerzen hatte.«

»So ungefähr stelle ich mir das auch vor. Die Polizisten aber, die Ernesto bei der Honighöhle fanden, ein antikes Schmuckstück in der lehmverschmierten Hand, die Beine in einem

Erdloch baumelnd, mußten natürlich denken, daß Ernesto die Kupfersonne dort oben ausgegraben hatte. Außer dem Mörder gab es nur einen Menschen, der es besser wissen konnte: Don Michele. Doch der lebte in Deutschland und war an der Wahrheit verständlicherweise nicht interessiert.«

Ich hielt inne und schaute zu Gianni. Er lauschte selbstvergessen meinen Ausführungen. Sollte ich fortfahren? Nein, ich mußte ihm die Möglichkeit geben, den Rest selbst zu erzählen. Seit Ernestos zweiter Vision lag der unsichtbare Schatten seiner Schwindelei zwischen uns. Natürlich verstand ich seine Motive. Ich hätte auch nicht jedem vom Schatz meines verstorbenen Vaters erzählt, wenn ich Grund zur Vermutung gehabt hätte, daß es ein gestohlener Schatz sei. Aber das zählte jetzt nicht mehr. Wir suchten die Wahrheit.

»Gianni«, sagte ich leise, »ich glaube, jetzt bist du an der Reihe.« Er nickte wie in Trance. »Ja«, sagte er. »Es wird Zeit, mich zu erinnern. Laß mich nachdenken.« Er lehnte sich zurück und begann langsam zu sprechen. »Als Ernesto seinen Unfall hatte, waren wir, meine Mutter, meine Geschwister und ich, erst kurze Zeit in Deutschland. Vater hingegen war schon ein paar Monate zuvor über die Alpen gezogen. Er mußte Arbeit und eine Wohnung besorgen, bevor die Familie nachkommen konnte. Ich war damals fünf Jahre alt. Viel später fragte ich meinen Vater, wie und warum er nach Deutschland gegangen war, als einer der ersten Ausländer. Denn das Wirtschaftswachstum begann ja erst ein paar Jahre nach unserem Umzug. Er gab mir keine klare Auskunft, sondern murmelte, daß die Amerikaner ihm einen Job in der Kasernenverwaltung angeboten hätten. Aus und basta.

Mein Vater arbeitete tatsächlich einige Jahre für die amerikanische Armee, im EUCOM-Hauptquartier bei Stuttgart. Bloß erscheint es mir mittlerweile zweifelhaft, daß er die Stelle einfach nur so bekam. Schon ziemlich ungewöhnlich, oder?

Ein Süditaliener stellt sich in Deutschland bei den Amerikanern vor und erhält einen Job, obwohl er weder deutsch noch englisch sprechen kann. Beide Sprachen hat er erst dort gelernt.«

»Wahrscheinlich waren ihm die Kontakte aus dem CLUB OF WESTMINSTER eine große Hilfe bei der Arbeitsvermittlung nach Deutschland.«

»Das denke ich auch. Und ich denke, daß die damit verbundene Fahrerei einen weiteren Zweck erfüllte: Vater konnte seinen Schatz aus Italien schmuggeln!«

»Und verkaufen. Er brauchte nur an seine alten Beziehungen anzuknüpfen – auch hier amerikanische GIs, die nicht lange fragten, woher die wunderhübschen Souvenirs stammten!«

»Ich erinnere mich jedenfalls, daß mein Vater häufig im Garten buddelte, wenn wir den Sommer über in Vallemutri waren. Als Kind fiel mir das natürlich nicht sonderlich auf. Warum auch? Er pflanzte Tomaten und Bohnen und Kartoffeln wie heute Onkel Antonio.«

»Bloß daß er sie nicht erntete!«

»Und auch der Zeitpunkt seiner Aussaat war etwas merkwürdig. Wir hielten es wohl schlichtweg für seinen Tick. Jeder Mensch hat einen. Andere Leute sammelten Briefmarken oder wuschen jeden Samstag ihr Auto. Mein Vater werkelte nun mal gerne im Garten. Vielleicht, weil er so selten in Vallemutri war und die heimatliche Erde nicht oft genug zwischen den Händen fühlen konnte.

Nichtsdestoweniger kamen mir irgendwann die Gerüchte um seinen Schatz zu Ohren. Jeder in der Familie wußte davon. Nichts Genaues, es war eine Legende, wie es sie in jeder Familie gibt. Unsere war eben besonders spannend. Mein Vater redete nie darüber. Im Gegenteil, er blockte jedes Gespräch über seinen Schatz konsequent ab. Ich habe nie herausgefunden, warum er in dieser Angelegenheit so verschwiegen war.«

Ich glaubte es zu wissen. Aber erst mußte Gianni beichten.

»Mein Vater war schon damals oft krank. Während meiner Schulzeit lag er einmal für ein paar Wochen im Krankenhaus. Die Ärzte glaubten, er habe Tuberkulose. Dann kam das Jahr 1982. Ein schreckliches Jahr. Mein Vater hustete ständig und spuckte Blut. Die Ärzte schickten ihn zuerst in Kur, man hoffte noch auf Besserung. Schließlich die niederschmetternde Nachricht: Krebs! Auch da hofften wir noch. Denn zwischendurch ging es ihm besser denn je. Er arbeitete einige Wochen und lebte richtiggehend auf. Aber dann brach er doch immer wieder zusammen; es war ein langsamer, aber unaufhaltsamer Abstieg.

Irgendwann muß ihm klargeworden sein, daß es nicht mehr lange gehen konnte. Wir sprachen nicht sehr ehrlich miteinander in dieser Zeit. Jeder tat so, als würde er wieder gesund werden, und mein Vater spielte mit. Die Ärzte wiesen ihn in eine Klinik ein, die sich auf Krebserkrankungen spezialisiert hatte. Wir setzten große Hoffnungen auf dieses Krankenhaus. Erstaunliche Geschichten von wundersamen Heilungen wurden uns darüber erzählt. Meine Eltern schauten es sich an – und kamen ziemlich entsetzt zurück: Es war ein Vorzimmer zum Friedhof. Eine Sterbestation. Die Ärzte hatten meinen Vater aufs Abstellgleis geschoben.«

Gianni lächelte bitter.

»Aber wir hatten keine andere Wahl. Mein Vater mußte medizinisch versorgt werden, wenn er einen Schwächeanfall bekam. Und die Anfälle kamen immer öfter. Also beschloß er, den Vorhof zum Tod zu betreten. Vielleicht geschah ja eines der berichteten Wunder? Wir waren bereit, an alles zu glauben, was ihm helfen konnte. Nach Weihnachten sollte er ins Krankenhaus. Die Ärzte hatten eine risikoreiche Operation in Aussicht gestellt, die ihn vielleicht retten konnte. Er stimmte allem zu. Aber bevor er ins Krankenhaus ging, wollte er noch einmal nach Vallemutri fahren.

Das war im Dezember 1982, also vor knapp zweieinhalb Jahren. Wir fuhren Sonntagnacht los, es war die Nacht vor Nikolaus.«

»Wir?« rief ich verblüfft dazwischen. »Du bist mitgefahren?«

»Selbstverständlich! Würdest du deinen todkranken Vater allein ins Auto setzen?«

»Nein, natürlich nicht. Aber du hast mir doch erzählt, daß du 1976 zum letzten Mal in Vallemutri warst.«

»Das stimmt nicht! Ich habe wortwörtlich gesagt, daß 1976 mein letzter *Sommer* in Vallemutri war. Wir fuhren im Winter, mein Vater und ich. Ich lüge nie!«

»Ich weiß, ich weiß«, winkte ich ab. »Du sagst nur nicht immer die Wahrheit.«

»Ich schweige, wenn es besser ist, nichts zu sagen. Das ist ein Unterschied.«

»Vergiß es. Erzähl weiter!« Auf dieses Thema würden wir später noch zu sprechen kommen.

»In Bologna mußten wir einen Tag Pause einlegen. Vater ging es hundeelend. Am Dienstagabend kamen wir in Vallemutri an. Er hustete und röchelte, daß mir angst und bange wurde. Das feuchtkalte Wetter war Gift für seine angegriffenen Bronchien. Du weißt ja inzwischen, wie ungemütlich unser Haus bei schlechtem Wetter ist. Wir froren und hockten im dicken Anorak vor dem Kamin. Auf Pietrarolla lag Schnee. Ich wollte ihn natürlich gleich wieder zurückbringen. Aber er weigerte sich. Er lehnte es auch ab, die Familie zu sehen. Wir hätten bei Onkel Antonio oder bei Tante Lulu im warmen Bett schlafen können; sie hätten sich gefreut, meinen Vater bei sich aufzunehmen. Aber er wollte niemanden sehen.

Irgendwann in dieser furchtbaren Nacht schlief ich erschöpft ein. Ich hatte meinen Daunenschlafsack auf dem Küchentisch ausgelegt; es war einfach zu kalt, als daß wir in den oberen Zimmern hätten schlafen können. Mein Vater rückte sich die beiden Sessel zurecht und döste, in Decken gehüllt, vor dem Kamin.

Am frühen Morgen wachte ich auf. Ich sah zum Sessel. Er war nicht da. Im selben Moment wußte ich, daß etwas Schreckliches passiert war. Halb verrückt vor Angst rannte ich aus der Tür. Mein Vater lag auf der Veranda. Sein Gesicht war leichenblaß. Die Beine lagen grotesk gegeneinandergedreht, und aus Mund und Nase rannen feine Blutfäden. Neben ihm befand sich ein weißer, erdverschmierter Plastiksack aus dicker Folie.

Ich dachte zuerst, er sei tot. Verzweifelt rief und schüttelte ich meinen Vater. Er rührte sich nicht. Nur seine Augenlider flatterten ein wenig. Er war nicht bei Bewußtsein, aber er lebte. Ich schleppte ihn sofort ins Auto und fuhr zum nächsten Krankenhaus. Man braucht etwa eine halbe Stunde bis in die Stadt. Es war die schlimmste halbe Stunde meines Leben. Den regungslosen Leib meines Vaters auf dem Rücksitz, raste ich heulend durch ausgestorbene Dörfer und menschenleere Täler. Grauenhaft. Ich habe monatelang von dieser Fahrt geträumt.

Endlich fand ich das Krankenhaus. Sie brachten ihn augenblicklich auf die Intensivstation, es ging um Leben und Tod. Stundenlang wartete ich in halbdunklen Fluren und Wartezimmern. Manchmal ging ich spazieren. Es gab einen kleinen Park vor dem Krankenhaus.«

Gianni hielt einen Moment inne, bevor er weitersprach.

»Die Ungewißheit war fast noch schlimmer als der Anblick meines leblosen Vaters auf der Veranda. Niemand informierte mich. Ein Pfleger brachte mir etwas zu essen, aber er wußte auch nicht, wie es um meinen Vater stand. Endlich kam ein Arzt. Mein Vater lebte! Nur konnten sie ihm nicht weiterhelfen. Er brauchte eine spezielle Behandlung. Das kleine Hospital war für seinen Fall nicht eingerichtet.

Der Arzt schlug vor, meinen Vater direkt nach Deutschland zu transportieren. Im Rettungshubschrauber. In das Krankenhaus, in das er nach Weihnachten sowieso hätte eingewiesen werden sollen. Der Doktor hatte schon mit dem dortigen Chefarzt gesprochen, ich brauchte nur noch zuzustimmen. Ich wäre dem Arzt fast um den Hals gefallen vor Dankbarkeit. Mein Vater wurde noch am selben Tag in die Krebsklinik geflogen. Ich aber fuhr nach Vallemutri zurück, um unsere Sachen zu packen.

Ich hatte wenig Zeit, über die merkwürdigen Umstände nachzudenken, unter denen ich meinen Vater gefunden hatte. Trotzdem schaute ich mir natürlich den verwitterten Plastiksack an. Darin befanden sich der Bronzeteller und die beiden eisernen Speerspitzen, die ich später in euer Institut brachte. Außerdem drei silberne Becher und ein schwerer Ohrring aus Gold.«

»Ein Ohrring aus Gold?« rief ich fassungslos.

Gianni nickte. »Logischerweise ahnte ich, daß der Inhalt des Plastikbeutels mit dem geheimnisvollen Schatz meines Vaters zu tun hatte. Aber ich hatte keine Zeit, und ich war zu aufgewühlt, um den Garten gründlich untersuchen zu können. Ein hastiger Rundgang im Schneeregen ergab keinen Anhaltspunkt. Mein Vater hatte die Spuren sorgfältig verwischt, bevor er zusammenbrach.« Gianni verbarg seinen Kopf zwischen den Händen und schwieg.

»Himmel noch mal, Gianni! Wieso hast du mir nichts davon erzählt? Ich meine, wir haben uns doch kennen- und schätzengelernt in den letzten zwei Wochen. Da muß es doch eine Gelegenheit gegeben haben, die Sache ins reine zu bringen!«

»Es ging nicht«, sagte er bedrückt. »Ich konnte einfach nicht darüber sprechen. Vielleicht wollte ich nicht daran denken, wie er auf der Veranda lag und aus dem Mund blutete.«

»Bei allem Verständnis für dieses schreckliche Erlebnis: Aber von den anderen Funden im Plastiksack hättest du mir wirklich erzählen können! Oder noch einfacher: Du hättest sie mir damals mit dem Bronzeteller und den Eisenspitzen übergeben können!«

»Unmöglich!« sagte Gianni traurig. »Ich besaß sie nicht mehr.«

»Er hat sie wieder versteckt?«

»Nein, nein, das konnte er nicht mehr. Wir haben den Ohrring und die Silberbecher verkauft.«

»Verkauft? Zum Teufel, Gianni, rück endlich mit der Sprache heraus! An wen?«

»Valentin, ganz ehrlich, ich weiß es nicht mehr. Es tut mir leid. Ich schäme mich wirklich. Ich sehe jetzt, daß ich dich gleich hätte einweihen müssen. Es war ein Fehler von mir!«

»Schon gut, schon gut! Erzähl mir den Rest!«

»Ich packte also unsere Sachen zusammen und verließ Vallemutri noch am selben Tag. Ohne jemanden gesehen zu haben. Ernesto, Antonio und die Tanten wurden wahrscheinlich vom miesen Wetter zu Hause im Dorf gehalten.«

»Hast du die Funde mitgenommen?«

»Selbstverständlich. Ich wickelte sie einzeln in meine Kleider: die Becher in die Socken, den Ohrring und die Eisenspitzen zum Rasierzeug, der Teller verschwand zwischen meinen Pullovern. Ich kann dir sagen, an der Grenze wäre ich fast gestorben vor Angst! Aber es ging gut. Ich hatte Glück.

Mein Vater hatte den Rettungsflug gut überstanden. Als ich zu Hause ankam, sah er schon wieder ganz gut aus. Er erholte sich bald, wurde aber nie mehr aus dem Krankenhaus entlassen.

Natürlich sprachen wir über die Gegenstände aus der Plastiktüte. Er gestand, daß sie aus seinem Schatz stammten. Er war sehr froh, daß ich sie mitgenommen hatte. Aber er wollte mir nicht verraten, wo sein Schatz vergraben sei. Überdies gebe es dort nicht mehr viel zu holen. Das meiste habe er bereits verkauft. Die silbernen Trinkbecher und den prächtigen Ohrring wollte er ebenfalls verkaufen, damit die Familie nach seinem Tod besser über die Runden käme. Weil Bronzegegenstände nicht viel einbrachten, sollte ich den Teller und die Speerspitzen im Keller verstecken. Die wertvollen Teile indes sollte ich sorgfältig verpacken und an eine Adresse schicken, die er mir aufschrieb.«

»Und die Adresse hast du nicht mehr, oder?« fragte ich resigniert. »Nein, leider nicht. Ich kann mich noch erinnern, daß es ein amerikanischer Name war, ein kurzer Name, und ein kleiner Ort bei Stuttgart. Bestimmt kannte mein Vater einen amerikanischen Mittelsmann, der das Zeug in die Staaten verkaufte. Wie gesagt, er sprach nicht darüber. Als ich fragte, ob der Verkauf geglückt sei, sagte er ja, ich solle mir keine Sorgen machen, und das war's.

Ehrlich gesagt beschäftigte mich sein langsames Sterben auch weitaus mehr als der blöde Schatz. Von Januar bis August 1983 ging es dauernd rauf und runter. Manchmal fühlte er sich ausgezeichnet und konnte sogar aufstehen. Wir gingen dann ein bißchen spazieren oder setzten uns in die Sonne; aber am nächsten Tag war es wieder wie zuvor. Im Herbst verschlechterte sich sein Zustand endgültig. Er konnte das Bett fast nicht mehr verlassen und litt entsetzliche Qualen. Es war ein schrecklicher Anblick, meinen Vater so hilflos vor mir liegen zu sehen. Er wurde ganz klein und grau vor Schmerzen und Todesangst. Wir rechneten jeden Tag mit dem Ende. Von den tollen Operationen sprach keiner mehr. Die Ärzte hatten ihn aufgegeben.

Mein Vater bat mich, ihm zu helfen, seine Papiere in Ordnung zu bringen. Nach außen gab er sich gefaßt. Doch ich wußte, wie es in ihm aussah. Seine Augen brachen vor Angst, Einsamkeit und Verzweiflung.

Ich lebte damals mit einem Kloß im Hals. Ich hätte ständig heulen können, brachte aber keine Träne raus. Ich begann, die sonntäglichen Besuche im Krankenhaus zu hassen. Der Geruch von Leiden und Sterben widerte mich an. Überall lagen und saßen zerfallende Menschen, lebende Tote, gebrochene Körper und Seelen, die nur noch funktionierten, weil man sie mit Medikamenten vollpumpte und an Maschinen anschloß. Manchmal ließ ich meine Mutter allein zu ihm gehen. Ich konnte einfach nicht mehr.

In dieser Zeit fiel mir der Bronzeteller wieder in die Hände. Ich hatte ihn, wie Vater es aufgetragen hatte, zwischen den Koffern und Wintermänteln im Keller versteckt. Plötzlich wollte ich alles darüber wissen. Ich ging in ein Museum und suchte nach ähnlichen Gegenständen, um herauszufinden, wie alt mein Bronzeteller und die Eisenspitzen waren. In der Bücherei lieh ich mir Geschichtsbücher und forschte nach alten Zeiten und Kulturen. Das war sehr spannend, führte aber zu keinem Ergebnis. Ich glaube, mein Interesse für den verwitterten Bronzeteller war eine Art Flucht. Ich konnte den Tod meines Vaters nicht mit anschauen. Ich schob sein Leiden weg, und als Ersatz kümmerte ich mich um seine Hinterlassenschaft, als wäre er schon gestorben.

Als mir klar wurde, daß ich allein nicht weiterkommen würde, wandte ich mich an meinen alten Schullehrer. Er verwies mich an euer Institut, und so lernten wir uns kennen.«

»Ich weiß noch, wie du damals vor mir gestanden hast. Professor Heinkel befand sich gerade am Bodensee. Ich spielte den Chef.«

»Sehr überzeugend, übrigens. Ich war ziemlich beeindruckt, daß so ein junger Bursche den ganzen Laden schmiß.«

»Dann hörten wir fast ein Jahr nichts mehr voneinander. Heinkel war sicher, daß du deine Funde nie mehr abholen würdest, weil ich dir so streng ins Gewissen geredet hatte. Wir wollten die offiziellen Stellen in Neapel einschalten.«

»Das hat mich vielleicht geärgert! Ich hielt dich für einen typisch deutschen Bürokraten, der mir zusätzlich Schwierigkeiten machen wollte.«

»Deshalb hast du dich wohl so lange nicht mehr blicken lassen?«

»Ich kam auch nicht dazu. Außerdem konnte ich doch nicht über Dinge verfügen, die mir gar nicht gehörten. Mein Vater lebte noch, oder besser gesagt, er kämpfte um sein Leben. Es ging täglich schlechter. Ich mußte mich seinem Tod stellen, so gut ich konnte. Das füllte mein Leben vollständig aus. Sein Tod zog sich unendlich lange hin. Wir hatten alle Hoffnung aufgegeben, aber wir sprachen nicht darüber. Das bedaure ich am meisten. Man muß mit Sterbenden über den Tod sprechen können, denn alles andere interessiert sie nicht mehr. – Im März 1984 starb er endlich. Es war schrecklich, aber irgendwie waren wir erleichtert, daß die Qual ein Ende hatte.« Gianni sah betroffen zu Boden. »Ich brauchte ein paar Monate, um den Tod meines Vaters zu verarbeiten. Eigentlich wäre es besser zu sagen, daß ich ihn verdrängte. Ich versuchte, an andere Dinge zu denken – und irgendwann fiel mir der Bronzeteller wieder ein.«

»Daraufhin bist du im Institut aufgetaucht, um die Funde abzuholen.«

»Verständlich, oder? Sie waren ein Andenken an meinen Vater.«

»Und dann sind wir ins Gespräch gekommen, und du hast mich eingeladen, mit dir nach Vallemutri zu gehen.«

»Das war ein gutes Gespräch, es hat mir geholfen. Eigentlich bin ich erst durch dich auf die Idee gekommen, nach der Vergangenheit meines Vaters zu suchen. Der Schatz wurde Nebensache.«

»Das freut mich. Ich glaube dir. Nur eines ist mir noch nicht klar: Wieso hast du mir erzählt, dein Vater habe den Bronzeteller und die Eisenspitzen beim Verlegen einer Wasserleitung gefunden?«

»Da habe ich wirklich gelogen«, gestand Gianni verlegen. »Aber es hätte so passiert sein können, weil mein Vater 1964 tatsächlich eine Wasserleitung verlegt hatte. Das wußte ich, ich hatte ihm als Zehnjähriger dabei geholfen. Vielleicht verstehst du jetzt auch, warum ich so überrascht war, als Ernesto uns am ersten Tag über die Wasserleitung führte und *Qui sono* sagte. Mein Märchen schien Wahrheit zu werden. Ich wußte, daß die Funde zum Schatz meines Vater gehörten, hatte aber keine Ahnung, wo er sie begraben hatte. Es war ein Zufall. Ein glücklicher Zufall, der meine Lüge bis zuletzt verdeckte.«

»Ein Zufall?« Gab es den überhaupt? »Ein Zufall, der jede Menge Verwechslungen mit sich brachte! Aber das spielt jetzt keine Rolle. Was du mir erzählt hast, Gianni, bestärkt meine Theorie: Weißt du, warum dir dein Vater selbst auf dem Sterbebett nicht anvertraute, wo der Schatz begraben liegt?«

»Nein. Keine Ahnung. Ich glaube, das werde ich nie herauskriegen.«

»Du täuschst dich. Ich kann es dir sagen.«

»Du?«

»Ja. Aber dazu müssen wir wieder in die Vergangenheit springen und zur Ausgangsfrage zurückkehren: Warum vergrub Don Michele die Kandelaber bei der illegalen Wasserleitung? – Heute weiß ich, daß die Frage falsch herum gestellt ist. Denn Michele vergrub, umgekehrt, die Wasserleitung bei den geklauten Kerzenleuchtern!«

»Wie bitte?«

»Fangen wir noch mal von vorne an: Als deine Tante Lisandra vor gut sechsundzwanzig Jahren ermordet wurde, war dein Vater in Deutschland. Man erzählte ihm vom Verschwinden der Tante, er wußte, daß Renato in Vallemutri war und dachte, wie der Rest der Familie, daß Renato und Lisandra gemeinsam nach Amerika abgehauen waren – bis er nach Vallemutri kam und die Kupfersonne sah! Denn Michele wußte als einziger Mensch, außer Renato – aber der hatte kein Interesse daran, es zu bekennen –, daß Ernesto die Kupfersonne nicht vor der Honighöhle gefunden haben konnte. Und weil Michele ein heller Kopf war, ahnte er eine schreckliche Wahrheit ...«

»Mein Gott!« rief Gianni. »Er glaubte, sein Bruder wäre ein Mörder!«

Ich nickte. »Die Kupfersonne entstammte seinem Schatz. Ergo blieb nur eine Möglichkeit: Ernesto mußte den Schatz entdeckt haben. Dazu das zeitgleiche Verschwinden von Lisandra und Ernestos Verwirrung – ich wäre wahrscheinlich zum selben Schluß gekommen.«

»Deshalb verriet mein Vater den Fundort nicht! Er wollte nicht, daß jemand Lisandras Leiche entdeckte, weil er glaubte, sein Bruder wäre der Mörder!«

»Er glaubte es, aber er wußte es nicht sicher. Aus Ernesto war bestimmt kein klares Wort herauszubekommen. Und deshalb legte er eine ›illegale Wasserleitung‹!«

»Moment, er legte die Leitung nicht wegen des Wassers?«

»Ich vermute, er legte sie aus drei Gründen: Einmal, weil er einen Vorwand brauchte, um ein paar Kostbarkeiten aus der Erde zu holen. Zweitens konnte er gleichzeitig nachschauen, ob eine Leiche bei dem Schatz lag. Und drittens war eine ›illegale‹ Leitung der beste Schutz vor der Neugier seiner Familie. Oder kannst du dir vorstellen, daß Platte etwas mit einer illegalen Leitung zu tun haben wollte?«

»Alles, nur das nicht!« stimmte Gianni zu.

»Eben. Die illegale Wasserleitung war eine geniale Idee deines Vaters, um Ernesto zu schützen – und den Schatz!«

»*Sagra dei funghi!*« stöhnte Gianni. »Es ist unglaublich!«

»Das Beste kommt noch, Gianni. Ich glaube, daß der Schatz deines Vaters noch immer in der Erde liegt! Nicht mehr vollständig. Die wertvollsten und imposantesten Gegenstände aus Gold und Silber hat er sicherlich verkauft. Aber das Kleinzeug: für Michele wertlos, für uns vielleicht der Schlüssel zu einer versunkenen Etruskerstadt!«

»Mann, das wäre ein Ding! Bloß, wo soll sich denn dieser Restschatz befinden? Wir sind bis zur Leiche von Lisandra vorgestoßen. Nach deiner Überlegung müßte der Schatz darüber liegen, aber er war nicht da. Wir haben alles durchwühlt und systematisch gesiebt und nur die Kandelaber finden können – das einzige, was vom Schatz übrigblieb!«

»Da bin ich anderer Meinung. Denn es gibt noch etwas, was über Lisandras Leiche liegt und was wir nicht untersucht haben: die illegale Wasserleitung!«

»Wie bitte?« Gianni brauchte ein paar Sekunden, um meine Worte einzuordnen. »Du glaubst im Ernst, in diesen alten Rohren soll sich der Schatz meines Vaters befinden? Blödsinn! Und selbst wenn, es wäre ja heute alles verrostet!«

»Im Gegenteil! Wie soll etwas rosten, wenn kein Wasser daran kann? Gianni, versteh doch: Die Leitung ist eine Attrappe! Ein geniales, wasserdichtes Versteck für kleine, empfindliche, gestohlene Gegenstände! Nur die Kandelaber waren zu groß dafür. Deshalb vergrub er sie gesondert in der Nähe.«

Gianni war sprachlos. »Wenn das stimmt, glaube ich dir fortan jedes Wort, ohne Einschränkung!«

»Wir können es sehr leicht nachprüfen. Wo beginnt die Wasserleitung?«

»Laut Antonio irgendwo unter der Straße. Sie war damals, als mein Vater angeblich das öffentliche Netz anzapfte, noch nicht geteert ...«

»Gut, dann müssen wir das andere Ende der Leitung suchen. Weißt du, wo sie aufhört?«

»Du! Valentin!« sagte Gianni unvermittelt in meine Euphorie. »Deine Theorie kann nicht stimmen!«

»Warum?«

»Weil Antonio erzählte, daß die Familie seit 1964 keinen Pfennig für das Wasser bezahlt hat. Trotzdem fließt Wasser aus den Hähnen. Der Brunnen ist längst versiegt, und das Wasser aus dem Flüßchen könnte kein Mensch mehr trinken. Die Leitung kann also keine Attrappe sein!«

In Sekunden brach mein Gedankengebäude in sich zusammen. Ich hatte nur einen einzigen Punkt außer acht gelassen, aber der war entscheidend: Giannis Familie bezahlte seit über zwanzig Jahren keine Wasserrechnung! Der Schatz des Don Michele Orsini blieb verschollen wie die namenlose Etruskerstadt!

»Außerdem«, setzte Gianni fort, »hatte die Gemeindeverwaltung wirklich Lunte gerochen. Erinnere dich, was Antonio und Tante Anna erzählten: Eines Tages standen Carabinieri auf dem Grundstück und untersuchten die Wasserzufuhr. Nur dank der verwirrenden Konstruktion meines Vaters und weil Ernesto früher bei den Carabinieri war, wurde die illegale Leitung nicht entdeckt. Wenn wir uns von Antonio verabschieden, soll er die Geschichte noch mal erzählen.«

»Du hast recht!« sagte ich niedergeschlagen. »Falls vom Schatz deines Vaters noch etwas übrig ist, finden wir ihn nie!«

»Na, komm! So düster darfst du die Sache auch nicht betrachten. Deine Theorie ist doch zum größten Teil stimmig. Du hast die letzte Frage beantwortet. Daß sie nicht der Schlüssel zum Namen der Königin ist, dafür kannst du ja nichts.«

»Es ist trotzdem bitter, nach Hause zu fahren, ohne das letzte Rätsel gelöst zu haben.« Mißmutig dachte ich an meine halbgepackten Koffer.

»Wir können wiederkommen«, tröstete Gianni. »Beim nächsten Mal nehmen wir uns mehr Zeit. Wir werden jeden Quadratzentimeter Boden in diesem Garten umgraben. Und jede Wette, daß wir dann noch ein paar andere Gräber finden.«

»Bis dahin können noch Jahre vergehen. Wer weiß, wann wir wiederkommen!« prophezeite ich trübsinnig.

Gianni schüttelte den Kopf über meine Ungeduld. »Valentin, ich mußte Jahre warten, um zu verstehen, warum mein Vater schwieg. Mir gegenüber, seinem Sohn. Das tat weh, und ich konnte keinen Frieden mit ihm schließen. Da wirst du doch ein paar Monate auf ein Wissen warten können, mit dem jetzt sowieso noch nichts anzufangen wäre. Freu dich lieber mit mir über das Erreichte! Dank deiner Hilfe weiß ich: Mein Vater schwieg, weil er Ernesto schützen wollte. Das kann ich ihm verzeihen. Ich kann ihn tot sein lassen, ohne ihm böse zu sein. Ich fühle mich befreit von einer schweren Last. Heute ist mein Vater zum zweiten Mal gestorben. Aber diesmal mit meinem Einverständnis!«

Gianni hatte recht. Wenn ein Sohn mit seinem toten Vater Frieden schließen konnte, war das wirklich ein Erfolg. Gleichwohl es eine seltsame Regel Vallemutris bestätigte: Scheinbar mußten hier alle Leute mindestens zweimal sterben, bevor sie in Frieden ruhen konnten!

»Vallemutri ist ein sonderbarer Ort«, befand Gianni und trug das Frühstücksgeschirr ab. »Hier ist alles möglich. Und sollte Platte eines Tages die Wasserrechnung für die letzten zwanzig Jahre bekommen, wissen wir, daß in Vallemutri selbst das Unmögliche möglich ist!«

Der Gesang der Wasserleitung

Ich verwünschte jede Schaufelladung Erde, die auf die massive Grabplatte fiel. Wie konnten wir die Vergangenheit zuschütten, nachdem wir sie soeben erst aufgedeckt hatten! Vor allem aber: nachdem wir sie noch nicht *vollständig* aufgedeckt hatten! Ich haßte den Gedanken, daß ich meine Aufgabe nicht zu Ende bringen konnte. Sicher, ich wußte mehr über mich, über Gianni, über Vallemutri, über Leben, Tod und Schicksal als zuvor. Aber was nützte dieses Wissen, wenn es von einer bohrenden Frage überschattet wurde: War Vallemutri auf dem Boden einer Etruskerstadt entstanden? Trennten uns nur ein paar Zentimeter von einer sensationellen Entdeckung?

Die Ahnung, was wir alles hätten entdecken können, quälte mich weit mehr als die vorherige Ahnungslosigkeit. Nie würde ich meine Ruhe wiederfinden können, bevor ich nicht meine Theorie über Vallemutris Vergangenheit bestätigt oder widerlegt wußte. Da konnte Gianni trösten oder meine Ungeduld belächeln – die unbeantwortete Frage brannte wie ein alles verzehrendes Feuer in meinem wißbegierigen Herz.

Statt dem inneren Drängen nachzugeben, schaufelte ich mißlaunig Erde über die Steinplatte, unter der Larths Urne stand, die wiederum auf einer weiteren schweren Deckelplatte ruhte, worunter der Sarg der toten Königin sich befand. Der Widerspruch zwischen dem, was ich wollte, und dem, was ich tat, machte mich zusehends ärgerlicher. Ich spielte ernsthaft mit dem Gedanken, meinen Urlaub zu verlängern. Wenn ich Heinkel ein paar Appetithäppchen zuwarf, würde er mich vielleicht noch ein, zwei Wochen freistellen ...

»Schön war' s im Tal der verlorenen Seelen!« resümierte Gianni ungetrübt in meine sauertöpfischen Gedankenspiele. »Aber jetzt freue ich mich wieder auf das Leben! Auf Dauer ist das Wühlen in der Vergangenheit doch etwas ermüdend.«

»Hört, hört!« erwiderte ich gereizt. Daß Gianni jetzt schon an zu Hause denken konnte. »*Ich* könnte es gut und gerne noch ein paar Wochen hier aushalten und weitergraben.«

»Die Idee mit der Wasserleitung spukt dir immer noch im Kopf rum, stimmt's?«

»Stimmt!« bekannte ich unumwunden. »Dein Vater hätte die Wasserleitung überall verlegen können. Warum ausgerechnet an derselben Stelle, an der die gestohlenen Kandelaber und Lisandras Leiche lagen?«

»Aber du hast doch alles erklärt! Mein Vater wollte wissen, ob sein Schatz noch da war und ob sich Lisandras Leiche daneben befand. Dafür brauchte er einen Vorwand. Die Wasserleitung. Und die mußte illegal sein, damit niemand anders zu graben anfing und Ernesto geschützt war. Stimmt doch alles!«

»Nur daß die Wasserleitung keine Attrappe ist, sondern wirklich Wasser ins Haus führt.«

»Logisch!« grinste Gianni. »Dafür ist eine Wasserleitung nun mal da. – Aber weißt du was?« wurde er unerwartet nachdenklich. »Irgendwie klingelt's bei mir, wenn du von einer *Attrappe* sprichst.«

»Vielleicht denkst du an den Traum, den ich dir erzählt habe. Mein Alptraum, wie mir der *Steinschneider* den Kopf öffnet, ein Vogel herausstößt und sich auf die Nonne stürzt. Das rote Buch auf ihrem Kopf fällt herab, und ich sehe, daß es ein Holzkistchen ist, eine *Attrappe*. War es das?«

»Könnte sein«, meinte Gianni zögernd.

»Dann kannst du es getrost vergessen! Selbst im Traum habe ich mich getäuscht. Das Buch war zwar ein Kistchen, aber nicht leer. Die roten Haare der Bienenkönigin quollen heraus.«

»Ich weiß nicht«, murmelte Gianni. »Irgendwas war da noch. Aber es entwischt mir, sobald ich es fassen will.«

»Vielleicht fällt's dir wieder ein. Jetzt sollten wir uns besser ranhalten. Der Himmel sieht gar nicht gut aus!«

Schon am Morgen waren dunkle Wolken über das Tal gezogen. Nun hatten sie sich verdichtet; Regen lag in der Luft. Wenigstens würde uns bei diesem Wetter der Abschied leichterfallen.

»Zeus zürnt uns armen kleinen Totengräbern«, unkte Gianni mit einem besorgten Blick zum Firmament. »Schütten wir die Grube zu, bevor uns seine Blitze treffen!«

Eilig ebneten wir die Erde über den Gräbern zweier unglücklich in ein düsteres Schicksal verstrickten Menschen ein. Larth, der Haruspex und Seherpriester vom Volke der Etrusker, würde wie ehedem als Urnengeist über den Frieden seiner Königin wachen, deren Namen wir vielleicht nie erfahren würden, deren silbernes Antlitz aber unvergeßlich blieb.

Trotzdem, wie fern erschienen mir plötzlich die flackernden Szenen am Grab der Bienenkönigin! Wie unfaßbar, daß ich kaum vierundzwanzig Stunden zuvor meine Hände um Lauras Kehle gelegt hatte! Je mehr wir uns bemühten, unsere Spuren zu verwischen, je mehr wir den Ausgangszustand wiederherzustellen versuchten, desto unwirklicher wurden unsere Erlebnisse. Nicht, daß ich vergaß! Was ich hier erlebt hatte, war ein Teil von mir geworden und somit unvergeßlich. Aber das Erlebte wurde rasend schnell Vergangenheit. Geschichte, die ich wie ein Fremder empfand, unbeteiligt, als hätte nicht ich, sondern irgendwer Lisandras bleichen Schädel zwischen hellen Kieseln und rötlichem Sand aufblitzen sehen.

Auch ihr Grab, das Grab der zweiten Bienenkönigin, war wieder zugeschüttet worden. Nur das schlanke Zedernbäumchen, das wir über ihren Gebeinen angepflanzt hatten, verriet den zweiten schicksalhaften Ort um Giannis Haus, wo einst sein Vater die aus Kirchen und Gräbern geraubten Schätze vergrub, wo Renato Tante Lisandras Leiche verscharrte, und wo wir die Kandelaber des Herzogs von Alba entdeckten.

Wie eng die Jahrtausende beisammen lagen, und wie schnell sie sich auf einmal von mir entfernten! Zurück blieb bruchstückhaft Erinnerung: an sechzehn ziemlich klare Tage, nebelhafte Stunden und mit dem Zeitmaß untrennbar verschmolzene Minuten.

Dazwischen gab es immerhin auch ein paar helle Punkte Wirklichkeit. Sekunden, die Gefühle wurden, Augenblicke, die zu tiefen, eigentlich unbeschreiblichen Erkenntnissen führten. Doch auch sie waren nun Geschichte. Persönliche zwar und damit nirgendwo verzeichnet; gleichwohl Vergangenheit. Die zum Erzählen und Idealisieren einlud. Zum Ausschmükken und zum Überspannen. Zum Aufblähen und Sich-damit-Brüsten, zum Phrasendreschen, Schwafeln, Wichtigtun und Schwadronieren ... Was blieb dann von den Sekunden ungetrübter Wirklichkeit? Nichts als eingefärbte, starre Wortgebilde, von der lebendigen Wahrheit so weit entfernt wie der Mensch von der Sonne. Ein warmer Abglanz des wahren Lichts, leicht verträglich und gefiltert – aber eben nicht das Wahre!

Vielleicht, so dachte ich, war es unter diesem Gesichtspunkt gar so traurig nicht, daß etwas im Tal der verlorenen Seelen offenstand. Ein letztes Rätsel, das mich daran hinderte, mit dem Erlebten abzuschließen. Solange die letzte Gewißheit fehlte, blieb die Erinnerung lebendig. Blieb die Hoffnung auf Wiederkehr ...

Zum Mittagessen, dem letzten in Vallemutri, waren wir bei

Onkel Antonio eingeladen. Gianni überrollte seine Familie mit einer überschwenglichen Begrüßung. Die Onkel und Tanten, die von der Entdeckung ihrer Unschuld genausowenig wußten wie von unseren vorherigen Verdächtigungen, zeigten sich über Giannis neuentdeckten Familiensinn einigermaßen verwundert. Tante Cosima weigerte sich sogar, den vorschriftsmäßigen Kuß auszuführen. Auch Antonio entwand sich verwirrt den Gunstbezeigungen seines Neffen, indem er uns die Wohnung zeigte: ein enges, winkliges, modriges Gemäuer im alten Dorfkern. In den Keller ragte ein Stück des kalten grauen Felsens, auf dem Vallemutri seit Jahrhunderten klebte wie die Spinne im Netz.

Ich verstand nun, warum die Familie jeden Tag, an dem es das Wetter zuließ, in Giannis Haus und Garten verbrachte. Kaum vorstellbar, daß Ernesto, Antonio, Anna, Cosima und Francesca an Regentagen keine Platzangst bekamen. In ihrer winzigen Wohnung hätte ich es keine vierundzwanzig Stunden ausgehalten.

Das Mittagessen verlief friedlich und erwartet nahrhaft. Tante Annas Kochkünste standen denen Tante Lulus kaum nach. Ihre *gnocchi* hätten sich ebenso in jedem *ristorante* sehen lassen können, und die vorzügliche Pilzsuppe war ein gänzlich neues Geschmackserlebnis für meinen neugierigen Gaumen. An Tante Annas Tafel schmeckte ich dieselbe kräftige Tradition, dieselbe gradlinige Erfahrung im Spiel mit Kräutern und Aromen wie bei Lulu. Schlichte, ursprüngliche Kochkunst, ein wildes, bittersüßes Küchenhandwerk, bei dem Verzicht und Leidenschaft den Löffel führten. Und doch ließ sich ein feiner, fast unmerklicher Unterschied herausfiltern. Ich schrieb ihn Tante Lulus einzigartigem Temperament zu. Ein Mensch von solcher Impulsivität und Kraft wird immer bis an die Grenze gehen – und damit seinem Leben und seinen Gerichten Würze verleihen. In Tante Lulus Kochtöpfen überwog die Leidenschaft, in Tante Annas der Verzicht. Nuancen, die Vorzügliches von Meisterhaftem unterschieden.

Nach dem Essen verabschiedeten wir uns von den Tanten. Onkel Antonio würde später noch mal zu Giannis Häuschen hinausfahren, um uns einige Geschenke für die Familie in Deutschland mitzugeben.

Tante Cosima grollte immer noch, wahrscheinlich wegen der Leiche im Garten. Sie ließ sich erneut nur höchst widerwillig küssen. Tante Francesca hingegen küßte lebhaft und, ihrer kommunistischen Gesinnung eingedenk, sehr routiniert. Tante Annas Eichhörnchenaugen wanderten während der flüchtigen Umarmung fürsorglich über Giannis widerspenstigen Scheitel und meine fleckige Jacke.

Würde ich sie jemals wiedersehen? Die greise, greinende Cosima? Die kämpferische Francesca, die tippelige Anna? Ich hoffte es, aber während wir ein letztes Mal durch Vallemutri kurvten, hatte ich nicht das Gefühl, daß ich diesen Ort bald wieder betreten würde.

Antonio indes sahen wir schneller wieder als erwartet. Wir hatten kaum die Koffer gepackt, da stand er auch schon auf der Veranda und wartete ungeduldig darauf, unser Gepäck einladen zu dürfen. Er schien die Minuten zu zählen, bis er wieder von seinem geliebten Garten Besitz ergreifen konnte, bezwang sich aber schließlich und bereitete uns zum Abschied sogar noch einen starken süßen Espresso, wie weiland Onkel Ernesto bei der Ankunft. Seinen langatmigen Reiseempfehlungen zuzuhören war allerdings keine Freude. Umständlich erklärte er uns, wie wir Ernestos Sanatorium, die Olivenvilla, finden würden und von dort zur Autobahn. Dann, wieviel wir wo an Mautgebühr zu zahlen hatten, die Benzinpreise würden auch jeden Tag steigen, und über das zunehmend rücksichtslose Fahrverhalten seiner Landsleute brauchte man ja eigentlich kein Wort zu verlieren, wenn es nicht so ungeheuer rücksichtslos wäre, und er, Antonio, der letzte große lebende Kenner der italienischen Autobahnszene, uns davor nicht zu warnen hätte. Leider tat er dies ungefähr zwanzigmal, so daß wir am Ende seines halbstündigen Vortrags über Verkehrsmoral und Sitte keinerlei haftende Erinnerung über die von ihm eingangs empfohlene Streckenplanung hatten. Aber das machte ja nichts. Schließlich besaßen wir eine ausgezeichnete Straßenkarte. Die wir Onkel Antonio allerdings vorenthalten mußten, damit er seine Route nicht, wie vorgeschlagen, darauf einzeichnen konnte.

Um von dem leidigen Thema loszukommen, fragte Gianni beiläufig nach der illegalen Wasserleitung. Wie denn das seinerzeit gewesen sei, als die Carabinieri gekommen waren, um die Wasserzufuhr des Grundstücks zu überprüfen.

Hoho! Haha! Das war vielleicht eine aufregende Geschichte! Da sei selbst ihm, Antonio, dem Wehrhaften und stadtbekannten Obrigkeitsschreck, das Herz in die Hose gerutscht. Denn Giannis Papa, der die Leitung damals legte, war nicht da. Also oblag es ihm, Antonio, dem furchtlosen Hausverwalter, Ernestos Ex-Kollegen herumzuführen. Alles habe er, Antonio, der unverzagte Flaschner und Sanitärberater, den beiden Polizisten fachmännisch erklärt. Welche Rohre wohin führten und welche woher kamen; wie er die verzinkten Hähne regelmäßig reinige und wo die Filter steckten; welche Dichtungen nach seiner Erfahrung am längsten halten würden und welche man als Fachmann unbedingt zu meiden hatte. Die Beamten hatten nur genickt, dann mit Ernesto ein paar Zigaretten geraucht und über alte Zeiten gesprochen. Tante Anna brachte Espresso, den man einträchtig schlürfte; Antonio bot einen Schnaps an, der dankend abgelehnt wurde. Schließlich gingen sie wieder.

Phantastisch, lobte Gianni, der mir während Plattes Rede vielsagend zugezwinkert hatte.

Auch ich kam nicht umhin, die rechtschaffenen Carabinieri um ihren undankbaren Auftrag zu bedauern.

Und die Familie hatte tatsächlich noch nie einen Pfennig für das Wasser bezahlt, hakte Gianni heldenmütig nach. Das sei ja schier unglaublich! Denn Wasser fließe doch aus allen Hähnen. Was glaubte denn die Stadtverwaltung, woher das Wasser komme?

Aus dem Brunnen, erwiderte Antonio. Der sei zwar heute versiegt. Aber damals, vor zwanzig Jahren, habe er noch reichlich Wasser getragen. Bevor Michele die illegale Leitung gelegt hatte, versorgte der Brunnen das ganze Haus. Und zwar über eine raffinierte Konstruktion, die sich Michele selbst ausgedacht hatte.

Ach! Das klang natürlich spannend für Gianni, der inzwischen jede Spur seines Vaters mit Begeisterung verfolgte. Ob man sich das mal angucken könne?

Aber nur zu gerne! Antonio, der treuherzige Hausverwalter, würde das Wunderwerk von Giannis Herrn Papa mit größter Freude und in allen Einzelheiten vorführen. Als sei es sein eigenes.

So begaben wir uns spornstreichs vors Haus. Onkel Antonio zeigte sich entzückt über die Gelegenheit, seine Kenntnis über Haus und Garten unter Beweis zu stellen und dem jungen Erben einen detaillierten Rechenschaftsbericht abzulegen. Er wandte sich, Hauswand und Leitungsrohre im Rücken, wie ein Vortragsredner an das Auditorium, das aus einem neugierigen Gianni und einem gelangweilten Valentin bestand.

Nach meinem Dafürhalten hätte es so kurz vor der Abfahrt keiner weiteren Belehrungen bedurft. Aber Gianni schien wirklich interessiert. Verständlich, trug doch auch diese Hinterlassenschaft deutlich seines Vaters Züge.

Onkel Antonio begann seine Ausführungen, indem er einen langstieligen Schraubenzieher aus der Jackentasche zog und selbigen mit elegantem Schwung wie einen Zeigestab über das undurchsichtige Netzwerk aus Leitungen und Rohren führte.

Das konnte heiter werden! Ich machte mich auf einige grausame Viertelstunden gefaßt, denn es war schlechterdings unvorstellbar, daß der umständlich-langatmige Antonio einen verwirrenden Sachverhalt auch nur andeutungsweise zügig erklären konnte. Nach ermüdendem Hin und Her, das meine Geduld auf eine harte Probe stellte, ergab sich folgender Gesamtzusammenhang:

Don Michele hatte das Haus mit einem geschlossenen Wasserversorgungssystem ausgerüstet, das gleichermaßen simpel wie geistreich war. Vom tiefen Brunnen im Garten führte eine Leitung zur Hauswand, um sich dort in zwei schmalere Rohre zu gabeln. Das eine Rohr mündete direkt in einen Wasserhahn, aus dem kaltes Wasser floß. Das andere indes hangelte sich der Wand entlang aufs Dach, wo ein stählerner Tank angebracht war. Darin erwärmte sich das Wasser im Sommer. Ein drittes Rohr führte herab zu einem weiteren Wasserhahn: dem für warmes Wasser. Öffnete man ihn, strömte das Wasser aus dem Tank und erzeugte einen Unterdruck, der kaltes Brunnenwasser in den Dachtank nachfließen ließ.

So weit, so gut. Nur war es natürlich so, daß auch in Vallemutri die Sonne nicht immer schien, wenn man sie brauchte. Deshalb hatte Michele eine vierte Abzweigung angelegt, die in der Hausmauer verschwand und dort wieder hervorkam. In der Mauer verbarg sich ein zweiter, kleinerer Stahltank. Er lag neben dem Kamin, weshalb man auch im Winter warmes Wasser zur Verfügung hatte. Man brauchte nur den Hebel bei der Abzweigung am dritten Rohr umzulegen, damit das Wasser nicht in den Dachbehälter, sondern in den Kamintank floß.

Onkel Antonio wußte zu berichten, daß seinerzeit, als jene Konstruktion noch ihren Dienst versah, das Kaminfeuer den

Tankinhalt beinahe zum Sieden brachte, so gut funktionierte Micheles Wasserversorgung, die überdies noch mit einigen Zwischenrohren angereichert war, damit man heißes und warmes Wasser mischen konnte.

Dann, 1964, als Michele und seine Familie nur noch sporadisch zu Besuch nach Vallemutri kamen und das Haus fast immer leer stand, legte Giannis Vater die illegale Wasserleitung. Warum? Antonio glaubte zu wissen, daß der Brunnen versiegt war. Außerdem ärgerte sich Michele über die neue Straße, die für das großartige Kanalprojekt der Stadtverwaltung gebaut wurde und das Familiengrundstück zerschnitt. Es war seine heimliche Rache, vermutete Antonio, mit dem Zeigestab über die Rohre klimpernd. Eine Rache, die Michele sehr gut getarnt hatte. Denn, deutete Platte auf die einzelnen Leitungen, was eine Art unreines Glockenspiel zur Folge hatte, die illegale Wasserleitung wand sich unter der Erde durch den Garten, um erst in der Regenrinne an die Oberfläche zu kommen. Dahinter versteckt, lief sie die Wand empor zum Dachtank. In den ergoß sich das Leitungswasser aber nicht. Der Druck der städtischen Wasserwerke wäre wohl auf Dauer zu groß gewesen. Statt dessen hatte Michele die heimliche Leitung an das frühere Warmwasserrohr angedockt, dort oben im Schatten des Dachtanks. Die Carabinieri hätten also schon auf eine Leiter steigen und in die Regenrinne gucken müssen, um Micheles wäßrigen Rachefeldzug aufzudecken.

Deshalb also gab es kein warmes Wasser mehr, rief Gianni erleichtert, als habe er soeben den Stein der Weisen entdeckt. Er verfolgte angespannt, wie sein Onkel die einzelnen Rohre abklimperte.

Das sei nicht ganz richtig, verbesserte Antonio. Es gebe nur noch kaltes *oder* warmes Wasser, aber nicht mehr beides gleichzeitig. Wenn man jenen Leitungshebel umlege, damit das

Wasser nicht direkt zurückfloß, sondern zuerst in den Kamintank, sei warmes Wasser kein Problem. Man müsse nur ein wenig Feuer im Kamin machen.

Und das erfuhren wir nun Minuten vor der Abreise! Ungezählte Rituelle Reinigungen hatten wir unnötigerweise über uns ergehen lassen! Gianni und ich tauschten verzweifelte Blicke.

In ausgewählten Worten bedankte sich Gianni nun bei seinem Onkel für die aufschlußreiche Demonstration. Es sei wunderbar, das Erbe seines Vaters in so fachkundiger und pflichtbewußter Obhut zu wissen. Da merke man Antonios jahrelange Erfahrung als Hausmeister und Verwalter eines mehrstöckigen Gebäudekomplexes in Neapel. Wie und ob man ihm überhaupt für seine Dienste danken könne?

Antonio steckte in stillem Stolz seinen Schraubenzieher ins Futteral zurück und versicherte uns ausgiebig seiner bedingungslosen Selbstlosigkeit. Gewiß, eine solche Aufgabe sei nicht einfach, und die Verantwortung laste schwer auf seinen alten Schultern. Doch Giannis Dank sei Lohn genug und entschädige ihn für manche Mühsal, die er jahrelang in freiwilliger Entsagung auf sich genommen habe.

Unser Abschied lag nun eigentlich auf der Hand. Dankesworte und Artigkeiten hatten wir schon ausgetauscht, die Koffer standen auf der Veranda, und Onkel Antonios Geschenkkarton und Tante Annas Kuchengabe für Ernesto waren im Auto verstaut. Ich wollte mich gerade auf einen abschließenden Kabinettsbesuch zurückziehen, als Gianni einen überraschenden Vorstoß landete: Er sei doch plötzlich arg erschöpft und wünsche noch ein Stündchen oder zwei zu ruhen.

Ich schaute ihn ärgerlich an. Konnte er nicht im Auto schlafen? Wir hatten eine lange Fahrt vor uns, und die Olivenvilla wollten wir auch noch besuchen! Giannis Art und Weise, unsere gemeinsamen Pläne nach Belieben umzustoßen, war nicht sehr kollegial.

Antonio geriet nicht minder aus dem Konzept. Tante Anna erwarte ihn Punkt drei zum Kaffeetrinken, stotterte er irritiert. Er könne deshalb leider nicht mehr länger warten. Ob wir ihm wohl allzu böse wären?

Mitnichten, beschwichtigte Gianni. Man könne sich ja im vorhinein verabschieden, denn wenn der Onkel zurückkehre, seien wir bestimmt schon über alle Berge.

Antonio schien dieser Vorschlag nicht recht zu behagen. Wahrscheinlich hatte er sich schon auf den beruhigenden Anblick gefreut, uns endlich abfahren zu sehen. Dann, erst dann, würde alles wieder sein, wie es gewesen war. Was konnten wir in den letzten ein oder zwei Stunden noch Schreckliches anrichten?

Ich sah, wie er das Für und Wider abwägte. Sorge und Hunger kämpften in seinem Gesicht. Gianni gab sich unbeteiligt und gähnte ungezwungen. Dann die Entscheidung: Tante Annas Kuchen siegte, ein letzter Rückzug, von Ermahnungen und Anweisungen begleitet, was wie verschlossen werden solle und wo der Schlüssel zu liegen habe und und und.

Endlich der Abschied. Ein Abschied, der mich ihm alles verzeihen ließ. Onkel Antonio umschloß seinen Neffen fürsorglich und küßte ihn zart auf beide Wangen. Er hoffe, daß wir bald wiederkämen, um die stille Genügsamkeit Vallemutris zu suchen.

Als er mich umarmte, spürte ich, daß er es ernst meinte. Es mußten harte Tage für ihn gewesen sein, von heftigem inneren Widerstreit umschattet. Zwischen Familienliebe und Selbstbestimmung, zwischen Gastfreundschaft und Eigennutz, zwischen Pflichtgefühl und Leidenschaft hin- und hergeworfen, hatte der arme Antonio schwere Schlachten mit sich selbst gefochten. Daß er sich nach Ruhe sehnte, war verständlich. Er hatte sie verdient.

Wir winkten, bis Antonios »Knutschkugel«, wie Gianni den klapprigen Fiat *Cinquecento* bezeichnet hatte, hupend und knatternd auf die Hauptstraße bog.

»Und du willst jetzt allen Ernstes ein Stündchen ruhen?« fragte ich Gianni etwas pikiert. »Wie wäre es, wenn der ehrenwerte Herr Orsini sein Schläfchen auf der Autorückbank abhielte. Ich würde mich nämlich gerne auf die Reifen machen!«

Gianni setzte sein unverschämtestes Grinsen auf und schlug mir krachend auf die Schulter. »Valentin, du bist wahrscheinlich der größte Idiot, der jemals unter der Sonne des Herrn wandelte!«

Bevor ich aufbrausen konnte, versetzte er mir einen freundschaftlichen Knuff in die Magengrube und tänzelte wie ein Boxer rückwärts zur Hauswand. »Hör doch mal!« rief er, noch immer über beide Ohren feixend. »Wie Papas Wasserleitung singt!«

Ich schwankte zwischen Verblüffung, Ärger und der Sorge um Giannis geistige Gesundheit. »Vielleicht singt auch nur das Vögelchen in deiner Birne!« mutmaßte ich wütend.

»Kling, kling, klonksss. Kling, kling, klonkssss!« äffte Gianni fröhlich die Tonfolge nach, die er mit seinem Schlüsselbund auf Don Micheles Leitungswerk erzeugte. Er ging überhaupt nicht auf mich ein. »So hör doch: Klonksss! Singt so ein Vögelein? Klonk, klonk, klonkssss! Nicht kling, nein: klonkssss!«

Ich tippte leicht an die Stirn. »Gianni, du kannst mir die Tonleiter rauf und runter pfeifen! Ich fahr jetzt nach Hause!«

»Ohne das Geheimnis der Wasserleitung gelöst zu haben? Das wäre aber schade!«

Verdutzt starrte ich ihn an. Ein leiser, hoffnungsvoller Verdacht drang durch meinen Ärger. »Das Geheimnis der Wasserleitung?«

»Na endlich!« lachte Gianni erleichtert. »Ich dachte schon, bei dir klingelt's gar nicht mehr!«

Mit einem Schritt war ich an dem Gewirr aus Rohren und klopfte sachte mit meinem Schlüssel dagegen. Tatsächlich! Kling, kling – und dann ein tiefes langes Klonk, an das sich ein feines metallisches Surren anschloß! »Verflixt!« rief ich und befingerte die einzelnen Leitungen. »Jetzt habe ich vergessen, welches Rohr wohin führt!«

»Zum Glück hat der ehrenwerte Herr Orsini aufgepaßt«, warf sich Gianni genußvoll in die Brust. »Schau her! Dies ist das Rohr, das vom Dach kommt – kling! Das hier kommt vom Kamintank – kling! Aber jenes hier – klonkssss! –, und dieses – klonkssss! –, die beiden gehörten zum früheren Leitungssystem. Man hört, sie klingen hohl, und dann scheppert es ganz leise. Ein seltsamer Ton, findest du nicht!«

»*Sagra dei funghi!* Das ist die Lösung! Nicht die illegale Wasserleitung ist eine Attrappe, sondern die, die offenliegt!«

»Genau! Als Platte noch mal berichtete, wie das Leitungsnetzwerk die Carabinieri verwirrte, fiel bei mir der Groschen plötzlich. Antonio klopfte mit seinem Schraubenzieher gegen die Rohre, und da klingelte es auch bei mir!«

Ich untersuchte die beiden hohl klingenden Teilstücke. Das eine verband die Wasserhähne miteinander und war höchstens fünfzig Zentimeter lang. Das andere führte vom Kaltwasserhahn weg und lief zum Brunnen.

Gianni und ich schauten uns an. »Wollen wir?« fragte ich, mit Blick auf meine Armbanduhr. Mit jeder Bewegung des Sekundenzeigers rückte auch unsere Abfahrt näher. »In einer halben Stunde haben wir das kleine Rohr ab- und wieder dranmontiert!«

Gianni schüttelte den Kopf. »Die kleinen Fische können wir das nächste Mal an Land ziehen!«

»Du meinst, wir sollen uns das andere Rohr vornehmen? Aber dafür reicht die Zeit nicht mehr!«

Gianni betrachtete mich ungläubig. »Du hast Antonio wirklich nicht zugehört, oder? Was interessieren mich die bescheuerten Rohre! Ich meine den Dachtank!«

Ich war bemüht, mir nicht anmerken zu lassen, daß ich den Dachtank überhaupt nicht auf der Rechnung hatte. Aber konnte es ein besseres Versteck geben? Wer guckte schon in einen Wassertank? Zumal wenn er sich auf dem Dach befand! Und war es nicht viel einfacher für Michele, bei Bedarf ein Schmuckstück vom Dach zu holen, als metertief die Erde abzutragen?

Im Hühnerhaus fanden wir eine ausziehbare Holzleiter. Ich sicherte die wackelige Stellage am Boden, während Gianni, der deutlich leichtere von uns beiden, auf das Dach seines kleinen Häuschens kletterte. Die geteerte Fläche ächzte unter seinem drahtigen Körper. Prüfend hockte er sich nieder und klopfte gegen den unscheinbaren Dachtank. Er klang ebenso hohl wie die beiden Rohre, aber tiefer und metallischer.

»Ich brauche zwei Zehnerschlüssel!« verlangte Gianni lautstark nach Werkzeug. »Einer Ring, der andere Steck!«

Ich suchte das Geforderte zusammen und reichte es ihm, vorsichtig die untersten Leiterstufen besteigend, entgegen.

»Der Tank besteht aus zwei Teilen!« informierte er mich. »Die obere Hälfte ist abnehmbar!«

Ungeduldig nach oben blickend, wartete ich auf weitere Nachricht. Ich konnte nicht sehr viel erkennen; Gianni schraubte klimpernd hinter dem stählernen Tank. Wenn jetzt Onkel Antonio käme! Und der Himmel zog auch immer mehr zu. Es konnte jeden Moment zu regnen beginnen. Warum brauchte Gianni nur so lange!

Endlich tauchte sein Kopf hinter der Dachrinne auf.

»Und?« rief ich atemlos nach oben. »Was ist?«

Er schwieg. Langsam richtete er sich auf – und zog zwei große, schwere Plastikbündel hinter dem Rücken hervor. »Wir brauchen einen Korb!« sagte er und grinste.

Ich stieß einen unartikulierten Jubelschrei aus. »Wir haben es geschafft!« brüllte ich begeistert, und Gianni fiel in mein Triumphgeheul von oben ein.

Wenig später breiteten wir den Inhalt der beiden Plastiksäcke auf dem Küchentisch aus. Eigentlich hatten wir keine Zeit mehr. Aber was kümmerte uns die Zeit! Was bedeuteten ein paar Stunden angesichts der vor uns auf dem Küchentisch liegenden Jahrhunderte!

»Der Tank rostet langsam vor sich hin«, berichtete Gianni. »Da ist schon seit Jahren kein Tröpfchen Wasser mehr drin gewesen!«

»Gianni, schau dir das an!« rief ich völlig aus dem Häuschen. »Der Schatz deines Vaters muß ein buntes Sammelsurium von Kunst- und Kirchenschätzen aus den letzten zweieinhalb Jahrtausenden gewesen sein! Ein Querschnitt durch Gräber und Kulturen. Selbst um diese Reste auseinanderzuklamüsern, wäre ein Kunsthistoriker wochenlang beschäftigt!«

»Heißt das, du kannst damit gar nichts anfangen?« fragte Gianni enttäuscht.

»Ich brauchte vor allem mehr Zeit, viel mehr Zeit«, gestand ich. »So schnell kann ich unmöglich feststellen, woher dieses stammt, und wie alt jenes ist.«

»Aber ungefähr wirst du die Gegenstände doch wohl zuordnen können! Wir müssen ja nicht alles wissen, nur wie die Königin hieß.«

»Na gut, den Kirchenplunder können wir ja mal aussortieren.«

Kopfschüttelnd nahm ich mehrere Rosenkränze aus dem

wilden Haufen. Dann Kruzifixe unterschiedlichster Größen und Materialien. Eines aus Holz, mit Gold verziert, erschien mir zumindest im künstlerischen Ausdruck wertvoll, die anderen waren Religionskitsch. Ferner fand ich eine verzinkte Hostienschale, mehrere Teile schmuckloses Altarbesteck und, zu meiner großen Überraschung, eine jüdische Gebetsmühle.

Das Chaos lichtete sich. Stirnrunzelnd wandte ich mich den weniger leicht zu definierenden Reliquien zu.

Da war zum Beispiel eine kleine weibliche Alabasterfigur. Ihre Gesichtszüge waren grob, ja irgendwie verzerrt wiedergegeben, die Hände dagegen wundervoll deutlich und exakt nachgebildet. Ein langer, halboffener Mantel fiel von ihren Schultern. Naive Stammeskunst oder eine etruskische Göttin? Wie sollte ich das jetzt bestimmen?

Genauso ein schmaler, unverzierter Bronzedreifuß: Stützte er einst das Räucherbecken eines etruskischen Edlen oder die Kandelaber des Herzogs von Weißgottwoher?

Auch der längliche Siegelring: Sein Stempel war so verwittert, daß man nichts Klärendes erkennen konnte. Gehörte er nun einem mittelalterlichen Provinzfürsten oder einem antiken Beamten?

Ziemlich eindeutig indes war die etruskische Herkunft einer bronzenen Chimäre. Ihr brüllender Löwenkopf wurde von einer wallenden Halskrause umrahmt; aus dem Leib wuchs der verwundete Hals einer Ziege, deren Kopf sterbend zur Seite fiel. Der Löwenschwanz ging in eine kräftige Schlange über, die sich um das Ziegenhorn wickelte. Leider war die Arbeit ziemlich beschädigt – wohl der Grund, weshalb Michele sie für unverkäuflich hielt.

Ebenso etruskisch sollte ein münzgroßer Bronzeanhänger sein. Er zeigte ein winziges Reliefbild, auf dem eine angekleidete Frau zwischen zwei fast nackten muskulösen Männern saß. Der eine trug einen Bart, der andere schien noch ein Jüngling zu sein. Beide, Vater und Sohn, wurden von der Frau umarmt. Ein Schmuckstück, so kunstvoll gefertigt, daß es eigentlich nur einer etruskischen Werkstatt entstammen konnte. Aber auch aus dem Grab der Bienenkönigin? Wer wußte schon, wo überall Don Michele die Schaufel angesetzt hatte?

»Eine Frau zwischen zwei Männern – das gehört bestimmt zur Bienenkönigin!« glaubte Gianni. »Der Bärtige ist Larth, der Jüngling ein Gespiele!«

»Wenn's nur so einfach wäre!« seufzte ich und lehnte mich, die Reste überschauend, zurück.

»Guck mal!« rief Gianni aufgeregt. »Im anderen Plastiksack war noch so ein Anhänger!« Er reichte mir das runde Ding.

»Ich glaube, das ist kein Anhänger«, sagte ich langsam. »Es hat keine Öse. Scheint eher eine Münze zu sein.«

Das Kupferstück war jedoch zu verwittert, als daß ich es identifizieren konnte.

»Und das hier?« stöberte Gianni unverzagt in den traurigen Überbleibseln eines großen Schatzes. »Das sieht doch interessant aus!«

Er reichte mir ein ausgefranstes, längliches Bronzeplättchen. Zwischen rund ornamentierten Reliefrändern tanzte eine aufrechte geflügelte Sphinx. Das dünne Blech sah aus wie ein Beschlag. Vielleicht hatte es früher ein Schmuckkistchen oder einen Holzstuhl verziert?

»Oder einen *Thron!*« warf Gianni ein. »Sieh dir doch die königliche Haltung der Sphinx an. Und ihre edlen Gesichtszüge!«

Tatsächlich strahlte das grazile Mischwesen aus Frauenkopf und schlankem geflügelten Tierkörper Eleganz und Noblesse aus. Die Haartracht erinnerte an orientalische Vorbilder; hethitische Hofdamen trugen ähnliche Frisuren.

»Und was hat sie da auf dem Kopf?« fragte Gianni. »Sieht

wie ein Federbausch aus, wie ihn Zirkuspferde am Zaumzeug tragen!«

»Ich denke, dein Federbausch ist eine stilisierte Lilie«, lachte ich. »Was allerdings deine Vermutung unterstreichen würde, daß dieses Blech einem hochherrschaftlichen Zweck diente. Vielleicht zierte es wirklich einen Bronzethron.«

»Nicht vielleicht! Ich bin mir ziemlich sicher. Erinnere dich an Larths Urne: Sie stand auf einem hohen Lehnsessel, einem Thron. Und dieser hier zeigt ähnliche Beschläge!«

»Du hast recht!« sagte ich, verwundert, daß mir das nicht aufgefallen war. »Dieses Bronzeblech dürfte höchstwahrscheinlich aus Larths Urnengrab stammen. Bloß nützt uns diese Erkenntnis wenig, was den Namen der Bienenkönigin angeht!«

»Da bin ich anderer Ansicht. Vom Blech fehlt nämlich noch ein Stück. Schau, oben sieht man die Ornamente am Rand. Unten nicht. Die Füße und die Schwanzspitze sind abgerissen. Wenn wir den fehlenden Teil finden, wissen wir vielleicht mehr.«

»Sehr unwahrscheinlich, aber möglich«, räumte ich ein. »Immerhin haben wir nun einen Hinweis.«

Mit neuem Mut machten wir uns wieder an die Suche. Zwischen den Bruchstücken einer hellen Tonstatuette sah ich einen weiteren kleinen runden Bronzegegenstand. Münze oder Anhänger? Ein Stückchen war aus der Kreisform herausgelöst, so daß diese Frage offenblieb. Doch das Reliefbild war relativ gut erhalten. Es zeigte ein weibliches Gesicht, in sparsamen Linien geprägt, um das sich ein Strahlenkranz rankte.

»Ein Sonnenbild!« sagte ich zu Gianni und zeigte es ihm mit spitzen Fingern. Dabei sah ich, daß auch die Rückseite verziert war. Also doch eine Münze?

Ich sah genauer hin: In der Mitte des Kreises erhob sich das halbplastische Symbol der Lilie. »Gianni!« brüllte ich unvermittelt. »Wir haben sie!«

Unter die Lilie waren fünf Buchstaben gestanzt; darüber ein pfeilähnliches Zeichen aus drei geraden Linien.

»Wen oder was haben wir?« fragte Gianni verstört.

»Die alte Stadt! Ihren Namen!«

Ich ließ alles stehen und liegen und zerrte Heinkels Doktorarbeit wieder aus meinem Koffer. Atemlos schlug ich den lexikalischen Anhang auf und verglich die eingestanzten Kerben.

Es war eine Münze. Der Pfeil über dem Liliensymbol war das etruskische Zeichen für den Zahlenwert fünfzig. Und der Name der Stadt, deren Wahrzeichen einst die Lilie war, die auf dem Sphinxkopf des Bronzeblättchens ruhte, welches zum Urnenthron gehörte, der Larths Kanope trug, welche das Grab der Bienenkönigin bewachte, weil der eingeäscherte Tote zu Lebzeiten eine Königin töten mußte – die Stadt, aus der diese Münze stammte, hieß:

$$\mathsf{Y} \mathsf{S} \mathsf{J} \mathsf{T} \mathsf{T}$$

»U-S-L-E-V... – VELSU!« las Gianni die lateinische Übersetzung von meinem Zettel. »Ist sie das?«

Ich nickte. »Irnthi, Thezle, Velcha, Velsu – lauteten die Namen der vier verschollenen Etruskerstädte. Nach der vierten wird man künftig nicht mehr suchen müssen!«

Ich lehnte mich zurück: Das letzte Rätsel war gelöst! Nun blieb nur noch eine Frage offen: Konnte ich nach dieser Entdeckung nach Hause fahren?

Abschied vom Tal der verlorenen Seelen

»Mein Gott! Wenn ich mir vorstelle, daß ich morgen früh wieder in die Werkstatt muß, wird mir schlecht!« sagte Gianni in unser schweigsames Sortieren und Registrieren.

Ich nickte seufzend. Mir ging es genauso. Was hätte ich dafür gegeben, noch wenigstens ein, zwei Tage über dem neuen Fund grübeln zu dürfen! Alles sprach dafür, daß wir der verschollenen Etruskerstadt Velsu auf der Spur waren. Jetzt den archäologischen Nachweis dafür zu erbringen wäre die Aufgabe gewesen, die mich gereizt hätte. Statt dessen sollte ich zurück in meinen langweiligen Schreibtischalltag!

Knapp zwei Stunden waren seit Antonios Verabschiedung vergangen. Zwei Stunden, die meinem Leben eine neue Richtung geben konnten, einen tiefen, überpersönlichen Sinn. Ich hielt eine Sensation in meinen Händen! Wem sollte ich folgen: dem leidenschaftlichen Ruf meines Herzens oder meinem Pflichtgefühl, das mir bestenfalls noch eine Stunde Zeit ließ, mich an meiner Entdeckung satt zu sehen?

Wir hatten Don Micheles zusammengewürfelten Restschatz auf einer weißen Tischdecke ausgelegt, um die Teile besser fotografieren zu können. Jedes Fundstück wurde numeriert. Über Maße, Materialien und besonders auffällige Kennzeichen hatte ich mir zusätzlich Notizen gemacht.

Natürlich wußte ich: Die Auswertung der insgesamt siebenundzwanzig unversehrten Gegenstände und achtzehn Bruchstücke aus Gräbern und Jahrhunderten – hinzu kamen die Artefakte aus dem Grab der Bienenkönigin, die ich bislang nur registriert hatte –, all dies genauer zu untersuchen, würde weit mehr Zeit in Anspruch nehmen, als ich von Professor Heinkel Urlaubsverlängerung erbetteln konnte. Aber jetzt nach Hause fahren? Während so viel Unerledigtes zurückblieb? War es nicht meine Pflicht, die Denkmalschutzbehörden in Neapel zu verständigen? Jeden Tag konnte ein anderer Grabräuber unsere wertvolle Entdeckung zunichte machen!

»Hast du dir eigentlich überlegt, was wir mit dem Schatz anfangen sollen, bis wir wiederkommen?« fragte ich vorsichtig.

»Mitnehmen wäre wohl zu riskant, oder?« meinte Gianni.

»Allerdings. Wenn sie uns an der Grenze erwischen, sind wir übel dran, das ist klar.«

»Dann sollten wir den Plunder vielleicht am besten wieder verpacken und in den Dachtank zurücklegen«, überlegte Gianni.

»Das gefällt mir nicht. Der *Plunder,* wie du sagst, ist für die Archäologie ein wirklicher Schatz. Wenn uns nun jemand beobachtet hat, oder Antonio kommt auf die Idee, den unnützen Dachtank abzuschrauben, oder der Blitz schlägt ein, oder was weiß ich – dann wären unersetzbare Zeugnisse der Vergangenheit beim Teufel. Ich glaube, ich hätte keine Ruhe, wenn wir die Sachen hier so ungeschützt zurücklassen würden!«

»Ganz wohl wäre mir auch nicht dabei. Doch was sollen wir sonst damit machen? Platte einweihen und ihn bitten, die Gegenstände im Keller aufzubewahren? Womöglich fängt er dann selbst an zu graben, sofern er nicht stirbt vor Angst!«

Eine andere Vorstellung beschäftigte mich mehr: »Mir geht vor allem der Gedanke gegen den Strich, daß wir der Wissenschaft etwas Wichtiges vorenthalten! Vielleicht haben wir ein fehlendes Mosaiksteinchen entdeckt, nach dem anderswo ein Forscher verzweifelt sucht. Dürfen wir einen so bedeutungsvollen Fund, die Entdeckung einer verschollenen Stadt, jahrelang zurückhalten?«

»Valentin, wir haben vereinbart, daß wir die Vergangenheit

ruhen lassen, bis Ernesto gestorben ist. Er hat sein halbes Leben wie ein Hund gelitten. Die restlichen Jahre will ich ihm nicht noch zusätzlich erschweren!«

»Nein, nein, du mißverstehst mich! Ich will an unserer Vereinbarung nicht rütteln. Ernesto hat Vorrang, kein Zweifel. Aber was haben diese Kunst- und Kulturzeugnisse mit Ernesto zu tun? Ich meine, Micheles Schatz stammt aus allen möglichen Gräbern und Orten. Wer dieses Sammelsurium sieht, kann unmöglich wissen, daß es in einem Dachtank im Tal der verlorenen Seelen gefunden worden ist.«

»Stimmt!« nickte Gianni und strich sich nachdenklich über den Mund.

»Und im Ernst, Gianni: Wir wären mit der Einordnung so unterschiedlicher Funde schlichtweg überfordert. Dazu braucht man Spezialisten. Einiges muß auch restauriert werden. Diese kleine Tonstatuette zum Beispiel: Glaubst du nicht, daß sie gekittet und geglättet in einem Museum besser aussehen würde?«

»Du schlägst also vor, alles an ein Museum abzugeben«, stellte Gianni fest. »Aber fehlen uns die etruskischen Funde nicht, wenn wir weitergraben wollen?«

»Nein, bestimmt nicht. Zum einen haben wir sie fotografiert, zum anderen wissen wir, wohin wir sie gegeben haben. In einem Museum sind sie sicher.«

Meine Worte schmerzten mich mehr, als Gianni ahnte. Aber ich war Wissenschaftler! Und ich würde meine Verpflichtung einlösen! »Für eine richtige Ausgrabung auf deinem Grundstück brauchten wir sowieso eine offizielle Genehmigung. Spätestens dann müßten wir mit der Sprache herausrücken, jedenfalls teilweise. Wenn wir den Fachleuten jetzt unsere Funde zukommen lassen, rennen wir in ein paar Jahren offene Türen ein. Die Etruskologen werden darauf brennen, mehr über die Herkunft unserer Funde zu erfahren!«

»Genau darin sehe ich das nächste Problem!« wandte Gianni ein. »Man wird uns Löcher in den Bauch fragen, und wir haben es eilig. Oder möchtest du die nächsten Tage in römischen Amtsstuben zubringen, um schwer erklärbare Lügengeschichten glaubhaft zu machen?«

»Ich denke, wir können dieses Problem umgehen. Wozu gibt es die Post? Und viele Museen haben einen Pförtner, dem man ein Paket in die Hand drücken kann.«

Gianni dachte nach. Ich konnte sehen, wie er die Argumente gegeneinander abwog. Plötzlich lachte er. »Doch, ich glaube, ich könnte mich mit deiner Idee anfreunden. Ja, ich plädiere sogar für die anonyme Rückgabe des Schatzes! Die Sensation wird dann sogar noch größer sein: Stell dir vor, welchen Wirbel die Geschichte unserer Entdeckung auslösen wird, wenn wir uns eines Tages offenbaren! Wie bei den Kandelabern von Monte Calvario. Haben wir da nicht auch ein Wunder gestiftet? Ist doch phantastisch, wenn man mit geklauten Schätzen Wunder stiften kann; man gewöhnt sich irgendwie daran. Gianni Orsini, der große heimliche Wohltäter der Archäologie! – Und niemand weiß, daß wir eigentlich nur den Schaden wiedergutmachen, den mein Vater angerichtet hat!«

»Es ist, als ob sich ein Kreis schließen würde, nicht?«

»Ja!« freute sich Gianni. »Jetzt hat jeder von uns einen Kreis geschlossen. Du den mörderischen Schicksalskreis um die Bienenkönigin, den ein Wissender namens Larth angelegt hat. Ich einen verzwickten Familienkreislauf um Diebstahl, Schuld und Lügen. Du hast recht: Geschichte ist etwas sehr Lebendiges. Sie reicht bis in die Gegenwart. Und wenn wir sie erkennen, können wir sie für eine bessere Zukunft nutzbar machen!«

»Also einverstanden: Wir packen den Schatz deines Vaters in eine Kiste und geben alles in einem Museum ab. In Rom gibt es ein schönes, da würde ich die Kiste gerne deponieren.«

»Einverstanden!« wiederholte Gianni entschlossen.

Ich fühlte mich ein wenig leichter, nachdem wir dieses Problem aus der Welt geschafft hatten. Natürlich hätte ich die Lorbeeren für unsere Entdeckung allzugerne selbst und augenblicklich eingesammelt. Aber Ernestos Seelenheil bedeutete mir mehr: Respekt nicht nur für die Toten, sondern auch für die Lebenden! Daß ich mich dazu überwunden hatte, erfüllte mich sogar mit heimlicher Freude. Als machte mein Verzicht auf eine wissenschaftliche Sensation, die mir schon in frühen Jahren Ruhm und Anerkennung eingebracht hätte, manches wieder gut, was ich in meiner Wißbegierde angerichtet hatte!

Die Wissenschaft kam bei meiner Gratwanderung zwischen den Interessen der Familie und der Archäologie nicht zu kurz. Don Micheles Schatz würde die Forschung für etwas entschädigen, wovon sowieso keiner außer Gianni und mir wußte. Und wenn es soweit war, vor den erstaunten Augen der Welt die vergrabene Etruskerstadt Velsu aufzudecken, würde alles so daliegen, wie wir es vorgefunden hatten. Mitsamt der wundervollen Silbermaske der Königin, die seit Jahrtausenden unter meterhoher Erde und Larths wachsamen Urnenaugen ruhte und darauf wartete, von der Unvergänglichkeit dessen zu berichten, was Glauben anrichten und Liebe wiedergutmachen kann.

Wir verpackten Don Micheles Schatz sorgfältig in einem großen Karton, den Gianni im Vorratsraum neben der Küche aufgetrieben hatte.

»Was soll eigentlich mit der Kupfersonne geschehen?« fragte er. »Sie ist Ernestos Erinnerungsstück an seine Bienenkönigin. Und was machen wir mit dem Bronzegürtelblech, das auf Lisandras Skelett lag?«

Ich schaute betreten zu Boden. »Ehrlich gesagt, habe ich beides schon in meinen Koffer gepackt. Professor Heinkel weiß von diesen Funden; er hat uns schließlich die Inschrift der Kupfersonne entziffert. Er würde nicht lockerlassen, bis ich ihm erzählt hätte, was daraus geworden ist. Heinkel ist ein sehr hartnäckiger Mensch, der sich so leicht nichts vormachen läßt. Ich dachte, wenn ich ihm die zwei Bronzebeigaben präsentiere, würde seine Neugier gestillt sein.«

»Verstehe«, sagte Gianni und schaute ebenfalls angestrengt auf seine Zehenspitzen. »Und ich habe keine Einwände, was das Gürtelblech angeht. Nur wegen der Kupfersonne: Ich finde, da müßten wir erst Ernesto fragen!«

»*Va bene!*« sagte ich eilig und beschämt.

Wir benötigten noch gut eine Stunde, bis wir den Dachtank wieder verschraubt hatten und alles an seinem Platz war. Glücklicherweise schien Tante Annas Kuchen den Tatendrang Antonios gebremst zu haben. Jedenfalls tauchte er an diesem Nachmittag nicht mehr auf.

So wurde es schon dunkel, bis wir endlich alle Türen verschlossen und den Schlüssel am vereinbarten Ort versteckt hatten.

»Das war's!« sagte Gianni feierlich, nahm seinen abgewetzten Koffer und marschierte entschlossen zum Auto.

Ich sandte einen letzten wehmütigen Blick auf das unscheinbare Häuschen, das sich vor den nebelverhangenen Bergriesen im dämmernden Tal der verlorenen Seelen so einsam und verlassen ausnahm, als wären wir nie dagewesen. »Das war's!« wiederholte ich.

Und dann stiegen wir ein und sahen nicht mehr zurück.

La Villa degli Ulivi

Die Olivenvilla lag am Ortseingang eines kleinen Städtchens in der Nähe von Neapel. Wir wären bestimmt daran vorbeigefahren, wenn Gianni das gelbe Hinweisschild, zwischen wilden Büschen und hohen Gräsern versteckt, nicht gesehen hätte: *Casa di Cura.* »Kurhaus!« schrie er und fuchtelte aufgeregt vor meinem Gesicht herum.

Ich wendete an der nächsten Einfahrt. Es war eine Tankstelle, was sich vorzüglich traf, weil wir dringend Benzin brauchten. »Vorher oder nachher?« fragte ich Gianni.

»Vorher!« entschied er.

Der Tankwart hatte zwölf Jahre in Pforzheim gearbeitet. Das erfuhren wir, noch bevor Gianni *»pieno«* sagen konnte. Er warf einen Blick aus unser Nummernschild und strahlte: »Fuffzeh Stund zu Haus!«

Ich nickte. In fünfzehn Stunden hatte mich der Alltag wieder. Keine schöne Aussicht, die sich zusätzlich verdüsterte, als mir klar wurde, daß ich meinen ersten Arbeitstag nach unserem Abenteuer in Vallemutri mit einer schlaflosen Nacht im Rücken beginnen würde: In fünfzehn Stunden war es zehn Uhr morgens! Das hieß, selbst wenn wir augenblicklich los- und ohne Rast durchfuhren, würde ich noch zu spät zur Arbeit kommen! »Wie denkt eigentlich dein Chef über den Wert der Pünktlichkeit?« fragte ich Gianni beiläufig.

»Keine Ahnung!« erwiderte er, ohne die Anzeige der Zapfsäule aus den Augen zu lassen. Er grinste über beide Ohren. »Morgen weiß ich mehr!«

Die kurvenreiche Auffahrt zur Olivenvilla wurde entgegen meinen Erwartungen von schlanken Nadelbäumen gesäumt, womit zunächst uneinsehbar war, woraus die Villa ihren Namen bezogen hatte. Weiße Markierungssteine begrenzten die geteerte Einfahrt. Soweit wir es im trüben Abendlicht erkennen konnten, schien das hohe, helle Haus von einer weitläufigen Parkanlage umgeben, mit grünen Grasinseln zwischen Palmen- und Pinienwäldchen, Blumenbeeten und schattigen Bänken. In früherer Zeit mochte das derzeitige Sanatorium ein hochherrschaftlicher Landsitz gewesen sein.

»Hier läßt's sich leben!« beurteilte Gianni die beschauliche Idylle. »Ich möchte bloß wissen, wieso dieser Palast *Villa degli Ulivi* heißt? Oder siehst du auch nur einen einzigen Olivenbaum? Und wo zum Teufel sind die Ping-Pong-Tische?«

Ich mußte unwillkürlich lachen. Die Vorstellung, daß Ernesto behende hinter einem Tischtennisball herjagen könnte, hatte in den vergangenen Tagen immer wieder für Heiterkeit gesorgt.

Wir stellten den Wagen vor der imposanten Vorderfront des Sanatoriums ab und erklommen marmorierte Stiegen zur Pforte. Sie war unbesetzt.

»Die werden doch nicht schon Feierabend haben?« sorgte sich Gianni und drückte zögerlich die schwere Türklinke nieder.

Die Tür war unverschlossen. Wir traten in eine halbdunkle Vorhalle, deren Boden schwarzweiß gekachelt war. Unter dem einzigen Licht des Raumes, einer einsam von der Decke baumelnden Funzel, saß ein weißgekleideter Mann an einem schweren Holztisch. Er las.

»Ehem!« räusperte sich Gianni höflich.

Der Mann hob nun erstmals den Blick. Stirnrunzelnd. Wer wagt es, mich in meiner Abendlektüre zu stören, fragten seine machtbewußten Portiersaugen. »*Come?*« schnarrte es geschäftsmäßig durch zusammengekniffene Lippen.

»*Buona sera. Cerchiamo mio zio. Ernesto Orsini.* Guten Abend. Wir suchen meinen Onkel«, gab Gianni untertänig zu Protokoll. »Ernesto Orsini.«

Ohne weitere Unfreundlichkeiten zu verlieren, zog der Scherge eine schmuddelige Computerliste aus dem Schreibtisch und studierte sie mit aufreizender Langsamkeit.

»Schön, wenn man so herzlich willkommen geheißen wird!« sagte Gianni verärgert zu mir. »Hausknechte wie den hier sollte man umgehend mit einer verschärften Partie Tischtennis bestrafen. Er spielt den Tisch, wir das Tennis!«

Ich hoffte, daß der gestrenge Gebieter über Besuchszeiten und Zimmernummern kein Deutsch verstand und verkniff mir eine passende Bemerkung.

Gianni aber ließ nicht locker. Er beobachtete den griesgrämigen Portier mit gespannter Aufmerksamkeit. »Du«, meinte er unversehens, als sei ihm soeben eine dramatische Wahrheit aufgegangen, »ich glaube, unser Freund hier ist in Wirklichkeit ›Blitz‹, der grausame Tischtennistrainer! Sein Konzept ist die Langsamkeit, mit der er jeden Gegner in den Wahnsinn treibt!«

Der Scherge blätterte ungerührt in seiner Computerliste. Nichts deutete darauf hin, daß er sich durch Giannis Phantasiegeschichte aus dem Konzept bringen lassen würde.

»Mir ist gerade eine andere Idee gekommen«, versuchte ich es mit einer nicht weniger absurden Vermutung. »Die Olivenvilla ist in Wirklichkeit ein getarntes Ping-Pong-Trainingslager!«

Gianni bohrte mir anerkennend den Zeigefinger in die Rippen. »Sie haben Ernesto entführt!« spann er den Faden weiter.

»Entführt?«

»Ja. Um ihn als Geheimwaffe beim nächsten Turnier gegen uns einsetzen zu können. Am besten, wir tun so, als ob wir talentierte Nachwuchs-Tischtennisspieler wären, die im gegnerischen Ausbildungszentrum um Asyl bitten würden.«

Der grausame Tischtennistrainer war mittlerweile fündig

geworden. Er wies auf eine weißlackierte Schwingtür hinter sich und kehrte zu seiner Lektüre zurück, ohne uns eines Blikkes zu würdigen.

Ich hielt die Aufnahmeprozedur damit für abgeschlossen und steuerte die zugewiesene Türe an. Aber als Geheimagent Gianni mir folgen wollte, schnellte plötzlich die Portiershand hervor. »*Che?*« fragte der Scherge, was wohl heißen sollte, daß der Inhalt der Plastiktüte zu deklarieren sei, die Gianni lokker am Unterarm trug.

»Ping-Pong-Schläger!« antwortete Gianni auf deutsch, ohne eine Miene zu verziehen. Er ging zur Verdeutlichung leicht in die Knie und führte die entsprechende Trockenbewegung aus – einen eleganten Vorhandschlag, der sicher im gegnerischen Feld landete.

Ich hatte Mühe, nicht lauthals loszuprusten; aber der Scherge nickte und entließ uns mit einer gnädigen Geste. Gianni passierte die Grenze – mit Tante Annas Kuchen am Handgelenk.

»Siehste: ein geheimes Ausbildungslager!« sagte Agent Gianni ungerührt. »Zum Glück konnten wir das hier durch die Kontrolle schleusen!« Er wies auf die vermeintlichen Ping-Pong-Schläger in der Plastiktüte. »Tante Annas Kalorienbombe! Sie entfaltet ihre zerstörerische Wirkung auf besonders heimtückische Weise, indem sie durchtrainierte Athleten sekundenschnell in willenlose Freßmaschinen verwandelt!«

Die Schwingtür öffnete sich mit einem leisen Summton, und wir traten in einen hellen, langen Flur. Drinnen sah es aus wie in einem Krankenhaus, roch aber gar nicht klinisch. Anstelle der erwarteten Desinfektionsgerüche strichen volle, herbe Tabakdüfte durch die Gänge.

»Ich glaube, wir sind nicht die einzigen Untergrundkämpfer hier!« erkannte Gianni mit hochgezogenen Augenbrauen und nickte in den Gang.

Emsig qualmende Kurgäste standen dort müßig herum. Man rauchte einzeln oder in kleinen Gruppen. Gelegentlich hastete ein weißgekleideter Betreuer vorbei, nicht rauchend, aber auch keinen Anstoß am undisziplinierten Erscheinungsbild seiner Ping-Pong-Schützlinge nehmend.

»Dieser Auftrag ist ein Kinderspiel«, verkündete Topspion Gianni selbstbewußt. »Tante Annas Kalorienbombe wird auf fruchtbaren Boden fallen!«

In der Tat schienen die Tischtennis-Asketen weltlichen Genüssen nicht abhold. Wo kein Pastabauch spannte, stiegen Tabakschwaden auf, wo nicht gepafft wurde, hingen füllige Körper in nicht vorhandenen Seilen. Manchenorts war die Anlage zu beiderlei Laster erkennbar. Insgesamt entbot sich unseren Augen ein nachlässiges Lümmeln und zielloses Umherstreifen, das nicht recht zu eisernem Sportsgeist passen wollte. Auch die Kleiderordnung überraschte. Kein farbenfroher Freizeitlook, nein, düstere Jacketts und zerschlissene Pullover beherrschten die Szenerie. Die meisten Trainingsgäste gaben ein derart trauriges Bild ab, daß ich sie mir ebensowenig am Ping-Pong-Tisch vorstellen konnte wie Ernesto.

»Freund und Feind auseinanderzuhalten dürfte nicht ganz einfach werden«, befürchtete ich angesichts der zahlreichen durch die Flure geisternden Doppelagenten.

»Kein Problem!« spielte Gianni Nullnullsini seine ganze Geheimdiensterfahrung aus. »Schau, da drüben. Siehst du den grauhaarigen Sportsfreund? Ich werde ihm die Fangfrage des grausamen Trainers stellen. Paß auf!« Er stiefelte beherzt auf einen kleinen alten Mann zu, der unbeteiligt an der Wand lehnte.

Irgendwie fühlte ich mich plötzlich sehr unbehaglich. Einerseits hätte ich losbrüllen können vor Lachen über Giannis absurde Phantasie. Andererseits spürte ich etwas tief Beunruhigendes über der Olivenvilla lasten. Die Kurgäste wirkten seltsam abwesend. Niemand sprach. Irgendwo plärrte ein Radio unsinnig laut. Es überdeckte ein unnatürliches Schweigen, dessen ich erst gewahr wurde, als Gianni mich allein ließ. Ein unheimlicher Verdacht stieg in mir auf. Ich folgte Gianni mit langen Schritten. Aber er hatte das Männlein bereits in der Mangel.

»*Che?*« fragte Gianni im selben Tonfall, den zuvor der Portier ihm gegenüber verwandt hatte. Gleichzeitig deutete er streng auf die nicht vorhandene Plastiktüte in der rechten Rand des Alten.

Jener, ein dürrer, wettergegerbter Frühgreis in dunkelblauem Seemannspulli, zeigte sich von Giannis ungewöhnlicher Anrede nicht überrascht. Er glotzte nur ausdruckslos ... ein Blick, der durch Wände und Jahrhunderte ging.

Ich kannte diesen Blick. Überall sah ich ihn plötzlich durch die Tabakschwaden schweben. Ich wußte, woher ich ihn kannte. Und ich hörte das künstliche Schweigen derer, die eigentlich hätten schreien müssen, weil ihre verzweifelten Seelen um Befreiung flehten ...

»Gianni ...«, wollte ich einschreiten. Doch zu spät. Der Film lief an. Ich konnte nur noch zuschauen.

»*Che?*« fragte Gianni den Alten energisch und zeigte diesmal auf seine eigene Plastiktüte, in der sich Tante Annas Kalorienbombe befand. »*Racchetta di ping-pong!* Ping-Pong-Schläger!« beantwortete er seine Frage selbst, da der Gefragte keinerlei Reaktion zeigte.

Warum sollte eine unförmige Plastiktüte kein Tischtennisschläger sein? Gianni hatte gesagt, die Tüte sei ein Ping-Pong-Schläger, nun gut, warum nicht? Der Alte nahm es nickend zur Kenntnis. In seiner Welt gab es gewiß unbegreiflichere Dinge ...

»*Tennis da tavola!*« sagte Gianni überdeutlich wie zu einem Kind. Er schien nun doch irritiert über die ausbleibende Verwunderung im Gesicht seines Kontrahenten und schaute mich verdutzt an: »Vielleicht hat er das Losungswort vergessen?«

Die Verrücktheit der Situation reizte mich zum Lachen. Gianni hatte anscheinend immer noch nicht begriffen, daß wir in einem Irrenhaus gelandet waren. Er hielt den schwachsinnigen Alten für normal und wunderte sich, daß der ihn nicht für verrückt hielt!

»Ping-Pong!« erklärte Gianni seinem Gegenüber, wie die Losung zu lauten habe. Als sich im Gesicht des Alten weiterhin keine Reaktion zeigte, demonstrierte Gianni seinen eleganten Vorhand-Schmetterball.

Der Alte grinste.

Gianni wiederholte das Losungswort: »Ping-Pong!« Der Alte grinste.

Gianni hüpfte wie ein Schattenboxer von einem Bein auf das andere, wechselte die Schlaghaltung, spielte zwei unterschnittene Schnippelbälle, stieß ans imaginäre Netz vor, schmetterte, wich zurück, verteidigte sich mit einem spektakulären Rückhandschlag, wobei er den nicht vorhandenen Tischtennisball fast vom Fußboden klaubte, ruderte mit den Armen, um sein Gleichgewicht nicht zu verlieren, und freute sich diebisch über einen Netzroller, der seinem Gegner zum Verhängnis wurde.

Dann schaute er den Alten an.

Der lachte. Zahnlos. Lautlos.

»Ping-Pong!« sagte Gianni, leise Zweifel im Gesicht.

»Ping-Pong!« wiederholte der Alte lachend. Und dann begann er, ruckend und zuckend, marionettenhaft gespenstisch, Giannis Bewegungen unbeholfen nachzuahmen.

Gianni erstarrte. Die Erkenntnis traf ihn wie ein Schlag. Er schaute mich entgeistert an und blickte sich um, als sehe er die apathisch rauchenden und dahindämmernden Männer zum ersten Mal. »Valentin ...«

Ich nickte: »Eine psychiatrische Anstalt!«

»Mein Gott!« stöhnte Gianni und schlug entsetzt die Hände vors Gesicht.

Er kämpfte gegen den drohenden Sturz ins Bodenlose. Gerade waren wir noch in einem lustigen Spiel, jetzt hatte uns bitterer Ernst eingeholt. »Warum?« haderte er. »Ich fasse es nicht. Sie haben Ernesto ins Irrenhaus abgeschoben!«

Der Alte zappelte noch immer freudig sein geisterhaftes Ping-Pong-Spiel.

»Hör auf!« sagte Gianni zu ihm. »Bitte hör auf! *No, per favore!*« Er versuchte den Wahnsinnigen mit sanftem Griff zur Besinnung zu bringen.

Vergeblich. Der Alte schüttelte Giannis Hände ab, ohne sein Strampeln und Zucken zu unterbrechen. Als hätten wir ein Spielzeugmännchen aufgezogen, das nun mechanisch weiterhüpfen mußte, bis das Federwerk abgelaufen war.

»*No!*« rief Gianni verzweifelt. »Hier, schau, kein Ping-Pong-Schläger! Kuchen, *dolce, torta!*«

Das hätte er besser nicht gesagt. Oder jedenfalls nicht so laut. Ein Ruck ging durch die Müßiggängerschar. Gianni hatte das falsche Losungswort gerufen. Sie hatten uns als *die anderen* erkannt! Von überallher schoben sich nun insektenhafte Gestalten heran. Auch der Zappler im Seemannspulli wurde plötzlich handzahm und guckte flehentlich auf die Plastiktüte.

Gianni zog den Kuchen hervor und verteilte ihn zur Wiedergutmachung an die bettelnden Hände. Ich wurde ebenfalls bedrängt. Da ich keine *dolce* ausgeben konnte, verteilte ich Zigaretten. Es war schrecklich. Ich kam mir vor wie ein vollgefressener Millionär, der die Sahelzone besucht. Wenn man nur mehr geben könnte als Zigaretten und Kuchen!

Manche kamen zweimal. Ein junger Mann mit flackerndem Blick ließ mich nicht aus den Augen. Er mochte etwa im selben Alter sein wie ich. Seine fahrigen, heftigen Gesten unterschieden sich von denen der anderen, die sich wie in Trance bewegten. Wahrscheinlich bekam er weniger Beruhigungsmittel. Mit vorgebeugtem Oberkörper, als stünde er kurz vor einem gewaltigen Sprung, wippte er hin und her.

Ich bot ihm eine Zigarette an, die er hastig ergriff, vielleicht befürchtend, dafür augenblicklich einen Schlag auf die Fingerspitzen zu erhalten. Auch er war heruntergekommen, unrasiert, beinahe schmutzig.

Ich musterte die Pfleger. Einstmals weiße Kittel, nun vergilbt und speckig. Gesichter, die das Mitleiden verloren hatten. Nicht aus Härte. Aus Routine und dem durchaus menschlichen Bestreben, sich die Arbeit so leicht wie möglich zu machen.

Mir wurde klar, daß ich an eine psychiatrische Klinik in Süditalien ebensowenig deutsche Maßstäbe anlegen durfte wie an das Alltagsleben in Neapel oder Vallemutri. Von den Wänden blätterte die Ockerfarbe. Nackte Glühbirnen erhellten rissige Stuckdecken. Fette Motten tanzten gegen gesprungene Scheiben. Ich war nicht nur in einer Irrenanstalt, ich war in Italien. In einer deutschen Nervenklinik hätten wir kühle bürokratische Sauberkeit vorgefunden, eine Sterilität, die den Atem nahm. Hier verkamen die menschlichen Wracks in zerlumpten Kleidern und südländischer Gleichgültigkeit. Worin lag der Unterschied? Geschrien werden durfte weder hier noch dort!

Gianni hatte sich mittlerweile von seinen Anhängern frei gemacht und fragte eine bebrillte Schwester mit hennarotem Bubikopf nach Ernesto. Sie wies freundlich den Flur hinab; ihr weißer Kittel war fast sauber.

Hungrige Blicke folgten unserem Gang. Gianni war noch

immer fassungslos. Ernesto im Irrenhaus! Wie konnte das nur passieren? Ein schreckliches Mißverständnis, das man versäumt hatte aufzuklären, und schon saß der eigene Onkel in der Anstalt! Das Leben bestrafte wahrlich jeden kleinen Fehler.

Der Flur ging in einen kargen Aufenthaltsraum über. Von hier kam auch das Radiogeplärr, das uns auf Schritt und Tritt begleitet hatte. Zwei gewaltige Ventilatorenflügel quälten sich durch die dicke Luft. Hinter einem improvisierten Tresen bediente ein weißbekittelter Barmann.

Ich sah ihn sofort. Er stand in einer Schar regungsloser, ungepflegter Männer. Hörten sie Radio? Oder lauschten sie ihren stummen Schreien nach? Schreie, die wie ferne Vogelrufe klangen. Eine Schar vorgebeugt harrender Männer, die darauf warteten, daß der spitze Schnabel aus dem Schädel stieß ...

»Mein Gott, der Onkel!« sagte Gianni.

Ernesto hob plötzlich den Kopf. Er schien unsere Blicke zu spüren, suchte mit den Augen – und eilte, ja, er *eilte* mit seltsam langen, ungelenken Beinen auf uns zu!

»*Zio!* Onkel!« rief Gianni und lief ihm entgegen.

Ernesto breitete seine Arme aus. Die Freude leuchtete aus seinen schwarzen Murmelaugen: »*Eh, sì!*« räusperte er sich verlegen und küßte Gianni sanft auf beide Wangen.

»*Come sta?* Wie geht's?« stammelte Gianni gerührt.

»*Bene, sì!*« sagte Ernesto ungewöhnlich gesprächig und küßte auch mich.

Er führte uns, ein wenig stolz fast, durch den Aufenthaltsraum. Gianni hatte ein halbes Stück Kuchen für ihn retten können. Angesichts der neiderfüllten Blicke von Ernestos Kollegen schien es jedoch ratsam, Tante Annas Leckerei an einem stilleren Ort zu überreichen.

Also flohen wir in den vergleichsweise hell erleuchteten

Garten, und da standen sie auch: zwei Ping-Pong-Tische – und lange Reihen kurzer, knorriger Olivenbäume.

Gianni, der schon wieder Unfug treiben konnte, unterzog die beiden vergammelten Tischtennisplatten einer peinlich genauen Prüfung und wollte daraufhin ein »ernstes Wörtchen mit dem Platzwart« reden.

Wir ließen uns auf einer zierlichen Gartenbank nieder. Ernesto saß in unserer Mitte. Gianni legte den Arm um ihn. Wieder schwärmten zerlumpte Patienten heran, um Zigaretten bettelnd. Ich übergab meine Packung für alle sichtbar an einen schielenden Vierziger, der mir besonders leid tat, weil er seinen Arm in einer Schlinge trug. Keine gewöhnliche Schlinge, nein, eine, die aus zusammengeknoteten Plastiktüten bestand. Fortan konnte ich die Bittsteller an den Schielenden verweisen, der die Packung blitzschnell in seinem zerschlissenen Anorak verschwinden ließ und in abweisende Teilnahmslosigkeit verfiel, sobald er um Zigaretten angegangen wurde. Auch der Junge mit dem flackernden Blick ging leer aus. Er setzte sich auf die Bank gegenüber und beobachtete uns unruhig.

Ernesto machte sich schmatzend über Tante Annas Kuchen her. Er wirkte schlanker und wacher, als ich ihn in Erinnerung hatte. Verglichen mit den übrigen Gestalten sah er sogar direkt gepflegt aus. Er trug einen hellbraunen Strickpulli, darunter ein kariertes, offenes Hemd, ein Goldkettchen über der gebräunten Brust, eine grüne Cordhose, dazu schwarze, etwas eingerissene Schnürschuhe. In seinen spärlichen grauen Haaren glänzte Brillantine, zwischen den pomadigen Strähnen leuchteten flockige Schuppen. Schwere Altmännerdünste umfingen ihn; er roch, wie er immer roch, nach warmer Haut, muffigem Kleiderschrank, Urin und billiger Rasiercreme. Ich war selbst überrascht, wie sehr ich diesen Geruch liebgewonnen hatte. Er gehörte zu Ernesto wie das Basilikum auf die *Napoletana*.

Ein alter zahnloser Patient näherte sich ängstlich unserer Bank und streckte seine Hand aus. Ernesto reichte ihm wie selbstverständlich den letzten Kuchenrest. Die schlichte Fürsorglichkeit dieser Geste rührte mich.

Der Zahnlose sei sein Zimmernachbar, erklärte Ernesto.

Was ihm denn fehle, wollte Gianni wissen.

Der Onkel zuckte die Achseln: Depressiv vielleicht? *Si non sa.*

Man weiß es nicht.

Der Junge mit dem flackernden Blick lauerte immer noch auf der Bank gegenüber. Ob es auch aggressive Patienten gebe, fragte ich.

»*No!*« verneinte Ernesto entschieden und schlug die Beine übereinander.

Der Aufenthalt in der Olivenvilla hatte ihm nicht geschadet. Seine riesigen Hände ruhten über dem Bauch, als säße er im Kaminsessel. Ich hatte beinahe den Eindruck, daß ihm die Tage im »Sanatorium« gutgetan hatten.

Gianni dagegen wirkte angeschlagen. Der Schock saß ihm wohl tiefer in den Gliedern, als er zugeben wollte. Fast sprachlos hockte er neben seinem Onkel, bemüht, der Situation Herr zu werden.

Mittlerweile hatte sich der Schielende neben Gianni auf der Bank eingerichtet. Ob man vielleicht eine Zigarette für ihn habe, fragte er beiläufig, als habe er nicht vor ein paar Minuten mein Päckchen eingeschoben. Sein Mund sei immer so trocken. Er zeigte mit der unverletzten Hand in seinen aufgerissenen roten Schlund.

Ich zuckte zusammen, als ich seinen kleinen Finger sah. Zwischen dem ersten und dem zweiten Glied klemmte ein schmaler Drahtring, der so tief in das Fleisch einschnitt, daß schon allein der Anblick weh tat. Infolge des Blutstaus hatte sich der Finger zu einem lilafarbenen Klumpen verformt.

Gianni erschrak ebenfalls. Bei Gott, der Ring müsse sofort entfernt werden!

Der Schielende schien indes nicht beunruhigt. Im Gegenteil. Er erklärte uns stolz, daß er den Ring selbst gefertigt habe. Mit einer kleinen Zange so lange zusammengedreht, bis er fest genug auf dem Finger saß, daß ihn niemand mehr stehlen könne.

Ich wandte mich schaudernd ab, um den gequetschten Fleischfinger nicht länger ansehen zu müssen. Ernesto bemerkte meinen Blick und lachte. Jawohl, er lachte! Mein Entsetzen über seine Situation war ihm ein heiseres herzliches Lachen wert! Das warf mich fast um. Litt er nicht in der Olivenvilla? *»Ti piace qui?* Gefällt es dir hier?« fragte ich vorsichtig.

»Sì!« sagte er und lehnte sich zurück. Er zeigte auf die Bank gegenüber. Der nervöse Junge hatte sich erhoben und gestikulierte wie wild vor einem untersetzten Pfleger. Endlich schien er seinen Willen durchgesetzt zu haben. Er schritt tänzelnd voran und schaute sich mehrfach prüfend um, ob der Pfleger ihm auch folgte.

Das ungleiche Paar erreichte den Olivenhain. Vor dem ersten Bäumchen machte der Junge halt. Er schaute seinen weißbekittelten Begleiter fragend an. Aber der schüttelte gelangweilt den Kopf, und so zogen sie weiter, tänzelnd der Irre, schlendernd der Pfleger, zum nächsten knorrigen Stamm. Dort wiederholte sich das stumme Frage- und Antwortspiel. Der Junge bettelte, der Pfleger verneinte. Endlich, nach vielen Wiederholungen, gelangten sie an einen stämmigen, stark zurückgeschnittenen Olivenbaum inmitten des aufgereihten Wäldchens. Wieder erflehte der Junge das Jawort, und diesmal nickte sein weißgekleideter Herr gnädig.

Mit einem Jubelschrei stürzte der Junge auf das gestutzte Bäumchen los, umklammerte es mit Händen und Füßen wie ein Affe und begann, sich ruckartig den kräftigen, kurzen Stamm hinaufzuziehen. Seine hektischen Bewegungen verrieten die mächtige Erregung, die er dabei spüren mußte. Jedoch seine Füße und Hände glitten an der borkigen Rinde ab, und er rutschte zu Boden. Das schien ihn nicht zu stören. Wie ein Stehaufmännchen sprang er wieder auf den Baum. Und schrie und lachte aus voller Kehle.

Ernesto schaute mich an. »Sì« sagte er. »*Mi piace!*«

»Es gefällt ihm!« wiederholte Gianni ungläubig.

»Warum auch nicht?« ergriff ich Ernestos Partei. »Hier ist immer was los. Daheim sitzt er den ganzen Tag allein in der Ecke. Was tut sich da schon bis auf Cesares nächtliche Mäusejagd!«

»Aber das ist ein Irrenhaus! Wie konnten sie Ernesto nur in ein Irrenhaus stecken?«

»Das fragst du noch?« ärgerte ich mich über Giannis Blauäugigkeit. »Vielleicht haben sie Angst vor ihm bekommen. Vergiß nicht, daß sie ihn für einen Mörder halten müssen! Wer wohnt schon gerne mit einem Mörder unter einem Dach? Vielleicht bringt er als nächstes Tante Cosima um, oder Tante Anna, oder gar Antonio selbst, der die Olivenvilla nach bestem Wissen und Gewissen mit Ernestos Arzt ausgesucht hat. Willst du deiner Familie einen Vorwurf machen? Sie haben Lisandras bleiche Überreste gesehen! Wer will es ihnen verübeln, daß sie nicht daneben liegen wollen?«

»Ich!« erwiderte Gianni zornig. »Ich will es ihnen verübeln. Ernesto ist mein Onkel, und sie haben ihn in ein Irrenhaus gesteckt!«

»Gianni!« sagte ich ruhig, aber bestimmt. »Du hast es nicht für nötig gehalten, deiner Familie die Wahrheit zu sagen. Dafür muß Ernesto büßen. Genauso, wie er dafür büßen mußte, daß deine Familie die untreue Lisandra totschwieg. Versteh doch: Was geschehen ist, ist eine Folge deiner Unterlassung!

Nur du kannst die Angelegenheit wieder ins reine bringen. Du mußt deiner Familie die Wahrheit sagen!«

Der Junge mit dem flackernden Blick hatte seine Baumbesteigung abgeschlossen. Ein letztes Mal hangelte er an einem dicken, knorrigen Ast entlang, verspielt und gelöst nunmehr. Der Pfleger klopfte in gelassener Unruhe mit dem Fuß auf den Boden. Ein entspanntes Drängeln. Er ließ dem Schützling Zeit, sich zu verabschieden. Morgen würde man wiederkommen.

Gianni brütete immer noch. Ernesto blickte heiter in das bunte Treiben.

Sogar Frauen gab es in der Olivenvilla. Nicht nur Krankenschwestern, auch Patientinnen. Eine derbe, kräftige Weibsperson baute sich vor mir auf. Ihr ausgebeulter roter Jogginganzug verdeckte mein Sichtfeld fast vollständig.

Eine Zigarette, *per favore!* Herausfordernd stemmte sie die Hände in die Hüften. Mit der Dame war nicht gut Kirschen essen, das erkannte ich auf den ersten Blick. Dummerweise hatte ich meine Zigaretten an den schielenden Ringträger vergeben. Und der verfiel augenblicklich in unerreichbare Abwesenheit.

Ernesto befreite mich aus der bedrohlichen Lage. »*Eh, sì!*« Weltmännisch kramte er eine zerknitterte Zigarettenpackung aus der Cordhose.

Die resolute Bittstellerin griff beherzt zu. Mehrere Tabakstäbchen verschwanden in den Tiefen ihres roten Jogginganzugs. Zum Dank blinzelte sie Ernesto verschwörerisch zu. Unter der ausgebeulten Trainingsgarderobe zeichneten sich deftig-üppige Körperformen ab, denen Ernestos Augen genießerisch nachhingen. Auch in dieser Hinsicht schien er besser versorgt als zuvor.

Sollte ich mich denn in Giannis innere Auseinandersetzung einmischen? Ich konnte sehen, wie er mit sich kämpfte. Wie er um eine Entscheidung rang, die ihm nicht leichtfallen konnte.

Ernesto stupfte mich erneut an. Eine jüngere, gepflegte und dezent gekleidete Italienerin betrat den Garten. Am Arm führte sie den dürren alten Mann im Seemannspulli, der Giannis imaginäres Ping-Pong-Spiel so geisterhaft nachgeahmt hatte. Er zappelte nicht mehr, sondern war in jene stumme, unnatürliche Gleichgültigkeit zurückgefallen, die nach innen schrie. Die Verzweiflung der Dame hingegen war offensichtlich. Der Alte mochte ihr Vater sein, oder ihr Lieblingsonkel. Jedenfalls bemühte sie sich nach Kräften um Fürsorglichkeit, die freilich von ihm abprallte wie jede andere *normale* Zuwendung.

Wenn es ihr gelänge, verrückt zu spielen, hätte sie vielleicht eine Chance, an den Alten heranzukommen, dachte ich. Gleichwohl sah die Dame gar nicht danach aus, als würde sie ihren Vater oder Onkel durch ein imaginäres Tischtennisspiel aus der Lethargie reißen können.

Gianni hatte die Szene ebenfalls beobachtet. Ich konnte mir vorstellen, daß sie ihm naheging, spiegelte sie doch den Fortgang seiner und Ernestos Geschichte wider. Auch Ernesto würde eines Tages nicht mehr erreichbar sein. Und Gianni würde ebenso verzweifelt um ein Zeichen von dem ärztlich Ruhiggestellten kämpfen wie die traurige Dame.

Angehörige von abgeschobenen Geisteskranken sind trauriger als die Betroffenen selbst, dachte ich überrascht. Vielleicht quält ein schlechtes Gewissen mehr als ein verwirrter Geist? Die Verzweifelten in den Gängen der Olivenvilla trugen keine Schuld, sie klagten an. Die Schuldigen liefen draußen frei herum.

Gianni raffte sich auf. Er hatte lange nachgedacht. Nun war seine Entscheidung gefallen. »Ich kann ihnen die Wahrheit nicht sagen!« befand er entschlossen. »Jedenfalls nicht die ganze Wahrheit. Oder soll ich den Tanten berichten, wie du über meine Kusine Laura hergefallen bist? Oder daß mein Vater und Renato halb Kampanien ausgeraubt haben? Und wie vom Grab der Bienenkönigin erzählen, ohne daß Platte die Silbermaske sehen will? Wo soll ich mit der Wahrheit beginnen, und was kann ich verschweigen? Alles hängt miteinander zusammen. Niemand kann jemand anderem die ganze Wahrheit sagen. Wir haben sechzehn Tage gebraucht, erfahren, durchlitten, um die Wahrheit herauszukriegen. Welche Wahrheit? Sie ist unaussprechlich. Jeder hat eine andere. – Aber trotzdem hast du recht: Es liegt an mir, die Sache ins reine zu bringen! Endgültig ins reine zu bringen!«

Gianni holte tief Luft, bevor er weitersprach: »Valentin, ich komme nicht mit zurück nach Deutschland! Ich bleibe hier!«

Ich schaute Gianni verblüfft an. »Was meinst du damit: Ich bleibe hier? In der Olivenvilla? Bei Ernesto?«

»Nein!« sagte Gianni fest. »Ich gehe zurück nach Vallemutri und nehme meinen Onkel mit!«

»*Va bene!*« stimmte ich erfreut zu. »Holen wir Ernesto hier raus! Am besten sofort! Wir bringen ihn nach Vallemutri zurück, morgen früh erklärst du Platte das Notwendigste, und danach fahren wir nach Hause. Wozu gibt's ein Telefon? Wir haben eine Panne gehabt, und jetzt stehen wir kurz vor Verona. Dann kommen wir eben einen Tag später zur Arbeit, was soll's!«

»Valentin«, sagte Gianni leise lächelnd, »ich danke dir für dein Angebot. Aber ich kann es nicht annehmen. Ich kann morgen nicht nach Deutschland fahren. Und auch übermorgen nicht. Ich weiß nicht, ob ich jemals wieder nach Deutschland fahren werde.«

»Nein?« fragte ich blöde und spürte einen Kloß im Hals. »Du willst in Vallemutri bleiben?«

Gianni nickte. »Ich kann es nicht erklären, alles ist noch

sehr frisch. Aber ich fühle, daß es der richtige Weg für mich ist. Ich weiß, daß ich dorthin gehöre, und nicht in eine bescheuerte Autowerkstatt!«

»Du meinst wegen Ernesto?«

»Ja, auch. Aber nicht nur. Auch wegen mir. Irgendwie geht es nicht mehr. Ich kann nicht mehr zurück in die Welt der zerbeulten Karosserien und verschmierten Motoren. Ölwechsel, Bremsscheiben wechseln, Luftfilter wechseln, Auspuff wechseln, mal eine Zylinderkopfdichtung erneuern, Winterreifen im Herbst, Sommerreifen im Frühling – welchen Sinn soll das machen? Ich meine, es ist gut, daß es jemand macht, irgend jemand muß den Mist ja machen. Aber warum ich? Was hat die Vergasereinstellung von Herrn Meiers rotem Cabriolet mit mir zu tun?

Ich weiß nicht, ob du mich verstehen kannst, aber es sind so viele Menschen gestorben. Mein Vater, Tante Lisandra, Renato, Larth, die Bienenkönigin – alle tot! Die letzten zwei Wochen haben wir mit den Toten gelebt. In diesen sechzehn Tagen habe ich mehr gelernt als in den dreißig Jahren zuvor. Zum Beispiel, daß so ein Menschenleben schrecklich kostbar ist und schrecklich kurz. Wenn man es nicht richtig nutzt, rast es schneller vorbei, als man sich umschauen kann. Und ich will mich noch oft umschauen können! Nach Ernesto zum Beispiel, oder gucken, was die Toten noch so alles gemacht haben in ihrem Leben.«

Auf der Nebenbank wischte die traurige Dame ihrem Vater mit einem rosaroten Taschentüchlein Speichelfäden aus dem Mundwinkel. Der Junge, der den Olivenbaum bestiegen hatte, saß gegenüber. Sein Blick war nun erloschen. Er sah uns an, aber ich wußte, daß er nichts sehen konnte.

»Sì!« lächelte Ernesto zufrieden und legte seine schweren Arme auf die Banklehne.

Natürlich konnte ich Gianni verstehen. Nach unserem

Abenteuer in Vallemutri in eine Autowerkstatt zurückzukehren, und dies in dem Bewußtsein, den eigenen Onkel ins Irrenhaus gebracht zu haben, war ein unerträglicher Gedanke. Aber in Vallemutri leben, für immer? Ein schönes, einfaches Dasein ohne Leistungsdruck und Streß, gewiß. Für ein paar Wochen oder Monate hätte ich mir das auch vorstellen können. Aber ein Leben lang? Machte sich da Gianni nicht etwas vor?

»Schon möglich«, gestand er und zuckte die Achseln. »Aber das zählt im Moment nicht. Ich weiß nur, daß ich den Onkel zurückbringen muß. Das übrige wird sich finden. Vielleicht mache ich mit Silvio in Vallemutri eine eigene Werkstatt auf, aber genausogut könnte ich in zwei Wochen an deiner Haustür klingeln. Ich weiß es nicht. Noch nicht. Aber *jetzt,* jetzt kann ich nicht zurück!«

Ich sah, daß Gianni sich entschieden hatte. Aber durfte ich zusehen, wie er seine Zukunft aufgab? Hatte er seinen Entschluß nicht allzu spontan und kurzsichtig gefaßt, aus einem emotionalen Ausbruch von schlechtem Gewissen und Mitleid?

Auf der anderen Seite kam ich nicht umhin, Giannis Entschlossenheit zu bewundern. Hätte ich den Mut aufgebracht, meine Welt so konsequent hinter mir zu lassen? Die ersten Brücken hatte er bereits abgebrochen, denn wenn er morgen nicht zur Arbeit erschien, müßte er sich als erstes eine neue Stelle suchen. – Respekt vor den Toten und den Lebenden hatte ich mir vorgenommen!

»Gut«, nickte ich ihm zu. »Ich möchte dir nur eines mit auf den Weg geben: Wenn du Hilfe brauchst, laß es mich wissen!«

»Danke«, sagte Gianni und grinste. »Vielleicht schickst du mir gelegentlich ein, zwei Sieberinnen vorbei!«

»Versprochen!« sagte ich. »Bei den heiligen Pilzen! Aber jetzt packen wir Ernestos Siebensachen zusammen, und dann verschwinden wir von hier!«

»Warte! Valentin, ich rechne es dir hoch an, daß du mir helfen willst, aber ich glaube, es ist besser, wenn du jetzt gehst.« Ich schaute Gianni betroffen an. Wollte er mich loswerden?

»Nein, nein, so meine ich das nicht! Sei mir nicht böse! Ich denke nur, daß wir Ernesto nicht einfach mitnehmen können. Ich muß zusehen, daß ich einen Arzt erwische, oder irgend jemand, der Ernesto entlassen kann. Sonst sucht ihn womöglich noch die Polizei.«

Gianni hatte recht. Aber wer brachte die beiden dann nach Vallemutri?

»Kein Problem! Wir nehmen ein Taxi. Schau du nur zu, daß du nach Hause kommst. Es reicht, wenn einer von uns beiden seinen Job verliert. Ich krieg das schon allein hin, bestimmt!«

Ich zögerte. Ein Taxi nach Vallemutri kostete ein Vermögen. Konnte ich die beiden wirklich zurücklassen?

Gianni stieß mich auffordernd an. »Valentin!« sagte er eindringlich. »Mach dir keine Sorgen um mich! Du mußt los, vor dir liegt ein langer Weg. Und, ganz im Ernst, alter Freund, der Abschied wird nicht leichter, wenn wir ihn aufschieben! Dein Platz ist dort, meiner hier. Es waren wunderbare Tage mit dir, aber jetzt trennen sich unsere Wege, und das ist gut und richtig so!«

Der Kloß in meinem Hals wurde noch ein bißchen dicker. Abschied von Gianni? Hier? Jetzt? Darauf war ich nicht vorbereitet. Was sollte ich jetzt sagen?

»Sag gar nichts!« schlug Gianni vor. »Fahr los, um Gottes willen! Du mußt noch nach Rom und unsere Kiste im Museum abgeben. *Sagra dei funghi!* Die werden vielleicht Augen machen. Bestimmt bringen sie das morgen abend im Fernsehen. Ich werd's dir schreiben! *Va bene?*«

»*Va bene!*« sagte ich und mußte über Giannis spitzbübisches Händereiben lachen, obwohl mir der aufkommende Abschiedsschmerz arg zusetzte.

Er stützte sich unternehmungslustig auf die Knie und blickte Ernesto an: »*Zio, andiamo?* Laß uns gehen!«

»Sì!« ächzte Ernesto, und er erhob sich so selbstverständlich, als habe er nur auf Giannis Kommando gewartet.

Im Gänsemarsch trotteten wir an der traurigen Dame vorbei. Sie zupfte zärtlich am Seemannspullover des Alten und nickte grüßend in unsere Richtung. Dann betraten wir die langen, tabakschweren Gänge der Olivenvilla. Während wir durch die schweigenden Männer gingen, trug mir Gianni allerlei kleine Erledigungen auf. Das half. So kam ich mir nicht gar so nutzlos vor.

Vor der Tür zur Eingangshalle blieben wir stehen und klingelten. Mit einem leisen Summton schwang sie auf. Der grausame Ping-Pong-Trainer sah gelangweilt auf: Durfte Ernesto für ein paar Minuten austreten?

Der Scherge nickte gnädig. Ernesto gehörte anscheinend in die offene Abteilung.

Gemächlich marschierten wir zum Parkplatz. Am Auto angelangt, kramte Gianni seine Sachen aus dem Kofferraum. »Ich hasse es, mich zu verabschieden«, sagte er und verzog das Gesicht. »Machen wir's kurz!«

Ich nickte. Plötzlich fiel mir noch etwas ein. »Warte, was soll ich mit Ernestos Kupfersonne anfangen? Willst du sie ihm nicht zurückgeben?«

»Zum Teufel! Das hätten wir beinahe vergessen!«

Ich holte die Kupfersonne aus dem Handschuhfach und gab sie Ernesto.

»*Eh, sì*« sagte er überrascht und strahlte.

Aber dann schaute er zu Gianni, hob den Blick in den wolkigen Nachthimmel und versenkte sich in mein trauriges Gesicht. Und dann gab er mir die Kupfersonne mit einer ebenso selbstverständlichen Geste zurück, wie er seinem depressiven Zimmernachbarn den Kuchenrest überreicht hatte.

»Sì!« bekräftigte er nachdrücklich und schloß mich zum zweiten Mal an diesem Abend in die Arme. Diesmal weinte er nicht. Seine Augen lachten.

»Gute Reise!« sagte Gianni, nun doch etwas steif. »Und bis bald. *Ci vediamo!*«

»*Ci vediamo!*« wiederholte ich. »Wir sehen uns wieder!«

Dann stieg ich ein und fuhr rasch davon. Als ich ein letztes Mal zurückblickte, standen sie vor den Stufen der Olivenvilla und winkten. Gianni hatte den Arm um Ernestos Schultern gelegt, aber es sah so aus, als würde sich Gianni an seinem massigen Onkel festhalten.

Irgendwann, kurz vor Rom, fiel mir plötzlich ein, daß ich seine Adresse gar nicht kannte. Das kleine Häuschen neben dem Grab der Bienenkönigin hätte ich jederzeit im Traum und blind gefunden; doch den Namen der Straße, die an Giannis Haus vorbei in die Berge führte, in denen riesige Rohre standen, die Vallemutris Wasser nach Neapel führten, wo es aus Millionen Hähnen floß und in schmutzigen Kloaken verschwand, die sich zu einem gewaltigen Fluß vereinigten, um in ein Meer zu strömen, das alle Wasser dieser Erde irgendwie und irgendwann einmal berühren würde – den Namen dieser Straße wußte ich nicht.

Gianni Orsini, Vallemutri, Italia.

Ob ein Brief, so adressiert, meinen Freund erreichen würde? War es nicht besser, den Brief persönlich abzugeben?

Einen Moment dachte ich daran, umzukehren. Aber dann erinnerte ich mich an Giannis Abschiedsworte: Sein Platz war hier, meiner dort; und ich wußte, daß er recht hatte.

»Der Archäologe ist der Detektiv der Vergangenheit!« hörte ich Professor Heinkel sagen. »Wenn es ihm gelingt, aus den Spuren der Vergangenheit die Zukunft zu erkennen, hat er seine Mission erfüllt!«

Meine Mission war längst nicht erfüllt. Ich hatte eine Zeitreise dorthin zu Ende gebracht. Mehr nicht. Der Copilot auf dieser Reise hieß Gianni Orsini, mein Lieblingsgast war ein halbverrückter Onkel, und im Gepäck befanden sich Märchen, Sagen, Artefakte aus Gräbern und Jahrhunderten. *Eine* Zeitreise, der noch viele weitere folgen würden.

Daß hiernach erst, in vielen Jahren, der Kreis sich schließen sollte, ich hätte es beschworen; denn ich war jung, und eines Tages würde ich berühmt sein: als jener namenlose Mensch, der still und stolz in römischer Nacht der Welt ein unschätzbares Andenken vermacht hatte.

NACHWORT

Valentin Soldan, der Mann, aus dessen Sicht ich dieses Buch geschrieben habe, hat sein Wort nicht gebrochen. Ich tat es für ihn. Und ich muß gestehen, daß ich dabei nicht wenig Unbehagen fühle.

Sei unbesorgt, Leser, ich werde Dich nicht mit Selbstvorwürfen langweilen. Ich weiß, was Du Dir von meinem Nachwort erhoffst: eine Antwort auf die Frage, was aus Valentin, Gianni und Ernesto geworden ist! Und ob sich wirklich alles so zugetragen hat. Und schließlich: Wie konnte ich, der Autor dieses Buches, von den Geschehnissen in Vallemutri erfahren, nachdem Valentin zu schweigen gelobt hatte?

Das sind viele Fragen auf einmal, und keine leichten dazu. Allein mit der Antwort auf die letzte könnte ich ein weiteres Buch füllen. Trotzdem will ich von meiner Begegnung mit Valentin berichten, in aller Kürze, damit dieses Schlußwort den Leser mit der unumstößlichen Tatsache versöhne, daß jede Geschichte einmal zu Ende geht.

Ich traf Valentin Soldan, als er von seiner Zeitreise aus Vallemutri zurückkehrte. Es war in Rom, am 9. April des Jahres 1985. An jenem Morgen ging ich wie üblich auf dem Weg zur Redaktion am *Palazzo delle Esposizioni* vorbei. Auf den Stufen vor dem Ausstellungsgebäude saß ein ziemlich großer, korpulenter junger Mann, der sich auf den ersten Blick durch nichts von anderen Rucksacktouristen unterschied – bis auf den Umstand, daß er ein großformatiges Exemplar der *Religio Etrusca* von Ambros J. Pfiffig in der Hand hielt. Der dunkelblaue Einband leuchtete mir herausfordernd entgegen.

Seit Wochen war ich hinter diesem Buch her. Himmel und Hölle hatte ich in Bewegung gesetzt, vor zitronensauren Bibliothekarinnen klafterweise Süßholz geraspelt und in staubigen Antiquariaten unzählige Gespräche geführt. Vergeblich. Pfiffigs Buch in Rom zu erhalten war aussichtslos. Aber wie sollte ich meinen Artikel über die etruskische Religion schreiben ohne dieses Standardwerk der Fachliteratur?

Als ich mich mit dem Gedanken an einen unvollständigen Artikel schon abgefunden hatte, erblickte ich das Heißbegehrte unversehens in der Hand eines etwas abgerissenen jungen Mannes, der auf mich den Eindruck machte, er wisse ein gutes Entgelt seinem Pfiffig durchaus vorzuziehen.

Valentin Soldan sah deutsch aus. Nicht klischeehaft, aber doch irgendwie eindeutig in seiner melancholischen Gewissenhaftigkeit, mit der er den Pfiffig umblätterte. Das machte mir die Sache leichter: Bekanntlich wächst die Verbundenheit unter Landsleuten, je weiter man von zu Hause entfernt ist. Ich sprach ihn also an.

Wir plauderten über dies und das, wobei er seine anfängliche Zurückhaltung bald ablegte. Soldan besaß außerordentlich gepflegte Umgangsformen – die im Gegensatz zu den nicht sehr sauberen Jeans standen und dem Hemd, das offensichtlich einer Wäsche bedurfte.

Nein, bedauerte er, als ich endlich auf mein Anliegen zu sprechen kam, den Pfiffig könne er mir leider nicht abtreten, so gerne er mir behilflich wäre. Denn das Buch, daß ich so dringend brauchte, gehöre gar nicht ihm. Es sei geliehen, Eigentum einer Universitätsbibliothek und daher unverkäuflich. Um seine Aussage zu untermauern – als hätte ich sie angezweifelt –, schlug er die letzte Seite auf, wo normalerweise der Vordruck für die Leih- und Rückgabefristen eingeklebt ist.

Da geschah etwas Ungewöhnliches: Soldan erschrak. Er zuckte richtiggehend zusammen. Als habe er die Leihfrist um reichlich fünf Jahre überzogen. Daraufhin klappte er den Pfiffig schneller zu, als ich Einblick nehmen konnte und zerrte weitere Bücher aus einer schmuddeligen Leinentasche: geschichtliche und kunstgeschichtliche Werke allesamt. Und jedem Wälzer wurde dieselbe Prozedur zuteil: Soldan blätterte die Seiten eilig bis zum Einband durch, blieb kopfschüttelnd an etwas Rätselhaftem hängen und klappte das Buch wieder zu.

Ich konnte mir auf sein seltsames Verhalten keinen Reim machen. Endlich hatte er das letzte Leihbuch überprüft. Geistesabwesend, mich und seine Umwelt völlig vergessend, starrte er in Richtung *Esquilinius,* jenem Osthügel, dem zu Füßen ein Etruskerkönig das *Forum Romanum* erbaut hatte. Er schien angestrengt nachzudenken. Und mehr: Er wirkte fast erschüttert.

Ich konnte meine Neugier kaum bezähmen. War Soldan einfach nur ein kauziger Vogel, oder traf mein Gefühl zu, daß dieser Mensch etwas Bemerkenswertes erlebt haben mußte?

Beiläufig, als würde ich meinen entrückten Nebensitzer nicht stören wollen, nahm ich den Pfiffig zur Hand und überflog mit geschäftigem Interesse die mir besonders wichtig erscheinenden Abschnitte.

Natürlich warf ich beim Durchblättern des schweren Buches auch einen unauffälligen Blick auf die letzte Seite. Allein, ich konnte nichts Außergewöhnliches feststellen. Abgesehen vielleicht von einer großen, etwas krakeligen Signatur, die rechts oben im Einband stand, als habe ein zerstreuter Professor die *Religio Etrusca* versehentlich als sein Eigentum kennzeichnen wollen.

Der aufmerksame Leser ahnt gewiß, daß ebendieser kritzelige Namenszug die Ursache für Soldans Verwirrung war. Und daß sich keineswegs ein hochgelehrter Wissenschaftler irrtümlich auf den Leihbüchern verewigt hatte, sondern ein schwachsinniger Ex-Polizist. Und der tat es mit Absicht. Aber mit welcher?

Als sich Valentin Soldan wieder regte, wußte ich, daß er mir alles erzählen würde. Ich sah es an seinem Mund, der in den Winkeln gerührt zuckte. In diesem Moment, so gestand er mir später, nachdem er Minuten vergeblich darüber gegrübelt hatte, warum Ernesto die Bücher aus der Universitätsbibliothek ebenso signiert hatte wie seinerzeit den Dreigroschenkrimi, den Renato seiner Lisandra schenkte – in diesen Minuten intensiven Nachdenkens über eine unsinnige Handlung sei ihm plötzlich mit aller Macht klargeworden, daß alles einen Sinn macht, selbst das Sinnlose. Der Sinn ist da, unabhängig davon, ob wir ihn verstehen oder nicht.

Denn nie wird ein Mensch nachvollziehen können, was Ernesto anhielt, die *Religio Etrusca* und all die anderen geschichtswissenschaftlichen Bücher zu signieren, als gehörten sie ihm. Und doch wird jeder, der Valentin Soldans Geschichte gelesen hat, zugestehen müssen, daß Ernestos Handlung auf gespenstische Weise folgerichtig erscheint – obgleich wir keinen erklärbaren Sinn darin finden können.

Den einzigen Schluß, den er daraus ziehen könne, meinte Soldan, nachdem er sich über mich und meine Motive erkundigt hatte, sei der, daß unser Zusammentreffen nicht zufällig sei. Auch dahinter müsse eine Absicht stehen, gleichwohl er diese nicht begreifen könne. Hätte ich ihn nicht auf den Pfiffig angesprochen, hätte er Ernestos Unterschriften vermutlich nie entdeckt. Auf Zeichen zu achten habe er jedoch mittlerweile gelernt, und deshalb würde er mir nun seine Geschichte erzählen, die zu glauben oder nicht mir überlassen bleibe. Einzig Stillschweigen müsse ich ihm versichern, bis er mich benachrichtige.

Ich versprach, das Gehörte für mich zu behalten, bis er mir die Bekanntgabe gestatten würde.

Valentin Soldan erzählte also. Zuerst auf den Stufen vor dem *Palazzo delle Esposizioni*. Später gingen wir in eine ruhige Bar, dann zu mir nach Hause in die *via Boncompagni*, wo ich alles notierte. Am Ende dieses auch für mich sehr aufregenden Tages lud ich Soldan ins *Ristorante alla Rampa* ein, das, hinter der Spanischen Treppe versteckt, als Geheimtip für große Esser gilt: dank seines überwältigenden Vorspeisenbuffets zur Selbstbedienung. Ich muß wohl nicht betonen, daß Valentin Soldan dieses Angebot reichlich in Anspruch nahm.

Dann, gegen 23 Uhr, fuhr er ab. Ich hatte nichts unversucht gelassen, ihn zum Übernachten in Rom zu bewegen. Immerhin war er schon die vergangene Nacht ohne Schlaf geblieben, und in meinem Gästezimmer stand ein unbenutztes Bett. Doch er lehnte dankend ab, obwohl er sichtlich müde war. Die Pflicht rief ihn nach Tübingen, wo man auf ihn wartete. Einen Tag war er nun schon überfällig, einen weiteren meinte er sich nicht erlauben zu können.

Mit leichter Sorge sah ich ihn gen Norden entschwinden. Ich glaubte nicht wirklich, daß ihm etwas zustoßen könnte, aber irgendwie fühlte ich mich bang und unruhig, als ich in meinem Bett lag.

Frühmorgens wurde ich von der Polizei geweckt. Es geschah kurz vor Bologna; er muß am Steuer eingeschlafen sein. Als der Rettungswagen eintraf, war er bereits tot. Sie fanden meine Visitenkarte in seiner Brieftasche – einem schwarzen, abgewetzten Portemonnaie, von dem ich wußte, daß es nicht ihm gehörte, sondern einem namenlosen Pilger, der seinen Geldbeutel am Monte Calvario verloren hatte.

Ob er ein Freund von mir gewesen sei?

Ein Freund? Nein, damals noch nicht. Heute, nachdem ich die Geschichte, die ich in seinem Namen geschrieben habe, zum wiederholten Mal aus der Schublade ziehe, heute empfinde ich ihn als einen Freund, dessen Leben – und Sterben – mit meinem unzweifelhaft verknüpft ist.

Ich habe lange gezögert, seine Geschichte zu veröffentlichen. Auch begann ich nachzuforschen. Im *Museo Nazionale di Villa Giulia* zuerst, wo Valentin alle Funde mit Ausnahme des Gürtelblechs und der Sonne des Haruspex abgegeben haben wollte. Ich nahm Einblick in die Unfallakten, und später suchte ich in den Bergen um Neapel nach einem felsigen Ort namens Vallemutri. Was ich fand, waren Spuren. Spuren einer Zeitreise, die den Anspruch erhob, eine Mission zu erfüllen. Tat sie das?

Ich weiß es nicht. Ich weiß nur, daß in unseren Tagen gesucht wird wie selten zuvor. Ein eigentümlicher Erfüllungszwang leitet unser Suchen, beherrscht es in fast religiöser Manier. Selbstverwirklichung als Lebensziel – in Zukunftsgläubigkeit und Eindimensionalität dürfte diese neue Religion von keiner anderen Heilslehre überboten werden.

Hier kann Valentins Mission unsere Suche bereichern: im Verzicht auf die Inbesitznahme der Wahrheit und darin, nicht nur für die Zukunft, sondern auch für die Vergangenheit Vorsorge zu treffen. Irgendwann einmal wird jeder irgendwessen Erbe anzutreten haben!

Sieben Jahre liegen zwischen meinem Versprechen und meinem Wortbruch. Heute wäre Valentin Soldan achtunddreißig Jahre alt. – Wird er mir je verzeihen?

Ich denke, ja. Die Toten sind sehr nachsichtig mit uns Lebenden, die wir nach Ruhm und Anerkennung streben. Der Leser mag bedenken, daß er es mit einem Schriftsteller zu tun hat. Einem Menschen also, der sich das Recht zu lügen nimmt, wenn er die Chance sieht, ein Körnchen Wahrheit sichtbar zu machen.

So breche ich das Wort, das Valentin Soldan gegeben hat, in der Gewißheit, den Ruhm zu ernten, der mir nicht zusteht, sondern ihm, dem Toten. Ich schäme mich dafür – obwohl ich weiß: Dies ist die Rolle, die mir das Schicksal zugewiesen hat.

Rom, am 23. Mai 1992

Damit diese meine Geschichte wahr wurde, konnte ich vielen wundervollen Menschen begegnen. Ich möchte allen danken, die mir geholfen haben, die Geschehnisse im Tal der verlorenen Seelen möglich zu machen. Ihnen sei dieses Buch gewidmet!

Dies gilt insbesondere für Domenico und seine Familie: allen voran Francesco, dann Lorredana und Pasqualina; ferner Anna, Raffaele, Alessandro, Elizabet, Rosa, Appolonia und Paolo. Ich hoffe, man wird mir meine Erfindungen nachsehen, wenn dieses Buch ins Tal der verlorenen Seelen vordringt (was nicht unbedingt wahrscheinlich ist).

Weiterhin möchte ich danken: Anna Osterkamp-Brändle, Franz-Peter Osterkamp und Dr. Schroth für die aufmerksame Erstkorrektur; Gitti für ihre Standhaftigkeit und die Befreiung vom Wahn; Rolf für sein inneres Verständnis vom Drama; Martin für die immerwährende Bereitschaft, mit mir um Gott und die Welt zu streiten; meinem Vater für sein Motiv und die Unterstützung im Leben; Karen für die Literaturvorauswahl; Ulli für seinen Hinweis in letzter Minute; Bärbel S. für ihre erfolglosen Bemühungen; Bärbel T. für ihre Begeisterung sowie Catrin fürs Romfoto.

Einen besonderen Anteil an diesem Buch hat Beatrix Geiger; meine Agentin, deren Glaube reichlich auf die Probe gestellt wurde, bevor er sich bewahrheitete. Ferner danke ich einem großen Mann, der starb, bevor seine Prophezeiungen eintrafen.

In fachlicher Hinsicht habe ich mich von einigen hilfsberei-

ten und großartigen Menschen inspirieren lassen, die ich nicht unerwähnt lassen möchte. Persönlich waren das vor allem Dr. Joachim Wahl und seine Doktoranden der Osteologischen Arbeitsstelle des Landesdenkmalamtes Baden-Württemberg in Rotthenburg o. T; Professor Dr. Dieter Plank und sein Vorgänger als Landeskonservator Herr Dr. Zürn; dann Professor Dr. Hans-Reinhard Seeliger, Kirchenhistoriker und Gourmet, der mir zwischen fünftem und sechstem Gang beiläufig einen entscheidenden Hinweis gab; und Herr W. Bühler, dessen Erläuterungen in der Frage des »Frühlingspunktes« sehr hilfreich waren.

Anderen klugen Menschen bin ich leider nie begegnet, gleichwohl ihre Arbeit mir vielfach eine große wissenschaftliche Stütze und Anregung war: Ich bitte die nachfolgend aufgeführten Fachbuchautoren um Verzeihung, daß ich ihre außerordentlich interessanten Schriften nicht vorrangig im Sinne der Wissenschaft verwandt habe. Drama, künstlerische Intention und Ausdruck waren mir für meine Wahrheitssuche zumeist wichtiger – nicht zuletzt, da deren allegorische Erkenntnisse manches wissenschaftliche Zwischenergebnis überdauern werden. Wer die Vergänglichkeit der Wissenschaft der Unsterblichkeit der Phantasie vorzieht, möge mir immerhin zugute halten, daß ich keinerlei wissenschaftlichen Anspruch erhebe, sondern mein Laientum hiermit offen eingestehe. Zum Einlesen in die faszinierende Welt der Etrusker möchte ich besonders das verständlich geschriebene Buch von Werner Keller »Denn sie entzündeten das Licht« empfehlen.

Des weiteren halfen mir bei der Arbeit: Steffen Berg/Renate Rolle/Henning Seemann: Der Archäologe und der Tod; Kurt Bensch: Archäologie. Eine Einführung; Frank Goldsworthy: Zweimann-Torpedos vor Gibraltar (aus: Geheime Kommandosache, Band II); Friedhelm Gröteke: Etruskerland (Reiseführer); D. H. Lawrence: Etruskische Stätten; Giorgio Mistretta: *Pizze e focacce;* Ambros J. Pfiffig: *Religio Etrusca;* Mario Torelli: *Storia degli Etrusci.*

Dem Verlag, namentlich Herrn Dr. Bernhard Struckmeyer; danke ich für die Unterstützung und die Freiheit, was gleichzeitig zu gewähren eine Kunst für sich ist.

C.G.

November 1998
Nr. 92006 · DM 16,90

Julie Harris

DER LANGE WINTER
AM ENDE DER WELT

Im Jahre 1926 unter-
nimmt der 24jährige
Robert Shaw den
Versuch, mit seiner
Maschine einen Rekord
im Alleinflug aufzustel-
len. In der Nähe von
Anchorage gerät er in
einen Sturm und stürzt
ab. Fernab von jeglicher
Zivilisation wird der
schwerverletzte Pilot von
einem Eskimostamm
gefunden und gesund ge-
pflegt. In der Trostlosig-
keit einer Wüste aus Eis
und Schnee lernt Shaw,
sich mit dem angeblich
»primitiven« Volk zu ver-
ständigen, und entdeckt
hier, am Ende der Welt,
die wahre Bedeutung von
Leben, Liebe und Mut.

Mit der Welt
auf Buchführung

Jean Vautrin

DAS HERZ SPIELT
BLUES

Eine Familiensaga, die
von Louisianas Sümpfen
über die Lasterhöhle
New Orleans bis zu den
Schlachtfeldern des
Ersten Weltkriegs führt.
Vautrins sprachgewaltiges
Epos zieht den Leser mit
unwiderstehlicher Macht
in die Welt der Wilddiebe,
Quacksalber, Sklaven,
Outlaws, Walfänger,
Liebesdienerinnen und
Jazzer.
»Das ist der historische
Roman, der tragische Ro-
man, der poetische
Roman, der Abenteuerro-
man, den man sich im-
mer gewünscht und auf
den man nie zu hoffen
gewagt hat.« (Le Monde)

Jean Vautrin
DAS HERZ SPIELT BLUES
Roman

BLT

März 1999
Nr. 92014 · DM 14,90

Mit der Welt
auf Buchfühlung

William Elliott Hazelgrove
Auf der Suche nach Virginia
Roman

BLT

Januar 1999
Nr. 92010 · DM 16,90

William Elliott
Hazelgrove

AUF DER SUCHE
NACH VIRGINIA

Richmond, 1945: Die
Türen werden nicht
verriegelt, man nennt sich
beim Vornamen. Aber als
der angesehene Anwalt
Hartwell die Verteidigung
eines schwarzen
Dienstmädchens über-
nimmt, sind die beschau-
lichen Zeiten für seine
Familie vorbei. Die Stim-
mung in der Stadt ist
gegen sie. Als es schließlich zur Verhandlung des
Falls kommt, spitzt die
Lage sich zu ...
Im klangvollen Ton einer
wehmütigen Südstaaten-
Elegie erzählt der Roman
von Liebe, Verzweiflung
und der Aufbruchstim-
mung in der Nachkriegs-
zeit.

BLT
Mit der Welt
auf Buchfühlung

SIMONA TURINI

ZOMBIE ZONE GERMANY: TRÜMMER

Wenn die Straßen nicht mehr sicher sind. Wenn das Überleben ein täglicher Kampf ist. Wenn der Traum von einem friedlichen Miteinander in Trümmern liegt ...

Was wird geschehen, wenn die Verzweiflung die Überlebenden zum Äußersten treibt?

Taschenbuch
ca. 120 Seiten, 6,90 €
ISBN 978-3-95869-045-5

E-Book
2,99 €

Erhältlich im Verlagsshop unter amrun-verlag.de, bei Amazon oder überall im Buchhandel.